# FALSO TESTIGO

# FALSO TESTIGO

## KARIN SLAUGHTER

Traducción del inglés de Victoria Horrillo Ledesma

HarperCollins *Español*

FALSO TESTIGO. Copyright © 2022 de Karin Slaughter. Todos los derechos reservados. Impreso en los Estados Unidos de América. Ninguna sección de este libro podrá ser utilizada ni reproducida bajo ningún concepto sin autorización previa y por escrito, salvo citas breves para artículos y reseñas en revistas. Para más información, póngase en contacto con HarperCollins Publishers, 195 Broadway, New York, NY 10007.

Los libros de HarperCollins Español pueden ser adquiridos con fines educativos, empresariales o promocionales. Para más información, envíe un correo electrónico a SPsales@harpercollins.com.

Título original: *False Witness*

Publicado originalmente en inglés por HarperCollins Publishers en 2021

Publicado en castellano por HarperCollins Ibérica, 2022

PRIMERA EDICIÓN DE HARPERCOLLINS ESPAÑOL

Traducción de Victoria Horrillo Ledesma

Copyright de la traducción de HarperCollins Publishers

Este libro ha sido debidamente catalogado en la Biblioteca del Congreso de los Estados Unidos.

ISBN 978-0-06-294303-3

22 23 24 25 26   LSC   10 9 8 7 6 5 4 3 2

*Para mis lectores*

*El pasado nunca está donde crees que lo dejaste.*
Katherine Anne Porter

# VERANO DE 1998

Desde la cocina, Callie oyó a Trevor golpear con los dedos el acuario. Asió con más fuerza la espátula con la que estaba mezclando la masa de galletas. Trevor solo tenía diez años. Callie sospechaba que le acosaban en el colegio. Su padre era un capullo. Los gatos le daban alergia y los perros, terror. Cualquier psiquiatra habría dicho que el niño asustaba a los pobres peces porque tenía una necesidad ansiosa de llamar la atención, pero aun así a Callie le costaba mucho contenerse.

*Tap, tap, tap.*

Se frotó las sienes, tratando de mantener a raya el dolor de cabeza.

—Trev, ¿estás dando golpes en el acuario? Te he dicho que no lo hagas.

El golpeteo cesó.

—Qué va.

—¿Seguro?

Silencio.

Callie dejó caer un pegote de masa en la bandeja del horno. El golpeteo se reanudó con el ritmo de un metrónomo. Ella siguió echando pegotes en fila, contando hasta tres.

*Tap, tap, plof. Tap, tap, plof.*

Estaba cerrando el horno cuando Trevor apareció de pronto tras ella como un asesino en serie. La rodeó con los brazos y dijo:

—Te quiero.

Callie le apretó con tanta fuerza como él a ella. El cerco de tensión que oprimía su cráneo se aflojó. Besó a Trevor en la coronilla. Sabía salado, por culpa del calor virulento. Aunque estaba completamente inmóvil, su energía nerviosa recordaba a un muelle comprimido.

—¿Quieres rebañar el cuenco?

No había acabado de hacer la pregunta cuando ya tenía la respuesta. Trevor acercó una silla a la encimera e hizo como Winnie de Pooh cuando metía la cabeza en un tarro de miel.

Callie se secó el sudor de la frente. Hacía ya una hora que se había puesto el sol y seguía haciendo un calor sofocante dentro de la casa. El aire acondicionado funcionaba a duras penas. El horno había convertido la cocina en una sauna. Todo estaba pegajoso y húmedo, también Trevor y ella.

Abrió el grifo. El agua fría era irresistible. Se mojó la cara y luego, para deleite de Trevor, le salpicó la nuca.

En cuanto las risas remitieron, reguló el chorro de agua para fregar la espátula. La dejó en el escurreplatos, junto a los cacharros de la cena. Dos platos. Dos vasos. Dos tenedores. Un cuchillo para trocear el perrito caliente de Trevor. Una cucharilla para mezclar el kétchup con un poco de salsa Worcestershire.

Trevor le pasó el cuenco para que lo fregara. Los labios se le curvaban a la izquierda cuando sonreía, igual que a su padre. Se acercó al fregadero y apretó la cadera contra ella.

—¿Estabas golpeando el cristal del acuario? —preguntó Callie.

El niño levantó la vista. Ella notó un destello calculador en su mirada. Igualito que su padre.

—Dijiste que eran peces de inicio. Que seguramente no sobrevivirían.

Callie sintió que una respuesta áspera, digna de su madre, se le agolpaba detrás de los dientes apretados: «Tu abuelo también se va a morir. ¿Por eso tendríamos que ir a la residencia de ancianos a clavarle agujas debajo de las uñas?».

Aunque no lo dijo en voz alta, el muelle interior de Trevor se comprimió aún más. Siempre le inquietaba la claridad con que el niño percibía sus emociones.

—Vale. —Se secó las manos en el pantalón corto y señaló con la cabeza el acuario—. Deberíamos averiguar cómo se llaman.

Trevor puso cara de desconfianza. Siempre temía ser el último en pillar el chiste.

—Los peces no tienen nombre.

—Claro que sí, tonto. No se conocen el primer día de clase y dicen: «Hola, me llamo Pez». —Le empujó suavemente hacia el cuarto de estar. Los dos blenios bicolores nadaban en bucle, nerviosos, por el acuario. Trevor había perdido el interés varias veces durante el arduo proceso de montar el tanque de agua salada. La llegada de los peces había aguzado su atención como la punta de un alfiler.

A Callie le crujió la rodilla cuando se agachó delante del acuario. La punzada de dolor le molestó menos que ver el cristal empañado por las huellas mugrientas de Trevor.

—¿Qué me dices del chiquitín? —Señaló al más pequeño de los dos peces—. ¿Cómo se llama?

Los labios de Trevor se torcieron a la izquierda cuando trató de contener una sonrisa.

—Cebo.

—¿Cebo?

—¡Para cuando los tiburones vengan a comérselo! —Soltó una carcajada estridente y rodó por el suelo, muerto de risa.

Callie se frotó la rodilla tratando de disipar el dolor. Contempló la habitación con la zozobra y el desánimo de siempre. La moqueta de pelillo llena de manchas estaba lisa y apelmazada desde finales de los años ochenta, más o menos. La luz de las farolas se reflejaba como un láser en los bordes fruncidos de las cortinas naranjas y marrones. En un rincón de la habitación había una barra de bar completa, con un espejo ahumado detrás. Las copas colgaban de un soporte adosado al techo y cuatro taburetes de cuero se apiñaban en torno a la pegajosa barra de madera en forma de L. El centro de la habitación lo ocupaba un televisor gigante que pesaba más que ella. El sofá naranja presentaba dos oquedades deprimentes —una para él, otra para ella—, cada una en un extremo. Los sillones de color tostado tenían manchas de sudor en el respaldo y quemaduras de cigarrillo en los brazos.

La mano de Trevor se deslizó dentro de la suya. Otra vez había percibido su estado de ánimo.

—¿Y el otro pez? —preguntó, voluntarioso.

Ella sonrió al apoyar la cabeza contra la suya.

—¿Qué tal…? —Buscó algún nombre ingenioso: Ann Choa, Bob Querón, Carpín Cúa…—. ¿Señor Dar-Sea?

Trevor arrugó la nariz. No era muy fan de Jane Austen.

—¿A qué hora llega papá?

Buddy Waleski llegaba cuando le daba la gana.

—Pronto.

—¿Ya están listas las galletas?

Haciendo una mueca de dolor, Callie se puso de pie y le siguió a la cocina. Observaron las galletas a través de la puerta del horno.

—No del todo, pero cuando salgas de la bañera…

Trevor salió corriendo por el pasillo. La puerta del baño se cerró de golpe. Callie oyó el chirrido del grifo y el salpicar del agua en la bañera. Trevor se puso a tararear.

Una aficionada habría cantado victoria, pero Callie no era una aficionada. Esperó unos minutos y luego abrió la puerta del baño para asegurarse de que Trevor estaba de verdad en la bañera. Le pilló metiendo la cabeza debajo del agua.

Aun así, dudó —no había ni rastro de jabón—, pero estaba agotada y al volver por el pasillo le dolía la espalda y notaba otra vez aquella punzada en la rodilla, así que no pudo hacer otra cosa que apretar los dientes y aguantar el dolor hasta que llegó al bar y llenó una copa de martini con una parte de Sprite y otra de ron.

Solo le había dado dos tragos cuando se inclinó para comprobar si se veía una lucecita parpadeante debajo de la barra. Había descubierto la cámara digital por casualidad unos meses antes, un día que se fue la luz. Estaba buscando las velas de emergencia cuando vio un destello por el rabillo del ojo.

Lo primero que pensó fue que, además de tener una distensión de espalda y una lesión en la rodilla, se le estaba desprendiendo la retina. Pero la luz era roja, no blanca, y relucía intermitente como la nariz de Rudolph entre dos de los pesados taburetes de cuero, bajo la barra. Apartó los taburetes y observó cómo se reflejaba la luz roja en el reposapiés metálico que bordeaba la barra.

Era un buen escondite. El frente de la barra estaba decorado con un mosaico de colores. Fragmentos de espejo se mezclaban con trozos de azulejos azules, verdes y naranjas, de modo que el agujero de unos dos centímetros de diámetro que atravesaba la barra hasta los estantes de la parte de atrás quedaba disimulado. Había encontrado la videocámara digital Canon detrás de una caja de cartón llena de corchos de vino. Buddy había pegado el cable al interior de la estantería para ocultarlo, pero aquel día hacía varias horas que se había ido la luz, y la batería se estaba agotando. Callie no tenía ni idea de si la cámara había estado grabando o no. Apuntaba directamente al sofá.

Se había dicho a sí misma que Buddy invitaba a amigos casi todos los fines de semana. Veían el baloncesto o el fútbol o el béisbol y hablaban de gilipolleces, de negocios y mujeres, y seguramente decían cosas de las que luego Buddy podía aprovecharse, para cerrar un trato, por ejemplo. Seguramente para eso tenía la cámara allí.

*Seguramente.*

Al prepararse la segunda copa prescindió del Sprite. El ron especiado le quemó la garganta y la nariz. Estornudó y los mocos fueron a caerle en la parte de arriba del brazo. Estaba demasiado cansada para ir por un trozo de papel de cocina. Utilizó una toallita del bar para limpiarse. El escudo bordado le arañó la piel. Miró el logotipo, un ejemplo perfecto de cómo era Buddy. No era el escudo de los Atlanta Falcons. Ni el de los Bulldogs de Georgia. Ni siquiera el de los Georgia Tech. Buddy Waleski era fan de los Bellwood Eagles, un equipo de instituto que la temporada anterior había escalado muchos puestos en segunda división.

Pez grande/estanque pequeño.

Se estaba bebiendo el resto del ron cuando Trevor volvió al cuarto de estar. La rodeó de nuevo con sus brazos delgaduchos. Callie le besó en la coronilla. Todavía sabía a sudor, pero ella ya no podía más; estaba harta de pelearse con él. Lo único que quería era que se durmiera para poder echar un trago que le quitara los dolores y el malestar físico.

Se sentaron en el suelo, delante del acuario, mientras esperaban a que se enfriaran las galletas. Callie le habló de su primer acuario. De los errores que había cometido. De la responsabilidad y el cuidado necesario para sacar a los peces adelante. Trevor se había vuelto dócil. Se dijo a sí misma que era por el baño caliente y no por cómo se le apagaba el brillo de la mirada cada vez que la veía de pie detrás de la barra sirviéndose otra copa.

Su mala conciencia se fue disipando a medida que se acercaba la hora de acostarse del niño. Sintió que él empezaba a animarse cuando se sentaron a la mesa de la cocina. Fue la misma rutina de siempre: una discusión sobre cuántas galletas podía comerse; leche vertida; otra discusión por las galletas; otra más sobre en qué cama iba a dormir. Una lucha para ponerle el pijama. Una negociación sobre cuántas páginas de su libro iba a leerle Callie. Un beso de buenas noches. Otro beso de buenas noches. Tráeme un vaso de agua. No, ese no, este. No, esa agua no, esta. Gritos. Llantos. Más luchas. Más negociaciones. Promesas para el día siguiente: juegos, el zoo, una visita al parque acuático. Y así sucesivamente hasta que, por fin, se encontró de nuevo sola detrás de la barra.

Se refrenó para no abrir la botella a toda prisa, como una borracha desesperada. Le temblaban las manos. Observó su temblor en medio del silencio de la sórdida habitación. Asociaba aquella habitación con Buddy más que con cualquier otra cosa. El aire era sofocante. El techo bajo estaba oscurecido por el humo de miles de cigarrillos y puros. Incluso las telarañas de los rincones eran de color marrón anaranjado. Nunca se descalzaba dentro de la casa porque le repugnaba sentir en los pies el contacto de la moqueta pegajosa.

Giró despacio el tapón de la botella de ron. Las especias del licor volvieron a hacerle cosquillas en la nariz. Se le hizo la boca agua de deseo. Sentía su efecto adormecedor con solo pensar en el tercer trago —no el último—, el trago que haría que sus hombros se relajaran y que cesaran los calambres de la espalda y el dolor de la rodilla.

La puerta de la cocina se abrió de golpe. Buddy tosió, con una flema atascada en la garganta. Tiró su maletín sobre la encimera. Metió de una patada la silla de Trevor debajo de la mesa. Agarró un puñado de galletas. Sostuvo el purito con una mano mientras masticaba con la boca abierta. Callie prácticamente podía oír cómo rebotaban las migas en la mesa y en sus zapatos arañados y se esparcían por el linóleo; eran como minúsculos címbalos repiqueteando entre sí, porque allá donde iba Buddy siempre había ruido, ruido, ruido.

Por fin se fijó en ella. Callie tuvo esa sensación de antaño, la sensación de alegrarse de verle, de esperar que la estrechara en sus brazos y la hiciera sentirse especial otra vez. Pero las migas seguían cayendo de su boca.

—Sírveme una copa, muñequita.

Llenó un vaso con *whisky* con soda. El olor apestoso del purito se extendió por la habitación. Black & Mild. Nunca le había visto sin una cajetilla en el bolsillo de la camisa.

Buddy estaba terminando de comerse las dos últimas galletas cuando se acercó a la barra. Sus andares pesados hicieron crujir el suelo. Migas en la moqueta. Migas en la camisa de trabajo, arrugada y manchada de sudor. Prendidas en los pelillos de la barba, que a esas horas ya empezaba a asomarle.

Medía un metro noventa cuando se ponía derecho; o sea, nunca. Tenía la piel perpetuamente enrojecida y más pelo que la mayoría de los hombres de su edad, un poco canoso ya. Hacía ejercicio, pero, como hacía solo pesas, tenía más pinta de gorila que de hombre: era corto de cintura y tenía los brazos tan musculosos que no podía pegarlos a los costados. Callie rara vez le veía sin los puños apretados. Era como si llevara escrito en la frente «hijo de puta despiadado». La gente se volvía en dirección contraria cuando le veía por la calle.

Si Trevor era un resorte comprimido, Buddy era un mazo.

Dejó el purito en el cenicero, se bebió el *whisky* de un trago y dejó de golpe el vaso en la barra.

—¿Has tenido un buen día, muñequita?

—Claro. —Callie se apartó para que rellenara su vaso.

—Yo he tenido un día cojonudo. ¿Te acuerdas de ese centro comercial nuevo que van a construir en Stewart? ¿Pues a que no sabes quién va a hacer los marcos?

—Tú —contestó ella, aunque Buddy no esperó a que respondiera.

—Hoy me han pagado el anticipo. Mañana echan los cimientos. No hay como tener dinero en el bolsillo, ¿eh? —Eructó golpeándose el pecho para sacar el aire—. Tráeme un poco de hielo, ¿quieres?

Callie hizo amago de alejarse, pero él le agarró el culo y se lo apretó como si girara el pomo de una puerta.

—Hay que ver qué cosita.

Había habido una época, al principio, en que a ella le hacía gracia que estuviera tan obsesionado con lo menuda que era. La levantaba con un brazo, o se maravillaba al ver su mano abierta sobre la espalda de ella, casi tocando los huesos de su cadera con el pulgar y los dedos. La llamaba «cosita», «niña», «muñeca» y ahora…

Ahora, aquello era otra cosa más que la molestaba de él.

Apretó la cubitera contra la tripa mientras se dirigía a la cocina. Lanzó una mirada al acuario. Los peces se habían tranquilizado. Nadaban por entre las burbujas del filtro. Llenó el cubo con hielo que olía a bicarbonato y a carne quemada por el frío del congelador.

Buddy se giró en su taburete cuando volvió a acercarse a él. Le había quitado la brasa al purito y estaba metiéndolo en la cajetilla.

—Madre mía, niña, me encanta cómo mueves las caderas. Date una vueltecita para mí.

Callie sintió que ponía cara de fastidio otra vez, no por él, sino por sí misma, porque una parte de su ser, minúscula, solitaria y obtusa, seguía creyéndose sus piropos. Buddy era la primera persona que la había hecho sentirse verdaderamente querida. Nunca antes se había sentido especial, elegida, como si fuera lo único que le importaba a otro ser humano. Él la había hecho sentirse segura y cuidada.

Pero desde hacía un tiempo lo único que quería era follársela.

Buddy se guardó en el bolsillo el paquete Black & Milds. Metió la zarpa en la cubitera. Callie se fijó en el cerco de suciedad que tenía bajo las uñas.

—¿Qué tal el crío? —preguntó él.

—Está durmiendo.

Él le metió la mano entre las piernas antes de que Callie viera aquel brillo en sus ojos. Dobló las rodillas torpemente. Era como sentarse en el extremo plano de una pala.

—Buddy…

Él le enlazó el culo con la otra mano, atrapándola entre sus brazos abultados.

—Mira lo pequeñita que eres. Podría llevarte en el bolsillo y nadie se daría cuenta de que estás ahí.

Callie notó el sabor de las galletas, del whisky y el tabaco cuando él le metió la lengua en la boca. Le besó a su vez porque rechazarle, herir su ego, sería trabajoso y, al final, no serviría de nada.

A pesar de todo su ruido y su furia, cuando se trataba de sus sentimientos Buddy era un blandengue. Era capaz de moler a palos a un hombre sin pestañear, pero con Callie se mostraba a veces tan desvalido que le ponía la carne de gallina. Se había pasado horas tranquilizándole, haciéndole mimos, intentando animarle, escuchando el vaivén de sus inseguridades, como el de las olas del mar arañando la arena.

¿Por qué estaba con él? Debería buscarse a otro. Era demasiado para él: demasiado guapa, demasiado joven, demasiado inteligente. Tenía demasiada clase. ¿Por qué le hacía caso a él, que era un bruto? ¿Qué veía en él? No, tenía que explicárselo con detalle, enseguida, ¿qué era exactamente lo que le gustaba de él? En concreto.

Le decía constantemente que era preciosa. La llevaba a buenos restaurantes, a hoteles de lujo. Le compraba joyas y ropa cara y le daba dinero a su madre cuando andaba escasa. Se liaba a golpes con cualquier hombre al que se le ocurriera mirarla más de la cuenta. Seguramente la gente pensaría que había tenido mucha potra, pero Callie se preguntaba, en el fondo, si no sería preferible que Buddy fuera tan cruel con ella como lo era con los demás. Así al menos tendría una razón para odiarle. Algo tangible que señalar, en vez de sus lágrimas patéticas que le empapaban la camisa, o sus súplicas cuando le pedía perdón de rodillas.

—¿Papá?

Callie se estremeció al oír la voz de Trevor. Estaba en el pasillo, agarrando su manta.

Las manos de Buddy la mantuvieron bien sujeta.

—Vuelve a la cama, hijo.

—Quiero que venga mamá.

Ella cerró los ojos para no tener que ver la cara del niño.

—Haz lo que te digo —le advirtió Buddy—. Venga.

Contuvo la respiración hasta que oyó los pasos lentos de Trevor por el pasillo. Las bisagras de la puerta de su cuarto chirriaron. Oyó el chasquido del pestillo.

Se apartó de Buddy. Se puso detrás de la barra y empezó a girar las botellas para que se vieran las etiquetas y a limpiar el mostrador, fingiendo que no trataba de interponer un obstáculo entre ellos.

Él soltó una carcajada y se frotó los brazos como si no hiciera un calor sofocante en aquella casa de mierda.

—¿Por qué hace tanto frío de repente?

—Debería ir a ver cómo está Trevor —dijo Callie.

—No. —Rodeó la barra, cortándole el paso—. Preocúpate primero de cómo estoy yo.

Le llevó la mano hacia el bulto de sus pantalones. La movió arriba y abajo una vez, y a Callie le recordó la manera en que tiraba del cable del cortacésped para arrancar el motor.

—Así. —Repitió el movimiento.

Callie cedió. Siempre cedía.

—Qué gusto.

Ella cerró los ojos. Notaba el olor de la brasa del purito, que aún humeaba en el cenicero. El acuario borboteaba al otro lado de la habitación. Trató de pensar en más nombres graciosos de peces para decírselos a Trevor al día siguiente.

Capitán Cazón, la Piraña Lasaña, Barbo Roja…

—Dios, qué pequeñitas tienes las manos. —Buddy se bajó la cremallera. Le apretó el hombro para que se agachara. Detrás de la barra, la moqueta estaba húmeda. Las rodillas se le hundieron en el pelillo—. Eres mi pequeña bailarina.

Callie acercó la boca a su miembro.

—Dios. —Buddy la agarraba con firmeza del hombro—. Qué gusto. Así.

Ella cerró los ojos.

Pez Cuecito, Merlucín, Leonardo DiCarpa…

Buddy le dio unas palmaditas en el hombro.

—Venga, nena. Vamos a acabar en el sofá.

Callie no quería ir al sofá. Quería terminar ya. Marcharse. Estar sola. Respirar hondo y llenarse los pulmones con cualquier cosa menos con él.

—¡Hostia puta!

Callie se encogió, asustada.

No le estaba gritando a ella.

Comprendió por el movimiento sutil del aire que Trevor volvía a estar en el pasillo. Trató de imaginarse lo que había visto: a Buddy agarrado con una mano al mostrador mientras movía las caderas empujando algo debajo de la barra.

—Papá, ¿dónde…?

—¿Qué te he dicho? —bramó Buddy.

—No tengo sueño.

—Pues tómate tu jarabe. Vamos.

Callie miró a Buddy. Señalaba hacia la cocina con uno de sus gruesos dedos.

Oyó el chirrido de la silla de Trevor sobre el linóleo. El ruido del respaldo al chocar con la encimera. El crujido del armario al abrirse. El *tic-tic-tic* de Trevor girando el tapón de seguridad del NyQuil. Su jarabe para dormir, lo llamaba Buddy. Los antihistamínicos le dejarían noqueado el resto de la noche.

—Bébetelo —ordenó Buddy.

Callie pensó en el suave ondular de la garganta de Trevor cuando echaba la cabeza hacia atrás y se tragaba la leche.

—Déjalo en la encimera —dijo Buddy—. Vuelve a tu habitación.

—Pero…

—Vete a tu habitación de una puta vez y quédate allí o te pelo el culo a azotes.

De nuevo, Callie contuvo la respiración hasta que oyó el chasquido de la puerta del cuarto del niño al cerrarse.

—Puto crío.

—Buddy, quizá debería…

Se incorporó en el instante en que él se giraba. Buddy la golpeó sin querer con el codo en la nariz. El crujido repentino de los huesos al romperse la atravesó como un rayo. Quedó tan aturdida que no pudo ni pestañear.

Él parecía horrorizado.

—Muñeca, ¿estás bien? Lo siento, yo…

Sus sentidos volvieron a funcionar, uno a uno. El ruido se le agolpó en los oídos. El dolor inundó sus nervios. Se le nubló la vista. La boca se le llenó de sangre.

Jadeó, intentando respirar. La sangre se deslizó por su garganta. La cabeza le daba vueltas. Iba a desmayarse. Le fallaron las rodillas. Trató frenéticamente de agarrarse a algo para no caerse. La caja de cartón se volcó. Su cabeza golpeó contra el suelo. Los corchos de vino cayeron sobre su pecho y su cara como gotas de lluvia. Parpadeó con la vista fija en el techo. Vio ante sus ojos los peces bicolores, nadando enérgicamente. Volvió a parpadear. Los peces se alejaron a toda prisa. El aire se arremolinó dentro de sus pulmones. La cabeza empezó a palpitarle al mismo ritmo que el corazón. Se quitó algo del pecho. La cajetilla de Black & Mild se había salido del bolsillo de la camisa de Buddy y los puritos se habían esparcido sobre su cuerpo. Estiró el cuello buscando a Buddy.

Esperaba ver esa mirada suya de cachorrito arrepentido, pero él apenas le prestaba atención. Tenía en las manos la cámara de vídeo. Ella la había arrancado sin querer de la estantería, junto con la caja. Un trozo de plástico se había desprendido de una esquina de la cámara.

—Mierda —masculló enfadado.

Por fin la miró. Sus ojos se volvieron esquivos, como los de Trevor. Le habían pillado en falta y buscaba ansiosamente una salida.

Callie apoyó la cabeza en la moqueta. Todavía estaba desorientada. Todo lo que miraba parecía palpitar al mismo tiempo que su cráneo dolorido. Los vasos que colgaban del estante. Las manchas marrones de humedad del techo. Tosió tapándose la boca con la mano. La palma se le llenó de salpicaduras de sangre. Oyó que Buddy se movía de un lado a otro.

Volvió a mirarle.

—Buddy, ya he…

Sin previo aviso, la agarró del brazo y la levantó de un tirón. Sus piernas lucharon por mantenerse en pie. El codazo había sido más fuerte de lo que pensaba. El mundo había empezado a trastabillar, como la aguja de un tocadiscos atascada en el mismo surco. Tosió otra vez y se tambaleó hacia delante. Notaba toda la cara aplastada y abierta. Un espeso torrente de sangre le corría por la garganta. La habitación giraba como un globo terráqueo. ¿Tenía una conmoción cerebral? Eso le parecía.

—Buddy, creo que...

—Cállate.

La agarró con fuerza de la nuca y la llevó a rastras por el cuarto de estar, hasta la cocina, como si fuera un perro que se había portado mal. Ella estaba demasiado aturdida para defenderse. La furia de Buddy era siempre repentina, como una llamarada que todo lo envolvía. Por lo general, Callie sabía cuál era su origen.

—Buddy...

La arrojó contra la mesa.

—¿Quieres callarte la puta boca y escucharme?

Callie se echó hacia atrás para mantener el equilibrio. La cocina entera se puso de lado. Iba a vomitar. Tenía que acercarse al fregadero.

Buddy dio un puñetazo en la encimera.

—¡Deja de hacer el tonto, joder!

Ella se tapó los oídos. Buddy tenía la cara de color escarlata. Estaba furioso. ¿Por qué estaba tan enfadado?

—Hablo en serio, joder. —Su tono se había suavizado, pero hablaba con un gruñido amenazador—. Tienes que escucharme.

—Vale, vale. Dame un minuto. —Seguían temblándole las piernas. Se acercó a trompicones al fregadero. Abrió el grifo. Esperó a que el agua saliera limpia. Metió la cabeza bajo el chorro frío. Le ardía la nariz. Hizo una mueca y una punzada de dolor le atravesó la cara.

Buddy se agarró con una mano al borde del fregadero. Estaba esperando.

Ella levantó la cabeza. El mareo casi la hizo tambalearse otra vez. Buscó un paño en el cajón. La tela áspera le arañó las mejillas. Se apretó el paño contra la nariz, tratando de detener la hemorragia.

—¿Qué pasa?

Él daba saltitos de impaciencia, apoyado en las puntas de los pies.

—No puedes decirle a nadie lo de la cámara, ¿vale?

El paño ya se había empapado. La sangre seguía manándole de la nariz y escurriéndosele por la boca y la garganta. Nunca había deseado tanto tumbarse en la cama y cerrar los ojos. Buddy solía saber cuándo lo necesitaba. Solía llevarla en brazos por el pasillo, la metía en la cama y le acariciaba el pelo hasta que se dormía.

—Callie, prométemelo. Mírame a los ojos y prométeme que no se lo vas a decir a nadie.

Le había puesto la mano en el hombro otra vez, más suavemente. La ira había empezado a disiparse dentro de él. Le levantó la barbilla con sus gruesos dedos. Callie sintió que intentaba hacerle adoptar una pose, como si fuera una Barbie.

—Joder, nena, tu nariz… ¿Estás bien? —Sacó otro paño—. Lo siento, ¿vale? Dios, esa cara tan bonita… ¿Estás bien?

Callie se volvió hacia el fregadero. Escupió sangre en el desagüe. Notaba la nariz como metida entre dos engranajes. Tenía que ser una conmoción cerebral. Lo veía todo doble. Dos goterones de sangre. Dos grifos. Dos escurreplatos en la encimera.

Él la agarró de los brazos, la hizo girarse y la sujetó contra los armarios.

—Mira, no va a pasarte nada, ¿de acuerdo? De eso me encargo yo. Pero no puedes decirle a nadie lo de la cámara, ¿vale?

—Vale —contestó ella, porque siempre era más fácil darle la razón.

—Lo digo en serio, muñeca. Mírame a los ojos y prométemelo.

Callie no supo si estaba preocupado o enfadado hasta que la sacudió como a una muñeca de trapo.

—¡Mírame!

Solo fue capaz de parpadear, muy lentamente. Una nube se interponía entre ella y todo lo demás.

—Sé que ha sido un accidente.

—No hablo de tu nariz. Hablo de la cámara. —Se lamió los labios sacando la lengua como un lagarto—. No puedes armar jaleo por lo de la cámara, muñeca. Podría ir a la cárcel.

—¿Cárcel? —Aquella palabra surgió de la nada, desprovista de sentido. Habría dado lo mismo que dijera «unicornio»—. ¿Por qué…?

—Nena, por favor. No seas tonta.

Callie parpadeó y de pronto, como si se enfocara una lente, lo vio todo con claridad.

No estaba preocupado ni furioso, ni consumido por la culpa. Estaba aterrorizado.

¿Por qué?

Ella sabía lo de la cámara desde hacía meses, pero había preferido no averiguar para qué servía. Se acordó de sus fiestas de los fines de semana. La nevera llena de cervezas. El aire saturado de humo. La televisión a todo volumen. Hombres borrachos riéndose y dándose palmadas en la espalda mientras Callie intentaba preparar a Trevor para ir al cine o al parque, o a cualquier sitio con tal de salir de casa.

—Tengo que… —Se sonó la nariz en el paño. Los hilillos de sangre formaron una telaraña sobre fondo blanco. Su mente se estaba despejando, pero aún le pitaban los oídos. Buddy le había dado un buen golpe. ¿Por qué había tenido tan poco cuidado?

—Mira. —Le clavó los dedos en los brazos—. Escúchame, muñeca.

—Deja de decirme que te escuche. Ya te estoy escuchando. Oigo todo lo que dices, joder. —Tosió con tanta fuerza que tuvo que agacharse para que se le pasara la tos. Se limpió la boca. Levantó la vista hacia él—. ¿Estás grabando a tus amigos? ¿Para eso es la cámara?

—Olvídate de la cámara. —Buddy estaba paranoico, era evidente—. Te has dado un golpe en la cabeza, muñeca. No sabes lo que dices.

*¿Qué se le estaba escapando?*

Buddy decía que era contratista de obras, pero no tenía oficina. Salía a trabajar y se pasaba todo el día por ahí, en su Corvette. Callie sabía que era corredor de apuestas. Y también un matón a sueldo. Siempre llevaba un montón de dinero encima. Y siempre conocía a un tipo que conocía a otro tipo. ¿Estaba grabando a sus amigos cuando le pedían algún favor? ¿Cuando le pagaban para que rompiera rodillas, para que quemara edificios, para que encontrara algún trapo sucio que sirviera para cerrar un trato o castigar a un enemigo?

Callie trató de retener las piezas de aquel puzle que no conseguía ensamblar dentro de su cabeza.

—¿Qué haces, Buddy? ¿Los chantajeas?

Él sacó la lengua entre los dientes. Hizo una pausa demasiado larga y por fin contestó:

—Sí. Eso es lo que hago, nena, justo eso. Los chantajeo. De ahí sale el dinero. No puedes decirle a nadie que lo sabes. El chantaje es un delito grave. Podrían mandarme a la cárcel para el resto de mi vida.

Ella miró hacia el cuarto de estar; se lo imaginó lleno de amigos de Buddy, siempre los mismos. A algunos no los conocía, pero a otros los veía cotidianamente, y de pronto se sintió culpable por haberse beneficiado de los tejemanejes de Buddy. El doctor Patterson, el director del colegio. El entrenador Holt, de los Belwood Eagles. El señor Humphrey, que vendía coches usados. El señor Ganza, que atendía la charcutería del supermercado. El señor Emmett, que trabajaba en la consulta de su dentista.

¿Qué podían haber hecho que fuera tan grave? Santo Dios, ¿qué cosas horribles podían haber hecho un entrenador, un vendedor de coches, un vejestorio sobón…? ¿Y cómo habían sido tan idiotas de confesárselas a Buddy Waleski?

¿Y por qué, si Buddy los estaba chantajeando, aquellos imbéciles seguían volviendo cada fin de semana a su casa a ver el fútbol, el baloncesto o el béisbol?

¿Por qué se fumaban sus puros? ¿Por qué se bebían su cerveza? ¿Por qué dejaban marcas de cigarrillo en sus sillones? ¿Por qué le gritaban a su televisor?

«Vamos a acabar en el sofá».

Trazó con los ojos el triángulo formado por el agujero de varios centímetros perforado en la parte delantera de la barra, el sofá situado justo enfrente y el enorme televisor que pesaba más que ella.

Debajo del televisor había una estantería de cristal.

Decodificador. Distribuidor. Vídeo.

Se había acostumbrado a ver el cable RCA de tres clavijas que colgaba de los conectores en la parte frontal del vídeo. Rojo para el canal de audio derecho. Blanco para el izquierdo. Amarillo para el vídeo. El cable estaba conectado a otro cable largo enrollado sobre la moqueta, debajo del televisor. Callie no se había preguntado nunca, ni una sola vez, a qué estaba enchufado el otro extremo de ese cable.

«Vamos a acabar en el sofá».

—Nena. —Buddy rezumaba nerviosismo como si fuera sudor—. A lo mejor deberías irte a casa, ¿vale? Voy a darte algo de dinero. Ya te he dicho que me han pagado por ese trabajo de mañana. Está bien poder repartirlo, ¿eh?

Callie le estaba mirando.

Mirándole de verdad.

Él se metió la mano en el bolsillo y sacó un fajo de billetes. Contó los billetes como si contara todas las formas que tenía de controlarla.

—Cómprate una camiseta nueva, ¿vale? Y unos pantalones y unos zapatos, o lo que quieras. O a lo mejor un collar. Te gusta el collar que te regalé, ¿verdad? Cómprate otro. O cuatro. Puedes ser como Míster T.

—¿Nos grabas? —La pregunta se le escapó antes de que le diera tiempo a pensar en el infierno que podía desatar la respuesta. Ya nunca hacían el amor en la cama. Siempre lo hacían en el sofá. ¿Y todas esas veces que la había llevado en brazos a la cama para arroparla? Era justo después de que terminaran en el sofá—. ¿Eso es lo que haces, Buddy? ¿Nos grabas follando y se lo enseñas a tus amigos?

—No seas tonta —contestó en el mismo tono que Trevor cuando prometía que no volvería a golpear el cristal del acuario—. ¿Cómo voy a hacer eso? Te quiero.

—Eres un puto pervertido.

—Cuidadito con lo que dices —le advirtió, amenazador.

Callie veía ahora con claridad lo que estaba pasando, lo que llevaba sucediendo seis meses, como mínimo.

El doctor Patterson saludándola desde las gradas del instituto.

El entrenador Holt guiñándole el ojo desde la banda, durante los partidos.

El señor Ganza sonriéndole al darle a su madre unas lonchas de queso por encima del mostrador de la charcutería.

—Eres un… —Se le cerró la garganta. Todos la habían visto desnuda. Habían visto las cosas que le hacía a Buddy en el sofá. Las cosas que Buddy le hacía a ella—. No puedo…

—Callie, cálmate. Te estás poniendo histérica.

—¡Estoy histérica, joder! —gritó—. ¡Me han visto, Buddy! ¡Me han visto! Todos saben lo que yo…, lo que nosotros…

—Venga, muñeca.

Apoyó la cabeza en las manos, humillada.

El doctor Patterson. El entrenador Holt. El señor Ganza. No eran mentores ni figuras paternales ni dulces ancianitos. Eran pervertidos que se excitaban viendo cómo Buddy se la follaba.

—Vamos, cariño —dijo Buddy—. Estás exagerando.

Las lágrimas le corrían por la cara. Apenas podía hablar. Ella le había querido. Había estado dispuesta a hacer cualquier cosa por él.

—¿Cómo has podido hacerme esto?

—¿Hacerte qué? —Buddy parecía desquiciado. Miró el fajo de billetes—. Tienes lo que querías.

Callie meneó la cabeza. Ella nunca había querido aquello. Quería sentirse segura. Sentirse protegida. Tener a alguien que se interesara por su vida, por sus sueños y sus ideas.

—Vamos, nena. Te he pagado los uniformes y el campamento de animadoras, y…

—Voy a decírselo a mi madre —amenazó—. Voy a contarle lo que has hecho.

—¿Y crees que le importa una mierda? —Soltó una risotada sincera, porque ambos sabían que era cierto—. Mientras siga llegando el dinero, a tu madre le da igual.

Callie se tragó los cristales que sentía en la garganta.

—¿Y qué pasa con Linda?

Él boqueó como una trucha.

—¿Qué va a pensar tu mujer de que lleves dos años follándote a la niñera de catorce años de tu hijo?

Oyó el siseo del aire entre sus dientes.

Desde que estaban juntos, Buddy no había dejado de hablar de sus manitas, de su cinturita, de su boquita, pero nunca, jamás, hablaba del hecho de que se llevaban más de treinta años.

De que eso le convertía en un delincuente.

—Linda está todavía en el hospital, ¿verdad? —Callie se acercó al teléfono que colgaba junto a la puerta lateral. Recorrió con los dedos la lista de números de emergencias pegada a la pared. Mientras lo hacía, se preguntó si tendría valor para hacer la llamada. Linda era siempre tan amable... Aquello la dejaría destrozada. Seguro que Buddy no le permitía llamar.

Aun así, descolgó el teléfono, esperando que él se pusiera a lloriquear, a suplicarle que le perdonara, a reafirmarle su amor y su devoción.

Pero no hizo nada de eso. Seguía boqueando. Permanecía inmóvil, como un gorila paralizado, con los brazos musculosos colgándole a los lados.

Callie le dio la espalda. Se apoyó el auricular en el hombro. Estiró el cable elástico para que no le estorbara. Pulsó la tecla del número ocho.

El mundo entero se ralentizó antes de que su cerebro pudiera comprender lo que estaba pasando.

El puñetazo en el riñón fue como la embestida de un coche a toda velocidad. El teléfono se le escapó del hombro. Sus brazos se elevaron. Sus pies se despegaron del suelo. Sintió una brisa en la piel al salir despedida.

Su pecho se estrelló contra la pared. Se le aplastó la nariz. Sus dientes se clavaron en el yeso.

—Zorra estúpida —Buddy la agarró de la nuca y le estrelló de nuevo la cara contra la pared. Una vez y luego otra. Luego, se echó hacia atrás.

Callie se obligó a doblar las rodillas. Sintió que el pelo se le desprendía del cuero cabelludo cuando se acurrucó en el suelo. No era la primera vez que la golpeaban. Sabía cómo encajar los golpes. Pero la gente que le había pegado antes era de tamaño y fuerza relativamente parecidos a los suyos. Gente que no se ganaba la vida dando palizas. Gente que no había matado nunca.

—¡A mí vas a venirme con amenazas! —El pie de Buddy golpeó su estómago como una bola de demolición.

Su cuerpo se levantó del suelo. El aire escapó de sus pulmones. Sintió un dolor agudo y punzante y comprendió que le había fracturado una costilla.

Buddy se había agachado. Callie le miró. Tenía ojos de loco y saliva en la comisura de la boca. La agarró del cuello con una mano. Callie intentó zafarse, pero acabó tumbada de espaldas. Buddy se sentó a horcajadas sobre ella. Su peso era insoportable. Le apretó el cuello con más fuerza. La tráquea se le hundió, doblándose hacia la columna. Le estaba cortando la respiración. Callie empezó a lanzar puñetazos tratando de darle en la entrepierna. Lo intentó una vez. Dos. Un golpe de través bastó para que aflojara la mano. Ella se apartó rodando y trató de levantarse, de correr, de huir.

Un sonido que no supo identificar restalló en el aire.

Sintió de pronto que le ardía la espalda. Que le arrancaban la piel. Buddy la estaba azotando con el cable del teléfono. La sangre burbujeaba como ácido por su columna. Levantó la mano y vio cómo se le desgarraba la piel cuando el cable se enrolló en su muñeca.

Instintivamente, echó el brazo hacia atrás. El cable escapó de las manos de Buddy. Callie vio su cara de sorpresa y al instante se apoyó de espaldas contra la pared. Empezó a lanzarle golpes, puñetazos, patadas mientras blandía el cable con furia y gritaba:

—¡Que te jodan, hijo de puta! ¡Te voy a matar!

Su voz resonó en la cocina.

De repente, sin saber cómo, todo se detuvo.

Había conseguido ponerse de pie en algún momento. Tenía la mano levantada, lista para lanzar otro trallazo con el cable. Ambos se mantenían firmes, cada uno en su puesto, separados solo por unos metros.

La risa sorprendida de Buddy se convirtió en una carcajada de admiración.

—Joder, nena.

Le había hecho un corte en la mejilla. Él se limpió la sangre con los dedos y se los llevó a la boca. Hizo un fuerte sonido de succión.

Callie sintió que se le hacía un nudo en el estómago, consciente de que el sabor de la violencia hacía que algo muy oscuro se agitara dentro de él.

—Vamos, tigresa. —Levantó los puños como un boxeador preparado para un último asalto—. Ven aquí, inténtalo otra vez.

—Buddy, por favor. —Trató de ordenarles a sus músculos que se mantuvieran en tensión y a sus articulaciones que se relajaran, que estuvieran listos para defenderse con todas sus fuerzas. Sabía que, si Buddy actuaba con tanta calma, era únicamente porque había decidido que iba a disfrutar matándola—. Esto no tiene por qué ser así.

—Claro que tiene que ser así, iba a ser así desde el principio, muñeca.

Callie dejó que aquella certeza se instalara en su cerebro. Sabía que él tenía razón. ¡Qué tonta había sido!

—No voy a decir nada. Te lo prometo.

—Esto ha llegado demasiado lejos, muñequita. Seguro que ya lo sabes. —Seguía manteniendo los puños en alto frente a su cara. Le hizo señas de que se acercara—. Vamos, pequeña. No te rindas sin luchar.

Le sacaba casi sesenta centímetros y otros tantos kilos, como mínimo. Dentro de su corpachón cabía otro ser humano como ella.

*¿Arañarle? ¿Morderle? ¿Tirarle del pelo? ¿Morir con su sangre en la boca?*

—¿Qué vas a hacer, cosita? —Seguía con los puños preparados—. Te estoy dando una oportunidad. ¿Vas a intentarlo o vas a tirar la toalla?

*¿El pasillo?*

No podía arriesgarse a llevarle hasta Trevor.

*¿La puerta principal?*

Demasiado lejos.

*¿La de la cocina?*

Vio el pomo dorado de la puerta por el rabillo del ojo.

Brillaba. A la espera. Sin la llave echada.

Intentó visualizar sus movimientos: darse la vuelta, pie izquierdo-pie derecho, agarrar el pomo, girarlo, atravesar el garaje abierto, salir a la calle gritando como una loca.

*¿A quién quería engañar?*

Buddy se abalanzaría sobre ella en cuanto se girara. No era muy rápido, pero no necesitaba serlo. Con una sola zancada volvería a agarrarla del cuello.

Callie le miró con todo su odio.

Él se encogió de hombros: le daba igual.

—¿Por qué lo hiciste? —preguntó ella—. ¿Por qué les enseñaste nuestras cosas privadas?

—Por dinero. —Parecía decepcionarle que fuera tan obtusa—. ¿Por qué iba a ser?

Callie no quería pensar en todos esos adultos viéndola hacer cosas que no quería hacer con un hombre que había prometido que siempre, pasara lo que pasase, la protegería.

—Venga. —Buddy lanzó un puñetazo al aire con la derecha y luego un gancho a cámara lenta—. Vamos, Rocky, a ver qué sabes hacer.

Los ojos de Callie recorrieron la cocina saltando de un lado a otro.

*Nevera. Horno. Armarios. Cajones. Bandeja de galletas. NyQuil. Escurreplatos.*

Buddy sonrió.

—¿Vas a darme un sartenazo, Pato Lucas?

Callie se lanzó directamente hacia él con todas sus fuerzas, como una bala saliendo del cañón de una pistola. Él tenía las manos levantadas, cerca de la cara. Ella se encogió y, cuando él consiguió bajar los puños, ya estaba fuera de su alcance.

Chocó contra el fregadero de la cocina.

Agarró el cuchillo del escurreplatos.

Se volvió, blandiéndolo.

Buddy sonrió al ver el cuchillo de carne. Linda debía de haberlo comprado en el supermercado: un juego de seis cuchillos fabricado en Taiwán. Mango de madera agrietado. Hoja de sierra tan endeble que se combaba tres veces antes de enderezarse en la punta. Callie lo había usado para trocear el perrito caliente de Trevor porque, si no, el niño intentaba metérselo entero en la boca y se atragantaba.

Callie vio que aún tenía algo de kétchup.

Una fina línea roja recorría los dientes aserrados.

—Uf. —Buddy pareció sorprendido—. Dios…

Ambos miraron hacia abajo al mismo tiempo.

El cuchillo le había rasgado la pernera del pantalón. Por la parte superior del muslo izquierdo, a pocos centímetros de la entrepierna.

Callie vio que la tela empezaba a teñirse poco a poco de color carmesí.

Había practicado la gimnasia deportiva desde los cinco años. Sabía que uno podía hacerse daño de mil maneras distintas. Un giro mal dado y te rompías los ligamentos de la espalda. Una recepción descuidada y te destrozabas los tendones de la rodilla. Un corte con un trozo de metal —aunque fuera metal barato— en la parte interior del muslo podía seccionarte la arteria femoral, el conducto principal que suministraba sangre a la parte inferior del cuerpo.

—Cal. —Buddy se apretó la pierna con la mano. La sangre comenzó a manar entre sus dedos apretados—. Dame un… Dios, Callie. Dame un paño o…

Empezó a desplomarse. Su ancha espalda se estrelló contra los armarios y su cabeza crujió al chocar con el borde de la encimera. La habitación tembló bajo su peso cuando cayó al suelo.

—Cal… —Su garganta se movía con esfuerzo. El sudor le chorreaba por la cara—. Callie…

Ella seguía en tensión. Aún empuñaba el cuchillo. Se sentía envuelta en una fría oscuridad, como si se hubiera mimetizado con su propia sombra.

—Callie, nena, tienes que… —Él tenía los labios descoloridos. Empezaron a castañetearle los dientes como si el frío estuviera invadiéndole a él también—. Llama a una ambulancia, nena. Llama a una…

Ella giró la cabeza despacio. Miró el teléfono de la pared. No estaba en su sitio. Buddy había arrancado el cable elástico y por el agujero asomaban trozos de cables de colores. Buscó el extremo del cable y, siguiéndolo como si fuera una pista, encontró el teléfono debajo de la mesa de la cocina.

—Callie, deja eso, deja eso, nena. Necesito que…

Se puso de rodillas. Metió la mano debajo la mesa. Recogió el teléfono. Se lo acercó a la oreja. Todavía sostenía el cuchillo. ¿Por qué seguía con él en la mano?

—Es-está roto —le dijo Buddy—. Ve a la habitación, nena. Llama a una ambulancia.

Se apretó el aparato de plástico contra la oreja. Evocó de memoria un ruido fantasma: el sonido de alarma que hacía un teléfono cuando pasaba demasiado tiempo descolgado.

*Pi-pi-pi-pi-pi-pi-pi-pi-pi...*

—La habitación, nena. Ve a la...

*Pi-pi-pi-pi-pi-pi-pi-pi-pi...*

—Callie...

Eso oiría si levantaba el teléfono de la habitación. El implacable pitido y, superponiéndose a él, la voz mecánica de la operadora.

«Si desea hacer una llamada...».

—Callie, nena, no iba a hacerte daño. Yo nunca t-te haría daño...

«Por favor, cuelgue y vuelva a intentarlo».

—Nena, por favor, necesito...

«En caso de emergencia...».

—Necesito que me ayudes, nena. P-por favor, ve al pasillo y...

«Cuelgue y marque el 9-1-1».

—¿Callie?

Dejó el cuchillo en el suelo. Se agachó. Ya no notaba la punzada en la rodilla. No le dolía la espalda ni sentía que le ardía la piel del cuello allí donde él la había estrangulado. La costilla que le había roto a patadas no se le clavaba como un puñal.

«Si desea hacer una llamada...».

—Hija de puta —dijo Buddy con voz ronca—. Hi-hija de puta sin corazón.

«Por favor, cuelgue y vuelva a marcar».

# PRIMAVERA DE 2021
## Domingo
### 1

Leigh Collier se mordió el labio mientras una niña de séptimo curso cantaba *Tienen problemas* ante un público cautivado. Una panda de adolescentes cruzó el escenario dando saltos al tiempo que el profesor Hill advertía a los vecinos del pueblo contra los forasteros que engatusaban a sus hijos para que apostaran en las carreras de caballos.

*¡Y no en una sana carrera de trotones, no! ¡En una carrera en la que se sientan encima del caballo!*

Leigh dudaba de que una generación que había crecido con wifi, avispas asesinas, COVID y disturbios sociales catastróficos, y que se había visto obligada a estudiar en casa bajo la supervisión de un montón de adultos alcoholizados y deprimidos entendiera los peligros que entrañaba un salón de billar. Pero había que reconocer que la profesora de teatro tenía mucho mérito por haber puesto en escena *Vivir de ilusión* —uno de los musicales más inofensivos y tediosos que jamás se hubieran interpretado en un instituto— y, además, usando el género neutro.

Su hija acababa de cumplir dieciséis años. Leigh creía que por suerte había dejado atrás los tiempos en que tenía que ver a mocosos, niños de mamá y chupacámaras cantando a voz en grito, pero entonces Maddy se había interesado por enseñar coreografía y allí estaban, metidas en aquel atolladero: *problemas con P mayúscula, que rima con B de billar.*

Buscó a Walter con la mirada. Estaba dos filas más allá, cerca del pasillo. Tenía la cabeza torcida en un ángulo extraño, como si estuviera mirando al mismo tiempo el escenario y el respaldo de la butaca vacía que tenía delante. A Leigh no le hizo falta ver lo que tenía en las manos para saber que estaba jugando al *fantasy football* en el móvil.

Sacó su teléfono del bolso y escribió: *Maddy te va a preguntar por la función.*

Walter mantuvo la cabeza agachada, pero Leigh vio por los punto suspensivos de la aplicación que estaba respondiendo. *Puedo hacer dos cosas a la vez.*

*Si eso fuera cierto, todavía estaríamos juntos*, respondió ella.

Él se giró para buscarla. Leigh supo por las arrugas de la comisura de sus ojos que estaba sonriendo detrás de la mascarilla.

Sintió, a su pesar, que el corazón le daba un vuelco. Su matrimonio había llegado a su fin cuando Maddy tenía doce años, pero durante el confinamiento del año anterior habían acabado viviendo los tres juntos en casa de Walter, y ella había acabado metiéndose en la cama con él, y entonces se había dado cuenta de por qué lo suyo no había funcionado. Walter era un padre estupendo, pero Leigh había comprendido por fin que ella, en cambio, era una de esas malas mujeres que no podían quedarse con un buen hombre.

En el escenario había cambiado el decorado. Un foco apuntaba a un alumno de intercambio holandés que hacía el papel de Marian Paroo. Le estaba contando a su madre que un hombre con una maleta le había seguido hasta casa, una situación que hoy en día habría acabado en redada de las fuerzas especiales.

Leigh dejó vagar su mirada entre el público. La de esa noche era la última función tras cinco domingos consecutivos. Era la única forma de asegurarse de que todos los padres iban a ver a sus hijos, quisieran o no. El auditorio estaba lleno en una cuarta parte y las butacas vacías, marcadas con cinta, mantenían la distancia de seguridad entre los espectadores. La mascarilla era obligatoria. El desinfectante de manos corría como el aguardiente de melocotón en un baile de graduación. A nadie le apetecía otra Noche de los Bastoncillos Largos.

Si Walter tenía su fútbol de fantasía, ella tenía su club de lucha contra el apocalipsis de fantasía. Completó su equipo con diez integrantes más. Evidentemente, su primera opción fue Janey Pringle, que había vendido tanto papel higiénico, toallitas Clorox y desinfectante de manos en el mercado negro que le había comprado a su hijo un flamante MacBook Pro. Gillian Nolan sabía hacer cuadrantes horarios. Lisa Regan, que era una loca de las actividades al aire libre, sabía encender una fogata, entre otras cosas. Denene Millner le había dado un puñetazo en la cara a un pitbull que había atacado a su hijo. Ronnie Copeland siempre llevaba tampones en el bolso. Ginger Vishnoo había hecho llorar al profesor de física avanzada. Y Tommi Adams era capaz de cargarse cualquier cosa que tuviera pulso.

Leigh lanzó una ojeada a la derecha y localizó la espalda ancha y musculosa de Darryl Washington, que había dejado su empleo para cuidar de los niños mientras su mujer trabajaba en un puesto muy bien remunerado. Cosa que estaba muy bien, pero Leigh no iba a sobrevivir al apocalipsis solo para acabar follando con una versión más cachas de Walter.

El problema de aquel juego eran los hombres. Podías elegir uno o incluso dos, pero, si elegías tres o más, era probable que las mujeres acabaran encadenadas a una cama en un búnker subterráneo.

Las luces de la sala se encendieron. El telón azul y oro se cerró. Leigh no sabía si se había quedado traspuesta o si había entrado en estado de fuga, pero se alegró una barbaridad de que por fin hubiera llegado el intermedio.

Al principio nadie se levantó. El público se removió incómodo en los asientos mientras se debatía entre ir al aseo o no. Ya no era como antes, cuando salían todos en tromba, deseosos de cotillear en el vestíbulo mientras comían magdalenas y bebían ponche en vasitos de papel. En la entrada había un cartel indicando a los espectadores que recogieran una bolsa de plástico antes de entrar en el auditorio. Dentro de cada bolsa había un programa de la función, una botellita de agua, una mascarilla quirúrgica y una nota que les recordaba que debían lavarse las manos y cumplir las directrices de las autoridades sanitarias. A los padres rebeldes —u «objetores», como los llamaban en el colegio— se les había facilitado una contraseña de Zoom para que pudieran ver cómodamente la función en su cuarto de estar, sin mascarilla.

Leigh sacó su móvil. Envió un mensaje rápido a Maddy: *¡El baile ha salido genial! La bibliotecaria es monísima. ¡Qué orgullosa estoy de ti!*

Maddy contestó enseguida: *Mamá que estoy trabajando*

Sin signos de puntuación. Sin emoticones ni *stickers*. De no ser por las redes sociales, Leigh no sabría si su hija aún era capaz de sonreír.

Aquello era una agonía.

Volvió a buscar a Walter con la mirada. Su asiento estaba vacío. Le vio cerca de la puerta de salida, hablando con otro padre ancho de hombros. El hombre estaba de espaldas, pero Leigh dedujo por los aspavientos que hacía Walter que estaban hablando de fútbol.

Paseó la mirada por la sala. La mayoría de los padres eran o demasiado jóvenes y sanos para avanzar puestos en la cola de la vacunación, o lo bastante astutos y acaudalados como para no contar que, a base de dinero, habían conseguido que los vacunaran antes de tiempo. Estaban todos de pie, en parejas distribuidas aleatoriamente, hablando en voz baja y manteniendo la distancia de rigor. Desde la bronca que se había montado el año anterior durante la celebración de la Fiesta Aconfesional Coincidente con la Navidad, ya nadie hablaba de política. Leigh oyó retazos de conversaciones: deportes, lamentos por la añorada venta de dulces, quién estaba en la «burbuja» de quién, qué padres eran covidiotas y cuáles eran mascarillófobos, y algún comentario suelto acerca de que los capullos que llevaban la mascarilla por debajo de la nariz eran los mismos que actuaban como si tener que ponerse un condón fuera un atentado contra los derechos humanos.

Fijó su atención en el telón cerrado y, aguzando el oído, captó los golpes, los chirridos y los susurros furiosos de los chicos que estaban cambiando el decorado. Le dio otro vuelco el corazón, no por Walter, sino porque echaba de menos a su hija. Quería llegar a casa y encontrarse la cocina hecha un desastre; gritarle por los deberes y por el tiempo que pasaba enchufada a la pantalla; encontrar, hurgando en su armario, un vestido que le habían «prestado» o buscar los zapatos que Maddy metía a patadas debajo de la cama. Quería abrazar a su hija y que se retorciera y protestara. Tumbarse en el sofá a ver con ella una película tonta. Sorprenderla riéndose de algo divertido que estaba viendo en el móvil. Y soportar su mirada de desdén cuando le preguntaba qué era lo que le hacía tanta gracia.

Últimamente no hacían más que discutir, sobre todo mediante mensajes, a primera hora, y por teléfono a las seis en punto cada tarde. Si tuviera una pizca de inteligencia, la dejaría en paz, pero sentía que dejarla en paz equivalía a desentenderse de ella. No soportaba no saber si Maddy tenía novio o novia, o si iba dejando una estela de corazones rotos a su paso, o si había decidido renunciar al amor para centrarse en el arte y en la búsqueda de la atención plena. Lo único que sabía con certeza era que todas las cosas horribles que ella le había hecho o dicho a su madre volvían para golpearla como una marea interminable.

La única diferencia era que su madre se lo merecía.

Se recordó a sí misma que la distancia servía para mantener a Maddy a salvo. Leigh vivía en el piso del centro que antes compartía con su hija. Maddy se había mudado a las afueras, con Walter. Era algo que habían decidido entre los tres.

Walter era el abogado del Sindicato de Bomberos de Atlanta, de modo que podía trabajar desde la seguridad de su despacho en casa, usando Microsoft Teams y el teléfono. Leigh era abogada defensora. Hacía parte de su trabajo a través de Internet, pero seguía teniendo que ir al despacho a reunirse con los clientes. Tenía que comparecer en el juzgado, asistir a la selección de jurados y a las vistas. Había contraído el virus durante la primera ola, el año anterior. Pasó nueve días infernales, sintiéndose como si una mula le estuviera coceando el pecho. Por lo que se sabía, el riesgo para los niños era mínimo —el colegio de Maddy presumía en su página web de tener una tasa de contagio inferior al uno por ciento—, pero aun así Leigh no quería llevar la peste a casa y poner en peligro a su hija. De ninguna manera.

—¿Eres Leigh Collier?

Ruby Heyer se bajó la mascarilla por debajo de la nariz y se la volvió a subir rápidamente, como si de esa forma no hubiera ningún peligro.

—Hola, Ruby. —Leigh se alegró de que hubiera dos metros de distancia entre ellas. Ruby era una mamá amiga, una compañera necesaria cuando sus hijas eran pequeñas, en la época en que o quedabas con alguien para que jugasen o te volabas la tapa de los sesos sobre la mesa de café—. ¿Qué tal Keely?

—Está bien, pero hacía siglos que no nos veíamos, ¿verdad? —Sonrió y sus mejillas empujaron hacia arriba las gafas de montura roja. Como jugadora de póquer, era nefasta—. Me ha extrañado que Maddy esté matriculada aquí. ¿No decías que querías que tu hija estudiara en un colegio público?

Leigh sintió que la mascarilla se le pegaba a la boca cuando su ligera exasperación se convirtió en un cabreo de la hostia.

—Hola, señoritas. ¿Verdad que los chicos lo están haciendo de maravilla? —Walter estaba en el pasillo, con las manos metidas en los bolsillos del pantalón—. Ruby, me alegro de verte.

Ruby montó en su escoba y se preparó para alzar el vuelo.

—Siempre es un placer verte, Walter.

Leigh captó la indirecta: el placer no la incluía a ella. Walter la miró como diciendo «no seas cabrona» y ella contestó mandándole a la mierda con la mirada.

Su matrimonio entero resumido en dos miradas.

—Me alegro de que no llegáramos a montarnos un trío con ella.

Leigh se rio. Qué más quisiera ella que Walter hubiera sugerido un trío...

—Este colegio sería estupendo si fuera un orfanato.

—¿Es necesario que vayas tocándole las narices a todo el mundo?

Ella sacudió la cabeza al tiempo que miraba el techo sobredorado y los equipos de sonido e iluminación.

—Parece un teatro de Broadway.

—Lo es.

—En el antiguo colegio de Maddy...

—El escenario era una caja de cartón, los focos una linterna y el sistema de sonido un micrófono de juguete, y a Maddy le parecía la bomba.

Leigh pasó la mano por el respaldo de la butaca de terciopelo azul que tenía delante. El logotipo de la Academia Hollis estaba bordado en hilo dorado en la parte superior, posiblemente por cortesía de algún padre con mucho dinero y muy poco gusto. Hasta la llegada del virus, tanto ella como Walter habían sido progresistas irredentos y habían defendido a capa y espada la educación pública. Ahora estaban rascándose los bolsillos para que Maddy fuera a un colegio privado asquerosamente pijo donde la mayoría de los coches eran BMW y casi todos los chavales unos capullos integrales.

Pero las clases eran más pequeñas. Los estudiantes rotaban en grupos de diez. El personal de refuerzo mantenía las aulas bien desinfectadas. Los EPI eran obligatorios. Todo el mundo cumplía los protocolos. En las afueras casi nunca había confinamientos. La mayoría de los padres podían darse el lujo de trabajar desde casa.

—Cariño, todos los padres traerían a sus hijos aquí si pudieran.

El tono paciente de Walter le crispó los nervios.

—Pues no tendría por qué ser así.

El móvil del trabajo le vibró en el bolso. Leigh sintió que se le tensaban los hombros. Hacía un año, era una abogada autónoma sobrecargada de trabajo y mal pagada que ayudaba a trabajadoras sexuales, drogadictos y ladronzuelos a desenvolverse en el sistema legal. Ahora, era un engranaje dentro de una gigantesca maquinaria corporativa que defendía a banqueros y pequeños empresarios que cometían los mismos delitos que sus clientes anteriores, pero tenían el dinero necesario para irse de rositas.

—No esperarán que trabajes un domingo por la noche —comentó Walter.

Su ingenuidad la hizo resoplar. Tenía que competir con decenas de veinteañeros tan agobiados por las deudas de estudios que dormían en la oficina. Rebuscó en su bolso mientras decía:

—Le pedí a Liz que no me molestara a no ser que fuera cuestión de vida o muerte.

—A lo mejor algún ricachón ha matado a su mujer.

Leigh volvió a mandarle a la mierda con la mirada antes de desbloquear el teléfono.

—Octavia Bacca acaba de enviarme un mensaje.

—¿Va todo bien?

—Sí, pero…

Hacía semanas que no tenía noticias de Octavia. Habían hablado vagamente de quedar para dar un paseo por el Jardín Botánico, pero, como no había vuelto a saber nada de ella desde entonces, había supuesto que estaba muy liada.

Leyó el mensaje que le había enviado a finales del mes anterior. *¿Sigue en pie lo del paseo?*

Octavia acababa de responderle: *Menudo marrón. No me odies.*

Debajo del texto había un enlace a una noticia de prensa. La foto mostraba a un tipo atildado de unos treinta años que se parecía a todos los tipos atildados de esa edad.

*Un presunto violador invoca el derecho a un juicio rápido.*

—¿Y bien? —preguntó Walter.

—Supongo que estará muy agobiada con este caso. —Leigh echó un vistazo al artículo, entresacando los datos relevantes—. El agresor no conocía a la víctima, no fue una violación en el contexto de una cita, como suele ser habitual. El cliente se enfrenta a cargos muy graves. Él dice que es inocente, ja, ja. Exige un juicio con jurado.

—El juez estará como loco de contento.

—Y el jurado también.

A nadie le apetecía exponerse al virus para oír a un violador decir que era inocente. Y aunque fuera culpable —como era probable—, en casos de violación era bastante fácil que se rebajara la gravedad de la acusación. La mayoría de los fiscales preferían no empeñarse en plantar batalla, porque los casos solían implicar a personas que se conocían y esas relaciones previas enturbiaban más aún la cuestión del consentimiento. Como abogada defensora, procurabas negociar una imputación de privación ilegítima de libertad o un cargo menor que impidiera que tu cliente acabara en el registro de delincuentes sexuales y en la cárcel, y luego te ibas a casa y te dabas la ducha más larga y caliente que pudieras soportar para quitarte el mal olor de encima.

—¿Le han concedido la libertad bajo fianza? —preguntó Walter.

—El virus manda.

Debido al coronavirus, los jueces eran reacios a decretar la prisión preventiva de los acusados a la espera de juicio. En lugar de hacerlo, les ponían tobilleras electrónicas y les instaban encarecidamente a respetar las normas. Las prisiones y los centros de detención eran peores que las residencias de ancianos. Si lo sabría Leigh, que se había contagiado por cortesía del Centro de Detención de la Ciudad de Atlanta.

—¿La fiscalía no les ha ofrecido un trato? —preguntó Walter.

—Me sorprendería que no lo hubiera hecho, pero en todo caso da igual si el cliente no lo acepta. No me extraña que Octavia haya estado desconectada. —Levantó la vista del teléfono—. Oye, si al final no llueve, ¿crees que podré sobornar a Maddy para que se siente un rato conmigo en el porche de tu casa?

—Tengo paraguas, cielo, pero ya sabes que después de la función tiene una fiesta con su pandilla.

A Leigh se le llenaron los ojos de lágrimas. Odiaba sentirse excluida. Después de un año, seguía yendo al cuarto vacío de Maddy a llorar al menos una vez al mes.

—¿Tú lo llevabas tan mal cuando vivía conmigo?

—Es mucho más fácil contentar a una niña de doce años que competir por la atención de una adolescente de dieciséis. —Los ojos de Walter volvieron a arrugarse—. Maddy te quiere mucho, cielo. No podría tener una madre mejor que tú.

Las lágrimas empezaron a caer.

—Eres un buen hombre, Walter.

—Demasiado bueno.

No lo decía en broma.

Las luces parpadearon. Había terminado el intermedio. Leigh estaba a punto de sentarse cuando su teléfono volvió a vibrar.

—Trabajo.

—Qué suerte —susurró Walter.

Se escabulló por el pasillo hacia la salida. Algunos padres la miraron con enfado por encima de la mascarilla, Leigh no sabía si porque les molestaba que saliera o por su participación en la bronca de la Navidad anterior. Hizo caso omiso de sus miradas, fingiéndose concentrada en lo que estaba viendo en el móvil. El identificador de llamadas decía *Bradley*, lo que era extraño, porque normalmente cuando la llamaba su asistente ponía *Bradley, Canfield & Marks*.

Se paró en medio del vestíbulo estrafalariamente lujoso sin prestar atención a los apliques dorados, que parecían proceder del saqueo de una tumba real. Walter opinaba que era una resentida porque la ostentación de riqueza la sacaba de quicio, pero él no había tenido que vivir en el coche durante su primer curso en la Facultad de Derecho porque no podía pagarse un alquiler.

—¿Liz? —contestó al teléfono.

—No, señora Collier, soy Cole Bradley. Espero no pillarla en mal momento.

Leigh estuvo a punto de quedarse sin habla. Entre ella y el fundador del bufete mediaban veinte pisos y probablemente el doble de millones de dólares. Solo le había visto en persona una vez, un día que estaba haciendo cola en el vestíbulo de los ascensores y él había usado una llave para llamar al ascensor privado que subía directamente al último piso. Parecía un Anthony Hopkins más alto y delgado, si Anthony Hopkins hubiera contratado a un cirujano plástico para su uso particular poco después de graduarse en la Facultad de Derecho de la Universidad de Georgia.

—¿Señora Collier?

—Sí, yo… —Intentó recomponerse—. Disculpe. Estoy en una función escolar de mi hija.

Fue directo al grano.

—Hay un asunto delicado que requiere su atención inmediata.

Leigh sintió que se quedaba boquiabierta. No se estaba dejando la piel en Bradley, Canfield & Marks, precisamente. Hacía lo justo para pagar la casa y el colegio privado de su hija. Cole Bradley tenía contratados como mínimo a un centenar de flamantes abogados que serían capaces de apuñalarla en la cara con tal de conseguir una llamada del jefe.

—¿Señora Collier?

—Perdone, es solo que… Si le soy sincera, señor Bradley, haré lo que me diga, pero no estoy segura de ser la persona indicada.

—La verdad, señora Collier, es que hasta esta tarde no tenía ni idea de que existía, pero el cliente ha pedido expresamente que sea usted quien se ocupe del caso. Ahora mismo está esperando en mi despacho.

Aquello la dejó atónita. Su cliente más destacado era el dueño de un almacén de artículos para mascotas que estaba acusado de entrar en el domicilio de su exmujer y orinar en el cajón de su ropa interior. El caso había sido objeto de mofa en un periódico alternativo de Atlanta, pero Leigh dudaba de que Cole Bradley leyera el *Atlanta INtown*.

—Se llama Andrew Tenant —añadió Bradley—. Imagino que habrá oído hablar de él.

—Sí, señor, en efecto. —Solo conocía aquel nombre porque acababa de leerlo en el artículo que le había mandado Octavia Bacca.

*Menudo marrón. No me odies.*

Octavia vivía con sus padres ancianos y su marido, que tenía asma severa. Solo se le ocurrían dos motivos por los que su amiga podía haber renunciado a un caso en favor de otra abogada: o bien quería evitarse un juicio con jurado por el riesgo de contagio, o bien el presunto violador le daba demasiado miedo para aceptarlo como cliente. En todo caso, poco importaban sus motivaciones; Leigh no tenía elección.

—Dentro de media hora estoy allí —le dijo a Bradley.


La mayoría de los pasajeros que llegaban al aeropuerto de Atlanta daban por sentado, al mirar por la ventanilla del avión, que Buckhead estaba en el centro de la ciudad, pero de hecho el cúmulo de rascacielos del extremo más elegante de Peachtree Street no se había edificado para quienes asistían a convenciones, ni para las oficinas de la administración pública o las instituciones financieras más formales y serias. Sus plantas estaban repletas de abogados de alto copete, corredores de bolsa y gestores de capital privado cuya clientela se encontraba allí mismo, en uno de los distritos postales más ricos del sureste.

La sede de Bradley, Canfield & Marks —un coloso con fachada de cristal que se encrespaba en la cima como una ola al romper— se cernía sobre el distrito comercial de Buckhead. Leigh se encontraba en el vientre de la bestia, subiendo trabajosamente las escaleras del aparcamiento. La entrada del aparcamiento de visitas estaba cerrada y el primer hueco libre que había encontrado estaba tres pisos bajo tierra. La escalera de hormigón parecía el escenario perfecto para un asesinato, pero los ascensores estaban cerrados y no había conseguido encontrar a ningún guardia de seguridad que se los abriera. Aprovechó el tiempo para repasar lo que le había contado Octavia Bacca por teléfono durante el trayecto.

O lo que no había podido contarle.

Andrew Tenant la había despedido hacía dos días. No, no le había explicado el motivo. Sí, hasta ese momento creía que Andrew estaba satisfecho con sus servicios. No, no entendía por qué había decidido cambiar de abogada, pero hacía dos horas había recibido orden de transferir todos los archivos del caso a BC&M, a la atención de Leigh Collier. El mensaje que le había mandado pretendía ser una disculpa por el marrón que suponía tener que hacerse cargo de un caso estando a ocho días del juicio. Leigh ignoraba por qué un cliente estaba dispuesto a prescindir de una de las mejores abogadas defensoras de la ciudad cuando estaba su vida en juego, pero había llegado a la conclusión de que el tipo debía de ser idiota.

El mayor misterio por resolver era cómo demonios la conocía Andrew Tenant. Había enviado un mensaje a Walter, pero él tampoco tenía ni idea, y ahí se acababan sus posibilidades de extraer información de su pasado, porque Walter era la única persona con la que tenía trato que la conocía desde antes de graduarse en la Facultad de Derecho.

Se detuvo al llegar a lo alto de la escalera, con el sudor chorreándole por la espalda. Pasó revista rápidamente a su aspecto. No se había arreglado para ir a ver la función, ni mucho menos. Se había recogido el pelo en un moño de señora mayor y se había puesto unos vaqueros que ya tenían dos días de uso y una camiseta descolorida del *Bad Boys from Boston* de Aerosmith, aunque solo fuera por diferenciarse de las zorras del público, con sus bolsitos Birkin. Tendría que pasarse por su despacho antes de ir a la planta de dirección. Como todo el mundo, Leigh tenía en la oficina ropa para ir al juzgado. El neceser del maquillaje lo guardaba en un cajón del escritorio. La idea de tener que pintarse para un acusado de violación una noche de domingo que tendría que haber pasado con su familia la puso de muy mal humor. Odiaba aquel edificio. Odiaba aquel trabajo. Odiaba su vida.

Y adoraba a su hija.

Buscó una mascarilla en el bolso, que Walter llamaba «el botiquín» porque Leigh lo utilizaba como maletín y, desde hacía un año, como minialmacén de artículos pandémicos: desinfectante de manos, toallitas Clorox, mascarillas, guantes de nitrilo por si acaso... La empresa les hacía pruebas dos veces por semana y ella ya había pasado la enfermedad, pero, habiendo tantas variantes en circulación, toda precaución era poca.

Miró la hora mientras se ponía la mascarilla. Podía dedicarle unos segundos a su hija. Hizo malabarismos con sus dos teléfonos, buscando el de uso personal, que llevaba la inconfundible carcasa azul y dorada de la Academia Hollis. El fondo de pantalla era una foto de Tim Tam, el perro de la familia, un labrador de color chocolate que últimamente era mucho más cariñoso con ella que su propia hija.

Suspiró al ver la pantalla. Maddy no había respondido a sus profusas disculpas por haberse marchado antes de tiempo. Echó una ojeada rápida a Instagram y vio a su hija bailando con unos amigos en la fiestecita que al parecer habían montado en el sótano de Keely Heyer, y a Tim Tam durmiendo en un cojín, en un rincón. Amor incondicional, y un cuerno.

Deslizó los dedos por la pantalla y le escribió otro mensaje a Maddy: *Siento haber tenido que irme, cariño. Te quiero muchísimo.*

Esperó estúpidamente una respuesta antes de abrir la puerta.

El vestíbulo, climatizado en exceso, la envolvió en mármol y frío acero. Saludó con la cabeza a Lorenzo, el guardia de seguridad, en su cabina de plexiglás. Estaba encorvado sobre una taza de sopa, con los hombros pegados a las orejas y el cuenco cerca de la boca. A Leigh le recordó a una planta suculenta que su madre solía tener en la ventana de la cocina.

—Señora Collier.

Leigh se alarmó al ver a Cole Bradley en la zona de los ascensores. Se llevó la mano a la parte de atrás del pelo. Notó cómo sobresalían sus rizos, como tentáculos de un pulpo aplastado. La foto de *Bad Boys* de su camiseta raída era una afrenta al traje italiano de Bradley, hecho a medida.

—Me ha pillado in fraganti. —Bradley se guardó un paquete de tabaco en el bolsillo de la pechera—. He salido a fumar.

Leigh notó que levantaba las cejas, sorprendida. Bradley era prácticamente el dueño del edificio. Nadie iba a impedirle hacer nada.

Él sonrió. O, al menos, eso le pareció a Leigh. Era ya octogenario, pero tenía la piel tan tensa que solo se le movieron las puntas de las orejas.

—Teniendo en cuenta el clima político actual, conviene que a uno le vean respetar las normas.

Sonó el timbre del ascensor privado de los socios del bufete. Era un tintineo tan musical que sonaba como si una dama con crinolina llamara al mayordomo para tomar el té de la tarde.

Bradley se sacó una mascarilla del bolsillo. Leigh dedujo que también era para guardar las apariencias. A su edad, se habría vacunado de los primeros. Claro que la vacuna no sería de verdad efectiva hasta que casi todo el mundo estuviera vacunado.

—¿Señora Collier? —Bradley esperaba junto a la puerta abierta del ascensor.

Leigh vaciló; dudaba que los subordinados tuvieran permitido entrar en el ascensor privado.

—Iba a pasar por mi despacho para ponerme ropa más adecuada.

—No es necesario. Se hacen cargo de las circunstancias, teniendo en cuenta el día y la hora. —Le indicó que entrara antes que él.

Incluso con su permiso, Leigh se sintió como una intrusa al entrar en el elegante ascensor. Apoyó las pantorrillas contra el estrecho banco rojo del fondo. Solo había echado un vistazo al interior del ascensor una vez y ahora, al verlo de cerca, se dio cuenta de que las paredes estaban revestidas de negra piel de avestruz. El suelo era una enorme losa de mármol negro. El techo y los botones estaban ribeteados de rojo y negro, porque, si te habías graduado en la Universidad de Georgia, lo más importante que te había pasado en la vida era eso: que te habías graduado en la Universidad de Georgia.

Las puertas de espejo se cerraron. Bradley se mantenía muy erguido. Su mascarilla era negra con ribetes rojos. En la solapa llevaba un alfiler de Uga, la mascota de los Bulldogs de Georgia. Tocó el botón de subida e iniciaron su ascenso hacia el último piso.

Leigh, que seguía sin saber cómo comportarse, se quedó mirando al frente. En el ascensor de los plebeyos había carteles que advertían de que había que mantener la distancia y hablar lo menos posible. Allí no había carteles; ni siquiera el letrero de la inspección técnica del ascensor. El olor de la loción de afeitar de Bradley, mezclado con el del humo del tabaco, hizo que le picara la nariz. Odiaba a los hombres que fumaban. Abrió la boca para respirar detrás de la mascarilla.

Bradley carraspeó.

—Me pregunto, señora Collier, cuántos de sus compañeros del instituto de Lake Point acabaron graduándose con honores en Northwestern.

Había estado informándose sobre ella mientras Leigh rompía la barrera del sonido para llegar a tiempo. Sabía que se había criado en una barriada de Atlanta. Y que había terminado yendo a una Facultad de Derecho de primera fila.

—La UGA me puso en lista de espera.

Supuso que él habría levantado una ceja si el Botox se lo hubiera permitido. Cole Bradley no estaba acostumbrado a que sus subordinados tuvieran personalidad.

—Hizo las prácticas en un bufete especializado en atención a personas desfavorecidas, en Cabrini Green. Después de estudiar en Northwestern, regresó a Atlanta y se unió a la Sociedad de Ayuda Legal. Cinco años después, abrió su propio bufete de derecho penal. Le iba bastante bien hasta que los tribunales cerraron por la pandemia. A finales de este mes hará un año que trabaja en BC&M.

Leigh esperó una pregunta.

—Su trayectoria me parece un tanto iconoclasta. —Bradley hizo una pausa, dándole la oportunidad de intervenir—. Supongo que disfrutó de becas, de modo que el dinero no dictó su itinerario profesional.

Ella siguió esperando.

—Y, sin embargo, aquí está, en mi bufete. —Otra pausa. Otra oportunidad ignorada—. ¿Sería descortés señalar que está usted más cerca de los cuarenta que la mayoría de los empleados que llevan menos de un año en la empresa?

Leigh dejó que su mirada se posara en la suya.

—Sería correcto.

Él la miró sin disimulo.

—¿De qué conoce a Andrew Tenant?

—No le conozco y no tengo ni idea de qué me conoce él a mí.

Bradley respiró hondo antes de añadir:

—Andrew es el vástago de Gregory Tenant, uno de mis primeros clientes. Nos conocimos hace siglos. Debió de presentarnos Jesucristo en persona. A él también le puso la UGA en espera.

—¿A Jesucristo o a Gregory?

Sus orejas se movieron ligeramente y Leigh entendió que, en efecto, esa era su forma de sonreír.

—El Grupo Automovilístico Tenant —continuó Bradley— empezó con un único concesionario Ford allá por los años setenta. Seguramente es usted demasiado joven para recordar los anuncios, pero tenían una cancioncilla muy pegadiza. Gregory Tenant, el padre, era compañero mío de fraternidad. Cuando murió, su hijo Greg heredó el negocio y lo convirtió en una cadena de treinta y ocho concesionarios distribuidos por todo el sureste. Greg falleció el año pasado a consecuencia de un cáncer particularmente agresivo. Su hermana se hizo cargo de la gerencia de la empresa. Andrew es hijo de ella.

Leigh seguía anonadada porque alguien empleara la palabra «vástago».

El timbre del ascensor tintineó. Las puertas se abrieron suavemente. Habían llegado al último piso. Sintió cómo el aire frío luchaba contra el paraguas de calor de fuera. El espacio era tan inmenso como un hangar para aviones. Los plafones del techo estaban apagados. La única luz procedía de las lámparas de las mesas de acero y cristal que montaban guardia frente a las puertas cerradas de los despachos.

Bradley se dirigió al centro de la sala y se detuvo.

—Siempre me deja sin respiración.

Leigh adivinó que se refería a las vistas. Estaban en el seno de la ola gigante que remataba el edificio. Enormes láminas de cristal, de unos doce metros de altura, se alzaban hasta la cresta. El piso se hallaba tan por encima de la contaminación lumínica que se veían las estrellas como minúsculos alfileres atravesando el cielo nocturno. Allá abajo, los coches que circulaban por Peachtree Street trazaban una estela roja y blanca en dirección a la masa resplandeciente del centro de la ciudad.

—Parece un globo de nieve —comentó Leigh.

Bradley se volvió hacia ella. Se había quitado la mascarilla.

—¿Qué opina de la violación?

—Estoy decididamente en contra.

Leigh comprendió por la cara que puso Bradley que había llegado el momento de dejar de lado su personalidad.

—He llevado decenas de casos de agresión sexual a lo largo de estos años —añadió—. La naturaleza de la acusación es irrelevante. La mayoría de mis clientes son culpables. El fiscal tiene que probar los hechos más allá de toda duda razonable. Y a mí me pagan un montón de dinero para suscitar esa duda.

Él asintió, satisfecho con su respuesta.

—La selección del jurado es el jueves y el juicio comienza dentro de una semana. Ningún juez le concederá un aplazamiento por cambio de letrado. Puedo ofrecerle dos ayudantes a tiempo completo. ¿Lo ajustado de las fechas supondrá algún problema?

—Es un reto —contestó Leigh—, pero no un problema.

—A Andrew le han ofrecido rebajar la gravedad de la acusación a cambio de un año de libertad vigilada.

Leigh se bajó la mascarilla.

—¿Y quedar excluido del registro de delincuentes sexuales?

—Sí. Los cargos quedarán sobreseídos si pasa tres años sin meterse en líos.

A pesar de sus muchos años de carrera, a Leigh seguía sorprendiéndole lo fantástico que era ser un hombre blanco y rico.

—Es un trato estupendo. Pero hay algo más, ¿verdad?

La piel de las mejillas de Bradley se tensó en una mueca de dolor.

—El bufete anterior hizo que un investigador privado indagara un poco. Por lo visto, en este caso la admisión de culpabilidad, incluso rebajando la imputación, podría conducir a otras denuncias.

Octavia no había mencionado ese detalle. Quizá no la habían puesto al corriente antes de despedirla, o quizá se había dado cuenta de que aquello era una ratonera y se alegraba de haberse librado de ella. Si el investigador privado estaba en lo cierto, el fiscal estaba tratando de persuadir a Andrew Tenant para que se declarara culpable con el fin de poder mostrar un patrón de comportamiento que le vinculara con otros casos de agresión sexual.

—¿Cuántas denuncias en concreto?

—Dos, posiblemente tres.

Mujeres, pensó Leigh. Dos o tres mujeres más que habían sido violadas.

—No hay muestras de ADN en ninguna de las posibles denuncias —añadió Bradley—. Tengo entendido que hay algunas pruebas circunstanciales, pero nada insuperable.

—¿Coartada?

—Su prometida, pero… —Bradley se encogió de hombros como lo haría un jurado—. ¿Qué opina?

Leigh opinaba que o bien Tenant era un violador en serie, o bien el fiscal del distrito estaba intentando que se autoinculpara para poder etiquetarle como tal. Leigh había visto esas jugarretas de la fiscalía cuando trabajaba por su cuenta, pero Andrew Tenant no era un ayudante de camarero que se declaraba culpable porque no tenía dinero para litigar.

Intuía que Bradley le estaba ocultando algo más. Sopesó sus palabras con cuidado.

—Andrew es el vástago de una familia muy rica. Y el fiscal del distrito sabe que no se dispara al rey si no se está seguro de dar en el blanco.

Bradley no respondió, pero su actitud se volvió visiblemente más precavida. Leigh oyó zumbarle dentro de la cabeza la pregunta que le había hecho Walter esa tarde. ¿Le había tocado las narices al jefe? Cole Bradley le había preguntado qué opinaba de los casos de violación, no qué opinaba de los clientes inocentes. Según decía, conocía a la familia Tenant desde los tiempos en que usaba pantalones cortos. Podía ser incluso el padrino de Andrew Tenant.

En todo caso, estaba claro que a ella no iba a contarle lo que pensaba. Alargó el brazo, indicando la última puerta de la derecha.

—Andrew está en mi sala de reuniones, con su madre y su novia.

Leigh se subió la mascarilla al pasar junto a él. Se recalibró para dejar de ser la esposa de Walter, la madre de Maddy y la chica descarada que había bromeado con un esqueleto viviente dentro de un ascensor privado. Andrew Tenant había pedido que fuera ella quien se hiciera cargo de su defensa, probablemente porque sabía que, antes de entrar a trabajar en BC&M, tenía fama de ser una especie de híbrido entre un colibrí y una hiena. Ahora debía adoptar ese papel o no solo perdería al cliente, sino también su empleo casi con toda seguridad.

Bradley se adelantó para abrirle la puerta.

Las salas de reuniones de las plantas inferiores eran más pequeñas que el aseo de un Holiday Inn y funcionaban por orden de llegada. Leigh esperaba encontrarse con una versión algo más grande, pero la sala privada de reuniones de Cole Bradley se parecía más bien a una suite del Waldorf, con chimenea y bar incluidos. Había un pesado jarrón de cristal con flores sobre un pedestal. Fotografías de varios bulldogs Uga en la pared del fondo. Un cuadro de Vince Dooley sobre la chimenea. Un montón de blocs de notas y bolígrafos sobre el aparador de mármol negro. Trofeos de varios premios jurídicos agolpados entre hileras de botellas de agua. La mesa de reuniones, de unos cuatro metros de largo por dos de ancho, era de madera de secuoya. Las sillas, de cuero negro.

Había tres personas sentadas a un extremo de la mesa, a cara descubierta. Reconoció a Andrew Tenant por la foto del periódico, aunque en persona era más guapo. La mujer que se aferraba a su brazo derecho tenía veintitantos años, un brazo completamente tatuado y una mueca de desprecio que cualquier madre querría para su hijo.

La madre en cuestión estaba sentada muy derecha en su silla, con los brazos cruzados. Tenía el pelo corto y rubio, salpicado de canas. Una fina gargantilla de oro ceñía su cuello bronceado. Vestía un auténtico polo Izod Lacoste amarillo claro, con su cocodrilito y todo. Llevaba el cuello del polo subido y daba la impresión de que acababa de salir del campo de golf para tomarse un bloody mary junto a la piscina.

Dicho de otra manera, era el tipo de mujer que Leigh conocía únicamente porque a veces se daba un atracón de episodios de *Gossip Girl* con su hija.

—Siento que les hayamos hecho esperar. —Bradley trasladó un grueso montón de carpetas al otro lado de la mesa, indicando dónde debía sentarse Leigh—. Esta es Sidney Winslow, la prometida de Andrew.

—Sid —dijo la chica.

Leigh había adivinado que se llamaría Sid, Punkie, Katniss o algo así nada más ver sus múltiples *piercings*, su rímel grumoso y su pelo desfilado de color negro azabache.

Aun así, se mostró amable con la media naranja de su cliente.

—Lamento que nos conozcamos en estas circunstancias.

—Esto está siendo una pesadilla. —Sidney tenía la voz tan ronca como cabía esperar. Se echó el pelo hacia atrás dejando ver su esmalte de uñas azul oscuro y una pulsera de cuero con tachuelas puntiagudas—. A Andy estuvieron a punto de matarle en la cárcel y eso que solo pasó allí dos noches. Es inocente, obviamente. Ya nadie está a salvo. Cualquier zorra te señala con el dedo y…

—Sidney, deja que por lo menos se oriente. —La rabia férreamente controlada que dejaba entrever el tono de la madre le recordó a Leigh la voz que ponía ella cuando regañaba a Maddy delante de otras personas—. Leigh, por favor, tómate tu tiempo.

Ella correspondió unos segundos a la sonrisa de la señora Tenant antes de adoptar una actitud profesional.

—Solo necesito un momento. —Abrió un dosier, confiando en que algún detalle le recordara quiénes eran aquellas personas. La primera página era el formulario de detención de Andrew Tenant. Treinta y tres años. Empresario del sector de la automoción. Domiciliado en un barrio exclusivo. Acusado de secuestro y agresión sexual el 13 de marzo de 2020, justo al comienzo de la primera ola de la pandemia.

No leyó con detenimiento los pormenores del caso porque no quería que la influyeran negativamente. Antes necesitaba oír la versión de Andrew. Lo único que sabía con certeza era que Andrew Trevor Tenant había elegido un mal momento para enfrentarse a un juicio. A causa del virus, los mayores de sesenta y cinco años solían quedar excluidos del jurado. Y solo alguien de menos de sesenta y cinco años aceptaría que aquel joven tan guapo y formal podía ser un violador en serie.

Levantó la vista del expediente. Sopesó en silencio cómo proceder. Saltaba a la vista que madre e hijo creían que los conocía. Ella tenía claro que no. Si Andrew Tenant quería que fuera su abogada, mentirle a la cara la primera vez que se veían sería un ejemplo paradigmático de mala fe.

Tomó aire, preparándose para confesar, pero Bradley se le adelantó.

—Recuérdame de qué conoces a la señora Collier, Linda —dijo.

*Linda.*

Un recuerdo se agitó en su memoria al oír ese nombre. Se llevó la mano a la cabeza como si así pudiera borrar esa sensación. Pero no era la madre la que la había desencadenado. Sus ojos pasaron de largo sobre la mujer y fueron a posarse en su hijo.

Andrew Tenant le sonrió. Sus labios se torcieron hacia la izquierda.

—Cuánto tiempo, ¿verdad?

—Décadas —le dijo Linda a Bradley—. Andrew conoce a las chicas mejor que yo. Por aquel entonces yo todavía trabajaba de enfermera. Tenía turno de noche. Leigh y su hermana eran las únicas niñeras en las que confiaba.

El estómago de Leigh se convirtió en un puño que empezó a subir lentamente, oprimiéndole la garganta.

—¿Cómo está Callie? —preguntó Andrew—. ¿Qué ha sido de su vida?

*Callie.*

—¿Leigh? —El tono de Andrew daba a entender que no estaba actuando con normalidad—. ¿Dónde anda tu hermana?

—Está… —Leigh empezó a notar un sudor frío. Le temblaban las manos. Las cerró bajo la mesa—. Vive en una granja, en Iowa. Con sus hijos. Su marido es ganadero, tiene una vaquería.

—Qué bien —dijo Andrew—. A Callie le encantaban los animales. Fue ella quien hizo que me interesara por los acuarios.

Dijo esto último dirigiéndose a Sidney, y a continuación le habló con detalle de su primer acuario de agua salada.

—Ya —dijo Sidney—. Era la animadora.

Leigh solo pudo fingir que los escuchaba, apretando con fuerza los dientes para no ponerse a gritar. Aquello era un error. Tenía que ser un error.

Miró la etiqueta del expediente.

TENANT, ANDREW TREVOR.

El puño apretado seguía oprimiéndole la garganta. Los horribles detalles que había reprimido durante los veintitrés años anteriores amenazaban con ahogarla.

La llamada aterradora de Callie. El trayecto frenético en coche para llegar hasta ella. La escena pavorosa de la cocina. El olor familiar de la casa, a humedad, a tabaco y a *whisky*, y la sangre… Toda aquella sangre.

Necesitaba estar segura. Necesitaba oírselo decir en voz alta. Le salió su voz de adolescente cuando dijo:

—¿Trevor?

La forma en que los labios de Andrew se curvaban hacia la izquierda era tan aterradoramente familiar que Leigh sintió que un hormigueo le erizaba la piel. Había sido su niñera y luego, cuando tuvo edad suficiente para buscar un empleo de verdad, le había pasado el testigo a su hermana pequeña.

—Ahora me llamo Andrew —le dijo él—. Tenant es el apellido de soltera de mi madre. Los dos pensamos que sería bueno cambiar un poco las cosas después de lo que pasó con mi padre.

*Después de lo que pasó con mi padre.*

Buddy Waleski había desaparecido. Había abandonado a su esposa e hijo. Sin dejar una nota. Sin dar ninguna explicación. Eso era lo que Callie y ella habían hecho que pareciera. Lo que le habían dicho a la policía. Buddy había hecho muchas cosas malas. Tenía deudas con un montón de gente peligrosa. Todo cuadraba. En aquel momento, todo cuadraba.

Andrew pareció alegrarse al ver que le reconocía. Su sonrisa se suavizó, la curva ascendente de sus labios se relajó poco a poco.

—Ha pasado mucho tiempo, Harleigh.

*Harleigh.*

Solo una persona seguía llamándola así.

—Pensaba que te habías olvidado de mí —añadió él.

Leigh negó con la cabeza. Nunca le olvidaría. Trevor Waleski era un niño encantador. Un poco torpe. Muy pegajoso. La última vez que le había visto estaba drogado, ajeno a todo. Había visto a su hermana besarle con ternura en la coronilla.

Y después habían vuelto las dos a la cocina para acabar de asesinar a su padre.

# Lunes

## 2

Leigh aparcó su Audi A4 frente a las oficinas de Reginald Paltz y Asociados, la agencia de detectives privados que llevaba el caso de Andrew Tenant. El edificio de dos plantas, construido para albergar pequeñas oficinas, parecía por fuera una casa colonial. Tenía ese aire entre moderno y trasnochado propio de los años ochenta. Apliques dorados. Ventanas con molduras de plástico. Revestimiento de ladrillo fino. Escalones de hormigón desconchado que conducían a unas puertas de cristal. En el vestíbulo abovedado, una lámpara dorada colgaba torcida sobre la escalera curva.

Fuera la temperatura ya estaba subiendo. Se esperaba que por la tarde alcanzara los veinticinco grados. Leigh puso el coche al ralentí para no tener que apagar el aire acondicionado. Había llegado pronto y aún tenía veinte minutos por delante para ponerse las pilas en la intimidad de su coche. Lo que había hecho de ella una buena estudiante y más tarde una buena abogada era su capacidad para olvidarse de gilipolleces y concentrarse al máximo en lo que se traía entre manos. Era imposible ayudar a descuartizar a un hombre de más de cien kilos y luego seguir siendo la mejor de la clase si una no aprendía a separar las cosas en compartimentos estancos.

En ese momento lo que tenía que hacer era centrarse no en Andrew Tenant, sino en el caso de Andrew Tenant. Era una abogada muy cara. Faltaba una semana para que empezase el juicio. Su jefe le había pedido que se reunieran al día siguiente, a última hora, para que le explicara con detalle la estrategia que pensaba seguir. Tenía un cliente que se enfrentaba a imputaciones graves, y el fiscal parecía más dispuesto de lo normal a buscarle las vueltas al caso. Su labor consistía en abrir suficientes boquetes en el sumario como para que al menos un miembro del jurado pudiera atravesar uno de esos boquetes conduciendo un autobús.

Respiró hondo para disipar la ansiedad y aclarar sus pensamientos. Recogió el expediente de Andrew del asiento del copiloto. Pasó las páginas hasta encontrar el resumen.

*Tammy Karlsen. Coma Camaleón. Huellas dactilares. Cámaras de seguridad.*

Leyó el resumen completo sin llegar a entenderlo. Las palabras tenían sentido por separado, pero le resultaba imposible ordenarlas en frases coherentes. Probó a volver al principio. Las líneas empezaron a arremolinarse y a girar, y al poco rato su estómago también empezó a girar con ellas. Cerró la carpeta. Echó mano del tirador de la puerta, pero no la abrió. Tragó aire. Una vez y luego otra, y otra más, hasta que consiguió hacer bajar el ácido que intentaba subirle por la garganta.

Su hija era el único ser vivo capaz de desconcentrarla. Si Maddy estaba enferma o molesta o enfadada con razón, ella se sentía fatal hasta que las cosas volvían a su cauce. Ese malestar no era nada comparado con lo que sentía ahora. Tenía la sensación de que las cadenas chirriantes del fantasma de Buddy Waleski estaban golpeando todas sus fibras nerviosas.

Dejó la carpeta en el asiento. Cerró los ojos con fuerza. Echó la cabeza hacia atrás. Seguía teniendo el estómago revuelto. Había estado casi toda la noche a punto de vomitar. No había pegado ojo. Ni siquiera se había molestado en meterse en la cama. Había estado horas sentada en el sofá, a oscuras, intentando encontrar la manera de no tener que defender a Andrew.

A Trevor.

La noche que murió Buddy, el NyQuil había dejado a Trevor en estado comatoso, pero aun así habían tenido que asegurarse de que dormía. Ella le había llamado varias veces, cada vez más alto. Callie había chasqueado los dedos junto a su oído y había dado palmadas delante de su cara. Incluso le había zarandeado un poco y le había movido de adelante atrás como si aplanara masa con un rodillo.

La policía nunca encontró el cuerpo de Buddy. Cuando localizaron su Corvette en un barrio aún más cochambroso que el suyo, ya estaba desguazado. Buddy no tenía oficina, por lo que no había rastro de papeleo. La videocámara digital Canon escondida en el interior del bar la rompieron en pedazos con un martillo y esparcieron las piezas por la ciudad. Buscaron otras minicasetes y no encontraron ninguna. Buscaron fotografías comprometedoras y tampoco encontraron ninguna. Dieron la vuelta al sofá, levantaron los colchones, revolvieron cajones y armarios, desatornillaron las rejillas de ventilación y rebuscaron en los bolsillos, en las estanterías y en el interior del Corvette, y luego limpiaron a conciencia, lo volvieron a poner todo en su sitio y se marcharon antes de que llegara Linda.

«Harleigh, ¿qué vamos a hacer?».

«Tú vas a ceñirte a la historia para que no acabemos las dos en la cárcel».

Leigh había hecho muchas cosas horribles que aún le pesaban en la conciencia, pero el asesinato de Buddy Waleski no era una de ellas: tenía el peso de una pluma. Aquel tipo merecía morir. Lo único que lamentaba era no haberlo hecho antes de que le pusiera las manos encima a Callie. El crimen perfecto no existía, pero estaba convencida de que se habían salido con la suya.

Hasta la noche anterior.

Empezaron a dolerle las manos. Miró hacia abajo. Tenía agarrada la parte de abajo del volante. Sus nudillos eran como dientes blancos y brillantes mordiendo el cuero. Echó un vistazo al reloj. Ya había perdido diez minutos por culpa de la angustia.

—Céntrate —se reprendió a sí misma.

Andrew Trevor Tenant.

El expediente seguía en el asiento del copiloto. Cerró los ojos un momento y evocó la imagen del Trevor tierno y bobalicón al que le encantaba correr por el jardín y, de vez en cuando, comerse el pegamento. Por eso Linda y Andrew querían que le defendiera ella. Ignoraban que estaba implicada en la repentina desaparición de Buddy. Lo que querían era una abogada defensora que siguiera viendo a Andrew como al niñito inofensivo de veintitrés años atrás. No querían que le asociara con los actos monstruosos de los que se le acusaba.

Volvió a recoger el expediente. Había llegado la hora de leer acerca de esos actos monstruosos.

Respiró hondo otra vez para recomponerse. No era de las que creían en la mala sangre o en que de tal palo tal astilla. Si no, ella sería una alcohólica maltratadora condenada por agresión. La gente podía sobreponerse a sus circunstancias. El ciclo podía romperse.

¿Lo había roto Andrew Tenant?

Abrió el expediente y leyó atentamente el escrito de acusación por primera vez.

*Secuestro. Violación. Agresión agravada. Penetración anal agravada. Agresión sexual agravada.*

No se necesitaba más que la Wikipedia para entender las acepciones más corrientes de aquellos términos. Las definiciones legales eran más complicadas. La mayoría de los estados del país utilizaban el término general de «agresión sexual» para tipificar multitud de delitos relacionados con el sexo, de modo que la imputación podía referirse a cualquier cosa, desde tocarle el culo a alguien sin su consentimiento a una violación con fuerza.

Algunos estados clasificaban la gravedad del delito por grados. El primer grado era el más grave; después había varios grados menores, que solían distinguirse por la naturaleza del acto en cuestión, desde la penetración hasta la intimidación o los tocamientos no deseados. Si se utilizaba un arma o si la víctima era menor de edad o pertenecía a las fuerzas de seguridad del Estado o tenía algún tipo de discapacidad, la agresión se consideraba delito grave.

En Florida se empleaba el término «agresión sexual» y, al margen de lo atroz que fuera el acto en sí —y a menos que el acusado fuera un pederasta rico y bien relacionado—, siempre se tipificaba como delito grave y podía conllevar una sentencia de cadena perpetua. En California, por un delito menor de agresión sexual podían condenarte a pasar seis meses en la cárcel del condado. La sentencia por un delito grave de agresión sexual oscilaba entre un año de internamiento en un centro de detención del condado y cuatro años de prisión.

En el estado de Georgia, como en casi todos los demás, el delito de agresión sexual abarcaba desde los tocamientos no consentidos hasta la necrofilia. El término «agravado» se utilizaba para designar las imputaciones más serias. La «penetración anal agravada» implicaba el uso de la fuerza en contra de la voluntad de la víctima. La «agresión agravada» implicaba el empleo de una pistola u otra arma que pusiera en peligro la vida de la víctima. Una persona que cometía una agresión sexual agravada penetraba a otra por vía vaginal o anal con un objeto extraño, sin previo consentimiento de la víctima. Dicho delito podía castigarse con cadena perpetua en los casos más extremos, o con veinticinco años de prisión seguidos de libertad condicional de por vida. En cualquiera de los casos, la sentencia implicaba la inscripción a perpetuidad en el registro de delincuentes sexuales. Si no eras un delincuente empedernido cuando entrabas en prisión, lo eras cuando salías.

Leigh encontró la fotografía policial de Andrew Tenant.

*Trevor.*

La forma de su cara le recordó al niño que había sido. Ella había pasado muchas noches con la cabeza de Trevor apoyada en su regazo mientras le leía en voz alta. No dejaba de mirar hacia abajo rezando para que se durmiera y así poder estudiar un rato.

Leigh había visto infinidad de fotos policiales. A veces, los detenidos sacaban la mandíbula o miraban con furia a la cámara, o hacían otras tonterías para parecer más duros, con el resultado que cabía esperar cuando era un jurado quien las veía. En su foto saltaba a la vista que Andrew intentaba disimular que estaba asustado, lo que era comprensible. Pocos vástagos acababan detenidos y llevados a la fuerza a comisaría. Daba la impresión de estar mordiéndose la parte de dentro del labio inferior. Tenía dilatados los orificios nasales. El desabrido *flash* de la cámara daba un brillo artificial a sus ojos.

¿Era aquel hombre un violador agresivo? Aquel niñito al que ella le leía cuentos, con el que coloreaba y al que perseguía por el patio de tierra mientras él resoplaba de risa ¿podía haberse convertido en un depredador despreciable, igual que su padre?

—¿Harleigh?

Leigh se sobresaltó, los papeles salieron volando y un grito escapó de su boca.

—Cuánto lo siento. —La voz de Andrew sonaba amortiguada por la ventanilla cerrada—. ¿Te he asustado?

—¡Claro que me has asustado! —Recogió las hojas sueltas. El corazón se le había subido a la garganta. Había olvidado el sigilo con que solía acercarse Trevor a ella de pequeño.

Andrew lo intentó de nuevo:

—Lo siento, de verdad.

Ella le lanzó una mirada que solía reservar para los miembros de su familia. Y luego se recordó que era un cliente.

—No pasa nada.

Él se había puesto colorado de vergüenza. Se subió la mascarilla que llevaba colgando alrededor del mentón. Era azul, con el logotipo de Mercedes delante en blanco. No mejoró mucho con el cambio. Ahora parecía un animal amordazado. Aun así, dio un paso atrás para que Leigh pudiera abrir la puerta del coche.

A ella volvieron a temblarle las manos cuando apagó el motor y guardó las hojas en la carpeta. Nunca se había alegrado tanto de que le llevara un rato encontrar una mascarilla y cubrirse la cara con ella. Notó que le flaqueaban las piernas al salir del coche. Seguía pensando en la última vez que había visto a Trevor. Estaba tumbado en la cama, con los ojos cerrados, completamente ajeno a lo que ocurría en la cocina.

Andrew probó de nuevo:

—Buenos días —dijo.

Leigh se echó el bolso al hombro. Metió la carpeta dentro. Con los zapatos de tacón que llevaba puestos, sus ojos quedaban a la altura de los de Andrew. Él llevaba el pelo rubio peinado hacia atrás. Tenía el torso y los brazos tonificados por el gimnasio, pero había heredado la cintura chata y las trazas de su padre. Leigh frunció el ceño al fijarse en su traje; era exactamente el tipo de traje que uno esperaba que llevara un vendedor de Mercedes: demasiado azul, demasiado entallado, demasiado elegante. Cualquier mecánico o fontanero que formara parte del jurado le detestaría con solo ver ese traje.

—Eh… —Andrew indicó el vaso grande de Dunkin' Donuts que había dejado sobre el techo del coche—. Te he traído un café, pero ahora que lo pienso me está pareciendo mala idea.

—Gracias —contestó ella como si no estuvieran en medio de una pandemia mortífera.

—Siento mucho haberte asustado Har… Leigh. Debería llamarte Leigh. Y tú a mí Andrew. Ya no somos los de entonces.

—Sí, así es. —Leigh tuvo que hacer un esfuerzo por controlar su malestar. Intentó reconducir la conversación hacia un terreno en el que se sintiera más segura—. Anoche notifiqué por procedimiento de urgencia al tribunal tu cambio de abogada. Octavia ya había hecho el trámite correspondiente en el registro, así que no debería haber ningún problema. A los jueces no suelen gustarles estas maniobras de última hora. Es imposible que nos concedan un aplazamiento. Teniendo en cuenta la pandemia, debemos estar preparados para comparecer en cualquier momento. Si cierran la cárcel por un brote o vuelve a haber escasez de personal, debemos estar preparados o podríamos perder nuestro hueco y que nos pasen a la semana que viene o al mes próximo.

—Gracias. —Andrew inclinó la cabeza como si solo hubiera estado esperando su turno para hablar—. Mi madre me ha encargado que te diga que la disculpes. Los lunes por la mañana hay reunión de empresa. Sidney ya ha entrado. He pensado que podíamos hablar a solas un minuto, si te parece bien.

—Por supuesto. —Su ansiedad volvió a dispararse. Andrew iba a preguntarle por su padre. Leigh se volvió, con la excusa de recoger el vaso de café del techo del coche. Sintió el calor del líquido a través del vaso de papel. Pensar en bebérselo intensificó su malestar de estómago.

—¿Has visto…? —Andrew señaló el expediente que ella había guardado en el bolso—. ¿Lo has leído ya?

Asintió con la cabeza; no sabía si sería capaz de hablar.

—Yo no pude llegar hasta el final. Es horrible lo que le pasó a Tammy. Creía que nos habíamos caído bien. No sé por qué me está haciendo esto. Parecía simpática. No te pasas noventa y ocho minutos hablando con alguien si crees que es un monstruo.

Era extraño que concretara tanto, pero Leigh agradeció que le diera algunas pistas para orientarse. Recordó algunas palabras sueltas del resumen del expediente: *Tammy Karlsen. Coma Camaleón. Huellas dactilares. Cámaras de seguridad.*

Tammy Karlsen era la víctima. Antes de la pandemia, el Coma Camaleón era un bar de copas que estaba muy de moda, en la zona de Buckhead. La policía había encontrado las huellas dactilares de Andrew donde no debían estar. Había, además, grabaciones de cámaras de seguridad que atestiguaban sus movimientos.

Su memoria añadió un dato que Cole Bradley le había dado la víspera.

—¿Sidney es tu coartada para el momento de la agresión?

—En aquel entonces todavía no estábamos comprometidos, pero cuando llegué a casa del bar me estaba esperando en la puerta. —Levantó las manos como para detenerla—. Ya sé que parece demasiada casualidad que Sid se presentara en mi casa precisamente la noche que necesitaba una coartada. Pero es la verdad.

Leigh era consciente de que todas las coartadas, tanto las buenas como las malas, podían parecer casualidades increíbles. Pero en cualquier caso ella no estaba allí para creer a Andrew Tenant, sino para conseguir que le absolvieran.

—¿Cuándo os comprometisteis?

—El diez de abril del año pasado. Llevamos dos años saliendo intermitentemente, pero el confinamiento y la pandemia nos han unido más que nunca.

—Qué romántico. —Leigh procuró que no se le notara que había sobrevivido a los primeros meses de la pandemia presentando decenas de trámites de divorcio producto del COVID—. ¿Habéis fijado ya la fecha?

—El miércoles, el día antes de que comience la selección del jurado. A no ser que creas que puedes conseguir que desestimen el caso.

Su tono esperanzado la devolvió a la cocina de los Waleski, cuando Trevor le preguntaba si faltaba poco para que su madre llegara a casa. No le había mentido entonces y tampoco podía mentirle ahora.

—No, esto no va a solucionarse sin más. Van a por ti. Lo único que podemos hacer es estar preparados para plantarles cara.

Él asintió, rascándose la mascarilla.

—Supongo que es una estupidez por mi parte creer que voy a despertarme un buen día y que esta pesadilla se habrá acabado.

Leigh miró a su alrededor para asegurarse de que estaban solos en el aparcamiento.

—Andrew, anoche no pudimos tratar el asunto delante de Sidney y Linda, pero el señor Bradley ya te ha explicado que hay otros casos y que el fiscal del distrito muy probablemente los reabrirá si te declaras culpable.

—Sí, me lo ha dicho.

—Y te ha explicado también que, si pierdes el juicio, esas otras denuncias podrían…

—Cole me ha dicho que eres implacable en la sala del tribunal. —Andrew se encogió de hombros como si no hubiera nada más que decir—. Le dijo a mi madre que te había contratado porque eres una de las mejores abogadas defensoras de la ciudad.

Qué cara tenía Cole Bradley. Ni siquiera sabía en qué planta trabajaba Leigh.

—También soy brutalmente sincera. Si el juicio se tuerce, te enfrentas a una condena muy seria.

—No has cambiado nada, Harleigh. Siempre poniendo las cartas encima de la mesa. Por eso quería trabajar contigo. —Andrew no había terminado aún—. ¿Sabes?, lo más triste del asunto es que el movimiento MeToo fue de verdad un revulsivo para mí. Me esfuerzo mucho por ser un aliado. Tenemos que creer a las mujeres, pero esto… esto es inconcebible. Las acusaciones falsas solo perjudican a las demás mujeres.

Leigh asintió en silencio, aunque sus palabras no la convencieron ni en un sentido ni en otro. El problema con la violación era que, por lo general, el culpable conocía la cultura imperante lo suficiente como para decir exactamente las mismas cosas que diría un inocente. Andrew se pondría a hablar a continuación de garantías procesales, sin darse cuenta de que precisamente gracias a las garantías procesales él se hallaba en aquella situación.

—Vamos dentro —dijo Leigh.

Él se apartó para dejarla pasar. Mientras iban hacia el edificio, Leigh trató de concentrarse. Tenía que dejar de comportarse como si fuera una asesina de la peor especie. Como abogada defensora, sabía que a sus clientes no los atrapaban porque los policías fueran detectives brillantes. Solía ser su propia estupidez, o su mala conciencia, la que los delataba. A veces se jactaban o confesaban delante de quien no debían o, en la mayoría de los casos, se hacían la picha un lío y acababan necesitando un abogado.

No le preocupaban los sentimientos de culpa, pero debía andarse con mucho ojo para que su miedo a ser descubierta no la delatara.

Se cambió de mano el vaso de café y se armó de valor mientras subía los escalones de hormigón desconchado de la entrada.

—He buscado a Callie durante estos años. ¿En qué parte de Iowa vive?

Leigh sintió que se le erizaba el vello de la nuca. El mayor error que podía cometer un mentiroso era dar demasiados detalles.

—En la esquina noroeste, cerca de Nebraska.

—Me encantaría tener su dirección.

«Mierda».

Andrew se adelantó para abrirle la puerta del vestíbulo. La alfombra estaba desgastada al pie de las escaleras. Las paredes, arañadas. Por dentro, el edificio tenía un aire más lúgubre y triste que por fuera.

Leigh se dio la vuelta. Él se había agachado para recolocarse la pernera del pantalón, que se le había enganchado a la tobillera electrónica. El dispositivo contaba con un geolocalizador que limitaba sus movimientos a su domicilio, al trabajo y a las reuniones con sus abogados. Cualquier otra cosa hacía saltar una alarma en la estación de control. Esa era la teoría al menos. Porque, al igual que los demás recursos de la ciudad azotada por la pandemia, la oficina de libertad condicional no daba abasto.

Andrew la miró y preguntó:

—¿Cómo es que vive en Iowa?

Para responder a esa pregunta, al menos, sí estaba preparada.

—Se enamoró de un chico. Se quedó embarazada. Se casó. Se quedó embarazada otra vez.

Echó un vistazo al panel. Reginald Paltz y Asociados estaba en la planta de arriba.

De nuevo, Andrew dejó que se adelantara.

—Seguro que es una madre estupenda. Conmigo era siempre tan buena… Era casi como mi hermana.

Leigh rechinó los dientes mientras atravesaba el rellano de la escalera. No sabía si las preguntas de Andrew eran apropiadas o impertinentes. De niño era muy transparente: inmaduro para su edad, crédulo, fácil de engañar. Ahora, el fino instinto de Leigh no sabía a qué atenerse.

—La esquina noroeste —dijo él—. ¿No es ahí donde hubo un huracán hace poco?

Ella apretó el vaso de café con tanta fuerza que estuvo a punto de hacer saltar la tapa. ¿Había estado leyendo Andrew esa noche todo lo que había encontrado sobre Iowa?

—Hubo algunas inundaciones, pero están bien.

—¿Sigue siendo animadora?

Leigh se dio la vuelta al llegar a lo alto de la escalera. Tenía que reconducir la conversación o él seguiría intentando sonsacarla.

—Había olvidado que os mudasteis después de la desaparición de Buddy.

Andrew se había parado en el rellano. La miró parpadeando, en silencio.

Había algo raro en su expresión, aunque era difícil saber qué era porque Leigh solo alcanzaba a verle los ojos. Repasó mentalmente la conversación tratando de averiguar en qué momento se había torcido. ¿Estaba actuando Andrew de forma extraña? ¿O era ella quizá?

—¿Adónde os fuisteis? —preguntó.

Él se ajustó la mascarilla, pellizcándola alrededor del puente de la nariz.

—A Tuxedo Park. Fuimos a vivir a casa de mi tío Greg.

Tuxedo Park era uno de los barrios más antiguos y ricos de Atlanta.

—Eras un auténtico príncipe de Bel-Air.

—Ya lo creo. —Su risa sonó forzada.

De hecho, todo en él parecía forzado. Leigh había tratado con muchos criminales; con tantos que había desarrollado una especie de sirena interna de alarma. La sintió encenderse ahora, roja e intermitente, mientras observaba a Andrew recolocarse de nuevo la mascarilla. Era completamente insondable. Nunca había visto a nadie con una mirada tan plana y vacía.

—Puede que no lo sepas —explicó él—, pero mi madre era muy joven cuando conoció a mi padre. Sus padres le dieron un ultimátum. Aceptaron firmar los papeles para que pudiera casarse, pero amenazaron con desheredarla si seguía adelante.

Leigh apretó la mandíbula para no quedarse boquiabierta. La edad legal para casarse con consentimiento paterno era de dieciséis años. De adolescente, todos los adultos le parecían mayores, pero ahora se daba cuenta de que Buddy tenía al menos el doble de edad que Linda.

—Los muy cabrones cumplieron la amenaza. Dejaron tirada a mi madre. Nos abandonaron —prosiguió Andrew—. El abuelo solamente tenía un concesionario en aquella época, pero aun así tenían mucho dinero. El suficiente para facilitarnos las cosas. Nadie movió un dedo. Por lo menos hasta que mi padre se fue. Entonces se presentó el tío Greg hablando de perdón y de todo ese rollo religioso. Fue él quien hizo que nos cambiáramos de apellido. ¿Lo sabías?

Leigh negó con la cabeza. La noche anterior, Andrew había dado la impresión de que el cambio de apellido había sido por decisión propia.

—La desaparición de mi padre nos destrozó la vida. Ojalá la persona que le hizo desaparecer conozca esa sensación.

Leigh tuvo que reprimir una oleada de paranoia.

—Pero, bueno, al final todo salió bien, ¿no? —Andrew soltó una risa burlona que parecía dirigida contra sí mismo—. Hasta ahora.

Volvió a quedarse en silencio mientras subía las escaleras. Andrew había logrado controlar rápidamente la inflexión de ira que se había insinuado en su voz. Leigh pensó de pronto que quizá su propia mala conciencia no tuviera nada que ver con aquello. Andrew podía tener sus motivos para sentirse incómodo con ella. Probablemente sentía que ella le estaba poniendo a prueba, que trababa de sopesar su culpabilidad o su inocencia. Quería que creyera que era un buen hombre para que se esforzara más en defenderle.

Perdía el tiempo si era así. Leigh rara vez se paraba a considerar la culpabilidad o la inocencia de sus clientes. La mayoría eran culpables, sin paliativos. Algunos eran buena gente. Otros eran unos cretinos. Pero eso carecía de importancia porque la justicia era ciega, excepto en lo tocante al color verde. Andrew Tenant dispondría de todos los recursos que pudiera comprar el dinero de su familia: detectives privados, especialistas, peritos forenses y cualquier otra persona que estuviera dispuesta a cobrar a cambio de persuadir al jurado de su inocencia. Era mucho mejor ser culpable y rico que inocente y pobre; si algo había aprendido Leigh trabajando en BC&M, era eso.

Andrew indicó la puerta cerrada del final del pasillo.

—Él está… —La risa ronca e inconfundible de Sidney Winslow resonó a lo lejos—. Lo siento. A veces es muy escandalosa. —Se puso ligeramente colorado por encima de la mascarilla, pero añadió—: Tú primero.

Leigh no se movió. Tuvo que recordarse a sí misma una vez más que Andrew ignoraba el papel que había desempeñado en la desaparición de su padre. Solo empezaría a hacerse preguntas si ella cometía algún error absurdo. La desconfianza que despertaba en ella se debía probablemente a que podía ser un violador.

Y ella era su abogada.

Le soltó el discurso que debería haberle soltado en el aparcamiento.

—Entiendes que el bufete de Octavia Bacca contrató al señor Paltz para que investigase y que ahora Bradley, Canfield y Marks le ha contratado para que siga en el caso, ¿verdad?

—Bueno, en realidad fui yo quien metió a Reggie en esto, pero sí.

Leigh se ocuparía del tema de *Reggie* más adelante. Ahora mismo, tenía que asegurarse de que Andrew tenía las cosas bien claras.

—O sea, que entiendes que el motivo por el que el bufete

contrata a un investigador en lugar de que lo contrate directamente el cliente es que cualquier conversación que tengamos sobre la estrategia a seguir o cualquier consejo que facilite el investigador se considera parte de la labor de la defensa y, por tanto, es información privilegiada. Lo que significa que el fiscal no puede llamar al detective privado a declarar acerca de lo que hayamos hablado.

Andrew asintió antes de que terminara.

—Sí, lo entiendo.

Leigh sopesó con cuidado lo que iba a decir a continuación. En cierto modo, era una experta en el tema.

—Sidney, en cambio, no tiene ese privilegio.

—Ya, pero vamos a casarnos antes del juicio, así que lo tendrá.

Leigh sabía por experiencia que podían pasar muchas cosas antes del juicio.

—Pero de momento no estáis casados, así que cualquier cosa que le digas ahora no se considera confidencial.

Andrew puso cara de pasmo por encima de la mascarilla; Leigh no supo si se debía al miedo o a la sorpresa.

—Incluso después de que os caséis, es una cuestión complicada —añadió—. En Georgia, la ley permite que una persona casada pueda acogerse al privilegio de no declarar como testigo de cargo contra su cónyuge en un proceso penal. O sea, que Sidney no estaría obligada a testificar. Los cónyuges también tienen el privilegio de la comunicación confidencial, lo que significa que podrías impedir que tu esposa testificara sobre cualquier asunto del que le hubieras hablado dentro de vuestra comunicación de pareja.

Aunque Andrew asintió, Leigh se dio cuenta de que no la estaba entendiendo del todo.

—Así que, si os casáis y una noche estáis solos en la cocina y le dices a Sidney: «Oye, creo que no debería ocultarte nada, así que, para que lo sepas, soy un asesino en serie», tú podrías acogerte al privilegio de comunicación confidencial y ella no podría declarar en el juicio.

Andrew parecía muy atento a sus palabras.

—¿Dónde está el problema entonces?

—Si Sidney le dice a un amigo: «Esto es de locos, Andrew me ha confesado que es un asesino en serie», a ese amigo sí se le puede llamar a declarar como testigo de cargo.

La parte inferior de la mascarilla de Andrew comenzó a moverse. Se estaba mordisqueando el interior del labio.

Leigh soltó la bomba cuyo tictac había empezado a oír nada más ver los accesorios de cuero y los diversos *piercings* de Sidney.

—O pongamos por caso que Sidney le ha contado a alguna amiga que una vez hiciste algo un poco raro en la cama y que esa cosa un poco rara se asemeja a lo que le hicieron a la víctima. En ese caso, la amiga podría testificar al respecto y el fiscal podría alegar que eso demuestra un patrón de conducta.

Andrew tragó saliva. Su preocupación era casi palpable.

—Entonces, debería decirle a Sid…

—Como abogada no puedo dictarte lo que tienes que decir. Solo puedo explicarte la ley para que seas consciente de las consecuencias. ¿Entiendes las consecuencias? —preguntó.

—Sí, las entiendo.

—¡Hola! —Sidney se acercó a ellos ruidosamente, calzada con sus gruesas botas militares. Llevaba una mascarilla negra con tachuelas cromadas. Esta vez parecía un poco menos gótica, pero seguía irradiando una energía imprevisible. Leigh tuvo la sensación de estar viéndose a sí misma a esa edad, lo que resultaba al mismo tiempo irritante y deprimente.

—Estábamos… —dijo Andrew.

—¿Hablando de Callie? —Sidney se volvió hacia Leigh—. Te juro que está obsesionado con tu hermana. ¿Te ha contado que estaba coladito por ella? Es el amor de su vida. ¿Te lo ha dicho?

Leigh sacudió la cabeza, no para contestar que no, sino para despertar a su cerebro embotado. ¡Claro, eso era! Andrew seguía enamorado de Callie. Por eso no paraba de hablar de ella.

Intentando desviar el curso de la conversación, le preguntó a Andrew:

—¿De qué conoces a Reggie Paltz?

—Somos amigos desde hace… —Se encogió de hombros, ya no

le prestaba atención. Estaba pensando en lo que le había dicho acerca del privilegio conyugal.

Sidney advirtió su tensión y le preguntó:

—¿Qué pasa, cariño? ¿Ha ocurrido algo?

Leigh no necesitaba ni quería estar presente en la conversación que iba a tener lugar a continuación.

—Voy empezando con el detective mientras vosotros habláis.

Sidney levantó una ceja exageradamente arqueada. Leigh se dio cuenta que su tono había sonado más frío de lo que pretendía. Intentó aparentar neutralidad al pasar junto a la joven, mientras trataba de reprimir el impulso de enumerar todo lo que le desagradaba de ella. No tenía ninguna duda de que Sidney hablaba de Andrew con sus amigas. Cuando se es tan joven y estúpida, el sexo es tu única ventaja.

—Vamos, Andy —dijo Sidney ronroneando como si fuera a hacerle una mamada—. ¿Qué pasa, nene? ¿Por qué estás tan preocupado?

Leigh cerró la puerta a su espalda.

Se encontró en un despacho exterior muy estrecho, con un escritorio de metal, sin silla ni secretaria. En la pared lateral había una cocinita. Echó el café al fregadero y tiró el vaso a la papelera. Había lo de costumbre: cafetera, tetera, gel de manos y un montón de mascarillas desechables. La puerta del corto pasillo estaba abierta, pero Leigh quería hacerse una idea de Reggie Paltz antes de conocerle en persona.

Paredes blancas. Moqueta azul oscura. Techo de gotelé. Los cuadros eran a todas luces fotos de vacaciones hechas por un aficionado: un amanecer en una playa tropical, perros tirando de un trineo en la tundra, picos de montañas nevadas, las escaleras de Machu Picchu. Un maltrecho palo de *lacrosse* colgaba de la pared, sobre un sofá de cuero negro. Esparcidos sobre la mesa baja de cristal había varios números atrasados de la revista *Fortune*. Por debajo del cristal se veía, como un sello de correos, una jarapa azul desteñida que parecía sacada directamente de un catálogo de Office Depot.

Más joven de lo que había imaginado. Educado en un buen colegio: uno no aprendía a jugar al *lacrosse* en una barriada. No era policía, desde luego. Divorciado, probablemente. Sin hijos, o la manutención de los niños habría impedido las vacaciones exóticas. Un deportista universitario que se resistía a renunciar a la gloria. Posiblemente su expediente académico incluía un máster inacabado en gestión y administración de empresas. Acostumbrado a tener siempre dinero en el bolsillo.

Leigh se sirvió un poco de gel de manos antes de pasar al fondo.

Reggie Paltz estaba sentado detrás de un escritorio muy parecido al *Resolute*, el escritorio del Despacho Oval. Había muy pocos muebles en la habitación: otro sofá de cuero pegado a la pared y dos sillas desparejadas delante del escritorio. Paltz tenía el vade de piel y los accesorios típicos de un despacho de hombre, incluidos un pisapapeles de cristal de colores, un tarjetero personalizado y el mismo abrecartas Tiffany de plata de ley que Leigh le había regalado a Walter por Navidad unos años atrás.

—¿Señor Paltz?

Se levantó detrás del escritorio. No llevaba mascarilla, de modo que Leigh pudo verle la mandíbula, antaño afilada y ahora tirando a flácida. La imagen que se había formado de él no iba muy desencaminada. Tenía unos treinta y cinco años, perilla bien recortada y el pelo escaso y moreno, con las ondas despeinadas de Hugh Grant cuando era joven. Vestía pantalones chinos de color marrón y camisa gris clara, y llevaba una fina cadena de oro alrededor del grueso cuello. La miró de arriba abajo, evaluando de un vistazo su cara, su pecho y sus piernas con esa mirada experta que Leigh estaba acostumbrada a recibir desde la pubertad. Era guapo y tenía pinta de gilipollas, pero no era el tipo de gilipollas guapo que le gustaba.

—Señora Collier. —En tiempos normales, se habrían estrechado la mano. Ahora, él mantuvo las manos en los bolsillos—. Llámeme Reggie. Encantado de conocerla por fin.

Leigh sintió que todos sus músculos se tensaban cuando le oyó decir «señora» y «por fin» y algo encajó en su cabeza. Durante todo ese tiempo, había estado tan agobiada intentando encontrar la manera de librarse de aquel puto embrollo que no había pensado ni una sola vez en cómo se había metido en él.

*Señora.*

Había adoptado el apellido de Walter cuando se casaron, estando aún en la universidad. No se había molestado en recuperar su apellido de soltera porque tampoco se había molestado en divorciarse de él. Y había cambiado su nombre de pila de Harleigh a Leigh tres años antes de conocer a Walter.

De modo que ¿cómo sabía Andrew que tenía que preguntar por Leigh Collier? Hasta donde él sabía, seguía llamándose Harleigh y utilizando el apellido de su madre. Durante aquellos años, había procurado que para conectar su pasado y su presente fuera necesario pasar por varios aros.

Lo que la llevaba a otra cuestión importante: ¿cómo había descubierto Andrew que era abogada? La familia Tenant conocía a Cole Bradley, claro, pero Bradley no había oído hablar de ella hasta doce horas antes.

*Por fin.*

Andrew debía de haber contratado a Paltz para que la buscara. Él se alegraba de conocerla *por fin*, después de haber indagado a fondo, de haber pasado por los aros y de haber aterrizado en mitad de su vida. Y si sabía que Harleigh se había convertido en Leigh, también tenía que saber lo de Walter y Maddy y lo de…

*Callie.*

—Perdonad, chicos. —Andrew sacudió la cabeza al entrar en el despacho y se dejó caer en el sofá—. Sid está abajo, en el coche. No se lo ha tomado muy bien.

Reggie hizo una mueca.

—¿Es que se lo toman bien alguna vez, colega?

Leigh sintió que le fallaban las rodillas. Se sentó en la silla más cercana a la puerta. El sudor le caía a chorros por la espalda. Vio que Andrew se bajaba la mascarilla. Estaba escribiendo un mensaje en el teléfono.

—Ya me está preguntando cuánto tiempo voy a tardar.

La silla de Reggie chirrió cuando volvió a sentarse.

—Dile que se calle de una puta vez.

—Gracias por el consejo. Seguro que así se calma. —Los

pulgares de Andrew empezaron a moverse por la pantalla. Una emoción había atravesado por fin su fachada imperturbable. Estaba visiblemente preocupado—. Joder. Está furiosa.

—Deja de responder, tío. —Reggie tocó su portátil para sacarlo de su letargo—. Estamos malgastando la pasta de tu madre, y a lo bestia, además.

Leigh se desenganchó la mascarilla. El «señora» y el «por fin» seguían rebotando dentro de su cráneo. Tuvo que aclararse la garganta antes de poder hablar.

—¿Cómo os conocisteis?

Fue Reggie quien contestó.

—Andrew me vendió mi primer Mercedes. ¿Cuánto tiempo hace de eso, tío? ¿Tres o cuatro años?

Leigh volvió a carraspear, expectante, pero Andrew seguía distraído con el teléfono.

Por fin preguntó:

—¿Ah, sí?

—Sí, el tío era un puto semental hasta que Sid lo capó poniéndole ese anillo de compromiso. —Paltz captó una mirada acerada de Andrew y volvió a centrarse en el asunto que les ocupaba—. Su asistente me ha mandado esta mañana la clave de cifrado del servidor del bufete. Esta tarde lo tendré todo subido.

Leigh se obligó a asentir y trató de sacudirse su paranoia. Paltz la había llamado «señora» porque se había informado sobre ella. No era raro que los clientes con alto poder adquisitivo procuraran saber con quién estaban tratando. Y lo de «por fin» significaba… ¿Qué significaba? La explicación más sencilla era la misma: Andrew había contratado a Reggie Paltz para que se informara sobre ella, para que indagara acerca de su vida y su familia, y Reggie se alegraba de conocerla *por fin* en persona después de haber leído tanto sobre ella.

—Lo siento, chicos. —Andrew se levantó con los ojos aún fijos en el teléfono—. Tengo que ir a ver cómo está.

—De paso pídele que te devuelva las pelotas. —Reggie sacudió la cabeza mirando a Leigh—. Es como si hubiera vuelto al instituto desde que está con esa chica.

Leigh sintió que aquel temblor inoportuno volvía a apoderarse de sus manos mientras Reggie se encorvaba frente al portátil. La explicación más sencilla seguía sin responder a la pregunta crucial. ¿Cómo la había encontrado Andrew? Estaba acusado de violación y se enfrentaba a un juicio con jurado que empezaba dentro de una semana. Era ilógico que, en medio de todo aquello, se tomara la molestia de buscar a su niñera de hacía dos décadas.

Razón por la cual su alarma roja interna seguía encendida.

—¿Señora Collier? —Reggie giró la cabeza hacia ella—. ¿Se encuentra bien?

Leigh tenía que impedir que sus emociones se desbocaran. Walter solo tenía una queja respecto a su carácter, y era precisamente la cualidad que la convertía en una superviviente. Su personalidad cambiaba dependiendo de a quién tuviera delante. Podía ser «cariño», «mamá», «Collier», «letrada», «nena», «zorra de mierda» o, muy de tarde en tarde, Harleigh. Cada cual veía una faceta distinta de su carácter y nadie veía el conjunto completo.

Reggie Paltz tenía un temperamento fogoso; ella, por tanto, debía ser un témpano de hielo.

Extrajo del bolso su cuaderno de notas y el expediente del caso. Sacó la punta del bolígrafo.

—Dispongo de poco tiempo, señor Paltz. Mi jefe quiere un informe completo mañana por la tarde. Explíqueme la situación brevemente.

—Llámeme Reggie. —Ladeó el portátil para que ambos pudieran ver la imagen de la pantalla: la entrada de un club nocturno, un letrero de neón con una gran coma seguida de la palabra CAMALEÓN—. Las cámaras de seguridad grabaron a Andrew haciendo de todo menos cagar. He empalmado todas las imágenes. Me llevó seis horas, nada menos, pero es Linda quien paga.

Leigh apoyó la punta del bolígrafo en el cuaderno.

—Adelante.

Paltz puso en marcha el vídeo. Tenía fecha de 2 de febrero de 2020, casi un mes antes de que la pandemia lo cerrara todo.

—Las cámaras son 4K, así que se ven hasta las motas de suciedad del suelo. Este es Andrew al principio. Habló con un par de putitas, con una en la azotea y con otra en el bar de abajo. La de la azotea le dio su número. La localicé, pero no conviene que suba al estrado. En cuanto se enteró de por qué la llamaba, me vino con el rollo ese del *hashtag* y se puso hecha una fiera.

Leigh miró su cuaderno. Había puesto el piloto automático mientras anotaba los detalles. Hizo amago de pasar la página. Su mano se detuvo.

*Señora.*

Su anillo de boda. No se lo había quitado nunca, a pesar de que hacía cuatro años que estaba separada de Walter. Entreabrió los labios y exhaló despacio tratando de calmarse.

—Aquí. —Reggie señaló la pantalla—. Aquí es cuando conoce a Tammy Karlsen. La chica tiene buen cuerpo. De cara no es gran cosa.

Ella hizo oídos sordos a aquella muestra de misoginia campechana y fijó la mirada en el vídeo. Vio a Andrew sentado en un asiento bajo y acolchado con una mujer menuda que permanecía de espaldas a la cámara. La chica tenía el pelo castaño, largo hasta los hombros. Llevaba un vestido negro ajustado, de media manga. Giraba la cabeza al buscar su copa en la mesa, riéndose de algo que Andrew acababa de decir. De perfil, Tammy Karlsen era atractiva. Nariz chata, pómulos altos.

—El lenguaje corporal lo dice todo. —Reggie pulsó una tecla para adelantar la grabación—. Karlsen va arrimándose cada vez más a Andy a medida que avanza la noche. En torno al minuto diez, empieza a tocarle la mano cuando hace un comentario o a reírse de sus chistes. —Miró a Leigh y añadió—: Supongo que fue entonces cuando se dio cuenta de que era el Tenant de los concesionarios de coches. Qué cojones, yo también me arrimaría a un tipo con tanta pasta.

Leigh esperó a que continuara.

Reggie triplicó la velocidad de reproducción.

—Pasado un rato, Andrew apoya el brazo en el respaldo del asiento y empieza a acariciarle el hombro. Se ve cómo le mira las tetas, así que el mensaje que manda está claro y ella lo entiende al cien por cien. Alrededor del minuto cuarenta, ella empieza a frotarle el muslo como si fuera una *stripper* haciendo un bailecito erótico. Estuvieron en ese plan noventa y ocho minutos.

*Noventa y ocho minutos.*

Leigh se acordó de que Andrew había mencionado esa misma cifra en el aparcamiento.

—¿Está seguro de que fue ese tiempo?

—Segurísimo. Todo esto se puede falsificar, hasta los metadatos si sabes cómo hacerlo, pero la grabación en bruto me la proporcionó el bar, no la conseguí a través del fiscal.

—¿Andrew ha visto el vídeo?

—Me parece que no. Le mandé una copia a Linda, pero Andy está en el limbo. Se cree que esto se va a acabar y que él va a poder seguir con su vida sin más. —Adelantó el vídeo hasta el momento que quería mostrarle a continuación—. Esto es justo después de las doce de la noche. Andrew acompaña a Karlsen al aparcamiento. Le pone la mano en la espalda mientras bajan las escaleras. Ella se agarra a su brazo hasta que llegan junto al aparcacoches. Mientras esperan, ella se inclina y él capta la indirecta.

Leigh observó cómo Andrew besaba a Tammy Karlsen en la boca. Ella le agarraba de los hombros. La distancia entre sus cuerpos desaparecía. Leigh tendría que haberse fijado en los segundos que duraba el beso, pero lo que le llamó la atención fue la expresión de Andrew antes de que sus bocas se tocaran.

¿Arrogancia? ¿Burla?

Sus ojos seguían siendo tan insondables y vacuos como siempre, pero sus labios se tensaban: se ladeaban hacia la izquierda en una sonrisa ufana, como cuando de niño le aseguraba que no se había comido la última galleta, que no tenía idea de dónde estaban los deberes de historia de Leigh o que no había dibujado un dinosaurio en su libro de Álgebra II.

Anotó la marca de tiempo para poder volver a ella más tarde.

Reggie señaló lo obvio:

—Los aparcacoches llegan con los dos coches. Andrew les da propina. Aquí se aprecia que Karlsen le da a Andy su tarjeta de visita y luego otro beso en la mejilla. Ella sube a su BMW. Él, a su Mercedes. Ambos giran en la misma dirección, al norte de Wesley. No es la mejor ruta para llegar a casa de Andy, pero es una ruta posible.

Leigh no prestó atención a las explicaciones que dio a continuación detallando calle por calle y giro por giro el itinerario que seguían los coches. Estaba pensando aún en aquel *por fin*: «Encantado de conocerla *por fin*». Ella se había hecho cargo del caso la noche anterior, pero Andrew había despedido a Octavia hacía dos días, de modo que Reggie Paltz había tenido al menos cuarenta y ocho horas para hacer averiguaciones sobre ella. ¿A dónde le habían llevado sus indagaciones en último término? ¿También había localizado a Callie?

—Luego hacia el sur por Vaughn y a partir de ahí no hay más grabaciones de cámaras de seguridad ni de cámaras de tráfico —continuó Reggie, que no parecía notar su agitación interna—. En esta última imagen se ve que el Mercedes de Andrew tiene matrícula provisional, de concesionario.

Leigh comprendió que esperaba que le hiciera una pregunta.

—¿Y eso es relevante? ¿Por qué?

—Andrew tomó prestado un coche del concesionario esa noche. El suyo personal estaba en el taller. Los coches clásicos son delicados. Ocurre a veces, aunque no mucho.

Leigh dibujó un recuadro alrededor de la palabra *coche*. Cuando levantó la vista, Reggie la estaba observando de nuevo. No tuvo que recapitular para adivinar a qué obedecía su mirada. Estaban llegando a la parte en que los actos de Andrew resultaban más difíciles de explicar. Paltz la había estado poniendo a prueba con su lenguaje grosero. Trataba de ver si, hablándole de putitas, tetas y bailecitos eróticos, ella reaccionaba de un modo que indicara que no estaba de parte de Andrew.

Mantuvo su tono gélido al preguntarle:

—¿Le pidió Karlsen a Andrew que la siguiera hasta su casa?

—No. —La pausa que hizo Paltz dejaba claro que estaba alerta—. Karlsen asegura en su declaración que le dijo que la llamara si estaba interesado. No recuerda bien lo que ocurrió después de que le llevaran el coche. Lo siguiente que tiene claro es que se despertó y ya era de día.

—¿La policía cree que Andrew le puso algo en la bebida?

—Esa es su hipótesis, aunque, si le puso una pastillita de Rohypnol, no aparece en los vídeos ni en el análisis toxicológico. Entre usted y yo, ojalá la chica estuviera drogada. Verá a lo que me refiero cuando lleguemos a las fotografías forenses. Estoy seguro de que va a hacer todo lo posible por intentar que no las muestren en el juicio. Yo ni siquiera las he descargado en mi portátil. Lo tengo todo cifrado con Triple DES. No subo nada a la nube porque las nubes pueden *hackearse*. Tanto el servidor principal como el de copia están en ese armario, bajo llave.

Leigh se giró y vio un grueso candado en la puerta de acero del armario.

—Tengo mucho cuidado cuando trabajo en casos con un perfil tan alto como este. No conviene que esa mierda salga a la luz, sobre todo si el cliente es rico. Aparece gente de la nada buscando sacar tajada. —Reggie había vuelto a girar el portátil hacia ella. Tecleó con dos dedos—. Los muy idiotas no se dan cuenta de que es mucho más lucrativo trabajar desde dentro que estar fuera, con la nariz pegada al cristal.

—¿De qué me conoce? —preguntó ella de repente.

Él volvió a hacer una pausa.

—¿Cómo?

—Antes ha dicho que era un placer conocerme por fin, lo que significa que había oído hablar de mí o que estaba deseando que...

—Ah, ya entiendo. Un segundo. —Volvió a teclear en el dichoso portátil y lo giró para mostrarle la pantalla. La cabecera del *Atlanta INtown* ocupaba la parte superior de la página. Una foto mostraba a Leigh a la salida del juzgado, sonriendo. El titular explicaba por qué.

LA ABOGADA ALEGA QUE ES IMPOSIBLE DATAR LA ORINA.

Reggie le dedicó una sonrisa satisfecha.

—Eso es lo que yo llamo *jiu-jitsu* de juzgado, Collier. Consiguió que el perito de la acusación reconociera que no podía determinar si el acusado había orinado en el cajón de las bragas de su mujer antes o después de que se divorciaran.

Leigh sintió que su estómago empezaba a relajarse.

—Hay que tenerlos bien puestos para decirle a un juez que los jueguecitos acuáticos entran dentro del privilegio conyugal. —Reggie soltó otra carcajada—. Se lo he enseñado a todo el mundo.

Leigh necesitaba oírselo decir en voz alta.

—¿Le enseñó ese artículo a Andrew?

—Claro que se lo enseñé. Sin ánimo de ofender a Octavia Bacca, cuando me enteré de que la poli estaba intentando encasquetarle a Andrew esos otros tres casos, me di cuenta de que lo que le hacía falta era un guepardo con los colmillos bien afilados. —Se echó hacia atrás en la silla—. ¿Verdad que es alucinante que la reconociera por la foto?

Leigh deseaba creerle. Tanto las coartadas, tanto las buenas como las malas, podían sonar a absurda casualidad.

—¿Cuándo se lo enseñó?

—Hace dos días.

Justo cuando Andrew había despedido a Octavia Bacca.

—¿Le pidió él que hiciera averiguaciones sobre mí?

Reggie dejó que otra de sus pausas dramáticas llenara el vacío.

—Hace usted muchas preguntas.

—Soy quien va a firmar sus facturas.

Él se puso visiblemente nervioso, lo que dejó su juego al descubierto. Reggie Paltz no estaba embarcado en ninguna misión secreta. Se había jactado de su servidor y le había hablado de la necesidad de discreción únicamente porque quería que Leigh le encargara más trabajos.

Ella matizó la imagen que se había formado de él, reprendiéndose a sí misma por no haber reconocido el tipo de persona que era: un chaval pobre que, gracias a las becas, había conseguido ascender hasta las enrarecidas capas de la atmósfera habitadas por los asquerosamente ricos. Eso explicaba el palo de *lacrosse*, los viajes exóticos, la oficina cutre, el Mercedes caro y el que hablara constantemente de dinero. El dinero era como el sexo. Solo hablaban de él quienes no lo tenían en cantidad suficiente.

Le puso a prueba diciendo:

—Llevo muchos casos y trabajo con muchos investigadores.

Reggie sonrió, de tiburón a tiburón, pero era lo bastante listo como para no morder la carnaza a la primera.

—¿Por qué se cambió el nombre? Harleigh es muy bonito.

—Sonaría raro en un gran bufete.

—No se pasó al Lado Oscuro hasta que llegó la pandemia. —Reggie se inclinó hacia delante y bajó la voz—. Si le preocupa lo que creo que le preocupa, Andy no me lo ha pedido. Todavía.

Podía estar refiriéndose a tantas cosas que Leigh solo pudo fingir ignorancia.

—¿En serio no lo sabe? —preguntó él—. El tío está encoñado con su hermana.

Leigh sintió que de nuevo se le encogía el estómago.

—¿Le ha pedido que la busque?

—Lleva años hablándome de ella de vez en cuando, pero ahora que la tiene a usted delante y se acuerda de ella todos los días… —Se encogió de hombros—. Acabará pidiéndomelo tarde o temprano.

Ella se sintió como si tuviera avispas debajo de la piel.

—Usted es amigo de Andrew. Falta menos de una semana para que empiece el juicio. ¿Cree que es momento de que Andrew se distraiga con esas cosas?

—Lo que creo es que si Sid se entera de que está empeñado en buscar a su primer amor, acabará con un cuchillo clavado en el pecho y nosotros dos nos quedaremos sin trabajo.

Leigh miró por el corto pasillo, hacia el despacho exterior, para asegurarse de que estaban solos.

—Callie tuvo algunos problemas después del instituto, pero ahora vive en el norte de Iowa. Tiene dos hijos. Está casada con un ganadero. No quiere que le recuerden su pasado.

Reggie hizo una pausa demasiado larga antes de contestar:

—Si Andrew me lo pide, puedo decirle que estoy muy liado con otros casos.

Leigh le ofreció un poco más de carnaza.

—Tengo una clienta con un marido infiel aficionado a viajar.

—Esos son los casos que a mí me gustan.

Leigh asintió una sola vez, confiando en que aquello significara que habían llegado a un acuerdo.

Aun así, Reggie Paltz era solo parte del problema. Faltaban apenas unos días para que empezara el juicio contra su cliente, que prometía ser muy complicado.

—Hábleme de esas otras víctimas que el fiscal guarda como un as en la manga.

—Hay tres, y son una guillotina que pende sobre el cuello de Andy. Si la guillotina cae, se acabó.

—¿Cómo se enteró de esas otras denuncias?

—Secreto profesional. —Así era como respondía cualquier investigador cuando no quería delatar a un informante policial—. Pero puede estar segura de que es cierto. Si usted no consigue que le absuelvan del caso Karlsen, Andrew tendrá que pasarse el resto de su vida procurando que no se le caiga el jabón en la ducha.

Leigh tenía demasiados clientes entre rejas como para que le hicieran gracia los chistes sobre violaciones carcelarias.

—¿Qué relación hay entre el caso de Tammy Karlsen y los demás?

—*Modus operandi* similar, hematomas similares, lesiones similares, despertares similares. —Volvió a encogerse de hombros, como si se tratara de lesiones hipotéticas y no de daños reales sufridos por mujeres reales—. El dato clave es que Andrew usó su tarjeta de crédito en varios establecimientos donde se vio a las víctimas por última vez antes de la agresión, o en sus cercanías.

—¿En esos establecimientos o en sus cercanías? —preguntó Leigh—. ¿Vive por la zona? ¿Son establecimientos que suela frecuentar?

—Por eso le dije a Andy que la contratara. —Reggie se señaló la sien con el dedo, dejando claro que el listo era él—. Las tres agresiones se produjeron en distintos momentos de 2019, todas en el condado de DeKalb, que es donde vive Andrew. La primera víctima estuvo en el cine Bistró, a tiro de piedra de su casa. La tarjeta de crédito demuestra que Andy estuvo viendo *Hombres de negro* el veintidós de junio en la sesión de mañana. La víctima estuvo allí tres horas después, viendo *Toy Story 4*.

Leigh empezó a tomar notas en serio.

—¿Hay cámaras en el vestíbulo?

—Sí. Le muestran llegando, pidiendo palomitas y una Coca-Cola y marchándose al final de la película, cuando aparecen los créditos. No coincidió con la primera víctima en el cine y volvió andando a casa. No hay registros del teléfono móvil. Andy dice que se olvidó de llevarlo.

Leigh subrayó la fecha en su cuaderno. Tendría que comprobar si ese día había llovido, como sin duda haría el fiscal. Pero, incluso si no había llovido, en el mes de junio en Atlanta la temperatura media rebasaba los treinta grados y la humedad era tan asfixiante que las autoridades sanitarias solían activar la alerta sanitaria.

—¿A qué hora fue la sesión?

—A las doce y cuarto, más o menos a la hora de comer.

Leigh sacudió la cabeza. La hora más calurosa del día. Otro indicio contra Andrew.

—Por si sirve de algo —añadió Reggie—, Andrew frecuentaba mucho todos los establecimientos donde se vio a las víctimas por última vez antes de la agresión.

Eso no tenía por qué beneficiarle. El fiscal podía argumentar que estaba vigilando esos lugares.

—¿Y la segunda víctima?

—Estuvo cenando hasta tarde con unos amigos en un restaurante mexicano, en un centro comercial.

—¿Andrew estuvo allí esa noche?

—Suele ir por allí. Dos veces al mes como mínimo. Compró comida para llevar media hora antes de que llegara la segunda víctima. Y, como siempre, pagó con tarjeta. Ese día tampoco se llevó el coche. Ni el teléfono. Se dio otro paseo, aunque hacía calor. —Por la manera en que se encogió de hombros, Reggie parecía haberse puesto a la defensiva. Sabía que aquello no pintaba bien—. Lo que le decía: una guillotina.

El bolígrafo de Leigh se detuvo. No era una guillotina. Era un caso muy bien fundamentado.

El noventa por ciento de Atlanta pertenecía al condado de Fulton; el diez por ciento restante, al de DeKalb. El Ayuntamiento tenía su propio cuerpo policial, pero los casos de la circunscripción de DeKalb los llevaba el Departamento de Policía del condado. Fulton tenía un número mucho mayor de delitos violentos, pero, entre el MeToo y la pandemia, durante los dos últimos años las denuncias por violación habían aumentado en todas partes.

Leigh se imaginó a un inspector de alguna comisaría de DeKalb sobrecargada de trabajo invirtiendo horas y horas en cotejar centenares de pagos con tarjeta en un cine y un restaurante mexicano con los datos de las denuncias por violación. No habían elegido a Andrew porque sí. Habían estado esperando a que cometiera un error.

—Hábleme de la tercera víctima.

—Estaba en un bar llamado Maplecroft, y en aquella época Andrew salía mucho, a ver si ligaba. Se ve en los extractos de su tarjeta de crédito. El tío paga con tarjeta hasta un paquete de chicles. Nunca lleva efectivo encima. No usa Uber ni Lyft. Y casi nunca lleva el móvil. Pero invitó a copas a un montón de mujeres por toda la ciudad.

Leigh quería que fuera más explícito.

—¿Los extractos de la tarjeta de crédito le sitúan en el Maplecroft la noche de la agresión?

—Dos horas antes de que desapareciera la tercera víctima. Pero había estado allí cinco veces antes, como mínimo. En este caso, no hay grabaciones de cámaras de seguridad —añadió—. El bar se quemó al principio de la pandemia. A los dueños les vino muy bien y a Andy también, porque el servidor se fundió y no tenían copia de seguridad en la nube.

Leigh buscó un patrón común a los tres casos, como haría un inspector de policía. Un cine. Un restaurante. Un bar. Todos ellos establecimientos en los que se bebía en recipientes sin tapa.

—¿La policía cree que Andrew las drogó a las tres?

—Igual que a Tammy Karlsen. Ninguna de las tres recuerda nada de la agresión, absolutamente nada.

Leigh dio unos golpecitos con el bolígrafo en el cuaderno. El Rohypnol desaparecía de la sangre al cabo de veinticuatro horas y de la orina al cabo de setenta y dos. La amnesia selectiva, uno de sus efectos secundarios mejor documentados, podía ser permanente.

—¿Las víctimas fueron en su propio coche a esos lugares?

—Sí, todas. Las dos primeras no llegaron a sacar el coche del aparcamiento. La policía lo encontró a la mañana siguiente. La víctima número tres, la del Maplecroft, tuvo un accidente. Chocó contra un poste de teléfono a tres kilómetros de su casa. No hay grabaciones de cámaras de seguridad ni de tráfico. Encontraron el coche abandonado, con la puerta abierta. El BMW de Tammy Karlsen estaba en una bocacalle, como a kilómetro y medio del parque Little Nancy Creek. Su bolso aún estaba dentro. Como en los otros casos, ninguna cámara grabó nada, así que una de dos: o ese tipo es un genio del mal o tiene una suerte bárbara.

O bien era lo bastante listo como para vigilar determinados lugares con mucha antelación.

—¿Dónde aparecieron las víctimas al día siguiente?

—En distintos parques municipales de Atlanta, dentro del condado de DeKalb.

Paltz debería haber empezado por ahí. Eso era lo que la gente que sabía hacer su trabajo llamaba un *modus operandi*.

—¿Esos parques estaban a poca distancia del domicilio de Andrew?

—Todos menos uno, pero hay muchísima gente que vive cerca de esos sitios —contestó Reggie, de nuevo a la defensiva—. Atlanta está llena de parques. Hay trescientos treinta y ocho, para ser exactos. El Departamento Municipal de Parques y Áreas Recreativas se encarga del mantenimiento de doscientos cuarenta y ocho. Del resto se ocupan asociaciones de voluntarios.

Leigh no necesitaba que le recitara la Wikipedia.

—¿Y qué me dice del registro de los teléfonos móviles?

—No hay nada —respondió Reggie con cautela—. Pero ya le he dicho que Andrew nunca lleva el móvil encima.

Leigh sintió que entrecerraba los ojos.

—¿Tiene un teléfono de trabajo y otro para uso privado?

—No, solo uno. Dice que no quiere estar conectado todo el tiempo, el tío, pero luego siempre me pide prestado el teléfono cuando salimos.

—Andrew conducía un Mercedes que tomó del concesionario la noche que conoció a Karlsen —dijo Leigh—. Recuerdo haber leído algo sobre una demanda por los dispositivos de rastreo que llevan incorporados esos modelos en el Reino Unido.

—Aquí también los llevan. La aplicación se llama *Mercedes me*, pero hay que crear una cuenta y aceptar los términos para que se active. Por lo menos, eso dirán los alemanes.

Faltaban siete días para el juicio. Leigh no tenía tiempo para llamar a esa puerta, pero confiaba en que el fiscal tampoco lo tuviera. Por suerte para Andrew, las cifras astronómicas de muertes por COVID registradas en diciembre y la intentona golpista de enero habían dejado en suspenso las relaciones transatlánticas.

—¿Qué más tiene? —preguntó.

Reggie cerró el vídeo de la cámara de tráfico y se puso a teclear y a hacer clic con el ratón. Leigh vio cinco carpetas: LNC_PLANO, FOTOS DEL LUGAR DE LOS HECHOS, FOTOS DE LA VÍCTIMA, ESCRITO DE ACUSACIÓN, DOCUMENTOS DE APOYO.

Él abrió FOTOS DE LA VÍCTIMA.

—Esta es Karlsen. Se despertó debajo de una mesa de pícnic del parque. Como le decía, no recordaba nada, pero sabía que esa noche le había pasado algo muy malo.

Cuando la fotografía acabó de cargarse, Leigh se estremeció. La cara de la mujer era casi irreconocible. La habían golpeado salvajemente. Tenía desplazado el pómulo izquierdo, la nariz rota, el cuello rodeado de hematomas y el pecho y los brazos salpicados de cardenales negros y rojos.

*Agresión agravada.*

Reggie abrió la carpeta titulada LNC_PLANO.

—Esto es un croquis del parque Little Nancy Creek. Está cerrado de once de la noche a seis de la mañana. No hay luces ni cámaras. Esto de aquí es el cenador. Es donde un paseador de perros encontró a Karlsen a la mañana siguiente.

Leigh se fijó en el plano. Un sendero para correr de dos kilómetros y medio. Un puente de madera y acero. Jardines de uso público. Un parque infantil. Un cenador abierto.

Reggie abrió FOTOS DEL LUGAR DE LOS HECHOS y pinchó en una serie de archivos JPEG. Las pruebas estaban señaladas con marcadores amarillos. Salpicaduras de sangre que bajaban por los escalones. Una huella de zapato en el barro. Una botella de Coca-Cola tirada en un trozo de hierba.

Leigh se echó hacia delante, apoyándose en el borde del asiento.

—Eso es una botella de Coca-Cola de vidrio.

—Todavía se fabrican aquí —explicó Reggie—, pero esa en concreto vino de México. Allí utilizan azúcar de caña auténtico, no jarabe de maíz con alto contenido en fructosa. Se nota mucho la diferencia. La primera vez que probé una fue cuando llevé mi Mercedes al taller del concesionario Tenant. Siempre las tienen detrás de la barra, en el centro de atención al cliente. Por lo visto, es una manía de Andrew.

Leigh le miró a los ojos por primera vez desde que había entrado en el despacho.

—¿A qué distancia vive Andrew del parque?

—A tres kilómetros por carretera. Menos, si atraviesas el club de campo.

Ella volvió a fijar la mirada en el plano. Tendría que reconocer el terreno por sí misma.

—¿Había estado antes en el parque?

—Al tío le chifla la naturaleza, por lo visto. Le gusta mirar las mariposas. —Reggie sonrió, pero Leigh notó que era consciente de lo mal que pintaba todo aquello—. Las huellas dactilares son como la orina, ¿no? No llevan marca de hora ni fecha. No se puede probar desde cuándo estaba la botella de Coca-Cola en el parque, ni cuándo la tocó Andrew. El verdadero culpable podía llevar guantes.

Leigh ignoró el comentario.

—¿Qué hay de la pisada en el barro?

—¿Que qué hay de la pisada? —preguntó él—. Dicen que podría coincidir con un par de Nikes que encontraron en el armario de Andrew, pero con ese «podría» no van a ningún sitio.

Leigh estaba harta de que Reggie controlara el avance de la narración. Agarró el ordenador portátil y fue pasando las fotos ella misma. Las conclusiones de la fiscalía estaban claras como el agua. Leigh le dio a Reggie una lección sobre cómo ir al grano.

—En la botella encontraron la huella del dedo índice derecho de Andrew, además de restos de ADN de Tammy Karlsen. Agresión sexual agravada. Eso parece materia fecal. Penetración anal agravada. Hematomas en los muslos indicadores de penetración. Violación. El agresor la llevó a un lugar aislado. Secuestro. No pueden probar que la drogara o el cargo estaría incluido en el pliego de acusaciones. ¿Algún arma?

—Un cuchillo —contestó Andrew.

Leigh se dio la vuelta.

Andrew estaba apoyado en la jamba de la puerta. Se había quitado la chaqueta y llevaba la camisa arremangada. Saltaba a la vista que la discusión con Sidney no había terminado bien. Parecía totalmente exhausto.

Sus ojos, sin embargo, no habían perdido su inquietante vacuidad.

Leigh reflexionaría sobre eso más tarde. Ahora se dedicó a hojear el resto de las fotografías. No había ninguna otra prueba material documentada. Solo el vídeo del bar, la pisada que podía ser la de unas zapatillas Nike y la huella dactilar en la botella de Coca-Cola. Dio por sentado que las huellas dactilares de Andrew no figuraban previamente en la base de datos del estado. En Georgia, solo los acusados de algún delito tenían ese dudoso honor.

—¿Sabes cómo te identificaron? —preguntó.

—Tammy le dijo a la policía que reconoció mi voz, de cuando estuvimos en el bar, pero eso no... Quiero decir que acababa de conocerme, así que no podía conocer de verdad mi voz, ¿no?

Leigh apretó los labios. Sería igual de fácil alegar que la víctima tenía su voz muy fresca en la memoria; sobre todo después de oírle hablar durante noventa y ocho minutos. De momento, el principal punto a favor de Andrew era el Rohypnol. Leigh conocía a un perito que podía testificar que la amnesia provocada por el fármaco restaba credibilidad a la identificación de Karlsen.

—¿Cuándo te tomó las huellas la policía?

—Vinieron a la oficina y me amenazaron con llevarme por la fuerza a comisaría si no los acompañaba voluntariamente —contestó Andrew.

—Deberías haber llamado a un abogado en el acto —comentó Reggie.

Andrew sacudió la cabeza, pesaroso.

—Pensé que podría aclararlo.

—Ya, tío. La policía no quiere que aclares nada. Lo que quiere es detenerte.

Leigh se giró en la silla. Hojeó el expediente del caso. Encontró una orden de toma de huellas dactilares firmada por un juez capaz de aprobar la tortura por ahogamiento simulado si de esa manera podía llegar antes al campo de golf. Pese a todo, el hecho de que se hubieran molestado en pedir una orden judicial en lugar de sacar las huellas de una botella de agua dejada en la sala de interrogatorio indicaba que el fiscal se tomaba el caso muy en serio.

—Antes pensaba que, si eres inocente, no tienes nada que ocultar. ¿Ves para lo que me ha servido? Mi vida se ha ido al garete porque una sola persona me ha señalado con el dedo.

—Por eso estamos aquí, colega —dijo Reggie—. Collier es capaz de dejar fuera de combate a esa zorra chiflada con una mano atada a la espalda.

—Pero no debería tener que hacerlo —repuso Andrew—. Tammy y yo pasamos un buen rato juntos. La habría llamado al día siguiente si Sid no se hubiera presentado en mi casa.

La silla de Reggie chirrió cuando se recostó en ella.

—Mira, tío, esto es la guerra. Estás luchando por tu vida. Tienes que jugar sucio, porque es lo que va a hacer el otro bando, de eso puedes estar seguro. Si no espabilas, vas a acabar en la puta cárcel. Dígaselo, Collier. Dígale que no es momento de portarse como un caballero.

Leigh no pensaba intervenir en su conversación. Acercó el portátil y volvió a la carpeta de fotos de la víctima. Presionó la tecla de la flecha y fue pasando archivos hasta llegar a la documentación relativa al kit de recogida de pruebas en casos de violencia sexual. Cada primer plano era más espantoso que el anterior. Leigh había visto mucha brutalidad, bien lo sabía Dios, pero allí sentada, en aquel cuartucho, con dos hombres que hablaban a voz en cuello de zorras y putitas mientras las horribles pruebas de una agresión sexual iban apareciendo en la pantalla del ordenador, sintió una vulnerabilidad repentina.

A Tammy Karlsen le habían arañado la espalda hasta arrancarle la piel. Tenía los pechos y los hombros llenos de marcas de mordiscos. Cardenales en los que se adivinaba la forma de una mano rodeaban sus brazos y se extendían por las nalgas y por la parte de atrás de las piernas. La botella de Coca-Cola le había producido desgarros. Diversas contusiones y heridas abiertas le subían por los muslos, hasta la ingle. Tenía fisuras en el ano. Le habían desgarrado el clítoris de tal modo que solo un pedacito de tejido lo mantenía unido al cuerpo. Sus heridas habían sangrado tan profusamente que la huella de sus glúteos había quedado impresa en sangre en el suelo de cemento del cenador.

—Dios mío —dijo Andrew.

Leigh reprimió un escalofrío. Andrew estaba de pie justo detrás de ella. La foto del portátil mostraba el pecho magullado de Tammy Karlsen. Marcas de mordiscos hendían la carne suave en torno al pezón.

—¿Cómo puede alguien pensar que yo soy capaz de hacer algo así? Además, tendría que ser idiota para seguirla desde el bar con todas esas cámaras en la calle.

Leigh sintió alivio cuando se retiró hacia el sofá.

—No tiene sentido, Harleigh. —Su tono se volvió más suave cuando tomó asiento—. Yo siempre tengo muy presente que hay alguna cámara grabándome. No solo en los bares. En el cajero automático. En la calle. En el concesionario. La gente tiene cámaras en la entrada de su casa, en el timbre… Están por todas partes. Siempre observando. Grabando todo lo que haces. Es absurdo pensar que puedes agredir a alguien, a quien sea, sin que una cámara te pille in fraganti.

Leigh escogió el peor momento para mirarle a los ojos. Andrew la tenía en el punto de mira. Ella vio cómo cambiaba su expresión, cómo se tensaba la comisura izquierda de su boca en una sonrisa. En apenas unos segundos, pasó de ser un pobre infeliz al que habían acusado injustamente a convertirse en el afable psicópata que había besado a Tammy Karlsen y luego la había seguido en coche, a la espera de que perdiera el conocimiento para secuestrarla y violarla.

—Harleigh —dijo casi susurrando—, piensa en lo que dicen que hice.

*Secuestro. Violación. Agresión agravada. Penetración anal agravada. Agresión sexual agravada.*

—Eres la persona que me conoce desde hace más tiempo, después de mi madre —prosiguió Andrew—. ¿Sería yo capaz de algo así?

Leigh no necesitó mirar el portátil para ver desfilar las fotografías forenses ante sus ojos. Heridas abiertas, incisiones, mordiscos, arañazos, todo ello causado por el animal que ahora la miraba fijamente, como a una nueva presa.

—Piensa en lo listo que tendría que ser —añadió Andrew—. Evitar las cámaras. Que no haya testigos. No dejar pistas…

Sintió que se le cerraba la garganta cuando intentó tragar saliva.

—Me pregunto, Harleigh… Si tú fueras a cometer un crimen terrible, un crimen que destruyera la vida de otra persona, ¿sabrías cómo salirte con la tuya? —Se había acercado al borde del sofá. Tenía el cuerpo en tensión. Las manos crispadas—. Ahora las cosas no son como cuando nosotros éramos unos críos. En aquel entonces podías matar a alguien a sangre fría e irte de rositas. ¿Verdad que sí, Harleigh?

Leigh sintió que retrocedía en el tiempo. Tenía otra vez dieciocho años y estaba haciendo las maletas, a pesar de que todavía faltaba un mes para que se fuera a la universidad. Descolgaba el teléfono en la cocina de casa de su madre. Oía a Callie decir que Buddy había muerto. Estaba en su coche. En la habitación de Trevor. En la cocina. Le decía a Callie lo que tenía que hacer, cómo limpiar la sangre, dónde tirar los trozos de la cámara de vídeo rota, cómo deshacerse del cuerpo, qué hacer con el dinero, qué decirle a la policía… Le aseguraba que saldrían indemnes de aquello porque había pensado en todo.

En casi todo.

Muy despacio, se volvió hacia Reggie, que estaba escribiendo distraídamente en el móvil, sin prestarles atención.

—¿Se…? —La palabra se le atascó en la garganta—. El agresor utilizó un cuchillo con Karlsen. ¿La policía encontró el arma?

—Qué va. —Reggie siguió escribiendo—. Pero por el tamaño y la profundidad de las lesiones, creen que la hoja era de sierra, de unos doce centímetros de largo. Un cuchillo de cocina corriente, probablemente.

*Mango de madera agrietado. Hoja doblada. Dientes de sierra afilados.*

Reggie terminó de escribir.

—Lo verá en los sumarios cuando los mande a su servidor. La policía dice que el cuchillo que se usó con las otras tres víctimas es el mismo. Tenían todas la misma herida en el mismo lugar.

—¿Cuál? —Leigh escuchó el eco de su propia voz—. ¿Qué herida?

—En el muslo izquierdo, unos centímetros por debajo de la ingle. —Reggie se encogió de hombros—. Tuvieron suerte. Si el corte hubiera sido un poco más profundo, les habría seccionado la arteria femoral.

# 3

No había recorrido ni un kilómetro y medio tras salir del despacho de Reggie cuando se le revolvió el estómago. Sonaron pitidos cuando se desvió a la cuneta. Se abalanzó sobre el asiento del copiloto, abrió la puerta de golpe y echó un torrente de bilis por la boca. Las arcadas no cesaron ni siquiera cuando ya no le quedaba nada que vomitar. Se le clavaban puñales en el abdomen. Bajó tanto la cabeza que casi tocó el suelo con la cara. El olor le provocó nuevas náuseas. Tuvo arcadas secas. Se le saltaron las lágrimas. Gotas de sudor le corrían por la cara.

*Creen que la hoja era de sierra.*

Le dio una arcada tan fuerte que empezó a ver estrellas detrás de los párpados. Se agarró a la puerta para no caerse. Su cuerpo se sacudió en una serie de espasmos agónicos. Poco a poco, penosamente, las náuseas fueron remitiendo. Aun así, esperó, colgando fuera del coche con los ojos cerrados mientras le suplicaba a su cuerpo que dejara de temblar.

*Unos doce centímetros de largo.*

Abrió los ojos. Un hilillo de saliva le caía de la boca y se acumulaba en la hierba aplastada. Tragó una bocanada de aire. Dejó que se le cerraran los ojos de nuevo. Esperó un poco más, pero no ocurrió nada.

*Un cuchillo de cocina corriente, probablemente.*

Probó a incorporarse despacio. Se limpió la boca. Cerró la puerta. Se quedó mirando el volante. Le dolían las costillas de estirarse sobre la consola, entre los dos asientos. El coche tembló cuando un camión pasó a su lado a toda velocidad.

En la oficina de Reggie Paltz había logrado contener el pánico. Había entrado en una especie de estado de fuga: aunque seguía allí físicamente, de algún modo estaba en otra parte; su alma flotaba sobre la habitación viéndolo todo sin sentir nada.

Había observado, allá abajo, cómo la otra Leigh miraba el reloj y se sorprendía al ver qué hora era, y cómo se excusaba alegando que tenía una reunión en el centro. Andrew y Reggie se habían levantado al mismo tiempo que ella. La otra Leigh se había colgado el bolso del hombro. Reggie había vuelto a fijar la mirada en el portátil. Andrew, en cambio, había vigilado cada uno de sus movimientos. Como un fluorescente que se encendiera de nuevo con un parpadeo, había vuelto a adoptar aquella mirada bovina e inocente. Sus palabras habían caído sobre ella como el chorro de una manguera de incendios. «Siento que tengas que irte ya, creía que acabábamos de empezar a trabajar, ¿te llamo o nos vemos en la reunión con Cole mañana por la tarde?».

Flotando pegada al techo, Leigh había observado a su otro yo ofrecerle promesas o excusas, no estaba segura de cuál de las dos cosas porque no oía su propia voz. Luego se enganchó la mascarilla a las orejas. Se despidió con la mano. Y salió al despachito exterior.

Su otro yo seguía aparentando calma. Se detuvo a buscar el gel de manos. Miró el vaso de café vacío de Dunkin' Donuts, que alguien había sacado de la basura y colocado en lugar bien visible, en la encimera. Recorrió el pasillo. Bajó a continuación las escaleras. Abrió la puerta de cristal. Salió a la escalera de cemento de fuera. Bajó con cuidado los escalones desconchados. Miró hacia el aparcamiento.

Sidney Winslow estaba fumando un cigarrillo. Torció la boca en una mueca de asco al verla. Sacudió la ceniza del cigarrillo apoyada contra un coche deportivo muy bajo.

El coche de Andrew.

Leigh se había tambaleado hacia delante, zarandeada por el impacto de su alma al reintegrarse en el cuerpo. Volvía a ser ella misma, una sola persona, una mujer que acababa de escuchar a un sádico violador confesar a todos los efectos que no solo sabía que Leigh estaba involucrada en la muerte de Buddy, sino que estaba utilizando a sus víctimas para perfeccionar esa misma técnica de asesinato.

«Si el corte hubiera sido un poco más profundo, les habría seccionado la arteria femoral».

—Oye, tú, puta. —Sidney se había apartado del coche con gesto agresivo—. No me hace ninguna gracia que le digas a mi novio que no puede fiarse de mí.

Leigh no había dicho nada; se había limitado a mirar a aquella idiota. El corazón le latía a mil por hora. Notaba la carne caliente y fría al mismo tiempo, y sentía el estómago lleno de cuchillas de afeitar. Era el coche de Andrew lo que la había puesto en ese estado.

Un Corvette amarillo.

Del mismo color, con la misma carrocería que el de Buddy.

De repente, oyó un pitido. El Audi se sacudió violentamente cuando un camión pasó por su lado esquivando el coche. Miró por el retrovisor lateral. Su rueda trasera estaba pisando la línea. En lugar de arrancar, observó el tráfico que se acercaba, retando en silencio a los conductores a chocar con ella. Más pitidos. Otro camión, otro turismo, otro todoterreno, pero no el destello amarillo del Corvette de Buddy.

*De Andrew.*

Para ella, nunca volvería a ser Trevor. Aquel hombre de treinta y tres años no era el niño de cinco, un poco rarito, que solía salir de un salto de detrás del sofá para darle un susto. Aún recordaba las lágrimas invisibles que se había secado el niño una vez cuando le gritó que parara. Estaba claro que Andrew conocía algunos detalles acerca de la muerte de su padre, pero ¿cómo era posible que los conociera? ¿Qué habían hecho para delatarse? ¿Qué error absurdo cometió ella aquella noche que le había permitido juntar de algún modo las piezas del rompecabezas?

«Si fueras a cometer un crimen terrible, un crimen que destruyera la vida de otra persona, ¿sabrías cómo salirte con la tuya?».

Aspiró por la nariz y un trozo de algo espeso y pútrido le bajó por la garganta. Buscó un pañuelo en el bolso. No encontró ninguno. Tiró el bolso al asiento del copiloto. Todo se desparramó. Vio el paquete de pañuelos encima de un inconfundible frasco de pastillas de color naranja.

Valium.

Todo el mundo había necesitado alguna ayuda para superar el año anterior. Ella no bebía. Odiaba sentir que no controlaba la situación, pero más aún odiaba no poder dormir. Durante el largo calvario de las elecciones le habían recetado Valium. «Quitapenas pandémico», lo había llamado el médico.

«Jarabe para dormir».

Así era como llamaba Buddy al NyQuil de Andrew. Cada vez que llegaba a casa y veía que su hijo estaba despierto, le decía a Leigh: «Oye, muñeca, esta noche no lo aguanto, hazme un favor antes de irte y dale al crío su jarabe para dormir».

Oía la característica voz grave de Buddy como si le tuviera sentado en el asiento trasero del coche. Sin quererlo, evocó la sensación que le producían sus manos torpes al frotarle los hombros. Empezaron a temblarle las manos con tanta fuerza que tuvo que usar los dientes para abrir el tapón del Valium. Tres pastillas de color naranja le cayeron en la palma. Se las tragó a palo seco, como caramelos.

Juntó las manos con fuerza para atajar el temblor. Esperó a que las pastillas empezaran a hacerle efecto. Quedaban otras cuatro en el frasco. Se las tomaría todas si hacía falta. No podía estar así en ese momento. No se podía permitir el lujo de refocilarse en el miedo.

Andrew y Linda Tenant ya no eran los pobrecillos Waleski. Tenían el Grupo Automovilístico Tenant y todo su puto dinero. Ella podría comprar posiblemente a Reggie Paltz con la promesa de darle más trabajo, pero Paltz no era el único detective privado de Atlanta. Andrew podía contratar a todo un equipo de investigadores para que empezaran a hacer preguntas que nadie se había molestado en formular veintitrés años atrás, como, por ejemplo…

Si Callie estaba preocupada porque Buddy no llegaba, ¿por qué no había avisado a Linda? Su número estaba pegado en la pared, junto al teléfono de la cocina.

Si Andrew había arrancado accidentalmente el cable del teléfono, ¿por qué no recordaba haberlo hecho? ¿Y por qué estaba tan aturdido al día siguiente?

¿Por qué había llamado Callie a su hermana para que fuera a

recogerla en coche esa noche? Estaba a diez minutos andando de casa y había recorrido ese camino cientos de veces.

¿Por qué los vecinos de al lado decían que habían oído calarse el Corvette de Buddy varias veces en la entrada de la casa? Buddy sabía usar la transmisión manual.

¿Dónde estaba el machete de la caseta?

¿Por qué faltaba la lata de gasolina?

¿Por qué Callie tenía la nariz rota y diversos cortes y moratones?

¿Y por qué Leigh se fue a la universidad un mes antes de lo previsto, cuando no tenía dónde quedarse ni dinero que gastar?

86 940 dólares.

La noche de su muerte, a Buddy acababan de pagarle un trabajo importante. En su maletín había cincuenta mil dólares. El resto lo encontraron escondido por la casa.

Discutieron varias veces qué hacer con el dinero. Callie estaba empeñada en que dejaran algo para Linda. Leigh, por su parte, insistía en que se delatarían si dejaban un solo centavo. Si Buddy Waleski se hubiera marchado de verdad, se habría llevado todo el dinero que hubiera podido, porque los demás le importaban una mierda.

Leigh recordaba las palabras exactas que habían convencido por fin a Callie: «No es dinero manchado de sangre si lo has pagado con tu propia sangre».

Pitó otro coche. Leigh volvió a sobresaltarse. El sudor se había secado enfriándole la piel. Puso el aire acondicionado. Tenía ganas de llorar, pero no serviría de nada. Necesitaba concentrarse. En la sala del tribunal tenía que ir siempre diez pasos por delante de todos. Ahora, en cambio, debía invertir toda su energía en decidir cuál era el mejor camino que seguir y cómo dar el primer paso en esa dirección.

Recordó las palabras exactas de Andrew, el rictus burlón de sus labios.

«Ahora las cosas no son como cuando éramos unos críos. En aquel entonces podías matar a alguien a sangre fría e irte de rositas».

¿Qué habían pasado por alto Callie y ella? No eran pandilleras adolescentes, ni mucho menos, pero las dos habían pasado por el reformatorio y se habían criado en el barrio. Sabían de manera instintiva

cómo borrar sus huellas. Metieron la ropa y los zapatos ensangrenta-
dos en un barril y los quemaron. Despedazaron la cámara de vídeo.
Limpiaron la casa a fondo. Desguazaron el coche y le prendieron fuego. Destruyeron el maletín. Incluso llenaron una maleta con ropa de
Buddy y metieron dentro un par de zapatos.

Solo quedó el cuchillo.

Leigh había querido deshacerse de él, pero Callie alegó que Linda se daría cuenta de que faltaba. Al final, lo fregó en la pila para quitarle la fina línea de sangre y sumergieron el mango de madera en lejía.
Callie incluso usó un palillo para limpiar la espiga del cuchillo, una
palabra que Leigh conocía únicamente porque había marcado el paso
de cada año transcurrido desde entonces examinando los pormenores del posible sumario que podía instruirse contra ellas.

Pasó revista de memoria a la larga lista de incógnitas, basadas en
los recuerdos de unos críos o en los de un par de vecinos ya mayores
que habían fallecido hacía dieciocho años.

No había pruebas materiales. Ni cadáver. Ni arma homicida. Ni
pelos, dientes, sangre, huellas dactilares o restos de ADN inexplicables. No había pornografía infantil. Los únicos que sabían que Buddy
Waleski violaba a Callie eran, a su vez, unos pederastas a los que les
convenía más a que nadie mantener la boca cerrada.

El doctor Patterson. El entrenador Holt. El señor Humphrey. El
señor Ganza. El señor Emmett.

*Maddy. Walter. Callie.*

Debía tener muy presentes sus prioridades. No podía regodear-
se en el miedo, eso se había acabado. Miró por el espejo retrovisor.
Esperó a que se despejara el carril y se incorporó al tráfico.

Mientras conducía, el Valium se difundió por su torrente sanguíneo. Sintió que algunas aristas se suavizaban. Relajó los hombros
contra el asiento. La línea amarilla de la calzada se convirtió en una
cinta de correr. Los edificios, los árboles, los carteles y las vallas pu-
blicitarias se desdibujaron: Restaurante Colonnade, Uptown Novel-
ty, *¡Protégete! ¡Vacúnate! ¡Para que Atlanta siga abierta!*

—Joder —masculló pisando a fondo el freno.

El coche de delante había dado un frenazo. Leigh volvió a subir el aire acondicionado. El aire frío le dio en la cara. Adelantó al coche parado. Conducía con tanto cuidado que se sentía como una anciana. Un poco más adelante, el semáforo en verde empezó a cambiar, pero ella no pisó el acelerador. Se detuvo. Puso el intermitente. El letrero digital de la fachada del banco marcaba la hora y la temperatura.

Las once cincuenta y ocho de la mañana. Veintidós grados.

Apagó el aire acondicionado. Bajó la ventanilla. Dejó que el calor la envolviera. Era lógico que estuviera sudando. Al acabar la sofocante noche de agosto en que murió Buddy Waleski, Callie y ella tenían la ropa empapada de sangre y sudor.

Buddy era un contratista de obras, o al menos eso le decía a la gente. En el minúsculo maletero de su Corvette encontraron una caja de herramientas con alicates y un martillo. En la caseta del patio trasero había lonas, cinta adhesiva, plástico y un machete enorme colgado de un gancho detrás de la puerta.

Primero haciéndole rodar, pusieron el cadáver de Buddy sobre el plástico. Luego se arrodillaron para limpiar la mancha de sangre que había dejado. A continuación, utilizaron la mesa y las sillas de la cocina para formar una especie de bañera alrededor del cuerpo.

Tenía grabado a fuego en la memoria cada segundo de lo que ocurrió a continuación. Cortar trozos de carne con los cuchillos más afilados. Separar las articulaciones con el machete. Romper los dientes con el martillo. Arrancar las uñas con los alicates, por si debajo había restos de piel de Callie. Raspar los dedos con una hoja de afeitar para emborronar las huellas. Regarlo todo con lejía para eliminar cualquier rastro de ADN.

Se habían turnado porque el trabajo no solo era agotador mentalmente. Habían tenido que emplearse a fondo para desmembrar el enorme cuerpo y meter los trozos en bolsas negras de las que se usaban para el césped. Leigh había tenido los dientes apretados todo el tiempo. Callie repetía una y otra vez las mismas frases enloquecedoras: «Si desea hacer una llamada, cuelgue y vuelva a marcar… En caso de emergencia…».

Leigh había añadido para sus adentros su propia cantinela: «Es-to-es-culpa-mía-todo-esto-es-culpa-mía-esto-es-culpa-mía…».

Ella tenía trece años y Trevor cinco cuando empezó a trabajar de niñera para los Waleski. Consiguió la recomendación por el boca a boca. La primera noche, Linda le dio una larga charla sobre lo importante que era ser de fiar y luego le hizo leer en voz alta la lista de números de emergencia que había junto al teléfono de la cocina. Toxicología. Parque de Bomberos. Departamento de Policía. Pediatra. El número de Linda en el hospital.

Le enseñó a toda prisa la casa deprimente mientras Trevor se aferraba a su cintura como un monito desesperado. Apagó y encendió las luces. Abrió y cerró la nevera y los armarios de la cocina. Allí estaba lo que podían tomar para la cena. Más allá, la merienda. Su hora de dormir era esta. Estos, los libros que debían leer. Buddy llegaría a casa como muy tarde a medianoche, pero Leigh tenía que jurarle por su vida que no se iría hasta que llegara él. Y, si no llegaba o si se presentaba borracho —borracho como una cuba, no solo un poco bebido—, debía llamarla inmediatamente para que volviera del trabajo.

A Leigh le pareció que el rollo que le soltaba Linda estaba de más. Ella se había criado en Lake Point, cuyos últimos vecinos blancos y adinerados habían desecado el lago antes de marcharse para que ningún negro pudiera bañarse en él. Las casitas abandonadas se habían convertido en fumaderos de *crack*. Se oían disparos a todas horas. Para ir al colegio, Leigh tenía que pasar por un parque en el que había más jeringuillas rotas que niños. Llevaba ya dos años trabajando de niñera y nadie había puesto en duda su capacidad para desenvolverse en aquel barrio.

Linda debió de darse cuenta de que la había molestado, porque enseguida rebajó el tono. Al parecer, a los Waleski les habían tocado en suerte unas cuantas niñeras irresponsables y de poco fiar. Una había dejado solo a Trevor sin cerrar siquiera la puerta al marcharse. Otra dejó de ir sin más. Otra no contestaba nunca al teléfono. Linda no sabía qué pensar de todo aquello. Igual que Leigh.

Y entonces, tres horas después de que Linda se fuera a trabajar, Buddy llegó a casa.

Miró a Leigh como no la habían mirado nunca antes. De arriba a abajo. Evaluándola. Tomándole la medida. Fijándose en la forma de sus labios y en las dos pequeñas protuberancias que se marcaban en la parte delantera de su camiseta descolorida de Def Leppard.

Era tan grande, tan imponente, que sus pasos hicieron temblar la casa cuando se acercó a la barra. Se sirvió una copa. Se limpió la boca flácida con el dorso de la mano. Cuando habló, sus palabras se amontonaron, atropellándose, un cataclismo de preguntas socarronas enterradas entre piropos que estaban fuera de lugar: «¿Cuántos años tienes, nena? No puedes tener más de trece, pero pareces ya una mujer hecha y derecha, ya lo creo que sí, seguro que tu padre tiene que andar apartando a los chicos con un palo, ¿cómo que no conoces a tu padre? Qué pena, pequeña, una cosita como tú necesita un tío grande y duro que la proteja».

Leigh pensó al principio que le estaba haciendo el tercer grado igual que Linda, pero más tarde, al echar la vista atrás, comprendió que en realidad estaba tanteando el terreno. En círculos policiales a eso se le llamaba *grooming*, y los pederastas seguían siempre el mismo patrón, invariablemente predecible.

Buddy la interrogó acerca de sus intereses, le preguntó por las asignaturas que más le gustaban, bromeó acerca de lo seria que era, dio a entender que era más inteligente que él, más interesante, que llevaba una vida fascinante, mucho más que la suya. Quería que se lo contara todo acerca de sí misma. Quería que supiera que él no era como esos viejos pedorros que había conocido hasta entonces. Él también era un viejo pedorro, claro, pero entendía por lo que pasaban los chicos de su edad. Le ofreció un poco de hierba. Ella no aceptó. Le ofreció algo de beber. Leigh probó un sorbo de algo que sabía a jarabe para la tos y le suplicó para sus adentros que por favor, por favor, la dejara irse a casa para poder estudiar.

Por fin, Buddy miró ostensiblemente el gigantesco reloj de oro que llevaba en la gruesa muñeca y abrió la boca con gesto teatral: «Vaya, muñeca, qué rápido pasa el tiempo podría pasarme toda la noche hablando contigo, pero tu madre te estará esperando ¿verdad? Seguro que es una arpía y te tiene atada muy en corto aunque ya eres prácticamente una adulta y tendrías que poder vivir a tu aire ¿no?».

Sin pensarlo, Leigh puso los ojos en blanco porque, si su madre estaba levantada, sería únicamente para asegurarse de que le entregaba el dinero que había ganado cuidando a Trevor.

¿Advirtió Buddy aquel gesto de fastidio? Leigh solo sabía que a partir de ese momento todo cambió. Quizá Buddy sacara conclusiones de la información que había reunido acerca de ella. Que no tenía padre. Que su madre era una inútil. Que tenía pocos amigos en el colegio. Y que era poco probable que lo contara.

Se puso a hablar de lo oscuro que estaba fuera. De lo peligroso que era el barrio. Dijo que parecía que iba a llover. Ella vivía a diez minutos andando, claro, pero era demasiado guapa para andar sola por ahí de noche. «Una cosita tan pequeña como tú algún tipo con malas intenciones podría agarrarte y guardarte en el bolsillo y eso sería una tragedia porque entonces Buddy no podría ver nunca más esa cara tan bonita ¿quería que eso pasara? se le rompería el corazón ¿de verdad sería capaz de hacerle una cosa tan fea?».

Se sintió asqueada, culpable y avergonzada. Y lo que era peor aún, atrapada. Temía que él se empeñara en que se quedara a dormir, pero entonces dijo que iba a llevarla a casa y se sintió tan aliviada que no puso ninguna objeción, se limitó a recoger sus deberes y a guardarlos en la mochila.

El semáforo se puso en verde, pero Leigh estaba tan absorta en sus pensamientos que tardó un momento en darse cuenta. Otro pitido la hizo seguir adelante. Tomó el desvío. Sus movimientos parecían los de un robot mientras recorría una bocacalle en sombra. No había viento que agitara los árboles, pero oyó el fragor de la corriente de aire que entraba por la ventanilla abierta cuando aceleró.

Los Waleski tenían un aparcamiento techado a un lado de la casa. El Corvette amarillo de Buddy ya tenía las ventanillas bajadas cuando salieron por la puerta de la cocina. Era un modelo antiguo. El borde del capó estaba oxidado. La pintura, descolorida. Una mancha indeleble de aceite en el hormigón marcaba el lugar que ocupaba el coche. El interior olía a sudor, tabaco y serrín. Buddy se empeñó en abrirle la puerta, flexionando los bíceps para demostrarle lo fuerte que era. «El príncipe azul a su servicio señorita solo tiene que chasquear los dedos y ahí estará su buen amigo Buddy».

Luego rodeó el coche para sentarse al volante y lo primero que pensó ella fue que era como un payaso embutiéndose en un coche de juguete. Gimió y resopló al encajar su corpachón tras el volante. Hombros encorvados. Asiento inclinado hacia atrás. Leigh recordaba haberse fijado en su manaza cuando empuñó la palanca de cambios. Toda la caja de cambios desapareció de su vista. Mantuvo allí su zarpa, dando golpecitos al ritmo de la canción que sonaba en la radio.

A Callie le obsesionaba la voz fantasmal de la operadora en el teléfono roto de la cocina. A Leigh, el chirriante falsete de Buddy mientras cantaba *Kiss on my list* de Hall & Oates.

Llevaban dos minutos de viaje cuando, a la tenue luz anaranjada de la radio, Buddy acercó la mano a ella. Sin dejar de mirar al frente, comenzó a seguir el ritmo de la música dando golpecitos con los dedos sobre su rodilla como había hecho antes sobre la palanca de cambios.

«Me gusta esta canción ¿a ti te gusta esta canción muñequita? seguro que sí aunque no sé si alguna vez has besado a un chico ¿sabes lo que se siente?».

Ella estaba paralizada, atrapada en el asiento envolvente, con la piel sudorosa pegada al cuero agrietado. Buddy no despegó la mano de su rodilla cuando frenó y se apartó al arcén. Leigh reconoció la casa de los Deguil. Había cuidado a su hija Heidi varias veces el verano anterior. La luz del porche estaba encendida.

«No pasa nada pequeña no te asustes tu buen amigo Buddy nunca te haría daño pero Dios mío tienes la piel tan suave que noto su pelusilla de melocotón eres casi como un bebé».

Todavía no la había mirado. Mantenía los ojos fijos hacia delante. La lengua le sobresalía entre los labios. Sus dedos, gruesos como salchichas, le hacían cosquillas en la rodilla al levantar la falda. Su mano le pesaba sobre la pierna como un yunque.

Leigh dejó escapar un gemido, intentando respirar. La cabeza le daba vueltas cuando sintió que volvía al presente. El corazón le latía tan fuerte en la garganta que tuvo que llevarse la mano al pecho para asegurarse de que seguía en su sitio. Tenía la piel pegajosa. Todavía oía lo último que le dijo Buddy cuando salió del coche.

«Mejor que esto quede entre tú y yo ¿no te parece? toma un poco de dinero extra por lo de esta noche pero prométeme que no se lo vas a contar a nadie no quiero que tu madre se enfade contigo y te castigue porque entonces no podré volver a verte».

Ella le contó a su madre que Buddy le había tocado la rodilla en cuanto entró por la puerta.

«Por Dios Harleigh no eres una cría indefensa no tienes más que apartarle la mano de un manotazo y mandarle a la mierda cuando vuelva a intentarlo».

Buddy, cómo no, volvió a intentarlo, pero su madre tenía razón. Leigh le apartó la mano de un manotazo y le gritó que se fuera a la mierda, y ahí acabó todo. «Joder vale vale muñequita lo entiendo no pasa nada pero cuidado tigresa no vayas a hacerle daño a algún pobre diablo con esas garras».

Después de aquello, ella se olvidó del incidente como se olvidan las cosas que son demasiado desagradables para recordarlas, como se olvidó de aquel profesor que no paraba de decirle lo rápidamente que se le estaban desarrollando los pechos, o del viejo de la charcutería que le dijo que estaba hecha toda una mujercita. Tres años después, cuando consiguió ahorrar lo suficiente para comprarse un coche en el que ir a trabajar al centro comercial, le pasó el trabajo de niñera a su hermana Callie, que se llevó una alegría.

El semáforo se puso en verde. Leigh acercó el pie al acelerador. Las lágrimas le corrían por la cara. Hizo amago de limpiárselas, pero el puto COVID la detuvo. Sacó un pañuelo del paquete y se limpió con cuidado los ojos. Respiró hondo de nuevo para llenarse los pulmones. Contuvo la respiración hasta que empezó a dolerle y luego exhaló entre dientes.

Nunca le contó a Callie lo que le había pasado en el Corvette. No avisó a su hermana pequeña de que tenía que apartarle la mano a Buddy de un manotazo. No advirtió a Buddy de que dejara en paz a Callie. No se lo contó a Linda ni a nadie, porque había enterrado tan hondo aquel recuerdo horrible que, cuando la muerte de Buddy lo hizo aflorar, no pudo hacer otra cosa que ahogarse en su mala conciencia.

Abrió la boca para respirar de nuevo. Otra vez se había desorientado. Miró a su alrededor tratando de saber dónde estaba. El Audi lo supo antes que ella. Girar a la izquierda, recorrer unos metros y doblar a la derecha para entrar en el aparcamiento del centro comercial.

El coche patrulla del sargento Nick Wexler estaba donde él solía aparcarlo a la hora de comer, entre una tienda de marcos y una charcutería judía. El aparcamiento estaba solo medio lleno. Delante de la puerta de la charcutería había una cola de gente que esperaba para recoger su pedido manteniendo la distancia de seguridad.

Leigh no se apresuró a salir del coche. Se retocó el maquillaje. Masticó un par de caramelitos de menta. Se puso carmín Rojo Fóllame. Recogió su cuaderno y un bolígrafo de entre las cosas desperdigadas. Fue pasando las notas del caso de Andrew y buscó una hoja en blanco. Escribió algo en la parte inferior del papel. El Valium estaba haciendo efecto. Habían dejado de temblarle las manos. Ya no sentía los latidos de su corazón.

Arrancó la parte inferior de la hoja, dobló el papel en un cuadrado apretado y se lo prendió en el tirante del sujetador.

Nick ya la estaba observando cuando salió del Audi. Leigh exageró el balanceo de sus caderas. Contraía las pantorrillas cada vez que daba un paso. Por el camino, le dio tiempo a buscar entre sus personalidades la que más le convenía. No podía mostrarse vulnerable como con Walter. Ni gélida como con Reggie Paltz. Con Nick Wexler era el tipo de mujer capaz de coquetear con un sargento de policía de Atlanta mientras él la multaba por exceso de velocidad y acabar poniéndole el coño en la cara tres horas después.

Nick se limpió la boca con la mano mientras ella se acercaba. Leigh sonrió, pero curvó en exceso las comisuras de los labios. Era culpa del Valium, que la hacía sonreír como una idiota. Sintió cómo la seguía Nick con la mirada cuando pasó por delante del coche patrulla.

Tenía las ventanillas bajadas.

—Joder, letrada, ¿dónde has estado escondiéndote? —dijo Nick.

Leigh señaló con un ademán los desperdicios que había en el asiento del pasajero.

—Aparta esa porquería.

Nick levantó el portátil enchufado al salpicadero y barrió todo lo demás con el brazo, tirándolo al suelo. Leigh falló la primera vez que intentó agarrar el tirador de la puerta. Se le nubló la vista. Parpadeó para despejársela y sonrió a Nick al abrir la puerta. El calor había arrugado su uniforme azul marino del Departamento de Policía de Atlanta. Por más que oliera a sudor, era un hombre tremendamente sexi. Dientes blancos y brillantes. Pelo espeso y negro. Ojos de un azul profundo. Brazos fuertes y fibrosos.

Leigh subió al coche patrulla. Le resbaló el tacón al pisar la bolsa del almuerzo de Nick. No se había molestado en ponerse la mascarilla. Estaba un poco aturdida por el Valium, pero no había caído del todo en la desidia. Los trabajadores de emergencias habían podido vacunarse desde febrero. Calculaba que era más probable que Nick Wexler le contagiara la sífilis que el COVID.

—Espero que haya venido dispuesta a acosar a mi testigo, letrada.

Leigh miró por el parabrisas sucio. La cola de la charcutería avanzaba poco a poco. Tenía los músculos de la cara tensos de tanto sonreír. La angustia burbujeaba en una parte inalcanzable de su cerebro. El recuerdo de Andrew retrocedió en la oscuridad, junto con la angustia.

—Hola. —Nick chasqueó los dedos—. No sé qué mierda te has metido, pero podías compartirla.

—Valium.

—Mejor lo dejamos para otro día —dijo—. Me conformo con una paja.

—Mejor lo dejamos para otro día —contestó ella—. ¿Desde cuándo te conformas?

Él se rio divertido.

—¿Qué te trae por mi coche después de tanto tiempo, letrada? ¿Estás tramando algo?

*Conspirar para cometer un asesinato. Deshacerse ilegalmente de un cadáver. Mentir a un agente de la ley. Firmar una declaración falsa. Huir de la justicia cruzando límites jurisdiccionales.*

—Necesito que me hagas un favor.

Nick levantó las cejas. Ellos no se hacían favores. Eran dos amigue-
tes que de vez en cuando echaban un polvo y a los que expulsarían de
sus respectivas profesiones si sus devaneos salían a la luz. Los policías y
los abogados defensores se llevaban tan bien como Churchill y Hitler.

—No se trata de un caso —aclaró Leigh.

Él puso cara de no creérselo.

—Vaaale.

—Una clienta morosa. Necesito localizarla para que me paguen.

—¿Los avaros de tus jefes se están poniendo nerviosos?

Volvió a poner aquella sonrisa bobalicona.

—Algo así.

Nick seguía sin parecer convencido.

—¿Tienes que encargarte tú de reclamar las deudas de los clientes que no pagan?

—Déjalo, ya lo intentaré con otro. —Leigh hizo amago de abrir
la puerta.

—Eh, eh, espera, letrada, no te vayas. —Le hablaba como un policía, pero le apoyó suavemente la mano en el hombro y le acarició el
cuello con el pulgar—. ¿Qué pasa?

Leigh le apartó la mano. Nick y ella no se reconfortaban el uno
al otro. Solo Walter podía ver esa faceta suya.

Él lo intentó de nuevo:

—¿Pasa algo? —preguntó.

A Leigh no le gustaba nada su tono, que parecía decir «Tranquila, que yo me encargo de esto». Por eso, entre otras razones, hacía
tiempo que no se veían.

—¿Tengo cara de que me pasa algo?

Se rio.

—Letrada, el noventa y nueve por ciento de las veces no tengo
ni puñetera idea de qué te ronda por esa preciosa cabecita que tienes.

—Con el uno por ciento restante te basta.

No había pretendido que su tono sonara sugerente. O tal vez sí.
Lo que estaban haciendo conllevaba cierto riesgo para ambos. Y
Leigh era plenamente consciente de que era eso, el riesgo, lo que la
hacía volver a él una y otra vez.

A Nick nunca le habían importado sus motivaciones. La recorrió con la mirada, de arriba abajo, hasta las piernas. Era un hombre que sabía cómo mirar a una mujer. La suya no era una mirada sórdida como la de Buddy cuando ella tenía trece años, ni esa mirada de machismo desenfadado que le había dedicado Reggie Paltz en su oficina y que solo distinguía entre follable y no follable. No, la mirada de Nick parecía decir: «Sé exactamente dónde tocarte y durante cuánto tiempo».

Leigh se mordió el labio.

—Joder —dijo Nick—. Muy bien, ¿cómo se llama esa clienta?

Sabía que no debía mostrarse ansiosa.

—Tirante izquierdo del sujetador.

Él arqueó de nuevo las cejas. Comprobó que nadie los miraba. Deslizó un dedo dentro de su blusa. Leigh tenía la piel sudorosa por el calor. Él recorrió su clavícula con el dedo hasta llegar al pecho. Ella sintió que se le alteraba la respiración cuando encontró el trozo de papel. Nick lo sacó despacio, tomándolo con dos dedos.

—Está mojado —dijo.

Ella volvió a sonreír.

—Dios. —Nick bajó el portátil. Desdobló el papel y se lo apoyó en la pierna. Se rio al leer el nombre—. A ver en qué lío se ha metido la coleguita del barrio.

—Eso me ha sonado a prejuicio racial.

Nick la miró de reojo.

—Si quiero que me toquen las pelotas para después no follar, puedo irme a casa con mi mujer.

—Y si yo quisiera follar con alguien que deja que le toquen las pelotas, me iría a casa con mi marido.

Nick volvió a reírse mientras tecleaba con un dedo.

Leigh respiró hondo y exhaló lentamente. No debería haber dicho eso de Walter. Nick hacía aflorar ese lado desagradable de su carácter. O quizá fuera que Walter era el único hombre sobre la faz de la tierra capaz de sacar a la luz el minúsculo pedacito de bondad que había en ella.

—Toma ya. —Nick entornó los ojos mirando la pantalla—. Robo. Posesión de sustancias ilegales. Allanamiento de morada.

Vandalismo. Sustancias ilegales. Sustancias ilegales... Madre mía, ¿cómo es que esta pájara no está en la cárcel?

—Quizá porque tiene una abogada estupenda.

Nick meneó la cabeza sin dejar de mirar la pantalla.

—Nos dejamos la piel para empaquetar a esta gente y en cuanto aparecéis los chupapollas de los abogados se va todo a la mierda.

—Sí, pero por lo menos alguien os la chupa.

Él la miró de nuevo. Ambos sabían por qué seguía sacando a relucir el tema del sexo.

—Podrían despedirme por buscar esto.

—Dime cuándo han despedido a un policía por algo.

Nick sonrió.

—¿Sabes lo jodido que es el trabajo de oficina?

—Mejor eso a que te peguen un tiro por la espalda. —Leigh comprendió por cómo se afilaba su mirada que se había pasado de la raya. Así que le presionó aún más—. ¿Te preocupa que los blancos también estén empezando a desconfiar de la policía?

Su mirada se hizo aún más afilada.

—Letrada —dijo—, dé gracias a que hoy tiene unas piernas de lo más apetitosas.

Leigh le observó mientras volvía a fijar la atención en el ordenador, deslizando el dedo por el ratón.

—Aquí está. Domicilios anteriores: Lake Point, Riverdale, Jonesboro.

«No en la esquina norte de Iowa. Ni en una granja. Ni casada. Ni madre de dos niños».

—Se ve que a la señorita le gustan los establecimientos refinados. —Nick sacó un bolígrafo y una libreta del bolsillo de la pechera—. Hace dos semanas, la multaron por cruzar la calle por donde no debía. Dio la dirección de un motel de mala muerte. ¿Se prostituye?

Leigh se encogió de hombros.

—Con ese nombre no estaba predestinada a triunfar que digamos. —Nick se rio—. Calliope DeWinter.

—Callie-ope —puntualizó Leigh, porque su madre era demasiado estúpida para saber pronunciarlo—. Se hace llamar Callie.

—O sea, que es capaz de tomar por lo menos una buena decisión.

—No se trata de tomar buenas decisiones, sino de tener buenas alternativas.

—Ya, claro. —Nick arrancó la hoja de la libreta. Dobló la dirección por la mitad y la sostuvo entre dos dedos. No intentó ponérsela a Leigh debajo del tirante del sujetador porque era poli y no era tonto—. ¿Cuánto cobras, letrada? ¿Diez mil pavos la hora?

—Algo así.

—¿Y una prostituta yonqui de tres al cuarto puede permitirse pagarte eso? ¿Cómo?

Leigh tuvo que esforzarse por no arrancarle el papelito de la mano.

—Es una niña bien, tiene pasta de familia.

—¿Esa es la milonga que vas a contarme?

Solo había una emoción capaz de sortear los efectos del Valium: la ira.

—Joder, Nick. ¿A qué viene hacerme ahora el tercer grado? Dame la información o…

Él le tiró el papelito en el regazo.

—Sal de mi coche, letrada. Vete a buscar a tu yonqui.

Leigh no se bajó. Desdobló el papel.

MOTEL ALAMEDA 9921 STEWART AVENUE.

Cuando trabajaba en el turno de oficio, tenía muchos clientes que vivían en aquel motel para estancias largas. Cobraban ciento veinte dólares por semana a gente pobre que podría haber encontrado una vivienda mucho más digna si hubiera podido ahorrar el dinero de la fianza para alquilar un piso por cuatrocientos ochenta dólares al mes.

—Tengo cosas que hacer —dijo Nick—. Así que o empiezas a hablar o te largas.

Leigh abrió la boca. Iba a decirle la verdad.

«Es mi hermana. Hace más de un año que no la veo. Es yonqui y se prostituye, mientras que yo vivo en una urbanización cerrada y llevo a mi hija a un colegio que cuesta veintiocho mil dólares al año porque empujé a mi hermanita en brazos de un depredador sexual y me daba demasiada vergüenza decirle que también lo había intentado conmigo».

—Vale. —No podía decirle toda la verdad, pero sí parte de ella—. Tendría que habértelo dicho desde el principio. Fue clienta mía hace tiempo. Cuando trabajaba por mi cuenta.

Evidentemente, Nick esperaba algo más.

—Hacía gimnasia deportiva en el colegio. Luego se hizo animadora de competición —prosiguió, y entrecerró los ojos para disuadirle de hacer algún burdo chiste de animadoras—. Era voladora. ¿Sabes lo que es eso?

Él negó con la cabeza.

—Hay un par de chicas, a veces incluso cuatro, que son las bases. Hacen cosas como levantar a la voladora sosteniéndola con las manos mientras ella hace una figura. O a veces solo la lanzan al aire tan alto como pueden. Me refiero a cuatro metros y medio o cinco de altura. La voladora gira, da un par de volteretas, vuelve a caer y las bases entrelazan los brazos para formar una cesta y recogerla. Pero, si no la recogen o la recogen mal, puede lesionarse la rodilla, romperse un tobillo o hacerse un esguince de espalda. —Leigh tuvo que parar para tragar saliva—. Callie aterrizó mal en un lanzamiento *x-out* y acabó fracturándose dos vértebras del cuello.

—Joder.

—Era tan fuerte que los músculos mantuvieron las vértebras en su sitio. Ella siguió actuando, pero luego empezaron a entumecérsele las piernas. La llevaron corriendo a urgencias y la operaron, le hicieron una fusión espinal, tuvo que llevar un halo cefálico para no girar la cabeza, empezó a tomar oxicodona para el dolor y…

—Heroína. —Nick trabajaba en la calle. Había visto aquella progresión en tiempo real—. Es una historia muy triste, letrada. Imagino que el juez se la habrá tragado si esa tipa no está en la cárcel, que es donde debería estar.

En efecto, el juez se había tragado la confesión de la drogadicta inocente a la que Leigh había sobornado para que cargara con las culpas.

—¿Se pincha o fuma? —preguntó Nick.

—Se pincha. Lleva casi veinte años enganchada. —El corazón había empezado a latirle otra vez con violencia. La culpa asfixiante que sentía por la vida torturada de su hermana había conseguido atravesar el velo de Valium—. Algunos años lo lleva mejor que otros.

—Uf, es un camino muy duro ese.

—Sí que lo es. —Leigh lo había visto desplegarse ante ella como una novela de terror interminable—. Quiero ver cómo le va porque me siento culpable.

Él volvió a poner cara de sorpresa.

—¿Desde cuándo se siente culpable una abogada?

—El año pasado estuvo a punto de morirse. —Leigh no pudo seguir mirándole. Fijó los ojos en la ventanilla—. Le contagié el COVID.

# VERANO DE 1998

Era noche cerrada. Harleigh aguzaba la mirada, fijándose en cada detalle que iluminaban los faros del coche. El número de los buzones. Las señales de *stop*. Las luces traseras de los coches aparcados. Los ojos de un gato que cruzaba la calle.

«Harleigh, creo que he matado a Buddy».

El ronco susurro de Callie apenas se oía al otro lado del teléfono. Su voz sonaba tan mortecina que daba miedo. Había mostrado más emoción esa mañana, cuando no encontraba las medias para el entrenamiento del equipo de animadoras.

«Creo que le he matado con un cuchillo».

Harleigh no había hecho preguntas ni le había exigido saber por qué. Lo sabía perfectamente, porque en ese momento su mente la había devuelto al Corvette amarillo y sudado, a la canción de la radio, a la enorme mano de Buddy tapando su rodilla.

«Callie, escúchame. No te muevas de ahí hasta que yo llegue».

Callie no se había movido. Harleigh la había encontrado sentada en el suelo del dormitorio de los Waleski, con el teléfono todavía pegado a la oreja. La voz mecánica de la operadora se superponía al chirriante pitido que emitía el teléfono cuando se dejaba demasiado tiempo descolgado.

La coleta que solía llevar se le había deshecho y el pelo le cubría la cara. Su voz sonó rasposa cuando repitió las palabras de la grabación.

—Si desea hacer una llamada…

—¡Cal! —Harleigh se arrodilló. Intentó arrancarle el teléfono de las manos, pero su hermana no lo soltó—. Callie, por favor.

Levantó la vista.

Harleigh retrocedió horrorizada.

El blanco de sus ojos se había vuelto negro. Tenía la nariz rota. Le goteaba sangre de la boca. Las marcas rojas en forma de dedos que le había hecho Buddy al intentar estrangularla circundaban su cuello.

La culpa era de Harleigh. Se había puesto a salvo de Buddy y luego le había servido a su hermana en bandeja.

—Cal, lo siento. Lo siento muchísimo.

—¿Qué…? —Callie tosió y echó gotitas de sangre por la boca—. ¿Qué vamos a hacer?

Harleigh la agarró de las manos como si así pudiera evitar que ambas se hundieran más aún. Se le pasaron muchas cosas por la cabeza —«No va a pasarte nada. Yo lo arreglaré. Superaremos esto juntas»—, pero no veía forma de arreglarlo ni de salir de aquel infierno. Había entrado en la casa por la cocina. Sus ojos habían pasado por encima de Buddy con la misma mala conciencia de quien finge no ver a un indigente helándose en un portal.

Pero él no era un indigente.

Buddy Waleski tenía contactos. Tenía amigos en todas partes, incluso en la policía. Callie no era una niña blanca mimada, no vivía en un barrio residencial de las afueras ni tenía un padre y una madre dispuestos a dar su vida por protegerla. Era una adolescente barriobajera que ya había pasado por el reformatorio por robar un collar de gato rosa en un bazar de todo a un dólar.

—A lo mejor… —A Callie se le llenaron los ojos de lágrimas. Tenía la garganta tan inflamada que le costaba hablar—. A lo mejor está bien.

Harleigh no la entendió.

—¿Qué?

—¿Puedes ir a ver si está bien? —Los ojos negros de Callie reflejaban la luz de la lámpara de la mesa. Miraba a Harleigh pero estaba en otra parte, en un lugar donde todo iba a solucionarse—. Estaba enfadado, pero puede que ya se le haya pasado, si está bien. Podemos… podemos pedir ayuda. Linda no vuelve hasta…

—Cal… —dijo Harleigh con un sollozo estrangulado—. ¿Fue…? ¿Intentó algo Buddy? ¿Había pasado ya antes o…?

Supo la horrible respuesta por la cara que puso su hermana.

—Me quería, Har. Dijo que iba a cuidar de mí siempre.

El dolor derribó literalmente a Harleigh. Apoyó la frente en la moqueta sucia. Se le saltaron las lágrimas. Abrió la boca y un gemido escapó de lo más profundo de su cuerpo.

*Aquello era culpa suya. Era todo culpa suya.*

—No pasa nada. —Callie le frotó la espalda tratando de consolarla—. Me quiere, Harleigh. Me perdonará.

Ella negó con la cabeza. La tiesa moqueta le arañó la cara. ¿Qué iba a hacer? ¿Cómo iba a arreglarlo? Buddy estaba muerto. Pesaba demasiado para que pudiera moverle. No habría manera de meterle en su cochecito. No podían cavar un agujero lo bastante hondo como para que se pudriera dentro. Y no podían irse porque las huellas de Callie estaban por todas partes.

—Él cuidará de mí, Har —dijo Callie—. Tú solo dile que lo siento.

*Era culpa suya. Era todo culpa suya.*

—Por favor… —A Callie le silbaba la nariz rota cada vez que respiraba—. Por favor, ¿puedes ir a ver?

Harleigh seguía negando con la cabeza. Sentía que unas garras se clavaban en su caja torácica y la arrastraban de nuevo al apestoso agujero que era su vida. Tenía previsto marcharse a la universidad dentro de cuatro semanas y un día. Iba a marcharse de allí, pero no podía abandonar a Callie. La policía no vería los cortes y los moratones como una prueba de que su hermana había tenido que luchar para salvar la vida. Solo verían la ropa ajustada, el maquillaje, el peinado, y dirían que era una Lolita intrigante y homicida.

¿Y si ella salía en su defensa? ¿Y si decía que Buddy también lo había intentado con ella, pero que había estado tan centrada en salir adelante que no se le había ocurrido advertir a su hermana?

«Es culpa tuya. Todo esto es culpa tuya».

—Por favor, ve a ver cómo está —dijo Callie—. Parecía que tenía frío, Harleigh. Buddy odia tener frío.

Harleigh vio cómo su futuro se iba por el desagüe. Todo lo que tenía planeado —la vida a estrenar que imaginaba en Chicago, con su apartamento propio, sus propias cosas, y quizá un gato y un perro y un novio que no tuviera antecedentes penales—, todo se había esfumado. Todas las clases extra en el instituto, las noches que había pasado estudiando mientras trabajaba en dos y a veces en tres sitios a la vez aguantando a jefes sobones y comentarios soeces, durmiendo en el coche entre turnos, ocultándole el dinero a su madre, todo para terminar exactamente igual que cualquier chavala pobre y sin recursos de aquel gueto.

—Buddy… —Callie tosió—. Se-se enfadó porque en-encontré la cámara. Yo sabía que estaba ahí pero no que… que nos grababa haciendo… Har, nos han visto. Saben lo-lo que hacíamos.

Harleigh repitió en silencio las palabras de su hermana. El apartamento de Chicago. El gato y el perro. El novio. Todo se fundió en el éter.

Se obligó a incorporarse. Su cerebro le decía que no preguntara, pero tenía que saberlo.

—¿Quién os ha visto?

—To-todos. —A Callie empezaron a castañearle los dientes. Estaba pálida. Sus labios se habían vuelto azules como la cresta de un arrendajo—. El doctor Patterson. El-el entrenador Holt. El señor Humphrey. El señor Ga-ganza. El señor Emmett.

Harleigh se llevó la mano a la tripa. Conocía aquellos nombres de toda la vida, desde hacía dieciocho años. El doctor Patterson, que la había advertido de que debía vestirse con más recato porque distraía a los chicos. El entrenador Holt, que solía decirle que su casa quedaba justo al final de la calle, por si alguna vez necesitaba hablar. El señor Humphrey, que la había hecho sentarse sobre sus rodillas antes de dejar que probara un coche. El señor Ganza, que la semana anterior le había silbado en el supermercado. El señor Emmett, que siempre le rozaba los pechos con el brazo cuando estaba en la silla del dentista.

—¿Te han tocado? —le preguntó a su hermana—. ¿El doctor Patterson y el entrenador…?

—N-no. Buddy hacía… —El castañeteo la obligó a parar un momento—. P-películas. Grababa pe-películas y ellos nos-nos veían.

La vista de Harleigh empezó a aguzarse de nuevo, igual que se había aguzado durante el trayecto. Solo que esta vez lo veía todo rojo. Allá donde mirara, todo era rojo: las paredes arañadas, la moqueta húmeda, la colcha manchada, la cara hinchada y herida de Callie.

*Era culpa suya. Era todo culpa suya.*

Le secó suavemente las lágrimas a su hermana con los dedos. Veía cómo se movía su mano, pero era como ver la mano de otra persona. Saber lo que aquellos adultos le habían hecho a su hermanita la había partido en dos. Una parte de ella quería apretar los dientes y aguantar el dolor, como hacía siempre. Otra ansiaba hacer tanto daño como fuera posible.

El doctor Patterson. El entrenador Holt. El señor Humphrey. El señor Ganza. El señor Emmett.

Los destrozaría. Aunque fuera lo último que hiciera, acabaría con ellos.

—¿A qué hora llega Linda por las mañanas? —le preguntó a su hermana.

—A las nueve.

Harleigh miró el reloj de la mesita de noche. Tenía menos de trece horas para solucionar aquello.

—¿Dónde está la cámara?

—Yo… —Callie se llevó la mano a la garganta magullada como si le costara responder—. En el bar.

Harleigh apretó los puños mientras recorría el pasillo. Pasó junto a la habitación de invitados y el cuarto de baño. Pasó junto al cuarto de Trevor.

Se detuvo, dio la vuelta. Entreabrió la puerta de Trevor. La lamparita de noche proyectaba estrellas diminutas que giraban en el techo. El niño tenía la cara hundida en la almohada. Dormía profundamente. Harleigh supo sin necesidad de preguntarlo que Buddy le había hecho tomarse su jarabe para dormir.

—¿Harleigh? —Callie estaba de pie en la puerta. Tenía la piel

tan pálida que parecía un fantasma suspendido en la oscuridad—.
No sé q-qué hacer.

Harleigh cerró la puerta de Trevor a su espalda.

Recorrió el pasillo, pasó junto al acuario, el sofá y los feos sillones de cuero con quemaduras de cigarrillo en los brazos. La cámara
de vídeo estaba encima de un montón de corchos de vino, detrás de
la barra. Era una Canon Optura, una cámara de gama alta; Harleigh
lo sabía porque había vendido artículos electrónicos durante las Navidades. La carcasa de plástico estaba rota, le faltaba un trozo en una
esquina. Arrancó la cámara del cable de alimentación. Usando la uña
del pulgar, movió la pestañita para sacar la minicasete.

No estaba allí.

La buscó por el suelo y en los estantes de detrás de la barra.

Nada.

Se levantó. Miró el sofá, con sus huellas deprimentes y solitarias,
cada una en un extremo. Las sucias cortinas naranjas. El gigantesco
televisor con los cables colgando.

Cables que conectaban con la cámara que tenía en las manos.

La cámara no tenía memoria interna. La minicasete, algo más
grande que una tarjeta de visita, contenía las grabaciones. Se podía
enchufar la cámara a un televisor o a un aparato de vídeo, pero sin
casete no había película.

Harleigh tenía que encontrarla para enseñársela a la policía, para
que viera que… *¿qué?*

Nunca había estado en un juzgado, pero había crecido viendo a
mujeres, una tras otra, derrotadas por los hombres. Putas locas. Niñas histéricas. Zorras sin dos dedos de frente. Los hombres controlaban el sistema. Controlaban la policía, los juzgados, las oficinas de
libertad condicional, los servicios sociales, los centros de menores
y los reformatorios, los consejos escolares, los concesionarios de coches, los supermercados y las clínicas dentales.

El doctor Patterson. El entrenador Holt. El señor Humphrey. El
señor Ganza. El señor Emmett.

No había manera de probar que esos hombres habían visto el vídeo y, a no ser que Callie apareciera en él gritando «¡No!» sin parar,

la policía, los abogados y los jueces dirían que lo había hecho porque había querido. Porque lo que les pasara a las mujeres daba igual: los hombres siempre siempre se cubrían las espaldas entre ellos.

—Harleigh. —Callie tenía los brazos cruzados sobre su esbelta cintura. Estaba temblando. Los labios se le habían puesto blancos. Era como ver a su hermanita desaparecer poco a poco.

*Era culpa suya. Era todo culpa suya.*

—Por favor —insistió Callie—. Puede que todavía esté vivo. Por favor.

Harleigh la miró. Tenía el rímel corrido y su boca, embadurnada de sangre y carmín, recordaba a la mueca de un payaso. Al igual que Harleigh, estaba ansiosa por crecer. No porque quisiera distraer a los chicos o llamar la atención, sino porque los adultos podían decidir por sí mismos.

Harleigh dejó bruscamente la cámara sobre la barra del bar.

Por fin había comprendido cómo podían salir del atolladero.

Buddy Waleski estaba sentado en el suelo de la cocina, con la espalda apoyada contra el armario de debajo del fregadero. Tenía la cabeza echada hacia delante; los brazos a los lados; las piernas abiertas. El corte estaba en la pierna izquierda. Un pequeño manantial de sangre brotaba de él, burbujeando, como aguas residuales saliendo de una tubería rota.

—Ve-ve a ver, por favor. —Callie estaba detrás de ella. Miraba a Buddy con sus ojos negros, sin pestañear—. P-por favor, Har. No-no puede estar muerto. No puede ser.

Harleigh se acercó a él, pero no para socorrerle. Le hurgó en los bolsillos del pantalón buscando la pequeña cinta de vídeo. Encontró un fajo de billetes en el bolsillo izquierdo, junto con medio paquete de caramelos antiacidez y algunas pelusas. El mando a distancia de la cámara estaba en el bolsillo derecho. Lo tiró al suelo con tanta fuerza que la tapa de las pilas se rompió y se abrió. En los bolsillos traseros encontró una cartera de cuero agrietado y un pañuelo sucio.

De la cinta no había ni rastro.

—¿Harleigh? —dijo Callie.

Harleigh apartó mentalmente a su hermana. Tenía que concentrarse en la historia que iban a contarle a la policía.

Buddy estaba vivo cuando salieron de casa de los Waleski. Callie la había llamado para que fuera a buscarla porque Buddy se estaba comportando de forma extraña. Le había dicho a Harleigh que un tipo había amenazado con matarle y que se llevara de allí a Callie cuanto antes. Se habían ido las dos a casa y luego, evidentemente, el tipo había cumplido su amenaza y había matado a Buddy.

Examinó la historia detenidamente, buscando sus puntos débiles. Las huellas y el ADN de Callie estaban por todas partes, pero Callie pasaba más tiempo que Buddy en aquella casa. Trevor dormía como un tronco, así que no sabría nada. Solo había sangre alrededor de la pierna de Buddy, de modo que no habría huellas dactilares ni pisadas ensangrentadas que pudieran conducir hasta Callie. Todo tenía una explicación. Quizá esa explicación fuera endeble en algunos puntos, pero era verosímil.

—¿Har? —Callie seguía abrazándose la estrecha cintura. Se balanceaba de un lado a otro.

Harleigh la miró con atención. Los ojos amoratados. El cuello magullado. La nariz rota.

—Esto te lo ha hecho mamá.

Su hermana pareció no entenderla.

—Si alguien te pregunta, dile que le contestaste mal y que te dio una paliza. ¿De acuerdo?

—Yo no…

Harleigh levantó la mano para hacerla callar. Tenía que pensarlo todo muy bien, de principio a fin. Buddy había llegado a casa. Estaba asustado. Alguien había amenazado con matarle. No había dicho quién, solo les había dicho que tenían que irse. Harleigh había llevado a Callie a casa. Buddy estaba bien cuando se fueron. Callie había recibido una paliza, como tantas otras veces. Los servicios sociales volverían a intervenir, pero era mucho mejor pasar un par de meses en una casa de acogida que el resto de la vida en la cárcel.

A menos que la policía encontrara la pequeña cinta de vídeo que contenía el posible móvil de Callie.

—¿Dónde escondería Buddy algo pequeño, más pequeño que su mano? —preguntó Harleigh.

Callie meneó la cabeza. No lo sabía.

Harleigh recorrió la cocina con la mirada, ansiosa por encontrar la cinta. Abrió armarios y cajones, miró debajo de ollas y sartenes. Nada parecía fuera de su sitio. De lo contrario, se habría dado cuenta. Antes de que Callie empezara a cuidar a Trevor, ella prácticamente había vivido en casa de los Waleski: cinco noches a la semana, durante tres largos años. Había estudiado en el sofá, le había preparado la comida a Trevor en la cocina, había jugado con él en la mesa.

El maletín de Buddy estaba encima de la mesa.

Cerrado con llave.

Buscó un cuchillo en el cajón. Metió la punta bajo el cierre y le ordenó a Callie:

—Cuéntame qué ha pasado. Exactamente. Sin dejarte nada.

Callie volvió a menear la cabeza.

—No… no me acuerdo.

La cerradura se abrió con un chasquido. Harleigh se quedó helada un momento al ver tanto dinero junto. El hechizo se rompió al instante. Sacó el dinero del maletín, inspeccionó el forro, los bolsillos interiores y las carpetas, y le preguntó a Callie:

—¿Dónde empezó la pelea? ¿Dónde estabais?

Callie movió los labios sin emitir ningún sonido.

—Calliope. —Se estremeció al oír el tono de su madre saliendo de su boca—. Dímelo ya, por Dios. ¿Dónde empezó?

—Estábamos… —Callie se volvió hacia el cuarto de estar—. Detrás de la barra.

—¿Qué pasó? —insistió Harleigh con dureza—. Sé precisa. No te olvides de nada.

La voz de Callie era tan débil que tuvo que esforzarse por entenderla. Miró por encima del hombro de su hermana, imaginando los movimientos como si la pelea se desarrollara en tiempo real. El extremo puntiagudo del codo de Buddy golpeando la nariz de Callie detrás de la barra. La caja de corchos volcándose. La cámara cayendo del estante. Callie mareada, tumbada de espaldas. Callie entrando en la cocina. Metiendo la cabeza bajo el grifo. Amenazando a Buddy con contárselo a Linda. La agresión. El cable de teléfono arrancado de la pared. El estrangulamiento, las patadas y los puñetazos, y luego… el cuchillo.

Harleigh levantó la vista. Vio que Callie había vuelto a colgar el teléfono en su sitio. La lista de números de emergencia seguía pegada a la pared. La única pista de que algo malo había ocurrido era el cable roto.

—Trevor arrancó el cable.

—¿Qué? —dijo Callie.

—Diles que fue Trevor quien arrancó el cable. Cuando diga que no fue él, pensarán que está mintiendo para no meterse en líos.

No esperó a que Callie contestara. Volvió a guardarlo todo en el maletín y cerró la tapa. Recorrió de nuevo la cocina con la mirada buscando algún lugar donde Buddy pudiera haber escondido la cinta. Por fin, fijó los ojos en su corpachón. Seguía encorvado y ladeado. El corte de la pierna continuaba borboteando.

Sintió que la sangre se le paraba en seco.

No se sangraba a menos que el corazón siguiera bombeando.

—Calliope. —Tragó saliva con tanta fuerza que le sonó la garganta—. Ve a ver cómo está Trevor. Vamos.

Callie no discutió. Desapareció por el pasillo.

Harleigh se arrodilló frente a Buddy. Le agarró del pelo y le levantó la cabezota. Sus párpados se abrieron el ancho de una rendija. Harleigh vio su esclerótica cuando puso los ojos en blanco.

—Despierta. —Le abofeteó—. Despierta, cabrón de mierda.

El blanco de sus ojos volvió a aparecer.

Ella le abrió los párpados a la fuerza.

—Mírame, cabrón.

Los labios de Buddy se separaron. Harleigh notó su olor a *whisky* barato y a puro. Conocía tan bien aquel hedor que al instante se sintió de nuevo en el Corvette.

Aterrada. Indefensa. Anhelando escapar de allí.

Le dio una bofetada tan fuerte que la saliva salió despedida de su boca.

—Mírame.

Los ojos de Buddy se movieron hacia arriba y luego, poco a poco, volvieron al centro.

Harleigh vio en ellos un destello de reconocimiento, la absurda creencia de que estaba viendo a alguien que iba a socorrerle.

Buddy miró lo que quedaba del teléfono y luego volvió a mirarla a ella. Le estaba pidiendo que llamara a emergencias. Sabía que no le quedaba mucho tiempo.

—¿Dónde está la cinta de la cámara? —preguntó Harleigh.

Él volvió a mirar el teléfono y luego a ella.

Harleigh acercó la cara a la de él.

—Te mataré ahora mismo si no me lo dices.

Buddy Waleski no tenía miedo. La consideraba una mojigata, una chica seria y responsable que cumplía las normas y conocía la diferencia entre el bien y el mal. Por la forma en que se tensó la comisura izquierda de su boca, Harleigh comprendió que se alegraba de arrastrar consigo a doña Perfecta y a su hermanita.

—Puto imbécil. —Le abofeteó más fuerte que la primera vez. Luego le dio un puñetazo. Su cabeza se estrelló contra el armario. Le agarró de la camisa y se echó hacia atrás para golpearle de nuevo.

Buddy oyó el sonido antes que ella. Un *clic* característico procedente de su camisa. Harleigh vio cómo su expresión burlona se convertía en incertidumbre. Él movió los ojos de un lado a otro, tratando de adivinar si se había dado cuenta o no.

Harleigh se quedó paralizada, con el puño derecho aún levantado mientras con el izquierdo le agarraba la pechera de la camisa. Hizo repaso de sus sentidos, tratando de rememorar el momento exacto: el olor a cobre de la sangre, el sonido bronco de la respiración de Buddy, el regusto amargo de la libertad perdida agriándole la boca, el tacto de la sucia camisa de trabajo que apretaba su puño.

Retorció la tela con más fuerza, arrugando el grueso algodón.

El *clic* le hizo bajar los ojos hacia su pecho.

Solo le había registrado los bolsillos de los pantalones. Buddy llevaba una camisa de trabajo Dickies de manga corta, con las costuras reforzadas y dos bolsillos con solapa, uno a cada lado del pecho. La solapa del bolsillo izquierdo estaba levantada y tenía dos marcas de desgaste en forma de colmillos, de la sempiterna cajetilla de puritos Black & Mild.

Solo que esta vez, la cajetilla estaba puesta del revés. La ventanita de celofán de la parte delantera miraba hacia el pecho de Buddy.

Harleigh sacó la cajetilla larga y delgada. Metió los dedos dentro.

La minicasete.

La acercó a la cara de Buddy para que viera que había ganado. Él soltó un largo suspiro. Parecía solo ligeramente decepcionado. Su vida había estado llena de violencia y caos, provocados en buena medida por él mismo. Comparado con eso, morir sería fácil.

Harleigh miró la pequeña casete de plástico negro, con su etiqueta blanca descolorida.

Un trozo de cinta aislante cubría la lengüeta de seguridad, para poder regrabar la casete una y otra vez.

Harleigh había observado cómo cambiaba su hermana durante los tres años anteriores, pero había achacado aquel cambio a las hormonas, a sus ganas de fastidiar o simplemente a que estaba creciendo y se estaba convirtiendo en otra persona. Su manera excesiva de maquillarse, los arrestos por hurto, las expulsiones del colegio, las llamadas nocturnas en voz baja que se prolongaban durante horas. Harleigh había ignorado todo aquello porque estaba demasiado absorta en sí misma, obligándose a trabajar más, a ahorrar más dinero, a sacar buenas notas para poder largarse de Lake Point.

Ahora tenía literalmente la vida de Callie en sus manos. Su juventud. Su inocencia. Su confianza en que, por muy alto que volara, el mundo estaría allí para recogerla.

*Era todo culpa suya.*

Apretó el puño. Los bordes afilados de la minicasete de plástico se le clavaron en la palma. El mundo se volvió rojo otra vez, la sangre tiñó todo lo que tenía ante la vista. La cara gorda de Buddy. Sus manos carnosas. Su cabeza medio calva. Quería golpearle de nuevo, darle puñetazos hasta dejarle inconsciente, clavarle el cuchillo en el pecho una y otra vez hasta que se le rompieran los huesos y la vida escapara a borbotones de su asqueroso cuerpo.

Pero, en lugar de hacerlo, abrió el cajón que había junto a la placa de la cocina. Sacó el rollo de film transparente.

Los ojos de Buddy se desorbitaron. Su boca se abrió por fin, pero había perdido la oportunidad de hablar.

Harleigh le envolvió la cabeza con el film seis veces antes de arrancarlo del rollo.

El plástico se metió en la boca abierta de Buddy. Él se llevó las manos a la cara, intentando abrir un agujero para respirar. Harleigh le sujetó las muñecas. El hombretón, el gigante, no tuvo fuerzas para detenerla. Le miró a los ojos, disfrutando de su miedo y su impotencia, del pánico que se apoderó de Buddy Waleski cuando comprendió que ella, Harleigh, iba a robarle su muerte dulce.

Él empezó a temblar. Su pecho se infló. Lanzó patadas. Un gemido agudo salió de su garganta. Harleigh siguió sujetándole las muñecas contra el mueble. Se sentó a horcajadas sobre él, igual que él se había sentado sobre Callie al tratar de estrangularla. Apoyó su peso contra él, como había hecho Buddy al apretarla contra el asiento del Corvette. Le observó de la misma manera que el doctor Patterson, el entrenador Holt, el señor Humphrey, el señor Ganza y el señor Emmett habían observado a su hermana. Por fin le estaba haciendo a un hombre lo que los hombres les habían hecho a Callie y a ella toda su puta vida.

Todo acabó demasiado pronto.

De repente, los músculos de Buddy se relajaron. Dejó de forcejear. Sus manos quedaron inertes en el suelo. La orina empapó sus pantalones. Harleigh se imaginó al Diablo agarrando su alma —si la tenía— por el cuello sucio de la camisa y tirando de ella hacia abajo, hacia abajo, hacia el infierno.

Se secó el sudor de la frente. Tenía sangre en las manos, en los brazos y en la entrepierna de los vaqueros por haberse sentado encima de él.

—Si desea hacer una llamada…

Se dio la vuelta. Callie estaba sentada en el suelo, con las rodillas pegadas al pecho. Se balanceaba lentamente de un lado a otro como una bola de demolición.

—Por favor, cuelgue y vuelva a marcar.

# 4

—Vamos a ver qué le pasa a Míster Pete. —El doctor Jerry empezó a examinar al gato palpando con ternura una articulación inflamada. Míster Pete tenía quince años: más o menos la misma edad que el doctor Jerry en años humanos—. ¿Algo de artritis subyacente, quizá? Pobrecito.

Callie miró la historia que tenía en las manos.

—Estuvo tomando un suplemento, pero le estreñía.

—Ay, las injusticias de la vejez. —El doctor Jerry se puso el estetoscopio en las orejas, casi tan peludas como las de Míster Pete—. ¿Puedes…?

Callie se inclinó y le sopló en la cara a Míster Pete para que dejara de ronronear. El gato parecía molesto y a Callie no le extrañaba. Se había enganchado la pata en el bastidor de la cama al tratar de bajar de un salto para ir a desayunar, cosa que podía pasarle a cualquiera.

—Buen chico. —El doctor Jerry acarició el pelaje de Míster Pete y le dijo a Callie—: Los gatos *maine coon* son animales magníficos, pero son como los defensas del mundo felino.

Callie pasó las páginas de la historia y empezó a tomar notas.

—Míster Pete, macho castrado de gran tamaño que presenta cojera en la extremidad anterior derecha tras caerse de la cama. El examen físico revela una inflamación leve, sin crepitación ni inestabilidad articular. Análisis de sangre normal. Las radiografías no muestran ninguna fractura evidente. Se le receta buprenorfina y gabapentina para el dolor. Volver a consulta para revisión dentro de una semana.

Preguntó:

—¿La bupre es cero coma dos miligramos por kilo cada ocho horas durante cuántos días?

—Vamos a empezar con seis. Dale una para el camino. A nadie le gustan los viajes en coche.

Callie anotó cuidadosamente sus instrucciones mientras el doctor Jerry volvía a meter a Míster Pete en su trasportín. Seguían cumpliendo los protocolos COVID. La madre de Míster Pete estaba esperando fuera, sentada en el coche, en el aparcamiento.

—¿Algo más del botiquín? —preguntó el doctor Jerry.

Callie repasó el montón de historias que había sobre la encimera.

—Los padres de Aroo Feldman dicen que sigue teniendo dolores.

—Vamos a enviarles más Tramadol a casa. —Firmó una nueva receta—. Los compadezco. Los corgis son unos tocapelotas.

—No estoy de acuerdo. —Callie pasó a otra historia—. Sploot McGhee, un galgo que tuvo un encontronazo con un vehículo a motor. Costillas rotas.

—Me acuerdo de ese joven larguirucho. —Al doctor Jerry le temblaban las manos cuando se ajustó las gafas. Callie notó que sus ojos apenas se movían mientras fingía leer la historia—. Metadona, si lo traen. Si no puede venir, mándales un parche de fentanilo.

Siguieron con el resto de los perros grandes: Deux Claude, un perro de montaña de los Pirineos con luxación de rótula; Scout, un pastor alemán que había estado a punto de empalarse en una valla; O'Barky, un lobero irlandés con displasia de cadera; y Ronaldo, un labrador artrítico que pesaba tanto como un niño de doce años.

El doctor Jerry había empezado a bostezar cuando Callie llegó a los gatos.

—Haz lo de siempre, amiga mía. Conoces a esos animales tan bien como yo, pero ten cuidado con ese último. Nunca le des la espalda a un calicó.

Ella sonrió al ver su guiño juguetón.

—Voy a llamar a la humana de Míster Pete y luego haré un descansito. —Volvió a guiñarle el ojo, porque ambos sabían que iba a echarse una siesta—. Gracias, tesoro.

Callie siguió sonriendo hasta que él se dio la vuelta. Bajó la mirada, fingiendo leer las historias. No quería verle arrastrar los pies por el pasillo como un anciano.

El doctor Jerry era toda una institución en Lake Point, el único veterinario de la zona que aceptaba las tarjetas de subsidio de los servicios sociales como forma de pago. Callie había empezado a trabajar en la clínica con diecisiete años, su primer empleo de verdad. El doctor Jerry acababa de quedarse viudo y tenía un hijo en algún lugar de Oregón que solo le llamaba el Día del Padre y en Navidad. Callie era lo único que le quedaba. O quizá el doctor Jerry era lo único que le quedaba a ella. Era como una figura paterna o, al menos, lo más parecido a lo que, según creía Callie, debía ser una figura paterna. Sabía que Callie tenía sus demonios, pero nunca la castigaba por ello. Había insistido en que estudiara veterinaria hasta que la condenaron por primera vez por un delito relacionado con las drogas. La DEA, la Agencia de Control de Drogas, tenía una norma absurda que prohibía que los heroinómanos pudieran extender recetas.

Esperó a que la puerta del despacho se cerrara; luego, echó a andar por el pasillo. Le crujió la rodilla cuando extendió la pierna. A sus treinta y siete años, Callie no estaba mucho mejor que Míster Pete. Pegó la oreja a la puerta del despacho. Oyó al doctor Jerry hablando con la dueña del gato. Esperó un par de minutos más, hasta que oyó chirriar el viejo sofá de cuero, cuando el doctor se echó a dormir la siesta.

Dejó escapar el aliento que había estado conteniendo. Sacó el móvil y puso la alarma para una hora después.

A lo largo de los años había utilizado la clínica para tomarse unas «vacaciones» y desintoxicarse lo justo para poder trabajar. El doctor Jerry siempre la aceptaba, sin preguntarle dónde había estado ni por qué se había marchado tan de repente la última vez. Su periodo más largo de abstinencia había sido hacía muchos años, tantos que había perdido la cuenta. Había aguantado ocho meses enteros antes de recaer en su adicción.

Esta vez no sería distinta.

Hacía mucho tiempo que había perdido la esperanza. Era una yonqui y siempre lo sería, no como los de Alcohólicos Anónimos, que dejaban de beber pero seguían diciendo que eran alcohólicos, sino como alguien que siempre siempre volvería a pincharse. No estaba segura de cuándo había llegado a esa conclusión. ¿Fue la tercera o la cuarta vez que estuvo en rehabilitación? ¿O fue después de aquellos ocho meses de abstinencia, que rompió simplemente porque era martes? ¿O porque le resultaba más fácil soportar estos «periodos de mantenimiento» sabiendo que eran temporales?

Ahora ya solo el sentimiento de estar haciendo algo útil la mantenía más o menos en el camino recto. El doctor Jerry había sufrido una serie de pequeños ictus durante el año anterior y ya solo abría la clínica cuatro días por semana. Algunos días estaba mejor que otros. Tenía tocado el equilibrio y no podía fiarse de su memoria a corto plazo. A menudo le decía a Callie que sin ella no sabía si podría trabajar un día, cuanto más cuatro.

Tendría que sentirse culpable por utilizarle, pero era una yonqui. Se sentía culpable por cada segundo de su vida.

Sacó las dos llaves para abrir el armario de los medicamentos. Técnicamente, era el doctor Jerry quien debía custodiar la segunda llave, pero confiaba en que ella llevara un registro preciso de las sustancias controladas. Si no lo hacía, la DEA podía empezar a husmear, a comparar las facturas con las dosis y las historias de los pacientes, y el doctor Jerry podía perder la licencia de la clínica y ella acabar en la cárcel.

Por lo general, los toxicómanos le facilitaban el trabajo a la DEA porque estaban desesperados por ponerse otro chute. Sufrían una sobredosis en la sala de espera o un infarto en el aseo, o se metían todos los frascos que podían en los bolsillos y salían pitando. Por suerte, ella había descubierto, a base de grandes penalidades y pequeños errores, cómo hacerse con un suministro constante de drogas de mantenimiento para mantener a raya el mono.

Cada día necesitaba un total de sesenta miligramos de metadona o dieciséis miligramos de buprenorfina para evitar los vómitos, los dolores de cabeza, el insomnio, la diarrea explosiva y los horribles dolores de huesos que provocaba el síndrome de abstinencia. La única regla a la que se ceñía siempre era no llevarse nunca un fármaco que necesitara un animal. Si sus ansias empeoraban, metía las llaves por la ranura del buzón de la puerta y dejaba de presentarse. Prefería morir antes que ver sufrir a un animal. Incluso a un corgi, porque el doctor Jerry tenía razón: los corgis podían ser unos auténticos tocapelotas.

Miró con deseo las reservas del armario antes de empezar a sacar viales y frascos de pastillas. Abrió el libro de registro de medicamentos, que estaba junto al montón de historias. Sacó la punta del bolígrafo.

La clínica del doctor Jerry era muy humilde. Algunos veterinarios tenían máquinas en las que había que usar la huella dactilar para abrir el armario de los fármacos, y la huella tenía que coincidir con la ficha y la ficha tenía que coincidir con la dosis, y era todo un lío, pero Callie llevaba casi dos décadas trabajando para el doctor Jerry por temporadas. Hasta dormida podía ganarle la partida a cualquier sistema informático.

Lo hacía del siguiente modo: los padres de Aroo Feldman no habían pedido más Tramadol, pero ella, de todos modos, había anotado la solicitud en la historia. Sploot McGhee recibiría el parche de fentanilo porque las fracturas de costillas dolían una barbaridad y hasta un galgo altivo merecía algo de paz. Scout, el pastor alemán tontorrón que había intentado saltar una verja de hierro forjado persiguiendo a una ardilla, recibiría también toda la medicación que necesitara.

O'Barky, Ronaldo y Deux Claude eran, en cambio, animales imaginarios cuyos dueños tenían direcciones transitorias y números de teléfono inactivos. Callie se había pasado horas elaborando sus historias: limpiezas dentales, fármacos contra la filariosis, juguetes con pito que el animal se había tragado, vómitos inexplicables, malestar general. Había otros pacientes ficticios: un *bullmastiff*, un gran danés, un *alaskan malamute* y unos cuantos perros pastores. Los analgésicos se dosificaban conforme al peso del animal; de ahí que procurara elegir razas que pudieran superar los cuarenta y cinco kilos.

Pero los borzoi gigantescos no eran la única forma de engañar al sistema. Las dosis desperdiciadas también eran un buen recurso. La DEA entendía que los animales se movían y que muchas veces media inyección acababa en la cara del veterinario o en el suelo. Se anotaba como desperdiciada y listo. En caso de apuro, Callie podía dejar caer al suelo un vial de solución salina delante del doctor Jerry para que lo anotara como una dosis de metadona o buprenorfina desperdiciada. O, a veces, el doctor Jerry tenía un lapsus de memoria y hacía la anotación sin más.

Luego estaban las opciones más sencillas. Cuando el cirujano ortopédico iba a la clínica cada dos martes, Callie preparaba bolsas de fluidos con fentanilo —un opioide sintético tan potente que por lo general solo se recetaba para los dolores de cáncer terminal— y ketamina, un anestésico disociativo. El truco consistía en extraer la cantidad justa de cada fármaco para que el paciente no sufriera durante la operación. Y luego estaba el pentobarbital, o Euthasol, que se empleaba para practicar la eutanasia a animales enfermos. Los médicos solían usar tres o cuatro veces la dosis necesaria porque nadie quería que fallara. El pentobarbital tenía un sabor amargo, pero a algunos consumidores que lo utilizaban para usos recreativos les gustaba cortarlo con ron y quedarse fritos.

Como no había bastantes sambernardos y terranovas en Lake Point para justificar sus dosis de mantenimiento, Callie vendía o intercambiaba lo que podía para comprar metadona. La pandemia había aumentado a lo bestia la venta de estupefacientes. El coste de un colocón normal y corriente se había disparado. Callie se consideraba la Robin Hood de los camellos porque devolvía la mayor parte del dinero a la clínica, para que el doctor Jerry no tuviera que cerrarla. Él le pagaba en efectivo todos los viernes. Siempre le sorprendía la cantidad de billetes pequeños y arrugados que había en la caja.

Callie abrió la historia de Míster Pete. Cambió el seis por un ocho y preparó las jeringas de buprenorfina para uso oral. No solía robarles a los gatos porque eran relativamente pequeños y le rentaban menos que un *rottweiler* corpulento. Conociendo a los gatos, seguramente por eso no engordaban más.

Metió las jeringas en una bolsa de plástico e imprimió la etiqueta. El resto del botín fue a parar a su mochila, en la sala de descanso. Su hermana le había dicho hacía mucho tiempo que invertía más energía mental en hacer cosas malas de la que tendría que invertir en hacer cosas buenas, pero su hermana podía irse a tomar por culo. Era una de esas suertudas que podían ponerse de coca hasta las cejas para estudiar para un examen importante y luego no volver a acordarse de la coca nunca más.

Ella, en cambio, veía una hermosa pastilla verde de oxi y luego se tiraba un mes soñando con ella.

Se pasó la mano por la boca, porque con solo pensar en la oxicodona se ponía a babear.

Encontró a Míster Pete en su trasportín. Le administró una jeringa de analgésico por vía oral. El gato estornudó dos veces y la miró con inquina mientras ella se ponía la mascarilla y la bata para llevarlo al coche.

Se dejó la mascarilla puesta mientras limpiaba la clínica. Los suelos eran cóncavos debido a los muchos años que el doctor Jerry llevaba desplazándose entre las consultas y su despacho, con sus Birkenstock. El techo bajo tenía manchas de humedad y el friso de las paredes estaba levantado. Había fotografías descoloridas de animales pegadas por todas partes.

Usó un plumero para quitar el polvo. Se puso de rodillas para limpiar las dos consultas y luego siguió con el quirófano y la perrera. No solían tener animales ingresados en la clínica, pero había una gatita llamada Miauma Cass que el doctor Jerry se llevaba a casa para darle el biberón y un calicó que había llegado el día anterior con una cuerda colgando del ano. Los dueños del gato no podían permitirse pagar una operación de urgencia, pero aun así el doctor Jerry se había pasado una hora extrayendo la cuerda del intestino del gato.

La alarma de su móvil empezó a sonar. Echó un vistazo a Facebook y luego a Twitter. La mayoría de las cuentas que seguía tenían que ver con animales, como la de un cuidador de zoológico neozelandés que estaba obsesionado con los demonios de Tasmania o la de una estudiosa de la historia de las anguilas que había documentado

el desastroso intento del gobierno estadounidense de trasladar anguilas de la costa este a California durante el siglo XIX.

Pasó así otros quince minutos. Luego echó un vistazo a la agenda del doctor Jerry. Tenía cuatro pacientes más esa tarde. Fue a la cocina y le preparó un sándwich que acompañó con una generosa
ración de galletas saladas en forma de animalitos.

Llamó a la puerta del despacho antes de entrar. El doctor Jerry
estaba echado en el sofá, con la boca abierta y las gafas torcidas. Tenía un libro abierto sobre el pecho. Los *Sonetos completos* de William
Shakespeare. Regalo de su difunta esposa.

—¿Doctor Jerry? —Le apretó el pie suavemente.

Como siempre, se sobresaltó un poco y pareció desorientado al
ver a Callie a su lado. Era como el Día de la Marmota, con la única
diferencia de que las marmotas —como sabía todo el mundo— eran
asesinas despiadadas.

Él se ajustó las gafas para mirar el reloj.

—Se me ha pasado el tiempo volando.

—Le he hecho algo de comer.

—Estupendo.

Gimió al levantarse del sofá. Callie le ayudó al ver que se tamba-
leaba hacia atrás.

—¿Qué tal ese descansito? —preguntó.

—Muy bien, aunque he tenido un sueño muy raro sobre peces
abisales. ¿Has visto alguna vez uno?

—Que yo recuerde, no.

—Mejor para ti. Por suerte viven en los lugares más oscuros y
solitarios, porque no son muy bonitos que digamos. —Se llevó la
mano a la boca como si fuera a hacerle una confidencia—. Sobre todo
las señoras.

Callie se sentó en el borde del escritorio.

—Cuénteme.

—El macho se pasa la vida entera olfateando en busca de una
hembra. Como te decía, viven en un entorno muy oscuro, así que la
naturaleza los ha dotado de células olfativas que detectan las feromo-
nas de las hembras. —Levantó la mano para hacer un inciso—. ¿Te

he dicho ya que tienen en la cabeza un filamento luminoso muy largo, parecido a una linterna?

—No.

—Bioluminiscencia. —El doctor Jerry pareció saborear la palabra—. El caso es que cuando nuestro Romeo encuentra a su Julieta, le clava los dientes justo debajo de la cola.

Callie observó los gestos que hacía para ilustrar el relato, pellizcándose el puño con los dedos de la otra mano.

—Entonces, el macho libera unas enzimas que disuelven tanto su boca como la piel de la hembra y hacen que se fusionen. Luego, y esto es lo más asombroso de todo, los ojos y todos los órganos internos del macho se disuelven y queda convertido en un saco de esperma, adosado a la hembra para el resto de su mísera existencia.

Callie se rio.

—Jo, doctor Jerry. Igual que mi primer novio.

Él también se rio.

—No sé por qué he pensado en eso. Es curioso cómo funciona la mente.

Callie podría haber pasado el resto de su vida preocupada pensando que tal vez el doctor Jerry estaba usando a los peces abisales como metáfora de cómo le trataba ella, pero el veterinario no era muy aficionado a las metáforas. Sencillamente le encantaba hablar de peces.

Le ayudó a ponerse la bata blanca.

—¿Te he contado ya lo de aquella vez que me llamaron para que fuera a una casa porque tenían un tiburón toro bebé metido en un acuario de setenta y cinco litros?

—No, qué va.

—Se llaman crías, por cierto, aunque suene más gracioso «tiburón bebé». El dueño, cómo no, era un dentista. El pobre idiota no tenía ni idea de a qué se enfrentaba.

Callie le siguió por el pasillo mientras escuchaba sus explicaciones sobre el significado del término «vivíparo». Le condujo a la cocina, donde se aseguró de que dejara el plato bien limpio. La mesa se llenó de migas de galletas saladas mientras el doctor Jerry le contaba otra anécdota sobre otro pez. Luego se puso a hablar de monos titíes.

Hacía tiempo que Callie se había dado cuenta de que el doctor Jerry le pagaba sobre todo para que le hiciera compañía. Y ella, teniendo en cuenta por lo que le habían pagado otros hombres, agradecía el cambio.

Las cuatro citas restantes hicieron que el resto de la tarde pasara en un suspiro. Al doctor Jerry le encantaban las revisiones anuales porque rara vez encontraba dolencias graves. Callie programó visitas de seguimiento y limpiezas dentales y, como al doctor Jerry le parecía descortés sacar a relucir el peso de una dama, fue ella quien se encargó de aleccionar sobre restricciones alimentarias a los dueños de una perrita salchicha entrada en carnes. Al acabar la jornada, el doctor Jerry intentó pagarle, pero Callie le recordó que no le tocaba cobrar hasta finales de la semana siguiente.

Había buscado «síntomas de demencia» en el móvil y había llegado a la conclusión de que, aunque fuera eso lo que le estaba pasando, el doctor Jerry todavía estaba en condiciones de seguir trabajando. Tal vez no supiera en qué día estaban, pero podía calcular de cabeza fluidos con electrolitos y aditivos como el potasio o el magnesio, cosa que no podía decirse de todo el mundo.

Callie siguió mirando Twitter mientras iba hacia la parada del bus. La historiadora de las anguilas guardaba silencio y el cuidador del zoo neozelandés dormía ya, de modo que Callie pasó a Facebook.

Los canes toxicómanos no eran su única creación. Desde 2008, acechaba a los imbéciles con los que había ido al instituto. En su foto de perfil aparecía un pez luchador azul bajo el apodo de Swim Shady.

Se le pusieron los ojos vidriosos mientras leía las últimas chorradas que habían publicado los miembros de la ilustre promoción de 2002 del instituto Lake Point. Quejas acerca del cierre de los colegios, conspiraciones rocambolescas del «Estado profundo», escepticismo acerca del virus, creencia en el virus, diatribas a favor de las vacunas y en contra de ellas, y la dosis habitual de racismo, machismo y antisemitismo propias de las redes sociales. Callie nunca entendería cómo era posible que Bill Gates hubiera tenido tan poca vista: facilitar el acceso a Internet a todo el mundo para que algún día aquellos descerebrados desvelaran sus viles maquinaciones…

Se guardó el teléfono en el bolsillo cuando se sentó en el banco de la parada de autobús. La sucia marquesina de plexiglás estaba llena de pintadas. Había basura acumulada en los rincones. La clínica del doctor Jerry estaba en una zona relativamente buena del barrio, flanqueada por una tienda de pornografía que había tenido que cerrar durante la pandemia y una barbería que Callie estaba segura de que solo permanecía abierta porque en realidad era una tapadera que ocultaba un salón ilegal de apuestas. Cada vez que veía a un pobre diablo salir con los ojos desorbitados por la puerta de atrás de la barbería, daba gracias al cielo porque el juego no se contara entre sus adicciones.

El camión de la basura escupió humo negro y podredumbre al pasar despacio por delante de la parada de autobús. Uno de los tipos que iban colgados detrás la saludó con la mano. Callie le devolvió el saludo por educación. Entonces el otro también se puso a saludar y ella volvió la cabeza.

Su cuello reaccionó a aquel movimiento brusco apretando los músculos como un tornillo de carpintero. Callie se llevó la mano a la larga cicatriz que, semejante a una cremallera, partía de la base del cráneo. Las vértebras cervicales C1 y C2 eran las que permitían la mitad de los movimientos de avance, retroceso y rotación de la cabeza. Ella tenía dos varillas de titanio de cinco centímetros, cuatro tornillos y una placa de sujeción que formaban una jaula alrededor de la zona. Técnicamente, la operación se llamaba laminoplastia, pero se conocía comúnmente como fusión cervical porque ese era el resultado final: las vértebras se fusionaban en una sola masa ósea.

Aunque hacía veinte años que la habían operado, el dolor neuropático podía ser repentino y debilitante. La mano y el brazo izquierdos se le entumecían por completo sin previo aviso. Había perdido casi la mitad de la movilidad del cuello. Podía asentir y menear la cabeza, pero solo hasta cierto punto. Cuando se ataba los cordones, tenía que acercar el pie a las manos, en vez de al contrario. No podía mirar por encima del hombro desde la operación; una verdadera lástima, porque ya nunca podría ser la heroína retratada en la cubierta de una novela de misterio victoriana.

Se apoyó contra el plexiglás para poder mirar al cielo. El sol poniente le calentó la cara. El aire era fresco y vigorizante. Los coches pasaban. Los niños reían en un parque cercano. El latido constante de su corazón resonaba suavemente en sus oídos.

Las mujeres con las que había ido al instituto llevaban en esos momentos a sus hijos al entrenamiento de fútbol o a clase de piano; los veían hacer los deberes o contenían la respiración mientras sus hijas practicaban los números del equipo de animadoras en el patio de atrás; dirigían reuniones, pagaban facturas, iban a trabajar y llevaban una vida normal. No le robaban fármacos a un anciano bondadoso ni les temblaba todo el esqueleto porque su cuerpo pedía a gritos una droga que ellas sabían que acabaría matándolas.

Su único consuelo era que muchas de ellas se habían puesto gordas.

Oyó el siseo de unos frenos. Se volvió para ver si era el autobús. Esta vez lo hizo correctamente, moviendo los hombros junto con la cabeza. A pesar del cuidado que tuvo, una punzada de dolor le atravesó el brazo y el cuello.

—Mierda.

No era su autobús, pero mirar le costó muy caro. Se le entrecortó la respiración. Se apoyó contra la marquesina y exhaló apretando los dientes. Tenía la mano y el brazo izquierdo entumecidos, y el cuello le palpitaba como un furúnculo lleno de pus. Se concentró en los puñales que se clavaban en sus músculos y sus nervios. El dolor también podía ser una adicción a su modo. Callie llevaba tanto tiempo conviviendo con él que, cuando pensaba en su vida anterior, solo veía pequeñas ráfagas de luz, estrellitas que apenas alcanzaban a perforar la oscuridad.

Sabía que había habido una época, hacía mucho tiempo, en que lo único que ansiaba era el subidón de endorfinas que le producía correr con todas sus fuerzas, o montar en bici a toda velocidad, o dar volteretas en diagonal por la pista del gimnasio. Cuando era animadora, se elevaba en el aire —volaba— y hacía un mortal o una voltereta hacia atrás, una paloma, lanzaba una patada, hacía la arabesca, la aguja, el escorpión, la escala, el arco y la flecha y un giro de desmonte tan vertiginoso que solo podía confiar en que cuatro pares de brazos bien fornidos formaran una cesta para recogerla al caer.

Hasta que un día no la recogieron.

Se le hizo un nudo en la garganta. Levantó la mano de nuevo y esta vez palpó una de las cuatro protuberancias óseas que rodeaban su cabeza como los puntos de una brújula. El cirujano le había insertado varillas en el cráneo para sujetar el halo mientras se le curaba el cuello. Callie había toqueteado tantas veces el bulto de encima de la oreja que lo tenía encallecido.

Se limpió las lágrimas de las comisuras de los ojos. Apoyó la mano en el regazo. Se masajeó los dedos tratando de que se le desentumecieran las yemas.

Rara vez se permitía el lujo de pensar en lo que había perdido. Como decía su madre, la tragedia de su vida era ser lo bastante lista como para saber lo tonta que había sido. Ese conocimiento fundamental no era solo propio de ella. A juzgar por su experiencia, la mayoría de los drogadictos entendían la adicción tan bien, o incluso mejor, que muchos médicos.

Ella sabía, por ejemplo, que su cerebro, como el de todo el mundo, tenía algo llamado receptores opioides mu. Esos receptores estaban diseminados por la columna vertebral y otros lugares, pero se encontraban principalmente en el cerebro. Su cometido consistía —explicado de la manera más sencilla— en controlar las sensaciones de dolor y deleite.

Durante los primeros dieciséis años de su vida, sus receptores mu habían funcionado con normalidad. Si se hacía una distensión de espalda o se torcía el tobillo, las endorfinas se difundían por su torrente sanguíneo y se adosaban a los receptores mu, que se encargaban de amortiguar el dolor, aunque solo temporalmente y de manera limitada. Cuando estaba en primaria, había tomado AINE —medicamentos antiinflamatorios no esteroideos— como Advil o Motrin para suplir a las endorfinas. Y habían funcionado. Hasta que dejaron de funcionar.

Gracias a Buddy había empezado a consumir alcohol, pero el problema del alcohol era que ni siquiera en Lake Point había muchas tiendas que estuvieran dispuestas a venderle una botella de tequila a una menor, y por razones obvias Buddy no había podido suministrárselo más allá de los catorce años. Después, a los dieciséis, se había roto el cuello y, antes de que se diera cuenta, se había embarcado en un idilio de por vida con los opioides.

Los narcóticos generaban un brusco subidón de endorfinas y eran muchísimo más eficaces que los AINE y el alcohol; lo malo era que cuando se agarraban a los receptores mu, ya no querían soltarse. El organismo respondía generando más receptores mu, y entonces el cerebro se acordaba de lo delicioso que era tener llenos los receptores mu y te ordenaba llenarlos de nuevo. Podías ponerte a ver la tele o a leer un libro o a reflexionar sobre el sentido de la vida, que tus mus siempre estarían ahí, dando golpecitos con sus diminutos pies mu, pidiendo que los alimentaras. A eso se le llamaba *craving*, deseo de consumir.

A no ser que tuvieras la constitución de un hada mágica o el autocontrol de Houdini, acababas cediendo a esas ansias. Y, con el tiempo, necesitabas narcóticos cada vez más fuertes para tener contentos a todos esos nuevos mus. Esa era la explicación científica de la tolerancia: a más narcóticos, más mus y a más mus, más narcóticos. Y así sucesivamente.

Lo peor venía cuando dejabas de alimentar a los mus, porque solo te daban unas doce horas de margen; después, tomaban tu cuerpo como rehén. Pedían el rescate sirviéndose del único lenguaje que conocían, o sea, del dolor paralizante. A eso se le llamaba síndrome de abstinencia o mono, y era más agradable ver algunas fotos de autopsia que ver a un yonqui pasando el mono de opioides.

Así que su madre tenía toda la razón: Callie sabía perfectamente cuándo había emprendido el camino hacia una vida de estulticia. No fue cuando cayó de cabeza contra el suelo del gimnasio y se rompió dos vértebras cervicales. Fue la primera vez que se le acabó la oxicodona que le había recetado el médico y le preguntó a un porrero de su clase de Lengua si sabía cómo podía conseguir más.

Una tragedia en un solo acto.

El autobús llegó resoplando y encalló en el bordillo de la acera.

Callie gimió más que el doctor Jerry al levantarse. Tenía la rodilla mal. La espalda mal. Las cervicales mal. Toda ella estaba mal. El autobús estaba medio lleno; algunas personas llevaban mascarilla y otras parecían pensar que, dado que su vida era una mierda, ¿para qué posponer lo inevitable? Encontró un asiento libre en la parte delantera, junto a las demás señoras achacosas. Eran limpiadoras y camareras con nietos que mantener, y la miraron con el mismo recelo que a un familiar que les hubiera robado la chequera más de una vez. Para evitarles la vergüenza, se puso a mirar por la ventanilla. Fuera, las gasolineras y las tiendas de repuestos para coches daban paso a los clubes de *striptease* y los locales donde podía cobrarse un cheque de inmediato a cambio de una comisión abusiva.

Cuando el paisaje se volvió demasiado sórdido, sacó el teléfono. Se puso a mirar Facebook otra vez. Su deseo de ver cómo les iba a aquellos imbéciles de casi mediana edad no tenía ninguna lógica. La mayoría seguía viviendo en la zona de Lake Point. A algunos les había ido bien, pero bien para los parámetros de Lake Point, no de un ser humano normal. Ninguno había sido amigo suyo en el colegio. Callie había sido la animadora menos popular de la historia de las animadoras. Ni siquiera los raritos de la mesa de los frikis la habían acogido en su seno. Si alguno de ellos la recordaba, era por ser la chica que se había cagado delante de todo el colegio. Callie recordaba aún la sensación de entumecimiento que se extendió por sus miembros y el olor repugnante de sus heces cuando, al estrellarse contra el duro suelo de madera del gimnasio, se le vaciaron los intestinos.

Y todo por un deporte que tenía tanto prestigio como una carrera de sacos.

El autobús se estremeció como un galgo al acercarse a su parada. La rodilla se le bloqueó cuando fue a ponerse de pie. Tuvo que golpeársela con el puño para que volviera a funcionar. Mientras bajaba cojeando los escalones, pensó en las drogas que llevaba en la mochila. Tramadol, metadona, ketamina, buprenorfina. Si las mezclaba todas con medio litro de tequila, conseguiría un asiento en primera fila para ver a Kurt Cobain y Amy Winehouse comentando lo capullo que era Jim Morrison.

—¡Hola, Cal! —El drogata de Sammy la saludó frenéticamente con la mano, sentado en una silla de jardín rota—. ¡Cal! ¡Cal! ¡Ven aquí!

Callie atravesó un solar para llegar a la guarida de Sammy: la silla, una tienda de campaña agujereada y un montón de cartones que no parecían tener propósito definido.

—¿Qué pasa?

—¿Qué tal tu gato? ¿Está bien?

Ella asintió.

—Había una paloma y… —Sammy hizo un gesto con los brazos, imitando un gran salto—. Agarró al vuelo a esa puta rata con alas y se la zampó delante de mí. ¡Qué asco, tío! Estuvo media hora mascando cabeza de paloma.

Callie sonrió con orgullo mientras rebuscaba en su mochila.

—¿Y no la compartió contigo?

—Qué va, solo me miraba. Me miraba, Callie. Y tenía esa mirada, como… como no sé…, como si quisiera decirme algo. —Soltó una carcajada—. ¡Ja! Como diciendo: «No fumes *crack*».

—Lo siento. Los gatos pueden ser muy criticones. —Callie encontró el sándwich que se había hecho para cenar—. Cómete esto antes de colocarte esta noche.

—Claro, claro. —Sammy guardó el sándwich debajo un trozo de cartón—. Pero, oye, ¿tú crees que intentaba decirme algo?

—Pues no estoy segura. Ya sabes que los gatos no hablan porque no quieren. Les da miedo que si hablan, les hagamos pagar impuestos.

—¡Ja! —Sammy la señaló con el dedo—. ¡Por la boca muere el pez! Eh, eh, Cal, espera un segundo, ¿vale? Creo que Trap te estaba buscando para…

—Cómete el sándwich. —Callie se alejó, porque Sammy podía pasarse el resto de la noche hablando por los codos. Y eso sin el *crack*.

Dobló la esquina, respirando con dificultad. Que Trap la estuviera buscando no era buena noticia. A sus quince años, era un adicto al cristal que se había graduado antes de tiempo en la escuela de la estulticia. Afortunadamente, su madre le daba pánico. Mientras Wilma conservara su clientela, tendría al cretino de su hijo atado en corto.

Aun así, Callie se puso la mochila en el pecho al acercarse al motel. El paseo no le resultaba del todo desagradable porque lo conocía. Pasó junto a descampados y casas abandonadas. Las pintadas revestían los ladrillos de un muro de contención en ruinas. Había jeringuillas usadas esparcidas por la acera. Por pura costumbre, buscó con la mirada agujas que pudieran servirle. Llevaba su kit en la mochila: un estuche de reloj de plástico, de Snoopy, con una goma, una cuchara doblada, una jeringuilla vacía, un poco de algodón y un mechero Zippo.

Lo que más le gustaba de pincharse heroína era el ritual del acto en sí. El chasquido del mechero. El olor a vinagre cuando la droga hervía en la cuchara. Aspirar con la jeringuilla el líquido de color marrón sucio.

Sacudió la cabeza. Era peligroso pensar esas cosas.

Siguió la franja de tierra que circundaba los patios traseros de una calle residencial. El ambiente cambiaba bruscamente. Allí vivían familias. Las ventanas estaban abiertas. Sonaba música alta. Las mujeres gritaban a sus novios. Los novios gritaban a sus mujeres. Los niños correteaban alrededor de un aspersor roto. Era igual que las zonas ricas de Atlanta, solo que más ruidoso, más agobiante y menos pálido.

A través de los árboles, vio dos coches patrulla aparcados al final de la calle. No estaban deteniendo a nadie. Estaban esperando a que se pusiera el sol y llegaran los avisos: Narcan para este yonqui, llevar a aquel otro a urgencias, una larga espera en el furgón del forense, el servicio de protección de menores, los agentes de libertad condicional y del Departamento de Asuntos de los Veteranos… Y eso solo un lunes por la noche. Mucha gente había recurrido a las drogas ilegales durante la pandemia. Había mucho paro. La comida escaseaba. Los niños pasaban hambre. Las cifras de sobredosis y suicidios se habían disparado. Y los políticos, después de expresar su profunda preocupación por la salud mental durante el confinamiento, se habían mostrado escandalosamente reacios a invertir dinero en socorrer a la gente que estaba perdiendo la cabeza.

Callie observó cómo una ardilla se escabullía detrás de un poste telefónico. Dirigió sus pasos hacia la parte de atrás del motel. El edificio de bloques de hormigón, de dos plantas, estaba detrás de una hilera de matorrales escuálidos. Apartó las ramas y pisó el asfalto agrietado. El olor acre del contenedor de basura le dio la bienvenida. Inspeccionó la zona para asegurarse de que Trap no rondaba por allí.

Volvió a pensar en la letal cornucopia de drogas que llevaba en la mochila. Conocer a Kurt Cobain sería increíble, pero su deseo de autodestrucción se había esfumado. O al menos se había reducido hasta convertirse en su habitual búsqueda autodestructiva, que no acababa en una muerte segura, sino solo en una muerte posible, de la que quizá pudieran rescatarla, así que por qué no aumentar la dosis un poco más, ¿no? La policía llegaría a tiempo, ¿verdad?

Lo que deseaba esa noche era darse una ducha bien larga y acurrucarse en la cama con su gato devorador de palomas. Tenía suficiente metadona para pasar la noche y levantarse al día siguiente. Podía vender algo de camino al trabajo. De todos modos, al doctor Jerry le daría un infarto si se presentaba antes del mediodía.

Iba sonriendo cuando dobló la esquina porque rara vez tenía un plan de verdad.

—¿Qué tal, tía? —Trap estaba apoyado en la pared, fumándose un porro. La miró de arriba abajo y ella tuvo que recordarse a sí misma que era un adolescente con el cerebro de un niño de cinco años y la capacidad de hacer daño de un hombre adulto—. Hay alguien buscándote.

Callie sintió que se le erizaban los pelos de la nuca. Había pasado la mayor parte de su vida adulta procurando que nadie la buscara.

—¿Quién?

—Un blanco. Con un coche bonito. —Se encogió de hombros, como si con eso bastara—. ¿Qué llevas en la mochila?

—¿Y a ti qué coño te importa? —Intentó pasar junto a él, pero la agarró del brazo.

—Vamos. Mi madre me ha dicho que cobre.

Callie se rio. Su madre le daría una patada en los huevos si se enteraba de que le había sacado pasta.

—Vamos a buscar a Wilma, a ver si eso es verdad.

Trap movió los ojos, nervioso. Al menos, eso pensó Callie.

Demasiado tarde, se dio cuenta de que estaba haciendo señas a alguien que estaba detrás de ella. Empezó a girar el cuerpo porque no podía girar la cabeza.

El brazo musculoso de un hombre le rodeó el cuello. El dolor fue instantáneo, como un rayo que cayera del cielo. Sus caderas se inclinaron hacia delante. Cayó de espaldas contra el pecho del hombre, con el cuerpo doblado como la bisagra de una puerta.

Notó en la oreja su aliento caliente.

—No te muevas.

Reconoció la voz chillona de Diego. Era el colega de Trap, otro adicto a la metanfetamina. Habían fumado tanto cristal que ya se les estaban cayendo los dientes. Por separado, cualquiera de los dos era un fastidio. Juntos, eran una amenaza de violación y asesinato con patas, un suceso a punto de ocurrir.

—¿Qué tienes para mí, puta? —Diego le tiró más fuerte del cuello. Metió la mano libre por debajo de la mochila y le tocó el pecho—. ¿Estas tetitas son para mí, guapa?

El brazo izquierdo se le había entumecido por completo. Sentía que el cráneo se le iba a desprender de cuajo. Cerró los ojos. Si iba a morir, que fuera antes de que se le partiera la columna vertebral.

—A ver qué tenemos aquí. —Trap estaba tan cerca que Callie notó el olor de sus dientes podridos. Abrió la cremallera de la mochila—. Joder, la muy puta ha estado aguantando con…

Todos oyeron el chasquido inconfundible de la corredera de una pistola de nueve milímetros.

Callie no pudo abrir los ojos. Solo pudo esperar el balazo.

—¿Quién coño eres tú? —dijo Trap.

—Soy la hija de puta que te va a abrir otro agujero en la cabeza si no os largáis ahora mismo, mamones.

Callie abrió los ojos

—Hola, Harleigh.

## 5

—Por Dios, Callie.

Vio que Leigh volcaba con rabia la mochila sobre la cama. Jerin-guillas, pastillas, viales, tampones, gominolas, bolígrafos, un cuaderno, dos libros de la biblioteca sobre búhos y su estuche de utensilios para pincharse. En lugar de ponerse hecha una furia, su hermana inspeccionó la habitación del motel como si esperara encontrar alijos secretos de opio dentro de las paredes de bloques de hormigón pintado.

—¿Y si hubiera sido un policía? —preguntó Leigh—. Sabes que no puedes cargar tanto peso.

Callie se apoyó contra la pared. Estaba acostumbrada a ver distintas versiones de Leigh —su hermana tenía más vidas que un gato—, pero esa faceta suya capaz de apuntar con una pistola a un par de adolescentes drogadictos no se manifestaba desde hacía veintitrés años.

Trap y Diego podían dar gracias a su buena estrella porque llevara una Glock y no un rollo de papel film.

—Por tráfico te condenarían a pasar el resto de tu vida en la cárcel.

Callie miró con anhelo su estuche.

—Me han dicho que si pones el culo todo es más fácil.

Leigh se giró con las manos en las caderas. Llevaba tacones altos y uno de sus trajes caros de señorona, lo que hacía que su presencia en aquel motel de mala muerte resultara algo cómica. Incluida la pistola cargada que asomaba por la cinturilla de su falda.

—¿Dónde está tu bolso? —preguntó Callie.

—Guardado bajo llave en el maletero del coche.

Callie iba a decirle que eso era una estupidez de ricachona

blanca, pero aún le dolía el cráneo, de cuando Diego había estado a punto de romperle el resto de las vértebras del cuello.

—Me alegro de verte, Har.

Leigh se acercó y la miró a los ojos para examinar sus pupilas.

—¿Estás muy colocada?

«No lo suficiente», pensó Callie, pero no quería ahuyentar a Leigh tan pronto. La última vez que se habían visto, ella acababa de pasar dos semanas intubada en la UCI del hospital Grady.

—Ahora mismo necesito que estés despejada.

—Pues más vale que te des prisa.

Leigh cruzó los brazos. Estaba claro que tenía algo que decirle, pero también que aún no estaba preparada para decírselo.

—¿Comes bien? —preguntó—. Estás muy delgada.

—Una mujer nunca está…

—Cal. —La preocupación de Leigh cortó en seco sus ganas de bromear—. ¿Estás bien?

—¿Qué tal tu pez abisal? —Callie disfrutó de la cara de confusión que puso su hermana. A fin de cuentas, era lógico que los frikis no quisieran en su mesa a la animadora menos popular del instituto—. Walter. ¿Cómo está?

—Bien. —El semblante de Leigh perdió su dureza. Bajó las manos. Solo había tres personas en el mundo que pudieran verla con la guardia baja. Leigh sacó a relucir a la tercera sin necesidad de que le preguntara por ella—. Maddy sigue viviendo con él, para poder ir al colegio.

Callie se frotó el brazo intentando desentumecerlo.

—Lo estarás pasando muy mal.

—Pues sí, como todo el mundo. —Leigh empezó a pasearse por la habitación. Era como ver a un mono con címbalos dándose cuerda a sí mismo—. El colegio acaba de enviarnos un correo electrónico informando de que una madre imbécil organizó una fiesta con un montón de gente el fin de semana pasado. Seis chavales han dado positivo hasta ahora. Toda la clase va a tener clases virtuales dos semanas.

Callie se rio, pero no por aquella madre imbécil. El mundo en el que vivía Leigh era como Marte comparado con el suyo.

Leigh señaló la ventana con la cabeza.

—¿Es tuyo?

Callie sonrió al ver al musculoso gato negro en el alféizar. Binx estiró el lomo mientras esperaba a que le abrieran.

—Hoy ha cazado una paloma.

A Leigh le importaba una mierda la paloma y se notaba, pero aun así lo intentó:

—¿Cómo se llama?

—Hija de Puta. —Callie sonrió al ver que su hermana daba un respingo—. Hipu, para abreviar.

—¿No es un nombre de chica?

—Es de género fluido.

Leigh apretó los labios. Aquello no era una visita de cortesía. Cuando Harleigh quería socializar, iba a cenas elegantes con médicos y abogados, y con el Lirón dormido como un tronco entre el Sombrerero y la Liebre de Marzo.

A ella solo iba a verla cuando ocurría algo malo. Una orden de detención. Una visita a la cárcel del condado. Un juicio inminente. O un diagnóstico de COVID, porque la única persona prescindible que podía cuidarla durante su convalecencia era su hermana pequeña.

Callie repasó las faltas que había cometido últimamente. Quizá aquella dichosa multa por cruzar la calle por donde no debía la hubiera metido en un lío. O quizá alguno de sus contactos había avisado a Leigh de que la DEA estaba investigando al doctor Jerry. O, lo que era más probable, alguno de los imbéciles a los que Callie les pasaba drogas se había ido de la lengua para no ir a la cárcel.

Putos yonquis.

—¿Quién me persigue? —preguntó.

Leigh trazó un círculo con el dedo en el aire. Las paredes eran delgadas. Cualquiera podía estar escuchando.

Callie abrazó a Binx. Las dos sabían que un día se metería en un lío del que su hermana mayor no podría sacarla.

—Venga —dijo Leigh—, vámonos.

No se refería a dar una vuelta a la manzana. Quería que recogiera sus cosas, metiera al gato en algún sitio y subiera al coche.

Callie buscó ropa mientras Leigh volvía a guardar las cosas en la mochila. Echaría de menos su colcha y su manta de flores, pero no era la primera vez que abandonaba un lugar. Normalmente, los ayudantes del *sheriff* estaban en la puerta con una orden de desahucio. Necesitaba ropa interior, un montón de calcetines, dos camisetas limpias y unos vaqueros. Tenía un solo par de zapatos y los llevaba puestos. Podía comprar más camisetas en la tienda de segunda mano. En el albergue le darían mantas, pero allí no podía quedarse porque no admitían mascotas.

Le quitó la funda a una almohada para guardar sus escasas posesiones y añadió al hatillo la comida de Binx, su ratón rosa de juguete y un collar hawaiano de plástico que al gato le gustaba arrastrar cuando se ponía sentimental.

—¿Lista? —Leigh se había echado la mochila al hombro. Era abogada, así que Callie no le explicó las consecuencias que podía acarrear el hecho de llevar encima una pistola y un montón de drogas, porque su hermana se había ganado un puesto en ese mundo enrarecido en el que las reglas eran siempre negociables.

—Un momento. —Callie usó el pie para sacar de debajo de la cama el trasportín de Binx. El gato se puso rígido, pero no se resistió cuando lo metió dentro. Tampoco era su primer desahucio.

—Lista —le dijo a su hermana.

Leigh dejó que Callie saliera primero. Binx empezó a sisear cuando lo colocaron en el asiento trasero del coche. Callie sujetó el trasportín con el cinturón de seguridad; luego se sentó delante y también se puso el cinturón. Observó a su hermana con atención. Leigh siempre estaba alerta, pero giró la llave de contacto con un movimiento de muñeca extrañamente preciso. Parecía muy asustada, y eso era preocupante porque ella nunca se asustaba.

Tráfico de estupefacientes.

Los yonquis eran en parte abogados, a la fuerza. En Georgia había sentencias obligatorias según el peso. Por veintiocho gramos de cocaína o más, diez años. Por veintiocho gramos de opiáceos o más, veinticinco años. Por más de cuatrocientos gramos de metanfetaminas, veinticinco años.

Callie trató de hacer las cuentas, dividiendo la lista de clientes que podían haberla denunciado por los gramos totales que había vendido en los últimos meses, pero, por más vueltas que le daba, el numerador siempre daba el mismo resultado: la había cagado.

Leigh giró a la derecha para salir del aparcamiento del motel. No dijeron nada mientras salían a la avenida. Pasaron junto a los dos coches patrulla del final de la calle residencial. Los agentes apenas se fijaron en el Audi. Seguramente supusieron que sus dos ocupantes estaban buscando a algún chaval drogado o dando una vuelta, a ver si pillaban.

Guardaron ambas silencio mientras Leigh tomaba la carretera de circunvalación, más allá de la parada de autobús de Callie. El lujoso coche se deslizaba suavemente por el asfalto lleno de baches. Callie, acostumbrada a los zarandeos del transporte público, intentó recordar la última vez que había viajado en coche. Había sido seguramente cuando Leigh la llevó a casa desde el hospital Grady. Se suponía que iba a pasar la convalecencia en el pisazo de su hermana, pero antes de que saliera el sol ya estaba en la calle con una aguja en el brazo.

Se masajeó los dedos entumecidos. Estaba recuperando la sensibilidad, lo cual era bueno, pero por otro lado sentía como si unas agujas le rasparan los nervios. Observó el perfil afilado de su hermana. Qué bien envejecía una cuando tenía dinero… Gimnasio en la urbanización. Médico de guardia. Plan de pensiones. Vacaciones de lujo. Fines de semana libres. Por lo que a ella respectaba, su hermana se merecía todos los caprichos que pudiera darse. Porque a Leigh nadie le había regalado nada. Se había abierto camino con uñas y dientes, había estudiado y trabajado más que nadie, había hecho un sacrificio tras otro para que Maddy y ella misma vivieran lo mejor posible.

Si la tragedia de Callie era la lucidez respecto a sí misma, la de Leigh era que nunca, jamás, aceptaría que su buena vida no estuviera ligada de algún modo a la miseria sin paliativos de la de Callie.

—¿Tienes hambre? —preguntó Leigh—. Necesitas comer.

Ni siquiera esperó por cortesía a que respondiera. Estaban en modo hermana mayor-hermana pequeña. Entró en un McDonald's. No consultó a Callie al hacer el pedido desde el coche, pero Callie dedujo que la hamburguesa de pescado era para Binx. No dijeron nada mientras el coche se acercaba a la ventanilla. Leigh encontró una mascarilla en la consola, entre los asientos. Cambió dinero en efectivo por varias bolsas de comida y bebida, y se lo pasó todo a Callie. Se quitó la mascarilla. Siguió conduciendo.

Callie, que no sabía qué hacer, se puso a prepararlo todo. Envolvió un Big Mac en una servilleta y se lo dio a su hermana. Tomó una hamburguesa doble con queso para ella. Binx tuvo que conformarse con dos patatas fritas. Le habría encantado la hamburguesa de pescado, pero Callie no estaba segura de poder limpiar la diarrea de gato de las costuras de los lujosos asientos de piel de su hermana.

—¿Patatas? —le preguntó a Leigh.

Ella negó con la cabeza.

—Cómetelas tú. Estás demasiado flaca, Cal. Tienes que dejar la droga una temporada.

Callie se tomó un momento para apreciar el hecho de que su hermana ya no le dijera que tenía que dejarlo del todo. Había costado decenas de miles de dólares desperdiciados en rehabilitación —que había pagado Leigh— e innumerables conversaciones angustiosas, pero la vida de ambas era mucho más sencilla desde que Leigh se había resignado.

—Come —ordenó.

Callie miró la hamburguesa que tenía en el regazo. Se le revolvió el estómago. No había forma de decirle a Leigh que no era la droga lo que la hacía perder peso. No había recuperado el apetito después de pasar el COVID. La mayoría de los días tenía que obligarse a comer. Pero, si se lo decía, solo conseguiría cargar a su hermana con más culpa de la que merecía llevar sobre los hombros.

—Callie. —Leigh la miró molesta—. ¿Vas a comer o tengo que alimentarte a la fuerza?

Callie engulló el resto de las patatas fritas. Se obligó a comerse

exactamente la mitad de la hamburguesa. Estaba tomándose la Coca-Cola cuando el coche se detuvo por fin.

Miró a su alrededor. Al instante, su estómago empezó a buscar
formas de deshacerse de la comida. Estaban en plena barriada de Lake
Point, en el sitio exacto al que Leigh solía llevarla en su coche cuando necesitaban alejarse de su madre. Callie llevaba dos décadas evitando aquel horrible lugar. Tomaba el autobús que hacía el recorrido
más largo desde la clínica del doctor Jerry solo para no tener que ver
aquellas casas deprimentes y chatas, con sus estrechas cocheras y sus
tristes patios delanteros.

Leigh dejó el coche en marcha para que el aire siguiera encendido. Se volvió hacia Callie apoyando la espalda en la puerta.

—Anoche, Trevor y Linda Waleski se presentaron en mi despacho.

Callie se estremeció. Mantuvo a distancia lo que acababa de decirle Leigh, pero advirtió una tenue oscuridad en el horizonte, un gorila furioso que se paseaba de un lado a otro por sus recuerdos: corto
de cintura, con los puños siempre apretados y los brazos tan musculosos que no podía pegárselos a los costados. Aquel ser llevaba escrito en la frente «hijo de puta despiadado». La gente se volvía en
dirección contraria cuando lo veía en la calle.

«Vamos al sofá, muñequita. Estoy tan cachondo que no aguanto más».

—¿Cómo está Linda? —preguntó.

—Está forrada.

Callie miró por la ventanilla. Se le empañó la vista. Vio que el
gorila se giraba y la miraba con odio.

—Entonces, imagino que no necesitaban el dinero de Buddy,
después de todo.

—Callie —dijo Leigh en tono urgente—, lo siento, pero necesito que me escuches.

—Te estoy escuchando.

Leigh tenía motivos para no creerla, pero dijo:

—Trevor ahora se hace llamar Andrew. Se cambiaron el apellido después de que Buddy…, después de que desapareciera. Ahora se
llaman Tenant.

Callie vio que el gorila echaba a correr hacia ella. Le salía saliva de la boca. Sus fosas nasales se ensancharon. Levantó los gruesos brazos. Se abalanzó sobre ella enseñando los dientes. Olía a puritos baratos, a *whisky* y al sexo de Callie.

—Callie. —Leigh le agarró la mano y se la apretó con tanta fuerza que le movió los huesos—. No pasa nada, Callie.

Cerró los ojos. El gorila regresó a su sitio, en el horizonte. Ella se relamió los labios. Nunca había tenido tantas ansias de heroína como en ese momento.

—Ey. —Su hermana le apretó aún más la mano—. No puede hacerte daño.

Callie asintió. Notaba la garganta dolorida y trató de recordar cuántas semanas, o puede que incluso meses, había tardado en poder tragar sin que le doliera después de que Buddy intentara estrangularla.

«Qué puta inútil de mierda», le había dicho su madre al día siguiente. «Yo no te he criado para que dejes que una punki de tres al cuarto te dé una paliza en el patio del colegio».

—Toma. —Leigh le soltó la mano. Se inclinó hacia el asiento trasero para abrir el trasportín. Recogió a Binx y se lo puso en el regazo a Callie—. ¿Quieres que me calle?

Callie abrazó al gato, que ronroneó apoyando la cabeza contra su barbilla. Su peso la reconfortó. Quería que Leigh se callara, pero sabía que escondiéndose de la verdad solo conseguiría que toda la carga recayera sobre su hermana.

—¿Trevor se parece a él? —preguntó.

—Se parece a Linda. —Leigh guardó silencio, esperando otra pregunta. No se trataba de una táctica legal aprendida en el juzgado. Siempre había sabido dosificarle la información, dársela con cuentagotas para que Callie no se asustara y acabara muerta de una sobredosis en un callejón.

Callie pegó los labios a la coronilla de Binx, como solía hacer con Trevor.

—¿Cómo te encontraron?

—¿Recuerdas el artículo del periódico?

—El meón —dijo Callie. Se había sentido muy orgullosa de ver que escribían sobre su hermana mayor en el periódico—. ¿Por qué necesita Trevor un abogado?

—Porque está acusado de violar a una mujer. A varias mujeres.

La noticia no la sorprendió tanto como debería. Había pasado mucho tiempo observando a Trevor tantear el terreno, viendo hasta dónde podía llevar las cosas, exactamente igual que su padre.

—O sea, que a fin de cuentas es como Buddy.

—Creo que sabe lo que hicimos, Cal.

Oírlo fue como un mazazo. Sintió que abría la boca, pero no le salieron las palabras. Binx se enfadó porque de pronto dejara de hacerle caso. Se subió de un salto al salpicadero y miró por el parabrisas.

—Andrew sabe lo que hicimos con su padre —repitió Leigh.

Sintió que el aire frío de las rejillas de ventilación se infiltraba en sus pulmones. No había forma de sustraerse a aquella conversación. Como no podía volver la cabeza, volvió el cuerpo, apoyando la espalda contra la puerta igual que Leigh.

—Trevor estaba dormido. Las dos lo comprobamos.

—Lo sé.

—Ya —dijo Callie, que era lo que decía cuando no sabía qué decir.

—Cal, no tienes por qué estar aquí. Puedo llevarte a...

—No. —Odiaba que intentaran tranquilizarla, aun sabiendo que lo necesitaba—. Por favor, Harleigh, cuéntame lo que ha pasado. Sin dejarte nada. Necesito saberlo.

La reticencia de Leigh era evidente. El hecho de que no volviera a protestar, de que no le dijera que se olvidara del asunto, que ella se ocuparía de todo como hacía siempre, resultaba aterrador.

Empezó por el principio, o sea, por la noche anterior, más o menos a esa hora. La reunión en el despacho de su jefe. La revelación de que Andrew y Linda Tenant eran fantasmas de su pasado. Le habló con detalle de la novia de Trevor; de Reggie Paltz, el detective privado que se estaba acercando en exceso; de las mentiras que había contado sobre la vida de Callie en Iowa. Le explicó que Andrew se enfrentaba a varios cargos por agresión sexual y que había otras posibles víctimas. Cuando le dijo que el corte del cuchillo estaba justo encima de la arteria femoral, Callie sintió que sus labios se separaban.

—Espera —dijo—. Vuelve atrás. ¿Qué te dijo Trevor exactamente?

—Andrew —la corrigió Leigh—. Ya no se llama Trevor, Callie. Y no es lo que dijo, sino cómo lo dijo. Sabe que su padre fue asesinado. Y que nos salimos con la nuestra.

—Pero… —Trató de asimilar lo que le estaba diciendo su hermana—. ¿Trev…, Andrew está usando un cuchillo para herir a sus víctimas de la misma manera que yo maté a Buddy?

—Tú no le mataste.

—Joder, Leigh, claro que le maté. —No iban a tener esa absurda discusión otra vez—. Yo le maté primero y tú le remataste después. No es un concurso. Ambas le matamos. Y le descuartizamos.

Leigh volvió a quedarse callada. Quería darle espacio a Callie, pero Callie no necesitaba espacio.

—Harleigh —dijo—, aunque encuentren el cadáver, ha pasado demasiado tiempo para que descubran cómo murió. Todo habrá desaparecido ya. Solo encontrarían huesos. Y ni siquiera todo el esqueleto. Solo trozos dispersos.

Leigh asintió. Ya lo había pensado.

Callie repasó las otras opciones.

—Buscamos más cámaras y casetes y… todo lo demás. Limpiamos el cuchillo y lo volvimos a guardar en el cajón. Cuidé de Trevor otro mes entero, joder, hasta que por fin se mudaron. Usé ese cuchillo cada vez que pude. Es imposible que alguien pueda relacionarlo con lo que hicimos.

—Ignoro cómo sabe Andrew lo del cuchillo, o lo del corte en la pierna de Buddy. Lo único que puedo decirte es que lo sabe.

Callie obligó a su mente a rememorar aquella noche, aunque por necesidad se había esforzado en olvidar casi todo. Hojeó rápidamente los hechos sin detenerse en ninguna página. Todo el mundo pensaba que la historia era como un libro, con un principio, un desarrollo y un final. Pero no era así. La vida real era solo desarrollo.

—Pusimos la casa patas arriba —le dijo a Leigh.

—Lo sé.

—¿Cómo es que se…? —Callie volvió a repasar los hechos, esta vez más despacio—. Esperaste seis días antes de irte a Chicago. ¿Hablamos de ello delante de él? ¿Dijimos algo?

Leigh negó con la cabeza.

—No creo, pero…

Callie no necesitaba que lo dijera en voz alta. En aquel momento, las dos estaban conmocionadas. Eran adolescentes. Ninguna de ellas era un genio del crimen. Su madre se dio cuenta de que había ocurrido algo malo, pero se limitó a decirles que no la metieran a ella en sus líos o las empujaría delante del primer autobús que pasara.

—No sé qué error cometimos, pero, obviamente, cometimos un error.

Callie notó al mirarla que, fuera cual fuese ese error, su hermana lo había añadido al montón de culpa con el que ya cargaba.

—¿Qué dijo Andrew exactamente?

Leigh meneó la cabeza, pero siempre había tenido una memoria excelente.

—Me preguntó si yo sabría cómo cometer un crimen que destruyera la vida de otra persona. Si sabría cómo salirme con la mía después de cometer un asesinato a sangre fría.

Callie se mordió el labio inferior.

—Y añadió que hoy en día las cosas no son como cuando éramos pequeños. Por las cámaras.

—¿Las cámaras? —repitió Callie—. ¿Dijo cámaras, concretamente?

—Lo dijo media docena de veces: que hay cámaras por todas partes, en los timbres, en las casas, en la calle… Que no puedes ir a ningún sitio sin que te graben.

—No registramos su habitación —dijo Callie. Era el único lugar en el que no se les había ocurrido mirar. Buddy apenas hablaba con su hijo. No quería tener nada que ver con él—. Andrew siempre estaba robando cosas. ¿Puede que hubiera otra cinta?

Leigh asintió. Ya había considerado esa posibilidad.

Callie sintió que le ardían las mejillas. Andrew tenía diez años cuando ocurrió. ¿Había encontrado una cinta de vídeo? ¿Había visto a su padre follársela de todas las formas que se le ocurrían? ¿Por eso seguía obsesionado con ella?

¿Por eso violaba a mujeres?

—Harleigh, piénsalo bien. Aunque Andrew tenga un vídeo, lo único que demostrará es que su padre era un pederasta. Y no querrá que eso se sepa. —Callie reprimió un escalofrío. Ella tampoco quería que el asunto saliera a la luz—. ¿Crees que Linda lo sabe?

—No. —Leigh negó con la cabeza, aunque no podía estar segura.

Callie se llevó las manos a las mejillas sofocadas. Si Linda lo sabía, sería su fin. Siempre había querido a aquella mujer, casi la adoraba por su firmeza de carácter y su honestidad. De niña, a Callie nunca se le había ocurrido pensar que se estaba acostando con el marido de Linda. En su cabeza atolondrada, los veía a ambos como padres sustitutos.

—Antes de que empezara a hablar de las cámaras, ¿te preguntó por alguna cosa de aquella noche, o de la época en que desapareció Buddy?

—No —respondió Leigh—. Y como tú has dicho, aunque tenga una cinta, no mostrará cómo murió Buddy. ¿Cómo sabe, entonces, lo del cuchillo? ¿Y lo de la herida en el muslo?

Callie observó a Binx, que se estaba lamiendo la pata. No tenía ni la menor idea.

O sí.

Le dijo a Leigh:

—Busqué… busqué cosas en un manual de anatomía de Linda después de aquello. Quería saber cómo funcionaba la cosa. Puede que Andrew me viera.

Leigh parecía escéptica, pero dijo:

—Es posible.

Callie se presionó los ojos cerrados con los dedos. Le dolía el cuello. Aún le cosquilleaba la mano. El gorila se agitaba a lo lejos.

—¿Cuántas veces lo buscaste? —preguntó Leigh.

Callie vio proyectarse una imagen detrás de sus párpados: el libro de texto abierto sobre la mesa de la cocina de los Waleski. El diagrama de un cuerpo humano. Había seguido con el dedo la arteria femoral tantas veces que la línea roja se había descolorido hasta volverse rosa. ¿Lo había visto Andrew? ¿Había notado el comportamiento obsesivo de Callie y sacado conclusiones?

¿O quizá había oído alguna conversación acalorada entre ella y Leigh? Discutían constantemente sobre qué hacer después de lo de Buddy: hablaban de si su plan estaba funcionando, de las historias que habían contado a la policía y a los trabajadores sociales, de qué hacer con el dinero... Andrew podía haberlas escuchado a escondidas y haber tomado nota de todo. Siempre había sido un mierdecilla muy escurridizo, salía de un salto de detrás de las cosas para darle un susto, le robaba los bolígrafos y los libros, aterrorizaba a los peces del acuario...

Cualquiera de esos supuestos entraba dentro de lo posible. Y cualquiera de ellos provocaría la misma respuesta en Leigh: «Es culpa mía. Todo es culpa mía».

—¿Cal?

Abrió los ojos. Solo tenía una pregunta.

—¿Por qué estás tan angustiada, Leigh? Andrew no tiene ninguna prueba o ya estaría en una comisaría.

—Es un violador sádico. Está jugando a algún juego.

—¿Y qué, joder? Por Dios, Leigh, espabila. —Callie abrió los brazos y se encogió de hombros. Así era como funcionaba. Solo una de ellas podía derrumbarse cada vez—. Dos no pueden jugar si uno no quiere. ¿Por qué dejas que ese bicho raro se te meta en la cabeza? No puede hacer nada.

Leigh no contestó, pero era obvio que seguía angustiada. Tenía los ojos llenos de lágrimas. Había perdido el color. Callie vio una salpicadura de vómito seco en el cuello de su camisa. Leigh siempre había tenido el estómago delicado. Era el problema de tener una buena vida. Que no querías perderla.

—Mira —dijo Callie—, ¿qué me decías tú siempre? Cíñete a la puta historia. Buddy llegó a casa. Estaba muy asustado porque le habían amenazado de muerte. No dijo quién. Yo te llamé. Fuiste a recogerme. Estaba vivo cuando nos marchamos. Mamá me dio una paliza. Y ya está.

—El DFACS —dijo Leigh, refiriéndose al Departamento de Familia y Protección de Menores—. Cuando la trabajadora social vino a casa, ¿hizo alguna foto?

—Casi ni hizo un informe. —La verdad era que Callie no se acordaba, pero sabía cómo funcionaba el sistema, igual que su hermana—. Harleigh, usa la cabeza. No vivíamos en Beverly Hills 90210. Yo era una niña más a la que su madre alcohólica le había dado una paliza.

—Pero puede que el informe de la trabajadora social esté en alguna parte. La Administración nunca tira nada.

—Dudo que esa zorra lo presentara siquiera. Mamá tenía aterrorizados a todos los trabajadores sociales. Cuando la policía me interrogó por la desaparición de Buddy, no dijeron nada de mi aspecto. Tampoco me preguntaron. Linda me dio unos antibióticos y me colocó la nariz, pero no me hizo ninguna pregunta. Nadie lo denunció a los servicios sociales. En el colegio nadie dijo nada.

—Sí, bueno, ese cabrón del doctor Patterson no era un adalid de la infancia que digamos.

El sentimiento de humillación volvió a golpear a Callie como una ola gigantesca empujándola contra la orilla. Daba igual el tiempo que hubiera pasado; no superaba el hecho de no saber cuántos hombres habían visto las cosas que hacía con Buddy.

—Lo siento, Cal. No debería haber dicho eso.

Callie la vio buscar un pañuelo de papel en el bolso. Aún recordaba una época en la que su hermana mayor urdía complots asesinos y grandes conspiraciones contra los hombres que habían visto cómo la mancillaban. Estaba dispuesta a tirar su vida por la borda con tal de vengarse. Lo único que la había apartado de ese abismo era el miedo a perder a Maddy.

Callie le dijo lo que le decía siempre:

—No es culpa tuya.

—No debería haberme ido a Chicago. Podría haber…

—¿Haberte quedado atrapada en Lake Point y haber acabado tirada en la cuneta como los demás? —Callie no la dejó responder, porque ambas sabían que Leigh habría acabado siendo la encargada de un Taco Bell, vendiendo Tupperware y dirigiendo una asesoría clandestina—. Si te hubieras quedado aquí, no habrías ido a la universidad. No tendrías el título de abogada. No tendrías a Walter. Y seguro que tampoco tendrías...

—A Maddy. —Las lágrimas empezaron a caer. Leigh siempre había sido de lágrima fácil—. Callie, estoy tan...

Su hermana la hizo callar con un ademán. No podían volver a enredarse en la eterna discusión: «Es culpa mía»/«No, no lo es».

—Pongamos que en los servicios sociales hay un informe, o que la policía tomó nota de que yo estaba herida. ¿Qué más da eso? ¿Dónde están esos papeles ahora?

Leigh apretó los labios. Era evidente que le estaba costando reponerse, pero dijo:

—Seguramente los policías ya estarán jubilados o habrán ascendido. Si no documentaron el maltrato en su atestado, puede que lo incluyeran en sus notas personales, que estarán guardadas en una caja en algún sitio, probablemente en un desván.

—Vale, soy Reggie, el detective privado que contrató Andrew. Estoy investigando un presunto asesinato ocurrido hace veintitrés años y quiero ver los informes policiales y todo lo que tengan los trabajadores sociales sobre los dos menores que estaban en la casa —dijo Callie—. ¿Qué pasaría entonces?

Leigh suspiró. Seguía sin concentrarse.

—Tendrías que presentar una solicitud de información en el DFACS.

La Ley de Libertad de Información ponía a disposición del público todos los registros de la Administración.

—¿Y luego?

—El *Acuerdo extrajudicial de Kenny A. contra Sonny Perdue* se resolvió en 2005. —El cerebro de abogada de Leigh comenzó a imponerse—. Es complicado, pero, básicamente, se obligó a los condados de Fulton y DeKalb a dejar de joderles la vida a los niños a cargo de los servicios sociales. Se tardó tres años en llegar a un acuerdo. Curiosamente, desaparecieron muchos documentos y archivos incriminatorios antes de la resolución.

Callie tenía que dar por sentado que cualquier informe acerca de la paliza que había recibido formaba parte de su tapadera.

—¿Y respecto a la policía?

—Tendrías que presentar una solicitud para consultar sus archivos oficiales y pedir una orden judicial para ver los cuadernos de notas de los agentes —dijo Leigh—. Incluso si Reggie tratara de saltarse el procedimiento y se presentara en sus casas, les preocuparía que los demandáramos si documentaron el maltrato pero no hicieron ningún seguimiento. Sobre todo si estaba relacionado con un caso de asesinato.

—Entonces, los policías tampoco podrían localizar la documentación, lo que resulta muy conveniente. —Callie pensó en los dos agentes que la habían entrevistado. Otro caso en el que los hombres mantenían la boca cerrada para encubrir a otros hombres—. O sea, que lo que estás diciendo es que no hace falta que nos preocupemos por eso, ¿verdad?

Leigh titubeó.

—Puede ser.

—Dime qué necesitas que haga.

—Nada —dijo Leigh, pero ella siempre tenía un plan—. Voy a llevarte fuera del estado. Puedes quedarte en…, no sé. En Tennessee. En Iowa. Me da igual. Donde tú quieras.

—¿En Iowa, joder? —dijo Callie tratando de animarla—. ¿No se te ocurre un trabajo mejor para mí que ordeñar vacas?

—Te encantan las vacas.

Era cierto. Las vacas eran adorables. Había una Callie alternativa a la que le habría encantado ser granjera. O veterinaria. O basurera. Cualquier cosa menos una yonqui descerebrada y una ladrona.

Leigh respiró hondo.

—Siento estar tan nerviosa. La verdad es que esto no es problema tuyo.

—Vete a la mierda —contestó Callie—. Venga, Leigh. Estamos juntas en esto. Ya nos sacaste de este lío una vez. Volverás a sacarnos.

—No sé. Andrew ya no es un niño. Es un psicópata. Está tan normal y al momento sientes que te entran ganas de luchar o huir; es como un instinto primitivo que se apodera de ti. Me dio muchísimo miedo. Me puso los pelos de punta. Me di cuenta de que pasaba algo raro en cuanto le vi, pero no supe lo que era hasta que él me lo mostró.

Callie tomó uno de los pañuelos de Leigh. Se sonó la nariz. Pese a toda su inteligencia, su hermana llevaba demasiado tiempo viviendo entre algodones. Estaba pensando en las implicaciones legales que podía tener el hecho de que Andrew tratara de iniciar una investigación. Un posible juicio, la presentación de pruebas, el careo de testigos, el veredicto del juez, la cárcel.

Leigh había perdido la capacidad de pensar como un delincuente. Ella, en cambio, podía hacerlo por las dos. Andrew era un violador agresivo. Si no acudía a la policía, no era porque no tuviera pruebas palmarias. Estaba torturando a Leigh porque quería tomarse la justicia por su mano.

Le dijo a su hermana:

—Sé que ya has pensado en lo peor que puede pasar.

Leigh seguía pareciendo reacia, pero Callie notó que también se sentía aliviada.

—Necesito que vayas desenganchándote. No tienes que dejarlo del todo, pero, si alguien viene a hacerte preguntas, debes estar lo bastante centrada como para dar las respuestas correctas.

Callie se sintió acorralada, a pesar de que ya estaba haciendo exactamente lo que le había pedido su hermana. Era distinto cuando tenía la posibilidad de elegir. Al oír a Leigh, le dieron ganas de vaciar la mochila en el suelo y colocarse allí mismo.

—¿Cal? —Leigh parecía muy decepcionada—. No es para siempre. Yo no te lo pediría si…

—De acuerdo. —Se tragó la saliva que había inundado su boca—. ¿Cuánto tiempo?

—No lo sé —reconoció Leigh—. Tengo que averiguar qué va a hacer Andrew.

Callie se contuvo para no preguntar aterrorizada si serían unos días, una semana o un mes. Se mordió el labio para no echarse a llorar.

Leigh pareció leerle el pensamiento.

—Iremos viéndolo cada dos días. Pero si necesitas salir de la ciudad o…

—No pasa nada —dijo Callie, porque ambas necesitaban que fuera cierto—. Pero, vamos, Harleigh, ya sabes lo que está haciendo Andrew.

Leigh negó con la cabeza, aturdida todavía.

—Tiene más problemas que tú —afirmó Callie. Si iba a soportar aquello, necesitaba que el cerebro reptiliano de su hermana entrara en acción, que el instinto de luchar se impusiera al de huir, para que la situación no se alargara demasiado—. Despidió a su abogada. Te ha contratado una semana antes del juicio. Su vida está en juego y está lanzando esas indirectas sobre las cámaras y el salirse con la suya… La gente no hace amenazas a no ser que quiera algo. ¿Qué es lo que quiere Andrew?

Los ojos de Leigh se iluminaron al comprender.

—Quiere que haga algo ilegal por él.

—Exacto.

—Mierda. —Leigh comenzó a enumerar una lista—. Sobornar a un testigo. Cometer perjurio. Complicidad en la comisión de un delito. Obstrucción a la justicia…

Leigh había hecho eso y mucho más por Callie.

—Sabes cómo salirte con la tuya en todo eso.

Su hermana negó con la cabeza.

—Con Andrew es distinto. Quiere hacerme daño.

—¿Y qué? —Callie chasqueó los dedos como si así pudiera despertarla—. ¿Dónde está la jefaza de mi hermana mayor? Acabas de apuntar con una Glock a dos drogatas y hay una patrulla de policía en la calle de al lado. Céntrate y deja de llorar por las esquinas como si fueras una matona de patio de colegio y te acabaran de dar tu primer revolcón.

Lentamente, Leigh empezó a asentir. Intentaba mentalizarse.

—Tienes razón.

—Claro que tengo razón. Tú tienes un título de abogada, un trabajo de lujo y un historial impecable y ¿qué tiene Andrew? —Callie no esperó a que respondiera—. Está acusado de violar a esa mujer. Y hay más mujeres que pueden señalarle con el dedo. Si ese puto violador se pone a lloriquear diciendo que asesinaste a su padre hace veinte años, ¿a quién crees que creerá la gente?

Leigh seguía asintiendo, pero Callie sabía qué era lo que de verdad preocupaba a su hermana. Leigh odiaba muchas cosas, pero sentirse vulnerable podía aterrorizarla hasta dejarla paralizada.

—No tiene ningún poder sobre ti, Harleigh —dijo—. Ni siquiera sabía cómo encontrarte hasta que ese capullo del detective privado le enseñó tu foto.

—¿Y tú qué? —preguntó Leigh—. Dejaste de usar el apellido de mamá hace años. ¿Hay alguna otra forma de que pueda encontrarte?

Callie repasó mentalmente los métodos ilegales que conocía para localizar a una persona que no quería que la encontraran. A Trap era fácil sobornarle, pero ella se había registrado en el motel con un alias, como tenía por costumbre. Swim Shady era un fantasma de Internet. Ella nunca había pagado impuestos. Nunca había tenido un contrato de alquiler o de teléfono móvil, ni carné de conducir ni seguro médico. Tenía número de la Seguridad Social, obviamente, pero ignoraba cuál era y su madre seguramente lo habría quemado hacía tiempo. Su expediente judicial de cuando era menor de edad era confidencial. En los papeles de su primera detención como adulta figuraba con el nombre de Calliope DeWinter porque el policía que le había preguntado por su apellido no había leído a Daphne du Maurier y a ella, que iba drogada hasta las trancas, le había hecho tanta gracia que se había meado de risa en el asiento trasero del coche patrulla, lo que había atajado cualquier interrogatorio posterior. A eso había que añadir la extraña pronunciación de su nombre de pila y los muchos alias que había ido acumulando. Incluso cuando estaba en la UCI del Grady consumiéndose por culpa del COVID, en su ficha de paciente figuraba como *Cal E. O. P. DeWinter*.

—No puede encontrarme —le aseguró a Leigh.

Su hermana asintió visiblemente aliviada.

—De acuerdo, entonces procura no llamar la atención. Y mantenerte alerta.

Callie pensó en lo que le había dicho Trap antes de intentar atracarla.

«Un blanco. Con un coche bonito».

Reggie Paltz. Mercedes Benz.

—Te prometo que no será mucho tiempo —dijo Leigh—. El juicio de Andrew debería durar dos o tres días. No sé lo que estará planeando, pero tendrá que darse prisa.

Callie tomó aire mientras estudiaba el rostro de Leigh. Su hermana no se había planteado en realidad los estragos que podía causar Andrew en la vida de Callie, principalmente porque sabía muy poco de su vida cotidiana. Seguramente la había localizado a través de algún abogado amigo suyo. No tenía ni idea de que el doctor Jerry seguía trabajando, y mucho menos de que ella era su ayudante.

Dejando a un lado el hecho de que Reggie Paltz ya estaba haciendo averiguaciones, estaba claro que el detective tenía contactos dentro del cuerpo de policía. Podía poner su nombre en el radar de la policía. Ella ya estaba traficando con drogas. Si algún agente se ponía a indagar donde no debía, la DEA podía presentase en casa del doctor Jerry y ella podía acabar pasando el mono en el Centro Municipal de Detención.

Callie vio que Binx se tumbaba de lado para aprovechar el sol que daba en el salpicadero. No sabía quién le preocupaba más, si el doctor Jerry o ella misma. En la cárcel no había desintoxicación con asistencia médica. Te encerraban en una celda a solas y tres días después salías por tu propio pie o te sacaban en una bolsa de plástico.

—Quizá sea mejor que le facilitemos las cosas a Andrew para que me encuentre —le dijo a Leigh.

Su hermana puso cara de incredulidad.

—Pero ¿qué dices, Callie? ¿Cómo coño va a ser mejor? Andrew es un violador sádico. Hoy no paraba de preguntar por ti. Hasta su mejor amigo dice que en algún momento empezará a buscarte.

Callie prefirió ignorar esos hechos porque solo conseguirían asustarla y hacerla recular.

—Andrew está en libertad condicional, ¿no? O sea, que lleva una tobillera electrónica con una alarma que se activa si…

—¿Sabes cuánto tarda un agente de la condicional en responder a una de esas alarmas? El Ayuntamiento casi no da abasto para pagar las nóminas. La mitad de los agentes veteranos se jubilaron anticipadamente cuando empezó la pandemia y los demás se están ocupando de un cincuenta por cien más de casos. —La mirada incrédula de Leigh se había convertido en puro asombro—. O sea que, después de que Andrew te asesine, la policía podrá buscar los registros del GPS y averiguar a qué hora cometió el crimen.

Callie sintió que se le secaba la boca.

—Andrew no me buscaría en persona. Enviaría a su investigador, ¿verdad?

—Voy a deshacerme de Reggie Paltz.

—Entonces se buscará otro. —Callie necesitaba que Leigh se centrara y pensara en aquello detenidamente—. Mira, si el detective me localiza, Andrew creerá que nos lleva ventaja, ¿no? El tipo me hará algunas preguntas. Le diré lo que queremos que sepa, o sea, nada. Él informará de todo a Andrew. Y cuando Andrew te lo cuente, tú ya lo sabrás.

—Es demasiado peligroso. Básicamente te estás ofreciendo como cebo.

Callie reprimió un escalofrío. La verdad con cuentagotas se había acabado. Su hermana no podía enterarse de que ya estaba en la cuerda floja o no le permitiría quedarse en la ciudad.

—Me iré a un lugar obvio para que el investigador me encuentre, ¿de acuerdo? Es más fácil tratar con alguien cuando sabes que va a venir.

—Ni hablar. —Leigh ya estaba sacudiendo la cabeza. Sabía cuál era ese lugar obvio—. Es una locura. Te encontrará en un abrir y cerrar de ojos. Si vieras las fotos de lo que le hizo Andrew a...

—Para. —Callie no necesitaba que le dijeran de lo que era capaz el hijo de Buddy Waleski—. Quiero hacerlo así. Voy a hacerlo. No te estoy pidiendo permiso.

Leigh volvió a apretar los labios.

—Tengo dinero en efectivo. Puedo conseguir más. Te llevaré donde quieras.

Callie no podía ni quería abandonar el único lugar que consideraba su hogar. Pero había otra alternativa, una alternativa que le parecería natural a cualquiera que la hubiera conocido. Podía dejar a Binx al cuidado del doctor Jerry. Podía tomarse todas las drogas del armario cerrado y, antes de que se pusiera el sol, Kurt Cobain estaría cantándole en solitario *Come as you are*.

—¿Cal?

Su cerebro se había atascado en el bucle de Cobain y no pudo responder.

—Necesito… —Leigh le agarró de nuevo la mano, sacándola de su fantasía—. Te necesito, Calliope. No puedo enfrentarme a Andrew si no sé que estás bien.

Callie miró sus manos entrelazadas. Leigh era lo único que seguía uniéndola a una vida relativamente normal. Solo se veían en momentos críticos, pero la certeza de que su hermana siempre estaría ahí la había sacado de un sinfín de situaciones siniestras y aparentemente desesperadas.

Nadie hablaba de lo solitaria que podía ser la vida del adicto. Eras vulnerable cuando necesitabas una dosis. Y cuando te colocabas, estabas completamente indefenso. Siempre, pasara lo que pasase, te despertabas solo. Y luego estaba la ausencia de otras personas. Te veías apartado de tu familia porque no confiaban en ti. Los amigos de siempre se alejaban horrorizados. Y los nuevos te robaban o temían que les robaras tú. Las únicas personas con las que podías hablar de tu soledad eran otros drogadictos, y la propia naturaleza de la adicción hacía que, por muy tierno, generoso o amable que fueras en el fondo, siempre antepusieras tu próxima dosis a cualquier amistad.

Callie no podía ser fuerte por ella misma, pero podía serlo por su hermana.

—Sabes que sé valerme sola. Dame algo de dinero para que solucione esto.

—Cal, yo…

—Las tres efes —dijo Callie, porque ambas sabían que el lugar obvio tenía una tarifa de entrada—. Date prisa, antes de que me arrepienta.

Leigh buscó en su bolso. Sacó un sobre grueso. Siempre se le había dado bien el dinero: apenas gastaba, ahorraba todo lo que podía y solo invertía en cosas que producían más dinero. Callie calculó a ojo que había cinco mil dólares en el sobre.

En lugar de dárselo todo, Leigh sacó diez billetes de veinte dólares.

—¿Así está bien para empezar?

Callie asintió porque ambas sabían que si le daba todo el dinero de una vez, acabaría metiéndoselo en vena. Se giró en el asiento y miró de nuevo al frente. Se quitó una zapatilla. Contó sesenta dólares y le preguntó a Leigh:

—¿Me ayudas?

Leigh se agachó y metió los tres billetes de veinte en la zapatilla de su hermana; luego la ayudó a ponérsela otra vez.

—¿Seguro que quieres hacerlo?

—No. —Callie esperó a que volviera a meter a Binx en el trasportín antes de salir del coche. Se bajó la cremallera de los pantalones. Se metió el resto de los billetes en las bragas, como una compresa—. Te llamaré para que tengas mi número.

Leigh sacó las cosas del coche. Dejó el trasportín en el suelo. Apretó contra su pecho el fardo hecho con la funda de almohada. La culpa inundó su rostro, impregnó su respiración, saturó sus emociones. Por eso solo se veían cuando las cosas se ponían feas. La culpa era tan abrumadora que ninguna de las dos podía soportarla.

—Espera —dijo Leigh—. Esto es una mala idea. Deja que te lleve a…

—Harleigh. —Callie agarró la funda de la almohada. Los músculos de su cuello protestaron a gritos, pero procuró que no se le notara en la cara—. Te tendré informada, ¿de acuerdo?

—Por favor. No puedo dejar que hagas esto, Cal. Lo vas a pasar muy mal.

—«Como todo el mundo».

A Leigh no pareció gustarle que respondiera citando sus palabras.

—Callie, hablo en serio. Tenemos que sacarte de aquí. Solo tienes que ganar un poco de tiempo para que pueda pensar cómo…

Callie oyó cómo se apagaba su voz. Leigh ya había pensado en ello. Gracias a eso estaban las dos allí. Andrew le estaba dejando creer que se había tragado su historia de la granja lechera en Iowa. Si Trap decía la verdad, ya había enviado a su detective a localizarla. Cuando eso ocurriera, Callie estaría preparada. Y cuando Andrew se lo soltara a Leigh, a su hermana no le daría un ataque de paranoia.

Ir, aunque solo fuera un pasito por delante de un psicópata, tenía sus ventajas.

Aun así, Callie sintió que su determinación empezaba a flaquear. Como cualquier yonqui, pensaba de sí misma que era como el agua, que siempre buscaba el camino más fácil. Tenía que resistir ese impulso por el bien de su hermana. Leigh era madre. Era esposa. Y amiga. Era todo lo que ella nunca sería porque la vida era a menudo cruel, pero casi siempre era justa.

—Harleigh —dijo—, deja que haga esto. Es la única forma de que no nos lleve ventaja.

Su hermana era tan transparente… El sentimiento de culpa se extendió por el rostro de Leigh mientras repasaba todas las variables posibles, como sin duda las había repasado ya una y otra vez antes de presentarse en el motel empuñando una Glock. Por fin, afortunadamente, su cerebro reptiliano intervino. Por fin aceptó lo inevitable. Con la espalda apoyada en el coche y los brazos cruzados, se dispuso a esperar lo que tenía que suceder a continuación.

Callie levantó a Binx, que chilló, molesto. Sintió que una punzada de dolor le atravesaba el cuello y el brazo, pero apretó los dientes y echó a andar por la calle conocida. Mientras se alejaba de su hermana, se alegró de no poder mirar hacia atrás. Sabía que Leigh la estaba observando. Sabía que se quedaría junto a su coche, atenazada por la culpa, sufriendo, aterrorizada, hasta que ella doblara la esquina al final de la calle.

Incluso entonces, pasaron unos minutos hasta que oyó que se cerraba la puerta del coche y el motor del Audi se ponía en marcha.

—Era mi hermana mayor —le dijo a Binx, que estaba rígido y enfadado en su jaula—. Tiene un buen coche, ¿verdad?

Binx ronroneó. Él prefería un todoterreno.

—Ya sé que te gustaba el motel, pero aquí también hay pájaros muy gordos. —Levantó la cabeza para mirar los escasos árboles. La mayoría de los gatos tardaban en aclimatarse a un nuevo entorno, pero, debido a sus muchos traslados imprevistos, Binx era un experto en explorar territorios nuevos y encontrar el camino de vuelta a casa. Sin embargo, todo el mundo necesitaba alicientes—. Hay ardillas listadas y ardillas rojas —le aseguró—. Ratas como conejos. Y conejitos del tamaño de ratas.

El gato no respondió. No quería poner en peligro su situación fiscal.

—Pájaros carpinteros. Palomas. Azulejos. Cardenales. Te encantan los cardenales. He visto tus recetas.

Un eco de música resonó en sus oídos cuando giró a la izquierda y se adentró en el barrio. Dos hombres estaban sentados en una cochera bebiendo cerveza. Había una nevera portátil abierta entre ellos. En la entrada de la casa siguiente, otro hombre lavaba su coche. La música provenía de su radio. Sus hijos se reían mientras daban patadas a una pelota de baloncesto en el patio.

Callie no recordaba haber sentido nunca esa libertad infantil. De niña le encantaba la gimnasia, pero su madre había visto enseguida la posibilidad de ganar dinero, y lo que había empezado siendo una diversión se convirtió en un trabajo. Luego la apartaron del equipo y se dedicó a ser animadora. Otra oportunidad de ganar dinero. Después, Buddy se interesó por ella y eso supuso aún más dinero.

Ella le había querido.

Esa era la verdadera tragedia de su vida. Ese era el gorila que no podía quitarse de encima. La única persona a la que había amado de verdad era un pederasta repugnante.

Hacía mucho tiempo, durante un intento fallido de rehabilitación, un psiquiatra le había dicho que aquello no era de verdad amor. Buddy había asumido el papel de padre postizo para que ella bajara la guardia. La había hecho sentirse segura a cambio de que hiciera algo que ella detestaba.

Aunque, en realidad, no lo detestaba todo. Al principio, cuando él era tierno, algunas cosas le habían gustado. ¿Qué decía eso de ella?

¿Qué clase de enfermedad, de podredumbre, llevaba dentro para que pudiera acabar gustándole eso?

Exhaló despacio al doblar la esquina de la calle siguiente. Con el paseo se le estaba agitando la respiración. Se cambió de mano el trasportín y se metió debajo del brazo el hato de la funda de almohada. El dolor del cuello era como un pegote de acero fundido al rojo vivo, pero quería sentirlo.

Se detuvo delante de una casa roja de una sola planta, con el tejado hundido. La fachada estaba revestida de listones de madera desiguales. Las rejas de hierro de las ventanas y las puertas abiertas le daban un aire carcelario. Un chucho desarrapado —que tenía demasiado de terrier escocés para su gusto— montaba guardia junto a la puerta mosquitera.

Le crujió la rodilla cuando subió los tres escalones torcidos. Depositó a Binx en el porche. Dejó la funda de almohada en el suelo. Tocó con fuerza en el marco de la puerta metálica. El perro se puso a ladrar.

—¡Roger! —bramó una voz cascada desde el fondo de la casa—. ¡Cierra el puto hocico!

Callie se frotó los brazos mientras miraba la calle. El bungaló de enfrente tenía las luces encendidas, pero la casa de al lado tenía las puertas y las ventanas tapadas con tablones y la hierba del patio era tan alta que parecía un campo de maíz reseco. Había una mierda de buen tamaño en la acera. Callie se puso de puntillas para verla mejor. Era mierda humana.

Oyó pasos detrás de ella. Pensó en lo que le había dicho a Leigh. «Me iré a un lugar obvio».

Si Andrew Tenant mandaba a alguien en su busca, había un lugar obvio donde encontrarla.

—Hay que joderse.

Callie se dio la vuelta.

Phil estaba al otro lado de la mosquitera. No se había cambiado de ropa desde que Callie llevaba pañales. Flaca y larguirucha como un gato callejero. Ojos rodeados de un cerco oscuro, como los de un mapache asustado. Colmillos afilados como los de un puercoespín.

Nariz roja y dilatada como el culo de un babuino en celo. Tenía un bate de béisbol apoyado en el hombro. Un cigarrillo le colgaba de la boca. Sus ojos legañosos pasaron de Callie al trasportín.

—¿Cómo se llama? —preguntó refiriéndose al gato.

—Cabrona de Mierda. —Callie forzó una sonrisa—. Cami, para abreviar.

Phil la fulminó con la mirada.

—Ya conoces la regla, listilla. No puedes quedarte en mi casa a no ser que me financies, me facilites las cosas o me folles.

Las tres efes. Se habían criado con esa regla. Callie se quitó la zapatilla. Mostró los billetes de veinte doblados como si fueran una invitación.

El bate volvió a su sitio. La puerta mosquitera se abrió. Phil agarró los sesenta dólares.

—¿Tienes más en el chocho?

—Mete la mano ahí abajo si quieres.

Phil entrecerró los párpados cuando una voluta de humo se le metió en el ojo.

—Nada de rollos de bollera mientras estés aquí.

—Sí, madre.

# Martes

## 6

Para su inmensa desilusión, Callie no se desorientó ni un segundo al despertar en su antiguo cuarto, en casa de su madre. Todo le resultó familiar al instante: el picor cáustico del aire impregnado de salitre, el borboteo de los filtros del acuario, el piar de muchos pájaros, el olfatear de un perro al otro lado de la puerta cerrada de la habitación. Sabía exactamente dónde estaba y qué hacía allí.

La cuestión era cuánto tardaría el detective de Andrew en obtener esa misma información.

Por la descripción que le había hecho Leigh de Reggie Paltz, aquel tipo destacaría tanto en el barrio como un policía de paisano. Si cometía la estupidez de llamar a la puerta de su madre, no había duda de que Phil le enseñaría el extremo más grueso de su bate de béisbol. Callie, no obstante, estaba casi segura de que las cosas no sucederían así. Reggie tendría órdenes estrictas de no dejarse ver. Andrew Tenant había abordado directamente a Leigh, pero Leigh no era su principal objetivo. El hijo de Buddy no envolvía la cabeza de sus víctimas en papel film; no era esa su forma de conmemorar el asesinato de su padre. Para eso utilizaba un cuchillo de cocina barato, el mismo tipo de cuchillo que Callie había usado para herir de muerte a Buddy.

Lo que significaba que, fuera cual fuese el juego que se traía entre manos, era más que probable que el premio fuera ella.

Parpadeó con la vista fija en el techo. Su viejo póster de las Spice Girls le devolvía la mirada. El ventilador del techo salía de entre las piernas de Gari Halliwell. Dejó que unos compases de *Wannabe* desfilaran por su cabeza. Lo bueno de ser un adicto era que te enseñaba a compartimentar. Estaba la heroína y luego estaba todo lo demás, que no importaba porque no era heroína.

Chasqueó la lengua por si acaso Binx estaba al otro lado de la gatera esperando a que le invitara a entrar. Al ver que no aparecía, se incorporó en la cama, bajando los pies al suelo al tiempo que levantaba los hombros. El repentino cambio de orientación hizo que le bajara la tensión de golpe. Se mareó, sintió náuseas y de repente empezaron a picarle los huesos hasta la médula. Se quedó allí sentada, observando los primeros síntomas de la abstinencia. Sudor frío. Dolor de tripa. Jaqueca. Pensamientos desenfrenados que le roían el cráneo como un castor roía un árbol.

La mochila estaba apoyada en la pared. Se puso de rodillas en el suelo sin pensarlo dos veces. Localizó rápidamente la jeringuilla en el estuche y el vial casi lleno de metadona. Mientras preparaba el chute, su corazón suplicaba con cada latido «aguja-aguja-aguja».

No se molestó en buscarse una vena en el brazo. No quedaba ninguna que usar. Se arrastró por el suelo y se sentó frente al espejo de cuerpo entero que había en la parte de atrás de la puerta del armario. Mirando su reflejo, localizó la vena femoral. Todo estaba del revés, pero ella se adaptaba fácilmente. Se miró al espejo mientras la aguja se introducía en su pierna. El émbolo se deslizó hacia abajo.

Todo se volvió más suave: el aire, el borboteo, los bordes duros de las cajas dispersas por la habitación. Dejó escapar un largo suspiro al cerrar los ojos. Detrás de sus párpados, la oscuridad se convirtió en un paisaje frondoso. Una cordillera tapizada de bananos y densos bosques. En el horizonte, vio al gorila, que esperaba la oleada de metadona.

Ese era el problema de la dosis de mantenimiento. Que seguía sintiéndolo todo, viéndolo todo, recordándolo todo. Sacudió la cabeza y, como si se tratara de un View-Master, pasó a otro recuerdo.

La ilustración del manual de anatomía de Linda Waleski. La vena femoral común era una línea azul que discurría junto a la arteria femoral, pintada de rojo. Las venas llevaban la sangre al corazón. Las arterias la distribuían por el cuerpo. Por eso Buddy no había muerto en el acto. El cuchillo había seccionado la vena. Si hubiera cortado la arteria, Buddy habría muerto mucho antes de que Leigh le rematara.

Callie proyectó una nueva imagen en su cabeza.

Miauma Cass, la gatita alimentada con biberón que el doctor Jerry se llevaba a casa por las noches. Callie le había puesto ese nombre por Cass Elliot, que había muerto de un ataque al corazón mientras dormía. Todo lo contrario que Cobain, que se había puesto una escopeta debajo de la barbilla y se había pegado un tiro. Su nota de suicidio terminaba con un hermoso tributo a su hija: *Por su vida, que será mucho más feliz sin mí. TE QUIERO. ¡TE QUIERO!*

Callie oyó un arañar.

Abrió los párpados lentamente. Binx estaba al otro lado de la ventana, indignado por encontrarla cerrada. Callie se levantó del suelo. Le dolía el cuerpo cada vez que daba un paso. Arañó el cristal para que Binx supiera que se daba tanta prisa como podía. El gato se paseaba por entre los barrotes de la reja como un caballo de doma, si los caballos de doma no fueran adictos a la adrenalina con tendencias homicidas. La ventana tenía un cerrojo, un cerrojo alargado que impedía que la hoja se abriera. Callie tuvo que descorrerlo poco a poco con las uñas mientras Binx la observaba como si fuera imbécil.

—Disculpe usted, señor. —Callie acarició sin prisa su espalda sedosa. Binx apretó la cabeza contra su barbilla porque los gatos practicaban el acicalamiento social—. ¿La bruja malvada te ha dejado salir?

Binx no dijo nada, pero Callie sabía que probablemente Phil le había dado comida y agua y le había cepillado antes de darle a elegir entre el sofá, un sillón mullido o la puerta. Aquella vieja zorra esquelética sería capaz de lanzarse delante de un autobús para salvar a una ardilla; por sus hijas, en cambio, no movía un dedo.

No es que Phil fuera muy vieja. Tenía quince años cuando nació Leigh y diecinueve cuando llegó ella. El desfile de novios y maridos había sido constante, pero Phil les contó a las niñas que su padre había muerto estando en el ejército, durante unas maniobras.

Nick Bradshaw era oficial de radar e intercepción y volaba con su mejor amigo, un piloto de caza de la Marina llamado Pete Mitchell. Un día, se pusieron del lado equivocado de un MiG ruso durante un ejercicio de entrenamiento. Bradshaw murió porque un apagón de llama en un motor les hizo entrar en barrena plana. Lo cual era horrible, pero también era como para partirse de risa si sabías que a Pete Mitchell le apodaban *Maverick* y a Bradshaw *Goose*, y que eso era básicamente lo que pasaba en la primera mitad de *Top Gun*.

Con todo, Callie lo encontraba preferible a la verdad, porque para contársela Phil seguramente tendría que beber hasta perder el conocimiento. Tanto Callie como Leigh daban por descontado que nunca se enterarían de lo que había ocurrido en realidad. Su madre era una artista del subterfugio. Ni siquiera se llamaba Phil. En su partida de nacimiento y en sus antecedentes penales figuraba oficialmente como Sandra Jean Santiago, una delincuente condenada en firme que se dedicaba a cobrar alquileres en nombre de los dueños de tugurios de Lake Point. Por sus antecedentes delictivos, tenía prohibido llevar armas, así que llevaba un bate de béisbol; ella decía que era para defenderse, pero estaba claro que era para imponer su ley. El bate Louisville Slugger estaba firmado por el mítico Phil Rizzuto. De ahí venía su apodo. Nadie quería enemistarse con Phil.

Binx se sacudió la mano de Callie al bajar de un salto. Ella empezó a cerrar la ventana, pero entonces vio un destello. Sintió que una chispa de pánico prendía en la metadona. Miró al otro lado de la calle. La mierda seguía descomponiéndose en la acera, pero la luz procedía de la casa abandonada.

¿O no?

Se frotó los ojos como si pudiera ajustar manualmente el enfoque. La calle estaba flanqueada de coches: al lado de los BMW y los Mercedes de los traficantes de drogas, había camionetas y turismos destartalados, con el silenciador sujeto con perchas. Quizá el sol había incidido en un espejo o en una pieza metálica. Podía haber pipas de *crack* rotas o trozos de papel de aluminio en el patio. Escudriñó la hierba alta intentando averiguar qué había visto. Un animal, probablemente. O tal vez la lente de una cámara.

«Un blanco. Con un coche bonito».

Binx se restregó contra su pierna arqueando el lomo. Callie se llevó la mano al pecho. El corazón le palpitaba tan fuerte que sentía sus latidos. Observó cada una de las ventanas y las puertas tapiadas de la casa hasta que se le humedecieron los ojos. ¿La metadona la estaba trastornando más de lo normal? ¿Se estaba poniendo paranoica?

¿Importaba acaso?

Cerró la ventana. Volvió a correr el cerrojo. Encontró sus vaqueros, se puso las zapatillas. Guardó sus ganancias ilícitas en la mochila. El estuche y la metadona los metió debajo del colchón. Tendría que pasarse por Stewart Avenue antes de la hora de comer. Tenía que vender el resto de las drogas para no llevarlas encima si la detenía la policía. Se volvió para salir, pero no pudo evitar echar otro vistazo a la ventana.

Entornó los ojos. Intentó recrear el recuerdo de aquel destello. Su imaginación rellenó los detalles. Un detective privado con una cámara profesional provista de teleobjetivo. El chasquido del obturador al captarla en sus momentos de intimidad. Reggie Paltz revelaría las fotografías y se las llevaría a Andrew. ¿Mirarían ambos las imágenes como solía hacerlo Buddy? ¿Las utilizarían para algún fin que ella prefería no conocer?

Un estruendo hizo que el corazón se le subiera a la garganta. Binx había volcado una de las cajas que Phil tenía apiladas en la habitación. Se desparramaron por el suelo periódicos, artículos de revistas, disparates sacados de Internet que Phil había imprimido. Su madre era una conspiranoica rabiosa. Y Callie lo decía a sabiendas de que la rabia era un virus prácticamente mortal que provocaba ansiedad, confusión mental, hiperactividad, alucinaciones, insomnio, paranoia y miedo a beber líquidos.

Con excepción del alcohol.

Callie se acercó a la puerta, que estaba cerrada con candado por dentro. Se sacó la llave del bolsillo, junto con un puñado de monedas. El cambio de Leigh, del McDonald's de anoche. Miró las dos monedas de diez centavos y las tres de veinticinco, pero tenía la cabeza en otra parte. Tuvo que reprimir el impulso de volver a mirar por la ventana. Cerró los ojos, apoyó la cabeza en la puerta e intentó convencerse de que le estaba dando un mal viaje.

La realidad volvió a insinuarse poco a poco.

Si el detective de Andrew la estaba vigilando desde la casa abandonada, ¿acaso no era eso precisamente lo que ella quería? Reggie no tendría que ir al motel ni sobornar a Trap, ni interrogar al drogata de Sammy. No descubriría que trabajaba en la clínica del doctor Jerry. No hablaría con sus clientes de Stewart Avenue. No les pediría a sus amigos de la policía que hicieran averiguaciones sobre ella y descubrieran en qué andaba metida. Su investigación acabaría justo allí, en la puerta de Phil.

Abrió los ojos. Volvió a guardarse las monedas en el bolsillo. Metió la llave en el candado y la giró para abrirlo. Binx se escabulló por el pasillo, camino de una cita urgente. Callie cerró la puerta y puso el candado por fuera. Lo cerró y tiró de él para asegurarse de que su madre no podría entrar en su cuarto.

Era como volver a ser una adolescente.

El borboteo de los filtros del acuario de agua salada se intensificó a medida que avanzaba por el pasillo. El cuarto de Leigh se había convertido en Sea World. Paredes azul oscuro. Techo azul claro. Un puf con la silueta raquítica de Phil ocupaba el centro de la habitación, desde donde se tenía una vista panorámica de los peces cirujano, los peces payaso, los peces león, las damiselas y los peces ángel nadando entre tesoros escondidos y barcos piratas naufragados. El olor a marihuana colgaba del techo. A Phil le gustaba ponerse ciega en aquella habitación oscura y húmeda, tendida como una lengua sobre el puf.

Callie comprobó que su madre no andaba por allí antes de entrar en la habitación. Levantó una esquina de la lámina de plástico azul que cubría la ventana. Se puso de rodillas para observar la casa tapiada. Desde el cuarto de Leigh tenía mejor perspectiva y llamaba menos la atención. Vio que habían arrancado un trozo de contrachapado de una de las ventanas delanteras y que por el hueco podía colarse un hombre.

«Bueno», se dijo. No recordaba si el contrachapado estaba así la noche anterior. Y, si le preguntaba a Phil, seguramente su madre se pondría a delirar.

Se sacó el teléfono del bolsillo de atrás e hizo una foto de la casa. Deslizando los dedos por la pantalla, amplió la ventana delantera. El contrachapado se había astillado al retirarlo. No había forma de saber desde cuándo estaba así, a no ser que se sacara el título de perito forense en madera astillada.

¿Debía llamar a Leigh?

Se imaginó la conversación: las conjeturas, las cábalas y las teorías atropelladas que harían que el mono interior de Leigh se pusiera a tocar los címbalos otra vez como si le hubieran dado cuerda. Su hermana iba a reunirse con Andrew esa tarde. Su jefe estaría presente. Leigh tendría que deslizarse por el filo de la navaja. Llamarla ahora y transmitirle lo que podía no ser más que un delirio fruto de la metadona era muy mala idea.

Se guardó el teléfono en el bolsillo. Volvió a pegar la esquina de la lámina al cristal. Entró en el cuarto de estar, donde continuaba el zoológico. Roger levantó la cabeza del sofá y ladró. Había un perro nuevo a su lado, otra mezcla de terrier. Le dio exactamente igual que Callie le acariciara la cabeza desaliñada. Notó un olor a caca de pájaro, a pesar de que Phil limpiaba meticulosamente las tres grandes jaulas que dominaban el comedor, ocupadas por una docena de periquitos. Dedujo por el olor a tabaco que Phil estaba en la cocina. Daba igual lo bien que tratara su madre a sus queridos animales: todas las criaturas que vivían en aquella casucha acabarían muriendo por culpa del humo de segunda mano.

—¡Dile a tu gato que deje en paz a mis pájaros! —gritó Phil desde la cocina—. Si se le ocurre tocarlos, ese saco de huesos acabará durmiendo fuera.

—Cabrona de Mierda —dijo Callie, y dejó que la frase en suspenso unos segundos— les tiene miedo a los pájaros. Es más fácil que le hagan daño a él que al contrario.

—Cabrona de Mierda es nombre de chica.

—Pues díselo tú. Yo no consigo que lo entienda. —Callie compuso una sonrisa al entrar en la cocina—. Buenos días, madre.

Phil resopló. Estaba sentada a la mesa de la cocina, con un plato de huevos con beicon delante, un cigarrillo en la boca y los ojos fijos en el gigantesco ordenador iMac que ocupaba la mitad de la mesa. Tenía el mismo aspecto de siempre a esas horas de la mañana, con la cara embadurnada por el maquillaje de la noche anterior, el rímel apelmazado, la raya corrida, el colorete y la base arañados por el roce de la almohada. Era increíble que no fuera un caso de conjuntivitis andante, la tía.

—Imagino que estás dejando la droga. Otra vez te estás poniendo gorda.

Callie se sentó. No tenía hambre, pero agarró el plato.

Phil la apartó de un manotazo.

—Has pagado el alquiler, no la comida.

Callie se sacó las monedas del bolsillo y las puso sobre la mesa.

Phil las miró con desconfianza. Sabía dónde guardaba Callie el dinero.

—¿Te las has sacado del coño?

—Métetelas en la boca, a ver si lo descubres.

Callie no vio venir el golpe hasta que el puño de Phil estuvo a escasos centímetros de su cabeza.

Se giró demasiado tarde y el puñetazo le dio justo encima de la oreja. Se cayó de la silla a un ritmo tan lento que casi resultaba cómico. La comedia cesó cuando su cabeza se estrelló contra el suelo. El dolor la dejó sin respiración. Se quedó tan paralizada que solo pudo mirar a Phil, de pie a su lado.

—¡Pero qué coño! ¡Si casi ni te he tocado! —Su madre meneó la cabeza—. Yonqui de mierda.

—Puta loca borracha.

—Yo por lo menos tengo una casa donde meterme.

Callie reculó.

—Vale.

Phil pasó por encima de ella al salir de la cocina.

Callie se quedó mirando el techo, con los ojos inmóviles como los de un búho. Sus oídos estaban atentos a los sonidos de la casa. Borboteos, gorjeos, ladridos. La puerta del baño se cerró de golpe. Phil estaría dentro media hora, como mínimo. Se ducharía, se pintarrajearía la cara, se vestiría y luego se sentaría otra vez a la mesa a leer sus chaladuras conspiranoicas, hasta que el contubernio judío volviera a todos estériles y el mundo dejara de existir.

Levantarse del suelo requirió más fuerza de la que Callie había previsto. Le temblaban los brazos. El choque seguía sacudiéndole el cuerpo. El humo que quedaba en la habitación la hizo toser.

Phil había apagado el cigarrillo en los huevos.

Callie se sentó en la silla de su madre y empezó a comerse el beicon. Echó un vistazo a las pestañas abiertas en el ordenador. Estado profundo. Hugo Chávez. Esclavitud infantil. Maltrato infantil. Ricos que se bebían la sangre de los niños. Niños vendidos para poder comer. Teniendo en cuenta que su hija había sufrido abusos de un pedófilo, Phil había llegado muy tarde al movimiento antipederastia.

Roger empujó con el hocico su tobillo desnudo. Callie hurgó alrededor del cigarrillo aplastado buscando trozos de huevo para tirarlos al suelo. Roger los engullía. Perro Nuevo entró pitando en la cocina. Lanzó a Callie esa mirada quisquillosa que cabía esperar de un medio terrier.

—Nuestra palabra clave es una onomatopeya —le dijo.

Perro Nuevo parecía más interesado en los huevos.

Callie miró la hora. No podía posponerlo más. Aguzó el oído para asegurarse de que Phil seguía en el baño. Cuando se convenció de que no la iba a pillar desprevenida, se volvió hacia el ordenador de su madre, seleccionó el modo privado en una nueva ventana del navegador y tecleó CONCESIONARIOS TENANT.

La búsqueda arrojó 704 000 resultados, lo que solo tenía sentido cuando, al ir bajando, veías que sitios como Yelp, DealerRater, CarMax, Facebook y Better Business Bureau habían pagado por el posicionamiento.

Seleccionó el sitio principal del Grupo Automovilístico Tenant. Treinta y ocho ubicaciones. BMW, Mercedes, Range Rover, Honda, Mini. Hacían un poco de todo, pero se dedicaban principalmente a los vehículos de gama alta. Leyó la breve historia del crecimiento de la empresa: *¡De un pequeño concesionario Ford en Peachtree a sucursales en todo el sureste!* Había un dibujo de un árbol que mostraba la corta línea sucesoria: Gregory padre, Greg hijo y Linda Tenant.

El ratón se dirigió al nombre de Linda. Callie clicó en él. Apareció una foto hecha por un profesional. Linda llevaba el pelo corto, con mechas de color rubio ceniza, hechas probablemente en una peluquería de lujo, de esas que costaban una pasta gansa. Estaba sentada en un escritorio estilo Darth Vader, con un Ferrari rojo brillante detrás. A derecha e izquierda tenía sendos montones de papeles bien ordenados, para que quedara claro que la señora se dedicaba a los negocios. Tenía las manos juntas delante de ella. No llevaba alianza porque estaba casada con el trabajo. Se había levantado el cuello del polo Izod blanco y una gargantilla de perlas semejante a una ortodoncia de jerbo adornaba su cuello bronceado. Callie supuso que llevaba unos vaqueros lavados al ácido y deportivas Reebok blancas, porque ¿quién no trataría de emular a Brooke Shields teniendo tanto dinero?

Lo mejor era la biografía de Linda, digna del certamen de Miss América. No decía nada sobre su vida en el barrio con el violador pederasta de su marido. Callie sonrió al leer texto cuidadosamente redactado:

*Linda Tenant se graduó en Ciencias de la Salud y Enfermería en el Georgia Baptist College. Trabajó varios años en el Southern Regional Medical Center antes de incorporarse al negocio familiar. Es voluntaria de la Cruz Roja Americana y actualmente forma parte del consejo asesor sobre COVID-19 del Ayuntamiento de Atlanta como experta en temas de salud y gestión.*

Callie observó la fotografía. Su cara había cambiado muy poco, salvo en el sentido en que cambiaba la cara de todo el mundo en veintitrés años; o sea, que todo lo importante se habían escurrido un poco hacia abajo. La emoción que predominaba en Callie al mirar a Linda era el cariño. Había adorado a aquella mujer. Linda era amable y cariñosa y siempre había dejado claro que su prioridad absoluta era su hijo. Callie pensó, como había pensado tantas veces, en lo distinta que habría sido su vida si Linda Waleski hubiera sido su madre.

Roger resopló debajo de la mesa. Callie dejó caer un trocito de beicon. Y luego dejó caer otro porque Perro Nuevo también resopló.

Encontró un mapa en la página web y buscó el concesionario Mercedes de Buckhead. Hizo clic en *Conozca a nuestro equipo de ventas.*

Se recostó en la silla. Había ocho fotos ordenadas en dos filas de cuatro, todas de hombres menos una. Al principio no leyó los nombres. Estudió los retratos de los hombres buscando parecidos con Linda o Buddy. Sus ojos se deslizaron de un lado a otro, fila por fila, sin ver ninguno. Finalmente se dio por vencida e identificó a Andrew Tenant en la segunda foto empezando por arriba. Su biografía de concurso de Miss América era incluso mejor que la de su madre.

*Andrew es un apasionado de los animales y el senderismo. Trabaja como voluntario casi todos los fines de semana en el refugio de animales de DeKalb. Muy aficionado a la lectura, disfruta con las novelas fantásticas de Ursula K. Le Guin y los ensayos feministas de Mary Wollstonecraft.*

Callie concedió muy poco crédito a aquella sarta de memeces. Tendría que haber mencionado *Hamlet*, porque a su modo de ver el violador «protestaba demasiado».

Si en la cara de Andrew no había ni rastro de Linda y Buddy, tampoco lo había de Trevor. De hecho, Andrew resultaba totalmente anodino comparado con sus compañeros del concesionario, que tenían todos ese atractivo de chicos de fraternidad universitaria. Mandíbula fuerte, pelo bien peinado, cara perfectamente afeitada. El traje azul oscuro era lo único que le delataba. Callie notó por las costuras de las solapas que lo había confeccionado un ser humano. Su camisa azul clara, con rayas un poco más oscuras, también parecía cara. La corbata a juego, de un azul real intenso, realzaba el color de sus ojos.

El cabello tirando a rubio era el único rasgo físico que compartía con su padre. Andrew tenía las mismas entradas en las sienes, como si le hubieran rebañado con una cuchara la línea del pelo. Callie se acordaba de cuánto le avergonzaba a Buddy estar quedándose calvo. «Soy un viejo, muñequita, ¿por qué me haces caso? ¿Qué me ves? Venga, dímelo, de verdad que quiero saberlo».

Seguridad.

Buddy nunca la había golpeado en la mesa de la cocina. Por lo menos, hasta el final.

Eso era, nada más.

Discutían mucho, sobre todo porque Callie quería pasar más tiempo con él. Lo cual era una locura porque casi desde el principio detestaba pasar tiempo con él. Y sin embargo allí estaba, diciéndole que iba a dejar los estudios y que él dejaría a Linda y que serían felices para siempre y bla, bla, bla. Buddy se reía y le daba dinero, y más adelante la llevaba a veces a un hotel. Al principio, antes de que todo se volviera sórdido, eran hoteles bonitos. Llamaban al servicio de habitaciones, que era la parte que más le gustaba a Callie, y luego él se ponía de rodillas y, sin prisa, procuraba darle placer. Era mucho más grande que ella y el resto de las cosas que le hacía le dolían.

Hacia el final, esas cosas eran lo único que quería hacer, y siempre quería que las hicieran en el sofá. «Deja de llorar estoy a punto de correrme Dios qué rico no puedo parar nena por favor no me hagas parar».

La puerta del baño se abrió de golpe haciendo ruido. Phil tosió como si fuera a echar una bola de pelo mojado. Sus Doc Martens resonaron por el pasillo. Callie cerró la página de la biografía de Andrew. Había vuelto a sentarse en su silla cuando Phil entró en la cocina.

—¿Qué andabas haciendo? —preguntó Phil. Se había puesto su pintura de guerra, una versión gótica de la señora Danvers si la señora Danvers llevara collares de perro con pinchos y un *piercing* en la nariz y, en lugar de amar a Rebecca, hubiera hundido el barco de esa cerda arrogante durante una borrachera.

—¿Yo? Nada, lo que todo el mundo —repuso Callie.

—Joder, eres como una ardilla, igual de escurridiza.

Callie se preguntó si su madre llevaba una camiseta de Sid Vicious porque quería rendir homenaje a un heroinómano suicida o simplemente porque le gustaba la A de anarquía del fondo.

—Mola la camiseta, mamá.

Phil ignoró el cumplido mientras abría de un tirón la nevera. Sacó una jarra de michelada, una mezcla infame de sal, caldo de pollo en polvo, una pizca de salsa Worcestershire, un chorro de zumo de limón, un frasco de Clamato y dos botellas de cerveza Dos Equis bien fría.

Callie la vio verter el brebaje en un termo.

—¿Es día de cobro?

—Alguna de la dos tiene que trabajar. —Phil bebió un buen sorbo directamente de la jarra—. ¿Y tú qué?

Callie tenía los ciento cuarenta dólares de Leigh en la mochila. Podía ahorrarlos o usarlos para costear su adicción a la metadona en vez de robarle al doctor Jerry, o meterlos sin más en la caja de la clínica y dejar que el doctor Jerry creyera que esa semana todo el vecindario se había abastecido de medicamentos para la filariosis, porque la otra opción —meterse el dinero en vena— estaba descartada por ahora.

—He pensado hacer un poco de esto y luego, si me queda tiempo, un poco de aquello —le dijo a su madre.

Phil frunció el ceño mientras enroscaba la tapa del termo.

—¿Has tenido noticias de tu hermana últimamente?

—No.

—Tiene un montón de dinero. ¿Y crees que me da a mí algo? —Dio otro trago a la jarra antes de volver a meterla en la nevera—. ¿Qué haces para sacar dinero?

—La policía lo llamaría traficar.

—Si te pillan con esa mierda en mi casa, se lo cuento todo a la primera, que lo sepas.

—Lo sé.

—Es por tu bien, idiota. Harleigh tiene que dejar de echarte un cable cada vez que te metes en un lío. Tienes que pagar las consecuencias de tus actos.

—«Sufrir», dirás —dijo Callie—. Sufrir las consecuencias de tus actos.

—Como sea. —Sacó una bolsa de pienso para perros de la despensa—. Tiene una hija, ya lo sabes. La chica debe de tener ya veinte años y ni siquiera la conozco. ¿Y tú?

—He oído que a gente que ha sobrevivido al COVID le están dando la discapacidad. A lo mejor intento apuntarme.

—Menuda gilipollez. —Phil abrió la bolsa con los dientes—. No conozco a nadie que se haya muerto de eso.

—Yo no conozco a nadie que se haya muerto de cáncer de pulmón. —Callie se encogió de hombros—. Puede que tampoco exista el cáncer de pulmón.

—Puede. —Phil se puso a rezongar mientras medía la comida y la echaba en dos cuencos. Los perros se estaban poniendo ansiosos; querían su desayuno. El collar de Perro Nuevo tintineaba mientras daba saltos junto a Roger—. Joder, Brock, ¿qué te he dicho yo de los modales?

Callie tuvo que reconocer que Brock era un buen nombre para el medio terrier. Tenía pinta de banquero.

—El pobrecito se estriñe. —Phil mezcló una cucharadita de aceite de oliva con el pienso seco—. ¿Recuerdas lo estreñida que era Harleigh? Tuve que llevarla al hospital. Doscientos pavos para que un médico listillo me dijera que tenía el intestino perezoso.

—Qué gracioso, mamá. —¿A quién no le hacía gracia que una niña de ocho años se hubiera dañado el intestino porque le daba miedo ir al baño en su propia casa?—. Cuéntame otra historia.

—Joder, ya lo creo que te la voy a contar.

Callie oyó cómo la aguja surcaba el mismo disco rayado de siempre. «Lo hice lo mejor que pude con las dos. Tú no sabes lo duro que es ser madre soltera. No todo fue una mierda, desagradecida, que eres una puta desagradecida. ¿Recuerdas aquella vez que yo…, y luego las tres…, y luego yo…?».

Así eran las cosas con los padres maltratadores. Ellos solo recordaban los buenos ratos y tú solo recordabas los malos.

Phil saltó a otra pista del disco. Callie se quedó mirando la parte trasera del iMac. Debería haber buscado al detective privado en lugar de ponerse a recordar el pasado, pero ver a Reggie Paltz en Internet lo convertiría de alguna manera en algo real, y la casa tapiada y el destello también serían reales.

—¿Qué me dices de eso? —Phil clavó un dedo en la encimera—. ¿Quién tomó dos autobuses para ir a buscar a tu hermana al reformatorio?

—Tú —respondió Callie, pero solo para interrumpir su perorata—. Oye, ¿vive alguien en esa casa abandonada de enfrente?

Phil ladeó la cabeza.

—¿Has visto a alguien ahí dentro?

—No sé —dijo Callie, porque la mejor manera de sacar de quicio a Phil era mostrar indecisión—. Seguramente serán imaginaciones mías. He visto que hay un tablón arrancado. Pero ¿has visto una luz o algo así?

—Putos drogatas.

Phil dejó los cuencos en el suelo de golpe y salió disparada de la cocina. Callie la siguió hasta la entrada. Phil se echó el bate al hombro mientras abría la puerta mosquitera de una patada.

Callie se quedó junto a la ventana y vio a su madre dirigirse furiosa hacia la casa tapiada.

—¡Eh, tú, mamón! —vociferó Phil, acercándose a toda prisa a la entrada—. ¿Te has cagado en mi acera?

—Joder —masculló Callie mientras Phil aporreaba el fino contrachapado que tapaba la puerta. Confiaba en que nadie cometiera la idiotez de llamar a la policía.

—¡Sal de ahí! —Phil convirtió el Louisville Slugger en un ariete—. ¡Cagón de los cojones!

Callie se encogió al oír crujir la madera. Eso era lo malo de calentar a Phil. Que era imposible controlar la explosión.

—¡Sal de una puta vez! —Phil volvió a golpear la puerta con el bate. Esta vez el contrachapado se astilló. Retiró el bate y la madera podrida se desprendió—. ¡Ya te tengo!

Callie no sabía exactamente qué había visto Phil. El destello podía haber sido solo eso: un destello. Quizá la metadona le hubiera sentado mal. Quizá se hubiera puesto demasiada, o demasiado poco. Quizá debería impedir que Phil agrediera a un pobre indigente cuyo único delito era buscar cobijo.

Demasiado tarde. Vio a su madre desaparecer dentro de la casa.

Se llevó la mano a la boca. Vio otro destello. Esta vez no era una luz, sino un movimiento. Venía del lateral de la casa. Un trozo de contrachapado se dobló hacia arriba en una de las ventanas, como si se abriera una boca. Un hombre salió despedido y cayó sobre la hierba crecida. Segundos después estaba de pie, cruzando el patio con los hombros encorvados. Pasó por encima de una valla oxidada. Agarraba una cámara profesional por el teleobjetivo, como si la estuviera estrangulando.

—¡Hijo de la gran puta! —bramó Phil desde dentro de la casa.

Callie siguió la cámara con los ojos hasta que desapareció en otro patio. ¿Qué habría en la tarjeta de memoria? ¿Cuánto se habría acercado aquel tipo a su ventana? ¿La habría fotografiado dormida en la cama? ¿Habría conseguido captarla sentada frente al espejo pinchándose en la pierna?

Se llevó la mano al cuello. Bajo los dedos, la sangre latía en sus yugulares. Sintió las garras del gorila clavándosele en la piel; el cable del teléfono arañándole la espalda como un rastrillo; el aliento caliente de Buddy en la oreja; la presión subiéndole por la columna vertebral... Cerró los ojos. Pensó en entregarse de nuevo al gorila, en rendirse a lo inevitable.

Pero en lugar de hacerlo agarró su mochila y salió de casa de su madre por la puerta de la cocina.

## 7

Leigh no se había dormido hasta las dos de la mañana, y el despertador había sonado a las cuatro. Estaba amodorrada por la borrachera de Valium de la víspera y el enorme estrés que la había hecho hundirse y recurrir a las pastillas. Varias tazas de café habían aumentado su nerviosismo sin conseguir despejarla. Era casi mediodía y su cerebro seguía pareciendo un flan de gelatina lleno de perdigones.

Aun así, sin saber muy bien cómo, había conseguido elaborar una hipótesis de trabajo en torno a Andrew:

Sabía lo de la cámara que Buddy tenía detrás de la barra porque ya de niño era un cotilla que hurgaba en todas partes. Sabía lo de la arteria femoral porque había visto a Callie estudiar las ilustraciones del manual de anatomía. Al igual que ella, su hermana tendía a lo obsesivo compulsivo. No le costaba imaginársela sentada a la mesa de la cocina, siguiendo la arteria con el dedo hasta hacerse una ampolla. Andrew estaría sentado a su lado porque siempre estaba donde no querías que estuviera. Había guardado ambos recuerdos en su cerebro enfermo y retorcido y luego, años después, había juntado de alguna manera las piezas.

Era la única explicación lógica. Si de verdad supiera lo que había sucedido aquella noche, sabría que no había sido el cuchillo lo que en última instancia había matado a su padre.

Había sido ella, Leigh.

Lo que tenía que hacer ahora era encontrar la manera de echar por tierra el caso de Andrew Tenant mientras Cole Bradley vigilaba cada uno de sus movimientos. Apenas había empezado a ojear los tomos de papeleo relativos al juicio que estaba a punto de comenzar.

Los expedientes de Andrew, esparcidos por su escritorio, desbordaban las cajas que le había enviado Octavia Bacca. Dos ayudantes estaban haciendo un índice, cotejando el trabajo de Octavia con las montañas de estiércol que había aportado el fiscal durante la instrucción del sumario. Liz, la asistente de Leigh, había ocupado una sala de reuniones para desplegar toda la documentación por el suelo y elaborar una cronología que respaldara las grabaciones que Reggie Paltz había montado en su portátil.

Aun así, siempre había más trabajo por hacer. Aunque Cole Bradley la había liberado de otras obligaciones para que pudiera centrarse en el caso de Andrew, su agenda no estaba del todo despejada. Tenía que terminar de presentar diligencias y esbozar interrogatorios, revisar los documentos del sumario, llamar a clientes, programar declaraciones, retrasar reuniones por Zoom y comparecencias en el juzgado, consultar la jurisprudencia y, además de todo eso, preocuparse porque su hermana hiciera de cebo ante un psicópata con un historial bien documentado de agresiones a mujeres.

Callie tenía razón en una cosa. Leigh tenía que dejar de dar tumbos como un perrillo indefenso. Ya era hora de que ejerciera su derecho, ganado a pulso, a jugar conforme a las reglas de los ricos. Se había graduado *summa cum laude* en Northwestern. Trabajaba en un prestigioso bufete de abogados y el año anterior había facturado casi dos mil horas de trabajo. Estaba casada con uno de los hombres más admirados en su campo. Tenía una hija preciosa. Su reputación era intachable.

Andrew Tenant, por su parte, había sido acusado con pruebas verosímiles de secuestrar, violar, golpear y sodomizar a una mujer.

¿A quién iban a creer?

Miró la hora. Faltaban tres horas para que se personara en el despacho de Cole Bradley. Andrew la estaría esperando. Tendría que llegar completamente pertrechada, lista para enfrentarse a cualquier jugada que él tuviera en mente.

Se frotó las sienes mientras echaba un vistazo a la declaración del primer agente que había acudido al lugar de los hechos.

*La víctima, una mujer, estaba esposada a una mesa de pícnic en el centro de un cenador abierto situado en…*

Empezó a ver doble el resto del párrafo. Intentó volver a enfocar la vista mirando por la mampara de cristal que separaba a los abogados de primera clase de los que llevaban menos de un año en el bufete. No había allí ninguna panorámica arrebatadora del centro de la ciudad, solo una sucesión de cubículos sin ventanas que se extendían como las rejas de una prisión por toda la planta. Las barreras de plexiglás impedían que sus ocupantes respiraran unos encima de otros, pero aun así había que llevar mascarilla. Los conserjes pasaban cada hora para desinfectar las superficies. Los abogados noveles trabajaban en «mesas calientes», o sea, que ocupaban cualquier mesa que estuviera libre cuando llegaban. Y como eran abogados noveles, llegaban casi todos a las seis de la mañana y trabajaban a oscuras hasta que a las siete se encendían las luces del techo. Si les había sorprendido que Leigh hubiera llegado antes que ellos a la oficina, estaban tan cansados que no lo habían demostrado.

Miró su teléfono personal, aunque sabía que Callie no le habría enviado un mensaje, porque no se lo mandaría hasta que la cabeza estuviera a punto de explotarle por la tensión.

Como era de esperar, no había noticias de su hermana, pero le dio un pequeño vuelco el corazón cuando vio una notificación en la pantalla. Maddy había colgado un vídeo. Vio a su hija haciendo *playback* en la cocina de Walter mientras Tim Tam, su labrador de color chocolate, la acompañaba de mala gana.

Se esforzó por seguir la letra de la canción, ansiosa por encontrar alguna pista que le permitiera publicar un comentario que no fuera recibido con una mueca de fastidio o, peor aún, con total indiferencia. Al menos fue capaz de reconocer a Ariana Grande. Echó una ojeada a la descripción, pero *34+35* no le decía nada. Tuvo que ver el vídeo dos veces más para que su mente hiciera el sencillo cálculo y se diera cuenta de qué trataba en realidad la canción.

—Por el amor de… —Levantó el teléfono fijo y empezó a marcar el número de Walter, pero no había forma de hablar con él sin decirle que había visto a Callie.

Volvió a dejar el teléfono en su soporte. Walter lo sabía todo sobre ella, excepto lo más importante. Le había dicho, sin entrar en detalles, que Callie había sufrido abusos sexuales. No quería darle un nombre para que lo buscara en Internet, ni hacer un comentario al desgaire que le hiciera empezar a preguntarse qué había ocurrido realmente años atrás. Había omitido esa información no porque no confiara en él o porque le preocupara que la quisiera menos por eso, sino porque no quería cargar a su encantador marido, al padre de su preciosa hija, con el peso de su culpa.

Liz llamó a la puerta de cristal. Llevaba una mascarilla fucsia a juego con las flores de su mono. Leigh se puso la mascarilla antes de hacerle señas de que pasara.

Con Liz nunca había preámbulos.

—He retrasado la declaración de Johnson dos semanas —dijo—. El juez del caso Bryant quiere tu respuesta a la solicitud antes de las seis del viernes. He citado al doctor Unger el día dieciséis y lo he actualizado en tu Outlook. Tienes que estar en el despacho de Bradley dentro de tres horas. Te traeré la comida, pero dime si quieres una ensalada o un sándwich. Tendrás que ponerte los tacones para ver a Bradley. Están en el armario.

—Un sándwich. —Leigh había ido anotando los datos en su cuaderno mientras Liz los enumeraba—. ¿Leíste los informes de incidencias de la tobillera electrónica de Andrew?

Liz sacudió la cabeza.

—¿Qué pasa?

—Ha tenido cuatro problemas distintos con la tobillera estos últimos dos meses. De todo, desde la desconexión del GPS a un cortocircuito del cable de fibra óptica de la correa. Cada vez que se disparaba la alarma, él llamaba a la oficina de libertad condicional, pero ya sabes lo mal que andan las cosas ahora mismo. Pasaron entre tres y cinco horas antes de que mandaran un agente para restablecer el sistema.

—¿Algún indicio de manipulación?

—El agente no informó de ninguno.

—Entre tres y cinco horas.

Liz parecía entender cuál era el problema. Podía argumentarse que Andrew estaba poniendo a prueba el tiempo de reacción. Por no hablar de que durante esas horas probablemente se desconocía su paradero.

—Veré qué puedo averiguar —dijo Liz.

Leigh no había terminado.

—¿Hablaste ayer con Reggie Paltz?

—Le di la clave de encriptación para que suba sus archivos a nuestro servidor. ¿Quieres que inicie sesión en tu ordenador?

—No, ya lo he hecho, gracias. —Leigh agradeció la forma en que había enunciado el ofrecimiento, sin llamarla dinosaurio pleistocénico—. ¿Paltz te hizo alguna pregunta sobre mí?

—Muchas, pero sobre todo quería confirmar datos. Dónde estudiaste, cuánto tiempo trabajaste en el turno de oficio, cuánto tiempo fuiste autónoma... Cuándo empezaste a trabajar aquí. Le dije que acudiera a la página web si quería ver tu currículum.

Leigh no se había parado a pensar ni una sola vez que figuraba en la página web del bufete.

—¿Qué te pareció?

—En lo profesional, bastante bueno —contestó Liz—. He leído el perfil que le ha hecho a Tenant. Muy completo, no parece que haya ningún esqueleto escondido en el armario, pero si quieres puedo pedirle a uno de los detectives con los que solemos trabajar que lo confirme.

—Lo consultaré con el cliente. —No le preocupaba lo más mínimo dejar que el fiscal la sorprendiera con un dato siniestro sobre el pasado de Andrew durante la vista—. Pero ¿en términos generales? ¿Qué te pareció Paltz?

—Un poco gilipollas, aunque con buena planta. —Liz sonrió—. También tiene página web.

Otro desliz tecnológico por parte de Leigh.

—Quiero que le asignes el caso Stoudt. No le importa viajar, pero átalo bien en corto. No quiero que infle las facturas.

—Ya lo está haciendo, a juzgar por las que le envió a Octavia. —Liz tocó una de las cajas con la cadera—. Las estuve revisando anoche. Paltz no caga sin cobrar veinticinco centavos por tirar de la cadena. Sus dietas son como las reseñas de cinco estrellas de Yelp.

—Déjale claro que vamos a estar muy atentas.

Liz ya había salido por la puerta cuando Leigh se quitó la mascarilla y despertó a su ordenador. El sitio web de Bradley, Canfield & Marks era tan aburrido como cabía esperar. Los márgenes eran rojos y negros en honor a la UGA. El tipo de letra, Times Roman. El único adorno era el rizo del símbolo &.

Como era lógico, encontró su nombre en la sección ABOGADOS. La foto era la misma que figuraba en su acreditación de empleada, lo que resultaba un tanto embarazoso. Aparecía como «jurista», una forma cortés de decir que no era socia del bufete, pero tampoco una abogada novata.

Se saltó el primer párrafo y leyó que había actuado como letrada ante tribunales estatales y superiores y que estaba especializada en casos de conducción bajo los efectos del alcohol, robo, fraude, divorcios de personas con rentas altas y delitos financieros. Se incluía un enlace al artículo del *Atlanta INtown*, por si alguien buscaba un experto en jurisprudencia urinaria. El párrafo siguiente enumeraba los premios que había recibido, su trabajo voluntario, su experiencia como conferenciante y los artículos que había escrito al inicio de su carrera, cuando esas cosas importaban. Pasó rápidamente a la última línea: *La señora Collier disfruta pasando su tiempo libre con su marido y su hija.*

Dio unos toquecitos con el dedo en el ratón. Iba a tener que concederle el beneficio de la duda a la historia que le había contado el detective. Parecía plausible que Reggie le hubiera enseñado a Andrew el artículo del *INtown* y que Andrew la hubiera reconocido por la foto. También parecía probable que hubiera encargado a Reggie que comprobara su historial antes de contratarla. En realidad, Reggie suponía una amenaza mayor en ese momento, porque parecía uno de esos investigadores a los que se les daba bien desenterrar esqueletos.

De ahí que quisiera sacarle del estado. Jasper Stoudt, el marido infiel de su clienta, estaba a punto de llevarse a su amante a un viaje de diez días a Montana, a pescar con mosca. Leigh suponía que Reggie estaría tan ocupado pidiendo tacos de bagre al servicio de habitaciones que no se preocuparía por Andrew Tenant.

Para preocuparse por Andrew se bastaba ella sola. Intentó tranquilizarse pasando revista a lo que le había dicho Callie la noche anterior.

— Si Andrew tuviera pruebas del asesinato, ya se las habría mostrado a la policía.
— Si tuviera algún vídeo de Buddy, solo conseguiría demostrar que su padre era un pederasta.
— Si había sacado conclusiones del hecho de que Callie trazara una y otra vez con el dedo la línea de una arteria en una ilustración anatómica, ¿de qué le valdría eso? Hasta Nancy Drew tenía que mostrar alguna prueba concreta.
— El cadáver despedazado de Buddy Waleski no se había hallado nunca, ni siquiera parcialmente. No había rastros de sangre en el cuchillo ni pruebas forenses halladas de la casa de Waleski o en el Corvette calcinado de Buddy.
— Era más que probable que no hubiera documentos oficiales relativos a las lesiones físicas de Callie, y desde luego ninguno que las relacionara con la desaparición de Buddy.
— Nadie le había preguntado nunca por los ochenta y dos mil dólares que había utilizado para costearse en parte la carrera de Derecho. Antes del 11-S, las grandes sumas de dinero en efectivo no despertaban sospechas. Incluso contando con las ganancias ilegales de Buddy, había trabajado como camarera, repartidora y limpiadora en hoteles, y hasta había vivido en el coche para ahorrar. Solo empezó a tener cierta sensación de estabilidad cuando Walter la invitó a dormir en su sofá tras descubrir que había hecho su nido en las estanterías de la biblioteca Gary.

Maddy. Walter. Callie.

No podía perder de vista lo importante. Sin ellos, ya habría tomado la Glock y habría acabado con la vida del canalla de Andrew Tenant. Nunca se había considerado a sí misma una asesina pese a que las evidencias indicaran lo contrario, pero era muy capaz de utilizar la defensa preventiva.

Alguien tocó rápidamente a la puerta antes de abrirla. Jacob Gaddy, un abogado novel, sostenía en equilibrio un sándwich y una lata de *ginger ale* sobre dos cajas de archivo. Las dejó en el suelo y le dijo a Leigh:

—He confirmado que el análisis toxicológico era negativo. Los índices están encima de las cajas. En el registro domiciliario aparecieron unas fotos artísticas de gran calidad y temática sadomasoquista enmarcadas y colgadas en un pasillo trasero, pero en el dormitorio, nada.

A Leigh no le preocupaban aquellas fotos. *Cincuenta sombras* había curado de espanto a millones de amas de casa en todo el mundo. Esperó a que Jacob dejara su almuerzo en el borde del escritorio. Sabía por qué se había ofrecido a hacer de camarero. Ella necesitaría un segundo asistente en la vista, y los abogados más jóvenes lucharían a brazo partido, si era necesario, por conseguir ese puesto.

Decidió sacarle de dudas.

—Serás mi segundo. Asegúrate de conocer el caso al dedillo. Sin errores.

—Sí, se… —Se contuvo—. Gracias.

Leigh procuró desterrar de su mente que había estado a punto de llamarla «señora». No podía posponer por más tiempo la lectura del expediente de Andrew. Tomó un sorbo de *ginger ale*. Se comió el sándwich mientras hojeaba las notas que había tomado hasta el momento. Siempre que se ocupaba de un caso, buscaba puntos débiles a los que el fiscal pudiera sacar partido. Ahora, en cambio, buscaba la manera de servirse de esos puntos débiles para instruir un caso paralelo que enviara a Andrew a la cárcel para el resto de sus días.

Todo ello, sin que Callie y ella perdieran la libertad.

No era la primera vez que actuaba como abogada defensora ante el fiscal asignado al caso. Dante Carmichael cumplía su labor con la soberbia de quien se creía con derecho a todo. Le gustaba jactarse de su historial de victorias y derrotas, pero era fácil presumir de triunfos cuando solo llevabas a juicio casos que estabas seguro al noventa y nueve por cien de que ibas a ganar. Ese era el motivo de que tantos casos de violación no llegaran a juicio. Cuando lo que se dirimía era la palabra de un hombre contra la de una mujer, los jurados se inclinaban a creer que el hombre decía la verdad y la mujer buscaba llamar la atención. Los acuerdos extrajudiciales que proponía Dante eran prácticamente una forma de extorsión para mantener su historial inmaculado. Toda la gente que trabajaba en el juzgado tenía un apodo, y Dante se había ganado a pulso el suyo: el Arreglista.

Leigh hojeó la correspondencia oficial. Dante había propuesto un trato increíblemente generoso en abril del año anterior, un mes después de la detención de Andrew. Aunque se resistía a darle la razón a Reggie Paltz, su instinto le decía que Dante Carmichael trataba de tender una trampa. En cuanto Andrew se declarara culpable de la agresión a Karlsen, el *modus operandi* lo vincularía a los otros tres casos. Si ella procedía con cuidado, si era inteligente y tenía suerte, encontraría una forma alternativa de empujar a Andrew a esa trampa.

Por pura costumbre recogió su bolígrafo. Luego lo volvió a dejar. Nunca era buena idea trazar sobre el papel la estrategia de un posible delito. Repasó mentalmente sus opciones tratando de encontrar diferentes maneras de cagarla y de salvar la cara al mismo tiempo.

Andrew no era el único obstáculo. Cole Bradley sabía mucho de leyes; tanto, que lo que había olvidado superaba lo que ella había aprendido hasta entonces. Si llegaba a la conclusión de que Leigh intentaba sabotear el caso, lo que menos tendría que preocuparle sería que la despidiera. El tiempo también era un problema. Normalmente disponía de seis meses o incluso de un año para preparar una causa penal. Y eso cuando defendía sinceramente a su cliente. Ahora, tenía seis días para familiarizarse con las fotos de la escena del crimen, los informes forenses, la secuencia temporal de los hechos, las declaraciones de los testigos, los atestados policiales, los informes médicos, los análisis del kit de casos de violación y la desgarradora declaración de la víctima, grabada también en vídeo.

El vídeo era la razón de que siguiera sin poder concentrarse. Podía idear decenas de subterfugios para hundir a Andrew Tenant, pero en ningún caso se libraría de interrogar agresivamente a la víctima. Como abogada defensora, era no solo lo que se esperaba de ella, sino lo que se le exigía. Tammy Karlsen había sufrido una violación brutal, pero sus cicatrices físicas palidecerían en comparación con el daño emocional que sufriría a manos de Leigh.

En Georgia, como en la mayoría de los estados, no estaba permitido tomar declaración a la víctima en un caso penal salvo si se daban circunstancias especiales. Leigh hablaría por primera vez con Tammy Karlsen durante su turno de preguntas, cuando testificara en el juicio. En ese momento, Tammy sería la cúspide de una pirámide muy estable que Dante Carmichael habría ido construyendo para apoyar su testimonio. La base estaría formada por un sólido elenco de testigos dignos de crédito: agentes de policía, personal de emergencias, enfermeros, médicos, diversos peritos y el paseador de perros que había encontrado a Tammy esposada a la mesa de pícnic del parque. Todos ellos darían al jurado una razón de peso para creer cada palabra que saliera de la boca de Tammy.

A continuación, se esperaría de Leigh que empuñara un mazo y derribara la pirámide.

BC&M gastaba mucho dinero en averiguar qué motivaba al jurado medio. Contrataban a especialistas e incluso a consultores para los casos más relevantes. Leigh estaba al tanto de sus conclusiones. Sabía que, en los juicios por violación, los comentarios de los jurados podían ir desde el insulto hasta el cuestionamiento de la víctima. Si una víctima estaba drogada o borracha en el momento de la agresión, ¿qué creía que iba a pasar? Si se mostraba enfadada o desafiante en el estrado, su actitud no les gustaba. Si lloraba más de la cuenta o muy poco, se preguntaban si no estaría fingiendo. Si tenía sobrepeso, sospechaban que tal vez estuviera desesperada y había dado pie al agresor. Si era muy guapa, quizá fuera una engreída y se merecía lo que le había ocurrido.

Era imposible saber si Tammy Karlsen sería capaz de sortear esos escollos. Lo único que Leigh sabía sobre ella procedía de las fotografías forenses y las declaraciones de los testigos. Tammy tenía treinta y un años. Era gerente regional de una empresa de telecomunicaciones.

Nunca se había casado, no tenía hijos y vivía en un piso de su propiedad en Brookhaven, una zona colindante con el centro de Buckhead.

El 2 de febrero de 2020 había sufrido una violación brutal. La habían encontrado esposada a una mesa de pícnic, en un cenador de un parque público del municipio de Atlanta.

Leigh se levantó de la mesa. Cerró las persianas de las ventanas y de la puerta. Volvió a sentarse. Abrió su bloc de notas por una página en blanco. Hizo clic en el vídeo de la declaración de Tammy Karlsen y pulsó el *play*.

La habían encontrada desnuda; de ahí que en el vídeo llevara puesto un uniforme sanitario. Estaba sentada en una sala de interrogatorios de la policía destinada evidentemente a niños de corta edad. Los sofás eran bajos y coloridos, y había pufs y una mesa llena de rompecabezas y juguetes. Eso era lo que se consideraba un entorno tranquilizador para una víctima de violación: meterla en una sala infantil para recordarle constantemente que no solo la habían violado, sino que además podía estar embarazada.

Tammy estaba sentada en un sofá rojo, con las manos juntas entre las rodillas. Leigh sabía por sus notas que seguía sangrando cuando la policía la había entrevistado. En el hospital le habían puesto una compresa, pero finalmente habían tenido que llamar a un cirujano para que reparara las lesiones internas causadas por la botella de Coca-Cola.

En el vídeo aparecía meciéndose de un lado a otro, tratando de calmarse. Una agente de policía estaba de pie al otro lado de la sala, de espaldas a la pared. El procedimiento exigía que la víctima no se quedara sola en ningún momento, no para que se sintiera segura, sino por si intentaba suicidarse.

Pasaban unos segundos hasta que se abría la puerta y entraba un hombre. Era alto e imponente, con el pelo gris y la barba bien recortada. Debía de tener unos cincuenta años y llevaba una Glock en el grueso cinturón de cuero que rodeaba su voluminosa barriga.

Su aparición dio que pensar a Leigh. De ese tipo de interrogatorios solían encargarse mujeres, porque eran testigos más empáticos en el estrado. Leigh aún recordaba haber interrogado a un inspector de policía que había declarado rotundamente que siempre sabía que una mujer mentía sobre una agresión si no quería que él estuviera en la sala. Nunca se había planteado que una mujer que acababa de sufrir una violación a manos de un hombre tal vez no quisiera estar a solas con otro hombre.

Estaban en 2020. ¿Por qué habían enviado a aquel inspector con pinta de oso?

Leigh detuvo el vídeo. Buscó en los atestados policiales el nombre del primer inspector que se personó en el lugar de los hechos. Creía recordar que el investigador principal era una mujer. Repasó la lista y a continuación los atestados para comprobar que la inspectora Barbara Klieg era la oficial a cargo de la investigación. Buscó en los demás informes la posible identidad del agente que aparecía en el vídeo y luego puso los ojos en blanco al darse cuenta de que lo único que tenía que hacer era pulsar el *play*.

—Señorita Karlsen —decía el agente—, soy el inspector Sean Burke. Trabajo para el Departamento de Policía de Atlanta.

Anotó el nombre y lo subrayó. El «para» le hizo pensar que era un asesor externo, no un funcionario de la policía local. Tendría que averiguar en qué casos había trabajado Burke, en cuántos procesos había participado, cuántas citaciones o avisos había en su expediente, cuántas demandas resueltas, cómo se comportaba en el estrado, qué puntos flacos habían encontrado otros abogados defensores.

—¿Le parece bien que me siente aquí? —preguntaba Burke. Tammy asentía sin apartar los ojos del suelo.

Leigh vio que Burke ocupaba una silla de madera de respaldo recto, frente a Tammy. No era lento, pero sí deliberado en sus movimientos. No acaparaba todo el oxígeno de la habitación. Antes de tomar asiento, saludó a la agente con una inclinación de cabeza casi imperceptible. Se inclinó hacia atrás, procuró no separar las piernas como solían hacer los hombres y juntó las manos en el regazo, convirtiéndose en un ejemplo perfecto de actitud no intimidatoria.

Una inmensa desventaja para Andrew. El inspector Burke exudaba competencia profesional. Por eso Barbara Klieg había pedido su intervención. Burke sabría cómo ayudar a Tammy a sentar las bases de su relato. Sabría cómo testificar ante un jurado. Leigh podría enzarzarse con él en un combate de esgrima, pero no podría vencerle.

No solo suponía una inmensa desventaja para Andrew. Podía ser incluso un clavo en su ataúd.

—Sé que la inspectora Klieg ya se lo ha explicado —decía Burke en el vídeo—, pero hay dos cámaras en esta sala, ahí y ahí.

Tammy no miraba hacia donde él señalaba.

—La luz verde —continuaba Burke— significa que las cámaras están grabando tanto vídeo como audio, pero quiero asegurarme de que está usted de acuerdo. Apagaré las cámaras si no las quiere encendidas. ¿Las quiere encendidas?

En lugar de responder, Tammy asentía con la cabeza.

—Aun así, tengo que preguntarle si le parece bien que hablemos aquí. —La voz de Burke era tranquilizadora, casi como una canción de cuna—. Podemos ir a algún sitio más formal, como una sala de interrogatorio, o puedo llevarla a mi despacho, o a su casa.

—No —contestaba ella, y luego añadía en voz más baja—: No, no quiero ir a casa.

—¿Quiere que avise a algún amigo o a un familiar?

Tammy empezaba a negar con la cabeza antes de que él terminara de hacer la pregunta. No quería que nadie se enterara de lo ocurrido. Su vergüenza era tan palpable que Leigh se llevó la mano al pecho tratando de contener sus emociones.

—De acuerdo, entonces, nos quedaremos aquí, pero puede cambiar de opinión en cualquier momento. Solo tiene que decirme que quiere parar o que quiere irse, y haremos lo que usted diga. —Burke dominaba evidentemente la situación, pero se esforzaba por hacerle sentir que tenía capacidad de decisión—. ¿Cómo debo llamarla? ¿Tammy o señorita Karlsen?

—Señorita… Señorita Karlsen.

Tammy tosía al pronunciar las palabras. Su voz sonaba ronca. Leigh notó que los hematomas del cuello empezaban a hacerse visibles. El pelo ocultaba su cara, pero las fotografías tomadas durante la recogida de pruebas mostraban hasta qué punto estaba hundida.

—Señorita Karlsen —proseguía Burke—, la inspectora Klieg me ha dicho que es usted gerente de distrito de DataTel. He oído hablar de la empresa, claro está, pero no sé muy bien a qué se dedican.

—Logística de sistemas e ingeniería de telecomunicaciones. —Tammy volvía a aclararse la garganta, pero la ronquera no desaparecía—. Proporcionamos soporte de datos a empresas medianas y pequeñas que necesitan microsistemas, óptica y fotónica, y control de sistemas. Estoy a cargo de dieciséis divisiones en todo el sureste.

Burke asentía como si entendiera sus explicaciones, pero el propósito de su pregunta era ayudar a Tammy Karlsen a recordar que era una profesional digna de crédito. Estaba dándole a entender que creía su relato.

—Eso suena mucho más impresionante que mi trabajo. Seguro que tuvo que ir a la universidad para dedicarse a eso.

—Georgia Tech —respondía ella—. Tengo un máster en ingeniería eléctrica e informática.

Leigh soltó un largo suspiro. Sabía que una de las cajas de Octavia contendría información sobre la actividad de Tammy Karlsen en las redes sociales; concretamente, todo lo relacionado con la página de exalumnos de la universidad Georgia Tech. Los compañeros de clase de Tammy estaban en una edad nostálgica, y probablemente habría largos hilos acerca de sus años locos en la universidad. Si Tammy tenía fama de disfrutar de la bebida o el sexo, Leigh podría sacarlo a relucir en el juicio, como si las mujeres —todas y cada una de ellas— no tuvieran derecho a disfrutar de la bebida y el sexo.

En cualquier caso, Andrew probablemente habría ganado un punto a su favor.

En el vídeo, Burke hablaba a continuación de temas sin importancia. El jurado lo seguiría hasta el fin del mundo. Su aplomo, su serenidad, eran más eficaces que un Valium. Su voz no perdía en ningún momento el registro de una nana. Miraba directamente a Tammy, aunque ella nunca levantara la vista. Era atento, comprensivo y, sobre todo, empático. Leigh podría haber buscado las indicaciones del manual de la policía sobre la manera más correcta de interrogar a una víctima de agresión sexual. Que un agente las siguiera al pie de la letra era una revelación sorprendente.

Burke llegaba por fin al momento crucial de la entrevista. Cambiaba de postura en la silla, cruzando las piernas.

—Señorita Karlsen, no puedo ni imaginar lo difícil que debe de ser esto para usted, pero, si se siente con fuerzas, ¿podría contarme, por favor, lo que pasó anoche?

Ella no decía nada al principio, y Burke sabía por experiencia que no debía presionarla. Leigh se quedó mirando los números de la esquina superior derecha y vio pasar el tiempo hasta que, cuarenta y ocho segundos después, Tammy habló por fin.

—Yo no... —Volvía a aclararse la garganta. No solo tenía el esófago herido por el estrangulamiento. Durante el examen médico, una enfermera le había introducido un largo hisopo en la garganta en busca de restos de semen—. Perdón.

Burke se inclinaba hacia su izquierda y abría una mininevera en la que Leigh no había reparado hasta entonces. Sacaba una botella de agua, desenroscaba el tapón y la dejaba en la mesa, delante de Tammy, antes de volver a reclinarse en la silla.

Ella dudaba, pero finalmente tomó la botella. Leigh se estremeció al verla esforzarse por tragar. El agua le chorreaba por las comisuras de los labios hinchados y se le acumulaba en el cuello del uniforme, oscureciendo su color verde.

—No hay ninguna regla para esto, señorita Karlsen —decía Burke—. Empiece su relato por donde se sienta más cómoda. O no. Puede marcharse en cualquier momento.

Las manos de Tammy temblaban al dejar la botella en la mesa. Miraba un momento hacia la puerta, y Leigh se preguntó si iba a marcharse.

Pero no se marchaba.

Sacaba unos pañuelos de papel de la caja que había sobre la mesa. Se limpiaba la nariz, dando un respingo por el dolor. Manoseaba los pañuelos mientras empezaba a hablar, explicándole despacio a Burke el comienzo de una noche como otra cualquiera que había acabado siendo una pesadilla. Salió del trabajo. Decidió ir a tomar una copa.

Le dejó el coche al aparcacoches. Se sentó sola en la barra a tomar un gin martini. Estaba a punto de irse cuando Andrew se ofreció a invitarla a otra copa.

Leigh volvió a hojear su cuaderno de notas. Según sus cuentas, las cámaras de seguridad del Coma Camaleón habían grabado a Tammy consumiendo dos martinis y medio.

Al explicar cómo se habían trasladado a la terraza de la azotea, Tammy se olvidaba de mencionar la mitad del alcohol que había consumido, pero la mayoría de la gente no recordaba cuánto bebía. Daba igual, en todo caso. Leigh parecería mezquina a ojos del jurado si presionaba a la víctima por haber pedido tres martinis en lugar de dos.

Volvió a prestar atención al vídeo.

Tammy describía a Andrew como le describiría cualquiera: un poco hermético pero agradable, profesional, adulto a una edad a la que muchos hombres de su generación aún no lo eran. Ella estaba evidentemente cortada por el mismo patrón. Le decía a Burke que había tenido la sensación de que congeniaban. No, no sabía el apellido de Andrew. Creía que trabajaba en un concesionario de coches. ¿Era mecánico, quizá? Le gustaba hablar de coches clásicos.

—Dejé que… Le besé —decía en un tono de culpabilidad que dejaba claro que se consideraba responsable de todo lo que había ocurrido después—. Coqueteé con él y luego, mientras esperábamos a que nos trajeran los coches, volví a besarle un rato. Demasiado rato. Y luego le di mi tarjeta porque… porque quería que me llamara.

Burke dejaba que el silencio se prolongara. Era evidente que estaba pensando que, si Tammy había pasado tanto tiempo hablando de Andrew, se debía a un motivo concreto, pero era lo bastante prudente como para no tratar de poner palabras en su boca.

Tammy, por su parte, se miraba las manos. Había hecho trizas los pañuelos. Intentaba limpiar la mesa recogiendo las fibras sueltas. Cuando se inclinaba hacia el suelo, gemía, y Leigh se acordó de los daños causados por la botella de Coca-Cola.

Burke volvía a inclinarse hacia su izquierda, esta vez para recoger la papelera. La colocaba junto a la mesa. Era tan alto y la sala era tan pequeña que hacía todo esto sin levantarse de la silla.

Tammy se esforzaba por tirar cada jirón de los pañuelos rotos a la papelera. Pasaban unos segundos. Luego, unos minutos.

Burke la observaba pacientemente. Leigh supuso que estaba repasando lo que llevaban del relato hasta ese momento, marcando sus propios casilleros, asegurándose de que había obtenido respuestas. ¿Dónde entró la víctima en contacto con el sospechoso por primera vez? ¿Cuánto alcohol había consumido? ¿Habían tomado drogas ilegales? ¿Estaba la víctima acompañada de amigos? ¿Había testigos potenciales?

O quizá estuviera sopesando la siguiente tanda de preguntas. ¿La víctima empujó, golpeó o propinó patadas a su agresor? ¿Dijo «para» o «no» en algún momento? ¿Cómo se comportó el agresor antes, durante y después de la agresión? ¿En qué orden se sucedieron los actos sexuales? ¿El agresor se sirvió de la fuerza o de amenazas? ¿Usó un arma? ¿Eyaculó? ¿Dónde eyaculó? ¿Cuántas veces?

Tammy terminaba de recoger los trozos de pañuelo. Se incorporaba de nuevo en el sofá. Empezaba a mover la cabeza de un lado a otro como si hubiera oído las preguntas tácitas de Burke y ya supiera la respuesta.

—No recuerdo lo que pasó después. Cuándo llegó el aparcacoches. Subí al coche, creo. O… No lo sé. Puede que recuerde algunas cosas. No estoy segura. No quiero…, no puedo estropear… Si no lo recuerdo… Sé que tengo que estar segura.

De nuevo, Burke esperaba. Leigh admiró su disciplina, que ponía de manifiesto su inteligencia. Veinte años atrás, un oficial de policía en su situación habría agarrado a Tammy por los hombros, la habría zarandeado y le habría gritado que tenía que hablar si quería castigar al tipo que le había hecho aquello, ¿o acaso se lo estaba inventando todo para llamar la atención?

En cambio, Burke le decía a Tammy:

—Mi hijo luchó en Afganistán. En dos misiones.

Tammy levantaba la cabeza, pero seguía sin mirarle a los ojos.

—Cuando volvió —añadió Burke—, estaba cambiado. Le habían pasado tantas cosas allí que no se sentía con fuerzas para hablar de ello. Yo no he sido militar, pero sé reconocer el síndrome de estrés postraumático porque paso mucho tiempo hablando con mujeres que han sobrevivido a agresiones sexuales.

Leigh vio que Tammy empezaba a tensar y destensar la mandíbula. Todavía no lo había expresado en esos términos tan crudos. Ya no era una gerente regional ni una licenciada universitaria. Era la víctima de una agresión sexual. Llevaría grabada a fuego en el pecho la letra escarlata para el resto de su vida.

—El SEPT lo desencadena un acontecimiento traumático. Los síntomas incluyen pesadillas, ansiedad, pensamientos incontrolables, *flashbacks* y, a veces, amnesia.

—¿Está…? —A Tammy se le entrecortó la voz—. ¿Está diciendo que por eso no lo recuerdo?

—No, señora. Eso se aclarará posiblemente cuando tengamos el informe de toxicología. —Burke se la estaba jugando, pero se retractó de inmediato—. Lo que digo es que todo lo que está experimentando: la tristeza, la rabia, el *shock*, el deseo de vengarse o de no vengarse, o de castigar a ese sujeto, o quizá de no volver a verle nunca… Todo eso es perfectamente normal. No hay una manera correcta o incorrecta de actuar en estas situaciones. Lo que siente, eso es lo correcto para usted.

Tammy Karlsen se derrumbaba al oír aquella revelación. Empezaba a sollozar. Las mujeres no recibían al nacer una guía sobre cómo reaccionar ante un trauma sexual. Era como tener la menstruación o un aborto, o pasar por la menopausia: algo que toda mujer temía pero que, por razones desconocidas, era un tabú: no se hablaba de ello.

—Dios mío —murmuró Leigh.

Aquel gigante bondadoso iba a poner al jurado en contra de Andrew él solito, sin ayuda. Tendría que enviarle una cesta de frutas después del juicio.

Reprimió su entusiasmo. Aquello no era un juego. En el vídeo, los sollozos sacudían el cuerpo de Tammy. Agarraba otro puñado de pañuelos. Burke no trataba de consolarla. Se quedaba sentado en la silla. Miraba a la agente para asegurarse de que tampoco se movía.

—Yo no… —decía Tammy—. No quiero arruinarle la vida a nadie.

—Señorita Karlsen, se lo digo con el mayor respeto: usted no tiene ese poder.

Ella le miraba por fin.

—Sé que es usted una persona honesta —decía Burke—. Pero ni mi opinión ni sus palabras son suficientes para un tribunal. Todo lo que me diga hay que comprobarlo y, si le ha fallado la memoria o ha confundido los hechos, la investigación lo descubrirá enseguida.

Leigh se recostó en su silla. Era como ver a Jimmy Stewart dar un discurso en la escalinata del juzgado.

—Muy bien —respondía Tammy, pero aun así pasaba casi un minuto antes de que continuara—. Estaba en el parque. Ahí es donde me desperté. O donde recuperé el conocimiento. Nunca había estado allí, pero… era un parque. Y yo… yo estaba esposada a la mesa. Ese señor mayor, ¿el del perro? No sé su nombre. Llamó a la policía y…

En medio del silencio, Leigh oía la respiración agitada de Tammy, que trataba de no hiperventilar.

Burke le decía:

—Señorita Karlsen, a veces los recuerdos nos vienen en forma de imágenes. Pasan por la pantalla como una película antigua. ¿Hay algo sobre la agresión, algún detalle suelto, que pueda contarme? ¿Algo sobre el hombre que la violó?

—Él… —Tammy se interrumpía otra vez. La palabra «violación» acababa de atravesar la neblina. La habían violado. Era una víctima de violación.

Dijo:

—Llevaba un pasamontañas. Y es-esposas. Me esposó.

Leigh escribió *premeditado* en su cuaderno, porque el agresor había llevado el pasamontañas y las esposas al lugar de los hechos con un propósito concreto.

Se quedó mirando la palabra.

Burke tenía razón respecto a la forma en que afloraban a veces los recuerdos. Leigh pensó en las fotos de vacaciones del despacho de Reggie Paltz. Sabiendo lo tramposo que era, probablemente Andrew había pagado esos viajes con alguna intención ulterior. En algún lugar podía haber una foto suya con un pasamontañas.

Otro posible tanto en su contra.

—Yo… —La garganta de Tammy se movía cuando intentaba tragar—. Le pedí que parara. Que por favor parara.

Leigh hizo otra anotación. Había visto más de una vez cómo impresionaba a un jurado el hecho de que la víctima estuviera tan aterrorizada o superada por los acontecimientos que era incapaz de decir que no categóricamente.

—No recuerdo si… —Tammy tragaba aire—. Me quitó la ropa. Tenía las uñas largas. Me arañaron… Sentí que me arañaban el…

Leigh observó que se llevaba la mano al pecho derecho. No se había fijado en las uñas de Andrew. Si todavía las tenía largas cuando comenzara el juicio, ella, desde luego, no iba a decirle que se las cortara.

—No paraba de decirme que… —La voz de Tammy se entrecortaba de nuevo—. Me decía que me quería. Una y otra vez. Que amaba mi… mi pelo, y mis ojos, y que le encantaba mi boca. Decía que era muy pequeñita. Lo decía así, como… «Tienes las caderas tan estrechas, tus manos son tan pequeñas, tu cara es perfecta como la de una Barbie…». Y no paraba de decir que me quería y que…

Burke no se apresuró a llenar el silencio, pero Leigh vio que juntaba las manos en el regazo como si tuviera que refrenarse para no extender el brazo y asegurarle que todo iba a salir bien.

Ella sintió el mismo impulso al ver a Tammy Karlsen meciéndose adelante y atrás, con el pelo cayéndole sobre la cara para ocultar su expresión, mientras intentaba desaparecer de este mundo cruel.

Callie había hecho eso mismo la noche que murió Buddy. Se balanceaba adelante y atrás sentada en el suelo, sollozando, y repetía mecánicamente la frase de la operadora.

«Si desea hacer una llamada…».

Había un paquete de Kleenex en el cajón del escritorio. Leigh usó uno para secarse los ojos. Esperó mientras el silencio se prolongaba y Tammy Karlsen se estremecía de dolor. Era evidente que se culpaba a sí misma, que intentaba comprender en qué se había equivocado, qué estupidez había dicho o hecho para hallarse en aquella situación. En ese momento debería estar en el trabajo. Tenía un empleo. Y un máster. Y ahora tenía también recuerdos fugaces de una agresión violenta que había destrozado por completo su vida cuidadosamente organizada.

Leigh conocía bien ese sentimiento de culpa, porque había estado a punto de ocurrirle en la universidad: estaba durmiendo en su coche para ahorrar dinero y se había despertado con un desconocido encima.

—Lo siento —se disculpaba Tammy.

Leigh se sonó la nariz. Se incorporó en la silla y se acercó al monitor.

—Lo siento —repetía Tammy. Otra vez estaba temblando. Se sentía humillada, estúpida y completamente desvalida. En apenas doce horas lo había perdido todo y ahora no tenía ni idea de cómo recuperarlo—. No puedo… No consigo recordar nada más.

Leigh se tragó la repugnancia que sentía hacia sí misma e hizo una marca en el cuaderno. Era la quinta vez que Tammy Karlsen decía que no recordaba nada.

Cinco puntos para Andrew.

Volvió a mirar la pantalla. Burke permanecía inmóvil. Esperaba unos segundos antes de decir:

—Sé que ese individuo llevaba la cara cubierta. Pero con un pasamontañas, y corríjame si me equivoco, se pueden ver los ojos, ¿es así?

Tammy asintió.

—Y la boca.

Burke seguía guiándola suavemente hacia la pregunta obvia.

—¿Hay algo suyo que reconociera? ¿Cualquier cosa?

Tammy volvía a tragar saliva audiblemente.

—Su voz.

Burke esperaba.

—Era el tipo del bar. Andrew. —Tammy carraspeaba—. Estuvimos mucho tiempo hablando. Reconocí su voz cuando estaba… Cuando me hizo eso.

—¿Le llamó usted por su nombre? —preguntaba Burke.

—No, pensé que… —Tammy hacía una pausa—. No quería que se enfadara.

Leigh sabía por lo que había leído anteriormente que Andrew había tenido que participar en una rueda de reconocimiento de voz junto con otros cinco hombres. Se habían grabado sus voces repitiendo frases de la agresión. Cuando la inspectora le había puesto las muestras a Tammy, esta había señalado inmediatamente la de Andrew.

—¿Tiene algo de particular la voz de ese hombre? —preguntaba Burke.

—Es suave. Quiero decir que su tono es suave, pero el registro es grave y…

La compostura sobrenatural de Burke dejaba ver una grieta.

—¿Y?

—Su boca. —Tammy se tocaba los labios—. También la reconocí. Se torcía hacia un lado, como si estuviera… No sé. Como si estuviera jugando. Como si dijera que me quería, pero al mismo tiempo estuviera disfrutando al verme… al verme aterrorizada.

Leigh conocía esa mueca. Conocía esa voz. Conocía esa mirada aterradora y desapasionada de los ojos fríos e inertes de Andrew.

Dejó que el vídeo continuara hasta el final. No hizo más anotaciones, salvo tres rayas para marcar las veces que Tammy repetía que no recordaba lo ocurrido. Burke trataba de sonsacarle más detalles. El trauma o el Rohypnol habían trastornado sus recuerdos. Todo lo que contaba procedía del principio del ataque. No se acordaba del cuchillo. Ni del corte en la pierna. Ni de la violación con la botella de Coca-Cola. No sabía qué había pasado con su bolso, su coche o su ropa.

Leigh cerró el vídeo cuando Tammy Karlsen salía acompañada de la sala y Burke ponía fin a la grabación. Buscó una foto concreta del sumario. El bolso de Tammy había sido encontrado debajo del asiento del conductor de su BMW. Su ropa, en el lugar de los hechos, perfectamente doblada en una esquina del cenador.

Como obsesiva compulsiva que era, Leigh apreció la cuidada simetría de la puesta en escena. La falda de sarga gris de Tammy estaba doblada en un prieto cuadrado. Encima estaba la chaqueta de traje, a juego con la falda. La blusa de seda negra estaba metida dentro de la chaqueta, como un conjunto expuesto en una tienda. Colocado sobre el montón había un tanga negro. El sujetador de encaje a juego estaba abrochado ciñendo el montón de ropa, como el lazo de un regalo. Los tacones negros de Tammy estaban a un lado, derechos y alineados a la perfección con el apretado paquete cuadrangular.

Leigh se acordó de cómo solía jugar Andrew con su comida a la hora de la merienda. Colocaba capas de queso y galletas formando una torre de Jenga y luego intentaba sacar una sin que se cayera el montón. Hacía lo mismo con rodajas de manzana, nueces y restos de palomitas de maíz.

Sonó el teléfono del escritorio. Leigh se enjugó los ojos y se sonó la nariz.

—Leigh Collier.

—¿Qué quiere decir eso de «polla extra»? —preguntó Walter.

Tardó un momento en darse cuenta de que estaba hablando del vídeo del *playback* de Maddy.

—Creo que se refiere a un tío al que te follas a escondidas.

—Ah. Bueno.

Leigh reconoció que tenía su mérito que no hubiera contestado «de tal palo tal astilla», porque, cuando decía que era sincera con su marido, se refería a que lo era en todo.

O en casi todo.

—Cariño —dijo Walter—, ¿por qué estás llorando?

Las lágrimas se habían detenido, pero Leigh sintió que amenazaba con caer de nuevo.

—Anoche vi a Callie.

—¿Es una idiotez preguntar si está metida en algún lío?

—Puedo resolverlo, no es nada.

Le contaría lo de la Glock no registrada más adelante. Walter había conseguido el arma de un amigo bombero cuando ella empezó a trabajar por su cuenta.

—Está mal. Peor que de costumbre.

—Sabes que va por ciclos.

Lo que sabía era que en algún momento Callie no sería capaz de salir del pozo. Ni siquiera estaba segura de que pudiera disminuir el consumo. Sobre todo, teniendo a Phil cerca. Si Callie había recurrido a la heroína en vez de a su madre, era por un buen motivo. Y tal vez había también una razón para que no hubiera recurrido a Leigh. Al ver el estuche de su hermana en el motel la noche anterior, le habían dado ganas de estrellarlo contra la pared y gritar: «¿Por qué quieres a esta mierda más que a mí?».

Le dijo a Walter:

—Está delgadísima. Se le notan los huesos.

—Pues dale de comer.

Leigh lo había intentado. Callie apenas había conseguido comerse media hamburguesa con queso. Había puesto la misma cara que puso Maddy cuando probó el brócoli por primera vez.

—Respiraba mal. Como si le costara. Noté que tenía pitos en el pecho. No sé qué está pasando.

—¿Fuma?

—No.

Phil había fumado suficiente por toda la familia. Ninguna de las dos podía soportar la peste del tabaco. Por eso era doblemente cruel que hubiera dejado ir a Callie a casa de su madre. ¿Cómo se le había ocurrido? Si Andrew o uno de sus detectives privados no la aterrorizaban hasta el punto de empujarla a una sobredosis, lo haría Phil.

*Era culpa suya. Era todo culpa suya.*

—Cariño —añadió Walter—, aunque sea COVID persistente, todos los días se oye hablar de gente que por fin se recupera. Callie tiene más vidas que un gato. Ya lo sabes.

Leigh pensó en su propia batalla contra el COVID. Había empezado con cuatro horas de tos incontrolada, tan fuerte que le había reventado un capilar del ojo. En el hospital la habían mandado a casa tras recetarle paracetamol y darle instrucciones de llamar a una ambulancia si no podía respirar. Walter le había rogado que le dejara cuidarla, pero ella le había mandado a buscar a Callie.

*Era culpa suya. Era todo culpa suya.*

—Cielo, tu hermana es una persona increíblemente buena y maravillosa, pero tiene muchos problemas. Algunos los puedes arreglar y otros no. Lo único que puedes hacer es quererla.

Leigh volvió a secarse los ojos. Había oído un pitido en la línea de Walter.

—¿Te están llamando?

Él suspiró.

—Marci. Puedo llamarla luego.

Marci era su novia. Por desgracia, Walter no había optado por pasar los cuatro años que llevaba separado de Leigh suspirando por su regreso.

Ella sintió la necesidad de decirle:

—Tardaría diez minutos en tramitar el divorcio de mutuo acuerdo por Internet.

—Cariño —dijo Walter—, seguiré siendo tu polla extra mientras tú quieras ser mi coño extra.

Leigh no se rio.

—Sabes que para mí siempre serás el primero.

—Me parece una buena manera de terminar esta conversación —comentó él.

Leigh siguió con el teléfono pegado a la oreja después de que Walter colgara. Dejó que los reproches que se hacía a sí misma llegaran a su punto de ebullición antes de volver a dejar el teléfono en su sitio.

Alguien llamó a la puerta. Liz asomó la cabeza un momento y dijo:

—Tienes cinco minutos para subir.

Leigh se acercó al armario para sacar los tacones. Se retocó el maquillaje mirándose al espejo del interior de la puerta. BC&M no solo gastaba dinero en asesores para saber qué opinaban los jurados de los acusados. También querían saber qué opinaban de los abogados del bufete. Leigh seguía atormentándose por un caso que había perdido. A su cliente le habían caído dieciocho años de prisión quizá porque, según uno de los miembros del jurado encuestados —un hombre—, su pelo recogido, su traje pantalón de J. Crew y sus zapatos bajos no ocultaban el hecho de que «evidentemente estaba buenísima, pero tenía que esforzarse más por parecer una mujer».

—Mierda —dijo. Se había pintado los labios a pesar de que la mascarilla iba a taparle la boca. Usó un Kleenex para quitarse el carmín. Se puso la mascarilla y luego apiló sus cuadernos y agarró sus dos teléfonos.

El suave barullo de la sala común la envolvió en ruido blanco mientras se dirigía a los ascensores. Miró su teléfono personal. Callie no había escrito ni había llamado. Intentó no darle demasiada importancia a su silencio. Eran casi las cuatro de la tarde. Callie podía estar durmiendo o colocada, o vendiendo drogas en Stewart Avenue, o haciendo lo que hiciera con su inmensa cantidad de tiempo libre. Que no se hubiera puesto en contacto con ella no significaba necesariamente que tuviera problemas. Era Callie, nada más.

Al llegar a los ascensores, usó el codo para apretar el botón. Ya que tenía el teléfono en la mano, envió un mensaje a Maddy: *Soy tu futura jefa. Echo un vistazo a tu TikTok. ¿Qué pienso?*

Maddy le contestó enseguida: *Imagino que eres una directora de Broadway y piensas: «¡Hala, qué talentazo tiene esta mujer!».*

Leigh sonrió. La puntuación era una pequeña victoria. Que su niña de dieciséis años se considerara a sí misma una mujer con talento era todo un triunfo.

Entonces se le borró la sonrisa, porque el TikTok de Maddy era exactamente el tipo de prueba que ella le enseñaría a un jurado si intentara sembrar dudas sobre el carácter de su hija.

La puerta del ascensor se abrió. Había otra persona dentro, un abogado joven al que reconoció de una de las plantas de abajo. Leigh se situó sobre uno de los cuatro adhesivos que había en las esquinas para recordar a la gente que mantuviera la distancia de seguridad. Encima del panel, un cartel aconsejaba no hablar ni toser. Otro cartel publicitaba el revestimiento de alta tecnología de los botones, que supuestamente impedía la transmisión del virus. Se mantuvo de espaldas al joven abogado, aunque notó que ahogaba un gemido de sorpresa al ver que pulsaba con el codo el botón del último piso.

La puerta se cerró. Leigh empezó a redactar un mensaje para Maddy acerca de la admisión en la universidad, el respeto de los compañeros de trabajo y la importancia de tener buena reputación. Estaba intentando dar con una forma de introducir la belleza del sexo en la parrafada sin avergonzarlas a ambas cuando su teléfono zumbó al recibir otro mensaje.

Nick Wexler preguntaba: *¿BAF?*

*¿Bajas a follar?*

Leigh suspiró. Se arrepentía de haber vuelto a caer en la órbita de Nick, pero no quería quedar como una zorra después de haberle pedido un favor.

Decidió darle largas y escribió: *¿Puede ser otro día?*

Un pulgar hacia arriba y una berenjena fueron la recompensa a su respuesta.

Reprimió las ganas de volver a suspirar. Volvió al mensaje de Maddy y llegó a la conclusión de que sería mejor dejar el sermón para más adelante. Lo sustituyó por: *Me apetece mucho que charlemos esta noche.*

El joven abogado se bajó en el noveno piso, pero no pudo evitar lanzarle una mirada, intentando averiguar quién era y cómo había conseguido acceso a la planta de dirección. Leigh esperó a que se cerrara la puerta y luego se quitó la mascarilla, dejándola colgada de la oreja. Respiró hondo y aprovechó aquel momento de soledad para recalibrarse.

Aquel iba a ser su primer encuentro con Andrew después de que él le mostrara su verdadera naturaleza. Tener un cliente tramposo no era ninguna novedad para ella, pero, por muy sádicos que fueran sus presuntos crímenes, generalmente se mostraban dóciles cuando llamaban a su puerta. El hecho de que hubieran sufrido la humillación del arresto, de que hubieran soportado un confinamiento inhumano, las amenazas de los presos veteranos y el saber que podían detenerlos de nuevo o mandarlos a la cárcel si ella no los ayudaba, le daba ventaja sobre ellos.

Esa era la sirena de alarma que no había querido escuchar el día anterior por la mañana. Andrew Tenant había tenido la sartén por el mango todo el tiempo, y solo retrospectivamente se había dado cuenta Leigh de cómo había sucedido. Los abogados defensores siempre decían en broma que su peor pesadilla era un cliente inocente. La peor pesadilla de Leigh era un cliente que no tenía miedo.

Sonó la campanilla. El número de la última planta parpadeó sobre la puerta. Leigh se colocó la mascarilla. Una mujer mayor, elegantemente vestida con traje pantalón negro y mascarilla roja, la estaba esperando. Era como *El cuento de la criada* en versión UGA.

—Señora Collier —dijo la mujer—, el señor Bradley quiere hablar con usted en privado en su despacho.

Leigh sintió una repentina sacudida de temor.

—¿El cliente ha llegado ya?

—El señor Tenant está en la sala de reuniones, pero el señor Bradley desea hablar con usted primero.

Se le hizo un nudo en las tripas, pero no tuvo más remedio que seguir a la mujer por el gigantesco espacio diáfano. Se quedó mirando la puerta cerrada de la sala de reuniones. Su mente comenzó a barajar tortuosos giros argumentales. Andrew había hecho que la despidieran. Había acudido a la policía. Había secuestrado a Callie y la tenía como rehén.

Lo absurdo de esa última idea contribuyó a que su paranoia volviera a enrollarse como una bobina en su caja. Andrew era un violador sádico, pero no era un Svengali. Leigh se recordó su hipótesis de trabajo. Lo único que tenía Andrew eran recuerdos sueltos de infancia y conjeturas sobre el motivo de la desaparición de su padre. El mayor error que podía cometer ella en ese momento era comportarse de manera que confirmara sus sospechas.

—Por aquí. —La asistente de Bradley abrió la puerta de un despacho.

A pesar de que había recuperado la lógica, a Leigh se le había quedado la boca completamente seca cuando entró en el despacho. No había inspectores ni agentes de policía esperando para esposarla. Solo la predecible decoración roja y negra. Cole Bradley estaba sentado detrás de un enorme escritorio de mármol, rodeado de montones de archivos y papeles. Su americana de color gris claro colgaba de un perchero. Tenía la camisa remangada y la cara descubierta.

—¿Andrew va a acompañarnos? —preguntó Leigh.

En lugar de responder, él le indicó una silla de cuero rojo frente a su escritorio.

—Explíqueme la situación.

Leigh sintió el impulso de darse de bofetadas por no haber adivinado lo obvio. Bradley quería que le pusiera al corriente, para que pareciera que sabía de lo que estaba hablando delante del cliente.

Se sentó. Se quitó la mascarilla, abrió su cuaderno y fue al grano.

—La víctima identifica sin lugar a dudas la voz de Andrew en su primera declaración. Después de que le detuvieran, volvió a identificarla en una rueda de reconocimiento auditivo. Tiene algunas lagunas, pero utilizaron a un especialista forense en este tipo de interrogatorios que la guio a la perfección para que recordara todo lo posible. Se llama Sean Burke.

—No me suena de nada —dijo Bradley.

—A mí tampoco. Averiguaré lo que pueda, pero lleva todas las de ganar en el estrado. No sé cómo se comportará Tammy Karlsen, la víctima. En la entrevista grabada, despierta simpatía. La noche de la agresión no iba vestida de manera provocativa. No bebió en exceso. No tiene antecedentes penales, ni siquiera por conducir bajo los efectos del alcohol. No tiene multas por exceso de velocidad. Su historial crediticio es muy sólido. Casi ha terminado de pagar sus préstamos universitarios. Escarbaré en sus redes sociales, pero tiene un máster universitario en ingeniería de *software*. Seguramente habrá borrado todo lo que pueda perjudicarle.

—Georgia Tech —dijo Bradley. La eterna rival de la UGA—. ¿Hasta qué punto despertará simpatías entre el jurado?

—Sobre la falta de consentimiento no hay ninguna duda. Le dieron una paliza de muerte. Dio un no rotundo durante la agresión. Las fotografías por sí solas le granjearán una enorme compasión.

Bradley asintió.

—¿Pruebas?

—Hay una huella de zapato en el barro que puede corresponderse con una zapatilla Nike del número cuarenta y dos encontrada en el armario de Andrew. Puedo argumentar que la correspondencia no es exacta, solo posible. Hay varias marcas de mordiscos profundas, pero no encontraron rastros de ADN al hacer un frotis de las heridas, y el fiscal no se atreverá a llamar a declarar a un odontólogo sabiendo que puedo desacreditar fácilmente esa ciencia por inexacta. —Leigh hizo una pausa para tomar aire—. La botella de Coca-Cola presenta más complicaciones. Hallaron una huella de Andrew en el culo de la botella. Del dedo meñique derecho, pero la correspondencia no ofrece lugar a dudas, la revisó la Oficina de Investigación de Georgia. En la base de la botella no hay nada más, aparte de materia fecal y ADN de la víctima. El atacante probablemente usó guantes y el de la mano derecha se rompió por el dedo meñique, o cabe la posibilidad de que sea una botella que Andrew tocó antes de la agresión. Suele frecuentar ese parque.

Bradley se tomó un momento para asimilar ese último dato.

—¿Áreas problemáticas?

—En el caso de la acusación, se sospecha que el agresor usó Rohypnol, por lo que puedo alegar amnesia temporal. Karlsen sufrió una conmoción cerebral, así que la amnesia por traumatismo es segura. Ya he contactado con dos especialistas que dan muy buen resultado con los jurados. —Hizo una pausa para consultar sus notas—. Por nuestra parte, las fotos del lugar de los hechos son espantosas. Puedo evitar que se enseñen algunas, pero incluso las mejores perjudicarán a Andrew. Puedo intentar cuestionar la identificación de la voz de Andrew, pero, como le decía, la víctima la identificó rotundamente en ambas ocasiones. He visto la lista de posibles testigos de la acusación y tienen un perito forense especializado en grabaciones de audio al que habría recurrido si no hubieran echado mano de él primero.

—¿Y?

—Karlsen se muestra confusa en casi todo lo demás. Esa confusión podría actuar como contrapeso de sus certezas, pero, si da la impresión de que creo que tenemos solo un cincuenta por ciento de posibilidades de que absuelvan a Andrew, es porque así es.

—Señora Collier —dijo Bradley—, no se ande con rodeos.

Su perspicacia debería haber impresionado a Leigh, pero estaba furiosa porque, después de pasarse toda la mañana tramando una estrategia, Bradley hubiera visto en apenas cinco minutos lo que ella pretendía soslayar.

—Sidney Winslow es la coartada de Andrew para la noche de la agresión. El jurado querrá oírla.

Bradley se recostó en su silla, juntando los dedos.

—La señorita Winslow tendrá que renunciar al privilegio conyugal para poder testificar, lo que significa que Dante podrá arremeter contra ella. ¿Prevé usted algún problema en ese sentido?

Leigh sintió que empezaba a rechinar los dientes. Había tenido la intención de utilizar a Sidney como caballo de Troya, dejando que prendiera fuego a la vida de Andrew mientras ella quedaba libre de culpa.

—Dante no es Perry Mason, pero tampoco hará falta que lo sea. O bien Sidney se cabreará y dirá alguna estupidez, o bien intentará ayudar a Andrew y dirá alguna estupidez.

—En mis tiempos, «decir una estupidez» bajo juramento se llamaba perjurio.

Leigh se preguntó si Bradley pretendía animarla o hacerle una advertencia. Un abogado no podía llamar a declarar a un testigo si creía que iba a mentir. Instigar al perjurio era un delito penado con entre uno y diez años de prisión y una multa cuantiosa.

Bradley esperaba una respuesta. Su jefe había hecho una observación jurídica; Leigh, por su parte, contestó con una refutación acorde con la ley.

—Aconsejaré a Sidney lo mismo que les aconsejo siempre a los testigos. Ceñirse a la verdad, no intentar ayudar, responder únicamente a las preguntas que le hagan y en ningún caso adornar la verdad.

El gesto de asentimiento de Bradley indicaba que le bastaba con eso.

—¿Algún otro asunto del que deba estar al tanto?

—La alarma de la tobillera electrónica de Andrew ha saltado varias veces. Siempre falsas alarmas, pero alguien podría decir que está poniendo a prueba el tiempo de respuesta.

—Entonces tendremos que asegurarnos de que nadie lo diga —repuso Bradley como si ella pudiera controlarlo—. Su segundo en el caso…

—Jacob Gaddy —dijo Leigh—. Me ha ayudado ya en un par de juicios. Se maneja bien con las pruebas forenses. Y con los testigos.

Bradley asintió, porque era una estrategia aceptada que una abogada tuviera por ayudante a un hombre, para equilibrar la balanza.

—¿Quién es el juez?

—Iba a ser Álvarez, pero…

—COVID. —Bradley pareció apesadumbrado. Álvarez tenía su edad—. ¿Cuándo sabrá quién le toca?

—Todavía están organizando los turnos. En el juzgado está todo patas arriba. Tenemos la selección del jurado el jueves y seguramente el viernes, y el juicio comienza el lunes, pero a saber si lo adelantarán o lo pospondrán. Depende de las tasas de contagio y de si vuelven a confinar la cárcel o no. Pase lo que pase, estaré preparada.

—¿Es culpable?

A Leigh le sorprendió la pregunta.

—Creo que hay posibilidades de que le absuelvan, señor.

—Solo tiene que contestar sí o no.

Leigh no iba a darle una respuesta simple. Estaba tratando de sabotear un caso en beneficio propio. El mayor error que cometían los delincuentes era pasarse de soberbios.

—Probablemente —dijo.

—¿Y esos otros posibles casos?

—Hay similitudes entre las otras tres denuncias y la agresión a Tammy Karlsen. —Leigh sabía que estaba sorteando la cuestión. Tenía que convencer a Bradley de que iba a hacer todo lo posible para que absolvieran a Andrew—. Si me está preguntando si violó a esas otras tres mujeres… Probablemente. ¿Puede demostrarlo Dante Carmichael? No estoy segura, pero, si le condenan por el caso de Tammy Karlsen, mi duda se convertirá en una certeza. Si eso sucede, la única cuestión será si la condena es concurrente o consecutiva.

Bradley continuó con los dedos entrelazados mientras se tomaba unos segundos para reflexionar. Leigh esperaba que le hiciera otra pregunta, pero dijo:

—Trabajé en el caso del Estrangulador de las Medias en los años setenta. Mucho antes de que usted naciera. Seguro que no le sonará de nada.

Leigh conocía el caso porque Gary Carlton era uno de los asesinos en serie más famosos de Georgia. Había sido condenado a muerte por violar y estrangular a tres mujeres mayores, pero se sospechaba que había agredido a muchas otras.

—Carlton no empezó matando. Acabó haciéndolo, pero hubo muchos muchos otros casos en los que la víctima sobrevivió. —Bradley hizo una pausa para asegurarse de que le seguía—. Un experto en perfiles psicológicos del FBI analizó el caso. Fue años después, cuando se pusieron de moda esas cosas. Dijo que en la mayoría de los asesinos se ve un patrón de escalada. Comienzan fantaseando y luego esas fantasías toman el control. El mirón se convierte en violador. Y el violador en asesino.

Leigh no le dijo que le estaba dando una información a la que podía acceder cualquiera que tuviera una cuenta en Netflix. Ella había pensado lo mismo al ver las fotografías forenses de Tammy Karlsen. Andrew la había atacado salvajemente; había estado a punto de matarla. No era disparatado suponer que en algún momento, quizá la próxima vez, el cuchillo seccionaría la arteria y la víctima moriría en medio de un charco de su propia sangre.

—Los otros tres casos —le dijo a Bradley—, alguien se ha tomado muchas molestias para vincularlos con Andrew. Sospecho que puede estar pasando algo más entre bastidores.

—¿Como qué?

—Alguna agente o alguna inspectora que trabajara en uno de los casos anteriores. Quizá quería imputar a Andrew, pero el fiscal o su jefe le dijeron que lo dejara.

—¿Una mujer? —preguntó él.

—¿Alguna vez le ha dicho a una mujer que deje algo? —Leigh vio que Bradley sonreía a su manera, moviendo las orejas—. Es imposible que ningún jefe haya aprobado todas las horas extra que tiene que haber costado vincular esos otros tres casos. Ahora mismo, el departamento de policía apenas puede pagar la gasolina de los coches patrulla.

Bradley la escuchaba atentamente.

—Continúe.

—Sea por lo que sea, quizá por los recibos de las tarjetas de crédito o por las grabaciones de las cámaras de seguridad, o por algo que aún desconocemos, la policía ya tenía a Andrew en el punto de mira. No disponían de pruebas suficientes para detenerle. Teniendo en cuenta sus recursos financieros, sabían que solo tendrían una oportunidad para interrogarle.

Bradley llegó a la conclusión obvia.

—Es posible que haya más agresiones de las que aún no sabemos nada, lo que significa que todo depende del resultado del caso Karlsen.

Leigh procuró mostrarse optimista.

—Solo tengo que persuadir a un miembro del jurado para ganar el caso. Dante tiene que persuadir a doce.

Bradley se recostó más aún en la silla. Cruzó las manos detrás de la cabeza.

—Coincidí con el padre de Andrew una vez. Gregory padre intentó sobornarle para que se esfumara, pero por supuesto Waleski se negó. Una persona horrible. Linda era poco más que una niña cuando se casó con él. Lo mejor que pudo pasarle fue que desapareciera.

Leigh podría haberle dicho que la desaparición de Buddy Waleski había beneficiado a mucha gente.

—¿Haría subir a Andrew al estrado? —preguntó él.

—Podría pegarle un tiro en el pecho y ahorrarle al jurado tener que emitir un veredicto. —Leigh se recordó a sí misma que estaba hablando con su jefe y que debía procurarse un marco de legitimidad—. Si él quiere testificar, no puedo impedírselo, pero le dejaré muy claro que perderá el caso si lo hace.

—Permítame hacerle una pregunta —dijo Bradley como si no llevara un rato interrogándola—. Suponiendo que Andrew sea culpable de las agresiones, ¿cómo se sentirá usted si consigue que le absuelvan y vuelve a hacerlo? ¿O si hace algo aún peor la próxima vez?

Leigh sabía cuál era la respuesta que buscaba. Era la respuesta que hacía que la gente odiara a los abogados defensores hasta que necesitaba uno.

—Si Andrew sale libre, sentiré que Dante Carmichael no ha hecho bien su trabajo. Es la fiscalía quien ha de demostrar la culpabilidad del acusado; esa carga pesa sobre sus hombros.

—Bien. —Bradley asintió—. Reginald Paltz. ¿Qué opina de él?

Leigh vaciló. Después de la conversación con Liz, se había olvidado de Reggie.

—Es bueno en lo suyo. Su investigación sobre Andrew me parece excelente. Nada de lo que saque a relucir la fiscalía en el juicio nos pillará por sorpresa. Le voy a asignar a uno de mis casos de divorcio.

—Pospóngalo —ordenó Bradley—. El señor Paltz está contratado en exclusiva hasta que acabe el juicio. Está esperando en la sala de reuniones, con Andrew. Yo no voy a estar presente, pero creo que descubrirá usted que tiene algunas cosas interesantes que contar.

# 8

Leigh se armó de valor mientras se dirigía a la sala de reuniones. En lugar de intentar anticiparse a las «cosas interesantes» que Reggie Paltz tenía que decirle, recitó para sus adentros su hipótesis de trabajo: siendo niño, Andrew había encontrado la cámara de Buddy detrás de la barra; tras la desaparición de su padre, había visto a Callie mirando obsesivamente la ilustración de la arteria femoral en el manual de anatomía; por alguna razón desconocida, en algún momento esos dos recuerdos habían colisionado y ahora Andrew estaba mimetizando el asesinato de su padre, interpretándolo a su manera enfermiza.

Una gota de sudor le corrió por la nuca. Su hipótesis no parecía tan sólida estando Andrew a menos de seis metros de distancia. Le estaba sobrestimando al creer que él solo había llegado a esa deducción. El cerebro criminal no existía como tal. A Leigh le faltaba algún dato, una B que uniera la A con la C.

La criada de la UGA de Bradley carraspeó.

Leigh estaba de pie como una estatua frente a la puerta cerrada de la sala de reuniones. Se despidió de la mujer con una inclinación de cabeza antes de entrar.

La sala tenía el mismo aspecto, salvo porque las flores del pesado jarrón de cristal habían empezado a marchitarse. Andrew estaba en el extremo de la mesa más cercano a la chimenea. Tenía delante una gruesa carpeta clasificadora cerrada. De color azul claro, no como las que usaban en el bufete. Reggie Paltz estaba dos sillas más allá. La escena era muy parecida a la de su reunión anterior. Reggie estaba trabajando con su portátil. Andrew miraba su teléfono con el ceño fruncido. Ninguno de los dos llevaba mascarilla.

Cuando Leigh cerró la puerta, Andrew fue el primero en levantar la vista. Ella captó su expresión en el instante en que se transformaba: irritada al principio, un momento después era absolutamente desalmada.

—Disculpen que llegue tarde. —Leigh caminaba con rigidez. Como las veces anteriores, sentía el cuerpo suspendido perpetuamente en un impulso de luchar o huir. Sus sentidos se aguzaron. Sus músculos estaban tensos. El ansia de escapar atravesaba cada molécula.

Ganó algo de tiempo mientras buscaba un bolígrafo en la taza del aparador. Se sentó en el mismo sitio que había ocupado dos noches antes. Dejó sus dos teléfonos sobre la mesa. Sabía que la única forma de superar la hora siguiente era limitarse a hablar de trabajo.

—Reggie, ¿qué tiene para mí?

Contestó Andrew.

—Me he acordado de algo que me dijo Tammy en el bar.

Leigh sintió que un pinchazo de advertencia le subía por la columna vertebral.

—¿De qué se trata?

Él dejó que la pregunta quedara suspendida en el aire mientras pellizcaba la esquina de la carpeta azul claro. El *tic-tic-tic* prolongó el silencio. Leigh calculó que había unas cien hojas dentro de la carpeta. Intuyó de inmediato que no quería saber lo que contenían. Y también que Andrew quería que le preguntara por ellas.

Oyó lo que le había dicho Callie. «Dos no juegan si uno no quiere».

Leigh se negó a jugar. Levantando una ceja, preguntó:

—Andrew, ¿qué te dijo Tammy en el bar?

Él dejó pasar otro momento y luego respondió:

—Que la violaron y abortó cuando tenía dieciséis años.

Leigh sintió que sus fosas nasales se dilataban mientras se esforzaba por ocultar su sorpresa y su horror.

—Fue en el verano de 2006 —continuó él—. Un chico de su equipo de debate. Estaban en un campamento, en Hiawassee. Me dijo que no podía tener el bebé de ninguna manera, porque sabía que nunca lo querría.

Leigh apretó los labios. Había visto cada fotograma del vídeo de noventa y ocho minutos. En todo ese tiempo, Tammy Karlsen no había hecho más que coquetear y hablar de cosas intrascendentes.

—Supongo que comprendes lo valiosa que es esa información. —Andrew la observaba atentamente. El *tic-tic* continuaba a ritmo constante—. Tammy Karlsen ya ha acusado falsamente a un hombre de violación. Mató a su hijo nonato. ¿De verdad puede el jurado creer una sola palabra de lo que diga?

Leigh trató de mirarle, pero la expresión amenazadora de sus ojos la desarmó. No sabía qué hacer, salvo seguirle la corriente. Preguntó:

—Reggie, ¿tiene algo que respalde esa información?

El *tic-tic* se detuvo. Andrew estaba esperando.

—Sí, eh… —Reggie llevaba la deshonestidad pintada en la cara; Leigh dedujo de ello que había obtenido la información por medios deshonestos—. El caso es que Andrew me contó lo… lo que había recordado. Así que he localizado a algunas amigas de Karlsen del instituto. Me han confirmado lo del aborto. Y que ella le dijo a todo el mundo que la habían violado.

—¿Esas amigas han hecho una declaración formal? —insistió Leigh—. ¿Están dispuestas a testificar?

Reggie negó con la cabeza, mirando a algún punto por encima del hombro de Leigh.

—Prefieren permanecer en el anonimato.

Leigh asintió como si aceptara la explicación.

—Es una pena.

—Bueno. —Reggie miró a Andrew—. Aun así, está justificado que le pregunte a Karlsen al respecto cuando declare en el juicio. Por ejemplo, si ha abortado alguna vez. O si ya había pensado alguna vez que la habían violado.

Leigh recurrió a una artimaña de abogada.

—Hay que sentar ciertas bases para formular esas preguntas. Dado que ninguna amiga de Tammy está dispuesta a testificar, tendrá usted que subir al estrado, Reggie.

El detective se rascó la perilla. Lanzó una mirada nerviosa a Andrew.

—Podría plantearlo de otro modo. Quiero decir que…

—No, lo hará muy bien —dijo Leigh—. Explíqueme con detalle su investigación. ¿Con cuántas amigas de Tammy ha hablado? ¿Cómo las ha localizado? ¿Ha hablado con algún monitor del campamento? ¿Presentó Tammy una queja en dirección? ¿Hubo un informe policial? ¿Cómo se llamaba el chico? ¿De cuánto tiempo estaba embarazada? ¿A qué clínica acudió? ¿Quién la trató? ¿Lo saben sus padres?

Reggie se enjugó la frente con el brazo.

—Eso es… eh… eso…

—Estará preparado para declarar cuando llegue el momento. —Andrew no había apartado la mirada de Leigh desde que ella había entrado en la sala, ni la apartó ahora—. ¿Verdad, Reg?

El *tic-tic-tic* volvió a sonar.

Leigh vio desde el otro lado de la sala que Reggie tragaba saliva. Dedujo de su silencio que de pronto se arrepentía de sus delitos. Porque eso eran: delitos. Los detectives privados tenían prohibido utilizar medios ilegales para recabar información, del mismo modo que los abogados tenían prohibido utilizar en los tribunales información obtenida ilegalmente. Si Reggie subía al estrado, se exponía a que le acusaran de perjurio. Y, si Leigh le llamaba a declarar a sabiendas de que iba a mentir, se enfrentaría al mismo cargo.

Andrew estaba tratando de joderlos a ambos descaradamente.

—¿Reg? —insistió.

—Sí. —Reggie volvió a tragar saliva—. Claro. Estaré preparado.

—Bien —dijo Andrew—. ¿Qué es lo siguiente?

*Tic-tic-tic.*

—Dame un minuto para que… —Leigh indicó su cuaderno en blanco.

El bolígrafo hizo clic. Comenzó a escribir palabras sin sentido para que Andrew pensara que estaba contemplando seriamente la posibilidad de perder su licencia de abogada y acabar en la cárcel.

Al menos la ausencia de Cole Bradley en la reunión había cobrado sentido. El muy cabrón escurridizo no quería exponerse a que le procesaran, pero en cambio no tenía reparos en dejar que Leigh corriera ese riesgo. Incluso la había puesto a prueba en su despacho al preguntarle si se sentía o no cómoda ante la posibilidad de incurrir en un delito de instigación al perjurio si llamaba a Sidney a declarar. Ahora, además de montar su caso en la sombra contra Andrew y trabajar en el caso real, tendría que poner en escena la pantomima que Cole Bradley estaba esperando.

—Muy bien. —Haciendo un esfuerzo ímprobo, se obligó a mirar a Andrew—. Vamos a ensayar tu comparecencia en el tribunal. Primero, quiero que hablemos de tu presentación. Qué ropa vas a llevar, cómo te vas a comportar. Tienes que recordar que durante la desinsaculación del jurado los posibles candidatos estarán observando todos tus movimientos. ¿Tienes alguna pregunta sobre el procedimiento?

El *tic-tic* se había detenido de nuevo. Había algo amenazador en la actitud de Andrew. Tardó unos segundos en preguntar:

—¿La desinsaculación del jurado?

Leigh volvió a ponerse en modo abogada y lanzó su discurso habitual.

—La desinsaculación es el procedimiento por el que cada parte puede formular preguntas a los candidatos a jurados para determinar su idoneidad. Por lo general, se selecciona al azar a un grupo de unas cincuenta personas. Podemos interrogar a cada una de esas personas para tratar de descubrir prejuicios, antecedentes, cualificación, y sopesar si simpatizarán o no con nuestro bando…

—¿Cómo lo sabremos? —Andrew le había roto el ritmo. Leigh se dio cuenta de que lo había hecho a propósito—. ¿Y si mienten?

—Esa es una buena pregunta. —Tuvo que hacer una pausa para tragar saliva. La voz de Andrew había sonado distinta, más suave pero con un registro grave aun así, tal y como la había descrito Tammy—. Todos los candidatos tienen que rellenar un cuestionario al que tendremos acceso con antelación.

—¿Podemos investigarlos? —preguntó Andrew—. Reggie puede…

—No, no tenemos tiempo y además sería contraproducente. —Al mirar a Reggie, comprendió que estaba dispuesto a hacer lo que quisiera Andrew. Intentó hacerles desistir de otro plan para engañar al sistema—. Cuando los candidatos a jurados suben al estrado, están bajo juramento. Tienen que decir la verdad, y los jueces dan mucho margen para descubrir posibles conflictos de intereses.

—Deberías contratar a un asesor especializado en jurados —dijo Reggie.

—Ya hemos hablado de eso. —Andrew mantuvo la mirada fija en Leigh—. ¿Qué tipo de preguntas se hacen?

Leigh sintió que su alarma interna saltaba de nuevo, pero aun así enumeró algunas posibilidades.

—El juez hará primero preguntas de carácter general, como si la persona seleccionada o algún miembro de su familia ha sido víctima de algún delito violento, o si se considera capaz de ser imparcial. Luego se pasa a la formación académica, la experiencia laboral, los clubes o asociaciones a los que pertenece, las creencias religiosas, si esa persona tiene alguna relación con alguien del caso, si está o no preparada para oír descripciones detalladas de agresiones sexuales o si ha sufrido alguna agresión sexual.

—Bien —dijo Andrew—. ¿Tendrán que hablar de eso, si creen que ha sufrido alguna agresión sexual?

Leigh meneó la cabeza. No sabía adónde quería ir a parar.

—A veces.

—¿Y nos interesa o no tener a esas personas en el jurado?

—Es… —Otra vez notaba la garganta seca—. Tenemos derecho de recusación y…

—Creo que la mejor estrategia sería tratar de sonsacarles los detalles. Por ejemplo, la edad que tenían cuando ocurrió, si fue abuso infantil o… —Hizo una pausa—. Perdona, ¿hay alguna diferencia entre practicar un acto sexual con, digamos, un adolescente y hacerlo con un adulto?

Leigh no podía hablar. Solo podía mirarle la boca. Tammy Karlsen había hablado de la mueca burlona de sus labios detrás del pasamontañas. Ahora, saltaba a la vista que disfrutaba viéndola retorcerse de angustia.

Él continuó diciendo:

—Porque me parece que una persona que tuvo una experiencia

sexual en la adolescencia no necesariamente va a inclinarse a creer que una experiencia sexual adulta que se ha ido un poco de las manos es algo malo.

Leigh se mordió el labio para no corregirle. Nada se le había ido «un poco de las manos». Tammy había estado a punto de morir. Andrew sabía perfectamente lo que hacía.

—Es para pensárselo. —Se encogió de hombros, pero incluso ese movimiento ascendente y descendente parecía muy controlado—. Tú eres la experta. Te dejo la decisión a ti.

Leigh se levantó. Se acercó al aparador. Detrás de la puerta del armario había una mininevera. Sacó una botella de agua y le preguntó a Andrew:

—¿Tienes sed?

Por primera vez brilló una luz detrás de sus ojos. Su excitación era casi palpable, como la de un depredador al acecho de una nueva presa. Se estaba empapando de su malestar, deleitándose en su angustia.

Ella le dio la espalda. Le temblaban tanto las manos que le costó girar el tapón de la botella de agua. Bebió un largo trago. Volvió a sentarse. Se refugió de nuevo en su discurso bien ensayado.

—Como iba diciendo, disponemos de un número determinado de recusaciones para descartar a jurados, algunas con causa justificada, otras porque simplemente no nos gusta esa persona. El fiscal dispone del mismo número. Al final del proceso, habrá doce jurados y dos suplentes seleccionados para el juicio. —Se le entrecortó la respiración al decir la última palabra. Tosió, tratando de disimular su nerviosismo—. Perdón.

La oscura mirada de Andrew cubrió su rostro como un velo mientras ella daba otro trago a la botella.

—Otro abogado del bufete, Jacob Gaddy, será mi segundo en el juicio —continuó—. Se encargará del papeleo y de algunos pormenores del procedimiento. Le encargaré que interrogue a algunos de los testigos. En la mesa, me sentaré a tu derecha y Jacob estará a tu izquierda. Él también es tu abogado, así que si tienes alguna pregunta o comentario mientras interrogo a los testigos, dirígete a Jacob.

Andrew no dijo nada.

Leigh prosiguió.

—Durante el procedimiento de desinsaculación, todos los posibles jurados te estarán observando. El caso puede ganarse o perderse en ese momento, así que debes comportarte lo mejor posible. Pelo bien cortado, uñas limpias, cara afeitada. Asegúrate de tener preparados al menos cuatro trajes limpios. Calculo que el juicio durará tres días, pero conviene estar preparados. Usa la misma mascarilla todos los días. La que llevabas ayer, la del concesionario, está bien.

Reggie se removió en su silla.

Leigh le ordenó en silencio que permaneciera callado y le dijo a Andrew:

—Es probable que el juez te permita quitarte la mascarilla cuando comience la vista. Podemos repasar la normativa, si se da el caso. Mantén una expresión lo más neutra posible. Tienes que demostrarle al jurado que respetas a las mujeres. Así que, cuando yo hable, debes escucharme. Retírame la silla. Llévame las cajas…

—¿Eso no dará mala impresión? —Reggie eligió ese momento para hacer su aportación a la defensa—. Quiero decir que algunos jurados pueden pensar que Andy está actuando, ¿no? Y eso que acaba de decir del traje elegante y el corte de pelo… Esas cosas podrían poner al jurado en su contra.

—Es difícil saberlo. —Leigh se encogió de hombros, pero se descubrió preguntándose por las motivaciones de Reggie.

Estaba claro que no se trataba de un chantaje. De lo contrario, el detective habría mantenido la boca cerrada y habría dejado que Andrew ardiera en la hoguera que ella estaba tratando de encender. De modo que solo podía tratarse de dinero. Reggie había aceptado cometer perjurio en el estrado. Sabía que eso podía significar cualquier cosa, desde perder su licencia a acabar en la cárcel. La recompensa por asumir ese riesgo tenía que ser muy alta.

Le dijo a Andrew:

—Es a ti a quien van a juzgar. Tú decides. Yo solo puedo hacer recomendaciones.

Reggie volvió a intervenir por sorpresa.

—¿Va a hacerle subir al estrado? —preguntó.

—Eso debe decidirlo él —dijo Leigh—. Pero, en mi opinión, no debería declarar. Es poco probable que salga bien parado. A las mujeres no les gustará.

Reggie soltó una carcajada.

—El tío no puede pasar por un bar sin que todas las putitas de la sala le den su teléfono.

Leigh clavó la mirada en el detective.

—En los bares, las mujeres buscan a un hombre razonablemente limpio, con empleo remunerado y que sea capaz de hilar dos palabras sin quedar como un imbécil. En un jurado, sus motivaciones son otras.

La beligerancia de Reggie era ya evidente.

—¿Cuál, por ejemplo?

—La compasión.

El detective no supo qué contestar.

Andrew, tampoco.

Dejó que su silencio crispara los nervios de Leigh. Ella le miró desenfocando la vista para no tener que verle la cara. Estaba bien sentado en la silla, con la columna vertebral erguida y la mano apoyada en la carpeta, pero parecía listo para abalanzarse sobre ella en cualquier momento. Leigh vio como acariciaba suavemente con los dedos la esquina de la carpeta azul, pellizcando el borde. Tenía las manos grandes, como su padre. El reloj de oro que rodeaba holgadamente su muñeca le recordó al que solía llevar Buddy.

—Muy bien —dijo Andrew—. Eso en cuanto a la selección de jurado. ¿Y respecto al juicio?

Leigh apartó la mirada de su mano. Hizo un esfuerzo por reponerse.

—El fiscal empezará por exponer la sucesión de los hechos. Mientras él presenta el caso, debes mantenerte callado, sin mover la cabeza ni hacer ningún gesto o ruido de incredulidad o desaprobación. Si tienes que hacerme alguna pregunta o algún comentario, escríbelo en un cuaderno, pero procura que sean los menos posibles.

Andrew asintió una sola vez con la cabeza, pero Leigh no consiguió adivinar si algo de aquello le importaba en realidad. Estaba entreteniéndose con ella, jugueteando con sus nervios igual que jugueteaba con la carpeta.

—¿Cómo expone la sucesión de los hechos el fiscal?

Leigh carraspeó.

—Explicará detalladamente al jurado lo que sucedió aquella noche en el bar. Llamará a declarar al camarero, al aparcacoches y a la persona que encontró a la víctima en el parque. A continuación, al agente de policía que acudió al aviso, luego a los paramédicos, a los enfermeros y al médico que examinaron a la víctima, a la inspectora que…

—¿Y Tammy? —preguntó Andrew—. Según me ha dicho Reggie, tu tarea consistirá en aniquilarla. ¿Estás lista para aniquilarla?

Algo había cambiado. Leigh reconoció la inquietante sensación del día anterior y su impulso de escapar se disparó. Trató de actuar como si el subtexto careciera de sentido para ella.

—Estoy lista para cumplir mi labor.

—Bien. —Andrew empezó a abrir y cerrar el puño—. Empezarás por mostrar que Tammy se mostró bastante agresiva conmigo en el bar. Puedes señalar que, en el vídeo, me toca continuamente la pierna y la mano. En un momento dado, incluso me toca la mejilla.

Leigh aguardó, pero entonces se dio cuenta de que Andrew esperaba que reaccionara de alguna manera. Recogió su bolígrafo, dispuesta a escribir.

—Continúa.

—Se tomó tres copas en dos horas. Tres gin martinis dobles. Evidentemente, estaba medio borracha.

Leigh asintió para que continuara mientras anotaba cada palabra. Había malgastado horas urdiendo una estrategia para hundir el caso, pero estaba claro que Andrew iba a hacerle casi todo el trabajo.

—Sigue —le dijo.

—Luego, mientras esperábamos a que nos trajeran los coches, me agarró por el cuello y estuvo besándome treinta y dos segundos.
—Él hizo una pausa como para darle tiempo—. Y, por supuesto, me

dio su tarjeta de visita, que aún conservo. Yo no le pedí su número. Me lo dio ella.

Leigh volvió a asentir.

—Me aseguraré de sacar ese tema durante el interrogatorio.

—Bien —dijo Andrew con un filo distinto en la voz—. El jurado debe entender que tuve muchas oportunidades de acostarme con alguien esa noche. Puede que Reggie lo haya expresado de manera muy burda, pero tiene razón. Cualquier mujer de ese bar se habría ido a casa conmigo.

Leigh no podía darle manga ancha. Reggie no era su colega. Y Cole Bradley esperaría que ella presentara una defensa sólida.

—¿Y si el fiscal argumenta que lo primordial en una violación no es el sexo, sino el control?

—Entonces, les explicarás que tengo mucho control —repuso Andrew—. Puedo hacer lo que quiera. Vivo en una casa de tres millones de dólares. Tengo coches de lujo a mi disposición. Puedo usar el avión privado de mi familia. Yo no persigo a las mujeres. Las mujeres me persiguen a mí.

Ella asintió con la cabeza para animarle a seguir, porque la arrogancia de Andrew era su mayor ventaja. Había elegido una zona equivocada de Atlanta para cometer sus crímenes. El jurado se elegiría entre los votantes registrados en el condado de DeKalb, un grupo demográfico compuesto principalmente por personas de color con conciencia política que no estarían dispuestas a concederle el beneficio de la duda a un blanco rico e imbécil como Andrew Tenant. Y ella, por su parte, no estaba dispuesta a hacerles cambiar de opinión.

—¿Qué más? —preguntó.

Andrew entornó los ojos. Sus sentidos, como los de cualquier depredador, eran muy finos.

—Imagino que estarás de acuerdo en que sacar a la luz el sórdido pasado de Tammy es la mejor estrategia.

Reggie le ahorró el tener que responder.

—Es su palabra contra la de ella, ¿verdad? La única manera de defenderse es asegurarse de que el jurado la odie.

Leigh no iba a desafiar abiertamente a un graduado en la Facultad de Derecho de Twitter.

—Eso es muy matizable.

—¿Matizable? —repitió Reggie, obviamente tratando de justificar su sueldo—. ¿Qué significa eso?

—Un matiz es una diferencia o una distinción sutil —contestó Leigh con sarcasmo, y enseguida reculó—. Significa que, en general, hay que tener mucho cuidado con esas cosas. Tammy va a despertar muchas simpatías entre el jurado.

—No cuando usted les diga que casi le arruinó la vida a un chico en el instituto —dijo Reggie— y que luego mató a su bebé.

Leigh le devolvió la patata caliente.

—La verdad, Reggie, es que todo dependerá de su testimonio. Tendrá usted que mostrarse impecable en el estrado.

El detective abrió la boca, pero Andrew levantó la mano para atajarle y le dijo a su perro faldero:

—Me apetece un café. Con azúcar, sin leche.

Reggie se levantó. Dejó el portátil y el teléfono sobre la mesa. Mantuvo la mirada fija al frente al pasar junto a Leigh. Ella oyó un chasquido, pero no supo si procedía de la puerta al cerrarse o era Andrew quien lo hacía al pellizcar con el dedo la esquina de la carpeta.

Él sabía que algo iba mal; que de alguna manera, en algún momento, había perdido el control de la situación.

Leigh, por su parte, solo acertó a pensar que era la primera vez que se quedaba a solas con Andrew desde su breve conversación en el aparcamiento. Miró el bolígrafo que tenía delante, sobre la mesa. Hizo inventario de los objetos de la habitación. Los trofeos del aparador. El pesado jarrón de cristal con sus flores marchitas. El borde duro de la funda de su teléfono. Podía utilizar cualquiera de ellos como arma.

De nuevo, se refugió en el caso.

—Deberíamos repasar…

Andrew golpeó con el puño la carpeta.

Leigh saltó sin poder remediarlo. Levantó los brazos instintivamente. Temía que Andrew estallara, que cruzara la habitación y la atacara.

Él, sin embargo, mantuvo su gélida expresión de costumbre al empujar la carpeta hacia ella.

Leigh vio aletear las páginas mientras la carpeta se deslizaba por la superficie bruñida de la mesa y se detenía a unos centímetros de su cuaderno. Leigh abandonó su postura defensiva. Reconoció el emblema dorado del Instituto Tecnológico de Georgia. Unas letras negras indicaban que el archivo procedía del Servicio de Salud Mental para Estudiantes. El nombre que figuraba en el encabezamiento era KARLSEN, TAMMY RENAE.

La alarma interior de Leigh empezó a sonar tan fuerte que apenas alcanzaba a oírse a sí misma. La HIPAA, la ley de asistencia sanitaria que garantizaba la privacidad de los datos médicos, era competencia del Departamento de Salud y Servicios Sociales. La Oficina de Derechos Civiles se encargaba de investigar cualquier infracción. Si descubría algún acto delictivo, remitía el caso al Departamento de Justicia para su enjuiciamiento.

Ley federal. Fiscalía federal. Prisión federal.

Para ganar tiempo le preguntó a Andrew:

—¿Qué es esto?

—Información confidencial —contestó—. Quiero que estudies esos documentos de principio a fin y que, cuando llegue el momento, utilices todos esos datos para hacer pedazos a Tammy Karlsen en el estrado.

La alarma sonaba cada vez más fuerte. La historia médica parecía original, lo que significaba que o bien Reggie se había introducido ilegalmente en los archivos de Georgia Tech —una institución estatal financiada por la administración federal—, o bien había sobornado a alguien que trabajaba en sus oficinas para que sustrajera esa documentación. La cantidad de delitos que se derivaban del robo o de la recepción de bienes robados era casi imposible de calcular.

Y, si Leigh sacaba algún provecho de esa información obtenida por medios ilícitos, podía considerársela cómplice.

Enderezó el bolígrafo, pegándolo al borde del cuaderno.

—Esto no es *Algunos hombres buenos*. El momento Jack Nicholson que estáis buscando Reggie y tú podría poner al jurado completamente en mi contra. Pensarán que soy una mala persona.

—¿Y?

—Y —dijo Leigh— tienes que entender que, cuando estoy en la sala del tribunal, yo soy tú. Lo que salga de mi boca, cómo me comporte, la tónica que marque, ayuda a que el jurado se forme una opinión sobre la clase de hombre que eres en realidad.

—Pues, entonces, tú arremetes contra Tammy y yo me levanto y te ordeno que pares. De ese modo, tú echas abajo su credibilidad y yo quedo como un héroe.

Leigh estaba deseando que eso ocurriera, aunque él no se diera cuenta. Probablemente el juez declararía el juicio nulo y a ella la expulsarían del caso.

—¿Es una buena estrategia? —preguntó Andrew.

Otra vez la estaba poniendo a prueba. Podía hablar con Cole Bradley y pedirle que interviniera, y entonces ella no solo se enfrentaría a un psicópata enfurecido, sino que se encontraría sin trabajo.

—Es una estrategia —contestó.

Andrew sonrió sin su mueca burlona. Le estaba diciendo a Leigh que sabía lo que trataba de hacer y le traía sin cuidado.

Ella sintió que el corazón le daba un vuelco.

¿Por qué le traía sin cuidado? ¿Acaso ocultaba algo aún más reprobable que el robo de información confidencial sobre las sesiones de terapia de Tammy Karlsen? ¿Tenía una estrategia que ella no lograba adivinar? Volvió a acordarse de la advertencia propia de un detective de Netflix que le había hecho Cole Bradley.

«El mirón se convierte en violador. Y el violador en asesino».

La sonrisa de Andrew se había intensificado. Era la primera vez que parecía estar disfrutando de verdad desde que habían vuelto a verse.

Leigh desvió la mirada antes de que su instinto la hiciera salir huyendo del edificio. Miró su cuaderno. Pasó a una nueva página. Tuvo que carraspear de nuevo para poder hablar.

—Deberíamos…

Reggie eligió ese momento para regresar. Arrastrando los pies, dejó la taza de café humeante delante de Andrew. Se dejó caer en la silla.

—¿Qué me he perdido?

—El matiz. —Andrew dio un sorbo al café. Hizo una mueca—. Joder, está ardiendo.

—Es café —dijo Reggie mientras miraba distraídamente su teléfono.

—Odio quemarme la boca así. —Andrew volvió a fijar la mirada en Leigh para asegurarse de que entendía que sus palabras iban dirigidas a ella—. Luego te pones la mascarilla y parece que no puedes respirar.

—Es odioso. —Reggie no estaba prestando atención, pero ella sí.

Se sentía como si estuviera atrapada en un rayo tractor. Andrew estaba haciendo lo mismo que había hecho la víspera, atrayéndola hacia su punto de mira, presionando suavemente sus puntos débiles para buscar la manera de derrotarla.

—Yo te diré lo que se siente —dijo—. Es como… ¿Cómo se llama esa cosa que se usa en la cocina? ¿Plástico adhesivo? ¿Papel film?

Leigh dejó de respirar bruscamente.

—¿Alguna vez has tenido esa sensación? —preguntó Andrew—. ¿Como si alguien hubiera sacado un rollo de film transparente del cajón de la cocina y te hubiera envuelto la cara con él dándole seis vueltas?

Leigh sintió que una arcada le subía a la boca. Apretó la mandíbula con fuerza. Sintió el sabor agrio de los restos del almuerzo. Se llevó la mano a la boca sin poder evitarlo.

—Qué forma más rara de explicarlo, tío —dijo Reggie.

—Es horrible —añadió Andrew mientras la luz bailoteaba en sus ojos oscuros y crueles.

Leigh volvió a reprimir una arcada. Le palpitaba el estómago con cada latido del corazón. Aquello era demasiado. No podía encajarlo. Necesitaba alejarse, huir de allí, esconderse.

—Yo… —Se le quebró la voz—. Creo que ya es suficiente por hoy.

—¿Estás segura?

Allí estaba la mueca burlona otra vez. La voz suave pero profunda. Se estaba nutriendo de su terror del mismo modo que se había nutrido del terror de Tammy Karlsen.

La habitación se ladeó. Leigh estaba mareada. Parpadeó. De pronto volvió a tener aquella sensación extracorpórea, como si su alma se elevara hacia el firmamento mientras su otro yo ejecutaba las tareas sin importancia que la librarían de las garras de Andrew. La mano izquierda cerró el cuaderno, el pulgar derecho hizo clic en el bolígrafo. Luego, puso sus dos teléfonos uno encima del otro, se levantó con piernas temblorosas y se dio la vuelta para marcharse.

—Harleigh —la llamó él.

Haciendo un esfuerzo, se dio la vuelta.

La mueca de Andrew se había convertido en una sonrisa de satisfacción.

—No olvides la carpeta.

## 9

Callie leyó en la página web del *National Geographic* acerca de la rata crestada africana, que se restriega contra la corteza del árbol de la flecha venenosa para almacenar toxinas letales en los pelos del lomo, semejantes a púas de puercoespín. El doctor Jerry le había advertido acerca de aquel bicho mientras hacían el recuento de caja, al final del día. Si se dio cuenta de que había más billetes de veinte arrugados que de costumbre, no hizo ningún comentario al respecto. Parecía preocuparle más que Callie aceptara una invitación a cenar de aquel espinoso roedor.

Dejó descansar el móvil sobre su regazo mientras miraba por la ventanilla del autobús. Le dolía el cuerpo, como le dolía siempre que su cerebro le decía que las dos dosis de metadona diarias no eran suficientes. Intentó ignorar el ansia y se concentró en el sol, que centelleaba entre las copas de los árboles. Un sabor a lluvia impregnaba el aire. Binx se pondría mimoso y querría acurrucarse. El doctor Jerry la había persuadido de que aceptara un billete de veinte como bonificación. Podía dárselo a Phil como anticipo del alquiler de la semana siguiente y para que le pusiera algo de cena o podía bajarse en la próxima parada, volver a Stewart Avenue y comprar una dosis de heroína que haría que Janis Joplin se llevara las manos a la cabeza.

El autobús se detuvo despacio ante un semáforo en rojo. Callie se giró en su asiento y miró por la ventanilla trasera. Luego echó un vistazo a los vehículos parados en fila junto al autobús.

Vio solo un puñado de blancos, pero ninguno de ellos conducía un coche bonito.

Después de escabullirse de la casa de su madre esa mañana, había tomado dos autobuses para ir a la clínica del doctor Jerry. Se había apeado antes de tiempo y había caminado por la larga y recta avenida hasta la clínica para asegurarse de que nadie la seguía. Aun así, no lograba sacudirse la sensación de que iba a darse la vuelta y a ver el ojo fijo de la cámara siguiendo cada paso que daba.

Se repitió el mantra que la había ayudado a pasar el día: no había nadie observándola; nadie la había fotografiado a través del escaparate de la clínica veterinaria; y el tipo de la cámara de la casa tapiada no la estaba esperando en casa de Phil.

Reggie.

Debería llamar por su nombre al detective privado de Andrew, al menos para sus adentros. También debería hablarle a Leigh de él, bromeando quizá acerca de cómo había cruzado Phil la calle con el bate de béisbol y le había dado un susto de muerte a aquel tipo, pero le agobiaba la idea de mandar un mensaje a su hermana y facilitarle la forma de comunicarse con ella.

Por más que le gustara haber recuperado el contacto con Leigh, estaba siempre el inconveniente de ver su mísera existencia a través de los ojos de su hermana. ¿Comía lo suficiente? ¿Se drogaba demasiado? ¿Por qué estaba tan flaca? ¿Por qué le costaba tanto respirar? ¿Había vuelto a meterse en un lío? ¿Necesitaba dinero? ¿Así o era demasiado? ¿Dónde había estado todo el día?

«Pues después de azuzar a mamá y echársela a ese tipo, me escabullí por el patio de atrás, tomé el autobús, trafiqué con estupefacientes en Stewart Avenue, le cedí las ganancias al doctor Jerry y luego fui a un centro de bronceado para poder pincharme en la intimidad de un espacio pequeño y sin ventanas en lugar de volver a casa, a mi deprimente dormitorio de la infancia, donde un teleobjetivo podía fotografiarme otra vez pinchándome en la pierna».

Se frotó el muslo. Notó un bulto doloroso al tacto. Sintió el calor de un absceso supurando dentro de su vena femoral.

Técnicamente, la metadona estaba diseñada para asimilarse por el aparato digestivo. Las jeringas para llevar a casa que usaban en la clínica no tenían aguja porque los dueños de los animales eran, en general, incapaces de ayudar a sus queridas mascotas a mantener un peso saludable, y mucho menos de clavarles una aguja.

Los fármacos orales tardaban más en hacer efecto, por lo que el habitual estallido de euforia se retrasaba. Inyectarse directamente en vena la metadona era una estupidez de tres pares de narices. La suspensión oral contenía glicerina, aromatizantes, colorantes y sorbitol, que se descomponían fácilmente en el estómago. Introducirla en el torrente sanguíneo podía hacer que las partículas llegaran directamente a los pulmones y el corazón o que se formara un coágulo en el lugar del pinchazo, lo que provocaba un absceso desagradable y molesto como el que sentía crecer en esos momentos bajo la yema de sus dedos.

«Yonqui descerebrada».

Lo único que podía hacer era esperar a que el bulto creciera lo suficiente para drenarlo y robar unos antibióticos del armario de las medicinas. Luego robaría más metadona y se la inyectaría y se provocaría otro absceso que tendría que drenar porque ¿qué era su vida sino una serie de decisiones nefastas?

El problema era que la mayoría de los consumidores de drogas intravenosas no solo eran adictos a la droga en sí. Eran adictos al proceso de inyectársela. Se llamaba «fijación por la aguja», y la fijación de Callie era tal que incluso ahora, mientras palpaba lo que probablemente sería una infección aguda, solo podía pensar en lo placentero que sería que la aguja perforara el absceso en su camino hacia la vena femoral.

El porqué de eso la llevó a pensar de nuevo en Leigh era algo que tendrían que descifrar sus biógrafos. Apretó el teléfono que tenía en la mano. Debería llamar a su hermana. Decirle que estaba bien.

Pero ¿de verdad estaba bien?

Había cometido el error de mirarse al espejo desnuda en el centro de bronceado. Al resplandor azul de las luces ultravioletas, sus costillas resaltaban como ballenas en un corsé. Se había visto la articulación de los codos, donde el radio y el cúbito encajaban en el húmero. Sus caderas parecían una percha para pantalones de la que alguien hubiera colgado sus piernas. Tenía marcas rojas, moradas y azules en los brazos, el vientre y las piernas. Puntas de aguja rotas extirpadas quirúrgicamente. Abscesos de hacía tiempo. El que empezaba a salirle en la pierna. Cicatrices que se había hecho ella o que le habían hecho. Un bulto rosado en el cuello, donde los médicos del Grady le habían insertado una vía central directamente en la yugular para administrarle los medicamentos contra el COVID.

Levantó la mano y siguió con el dedo, suavemente, la pequeña cicatriz. Estaba muy deshidratada cuando Leigh la llevó a urgencias. El hígado y los riñones empezaban a fallarle. Tenía las venas muy deterioradas por casi dos décadas de drogadicción. Aunque era una experta en bloquear los momentos más desagradables de su vida, recordaba perfectamente cómo temblaba sin control en la cama del hospital, cómo respiraba a través del tubo que le habían insertado en la garganta, y el gemido que ahogó la enfermera vestida con traje espacial cuando vio el estado calamitoso de su cuerpo al ir a cambiarle las sábanas.

En los foros sobre COVID había todo tipo de comentarios sobre lo que se sentía al estar intubado, solo y aislado en la UCI mientras el mundo seguía su curso sin tener en cuenta tu sufrimiento y, en algunos casos, negando que ese sufrimiento existiera. La mayoría de la gente hablaba de visitas fantasmales de parientes fallecidos hacía mucho tiempo o de canciones enloquecedoras como *Wake me up before you go-go* que se repetían en bucle dentro de tu cabeza, pero, en su caso, durante casi todas las dos semanas la había acompañado el recuerdo de un momento muy concreto.

*Tap-tap-tap.*

Los sucios deditos de Trevor amenazando a los peces nerviosos.

«Trev, ¿estás dando golpes en el acuario? Te he dicho que no lo hagas».

«Qué va».

El autobús emitió un suave silbido al detenerse en otra parada.

Callie observó a los pasajeros que bajaban y subían. Se permitió por un instante pensar en el hombre en el que se había convertido Trevor Waleski. Había conocido a unos cuantos violadores. Hasta se había enamorado de uno antes de acabar la secundaria. Por lo que le había dicho Leigh, Andrew no era grande y odioso como su padre. Eso se notaba en la foto de su página web. No había nada del gorila acechante y furioso en el único hijo de Buddy. Andrew tenía más bien pinta de uranoscópido, un pez que se enterraba en la arena para sorprender a sus presas. Como diría el doctor Jerry, aquellos peces se habían ganado a pulso su mala reputación. Tenían espinas venenosas para envenenar a sus presas. Algunos tenían además unos extraños ojos electrificados capaces de paralizar con una descarga a un invertebrado desprevenido en el fondo del mar.

Leigh, desde luego, parecía paralizada la noche anterior. Andrew la había aterrorizado durante la reunión con Reggie Paltz. Callie sabía perfectamente a qué se refería su hermana al hablar de su mirada fría y muerta. Cuando Andrew era niño, había visto destellos de su incipiente psicopatía, pero, por supuesto, en aquel entonces solo se le podía acusar de robar la merienda o de pellizcarle el brazo mientras ella intentaba preparar la cena, no de violar sádicamente a una mujer y darle una cuchillada en la pierna como ella se la había dado a Buddy.

Se estremeció mientras el autobús arrancaba y se alejaba de la acera. Haciendo un esfuerzo, dejó de pensar en los crímenes actuales de Andrew y volvió a centrarse en Leigh.

Le dolía ver tambalearse a su hermana mayor, porque sabía que para Leigh lo peor de todo era sentir que no tenía ningún control sobre la situación. La vida de su hermana estaba perfectamente dividida en distintos ámbitos. Maddy, Walter y Callie. Su trabajo. Sus clientes. Sus amigos del trabajo. La persona con la que se estuviera acostando a escondidas. Cada vez que esos ámbitos se mezclaban, Leigh perdía la cabeza. Cuando se sentía vulnerable, su impulso de prenderle fuego a todo era más fuerte que nunca. Aparte de Callie, la única persona que podía apartarla de ese abismo era Walter.

¡Pobre Walter!

Callie quería al marido de Leigh casi tanto como a su hermana. Era mucho más duro de lo que parecía. Había sido él quien había puesto fin a su matrimonio y no al revés. Podías ver cómo alguien se prendía fuego un número limitado de veces; pasado ese límite, te alejabas. Callie suponía que el hecho de haberse criado con unos padres borrachos le había enseñado a elegir en qué batallas se embarcaba. Por eso era especialmente comprensivo con su situación. Y más aún con la de Leigh.

Si ella tenía fijación con las agujas, Leigh la tenía con el caos. Su hermana mayor anhelaba la serena normalidad de su vida con Walter y Maddy, pero, cada vez que alcanzaba cierto nivel de tranquilidad, buscaba la forma de hacerla estallar.

Con el paso de los años, Callie había visto desarrollarse ese mismo patrón decenas de veces. Comenzó en primaria, cuando Leigh tuvo la oportunidad de entrar en una escuela pública de mayor nivel académico y acabó perdiendo su plaza porque salió en persecución de una niña que se había burlado de Callie por su pelo.

En el instituto tenía nota suficiente para hacer cursos especiales en la universidad, pero la pillaron pinchándole las ruedas al cerdo de su jefe y terminó pasando dos meses en el reformatorio. Y luego vino la crisis de Buddy, menos de un mes antes de que se marchara a Chicago, aunque había que reconocer que la pólvora para esa explosión la puso Callie.

Por qué seguía Leigh reproduciendo esa misma pauta en su vida adulta era un enigma que Callie no conseguía resolver. Su hermana mayor tenía arranques de felicidad como esposa y madre durante los cuales compartía el coche con Maddy e iba a cenas con Walter y escribía artículos técnicos sobre cosas supercomplicadas y daba conferencias en congresos jurídicos, y luego, de repente, ocurría algo trivial y Leigh lo utilizaba como excusa para autosabotearse. Nunca le hacía nada a Maddy, pero forzaba una discusión con Walter o le gritaba a una madre del colegio o un juez la sancionaba por hablar mal o, si las vías habituales fallaban, hacía alguna estupidez mayúscula que sabía que la devolvería al purgatorio.

Lo que Leigh hacía con su buena vida y lo que hacía Callie con la aguja no era tan distinto a fin de cuentas.

El autobús arañó la acera al arrimarse a ella, como un puercoespín exhausto. Callie se levantó del asiento. Enseguida empezó a palpitarle la pierna. Tuvo que concentrarse al máximo para bajar los escalones. Ya le dolía la rodilla. Ahora, además, había añadido el absceso incipiente a su lista de males. Se colgó la mochila de los hombros y, de repente, el cuello y la espalda pasaron a ocupar los dos primeros puestos. Luego, el dolor se extendió por su brazo, se le entumeció la mano y, para cuando dobló la esquina de la calle de Phil, solo podía pensar en otro chute de metadona para poder dormir esa noche.

Así era como empezaba siempre, ese lento declive: de la disminución gradual del consumo a funcionar con normalidad para luego volver a caer lentamente en la incapacidad absoluta. Los yonquis siempre encontraban la solución a cualquier problema en la punta de una aguja.

Phil cuidaría de Binx. No le leería libros, pero le mantendría bien cepillado y le educaría para que respetara a los pájaros y quizá incluso le daría algún consejo sobre su situación fiscal, ya que había pasado mucho tiempo leyendo acerca del movimiento ciudadano soberano. Callie se metió la mano en el bolsillo. Tocó las gafas de color verde brillante que había comprado en el centro de bronceado. Había pensado que el gato querría verlas. Binx no sabía nada del bronceado en interiores.

Callie se enjugó las lágrimas mientras recorría los últimos metros que la separaban de la casa de su madre. Algún infeliz había pisado la mierda del otro lado de la calle. Su mirada se dirigió hacia la casa abandonada. No vio ninguna luz ni movimiento en la parte delantera. Se fijó en que el trozo de contrachapado que había vomitado al hombre de la cámara había cerrado su bocaza. Las zarzas y la maleza del patio estaban pisoteadas, lo que le arrebató la fugaz esperanza de que todo hubiera sido producto de su imaginación alterada por la metadona.

Se dio la vuelta hasta completar un giro de trescientos sesenta grados.

Ningún blanco. Ningún coche bonito, a no ser que contara el Audi de Leigh, que estaba enfriándose aún en la entrada de la casa, detrás de la camioneta Chevy de Phil.

Aquello no era buena señal, ni mucho menos. Leigh no se dejaría llevar por el pánico porque ella no le mandara un mensaje o la llamara; a fin de cuentas, Callie se había ganado hacía tiempo la reputación de corresponsal poco fiable. Su hermana solo se dejaría llevar por el pánico si sucedía algo malo, y no se habría presentado en casa de Phil por primera vez desde que se había marchado a Chicago a menos que hubiera pasado algo realmente espantoso.

Callie sabía que debía entrar pero, en lugar de hacerlo, echó la cabeza hacia atrás y observó cómo el sol se colaba entre las hojas de los árboles. Se iba haciendo rápidamente de noche. Dentro de unos minutos se encenderían las luces de la calle. Bajaría la temperatura. Pasado un rato, la lluvia que sentía en el aire empezaría a caer.

Había una Callie alternativa que podía alejarse de todo aquello. Ya había desaparecido otras veces. Si no fuera por Leigh, en ese momento iría montada en un autobús con Binx (era una tontería pensar que podía dejar al gato en casa de Phil). Estarían comentando una escogida selección de moteles baratos, tratando de decidir cuál era lo bastante sórdido como para que hubiera camellos, pero no tanto como para que la violaran y asesinaran.

Si tenía que morir, prefería matarse ella misma.

Sabía que solo podía pasar un rato remoloneando frente a la casa, barajando fantasías. Subió las chirriantes escaleras del porche de su madre. Al llegar a la puerta, la recibió la imagen de Binx arrastrando su collar hawaiano de plástico, lo que significaba que estaba de un humor melancólico. Callie también anhelaba su asidero, pero eso tendría que esperar. Se agachó para acariciar al gato pasándole un par de veces la mano por el lomo y luego dejó que el cable invisible de la tensión la arrastrara hacia el interior de la casa.

Todo parecía descolocado. Roger y Brock estaban alerta en el sofá, en lugar de acurrucados. El borboteo de los acuarios se oía amortiguado por la puerta, que rara vez se cerraba. Incluso los pájaros del comedor piaban en sordina.

Encontró a Leigh y a Phil sentadas una frente a la otra a la mesa de la cocina. El maquillaje gótico de Phil mostraba signos de desgaste. La gruesa raya negra del ojo recordaba a la de Marilyn Manson. Leigh se había puesto su propia armadura: vaqueros, chaqueta de cuero y botas de motorista. Estaban las dos tensas como escorpiones esperando el momento de atacar.

—Otro hermoso momento familiar —dijo Callie.

Phil resopló.

—¿En qué lío te has metido ahora, listilla?

Leigh no dijo nada. Miró a Callie. Sus ojos eran un caleidoscopio de angustia, arrepentimiento, miedo, ira, alivio e inquietud.

Callie apartó la mirada.

—He estado pensando en las Spice Girls. ¿Por qué Ginger era la única que tenía nombre de especia?

—¿De qué coño estás hablando? —preguntó Phil.

—*Posh* no es una especia —continuó Callie—. ¿Por qué no se llamaban Anís o Cardamomo, o Azafrán?

Leigh carraspeó y dijo:

—Puede que se les pasara el arroz.

Se sonrieron mutuamente.

—Iros a la mierda las dos. —Phil entendió lo suficiente como para darse cuenta de que la estaban dando de lado. Se levantó de la mesa—. No os comáis mi puta comida. Sé lo que hay.

Leigh señaló con la cabeza la puerta trasera. Tenía que salir de aquella casa.

A Callie el cuello la estaba matando de cargar con la mochila, pero, como no quería que su madre le robara nada, se la llevó cuando salió detrás de Leigh.

Su hermana volvió a hacer un gesto con la cabeza, aunque no para señalar su Audi aparcado en la entrada. Quería ir a dar un paseo, igual que de niñas, cuando salir a dar una vuelta por el barrio era menos peligroso que quedarse en casa con Phil.

Una junto a la otra, echaron a andar calle arriba. Sin que nadie se lo pidiera, Leigh recogió la mochila y se la colgó del hombro. Seguramente había dejado el bolso guardado en el maletero, y en ese momento Phil estaría observando el lujoso coche con mirada calculadora, tratando de decidir si lo abría por la fuerza o lo desguazaba.

Callie no podía preocuparse por el coche de Leigh ni por su madre ni por ninguna otra cosa en ese momento. Miró al cielo. Iban hacia el oeste, derechas hacia la puesta de sol. La pesadumbre de la lluvia prometida parecía estar disipándose. Un ápice de calor se oponía al ligero descenso de la temperatura. Aun así, Callie se estremeció. No supo si aquel repentino escalofrío se debía a los efectos persistentes del COVID, al sol que se desvanecía o al miedo a lo que iba a decirle su hermana.

Leigh esperó hasta que dejaron bien atrás la casa de su madre. En lugar de lanzar una bomba atómica sobre la existencia de ambas, dijo:

—Phil me ha dicho que un leopardo se ha estado cagando en la acera para advertirle de que está a punto de ocurrir algo malo.

Callie tanteó el terreno.

—Esta mañana ha cruzado la calle con el bate y se ha puesto a golpear sin ningún motivo la casa abandonada.

—Por Dios —murmuró Leigh.

Callie observó el perfil de su hermana intentando adivinar si Phil le había hablado del hombre de la cámara.

—No te ha pegado, ¿verdad? —preguntó Leigh.

—No —mintió Callie. O tal vez no fuera mentira, porque Phil no había tenido intención de golpearla; lo que había ocurrido, más bien, era que ella había sido incapaz de esquivar el golpe—. Ahora está más tranquila.

—Mejor. —Leigh asintió con la cabeza porque quería creer que era cierto.

Callie se metió las manos en los bolsillos aunque, curiosamente, tenía ganas de agarrar de la mano a Leigh como cuando eran pequeñas. Cerró los dedos alrededor de las gafas. Debería contarle a Leigh lo de aquel tipo blanco del coche bonito. Debería decirle lo de la cámara con teleobjetivo. Debería dejar de pincharse metadona en centros de bronceado.

Comenzó a refrescar mientras paseaban. Callie vio las mismas escenas que la víspera: niños jugando en los patios, hombres bebiendo cerveza en las cocheras, otro tipo lavando otro coche de gran cilindrada. Si aquel panorama le sugería algún pensamiento a Leigh, se lo guardó para sí. Estaba haciendo lo mismo que había hecho ella al ver el Audi en la entrada. Quería alargar esa falsa sensación de normalidad todo lo posible.

Callie no iba a impedírselo. El hombre de la cámara podía esperar. O podía quedar arrumbado en algún rincón de su cerebro, junto con el resto de las cosas horribles que la atormentaban. Quería disfrutar de aquel apacible paseo. Rara vez salía cuando empezaba a anochecer. De noche se sentía vulnerable. Los tiempos en que era veloz como una flecha habían pasado. Ya ni siquiera podía volver la cabeza para ver si el desconocido que iba detrás estaba mirando el móvil o corría hacia ella con una pistola en la mano.

Se rodeó la cintura con los brazos para protegerse del frío. Volvió a mirar los árboles. Las hojas brotaban como caramelitos de colores. La luz mortecina del sol se escurría entre los gruesos dedos de las ramas. Sintió que los latidos de su corazón se ralentizaban siguiendo el suave golpeteo de las pisadas de ambas sobre el asfalto, que empezaba a enfriarse. Si hubiera podido quedarse el resto de su vida en aquel momento de paz, con su hermana mayor a su lado, habría sido feliz.

Pero la vida no funcionaba así.

Y aunque funcionara así, ninguna de las dos habría podido soportarlo.

Leigh torció otra vez a la izquierda, hacia una calle más cochambrosa. Patios cubiertos de malas hierbas. Más casas tapiadas, más pobreza, más desesperanza. Callie intentó respirar hondo. El aire le silbó en la nariz y luego se revolvió como mantequilla batida en sus pulmones. Desde que había pasado el suplicio del COVID, no podía caminar un rato sin cobrar conciencia de que tenía pulmones en el pecho y de que esos pulmones ya no eran los de antes. El sonido de su respiración trabajosa amenazaba con devolverla a aquellas semanas en la UCI. Las miradas temerosas de los enfermeros y los médicos. El eco lejano de la voz de Leigh cuando le acercaban el teléfono al oído. El recuerdo constante e implacable de Trevor de pie frente al acuario. Buddy abriendo de golpe la puerta de la cocina.

«Sírveme una copa, muñequita».

Respiró hondo de nuevo, aguantando el aire unos segundos antes de soltarlo.

Y entonces se dio cuenta de adónde la había llevado Leigh, y se quedó sin aire en el cuerpo.

Canyon Road, la calle donde habían vivido los Waleski.

—No pasa nada —dijo Leigh—. Sigue andando.

Callie se abrazó con más fuerza. Leigh estaba con ella, así que no iba a pasarle nada. Tendría que ser sencillo. Un pie delante del otro. Sin darse la vuelta. Sin echar a correr. La casa de una sola planta quedaba a la derecha. El tejado bajo estaba hundido por los años de abandono. Que ella supiera, no vivía nadie allí desde que Trevor y Linda se habían mudado. Nunca había visto un cartel de *Se vende* delante de la casa. Phil nunca se había encargado de buscar inquilinos desesperados dispuestos a alquilar aquella escena del crimen con tres habitaciones. Callie suponía que uno de los muchos caseros de infraviviendas que había en el barrio la había tenido arrendada hasta que no quedó nada más que una armazón con goteras.

Al acercarse, sintió que se le ponía la carne de gallina. La casa no había cambiado mucho desde la época de los Waleski. Había más maleza en el patio, pero la pintura de color mostaza del revestimiento de listones de vinilo seguía igual de cuarteada. Las ventanas y las puertas estaban tapadas con tablones. El zócalo estaba cubierto de pintadas. No había símbolos de pandillas, pero sí numerosas pullas de patio de colegio e insultos a mujeres, junto con el surtido habitual de pollas escupiendo semen.

Leigh no aflojó el paso, pero le dijo a Callie:

—Mira, está en venta.

Callie torció el cuerpo para poder ver el patio. El cartel de *Se vende (sin agencia)* estaba siendo engullido por las malas hierbas. Ningún grafiti tapaba las letras aún.

Leigh también se había fijado.

—Debe de ser reciente.

—¿Reconoces el número? —preguntó Callie.

—No, pero puedo consultar el registro para ver a quién pertenece la finca.

—Deja que lo haga yo —se ofreció Callie—. Puedo usar el ordenador de Phil.

Leigh dudó un momento, pero dijo:

—Procura que no te pille.

Callie miró de nuevo al frente. Aunque ya no podía verla, sintió que la casa la vigilaba atentamente cuando pasaron delante del buzón roto. Dio por sentado que iban a dar un largo rodeo para volver a casa de Phil, cerrando así el interminable círculo del *Inferno* de su pasado. Se frotó el cuello. El brazo se le había dormido hasta el hombro. Sentía las yemas de los dedos como si miles de ratas crestadas africanas le hubieran clavado sus púas.

El problema de una fusión cervical era que el cuello estaba diseñado para doblarse. Si un tramo se fusionaba, el tramo de más abajo soportaba toda la presión y, con el tiempo, el disco se desgastaba, los ligamentos cedían y las vértebras no fusionadas se desplazaban hacia delante y rozaban las adyacentes, normalmente en ángulo, comprimiendo un nervio, lo que a su vez provocaba un dolor incapacitante. Ese proceso se denominaba espondilolistesis degenerativa, y la mejor manera de solucionar el problema era fusionar la articulación. Luego, con el paso del tiempo, volvía a suceder lo mismo y había que fusionar la siguiente articulación. Y así sucesivamente.

Callie no iba a pasar por otra fusión cervical. Y no por culpa de la heroína; ese no era el problema, por una vez. Podían desintoxicarla en el hospital, como habían hecho cuando estaba en la UCI con COVID. El problema era que cualquier neumólogo, al oír el vítreo crepitar de sus pulmones, le diría que no sobreviviría a la anestesia.

—Por aquí —dijo Leigh.

En vez de torcer a la derecha para regresar a casa de Phil, siguió recto. Callie no hizo preguntas. Se limitó a seguir caminando al lado de su hermana. Cayeron de nuevo en un grato silencio mientras iban hacia el parque infantil. Este tampoco había cambiado mucho con el paso de los años. La mayoría de las instalaciones estaban rotas, pero los columpios estaban en buen estado. Leigh se colgó la mochila de los dos hombros para sentarse en uno de los asientos de cuero agrietado.

Callie dio la vuelta al columpio para sentarse en dirección contraria. Hizo una mueca al sentir un pinchazo en la pierna cuando se sentó. Se llevó la mano al muslo. El calor palpitante del absceso seguía atravesándole los vaqueros. Apretó el bulto con el nudillo hasta que el dolor se hinchó como se hincharía un globo lleno de helio.

Leigh la estaba observando, pero no preguntó qué ocurría. Se agarró con fuerza a las cadenas, dio dos pasos atrás y levantó los pies. Desapareció unos instantes y luego volvió a entrar en el campo de visión de Callie. No sonreía. Su rostro tenía una expresión sombría.

Callie empezó a columpiarse. Sorprendentemente, era mucho más difícil mantener el equilibrio cuando tienes limitado el rango de movimientos de la cabeza. Por fin le pilló el tranquillo, tirando de las cadenas e inclinándose hacia atrás al ascender. Leigh pasaba a toda velocidad por su lado, cada vez más rápido. Eran como las trompas de dos elefantes borrachos, si los elefantes no fueran notoriamente abstemios.

El silencio se prolongó mientras se columpiaban adelante y atrás sin hacer locuras (ya eran mujeres de cierta edad), pero manteniendo un balanceo rítmico y elegante que contribuyó a disipar en parte la energía ansiosa que acumulaban.

—Antes, cuando Maddy era pequeña, solía llevarla al parque —comentó Leigh.

Callie miró el cielo en penumbra. El sol se había escabullido. Las farolas empezaban a parpadear al encenderse.

—La veía columpiarse y me acordaba de ti, de cómo intentabas llegar arriba del todo para dar la vuelta a la barra. —Leigh pasó a su lado lanzando las piernas hacia fuera—. Casi lo consigues un par de veces.

—Estuve a punto de caerme de culo.

—Maddy es tan preciosa, Cal… —Leigh se quedó callada al ascender y volvió a hablar al pasar de nuevo frente a Callie—. No sé por qué tengo algo tan perfecto en mi vida, pero doy gracias cada día. Estoy muy agradecida.

Callie cerró los ojos sintiendo la fría ráfaga de viento en la cara, oyendo el silbido cada vez que Leigh pasaba junto a ella.

—Le encantan los deportes —continuó su hermana—. El tenis, el voleibol, el fútbol… Las cosas normales que hacen las chicas de su edad.

A Callie la maravillaba que aquello fuera lo normal. El parque en el que se estaban columpiando había sido su única diversión. A los diez años, se había visto obligada a buscar un trabajo después de clase. A los catorce, había estado obsesionada con conservar su relación con Buddy, primero, y luego con asimilar su muerte. Habría matado por correr por un campo de deportes dando patadas a una pelota.

—No le apasiona competir —añadió Leigh—. No como te apasionaba a ti. Para ella solo es una diversión. Esta generación… Son todos increíblemente deportistas, un aburrimiento.

Callie abrió los ojos. No quería seguir profundizando en aquel tema de conversación.

—Supongo que algo bueno debía tener el estilo de crianza de Phil. Ninguna de las dos ha tenido nunca mucho espíritu deportivo.

Leigh frenó el columpio y se volvió para mirarla. No quería dejar el tema.

—Walter odia el fútbol, pero no se pierde ni un entrenamiento ni un partido.

Eso parecía muy propio de Walter.

—Maddy odia el senderismo —prosiguió Leigh—, pero el último fin de semana de cada mes suben al monte, a Kennesaw, porque le encanta pasar tiempo con él.

Callie se recostó en el asiento de cuero y se impulsó para subir más alto. Le gustaba imaginarse a Walter con una gorra de visera roja y marrón cómicamente alta y un traje de chaqueta a juego, aunque daba por sentado que no salía al monte vestido como Elmer Gruñón cuando cazaba conejos.

—Le encanta leer —dijo su hermana—. Me recuerda a ti cuando eras niña. Phil se ponía furiosa cuando te veía con la nariz metida en un libro. No entendía lo que esas historias significaban para ti.

Callie pasó por su lado al columpiarse, sus zapatillas convertidas en colmillos blancos que mordían el cielo oscuro. Deseaba quedarse suspendida así en el aire para siempre, no tener que bajar nunca a la realidad.

—Le encantan los animales. Conejos, jerbos, gatos, perros…

Callie volvió a pasar junto Leigh y luego se frenó arrastrando los pies por el suelo. El columpio se detuvo despacio. Torció las cadenas para mirar a su hermana.

—¿Qué ha pasado, Leigh? —preguntó—. ¿Por qué has venido?

—Para… —Leigh se rio, porque parecía darse cuenta de que lo que iba a decir era una estupidez, pero lo dijo de todos modos—. Para ver a mi hermana.

Callie quería seguir retorciendo las cadenas como hacía de pequeña, girándose primero hacia un lado y luego hacia el otro, hasta que se mareaba tanto que tenía que acercarse tambaleándose al balancín para orientarse.

Le preguntó a Leigh:

—¿Crees que la palabra balancín se debe a que parece una balanza que se inclina hacia un lado o el otro cuando…?

—Cal —la interrumpió Leigh—, Andrew sabe cómo maté a Buddy.

Callie agarró con fuerza las frías cadenas.

—Estábamos en la sala de reuniones repasando su caso —explicó Leigh—. Me dijo que le costaba respirar con la mascarilla. Que era como si alguien le hubiera envuelto la cabeza seis veces con film transparente.

Callie sintió que un escalofrío de horror le recorría el cuerpo.

—¿Fueron esas las veces que…?

—Sí.

—Pero… —Repasó los brevísimos fragmentos que recordaba de la noche en que murió Buddy—. Andrew estaba durmiendo, Harleigh. Entramos varias veces en su habitación. Estaba drogado, dormido como un tronco.

—Algo tuvo que escapárseme —dijo Leigh, siempre dispuesta a asumir la culpa—. No sé cómo lo sabe, o qué más sabe, pero eso le da poder sobre toda mi vida. Ahora mismo no controlo nada. Puede hacer lo que quiera, obligarme a hacer lo que quiera.

Callie comprendió por qué se sentía tan desgraciada.

—¿Qué quiere que hagas?

Leigh fijó la mirada en el suelo. Callie estaba acostumbrada a ver a su hermana enfadada o molesta, pero nunca avergonzada.

—¿Harleigh?

—Tammy Karlsen, la víctima. Reggie ha robado su historia del servicio de salud mental para estudiantes de la universidad. Estuvo yendo a terapia una vez por semana durante casi dos años. Esa historia contiene todo tipo de detalles íntimos. Cosas que ella no querría que nadie supiera. —Dejó escapar un largo suspiro de angustia—. Andrew quiere que utilice esa información para doblegarla en el estrado.

Callie pensó en sus historias clínicas, repartidas por diversos centros de rehabilitación y unidades de psiquiatría. ¿También las habría buscado Reggie? Nunca había dicho nada sobre el asesinato, pero en esas notas había cosas que no querría que nadie leyera.

Y menos aún su hermana.

—Pretende conseguir que Tammy se derrumbe, como en una película, y, no sé, se rinda —añadió Leigh—. Es como si quisiera verla sufrir otra vez.

Callie no le preguntó si era capaz de conseguir que eso pasase. Por la actitud de su hermana, adivinó que su cerebro de abogada ya había trazado un plan.

—¿Qué hay en su historia clínica?

Leigh apretó los labios.

—A Tammy la violaron en el instituto. Se quedó embarazada y abortó. Nunca se lo dijo a nadie, pero después se aisló. Perdió a sus amigos. Empezó a autolesionarse. Luego, a beber en exceso. Y por último desarrolló un trastorno alimenticio.

—¿Nadie le habló de la heroína?

Leigh negó con la cabeza. No tenía ánimo para el humor negro.

—Un profesor se dio cuenta de que algo pasaba. La mandó al servicio de salud mental para estudiantes. Hizo terapia y gracias a eso su vida dio un vuelco. Se ve claramente en la historia. Estaba hecha polvo y luego, poco a poco, empezó a mejorar. Recuperó el control de su vida. Se graduó con honores. Tiene…, tenía una buena vida. Lo consiguió ella sola. Logró salir de ese pozo y seguir adelante.

Callie tuvo la impresión de que su hermana le estaba preguntando por qué ella no había conseguido recuperarse de esa caída en picado. Había demasiados condicionantes detrás de esa pregunta: si los trabajadores sociales las hubieran apartado de Phil; si Linda hubiera sido su madre; si Leigh hubiera sabido que Buddy era un pederasta; si ella no se hubiera roto el cuello y hubiera acabado siendo una puta yonqui descerebrada…

—Yo… — Leigh miró al cielo. Se había puesto a llorar—. Mis clientes nunca son buenas personas, pero normalmente me caen bien. Incluso los que son gilipollas. Sobre todo los gilipollas. Entiendo que uno pueda equivocarse. Que pueda enfadarse y hacer cosas malas. Cosas terribles.

Callie no necesitó que le aclarara qué eran esas cosas terribles.

—Andrew no tiene miedo a que le condenen —dijo Leigh—. Nunca lo ha tenido, desde el momento en que volvimos a vernos. Lo que significa que tiene una salida.

Callie sabía cuál era la mejor salida para Tammy. Había considerado esa opción para sí misma muy a menudo.

—Era distinto cuando pensaba que era yo sola la que podía meterse en un lío muy grave —continuó Leigh—. Hice algo malo. Tendría que haber ido a la cárcel. Es justo. Pero Tammy es inocente.

Callie vio que pateaba la tierra. Aquella mujer derrotada no era la hermana con la que había crecido. Leigh nunca se rendía ante nada. Si la atacabas con un cuchillo, contraatacaba con un lanzagranadas.

—Entonces, ¿qué va a pasar ahora?

—Esto se está volviendo demasiado peligroso. Quiero que recojas tus cosas y a tu gato y llevarte a un lugar seguro. —Leigh la miró a los ojos—. Andrew ya me tiene acorralada. Es solo cuestión de tiempo que venga a por ti.

Aquel habría sido un buen momento para contarle lo del hombre de la casa abandonada, pero Callie necesitaba que su hermana se centrara, no que cayera en un torbellino paranoico.

—Si quieres medir la altura de una montaña —dijo—, lo más difícil no es encontrar la cima, sino averiguar dónde empieza la base.

Leigh la miró desconcertada.

—¿Eso lo has sacado de una galletita de la suerte?

Callie estaba casi segura de que se lo había robado a la historiadora de las anguilas.

—¿Cuál es la incógnita básica sobre Andrew para la que no tenemos respuesta?

—Ah. —Leigh pareció entender—. Yo la llamo la Hipótesis Andrew, pero no consigo descubrir la B que conecta la A y la C.

—Creo que deberíamos dedicar las próximas dos horas a consensuar la terminología correcta.

Leigh soltó un gruñido, aunque estaba claro que aquello le hacía falta.

—Es una incógnita con dos partes. Primero, ¿qué sabe Andrew? Segundo, ¿cómo lo sabe?

—Pues para descubrir el qué y el cómo hay que empezar por el principio. —Callie se frotó la mano entumecida para que la sangre le llegara a los dedos. Se había esforzado mucho por olvidar todo lo relacionado con la muerte de Buddy y ahora no tenía más remedio que mirarlo de frente—. ¿Fui a ver a Andrew después de la pelea con Buddy? Quiero decir, ¿antes de llamarte?

—Sí —contestó Leigh—. Fue lo primero que te pregunté cuando llegué, porque me preocupaba que hubiera un testigo. Me dijiste que habías dejado a Buddy en la cocina, que habías entrado en el cuarto de Andrew y le habías dado un beso en la cabeza, y que luego me habías llamado desde la habitación de matrimonio. Me dijiste que estaba profundamente dormido.

Callie se paseó mentalmente por la sucia casa de los Waleski. Se vio a sí misma besando a Andrew en la cabeza, asegurándose de que estaba de verdad dormido, y luego recorriendo el pasillo hasta el dormitorio de sus padres y recogiendo el teléfono rosa chicle que había junto a la cama, en el lado de Linda.

Le dijo a Leigh:

—El cable del teléfono de la cocina estaba arrancado. ¿Cómo pude llamarte, entonces, desde el dormitorio?

—Volviste a colgar el auricular. Me fijé en que estaba colgado en la pared cuando llegué.

Eso tenía sentido, así que Callie la creyó.

—¿Había alguien más por allí? ¿Algún vecino que pudiera haber visto lo que pasaba?

—¿Cuando sucedió? —Leigh negó con la cabeza—. Nos habríamos enterado hace tiempo. Especialmente cuando Linda tuvo acceso al dinero de su familia. Alguien le habría ido con el cuento para sacarle dinero.

Tenía razón. No había una sola persona en el barrio que hubiera dejado pasar esa oportunidad.

—¿Hubo algún momento en que las dos estuviéramos fuera de la casa?

—Hasta el final no, cuando cargamos las bolsas de basura en mi coche —dijo Leigh—. Y antes de eso, borramos todas las huellas de la pelea. Tardamos cuatro horas, y cada veinte minutos, como mínimo, íbamos a asegurarnos de que Andrew seguía dormido.

Callie asintió, porque recordaba vívidamente que era ella la que entraba en la habitación cada vez. Andrew siempre dormía de lado, con el cuerpecito hecho un ovillo y la boca abierta, haciendo un ruidito parecido a un chasquido.

—Hemos vuelto al punto de partida —comentó Leigh—. Seguimos sin saber qué sabe Andrew ni cómo lo sabe.

Callie no necesitaba que se lo recordara.

—Recítame la lista que has estado repasando estos dos últimos días.

—Buscamos más cámaras. Buscamos más cintas de vídeo. —Leigh fue contando con los dedos—. Revisamos todos los libros de las estanterías, dimos la vuelta a los muebles y a los colchones, miramos en los frascos y los jarrones, y en las macetas. Vaciamos los armarios de la cocina. Quitamos las rejillas de todos los conductos de ventilación. Incluso metiste la mano en el acuario.

Se le acabaron los dedos.

Callie preguntó:

—¿Es posible que Andrew se estuviera haciendo el dormido? Puede que me oyera en el pasillo, junto a su puerta. La tarima crujía.

—Tenía diez años —dijo Leigh—. Los niños de esa edad mienten de pena.

—Nosotras también éramos niñas.

Leigh ya estaba sacudiendo la cabeza.

—Piensa en lo complicado que habría sido que lo encubriera. Tendría que haber fingido que no había visto el asesinato de su padre. Y luego tendría que haber seguido fingiendo cuando Linda llegó del trabajo, a la mañana siguiente. Tendría que haberle mentido a la policía. Y a todo aquel que le preguntara sobre la última vez que había visto a su padre. Luego, tendría que haber guardado el secreto durante un mes mientras tú seguías cuidando de él. Y durante todos estos años.

—Es un psicópata.

—Claro, pero aun así era un crío —contestó Leigh—. Cognitivamente, hasta los niños de diez años más inteligentes son un desastre. Intentan comportarse como adultos, pero cometen errores de niños. Pierden las cosas constantemente: chaquetas, zapatos, libros… Casi no se puede confiar en que se bañen solos. Dicen mentiras absurdas que no engañan a nadie. Ni siquiera un psicópata de diez años podría mantener ese nivel de engaño.

Si alguien sabía lo mal que mentía Andrew a los diez años era Callie cuando tenía catorce.

—¿Y qué hay de su novia?

—Sidney Winslow. Ayer, en el despacho de Reggie, le solté a Andrew un discursito sobre las excepciones al privilegio conyugal. Parecía que iba a cagarse encima. Hizo esperar a Sidney en el aparcamiento. Se puso furiosa. Andrew sabe que no puede fiarse de ella.

—Lo que significa que seguramente no le ha contado cómo murió su padre. ¿Crees que podríamos utilizarla en su contra? —preguntó Callie.

—Es un eslabón débil, desde luego. Andrew tenía pensado tocarme las narices durante ese primer encuentro con Reggie Paltz, estoy segura de ello, y lo único que le desvió de su intención fue Sidney.

—¿Qué sabes de ella?

—Absolutamente nada —contestó Leigh—. He encontrado una investigación de crédito que la anterior abogada le encargó a Reggie el pasado otoño. No tiene ninguna deuda pendiente. Nada sospechoso o turbio, pero el informe es muy superficial. Normalmente, cuando quiero informarme sobre un testigo, le encargo a un detective que haga averiguaciones y siga al testigo, que indague en las redes sociales e investigue dónde trabaja, pero mi jefe ha ordenado que Reggie sea el único investigador asignado al caso. Si contrato a otro, Andrew o Linda o mi jefe verán los pagos en mi facturación y pedirán explicaciones.

—¿No puedes pagar a alguien de tu bolsillo?

—Tendría que usar mi tarjeta de crédito o mi cuenta corriente, y en ambos casos quedaría un rastro. Además, todos los investigadores que conozco trabajan para el bufete, así que se sabría casi enseguida. Y entonces tendría que explicar por qué lo estoy haciendo por mi cuenta y no a través de la empresa, y Andrew se enteraría.

—Leigh se anticipó a la alternativa que iba a proponerle—. No puedes usar el ordenador de Phil para algo así. No se trata de buscar una escritura en el registro.

—Las cámaras de la biblioteca del centro están rotas desde hace un año. Usaré un ordenador público. —Callie se encogió de hombros—. Estaré sola con los otros yonquis que van allí a matar el tiempo, aprovechando que hay aire acondicionado.

Leigh carraspeó. Odiaba que Callie se llamara a sí misma yonqui casi tanto como odiaba que lo fuera.

—Asegúrate de que las cámaras siguen rotas. No quiero que corras ningún riesgo.

Callie observó cómo se secaba las lágrimas.

—Seguimos sin dar con la B.

—El fondo de la cuestión, quieres decir. —Callie vio que ponía cara de fastidio. Repitió las dos preguntas—: ¿Qué sabe Andrew? ¿Cómo lo sabe?

—Y qué va a hacer con la información —añadió Leigh—. No va a parar con Tammy. Eso es seguro. Es como un tiburón que sigue avanzando.

—Le estás dando demasiado poder —dijo Callie—. Siempre me dices que no hay genios del crimen. Tienen suerte. No los pillan con las manos en la masa. No presumen de sus hazañas. Y no es que

Andrew tuviera un ejército secreto de drones en el cielo cuando tenía diez años. Obviamente, se…

Leigh se levantó. Abrió la boca y volvió a cerrarla. Miró la calle. Se volvió hacia Callie.

—Vamos.

Callie no preguntó adónde. Supo por la expresión de su hermana que se le había ocurrido una idea. Lo único que pudo hacer fue tratar de seguir su ritmo mientras la seguía fuera del parque.

Sus pulmones no estaban preparados para mantener ese paso. Estaba sin aliento cuando llegaron a la calle que volvía hacia la casa de Phil. Pero Leigh no torció a la izquierda. Siguió recto, de modo que tendrían que pasar de nuevo frente a la casa color mostaza de los Waleski. Por aquella ruta solo se tardaba tres minutos más. Callie lo sabía porque había recorrido muchas veces ambos caminos. En aquel entonces no había farolas, solo el oscuro silencio y la certeza de que tenía que lavarse para quitarse de encima lo que acababa de pasar antes de poder irse a la cama en casa de su madre.

—No te quedes atrás —le dijo Leigh.

Se esforzó por seguir el paso decidido de su hermana. El corazón empezó a golpearle las costillas. Se imaginó que eran dos pedazos de pedernal chocando entre sí hasta que saltara la chispa y su corazón ardiera en llamas, porque no iban a limitarse a pasar por delante de la casa de los Waleski. Leigh dobló a la izquierda y se encaminó a la entrada.

Callie la siguió hasta que sus pies se negaron a dar un paso más. Se paró al borde de la mancha de aceite descolorida, donde Buddy solía aparcar su oxidado Corvette amarillo.

—Calliope. —Leigh se había dado la vuelta con los brazos en jarras, exasperada—. Vamos a hacer esto, así que aguanta y pégate a mí.

Su hermana había hablado exactamente en el mismo tono mandón que la noche en que descuartizaron a Buddy Waleski. «Saca su caja de herramientas del coche. Ve a la caseta y busca el machete. Trae la lata de gasolina. ¿Dónde está la lejía? ¿Cuántos trapos podemos usar sin que Linda note que faltan?».

Leigh se dio la vuelta y desapareció en el agujero negro de la cochera.

Callie la siguió a regañadientes, parpadeando para que sus ojos se acostumbraran a la penumbra. Vio sombras, la silueta de su hermana de pie junto a la puerta que daba a la cocina.

Leigh levantó los brazos y tiró de la plancha de contrachapado que tapaba el vano. La madera estaba tan vieja que se astilló. Leigh no se detuvo. Agarró el borde irregular de la plancha y siguió tirando hasta abrir un hueco lo bastante grande como para alcanzar el picaporte.

La puerta de la cocina se abrió.

Callie esperaba notar el olor familiar a moho y humedad, pero el aire estaba saturado de un hedor a metanfetamina.

—Dios. —Leigh se tapó la nariz para defenderse del olor a amoníaco—. Deben de haber entrado gatos.

Callie no la sacó de su error. Se abrazó la cintura. Sabía, en el fondo, por qué quería entrar Leigh en la casa, pero se imaginó esa revelación doblada en un triángulo, y luego en forma de cometa y finalmente transformada en un cisne de origami que se deslizaba hacia las corrientes inaccesibles de lo más profundo de sus recuerdos.

—Vamos. —Leigh pasó por encima de la barrera de contrachapado y así, de pronto, se halló en la cocina de los Waleski por primera vez desde hacía veintitrés años.

Si le molestaba, no lo dijo. Le tendió la mano a Callie y esperó.

Callie no le dio la mano. Sus rodillas querían doblarse. Las lágrimas brotaban de sus ojos. No alcanzaba a ver el interior de la habitación a oscuras, pero oyó el fuerte chasquido de la puerta de la cocina cuando entró Buddy. El carraspeo de una tos húmeda. El golpe de su maletín sobre la encimera. El chirrido de una silla metida de una patada bajo la mesa. El susurro de las migas de galleta que caían de su boca, porque allá donde iba Buddy había *ruido, ruido, ruido*.

Volvió a parpadear. Leigh estaba chasqueando los dedos delante de su cara.

—Cal —dijo—, fuiste capaz de quedarte con Andrew en esta casa y fingir un mes entero que no había pasado nada. Puedes fingir diez minutos más.

Callie solo había podido fingir gracias al alcohol que extraía a escondidas de las botellas de detrás de la barra.

—Calliope —dijo Leigh—, espabila de una puta vez.

Su voz sonó dura, pero Callie notó que estaba empezando a resquebrajarse. Hallarse en aquella casa le estaba pasando factura. Era la primera vez que volvía a la escena del crimen de ambas. No le estaba dando órdenes, sino rogándole que por favor, por el amor de Dios, la ayudara a superar aquello.

Así era como funcionaban las cosas. Solo una de ellas podía derrumbarse cada vez.

Callie se agarró a su mano. Levantó la pierna, pero, en cuanto se separó de la madera astillada, Leigh tiró con fuerza de ella.

Callie cayó hacia delante y chocó contra su hermana. Sintió un crujido en el cuello. Notó un sabor a sangre; se había mordido la lengua.

—¿Estás bien? —preguntó Leigh.

—Sí —contestó, porque cualquier dolor que tuviera en ese instante lo ahuyentaría la aguja más tarde—. Dime qué tengo que hacer.

Leigh sacó dos teléfonos, uno de cada bolsillo trasero de su pantalón. Encendió la linterna de los dos móviles. Los haces de luz iluminaron el linóleo desgastado. Cuatro muescas profundas marcaban el lugar que habían ocupado las patas de la mesa de cocina de los Waleski. Callie miró aquellas hendiduras hasta que sintió su cara apretada contra la mesa y a Buddy de pie detrás de ella.

«Muñeca tienes que dejar de retorcerte necesito que pares para poder...».

—¿Cal? —Leigh le tendió uno de los teléfonos.

Callie lo tomó y alumbró la cocina, recorriéndola con la linterna. No había mesa ni sillas, ni batidora ni tostadora. Las puertas de los armarios colgaban desencajadas. Faltaban las tuberías de debajo del fregadero. Los enchufes estaban arrancados; alguien había robado el cableado eléctrico para sacarle el cobre.

Leigh apuntó la linterna hacia el techo de gotelé. Callie reconoció algunas de las viejas manchas de humedad, pero los surcos que habían dejado en el pladur los cables arrancados eran nuevos. La luz alumbró la parte de arriba de los armarios. Una moldura recorría el perímetro de la habitación. Faltaban las rejillas del aire acondicionado. Los agujeros eran bocas negras y vacías que centelleaban cuando la luz incidía en el conducto metálico del fondo de su garganta.

Callie sintió que el cisne de origami levantaba la cabeza. Abrió el pico puntiagudo como si fuera a contarle un secreto, pero luego, tan repentinamente como había aparecido, volvió a agachar la cabeza y desapareció en el pozo de sus recuerdos ocultos.

—Vamos a mirar ahí dentro. —Leigh salió de la cocina. Entró en el cuarto de estar.

Callie siguió despacio los pasos de su hermana y se detuvo en el centro de la habitación. No estaba el raído sofá naranja, ni los sillones de cuero con quemaduras de cigarrillo en los brazos, ni el televisor gigante que formaba el vértice de un triángulo, con los cables colgando como una serpiente enroscada.

La mole del bar seguía ocupando la esquina.

El mosaico de la barra estaba roto y había trozos de cerámica dispersos por el suelo. Los espejos ahumados estaban agrietados. Callie oyó fuertes pasos detrás de ella. Vio a Buddy cruzando la habitación a grandes zancadas, jactándose del dinero que le habían dado por un trabajo nuevo, sacudiéndose las migas de galleta de la camisa.

«Sírveme una copa, muñequita».

Callie pestañeó y aquella imagen fue reemplazada por pipas de *crack* rotas, trozos de papel de aluminio quemados, jeringuillas usadas y cuatro colchones mugrientos extendidos sobre una moqueta de pelillo tan vieja que crujía al pisarla. Al darse cuenta de que estaban en un picadero, sintió que se le contraían todos los poros de la piel, deseosos de una aguja que ahogara al cisne de origami en una ola tras otra de heroína blanca y radiante.

—Callie —la llamó Leigh—, ayúdame.

De mala gana, salió del santuario. Su hermana se había parado al final del pasillo. Faltaba la puerta del baño. Callie vio que el lavabo estaba roto y que habían robado las tuberías. Leigh apuntaba con la luz al techo.

Callie oyó crujir la tarima al pasar junto al cuarto de Andrew. No pudo levantar la vista.

—¿Qué pasa?

—El panel de acceso al desván —dijo Leigh—. Nunca me había fijado en él. No lo registramos.

Callie dio un paso atrás y se inclinó para mirar el panel de techo más pequeño del mundo. La plancha de madera medía menos de medio metro cuadrado. Puesto que todo lo que sabía sobre desvanes procedía de las películas de terror y de *Jane Eyre*, preguntó:

—¿No tendría que haber una escalera?

—No, boba. Aúpame para que suba.

Obedeció sin pensarlo; se agachó y juntó las manos.

Leigh apoyó el pie. La suela de su bota raspó las palmas de Callie. Acercó la mano a su hombro. Probó a apoyar el peso del cuerpo.

Callie sintió que una llamarada le recorría el cuello y los hombros. Apretó los dientes. Se puso a temblar antes de que Leigh acabara de apoyarse en sus manos.

—No puedes levantarme, ¿verdad? —preguntó Leigh.

—Sí que puedo.

—No, no puedes. —Volvió a poner el pie en el suelo—. Sé que tienes el brazo dormido porque no dejas de frotártelo. Casi no puedes girar la cabeza. Ayúdame a acercar esos colchones. Podemos amontonarlos y...

—¿Pillar la hepatitis? —concluyó Callie—. Leigh, no puedes tocar esos colchones. Están llenos de lefa y...

—¿Qué voy a hacer, si no?

Callie sabía lo que tenía que suceder a continuación.

—Voy a subir yo.

—No voy a dejarte...

—Joder, tú solo aúpame, ¿vale?

Leigh no dudó lo suficiente para su gusto. Había olvidado lo despiadada que podía ser la Leigh de antaño. Su hermana dobló las rodillas y le ofreció las manos como apoyo. Así era Leigh cuando se empeñaba en hacer algo. Ni siquiera el sentimiento de culpa podía impedirle cometer otro error espantoso.

Y Callie sabía instintivamente que, fuera lo que fuese lo que iba a encontrar en aquel desván, sería un error espantoso.

Se agachó para dejar el teléfono en el suelo. La linterna era un punto en el techo. No se permitió pensar en la cantidad de veces que había apoyado el pie en las manos de un chico de quince años y se había elevado en el aire como la bailarina de una caja de música. La confianza que requería esa maniobra era en parte cuestión de entrenamiento y en parte simple locura.

De eso hacía, además, veinte años. Ahora, solo para levantar el pie y mantener el equilibrio tuvo que agarrarse a la pared y al hombro de Leigh. La ascensión no fue nada elegante. Estiró la otra pierna y apoyó la zapatilla en la pared para no caerse. En aquella postura, parecía una mosca atrapada en una telaraña.

No podía inclinarse hacia atrás lo suficiente como para ver lo que tenía justo encima. Levantó los brazos y, palpando, localizó el panel. Apoyó las palmas en el centro y empujó, pero el dichoso trasto estaba pegado por la pintura o era tan viejo que se había fundido con la escayola de alrededor. Lo golpeó con el puño, con tanta fuerza que sintió reverberar el golpe en cada milímetro de su columna vertebral. Cerrando los ojos, aguantó los agudos calambres de sus nervios dañados y siguió golpeando hasta que la madera se resquebrajó por el centro.

Polvo, suciedad y trozos de aislante llovieron sobre su cara. Se limpió con los dedos la arenilla de los ojos y la nariz. El haz de luz del teléfono se había abierto como un paraguas en el interior del desván.

Leigh la aupó un poco más. Callie comprobó que el panel no estaba pegado con pintura. Se veían asomar varios clavos. Brillaban a la luz de la linterna. Le dijo a su hermana:

—Parecen nuevos.

—Baja —dijo Leigh. Ni siquiera se le había alterado la respiración por el esfuerzo de sostener a Callie—. Puedo auparme sola y…

Callie apoyó el pie en su hombro. Metió la cabeza en el desván como un suricata. Notó un olor acre, pero no era el olor de la metanfetamina. Ardillas o ratas, o ambas cosas, habían anidado en el estrecho desván. Era imposible saber si aún estaban allí.

Sabía, en cambio, que el techo era demasiado bajo para que se pusiera de pie. Calculó que había un metro entre las vigas que sostenían el tejado y las viguetas a las que estaba claveteado el falso techo. La altura se reducía a menos de treinta centímetros en la juntura entre el tejado inclinado y los muros exteriores de la casa.

—Apóyate en las viguetas —dijo Leigh—. Si no, atravesarás el techo y te caerás.

Como si Callie no hubiera visto decenas de veces a Tom Hanks en *Esta casa es una ruina*.

Dobló hacia atrás el panel de acceso roto, aplanando las puntas de los clavos al forzarlo. Leigh la ayudó desde abajo, pero aun así le temblaron los brazos cuando se alzó lo suficiente para flexionar la cintura. Se las arregló para meter el resto del cuerpo en el desván apoyándose en el vientre mientras Leigh le sujetaba las piernas y la impulsaba hacia arriba.

—Aguanta —dijo Leigh, como si su hermana tuviera elección.

Un fogonazo de luz entró en el desván. Y luego otro. Y otro. Por el ruido que hacía, Leigh parecía estar saltando. O trataba de asomarse o quería darle un ambiente estroboscópico a la atmósfera siniestra del desván.

—¿Qué estás haciendo? — preguntó Callie.

—Te has dejado el teléfono en el suelo. Estoy intentando ver dónde tirarlo.

De nuevo, Callie no tuvo más remedio que quedarse tumbada boca abajo y esperar. Por suerte, tenía las caderas apoyadas en algo que hacía de puente entre las viguetas. Parecía plástico, por lo flexible que era. Notaba su roce áspero en la tripa desnuda, porque un clavo le había rasgado la camiseta de los Osos Amorosos. Otro conjunto arruinado.

—Ahí va —dijo Leigh. Se oyeron algunos golpes antes de que le lanzara el teléfono—. ¿Lo alcanzas?

Callie palpó a ciegas detrás de ella. El lanzamiento había dado en el blanco.

—Lo tengo —le dijo a Leigh.

—¿Ves algo?

—Todavía no.

La luz no resolvía el problema. Desde aquel ángulo, no había manera de que mirara hacia delante. Casi tocaba con la nariz la parte de atrás del pladur que cubría el techo. El aislante se le metía en los pulmones. Tuvo que meterse el teléfono en el bolsillo trasero para ver si podía ponerse a cuatro patas. Apoyó la mano y la rodilla derechas en una vigueta, y la mano y la rodilla izquierdas en otra. Debajo, el falso techo esperaba a que se cayera y se rompiera otra vértebra.

No fue así, pero sus músculos aullaron de dolor mientras permanecía acuclillada en el hueco de cuarenta centímetros entre las dos viguetas. Hubo un tiempo en el que era capaz de dar volteretas por una barra de equilibrios, girar alrededor de las barras asimétricas, cruzar la pista de gimnasia artística dando saltos mortales. No había ni un solo músculo de su cuerpo que conservara ese recuerdo. Se despreciaba a sí misma por su perpetua fragilidad.

—¿Cal? —La ansiedad de Leigh era como los rayos garabateados de un sol de dibujos animados—. ¿Estás bien?

—Sí. —Alargó la mano izquierda, arrastró la rodilla izquierda y luego hizo lo mismo con el lado derecho, probando si podía avanzar por las viguetas. Luego respondió—: No veo nada todavía. Voy a ver si toco algo.

Leigh no contestó. Seguramente estaría conteniendo la respiración o dando vueltas o buscando la forma de absorber toda la culpa que había quedado atrapada en aquella casa durante más de dos décadas.

Callie usó el teléfono para alumbrar lo que tenía delante. Lo que vio la hizo dudar un momento.

—Alguien ha subido aquí hace poco. Han retirado el aislamiento.

Leigh ya lo sabía. Por eso había querido subir al desván. Tenían que dar respuesta a las preguntas de fondo, que era la terminología que usaba la gente que de verdad se arrastraba por el desván, en lugar de esa idiotez de «la B que conecta la A y la C».

*¿Qué sabía Andrew? ¿Cómo lo sabía?*

Callie ignoró esas cuestiones y se imaginó al cisne de origami nadando grácilmente en contra de la corriente que quería arrastrarlo.

Había edificado su vida en torno al lujo de no tener que pensar nunca en el futuro. Ahora, pese a su entrenamiento de toda una vida, se arrastró hacia delante a cuatro patas, sin apartarse del caminito de aislante que se había abierto como el mar Rojo. Un cable gris, muy delgado, yacía en el lecho marino. Las ratas lo habían roído hasta hacerlo pedazos. Era el problema de ser una rata, que te crecían constantemente los dientes. Mordían los cables como bebés mordiendo un chupete, si el mordisco de un bebé pudiera contagiar el hantavirus.

—¿Cal?

—Estoy bien —mintió—. Deja de preguntar.

Detuvo su avance y trató de aquietar su mente, recuperar el aliento y centrarse en la tarea que tenía entre manos. No sirvió de nada, pero aun así continuó arrastrándose, avanzando con cuidado por encima de un grueso travesaño. Las vigas de arriba, toscamente labradas, empezaron a rozarle la espalda a medida que el espacio se estrechaba debido a la inclinación del tejado. Sabía que acababa de cruzar el techo de la cocina. Todos los músculos de su cuerpo lo sabían también. Intentó levantar la mano, pero no pudo separarla de la vigueta. Probó a mover la pierna. El mismo problema.

Una gota de sudor rodó por su nariz y se estrelló en el pladur. El calor del desván había ido envolviéndola con sigilo y le apretaba lentamente el cuello con sus dedos. Otra gota de sudor cayó sobre la primera. Cerró los ojos. Visualizó la cocina, allá abajo. Las luces encendidas. El grifo abierto. Las sillas metidas debajo de la mesa. El maletín de Buddy en la encimera. Su cadáver en el suelo.

Sintió el bufido de un resuello caliente en la nuca.

El gorila estaba detrás de ella. La agarraba por los hombros. Respiraba en su oído. Su boca se acercaba. Olía a *whisky* barato y a puros. «Quédate quieta, muñequita, no puedo parar lo siento nena lo siento mucho tú relájate y respira».

Abrió los ojos. Aspiró una bocanada de aire caliente. Le temblaban tanto los brazos que temía que no pudieran seguir sosteniéndola. Se puso de lado, alineando su cuerpo con la estrecha vigueta como un gato apoyado en equilibrio sobre el respaldo de un sofá. Miró la parte interior del tejado. Los clavos de las tejas asfálticas atravesaban la madera. Las manchas de humedad se extendían sobre su cabeza como negros bocadillos de cómic.

El hermoso cisne de origami había desaparecido, devorado por el perverso gorila, pero Callie no podía seguir reprimiendo la verdad.

No apuntó con la luz hacia delante, sino hacia un lado. Se apoyó en el codo y, haciendo un esfuerzo, miró por encima del travesaño, hacia el panel de acceso. Había una tabla de cortar de plástico apoyada entre dos viguetas. Se llevó la mano a la tripa. Sentía aún la rozadura que el plástico le había hecho en el vientre al entrar arrastrándose en el desván.

Se acordó de la gran tabla de cortar que Linda Waleski tenía en la cocina. Estaba en la encimera y un buen día, de repente, desapareció, y ella dio por sentado que Linda había decidido que era más fácil tirarla que limpiarla.

Ahora comprendía que Buddy había robado la tabla para su instalación en el desván.

Usó la linterna para seguir el cable roído por las ratas, que llegaba hasta la tabla. Sin necesidad de más información, supo que habían colocado un aparato de vídeo sobre el plástico. Supo que el cable RCA gris de tres puntas había colgado de las tomas de la parte delantera del aparato. Rojo para el canal de audio derecho. Blanco para el izquierdo. Amarillo para el vídeo. Los tres extremos se trenzaban para formar un solo cable largo que ahora se extendía, partido en trozos, hacia ella y luego torcía a la izquierda.

Siguió el cable y avanzó sobre los codos hasta colocarse cruzada sobre las viguetas, en lugar de junto a ellas. El espacio se estrechó aún más. A la luz de la linterna, examinó la parte de atrás del pladur. Había tan poco espacio que solo consiguió arrancar un reflejo duro al papel marrón satinado. Se metió el teléfono en el bolsillo y dejó el desván a oscuras.

Aun así, cerró los ojos. Pasó los dedos por la superficie lisa. Casi de inmediato, encontró una hendidura poco profunda. Con el tiempo, algo había dejado una marca en la suave pulpa del pladur. Un objeto de cinco centímetros de diámetro, del mismo tamaño que el objetivo de una cámara. Una cámara enchufada al extremo del cable hecho pedazos que conducía al aparato de vídeo desaparecido.

Oyó movimiento abajo. Leigh estaba en la cocina. Escuchó el crujido que hacía al pisar la arenilla del suelo. Se había parado donde antes estaban la mesa y las sillas. Unos pasos adelante y estaría en el fregadero. Unos pasos atrás y llegaría a la pared donde solía estar el teléfono de la cocina.

—¿Callie? —Leigh volvió el teléfono hacia arriba. Un haz de luz brilló a través del agujero practicado en el techo—. ¿Qué has encontrado?

Callie no respondió.

Lo que había encontrado era la respuesta a las dos preguntas de fondo.

Andrew lo sabía todo porque lo había visto todo.

# Miércoles

## 10

Leigh miró el reloj. Eran exactamente las ocho de la mañana y el tráfico de hora punta ya enmarañaba las carreteras. Iba de nuevo al volante de su Audi pero, por primera vez desde hacía días, no se sentía como si se estuviera ahogando en tierra firme. Su sensación de alivio no se correspondía con lo que Callie había encontrado esa noche en el desván de los Waleski, pero Andrew ya había dejado claro que conocía los pormenores del asesinato de su padre. Lo que ella ignoraba, lo que la había puesto al borde de la locura, era cómo lo había sabido. Ahora que eso estaba claro, Andrew había perdido parte del poder que tenía sobre ella.

El hecho de que hubiera sido Callie quien le había proporcionado esa arma la hacía aún más dulce. La observación de su hermana de que Andrew no tenía «un ejército secreto de drones en el cielo» había hecho saltar algo dentro de su cabeza. A los dieciocho años desconocía, por desgracia, los rudimentos de la construcción de una casa. Había paredes, suelos y techos, y de alguna manera el agua llegaba al grifo y la electricidad a las lámparas. Aún no se había visto obligada a moverse casi a rastras por el sótano en busca de la llave del agua porque su marido había elegido precisamente ese fin de semana para ir a visitar a su madre, ni había escondido regalos de Navidad en la buhardilla para ocultárselos a una niña muy curiosa y astuta.

Desde el momento en que Andrew había reaparecido en su vida, Leigh no había dejado de rememorar la horrible noche de la agresión tratando de descubrir qué habían pasado por alto. Hasta aquel instante en los columpios, no se le había ocurrido que habían mirado en todas partes menos arriba.

Lo de después no la había sorprendido. Todas las Navidades, cuando estaba en el instituto, había trabajado en la sección de audiovisuales de Circuit City. Como les pagaban a comisión, se ponía una camisa ajustada y se peinaba con secador para atraer a los hombres desprevenidos que entraban en el último momento buscando algo caro que regalarles a sus esposas y que en realidad pudiera servirles a ellos. Había vendido decenas de videocámaras Canon Optura. Y también estuches, trípodes, cables, baterías de repuesto y cintas VHS, porque las minicasetes solo tenían capacidad para noventa minutos de grabación, de modo que había que borrar el contenido o pasarlo a otra cinta.

Callie había hecho varias fotos de la instalación de Buddy en el desván, pero Leigh ya sabía cómo era antes de que su hermana bajara. El cable RCA conectaba con la cámara por un lado y con el aparato de vídeo por el otro. Pulsabas un botón de la cámara y luego le dabas a grabar en el vídeo y se hacía una copia de todo. Lo que habían conseguido las fotos de Callie había sido desenterrar el recuerdo largamente olvidado de cuando había encontrado el mando a distancia en el bolsillo del pantalón de Buddy. Lo había tirado al suelo con tanta fuerza que el compartimento de las pilas se había roto.

Buddy no iba todo el día por ahí con el mando en el bolsillo. Se lo había guardado allí aposta, igual que había escondido aposta la minicasete de la cámara de la barra en la cajetilla de Black & Milds. El hecho de que hubiera puesto a grabar la cámara escondida en el techo, sobre la mesa de la cocina, antes de que estallara la pelea con Callie constituía lo que en términos jurídicos se denominaba premeditación. Si Buddy Waleski había puesto en marcha la cámara era porque, al seguir a Callie a la cocina, sabía ya que iba a hacerle daño.

Y ahora su hijo lo tenía todo grabado.

Leigh repasó mentalmente las muchas cosas que Andrew Tenant *no* había hecho con la grabación. No había acudido a la policía. No se la había enseñado a Cole Bradley. No se había encarado con ella con las pruebas en la mano. No se lo había contado a nadie que pudiera hacer algo al respecto.

En cambio, había utilizado la información para forzarla a hacer algo que ella no quería hacer. Leigh había quitado la historia clínica de Tammy Karlsen de la mesa de la sala de reuniones. Había leído las anotaciones de su terapeuta. Había ideado, al menos en su fuero interno, una forma de servirse de esa información para doblegar a Tammy.

Por el momento, su único delito consistía en haber aceptado bienes robados. Mitigaba ese cargo el hecho de que era la abogada de Andrew y de que no le había aconsejado que sustrajera esa información ni había hecho nada delictivo con ella y, además, ¿cómo sabía ella que esa información era robada? Cualquiera que tuviera una impresora podría hacer que un documento pareciera oficial. Cualquiera con un poco de tiempo libre podía falsificar las ciento treinta y ocho páginas que compendiaban las más de sesenta presuntas sesiones de terapia.

Leigh echó una mirada a su bolso mientras esperaba a que cambiara el semáforo. La carpeta sobresalía por arriba. Las notas que contenía formaban casi una novela. El dolor aplastante de las primeras sesiones, la apertura gradual de Tammy al confesar el horror y la vergüenza de lo que le había ocurrido en el instituto. Los tropiezos en el camino hacia el control del alcoholismo, de las autolesiones y la bulimia. Los intentos fallidos de reconciliación. La lenta asimilación de que no podía cambiar su pasado, pero sí intentar moldear su futuro.

El expediente revelaba, ante todo, que Tammy Karlsen era una mujer inteligente, perspicaz, divertida y ambiciosa. Leigh, no obstante, solo acertaba a pensar una cosa mientras lo leía de principio a fin: ¿por qué su hermana no podía hacer lo que había hecho Tammy?

Su parte intelectual entendía la ciencia de la adicción. Sabía, además, que dos tercios de los consumidores de oxicodona eran chavales idiotas que estaban experimentando con las drogas, no pacientes con dolor crónico que acababan enganchados. Pero, incluso dentro de ese grupo de pacientes crónicos, menos del diez por cien caían en la adicción. Y entre un cuatro y un seis por cien, aproximadamente, se pasaban a la heroína. Más del sesenta por cien se desenganchaban al madurar o pasaban por un proceso denominado «recuperación natural», es decir, que se cansaban de ser adictos y encontraban la manera de dejarlo; un tercio de ellos, sin tratamiento. En cuanto a las terapias, la rehabilitación en régimen de internamiento era, estadísticamente, un fracaso y la asociación Nar-Anon erraba el tiro más veces de las que acertaba. La metadona y el Suboxone eran los fármacos de mantenimiento mejor estudiados, pero el tratamiento asistido con medicación estaba tan regulado que los médicos que podían prescribirlo tenían prohibido atender a más de cien pacientes durante su primer año de ejercicio y a no más de doscientos setenta y cinco a partir de entonces.

Mientras tanto, en Estados Unidos morían diariamente unas ciento treinta personas de sobredosis.

Callie conocía esos datos mejor que nadie, pero conocerlos no la había impulsado a dejarlo. Al menos no por mucho tiempo. Durante los veinte años anteriores, había creado su propio mundo de fantasía, en el que todo lo desagradable o problemático quedaba difuminado por los opioides o la negación voluntaria. Era como si su maduración emocional se hubiera detenido en el instante de tragar el primer Oxycontin. Se rodeaba de animales que no le harían daño; de libros ambientados en el pasado, porque de ese modo sabía que todo acababa bien; y de personas que nunca llegaban a conocerla realmente. Callie no se ponía Netflix para relajarse. Carecía por completo de huella digital. Se había mantenido deliberadamente ajena al mundo moderno. Walter había comentado una vez que si solo entendías las referencias de la cultura popular anteriores a 2003, entonces entendías a Callie.

El GPS del coche le indicó que torciera a la izquierda en el semáforo siguiente. Se desvió hacia el carril de giro. Hizo un gesto con la mano por encima del hombro a un conductor que había intentado adelantársele, e hizo oídos sordos cuando él le enseñó el dedo y empezó a gritarle.

Tamborileó con los dedos sobre el volante mientras esperaba a que el semáforo se pusiera en verde. Después de lo que había pasado esa noche, solo podía rezar por que su hermana no estuviera muerta en algún sitio con una aguja clavada en el brazo. Callie estaba hecha polvo cuando bajó del desván. Le castañeaban los dientes. No paraba de frotarse los brazos. Y cuando por fin llegaron a casa de Phil, estaba tan ansiosa por entrar que le dio su número de teléfono sin oponer resistencia.

Leigh no la había llamado para preguntarle cómo estaba. Tampoco le había escrito. No saber era casi peor que saber. Desde la primera sobredosis de Callie, tenía que luchar continuamente con la misma lúgubre premonición, que se repetía una y otra vez dentro de su cabeza: un teléfono sonando en mitad de la noche, alguien tocando enérgicamente a la puerta, un agente de policía con la gorra en la mano informándole de que tenía que ir al depósito a reconocer el cadáver de su hermana pequeña.

*Era culpa suya. Era todo culpa suya.*

Su teléfono personal sonó sacándola de aquella espiral de desaliento. Pulsó el botón del volante mientras giraba a la izquierda.

—¡Mamá! —dijo Maddy abruptamente.

Sintió una extraña sacudida en el corazón. Luego le entró el pánico, porque Maddy solo llamaba cuando pasaba algo malo.

—¿Papá está bien?

—Sí —contestó su hija, irritada al instante porque Leigh hubiera introducido esa idea en su mente—. ¿Por qué preguntas eso?

Leigh se hizo a un lado de la calle residencial. Sabía que explicándose solo conseguiría darle motivos a Maddy para hacerse la víctima, de modo que decidió esperar a que su hija pasara revoloteando al siguiente tema.

—Mamá, Nicia Adams va a organizar una cosa este fin de semana en su casa. Solo seremos cinco personas y estaremos al aire libre, así que no habrá peligro y…

—¿Qué te ha dicho papá cuando le has preguntado?

Maddy vaciló. Nunca llegaría a fiscal.

—¿Te ha dicho que me lo preguntes a mí? —adivinó Leigh—. Lo comentaré con él esta noche.

—Es que… —Maddy dudó de nuevo—. La madre de Keely se ha ido.

Leigh notó que fruncía las cejas. Había visto a Ruby, la madre de Keely, ese fin de semana.

—¿Que se ha ido?

—Sí, eso es lo que estoy tratando de decirte. —Estaba claro que su hija pensaba que tendría que saberlo ya, pero por suerte se apresuró a rellenar los espacios en blanco—. O sea… En plena noche, la señora Heyer se puso a discutir a lo bestia con el señor Heyer, pero Keely no hizo caso porque, bueno, ya sabes… Pero luego bajó a desayunar esta mañana y su padre empezó a decirle, en plan: «Tu madre necesita un tiempo para estar sola, pero te llamará luego, y los dos te queremos mucho», y después le dijo que tenía reuniones por Zoom todo el día, y Keely está agobiada porque… Obvio. Así que se nos ha ocurrido quedar este fin de semana para apoyarla.

Leigh sintió que esbozaba una sonrisa malévola. Se acordó de la pullita que le había lanzado Ruby en *Vivir de ilusión*. Pronto aprendería el valor de la educación pública; en cuanto tuviera que empezar a pagar su parte de la mensualidad del colegio privado de Keely.

Pero eso Leigh no podía decírselo a su hija.

—Lo siento, cariño. A veces las cosas no salen bien.

Maddy se quedó callada. Se había acostumbrado al extraño acuerdo entre Leigh y Walter, porque habían hecho lo único que pueden hacer los padres cuando corren tiempos extraños: mantener la normalidad dentro de lo posible.

Al menos, Leigh confiaba en que se hubiera acostumbrado.

—Mamá, no lo entiendes. Queremos animar a Keely porque la señora Heyer se está portando fatal con ella. —La voz de Maddy nunca sonaba tan estridente como cuando luchaba contra una injusticia—. En plan…, no la ha llamado ni nada. Solo le ha mandado un mensaje diciéndole que chao y que haga los deberes y que ya hablarán, y Keely está supertriste. No hace más que llorar.

Leigh sacudió la cabeza, porque era una putada hacerle eso a una hija. Luego se preguntó si Maddy estaría tratando de decirle algo.

—Cariño, seguro que la señora Heyer llamará pronto a Keely. Papá y yo ya no estamos juntos y no puedes librarte de ninguno de los dos.

—Sí, eso está clarísimo. —Maddy le recordaba tanto a Callie que Leigh sintió que se le saltaban las lágrimas—. Mamá, te dejo, que mi Zoom está a punto de empezar. ¿Me prometes que hablarás con papá de lo de la fiesta?

—Intentaré hablar con él antes de llamarte esta noche. —Leigh prefirió no hacerle notar que el grupo de apoyo emocional se había convertido de pronto en una fiesta—. Te qui…

Maddy colgó.

Leigh se pasó los dedos por debajo de los ojos, intentando que no se le corriera la raya. La distancia entre su hija y ella seguía provocándole un dolor físico. No creía que su madre hubiera sentido nunca un anhelo parecido. Había arañas que cuidaban mejor de sus crías. Si a ella Maddy le hubiera contado que un hombre adulto le había puesto la mano en la pierna, Leigh no le habría dicho que la próxima vez le diera un manotazo. Habría agarrado una escopeta y le habría volado la cabeza a aquel tipejo.

El GPS parpadeaba. Leigh amplió la imagen. Vio el campo de golf del Capital City Country Club, perteneciente a uno de los clubes sociales privados más antiguos del sur. Aquel barrio rebosaba dinero. Estrellas del *hip-hop* y jugadores de baloncesto vivían junto a ricachones de toda la vida, cosa que Leigh sabía únicamente porque unos años atrás Maddy la había convencido de que intentaran buscar la casa de Justin Bieber, que en aquel entonces vivía por allí.

Apagó el navegador. Volvió a incorporarse al tráfico. Las mansiones junto a las que pasaba eran impresionantes, no por su belleza, sino por su atrevimiento. Ella jamás podría vivir en una casa en la que tardara más de treinta segundos en ver dónde estaba su hija.

El campo de golf se extendía ondulante a su izquierda mientras recorría East Brookhaven Drive. Sabía que la calle pasaba a ser West Brookhaven al otro lado del campo. A pie, podría haber atravesado los *greens* y, bordeando el lago y dejando atrás las pistas de tenis y el club de campo, habría salido a pocas manzanas del parque Little Nancy Creek.

La casa de Andrew, valorada en 3,1 millones de dólares, estaba en Mabry Road. La escritura estaba a nombre del fondo fiduciario de la familia Tenant, igual que la pocilga de Canyon Road en la que habían vivido los Waleski. Leigh no había querido esperar a que Callie se decidiera a buscar esa información y luego a comunicársela. La había buscado ella misma esa mañana, antes de salir de casa. Si más adelante salía a la luz el rastro que hubiera dejado, siempre podía alegar que estaba informándose sobre los bienes inmuebles de Andrew por si el tema surgía en el juicio. Nadie la culparía por ser demasiado minuciosa.

Redujo la velocidad para poder leer los números de los buzones, que eran casi tan señoriales como las casas. El de Andrew era una combinación de ladrillo pintado de blanco, acero y cedro. Los números eran de neón, porque tenía sentido gastar más en la construcción de un buzón de lo que la mayoría de la gente gastaba en su casa. Leigh atravesó con su Audi la verja, que estaba abierta. El camino de entrada daba la vuelta hasta la parte de atrás, pero ella aparcó delante de la casa. Quería que Andrew la viera llegar.

Como era de esperar, la casa era una de esas estructuras ultramodernas de cristal y acero que parecían la mansión del asesino de un *thriller* sueco. Cuando salió del coche, su tacón dejó una raya negra en el impecable camino blanco. Echó a andar clavando el tacón y dándole un giro, con la esperanza de que Andrew saliera a limpiarlo con un cepillo de dientes cuando se marchara.

Los arbustos cuadrados eran el único adorno del jardín. Losas de mármol blanco semejantes a lápidas conducían a la puerta principal, con las junturas colmatadas por brotes de lirio enano. El verde brillaba demasiado en contraste con el blanco subido de todo lo demás. Si hubiera habido manera de que Leigh llevara allí al jurado, al estilo del caso OJ Simpson, no habría desperdiciado esa oportunidad.

Subió los tres escalones bajos que llevaban a la puerta principal, que era de cristal. Vio a través de ella la parte trasera de la casa. Paredes blancas. Suelo de cemento pulido. Cocina de acero inoxidable. Piscina. Pérgola. Cocina exterior.

Había un timbre, pero Leigh llamó golpeando el cristal con la palma de la mano. Se giró para mirar hacia la calle. Había una cámara montada en la esquina del saledizo. Leigh recordaba de la orden de registro que la policía tenía autorización para sacar de la casa cualquier grabación de los dispositivos de vigilancia. Pero, curiosamente, Andrew había tenido el sistema desconectado toda la semana.

Oyó el repiqueteo amortiguado de unos tacones gruesos sobre el suelo de cemento pulido.

Se dio la vuelta. Se encontró de frente a Sidney Winslow, que avanzaba hacia la puerta como una Elle Macpherson por la pasarela. Ese día su goticismo parecía atenuado. Su maquillaje era ligero, casi natural. Llevaba una falda gris ajustada y una blusa de seda azul marino. Los zapatos eran exactamente del mismo color que la camisa. Sin el cuero y la actitud chulesca, era una joven atractiva.

La puerta se abrió. Leigh sintió como el frescor del aire acondicionado se mezclaba con el calor de la mañana.

—Andrew se está vistiendo —dijo Sidney—. ¿Pasa algo?

—No, solo necesito repasar unas cosas con él. ¿Puedo pasar? —Ya había entrado cuando acabó de pedir permiso—. Vaya, qué grande es esto.

—¿Verdad que es alucinante? —Sidney se giró para cerrar la puerta.

Leigh se aseguró de estar a mitad del pasillo cuando el pestillo hizo clic. No había nada más inquietante que el hecho de que alguien se abriera paso en tu espacio privado.

Pero aquel no era el espacio privado de Sidney. Al menos, no lo era todavía. Según la somera investigación que había hecho Reggie, Sidney estudiaba un posgrado en la Universidad Emory y tenía un apartamento en Druid Hills. Que la chica estudiara psiquiatría era algo de lo que Leigh se reiría más adelante, cuando encontrara el momento.

Avanzó por el pasillo, que tenía como mínimo seis metros de ancho. De las paredes colgaban las típicas obras de arte: fotos de mujeres semidesnudas y un cuadro de una artista de Atlanta conocida por pintar caballos sudorosos y con las venas bien marcadas para casas de hombres solteros. El comedor era de un blanco impoluto. El estudio, el salón delantero y la sala de estar eran tan cegadoramente monocromáticos que al verlos se tenía la impresión de estar mirando detrás de las puertas cerradas de un manicomio de los años treinta.

Cuando llegaron a la parte de atrás de la casa, una repentina explosión de color hizo que a Leigh le ardieran los ojos. Una de las paredes estaba enteramente ocupada por un acuario. Grandes peces tropicales nadaban detrás de una gruesa lámina de cristal que se extendía del suelo al techo. Enfrente había un sofá de cuero blanco, una suerte de puesto de observación desde el que contemplar el espectáculo. Leigh se acordó de pronto de Callie metiendo la mano en el tanque de cuarenta litros que ella misma había montado en el salón de los Waleski. Tenía los dedos manchados de sangre seca y había insistido en lavarse primero las manos en el fregadero para que los peces no enfermaran.

—Es chulo, ¿verdad? —Sidney estaba escribiendo en su teléfono, pero señaló el acuario con la cabeza—. Lo montó el mismo tipo que hizo no sé qué en el Acuario de Atlanta. Andrew puede contártelo. Le encantan los peces. Le he escrito para avisarle de que estás aquí.

Leigh se dio la vuelta. De pronto se había dado cuenta de que era la primera vez que hablaba a solas con la prometida de Andrew. A no ser que contara la vez que la había llamado puta en el aparcamiento.

—Mira —dijo Sidney como si le hubiera leído el pensamiento—. Siento lo del otro día. Todo esto es muy estresante. A veces Andy es como un cachorrito perdido. Soy muy protectora con él.

Leigh asintió.

—Entendido.

—Me siento como si… —Levantó las manos y se encogió de hombros—. ¿Qué mierda está pasando? ¿Por qué la policía la ha tomado con él? ¿Es porque tiene dinero, o por sus coches, o es una especie de venganza porque Linda trabajaba en ese consejo del COVID?

A Leigh no dejaba de asombrarle que los blancos ricos dieran por sentado que el sistema siempre funcionaba, hasta que se veían atrapados en él. Entonces era todo una especie de odiosa conspiración.

—Tuve un cliente al que detuvieron por robar un cortacésped —le dijo a Sidney—. Murió de COVID en la cárcel porque no pudo pagar la fianza de quinientos dólares.

—¿Era culpable?

Leigh reconocía una causa perdida cuando la veía.

—Estoy haciendo todo lo que puedo por ayudar a Andrew.

—Eso espero, joder. Te paga bastante por hacerlo. —Sidney volvió a centrarse en el teléfono antes de que Leigh pudiera formular una respuesta.

Ya que la estaba ignorando, Leigh aprovechó para acercarse a los ventanales de la parte de atrás de la casa. Los mismos arbustos cuadrados bordeaban el camino de lápidas que llevaba a la piscina. La terraza era también de mármol blanco. Todo el mobiliario exterior era blanco. Cuatro tumbonas. Cuatro sillas alrededor de una mesa de cristal. Todo carente de atractivo. Todo sin usar. Incluso el césped parecía artificial. La única variación de color provenía de la valla de acero y cedro que marcaba el límite de la finca, a lo lejos.

De haber tenido el don de la poesía, a Leigh se le habría ocurrido algún verso acerca de que la casa era la frígida encarnación del alma de Andrew.

—Harleigh.

Se giró despacio. Andrew había vuelto a acercarse a ella con sigilo, pero esta vez no se había sobresaltado. Le recorrió fríamente con la mirada. En contraste con la casa, vestía de negro de la cabeza a los pies, desde la camiseta a las zapatillas de andar por casa, pasando por el pantalón de chándal.

—Tenemos que hablar —le dijo Leigh.

—¿Sid? —Su voz rebotó contra las duras superficies de la habitación—. Sid, ¿estás aquí?

Andrew salió al vestíbulo buscando a su novia. Leigh vio que aún tenía el pelo húmedo por detrás. Seguramente acababa de salir de la ducha.

—Seguro que ha ido a recoger la tarta para la boda —dijo Andrew—. Hemos organizado una pequeña ceremonia para esta noche. Solo mi madre y alguna gente de los concesionarios. A no ser que quieras venir.

Leigh no dijo nada. Quería ver si podía incomodarle.

Su expresión anodina no cambió, pero por fin preguntó:

—¿Vas a decirme a qué has venido?

Leigh negó con la cabeza. Ya la había pillado una cámara. No iba a pillarla otra.

—Fuera.

Andrew levantó las cejas, pero ella notó que estaba disfrutando de la intriga. Abrió la puerta. Todas las ventanas se plegaron como un acordeón.

—Después de ti.

Leigh cruzó con cuidado el umbral. El mármol estaba texturizado, pero sus zapatos de tacón alto no encontraron agarre. Se los quitó y los dejó junto a la puerta. No le dijo nada a Andrew mientras se dirigía a la piscina. No se detuvo al llegar al límite de la terraza de mármol. Bajó por las escaleras que bordeaban la piscina de borde infinito. Notó bajo los pies descalzos la tiesura del césped artificial, húmedo todavía por el rocío. Oía los pasos de Andrew, más pesados que los suyos, batiendo el suelo detrás de ella. Se preguntó si Tammy Karlsen también los habría oído cuando la siguió dentro del parque. ¿O ya estaba esposada para entonces? ¿La había amordazado para que no pudiera gritar? ¿O estaba tan drogada que ni siquiera sabía que tenía que gritar?

Nunca nadie sabría la verdad, excepto Andrew.

El jardín de atrás medía aproximadamente lo que medio campo de fútbol. Leigh se detuvo en el centro, a medio camino entre la piscina y la valla trasera. El sol pegaba ya con fuerza. El césped empezaba a calentarse bajo sus pies. Le dijo a Andrew:

—Levanta las manos.

Él siguió sonriendo, pero hizo lo que le pedía.

Leigh le palpó los bolsillos igual que había palpado los de Buddy en la cocina. Encontró un tubo de protector labial, pero no la cartera, las llaves o el teléfono.

—Me estaba vistiendo para ir al trabajo —explicó Andrew.

—¿No te habías tomado la semana libre para preparar el juicio?

—Mi abogada lo tiene todo controlado. —Su sonrisa era inquietante, tan falsa como la hierba bajo sus pies—. ¿Leíste la historia médica de Tammy?

Leigh sabía lo que pretendía.

—Tiene antecedentes de alcoholismo. Se bebió dos martinis y medio la noche que estuvo contigo.

—Sí. —Su voz había adoptado un tono íntimo—. Y contó que ya la habían violado antes. No lo olvides. Imagino que un jurado de gente como yo tampoco se tomará muy bien que haya abortado.

—Es curioso que pienses que te va a juzgar gente como tú. —Leigh no le dio tiempo a responder—. ¿Qué edad tenías cuando empecé a cuidarte?

—Pues… —La pregunta, obviamente, le había descolocado. Se rio para disimular su malestar—. ¿Seis? ¿Siete? Tú lo sabrás mejor que yo.

—Tenías cinco años y yo trece. Lo recuerdo porque acababa de salir del reformatorio. ¿Sabes por qué estuve en el reformatorio aquella vez?

Andrew miró hacia la casa. Pareció darse cuenta de que Leigh había fijado los términos de aquella conversación y él la había seguido a ciegas.

—Cuéntame.

—Una niña se burló de Callie por su corte de pelo —dijo Leigh, aunque «corte de pelo» era una forma muy suave de decir que Phil se había emborrachado y casi le había rapado la cabeza—. Así que busqué un trozo de cristal roto y en el recreo seguí a la niña, la sujeté y le corté el pelo hasta hacerle sangre en el cuero cabelludo.

Él parecía fascinado.

—¿Y?

—Le hice eso a una desconocida que me tocó las narices. ¿Qué crees que te voy a hacer a ti?

Andrew se quedó callado un momento; luego se rio.

—No vas a hacerme nada, Harleigh. Crees que aquí tienes algún poder sobre mí, pero en realidad no lo tienes.

—Buddy te hizo poner una cámara en el desván.

Su cara reflejó sorpresa.

Leigh añadió:

—Es imposible que él metiera su culo gordo en ese espacio tan pequeño. Así que te obligó a hacerlo a ti.

Andrew no dijo nada, pero ella se dio cuenta de que por fin le había pillado desprevenido.

Siguió presionándole.

—Linda puso la casa en venta con ReMax en mayo de 2019, un mes antes de que encontraras a tu primera víctima de violación en el cine Bistró.

Él movió la mandíbula al rechinar los dientes.

—Supongo que fue cuando recordaste que le habías puesto a Buddy la cámara de vídeo en el desván. —Leigh se encogió de hombros—. Querías revivir ese vínculo entre padre e hijo. Y ahora eres un violador, igual que lo era él.

Andrew aflojó la mandíbula. Volvió a lanzar una mirada a la casa. Cuando se volvió hacia Leigh, la oscuridad se había instalado de nuevo en sus ojos.

—Tú y yo sabemos que Callie sabía perfectamente lo que hacía.

—Callie tenía doce años cuando eso empezó —dijo Leigh—. Buddy tenía casi cincuenta. Ella no tenía ni idea de lo que…

—A ella le encantaba —replicó Andrew—. ¿Eso no te lo ha contado, Harleigh? Le encantaba lo que le hacía mi padre. Lo sé porque, cada noche, mientras estaba acostado en mi cama, la oía gemir su nombre.

Leigh luchó por dominarse. Con muy poco esfuerzo, rememoró el murmullo ronco de Callie cuando su hermana le había dicho, suplicante, que fuera a ver cómo estaba Buddy; que se asegurara de que estaba bien; que no se enfadaría si le conseguían ayuda.

«Me quiere, Harleigh. Me perdonará».

Andrew dijo:

—Tienes razón en lo del desván. Mi padre me hizo subir un par de semanas antes de que le asesinaras.

Leigh sintió que rompía a sudar. Por eso le había llevado hasta allí, lejos de las cámaras, las grabadoras y las miradas indiscretas. Estaba harta de esquivar el tema, de fingir delante de Reggie, que no tenía ni idea de lo que ocurría.

—¿Te dijo por qué?

—Había habido algunos robos en el barrio. —Andrew soltó una

risa aguda, como si lamentara su inocencia infantil—. Me dijo que era por seguridad, por si entraba alguien. Fui un tonto por creerle, supongo.

—Nunca has sido muy listo.

Él parpadeó, y Leigh vio un asomo del niño desvalido que siempre se echaba a llorar cuando pensaba que estaba enfadada con él.

Luego parpadeó de nuevo y aquel destello desapareció.

—¿Qué sabe Sidney? —preguntó ella.

—Sabe que la quiero. —Andrew se encogió de hombros, como si reconociera que era mentira—. Todo lo que puedo querer a alguien.

—¿Y Reggie?

—Reggie es fiel a mi bolsillo.

Leigh se puso tensa al ver que se movía, pero Andrew solo se agachó para alisar una marca en el césped artificial.

Levantó la vista hacia ella y dijo:

—Callie le quería, Harleigh. ¿No te lo ha dicho? Estaba enamorada de él. Y él de ella. Podrían haber sido felices juntos. Pero tú se lo impediste.

Leigh no podía seguir escuchando aquel despropósito.

—¿Qué es lo que quieres, Andrew?

Se incorporó sin prisa. Alisó una arruga invisible de sus pantalones.

—Quiero ser normal. Quiero enamorarme, casarme, tener hijos, llevar el tipo de vida que habría tenido si no me hubieras quitado a mi padre.

Ella se rio. Era una fantasía ridícula.

—Buddy no habría podido…

—Nunca te rías de mí. —El cambio se había operado de nuevo, pero esta vez Andrew no hizo nada por disimular la amenaza—. ¿Sabes lo que les pasa a las mujeres que se ríen de mí?

Su tono impidió que cualquier otro sonido saliera de la garganta de Leigh. Miró hacia la casa. Miró por encima de la valla. Había pensado que estaría a salvo manteniendo aquella conversación en privado y ahora se daba cuenta de que también le había brindado una oportunidad a Andrew.

—Sé lo que estás planeando, Harleigh. —De algún modo se había acercado a ella. Leigh notó el olor a menta de su aliento—. Crees que puedes servirte de trucos legales para que parezca que me estás defendiendo cuando en realidad vas a hacer todo lo posible para que me manden a la cárcel.

Leigh levantó la vista hacia él y, demasiado tarde, se dio cuenta de su error. Su mirada la dejó paralizada. Nunca había visto nada tan malévolo. Su alma amenazó con desgajarse nuevamente de su cuerpo. Como cualquier depredador, Andrew aprovechó su debilidad. Leigh no pudo hacer nada cuando le acercó la mano al pecho y se la puso sobre el corazón. Sintió sus latidos contra la palma de él, como una pelota de goma rebotando una y otra vez contra una superficie de dureza brutal.

—Esto es lo que quiero, Harleigh. —Sonrió cuando a ella empezaron a temblarle los labios—. Quiero que estés aterrorizada sabiendo que cualquier día, en cualquier momento, puedo enviarle esa cinta a la policía y que todo lo que tienes, tu vida de mamá de pacotilla, con tus reuniones del AMPA del colegio y las funciones escolares y el tonto de tu marido, desaparecerá igual que desapareció mi vida cuando mataste a mi padre.

Leigh dio un paso atrás. Notaba las manos de él en la garganta, como si estuviera estrangulándola. El sudor le corría por un lado de la cara. Apretó los dientes para que no le castañetearan.

Andrew la estudió como si estuviera viendo una actuación. Su mano permaneció donde ella la había dejado, suspendida en el aire, como si todavía se apoyara sobre su corazón. Mientras ella le miraba, se llevó la palma a la cara. Cerró los ojos e inhaló como si pudiera oler su aroma. Leigh dijo:

—No se puede enviar una cinta por correo desde la cárcel.

—Se supone que la inteligente eres tú, Harleigh. —Había abierto los ojos. Se metió la mano en el bolsillo—. ¿No sabes que tengo un plan de emergencia?

Leigh no había sido tan estúpida. Quería que él admitiera que tenía un plan B.

—¿Por qué guardaste el cuchillo?

—Eso puedes agradecérselo a Callie. Se aferraba a él, iba por la casa con el cuchillo en la mano, no se separaba de él mientras veíamos los dibujos animados. Y luego pasaba horas sentada en la mesa de la cocina mirando esa maldita lámina de anatomía. —Sacudió la cabeza—. La pobre y dulce Callie. Siempre ha sido la más delicada de las dos, ¿verdad? La culpa por lo que la obligaste a hacer pudo con ella.

Leigh sintió que le costaba tragar saliva. Quería cortar de un tajo el nombre de Callie de su asquerosa bocaza.

—Guardé el cuchillo para tener un recuerdo suyo. —Sus labios se torcieron hacia un lado. La sonrisa burlona estaba haciendo su primera aparición—. Y luego vi cómo lo usó con mi padre y por fin todo tuvo sentido.

Leigh tuvo que hacer un esfuerzo por controlarse, pero, antes que nada, tenía que apartarle de Callie.

—Andrew, ¿alguna vez se te ha ocurrido pensar en lo que mostrará de verdad esa cinta? —preguntó.

Él levantó las cejas.

—Explícamelo tú.

—Vamos a imaginar cómo pueden desarrollarse las cosas, ¿de acuerdo? —Esperó a que él asintiera—. Tú le enseñas la cinta a la policía. La policía me detiene. Me fichan y todo lo demás. Recuerdas el procedimiento, de cuando te detuvieron, ¿verdad?

Asintió con la cabeza, claramente desconcertado.

—Entonces, lo que haré yo será pedir una reunión con el fiscal. Y el fiscal y yo veremos juntos la cinta y le explicaré que la forma en que se seccionó la vena femoral de tu padre coincide exactamente con el patrón de conducta que has utilizado con todas las mujeres a las que has violado.

Pareció tan aturdido como Leigh unos segundos antes. Nunca había considerado esa posibilidad.

—Se llama *modus operandi*, Andrew, y te mandará a prisión para el resto de tu vida. Destrucción mutua asegurada —concluyó Leigh.

Él solo tardó un momento en recomponerse. Fingió que le costaba, sacudió la cabeza teatralmente y hasta chasqueó los dientes.

—Qué tontita eres. ¿Crees que esa es la única cinta que puedo enseñar?

Leigh sintió que los huesos le temblaban bajo la piel. Su voz se parecía tanto a la de Buddy que se sintió de nuevo en el Corvette amarillo, con las piernas apretadas, el corazón acelerado y el estómago revuelto.

—Tengo horas de grabación en las que se ve a tu pobre y frágil hermanita siendo follada por todos los agujeros.

Leigh sintió que cada palabra era un puñetazo que le lanzaba a la cara.

—Las encontré en mi colección de cintas VHS cuando me fui a la universidad. Me apetecía ver Disney, por nostalgia, y entonces me di cuenta de que mi padre había tirado las cintas originales y en su lugar había puesto su colección privada.

Los ojos de Leigh se llenaron de lágrimas. No habían registrado su habitación. ¿Por qué no habían registrado su habitación?

—Hora tras hora del mejor porno que he visto en mi vida. —Andrew estudió su rostro, absorbiendo su dolor como una droga—. ¿Callie sigue siendo tan menudita como entonces, Harleigh? ¿Sigue siendo como una muñequita, con su cintura delgada y sus ojos grandes y su coñito?

Leigh pegó la barbilla al pecho para privarle del placer de su agonía.

—Si me pasa algo —añadió él—, en ese mismo instante todos los hombres, mujeres y niños con acceso a Internet podrán ver a tu hermana hecha pedazos.

Leigh cerró los ojos para evitar que se le escaparan las lágrimas. Sabía que a Callie la atormentaba esa posibilidad. Su hermana no podía salir a la calle sin angustiarse porque alguien la reconociera por las películas de Buddy. El doctor Patterson. El entrenador Holt. El señor Humphrey. El señor Ganza. El señor Emmett. La violación de esos hombres la había herido casi tanto como la de Buddy. Si Andrew dejaba que otros muchos individuos repugnantes vieran aquella vileza, Callie se rompería en tantos pedazos que ninguna dosis de heroína podría recomponerla.

Leigh se limpió los ojos con el puño. Volvió a hacer la misma odiosa pregunta.

—¿Qué es lo que quieres, Andrew?

—La destrucción mutua asegurada solo funciona hasta que uno de los dos flaquea —contestó él—. Convence al jurado de que soy inocente. Destroza a Tammy Karlsen en el estrado. Luego, ya veremos qué más puedes hacer por mí.

Leigh levantó la vista.

—¿Cuánto, Andrew? ¿Cuánto va a durar esto?

—Ya sabes la respuesta a eso, Harleigh. —Andrew le enjugó suavemente las lágrimas—. Todo el tiempo que yo quiera.

## 11

—¿Señora Takahashi? —dijo la bibliotecaria.

Callie giró las piernas hacia el lateral de la silla para poder mirarla. En la mascarilla de la mujer decía ¡LEE MÁS LIBROS! Llevaba en la mano un ejemplar de *Compendio de caracoles de América del Norte y sus hábitats*.

—He encontrado esto para usted en el carro de devoluciones.

—Estupendo, gracias. —Callie tomó el grueso libro de bolsillo—. *Arigato*.

La bibliotecaria se inclinó al despedirse como si hiciera una reverencia o imitara a un brontosaurio amable, cosas ambas que podían interpretarse como apropiación cultural.

Callie se dio la vuelta. Dejó el libro junto al teclado del ordenador. Daba por sentado que era la única yonqui en la historia que había cometido una suplantación de identidad para conseguir un carné de biblioteca. Himari Takahashi había sido una novia de guerra. Había cruzado el Pacífico para casarse con su apuesto novio, un soldado. Disfrutaban leyendo y dando largos paseos. Él había fallecido antes que ella, y ella había buscado consuelo en la jardinería y pasando tiempo con sus nietos.

Al menos esa era la historia que Callie se contaba a sí misma. En realidad, nunca había hablado con la señora Takahashi. La mujer estaba metida en una bolsa negra la primera y última vez que habían coincidido. En enero, cuando el COVID mataba casi a cuatro mil personas al día, Callie había aceptado un trabajo remunerado en una cadena local de residencias de ancianos. Había trabajado junto a muchos otros ciudadanos lo bastante desesperados como para arriesgar su salud cargando los cadáveres de los fallecidos por COVID en remolques refrigerados que llevaba la Guardia Nacional.

Alguien en la sala de ordenadores tosió y todos los usuarios hicieron una mueca y se volvieron con aire de reproche, mirando a su alrededor como si quisieran quemar al culpable en la hoguera.

Callie se cercioró de que tenía la mascarilla bien puesta. A los yonquis siempre se los señalaba con dedo acusador. Agarró el ratón con la mano izquierda. Para variar, esa mañana su mano derecha había decidido dormirse por completo. Le dolía todo el cuerpo de haber pasado tanto rato arrastrándose por el desván. Se encontraba asquerosamente débil. Lo más agotador que había hecho en los últimos meses había sido luchar con el doctor Jerry por sus galletitas en forma de animales. La competición solía acabar en empate. Ninguno de los dos quería que el otro perdiera.

Acercó el teclado. Marcó la barra de búsqueda, pero no escribió nada. Sus ojos recorrieron el monitor. Según los datos de la Oficina de Atención al Contribuyente del condado de Fulton, los Tenant seguían siendo los propietarios de la casa de Canyon Road.

Tenía que decírselo a Leigh. Debería enviarle un mensaje con la información. Debería llamarla.

Tamborileó con los dedos sobre el ratón. Miró a su alrededor. Había una cámara en la esquina; su ojo negro vigilaba en silencio. La administración del condado de DeKalb se preocupaba más por la seguridad que el Ayuntamiento de Atlanta. Callie le había prometido a su hermana que iría a la biblioteca del centro, pero Leigh le había prometido a ella hacía veintitrés años que nunca más tendrían que pensar en Buddy Waleski.

Abrió Facebook en el ordenador. Escribió *Sidney Winslow Atlanta*. Solo apareció una página, lo cual era sorprendente porque hoy en día todas las chicas parecían llamarse igual, no como cuando era pequeña y la gente se burlaba de ella porque no sabía pronunciar correctamente su propio nombre.

La foto del muro de Sidney mostraba la fachada de lo que antes era el instituto Grady. El *post* más reciente era de 2012: una foto de ocho chicas adolescentes apiñadas en un concierto, dentro del

Georgia Dome. Por su atuendo conservador y por la cantidad de cruces que se veían de fondo, Callie dedujo que la música de Passion 2012 no sería de su gusto.

Igual que Facebook ya no era del gusto de Sidney Winslow. La prometida de Andrew no encajaba en el perfil demográfico del usuario medio de Facebook, donde una veinteañera podía toparse con una foto embarazosa publicada por sus padres hacia 2005.

Callie entró en TikTok y, bingo, allí estaba Sidney Winslow. Sintió que arqueaba las cejas al ver tal cantidad de vídeos. Suponía que así era ser joven hoy en día. Para Sidney, las redes sociales eran prácticamente un trabajo a tiempo parcial. Su foto de perfil era un primer plano de un labio con un *piercing*, generosamente embadurnado de carmín morado, clara señal de que el fervor religioso había sido una fase pasajera.

Había miles de vídeos en la lista, pero Callie no podía verlos porque la biblioteca no permitía activar el sonido sin auriculares. Por las descripciones que aparecían debajo de las imágenes fijas, dedujo de inmediato que Sidney Winslow era una estudiante de veinticinco años que trataba de sacarse un doctorado en psiquiatría increíblemente práctico en la Universidad Emory.

—Vaya —dijo Callie, porque por fin entendía por qué Leigh ponía tono de desagrado cada vez que decía el nombre de Sidney Winslow.

Cuando Sidney estaba en la universidad o se ponía poética al volante de su coche, llevaba el pelo recogido, el maquillaje justo, un sombrero de colores en la cabeza o un alegre pañuelo alrededor del cuello. Las noches de fiesta requerían un *look* muy distinto. La chica se transformaba en una versión actualizada del gótico geriátrico de Phil. Acompañaba sus camisetas ceñidas y sus pantalones de cuero con un número impresionante de *piercings*. Maquillaje espeso. Labios fruncidos. Escote lo bastante bajo como para brindar un atisbo tentador de sus pechos.

Callie tuvo que reconocer que sus pechos eran fantásticos.

Pero también tuvo que preguntarse por qué Andrew Tenant no formaba parte de la vida bien documentada de Sidney. Siguió saltando de una imagen fija a otra, sin encontrar siquiera una mención pasajera a Andrew, lo que resultaba extraño teniendo en cuenta que estaban a punto de casarse. Miró quién seguía a Sidney y encontró a muchas chicas que parecían clones de ella y a un puñado de chicos que por lo visto sentían predilección por hacerse fotos sin camiseta. Y era normal, porque estaban estupendos a pecho descubierto.

Clicó para ver a quién seguía Sidney. Dua Lipa, Janelle Monáe, Halsey, Bruno Mars, incontables *#bromiesexuals*, pero ningún Andrew.

Pasó a Instagram y, tras clicar tantas veces que le dio un calambre en el dedo, por fin encontró una foto de los dos juntos. De hacía dos años. En una barbacoa, en un jardín. Sidney sonreía radiante a la cámara. Andrew parecía reticente, con la cabeza agachada y los labios apretados en una línea fina y blanca, como diciendo «Vale, te sigo el juego, pero date prisa». Lógicamente, pensó Callie, si eras un violador y un asesino preferías evitar las redes sociales.

En ese aspecto, se había equivocado de chica. Había miles de *posts* en las plataformas, en los que Sidney aparecía casi siempre acompañada por un recipiente de alcohol bien lleno. Bebiendo vino en fiestas. Bebiendo cerveza en bares. Bebiendo martinis en una terraza. Bebiendo mojitos en la playa. Bebiendo finas latas de Rock and Rye en un coche. Callie meneó la cabeza, porque la vida de aquella joven era un desastre. Y lo decía ella, cuya vida podía compararse con un choque de trenes dentro de un avión estrellado, dentro del hongo de una bomba atómica.

La cuenta de Twitter de Sidney ponía de manifiesto las consecuencias de #YOLO, el *hashtag* que invitaba a correr riesgos porque «solo se vive una vez». A la chica le habían puesto una multa por conducir bebida hacía un mes. Sidney había documentado el proceso tuiteando sucintas reflexiones acerca del sistema penal, describiendo lo absurdo e inútil que era asistir a la escuela de educación vial de Cheshire Bridge Road y fotografiando su hoja de registro para demostrar que estaba asistiendo al número de reuniones de Alcohólicos Anónimos que exigía el juzgado.

Callie miró atentamente la hoja de registro, que conocía bien por sus propias peripecias dentro del sistema judicial. A Sidney le habían impuesto las treinta reuniones de rigor en otros tantos días, y después dos a la semana. Reconoció la iglesia donde se celebraban las reuniones de primera hora de la mañana. Servían un café delicioso, pero las galletas de la parroquia baptista de enfrente eran mejores.

Miró la hora.

Las dos y treinta y ocho de la tarde.

Cerró la sesión del ordenador. Buscó su mochila y entonces se acordó de que la había dejado en su habitación, cerrada con candado, junto con su alijo. Se había metido todo lo que necesitaba en los bolsillos de la chaqueta de raso amarillo que había encontrado en su armario. El cuello estaba deshilachado, pero por detrás tenía cosido un precioso vinilo de arcoíris.

Fue la primera prenda que se compró con el dinero de Buddy.

Utilizó el sistema automatizado para sacar prestado el *Compendio de caracoles de América del Norte y sus hábitats*. El libro cabía por los pelos en el bolsillo de la chaqueta, y los bordes se le clavaban gratamente en las costillas. Gimió mientras se dirigía hacia la salida. Su espalda se negaba a enderezarse. Tenía que arrastrar los pies como una anciana, aunque estaba convencida de que, incluso a sus ochenta y seis años, Himari Takahashi tenía una postura excelente.

El sol la cegó en cuanto abrió la puerta. Metió la mano en el bolsillo de la chaqueta y encontró las gafas verdes del centro de bronceado. La luz del sol se atenuó varios grados cuando se las puso. Sintió el calor dándole en la espalda y el cuello mientras caminaba hacia la parada del autobús. Al final, consiguió enderezarse. Sus vértebras castañetearon como dientes. El entumecimiento de los dedos volvió a extenderse por el brazo.

Había ya un viajero sentado en el banco de la parada del autobús. Un sintecho que murmuraba para sí mismo mientras contaba con los dedos. Tenía junto a los pies dos bolsas de papel rebosantes. Estaban llenas de ropa. Callie reconoció la mirada ansiosa de sus ojos, su forma compulsiva de rascarse los brazos.

Él le lanzó una mirada y luego se fijó más en ella.

—Molan esas gafas.

Callie se las quitó y se las ofreció al hombre.

Él se las arrebató como si fuera un jerbo aceptando una golosina.

A ella empezaron a lagrimearle los ojos otra vez. Sintió una punzada de arrepentimiento cuando el hombre se puso las gafas, porque eran de verdad muy chulas. Aun así, se sacó del bolsillo trasero el último billete de veinte dólares de Leigh y se lo dio al hombre. Ya solo le quedaban quince dólares, porque el día anterior se había gastado ciento cinco en la sesión del centro de bronceado. Al pensarlo ahora, aquella compra impulsiva le parecía mala idea, pero así se administraban el dinero los yonquis. ¿Por qué no ibas a gastarte el dinero hoy cuando no sabías si mañana tendrías un concierto gratis de Kurt Cobain?

—Me han puesto microchips en el cerebro con la vacuna —dijo el hombre.

Callie le confesó:

—Me preocupa que mi gato esté ahorrando para comprarse una moto.

Llevaban diez minutos sentados en medio de un agradable silencio cuando el autobús se dejó caer junto a la acera como un equidna rechoncho.

Callie subió y se sentó delante. Solo iba dos paradas más allá y fue una gentileza por su parte sentarse donde el conductor pudiera verla, porque la mirada que le había echado al subir al autobús dejaba claro que pensaba que iba a darle problemas.

Mantuvo las manos en la barandilla para que supiera que no iba a hacer ninguna locura. Aunque de hecho parecía una locura tocar una barandilla con las manos desnudas en medio de una pandemia.

Miró distraídamente por la luna delantera, dejando que el aire acondicionado le helase el sudor del cuerpo. Se llevó las manos a la cara. Había olvidado que llevaba puesta la mascarilla. Al echar un vistazo a los demás viajeros, vio mascarillas en distintas posiciones: bajadas por debajo de la nariz, rodeando la barbilla y, en el caso de un hombre, puesta encima de los ojos.

Ella también se la subió hasta taparse las cejas. Parpadeó al ver la luz que se filtraba por la mascarilla. Sus pestañas rozaron el material. Reprimió las ganas de reírse. No era la dosis de mantenimiento de esa mañana lo que la hacía sentirse colocada. Se había puesto otro chute antes de ir a la biblioteca. Y después se había tomado un Oxy durante el largo trayecto en autobús hasta Gwinnett. Llevaba otro en el bolsillo trasero. Acabaría tomándoselo, y luego se inyectaría más metadona y, al final, volvería a la heroína.

Así era como sucedía siempre. Se portaba bien hasta que dejaba de portarse bien.

Volvió a ponerse la mascarilla sobre la boca y la nariz. Se levantó cuando el autobús enfiló con un eructo hacia su parada. Empezó a dolerle la rodilla en cuanto bajó los escalones. En la acera, empezó a respirar al ritmo de sus pasos: dejaba pasar tres chasquidos de la rodilla antes de inhalar y luego dejaba que el aire silbara despacio entre sus dientes durante los tres siguientes.

La valla de alambre de su derecha rodeaba un enorme polideportivo al aire libre. Recorrió con los dedos los rombos de metal y se detuvo bruscamente al llegar a un poste muy alto. Se encontraba en una explanada de cemento ancha y despejada, a la entrada de un campo de fútbol. Fuera había un cartel con un abejorro zumbando. SÉ FELIZ, decía el cartel. TOMA PRECAUCIONES — CUÍDATE — ESTAMOS TODOS JUNTOS EN ESTO.

Callie dudaba de que esa última parte hubiera que tomársela al pie de la letra. De adolescente, había visto polideportivos como aquel cuando su equipo de animadoras competía contra colegios privados. Las chicas de Lake Point eran caballos musculosos, de cintura gruesa y brazos y muslos abultados. Comparadas con ellas, las chicas de la Academia Hollis eran pálidos saltamontes y bichos palo.

Al entrar en el polideportivo, pasó por delante del kiosco de comida cerrado. A treinta metros de distancia, un guardia de seguridad montado en un cochecito de golf aparcado observaba atentamente su avance. Callie no quería problemas. Se metió por el primer túnel que encontró. Luego, pegó la espalda a la pared y esperó a la sombra a que sonara el zumbido de la batería, cuando el segurata fuera a expulsarla del recinto.

No oyó ningún zumbido, pero la paranoia no tardó en adueñarse de su cerebro. ¿Había hecho el guardia de seguridad una llamada telefónica? ¿Había alguien esperándola dentro del polideportivo? ¿La habían seguido desde la parada del autobús? ¿O quizá desde casa?

En la biblioteca había echado un vistazo a la página web de Reginald Paltz y Asociados. Reggie tenía toda la pinta de ser el chico de fraternidad venido a menos y con pinta de violador reprimido que Leigh le había descrito, pero Callie no podía afirmar que fuera el tipo de la cámara que la casa tapiada había arrojado de sí. Tampoco podía afirmar que todas las caras que veía, que todas las personas que iban en coche por la calle o que estaban en la biblioteca, no estuvieran compinchadas con él.

Se llevó la mano al pecho como si pudiera disipar la ansiedad a fuerza de masajeárselo. El corazón le rozaba las costillas como la lengua de un lagarto hambriento. Hacía dos días que no veía ningún atisbo, ningún destello del acosador, pero allá donde iba no podía sacudirse la sensación de que la estaban grabando. Incluso ahora, escondida en aquel lugar húmedo y oscuro, sentía que una lente captaba todos sus movimientos.

«No puedes armar jaleo por lo de la cámara, muñeca. Podría ir a la cárcel».

Se apartó de la pared. Estaba en medio del túnel cuando oyó gritos y aplausos procedentes de las gradas. De nuevo, la luz la cegó cuando salió al sol. Se rodeó los ojos con las manos y observó a la multitud. Las madres estaban sentadas en grupos en las filas de asientos, animando torpemente a las chicas del terreno de juego. Callie se volvió de nuevo y vio que el equipo estaba haciendo ejercicios. Las estudiantes de secundaria parecían gacelas, si las gacelas llevaran uniforme de fútbol y no brincaran como locas cuando se sentían en peligro.

Otra vuelta, otra mirada a las gradas. No le costó distinguir a Walter. Era uno de los dos padres que estaban viendo el entrenamiento, a pesar de que, como ella sabía de buena tinta, en realidad no le gustaba el fútbol.

Evidentemente, la reconoció mientras subía con esfuerzo las escaleras. Su mirada era ilegible, pero Callie adivinó lo que se le estaba pasando por la cabeza. Aun así, se mantuvo imperturbable mientras ella se dirigía a su fila. Callie dedujo que la escuela se adhería a las reglas de *Footloose*: nada de bailar, nada de cantar, nada de gritar, nada de divertirse. Dejó tres asientos entre ella y Walter al sentarse.

—Bienvenida, amiga —dijo él.

Callie se quitó la mascarilla para recuperar el aliento.

—Me alegro de verte, Walter.

Él seguía teniendo una mirada cautelosa, como era lógico. La última vez que habían estado juntos en la misma habitación no había sido precisamente su mejor momento. Se encontraban fuera del piso de Leigh, en el cuartito donde estaba el conducto para tirar la basura. Durante diez días, Walter había ido dos veces al día para inyectarle heroína a Callie entre los dedos de los pies, porque la única manera de que pudiera cuidar de Leigh era tener droga suficiente para no ponerse enferma.

El marido de su hermana era más duro de lo que parecía.

—Me gusta tu chaqueta —dijo.

—Es de cuando iba al instituto. —Callie se giró en el asiento para que pudiera ver el arcoíris de la parte de atrás—. No me creo que todavía me sirva.

—Es bonita —respondió él, aunque Callie notaba que tenía asuntos más importantes en la cabeza—. Tu hermana parece llorar mucho últimamente.

—Siempre ha sido un bebé grande —dijo Callie, aunque la gente a menudo malinterpretaba las lágrimas de Leigh. Su hermana lloraba cuando estaba asustada o dolida, pero también cuando agarraba un trozo de cristal roto y te cortaba manojos de pelo al rape.

—Cree que Maddy ya no la necesita.

—¿Y es cierto?

—Tú también tuviste dieciséis años. ¿No necesitabas a tu madre?

Callie se lo pensó. A los dieciséis años necesitaba de todo.

—Estoy preocupado por mi mujer. —El tono de Walter daba a entender que llevaba mucho tiempo esperando para compartir ese pensamiento con alguien—. Quiero ayudarla, pero sé que no va a pedírmelo.

Callie sintió el peso de su confesión. Los hombres rara vez podían hablar de sus sentimientos y, cuando lo hacían, el desaliento no formaba parte de la lista de temas aceptables.

Intentó animarle.

—No te preocupes, Walter. La cuidadora prescindible de Harleigh ha vuelto al trabajo.

—No, Callie. Te equivocas en eso. —Walter se volvió para mirarla, y ella dedujo que lo que iba a decir a continuación también le pesaba desde hacía tiempo—. Cuando Leigh enfermó, ya teníamos listo un plan de cuidados. Mi madre iba a ir a cuidar de Maddy. Leigh iba a estar en cuarentena en el dormitorio principal. Yo iba a dejarle la comida en la puerta y a encargarme de llamar a una ambulancia si era necesario. Aguantó así una noche; luego se derrumbó. Se puso a llorar y a decir que quería a su hermana. Así que me fui a buscarla.

Callie nunca había oído aquella historia, pero sabía que Walter no mentiría sobre algo tan importante. Haría cualquier cosa por Leigh. Incluso pillar heroína para su hermana drogadicta.

—¿No has ido a suficientes reuniones de Al-Anon para saber que no puedes salvar a quien no quiere que le salven? —preguntó.

—No quiero salvarla. Quiero amarla. —Se volvió en el asiento y siguió con la mirada a las chicas que jugaban en el campo—. Además, Leigh puede salvarse sola.

Callie sopesó si valía la pena o no debatir ese tema.

Estudió el perfil de Walter mientras él observaba cómo su maravillosa hija corría detrás de un balón. Ella también deseaba decirle cosas importantes. Como que Leigh le quería. Que solo estaba jodida porque ella la había obligado a hacer cosas terribles. Que se culpaba a sí misma por no haber adivinado de algún modo que Buddy Waleski era una mala persona. Y que si lloraba era porque le aterrorizaba que Andrew Tenant las arrastrara de nuevo a ambas a ese oscuro lugar que antes había ocupado su padre.

¿Debía contarle la verdad a Walter? ¿Debía abrir las puertas de la jaula de Leigh? Su hermana había hecho de su vida un desastre, y daba la sensación de que era inevitable que así fuera. Era como si, en lugar de marcharse a Chicago, Leigh hubiera permanecido en una especie de limbo durante veintitrés años y luego se hubiera despertado y hubiera vuelto a la vida para la que la había criado Phil: una familia rota, un matrimonio roto, un corazón roto.

Lo único que mantenía entera a su hermana en esos momentos era Maddy.

Callie dejó de mirar a Walter. Se permitió el placer de observar a las adolescentes en el terreno de juego. Eran tan ágiles, tan ligeras… Sus brazos y sus piernas se movían en tándem al patear el balón. Tenían el cuello largo y grácil, como cisnes de origami que nunca se hubieran acercado a espirales pantanosas o a escarpadas cataratas.

—¿Distingues a nuestra preciosa niña? —preguntó Walter.

Callie había visto a la hija de Leigh y Walter nada más entrar en el campo de fútbol. Maddy Collier era una de las chicas más bajas, pero también la más rápida. La coleta apenas tenía tiempo de rozarle los hombros mientras corría tras la centrocampista. Jugaba en ataque; Callie lo sabía porque había buscado las posiciones del fútbol federación en la biblioteca.

Antes de eso, había buscado el horario de los entrenamientos del equipo femenino de fútbol de la Academia Hollis. No había llegado allí tras descifrar un enigma a lo Scooby Doo. El teléfono de Leigh llevaba el escudo del colegio en la parte de atrás. La Academia se había fundado en 1964, en la época en que los padres blancos de todo el sur decidieron espontáneamente matricular a sus hijos en colegios privados.

—Mierda —murmuró Walter.

Maddy había hecho tropezar sin querer a la centrocampista. El balón quedó libre, pero, en lugar de salir tras él, Maddy se detuvo para ayudar a la otra chica a levantarse. Leigh tenía razón: Phil les habría dado una paliza a cualquiera de ellas por hacer algo tan deportivo. Si no tienes mala leche, no te molestes en volver a casa.

Walter carraspeó como hacía Leigh cuando estaba a punto de decir algo difícil.

—El entrenamiento está a punto de acabar. Me encantaría que la conocieras.

Callie apretó los labios igual que Leigh cuando estaba nerviosa.

—Hola, tengo que irme*.

—Phil Collins —dijo Walter—. Un clásico.

En realidad, el baterista superestrella le había copiado la frase a Groucho Marx, pero Callie tenía cosas más importantes en que pensar.

—Cuando le digas a Leigh que me has visto, no le digas que estaba colocada.

Walter torció la boca en una mueca de incomodidad.

—Si pregunta, tendré que decirle la verdad.

Era demasiado bueno para aquella familia.

—Tu sinceridad es encomiable.

Callie se levantó. Le temblaban las rodillas. El efecto de la metadona persistía. O bien el recubrimiento de liberación retardada del Oxycontin estaba surtiendo efecto. Eso era lo bueno de reducir el consumo: que cuanto más despacio volvías a engancharte, más tiempo duraba la euforia.

Hasta que dejaba de bastarte con eso.

Callie se puso firme y le dedicó un saludo militar.

—Adiós, amigo.

Le falló la rodilla cuando fue a darse la vuelta. Walter se levantó para ayudarla, pero ella le detuvo con un ademán. No quería que Maddy viera a su padre forcejeando con una yonqui de mierda en las gradas.

Avanzó despacio por la fila de asientos, pero las escaleras estuvieron a punto de acabar con ella. No había barandilla a la que agarrarse. Fue bajando poco a poco, con mucho cuidado. Se metió las manos en los bolsillos de la chaqueta al echar a andar bordeando el campo de fútbol. El libro de los caracoles casi no le dejaba espacio para el puño. El sol era tan intenso que volvieron a humedecérsele los ojos. Le goteaba la nariz. No debería haber regalado las gafas. Todavía le quedaban nueve sesiones de bronceado en su tarjeta de socia; 9,99

---

* *Hello, I must be going* es el título de un álbum de Phil Collins. (N. de la T.)

dólares por unas gafas nuevas era mucho dinero para tirarlo a la basura cuando solo tenías 15 dólares.

Se limpió la nariz con la manga. Dichoso sol. Incluso en el túnel en sombra seguían llorándole los ojos. Sentía el calor que irradiaba su cara. Esperaba no encontrarse con el guardia de seguridad del cochecito de golf. Su mente seguía mostrándole la mirada de lástima que le había lanzado Walter al verla alejarse. Tenía el pelo enredado por detrás porque esa mañana no había sido capaz de levantar los brazos lo suficiente para peinárselo. Sus dedos no habían podido apretar el tubo de pasta para cepillarse los dientes. Tenía la chaqueta manchada y arrugada. Había dormido con la ropa que llevaba puesta. Y el absceso de la pierna seguía palpitándole, porque era tan patética que no podía dejar de inyectarse veneno en las venas.

—Hola, Callie.

Sin previo aviso, el gorila le echó su aliento caliente y fétido en la nuca.

Callie se giró esperando ver el destello de los colmillos blancos cuando se abalanzara sobre su garganta.

Pero solo había un hombre. Alto y delgado, con el pelo rubio oscuro. Llevaba las manos metidas en los bolsillos de los pantalones azul marino y la camisa azul remangada justo por debajo de los codos. Una tobillera electrónica sobresalía por encima de su mocasín izquierdo. En la muñeca izquierda lucía un gigantesco reloj de oro.

El reloj de Buddy.

Antes de que Leigh y ella le cortaran los brazos, Callie le había quitado el reloj y lo había dejado sobre la barra del bar. Quería que Trevor tuviera algo para recordar a su padre.

Y lo tenía, en efecto.

—Hola, Callie. —Su voz era suave, pero tenía esa gravedad tan familiar que le hizo recordar el día que conoció a Buddy—. Siento que haya pasado tanto tiempo.

Los pulmones se le llenaron de arena. Andrew actuaba con total normalidad, como si aquello no tuviera ninguna importancia; ella, en cambio, sentía como si le estuvieran arrancando a latigazos la piel de los huesos.

—Estás... —Él se rio—. En fin, no tienes muy buen aspecto, pero me alegro de haberte encontrado.

Callie miró hacia el campo de fútbol y luego hacia la salida. Estaban completamente solos. No tenía a dónde ir.

—Sigues igual de... —Andrew la recorrió con la mirada mientras parecía buscar la palabra—. Pequeñita.

«Qué pequeñita eres joder ya casi estoy tú intenta relajarte vale relájate».

—Callie-ope. —Canturreó su nombre como una melodía—. Has venido desde muy lejos para ver a esas niñas jugar al fútbol.

Callie tuvo que abrir la boca para respirar. El corazón le daba saltos. ¿Estaba allí Andrew por Walter? ¿O por Maddy? ¿Cómo se había enterado de lo del colegio? ¿Estaba siguiéndola? ¿Había pasado ella algo por alto en el autobús?

—¿Tan buenas son? —preguntó él.

Callie miró sus manos, metidas en los bolsillos. Tenía el pelo de los brazos ligeramente más oscuro que el de la cabeza. Igual que Buddy.

Andrew estiró el cuello y miró hacia el campo.

—¿Cuál es la de Harleigh?

Callie oyó al pequeño gentío animando en las gradas. Aplausos. Gritos. Silbidos. Luego, los vítores se apagaron y oyó al gorila. Sabía que estaba dentro del túnel, con ellos.

—Callie. —Andrew dio un paso adelante, acercándose pero no demasiado—. Quiero que me escuches con mucha atención. ¿Puedes hacerlo?

Ella seguía teniendo los labios entreabiertos. Sentía cómo entraba el aire, secándole la garganta.

—Tú querías a mi padre —añadió él—. Te oí decírselo muchas veces.

Callie no podía mover los pies. Andrew estaba allí por ella. Por eso estaba tan cerca. Por eso parecía tan tranquilo, tan dueño de sí mismo. Callie estiró los brazos hacia atrás, a ciegas. Oyó al gorila acercarse; luego, su aliento le rozó la oreja, le calentó el cuello. Un instante después, notó en la boca su sabor a almizcle y sudor.

—¿Qué sentiste al descuartizarle? —preguntó Andrew—. En el vídeo no se te ve la cara. No levantaste la vista en ningún momento. Solo hiciste lo que Harleigh te dijo que hicieras.

Fue casi un alivio sentir la mano del gorila agarrándola del cuello, su brazo rodeándole la cintura. Estaba acorralada, atrapada, como él siempre había querido.

—No tienes por qué dejar que siga mandando en ti —dijo Andrew—. Yo puedo ayudarte a alejarte de ella.

El gorila le apretó la espalda, deslizó los dedos por su columna vertebral. Ella oía sus gruñidos. Sentía su excitación. Era tan grande. Tan arrollador.

—Solo tienes que decírmelo. —Andrew dio un paso más—. Dímelo y te llevaré a algún sitio. Adonde tú quieras.

El aroma de los caramelos de menta de Andrew se mezclaba con el olor a *whisky* barato y puros, a sudor, a semen y a sangre… Sangre a raudales.

—Walter David Collier —dijo Andrew—. Cuarenta y un años, abogado del Sindicato de Bomberos de Atlanta.

Callie sintió una sacudida en el corazón. Estaba amenazando a Walter. Tenía que avisarle. Clavó las uñas en el brazo del gorila, tratando de que la soltase.

—Madeline Félicette Collier, dieciséis años —añadió Andrew.

El dolor le traspasó el brazo. No era el hormigueo del entumecimiento, ni una punzada en los nervios, sino el tormento de la piel al desagarrarse.

—Maddy es una niña preciosa, Callie. —Una sonrisa se dibujó en las comisuras de la boca de Andrew—. Una cosita tan pequeña…

Callie se miró el brazo. Se horrorizó al ver gotear la sangre de cuatro arañazos profundos. Se miró la otra mano. Tenía sangre y piel bajo las uñas.

—Es curioso, Callie, que la hija de Harleigh se parezca tanto a ti. —Andrew le guiñó un ojo—. Como una muñequita.

Se estremeció, pero no porque Andrew hablara igual que su padre. El gorila se había introducido en su cuerpo, se había fundido con sus huesos. Las recias piernas del gorila eran las suyas. Sus puños eran los de ella. Su boca era la suya.

Se abalanzó sobre Andrew lanzando puñetazos y enseñando los dientes.

—¡Santo Dios! —gritó Andrew. Levantó los brazos y trató de rechazarla—. ¡Maldita loca!

Callie cayó en un frenesí ciego. Ningún sonido salió de su boca, ningún aliento de sus pulmones. Centró toda su energía en matarle. Le golpeó con los puños, le arañó con las uñas, trató de arrancarle las orejas y sacarle los ojos. Clavó los dientes en la carne de su cuello. Echó la cabeza hacia atrás intentando arrancarle la yugular, pero su cuello se detuvo, inmovilizado por el pivote fijo de la parte superior de su columna vertebral.

Entonces, alguien la levantó en vilo.

—¡Para! —ordenó el guardia de seguridad sujetándola por la cintura—. ¡Estate quieta, joder!

Callie se puso a dar patadas, tratando de desasirse. Andrew estaba en el suelo. Le sangraba una oreja. Un trozo de piel le colgaba de la mandíbula. Rojos verdugones rodeaban el mordisco que tenía en el cuello. Iba a matarle. Tenía que matarle.

—¡He dicho que pares! —El guardia la tiró al suelo, boca abajo. Le clavó la rodilla en la espalda. Su nariz se estrelló contra el frío hormigón. Estaba sin aliento, pero aun así se puso tensa, lista para atacar de nuevo, incluso al oír el chasquido de las esposas.

—No, agente. No pasa nada. —La voz de Andrew sonó rasposa. Intentaba recuperar el aliento—. Por favor, acompáñela fuera del colegio, nada más.

—Cabrón —siseó Callie—. Puto violador.

—¿Lo dice en serio, señor? —El guardia seguía con la rodilla clavada en su espalda—. Mírele los brazos. Esta zorra se pincha, es una yonqui. Tiene que llamar a la policía, pedir que le hagan análisis.

—No. —Andrew se puso de pie. Por el rabillo del ojo, Callie vio la luz roja intermitente de su tobillera—. Esto no dejaría en muy buen lugar al colegio, ¿no? Ni a usted tampoco, que la ha dejado pasar.

Esto pareció convencer al guardia, que aun así preguntó:

—¿Está seguro, señor?

—Sí. —Andrew se agachó para mirar a Callie a la cara—. Ella tampoco quiere que llame a la policía. ¿Verdad que no, señorita?

Callie seguía tensa, pero empezaba a recuperar la razón. Estaba en el polideportivo del colegio de Maddy. Walter estaba en las gradas. Maddy, en el terreno de juego. Ni a Andrew ni a ella les convenía que acudiera la policía.

—Ayúdela a levantarse. —Andrew se incorporó—. No va a causar más problemas.

—Esto es una locura, hombre.

Aun así, el guardia puso a prueba a Callie aflojando la presión sobre su espalda. Ella sintió que perdía las fuerzas y que el dolor volvía a inundarla. Las piernas no le funcionaban. El guardia tuvo que levantarla a pulso y ayudarla a ponerse en pie.

Andrew se mantuvo cerca, desafiándola a acercarse de nuevo a él.

Callie se limpió la sangre de la nariz. Notó un sabor a sangre en la boca. Era sangre de Andrew. Quería probar más, y no solo eso. La quería toda.

—Esto no ha terminado.

—Agente, asegúrese de que sube al autobús. —Andrew le tendió la mano al guardia para darle unos billetes de veinte doblados—. Una mujer así no puede estar cerca de donde haya niños.

# VERANO DE 2005
# CHICAGO

Leigh restregó la fuente de la lasaña mientras en el agua caían gotas de su propio sudor. Maldita gente del norte. No tenían ni idea de cómo usar el aire acondicionado.

—Puedo hacerlo yo —dijo Walter.

—No, ya lo hago. —Leigh trató de que no pareciera que tenía ganas de darle con la fuente en la cabeza.

Walter había intentado hacerle algo rico. Hasta había llamado a su madre para que le diera la receta de la lasaña. Y luego la había dejado tanto tiempo en el horno que Leigh iba a tener que desollarse los dedos para que la salsa quemada se despegara del fondo antiadherente.

—Sabes que esa fuente solo cuesta cinco dólares —comentó él.

Ella sacudió la cabeza.

—Si vieras cinco dólares en el suelo, ¿no los recogerías?

—Depende de lo sucios que estuvieran. —Estaba detrás de ella, abrazándole la cintura.

Leigh se apoyó contra él. Walter le besó el cuello y ella se preguntó cómo narices se había convertido en una de esas memas a las que les daba un vuelco el estómago cuando un hombre las tocaba.

—Deja. —Walter metió las manos por debajo de sus brazos y agarró el estropajo y la fuente.

Ella le observó restregar torpemente la fuente durante casi un minuto antes de darse cuenta de que era un empeño absurdo.

Aun así, no podía darse por vencida.

—La dejaré en remojo un poco más.

—¿Y qué vamos a hacer para pasar el rato? —Walter le mordisqueó la oreja.

Leigh se estremeció agarrándose a él con fuerza. Luego le soltó, porque no podía demostrarle las ganas que tenía de estar con él.

—¿No tienes que hacer un trabajo de clase sobre comportamiento organizacional?

Walter gruñó. Bajó los brazos, se acercó a la nevera y sacó una lata de *ginger ale*.

—¿Para qué sirve un máster en gestión de empresas? Tal y como funcionan los sindicatos de aquí, hay diez tipos antes que yo. Mi nombre no saldrá hasta que esté cobrando el subsidio.

Leigh, que sabía a dónde llevaba aquello, trató de conducirle en otra dirección.

—Te gusta el turno de oficio.

—Me gusta poder pagar mi parte del alquiler. —Bebió de la lata mientras volvía al cuarto de estar. Se dejó caer en el sofá. Miró fijamente su portátil—. He escrito veintiséis páginas de jerga que no entiendo ni yo. Esto no tiene ninguna aplicación práctica, en el mundo real.

—Lo único que importa es el título, para tu currículum.

—Eso no puede ser lo único que importe. —Echó la cabeza hacia atrás y la observó secarse las manos en un paño de cocina—. Necesito sentirme útil.

—Para mí eres útil. —Leigh se encogió de hombros porque no tenía sentido andarse con rodeos, evitando hablar de lo obvio—. Podemos mudarnos, Walter. Pero no a Atlanta.

—Ese trabajo en el cuerpo de bomberos es…

—En Atlanta —concluyó ella; el lugar al que le había dicho que nunca volvería.

—Perfecto. Eso es lo que iba a decir: perfecto. En Georgia no es obligatorio afiliarse a un sindicato para trabajar. Nadie va a dejar que el nieto del tío de tu primo se cuele. El trabajo en Atlanta es perfecto.

Leigh se sentó a su lado en el sofá. Juntó las manos para no ponerse a retorcerlas.

—Te dije que te seguiría adonde fuese.

—Menos allí. —Walter se bebió de un trago el resto del *ginger ale*. La lata fue a parar a la mesa baja, donde dejaría una marca. Le tiró del brazo—. ¿Estás llorando?

—No —contestó, aunque se le habían saltado las lágrimas—. Estoy pensando en la fuente de la lasaña.

—Ven aquí. —Volvió a tirarle del brazo—. Siéntate en mi regazo.

—Cariño, ¿te parezco el tipo de mujer que se sienta en el regazo de un hombre?

Él se rio.

—Me encanta cómo decís «cariño» las mujeres del sur. Lo decís en el mismo tono en que las yanquis dicen «tonto del culo».

Leigh puso los ojos en blanco.

—Cariño. —Walter le tomó la mano—. No puedes borrar una ciudad entera de tu vida solo porque te da miedo encontrarte con tu hermana.

Leigh miró sus manos unidas. Nunca, en toda su vida, había deseado tanto aferrarse a otra persona. Confiaba en él. Nunca nadie la había hecho sentirse segura.

—Hemos malgastado quince mil dólares en ella, Walter. Quince mil dólares que pagamos en efectivo y a crédito con la tarjeta, y aguantó un solo día.

—No los malgastamos —repuso él, lo cual era muy generoso teniendo en cuenta que, de esos quince mil dólares, cinco mil eran suyos—. La rehabilitación no suele funcionar la primera vez. Ni la segunda ni la tercera.

—Yo no… —Se esforzó por expresar con claridad lo que sentía—. No entiendo por qué no puede dejarlo. ¿Qué es lo que le gusta de esa vida?

—No es que le guste. A nadie le gusta eso.

—Pues algo saca de ello.

—Es una adicta —dijo Walter—. Se despierta y necesita una dosis. Se le pasa el efecto del chute y tiene que buscarse la vida para conseguir el siguiente y el siguiente, y el otro, para que no le entre el mono. Todos sus amigos, su gente, es el mundo en el que están atrapados, buscándose la vida continuamente para que no les dé el mono. Su adicción no es solo mental. Es física. ¿Por qué se haría alguien eso a sí mismo si no tuviera que hacerlo?

Leigh nunca podría responder a esa pregunta.

—A mí me gustaba la coca cuando estaba en la universidad, pero no iba a tirar mi vida por la borda por eso.

—Tienes mucha suerte de haber podido tomar esa decisión —contestó Walter—. Pero los demonios que tiene alguna gente son demasiado grandes. No pueden superarlos.

Leigh apretó los labios. Le había dicho a Walter que su hermana había sufrido abusos sexuales, nada más.

—No puedes controlar lo que hace Callie —añadió él—. Lo que sí puedes controlar es cómo reaccionas tú. Solo quiero que hagas las paces con ella.

Leigh sabía que estaba pensando en su padre.

—Es más fácil hacer las paces con los muertos.

Él esbozó una sonrisa pesarosa.

—Créeme, cariño, es mucho más fácil hacer las paces con los vivos.

—Lo siento. —Le acarició la cara. Ver el fino anillo de oro en su dedo la desconcertó momentáneamente. Llevaban menos de un mes prometidos y aún no se había acostumbrado a verlo.

Walter le besó la mano.

—Debería terminar ese absurdo trabajo de clase.

—Yo tengo que repasar algo de jurisprudencia.

Se besaron antes de retirarse a lados opuestos del sofá. Eso era lo que más le gustaba de su vida en común: trabajar juntos en silencio, separados por un cojín del sofá. Walter se inclinó hacia su portátil, colocado sobre la mesa baja. Leigh se rodeó de cojines, pero estiró la pierna sobre el sofá y apoyó el pie contra su muslo. Él le frotó distraídamente la pantorrilla mientras leía su absurdo trabajo de clase.

Su prometido.

Su futuro marido.

Todavía no habían hablado de tener hijos. Supuso que Walter no había sacado el tema porque los hijos eran una conclusión inevitable. Seguramente no le preocupaba transmitir las adicciones que casi habían destrozado a su familia. Para los hombres era más fácil. Nadie los culpaba si sus hijos acababan en la calle.

Leigh se reprendió al instante por su frialdad. Walter sería un padre magnífico. No necesitaba un modelo. Podía guiarse por su propia bondad. A ella tendría que preocuparle más la enfermedad mental de su madre. Trastorno maníaco depresivo, lo llamaban cuando era pequeña. Ahora lo llamaban trastorno bipolar, y el cambio no había supuesto ninguna diferencia porque Phil no iba a recibir ningún tipo de ayuda, como no fuera la que salía de una jarra de michelada.

—Fa… fa… fa… —murmuró Walter buscando una palabra mientras sus dedos descansaban sobre el teclado. Asintió para sí mismo y siguió tecleando.

—¿Estás haciendo una copia de seguridad de eso? —preguntó ella.

—Por supuesto que sí. Y de toda la documentación. —Enchufó el lápiz de memoria. La luz parpadeó mientras se hacía una copia de seguridad de los archivos—. Soy un hombre, nena. Domino la informática.

—Qué impresionante. —Le empujó con el pie. Walter se inclinó y le besó la rodilla antes de volver a concentrarse en su texto.

Leigh sabía que ella también tenía que concentrarse en su trabajo, pero se tomó un momento para mirar su hermoso rostro. Fuerte, pero no duro. Walter era muy capaz de trabajar con las manos, pero utilizaba el cerebro para poder pagar a otra persona que hiciera el trabajo.

No era blando en absoluto, pero se había criado con una madre que le adoraba. Incluso cuando más le daba a la botella, Celia Collier había sido una borracha amable, proclive a los abrazos y los besos espontáneos. Siempre tenía la cena lista a las seis. Le metía bocadillos en la mochila para que se los llevara al colegio. Walter nunca había tenido que llevar los calzoncillos sucios, ni había tenido que pedir dinero a extraños para comprar comida. Nunca se había escondido debajo de la cama por la noche porque temía que su madre se emborrachara y le diera una paliza.

A Leigh le gustaban innumerables cosas de Walter Collier. Era amable. Inteligente. Profundamente cariñoso. Pero, sobre todo, le adoraba por su irreductible normalidad.

—Cariño —dijo él—, creía que estábamos trabajando.

Leigh sonrió.

—No se dice así, cariño.

Walter se rio mientras tecleaba.

Ella abrió su libro. Le había dicho a Walter que tenía que familiarizarse con las últimas enmiendas a la Ley de Discapacidad en lo tocante a inquilinos discapacitados, pero en realidad se estaba informando sobre los límites del privilegio conyugal. Tan pronto regresaran de la luna de miel, iba a sentarse con él y a contarle lo de Buddy Waleski de principio a fin.

Quizá.

Apoyó la cabeza en el sofá y se quedó mirando al techo. Había pocas cosas de su vida que Walter no supiera. Le había hablado de sus dos estancias en el centro de detención de menores y del motivo exacto por el que había ido a parar allí. Le había descrito la noche aterradora que pasó en la cárcel del condado por rajarle las ruedas al cerdo de su jefe. Incluso le había hablado del día que descubrió que podía defenderse cuando su madre la agredía.

Cada vez que se desahogaba, cada vez que Walter escuchaba los pormenores de su vida sin inmutarse, tenía que reprimir el impulso de contarle lo demás.

Pero eso sería demasiado. Era una carga tan grande que su hermana prefería inyectarse veneno antes que convivir con ese recuerdo. Walter nunca había probado una gota de alcohol, pero ¿qué pasaría si se enteraba de lo que era capaz de hacer su mujer? Una cosa era oír hablar del pasado lejano y violento de Leigh. Pero a Buddy Waleski le habían descuartizado en su propia cocina hacía menos de siete años.

Trató de imaginarse esa conversación. Si le contaba algo a Walter, tendría que contárselo todo, desde el principio, o sea, desde que Buddy le puso sus dedazos en la rodilla. ¿Cómo podía alguien, aunque fuera tan comprensivo como Walter, creer que ella se había permitido olvidar aquella noche? ¿Y cómo podría perdonarla si ella nunca, jamás, podría perdonarse a sí misma?

Se secó los ojos con el dorso de la mano. A pesar del privilegio conyugal, ¿era justo convertir al único hombre al que amaría nunca en cómplice de sus crímenes? ¿La miraría Walter de otra manera? ¿Dejaría de quererla? ¿Llegaría a la conclusión de que no podía ser la madre de sus hijos?

Esta última idea abrió las compuertas. Tuvo que levantarse e ir a buscar un pañuelo de papel para que él no la viera derrumbarse.

—¿Nena? —preguntó Walter.

Meneó la cabeza para hacerle creer que estaba disgustada por lo de Callie. No temía que Walter la denunciara a la policía. Sabía que jamás haría eso. Lo que temía era que su mente de abogado entendiera la diferencia entre la defensa propia y el asesinato a sangre fría.

Leigh ya conocía el peso de sus pecados cuando había dejado atrás Atlanta. La ley hilaba muy fino en cuanto a la cuestión de la intencionalidad. Lo que un acusado estaba pensando en el momento de cometer un delito podía ser el factor decisivo en cualquier imputación, desde el fraude al homicidio.

Ella sabía perfectamente lo que estaba pensando cuando le envolvió seis veces la cabeza a Buddy Waleski con film transparente: «Te voy a matar con mis propias manos y voy a disfrutar viéndote morir».

—¿Cariño? —insistió Walter.

Ella sonrió.

—Eso va a desgastar muy rápido.

—¿Sí?

Leigh regresó al sofá. A pesar de todo, se sentó en su regazo. Walter la abrazó. Ella apoyó la cabeza contra su pecho e intentó convencerse de que no disfrutaba de cada instante que pasaba entre sus brazos.

—¿Sabes cuánto te quiero? —preguntó él.

—No.

—Te quiero tanto que voy a dejar de hablar de mi trabajo soñado en Atlanta.

Tendría que haberse sentido aliviada, pero se sintió culpable. La vida de Walter había dado un vuelco al morir su padre. El sindicato había salvado a su madre, y él quería devolver ese favor luchando por otros trabajadores que veían sus vidas sumidas en el caos.

Leigh se había sentido atraída por esa necesidad de Walter de ayudar a otras personas. La admiraba tanto que, pese a lo que le dictaba la prudencia, había tenido una cita con él. En el plazo de una semana, había pasado de dormir en su sofá a acurrucarse a su lado en la cama. Luego se habían graduado, habían conseguido trabajo y se habían prometido, y ambos estaban preparados para comenzar su vida en común, salvo porque ella retenía a Walter.

—Oye —dijo él—, eso pretendía ser sexi, ese sacrificio que hice por ti.

Ella le apartó el pelo rizado.

—¿Sabes…?

Walter la besó para secarle las lágrimas.

—Mataría por ti —dijo Leigh sabiendo perfectamente lo que eso suponía—. Lo eres todo para mí.

—Pero realmente no lo harías…

—No. —Tomó su cara entre las manos—. Haría cualquier cosa por ti, Walter. Lo digo en serio. Si quieres ir a Atlanta, entonces encontraré la manera de vivir en Atlanta.

—Se me han quitado las ganas, de verdad. —Sonrió—. En Atlanta puede hacer mucho calor.

—No puedes…

—¿Y California? —preguntó él—. ¿U Oregón? Me han dicho que Pórtland es la bomba.

Le besó para que se callara. Tenía una boca tan deliciosa… Nunca había conocido a un hombre que se tomara su tiempo para dar un buen beso. Bajó las manos y empezó a desabrocharle la camisa. Tenía la piel sudorosa. Su pecho sabía a sal.

Entonces, algún idiota se puso a aporrear la puerta.

Leigh se llevó la mano al corazón, sobresaltada.

—¿Qué hora es?

—Solo son las ocho y media, abuela. —Walter se apartó de ella suavemente. Se abrochó la camisa mientras se acercaba a la puerta. Leigh vio que pegaba el ojo a la mirilla. Luego la miró.

—¿Quién es?

Walter abrió la puerta de golpe.

Callie estaba en el pasillo. Iba vestida como de costumbre, con los tonos pastel y los dibujitos animados de la ropa de niño que le daban en la beneficencia, porque ni siquiera las tallas más pequeñas de adulto le quedaban bien. Su camiseta de *La gran película de Piglet* era de manga larga, a pesar del calor que hacía. Sus vaqueros holgados tenían rajadas ambas rodillas. Llevaba debajo del brazo una funda de almohada llena de cosas. Su cuerpo se inclinaba hacia un lado para equilibrar el peso del trasportín de cartón para gatos que agarraba por las asas.

Leigh oyó un maullido a través de los orificios laterales del trasportín. Callie dijo:

—Buenas noches, amigos.

—Cuánto tiempo —dijo Walter, sin dar muestras de que la última vez que había visto a Callie ella le había vomitado en la espalda de la camisa mientras la llevaba a rehabilitación.

—Callie. —Leigh se levantó del sofá asombrada, porque Callie nunca se alejaba más de diez kilómetros de casa de Phil—. ¿Qué estás haciendo en Chicago?

—Todo el mundo se merece unas vacaciones. —Callie se balanceó al entrar con el pesado trasportín. Lo depositó con cuidado en el suelo, junto al sofá. Soltó la funda de almohada a su lado. Miró a su alrededor—. Bonita casa.

Leigh seguía necesitando una respuesta.

—¿Cómo sabías mi dirección?

—Me enviaste una tarjeta de Navidad a casa de Phil.

Leigh masculló una maldición en voz baja. Era Walter quien había mandado la tarjeta. Habría echado un vistazo a su agenda de direcciones.

—¿Estás viviendo con Phil?

—¿Qué es la vida, Harleigh, sino una serie de preguntas retóricas?

—Callie —dijo Leigh—, dime por qué estás aquí.

—Se me ha ocurrido venir a ver qué tal es la Ciudad del Viento. La verdad es que las paradas de autobús no las recomiendo. Hay yonquis por todas partes.

—Callie, por favor…

—Me desenganché.

Leigh se quedó sin palabras. Había ansiado oír esas palabras saliendo de la boca de su hermana. Se permitió mirarla a la cara. Tenía las mejillas más llenas. Siempre había sido menuda, pero ya no se le notaban los huesos bajo la piel. De hecho, parecía sana.

—Hace casi ocho meses —añadió—. ¿Qué te parece?

Leigh se odió a sí misma por sentirse esperanzada.

—¿Cuánto va a durar?

—Déjate llevar por la historia. —Callie le dio la espalda a la perspectiva de la decepción. Se paseó por el minúsculo apartamento como un elefante en una cacharrería—. Este sitio es guay. ¿Cuánto pagáis de alquiler? Apuesto a que un millón de dólares al mes. ¿Pagáis un millón de dólares?

Fue Walter quien respondió.

—La mitad de eso.

—Dios mío, Walter. Es una puta ganga. —Se inclinó hacia el trasportín—. ¿Oyes eso, gatita? Este tío sí que sabe hacer un trato.

Walter miró a Leigh. Sonrió, porque no entendía que las bromas de Callie siempre tenían un precio.

—Cómo mola esto. —Callie se inclinó sobre su portátil como un pájaro picoteando el suelo—. ¿Qué tienes aquí, Walter? La disposición fundamental de… bla-bla-bla. Suena muy inteligente.

—Es mi trabajo final —dijo Walter—. La mitad de mi nota.

—Cuánta presión. —Callie se incorporó de nuevo—. Lo único que demuestra es que puedes hacer que cualquier palabra salga de tu boca.

Él volvió a reírse.

—Eso es muy cierto.

Leigh lo intentó:

—Cal…

—Walter, tengo que decir que me encanta esta idea. —Se había acercado a las estanterías que Walter había construido con bloques de cemento y tablas—. Es muy masculino, pero va bien con el conjunto de la habitación.

Walter movió las cejas mirando a Leigh, como si Callie no supiera que Leigh detestaba la estantería.

—Mira qué chisme tan increíble. —Callie agitó la bola de nieve que habían comprado en un puesto de carretera, camino de Petoskey. Como no podía agachar la cabeza, se la acercó a los ojos para observar el tumulto de dentro—. ¿Es nieve de verdad, Walter?

Él sonrió.

—Creo que sí.

—Dios, chicos, yo alucino, cuánto lujo. Ahora me diréis que guardáis los alimentos perecederos en una caja refrigerada.

Leigh observó a su hermana deambular por la habitación recogiendo libros y recuerdos que Walter y ella habían coleccionado durante las escasas vacaciones que podían permitirse, porque quince mil dólares era mucho dinero para gastarlo en alguien que había pasado un día en rehabilitación.

—¿Hola? —dijo Callie inclinándose sobre la boca de un jarrón vacío.

Leigh sintió que apretaba los dientes. Se odiaba a sí misma por sentir que aquel pequeño espacio de perfección que solo había compartido con Walter estaba siendo mancillado por la yonqui repulsiva de su hermana.

Aquellos quince mil dólares malgastados no eran el único dinero al que Callie, a todos los efectos, había prendido fuego. Durante los seis años anteriores, Leigh había volado a Atlanta media docena de veces para ayudarla. Alquilaba habitaciones de motel para que se desintoxicara. Se sentaba físicamente encima de ella para evitar que saliera corriendo por la puerta. La llevaba a urgencias porque se le había roto una aguja en el brazo y la infección había estado a punto de matarla. Múltiples citas con el médico. Un susto con el VIH. Otro con la hepatitis C. Vertiginosas montañas de papeleo para tramitar fianzas, pagar las facturas del economato de la cárcel y activar las tarjetas telefónicas. Esperando —esperando siempre— la llamada a la puerta, el policía con la gorra en la mano, la visita al depósito, la imagen del cuerpo pálido y consumido de su hermana sobre una mesa de autopsias porque amaba la heroína más que a sí misma.

—Bueeeno —dijo Callie—. Sé que esto va a ser un *shock* para los dos, pero ahora mismo estoy sin casa y…

—¿Ahora mismo? —estalló Leigh—. Por Dios, Callie. La última vez que te vi pagué la fianza para sacarte de la cárcel porque habías estrellado un coche. ¿Te saltaste la condicional? ¿Te presentaste en la vista? Puede haber una orden de detención por…

—Alto ahí, hermana —dijo Callie—. No saquemos las cosas de quicio.

Leigh podría haberla abofeteado.

—A mí no vuelvas a hablarme como le hablas a Phil.

Callie levantó las manos; dio un paso atrás y luego otro.

Leigh se cruzó de brazos para no estrangularla.

—¿Cuánto tiempo llevas en Chicago?

—Llegué antesemana. ¿O fue trastanteayer? —contestó.

—Callie…

—Walter. —Callie se apartó de Leigh—. Espero que lo que voy a decir no suene grosero, pero parece que te ganas estupendamente la vida.

Walter levantó las cejas. A decir verdad, Leigh ganaba más que él.

—Le has proporcionado a mi hermana un hogar impresionante —continuó Callie—. Y veo por ese anillo que lleva en el dedo que has decidido convertirla en una mujer honrada. O tan honrada como pueda serlo. En fin, lo que quiero decir es que me alegro mucho por los dos, y enhorabuena.

—Callie. —Si a Leigh le hubieran dado un dólar cada vez que había dicho el nombre de su hermana en los últimos diez minutos, habría recuperado el dinero de la rehabilitación—. Tenemos que hablar.

Callie volvió a girarse.

—¿De qué quieres hablar?

—Joder, ¿quieres dejar de portarte como un puto avestruz y dejar de meter la cabeza bajo tierra?

Callie sofocó un gritito de horror.

—¿Me estás comparando con un dinosaurio asesino?

Walter se rio.

—Walter. —Leigh sabía que parecía una arpía—. No te rías. No tiene gracia.

—No tiene gracia, Walter. —Callie volvió a girar el cuerpo hacia Walter.

A Leigh aún le chocaban sus movimientos robóticos. Cuando pensaba en su hermana, veía a la atleta, no a la chica a la que habían tenido que soldarle el cuello porque se lo había partido. Y, desde luego, no a la drogadicta que en ese momento estaba frente al hombre con el que ella ansiaba crear una vida nueva, normal y aburrida.

—Venga. —Walter sonrió a Leigh—. Sí que tiene un poco de gracia.

—Es una *libelumnia*, Walter, y tú, que eres un cerebrito y sabes tanto de leyes, deberías darte cuenta. —Callie puso los brazos en jarras y se lanzó a imitar al doctor Jerry—. Un avestruz es capaz de matar a un león con la pata porque sí, sin ningún motivo. Excepto que el león también es un conocido asesino. No me acuerdo de a qué venía esto, pero solo uno de los dos tiene que entender lo que estoy diciendo.

Leigh se tapó la cara con las manos. Callie había dicho que se había desenganchado, en pasado, no que estuviera serena en ese momento, porque evidentemente estaba drogada hasta las cejas. Leigh no podía afrontar aquello de nuevo. La esperanza la mataba. Había pasado demasiadas noches despierta ideando estrategias, haciendo planes, trazando un camino que alejara a su hermana pequeña de la espiral de una muerte aterradora.

Y cada puta vez, Callie volvía a saltar dentro de esa espiral.

Le dijo a su hermana:

—No puedo…

—Espera —dijo Walter—. Callie, ¿te importa si Leigh y yo vamos atrás a hablar?

Callie agitó los brazos teatralmente.

—Adelante.

Leigh no tuvo más remedio que entrar en el dormitorio. Se abrazó la cintura mientras Walter cerraba suavemente la puerta.

—No puedo hacer esto otra vez —dijo—. Lleva un colocón espectacular.

—Ya se le bajará —dijo Walter—. Son solo unas cuantas noches.

—No. —Leigh sintió que empezaba a menear la cabeza. Hacía quince minutos que Callie había vuelto y ya estaba agotada—. No son unas cuantas noches, es mi vida, Walter. No tienes ni idea de cuánto me he esforzado para escapar de esto. Los sacrificios que he hecho. Las cosas horribles que...

—Leigh —dijo en un tono tan razonable que a ella le dieron ganas de salir corriendo de la habitación—, es tu hermana.

—Tú no lo entiendes.

—Mi padre...

—Lo sé —repuso Leigh, pero no estaba hablando de la adicción de Callie. Estaba hablando de la culpa, de la pena, del «¿Cuántos años tienes, nena? No puedes tener más de trece pero pareces ya una mujer hecha y derecha».

Era ella quien había empujado a Callie a las garras de Buddy Waleski. Era ella quien le había asesinado y quien había obligado a Callie a mentir tanto que su hermana ya solo encontraba alivio en una droga que con el tiempo acabaría matándola.

—Cielo —dijo Walter—, ¿qué pasa?

Negó con la cabeza, asqueada de sus propias lágrimas. Se sentía tan frustrada, tan harta de esperar que un día, como por arte de magia, la culpa desapareciera... Lo único que quería era escapar de los primeros dieciocho años de su vida y pasar los siguientes construyendo su mundo en torno a Walter.

Él le frotó los brazos.

—La llevaré a un motel.

—Entonces montará una fiesta —dijo Leigh—. Invitará a la mitad del vecindario y...

—Puedo darle dinero.

—Tendrá una sobredosis. Seguramente ahora mismo me está robando el dinero del bolso. Dios mío, Walter, no puedo seguir así. Tengo el corazón roto. No sé cuántas veces más podré...

La abrazó con fuerza. Finalmente, Leigh rompió a llorar, porque él nunca lo entendería. Su padre había sido un borracho, pero Walter nunca le había puesto una botella en la mano. La culpa con la que cargaba era la de un niño. En muchos sentidos, ella llevaba en el corazón cada día de su vida la culpa de dos niñas marcadas y rotas.

Nunca podría ser madre. No podría sostener en brazos a un bebé de Walter y confiar en que no le haría tanto daño como le había hecho a su hermana.

—Amor mío —dijo él—, ¿qué quieres hacer?

—Quiero…

«Decirle que se vaya. Que se olvide de mi número. Que no quiero volver a verla. Que no puedo vivir sin ella. Que Buddy también lo intentó conmigo. Que es culpa mía por no haberla protegido. Que quiero aferrarme a ella tan fuerte como pueda para que entienda que no me curaré hasta que se cure ella».

Las palabras le salían con facilidad cuando sabía que iban a quedarse siempre dentro de su cabeza.

—No quiero conocer a ese gato —le dijo a Walter.

Él la miró desconcertado.

—A Callie se le da de maravilla elegir gatos y va a conseguir que lo quiera, y luego lo dejará aquí y acabaré teniendo que cuidarlo los próximos veinte años. —Walter tenía todo el derecho a mirarla como si se hubiera vuelto loca—. Nunca podremos irnos de vacaciones porque no me atreveré a dejarlo solo.

—Ya —dijo Walter—. No me había dado cuenta de que fuera tan grave.

Leigh se rio, porque no podía hacer otra cosa.

—Le daremos una semana, ¿de acuerdo?

—A Callie, quieres decir. —Walter le tendió la mano para que cerraran el trato con un apretón—. Una semana.

—Lo siento —dijo ella.

—Cariño, sabía en lo que me metía cuando te dije que podías dormir en mi sofá.

Leigh sonrió, porque por fin había aprendido a usar la palabra «cariño» correctamente.

—No deberíamos dejarla sola, en serio. Lo de mi cartera no era broma.

Walter abrió la puerta. Leigh la besó en la boca antes de volver al cuarto de estar.

Lo que encontró no debería haberla sorprendido, pero aun así se estremeció espantada.

Callie se había marchado.

Recorrió la habitación con la mirada como lo había hecho Callie. Vio su bolso abierto, la cartera sin dinero. Faltaba la bola de nieve. El jarrón. Y el portátil de Walter.

—¡Joder! —Walter echó el pie hacia atrás para lanzar una patada a la mesa baja, pero se detuvo en el último momento. Apretó los puños—. ¡Maldita sea!

Leigh vio la cartera vacía de Walter en la mesa, junto a la puerta. *Era culpa suya. Era todo culpa suya.*

—Mierda. —Walter había pisado algo. Se agachó y recogió el lápiz de memoria, porque Callie, cómo no, le había dejado la copia de su trabajo antes de robarle el ordenador.

Leigh apretó los labios.

—Lo siento, Walter.

—¿Qué es…?

—Puedes usar mi…

—No, el ruido. ¿Qué es eso?

Leigh aguzó el oído. Oyó lo que había llamado la atención de Walter. Callie se había llevado la funda de la almohada, pero había dejado al gato. El pobre estaba maullando dentro del trasportín.

—Joder —dijo Leigh, porque abandonar al gato era casi tan malo como desvalijarles la casa—. Vas a tener que ocuparte tú de él. Yo no puedo verlo.

—¿Estás de broma?

Leigh negó con la cabeza. Él nunca entendería lo mucho que detestaba a su madre por haberles transmitido su amor indeleble por los animales.

—Si lo veo voy a querer quedármelo.

—Vale, pero me parece que vas a tener que aguantarte. —Walter se acercó al trasportín. Encontró la carta que Callie había dejado doblada en la solapa de las asas. Leigh reconoció la letra rizada de su hermana, con un corazón sobre la *i*.

*Para Harleigh y Walter porque os quiero.*

Iba a darle una paliza a su hermana la próxima vez que se vieran.

Walter desdobló la nota y leyó:

—«Por favor, aceptad como regalo esta preciosa…».

El gato volvió a maullar y Leigh sintió una sacudida en el corazón. Walter estaba tardando demasiado. Se agachó delante del trasportín mientras iba haciendo una lista de cabeza. Caja de arena, pala, comida para gatitos, algún juguete, pero no con hierba gatera, porque los gatitos no reaccionaban a la hierba gatera…

—Cariño. —Walter se agachó y le apretó el hombro.

Leigh abrió las asas del trasportín sin dejar de maldecir para sus adentros a su hermana. Apartó la manta. Se llevó lentamente las manos a la boca. Vio dos ojos marrones, de los más bonitos que había visto nunca.

—Madeline Félicette —dijo Walter—. Callie dice que la llamemos Maddy.

Leigh alargó los brazos hacia el trasportín. Sintió cómo el calor de aquella criaturita milagrosa se extendía por sus brazos y su corazón roto.

Callie les había dado a su bebé.

# 12

Leigh sonrió mientras escuchaba a Maddy relatar los contratiempos habituales de una adolescente en la escuela. Andrew no importaba. Callie no importaba. Su carrera de abogada, las cintas de vídeo, el plan de emergencia, su libertad, su vida… Nada de eso importaba.

Lo único que quería en ese momento era sentarse a oscuras y escuchar el sonido encantador de la voz de su hija.

La única pega era que estaban hablando por teléfono. Los cotilleos eran de esas cosas que había que escuchar mientras hacías la cena y tu hija jugaba con el móvil o, si se trataba de algo más serio, con la cabeza de tu hija apoyada sobre tu pecho mientras le acariciabas el pelo.

—Así que, mamá, yo, por supuesto, me puse en plan no podemos hacer eso, porque no es justo. ¿Verdad?

—*Sí* —le dijo Leigh.

—Pues se enfadó un montón conmigo y se marchó —continuó Maddy—. Y una hora más tarde miré el móvil y vi que había retuiteado un vídeo, en plan de un perro corriendo detrás de una pelota de tenis, así que pensé que podía decirle algo por ser amable, que el perro era un spaniel y eso, y que los spaniels son superdulces y cariñosos, y me contestó todo con mayúsculas: *ESTÁ CLARÍSIMO QUE ES UN TERRIER Y OBVIAMENTE NO SABES NADA DE PERROS ASÍ QUE CÁLLATE.*

—Qué tontería. Los terriers y los spaniels no se parecen en nada.

—¡Pues claro! —Maddy se lanzó a contarle el resto de la historia, que era más complicada que una vista probatoria de un caso contra la mafia.

A Callie le habría encantado aquella conversación. Le habría gustado muchísimo.

Leigh apoyó la cabeza en la ventanilla del coche. En la intimidad del Audi, dio rienda suelta a las lágrimas. Había aparcado en la calle de Walter como una acosadora. Quería ver la luz de la habitación de su hija encendida, vislumbrar tal vez la sombra de Maddy mientras se paseaba por el cuarto. Walter la habría dejado sentarse en el porche, pero no se sentía con ánimos de verle todavía. Había conducido hasta las afueras con el piloto automático puesto, anhelando físicamente la cercanía de su familia.

El hecho de que la autocaravana de Celia Collier estuviera aparcada en la entrada no la había reconfortado precisamente. Aquel armatoste marrón y beige parecía el laboratorio de metanfetamina de *Breaking Bad*. Leigh le había sonsacado a Maddy que la madre de Walter había decidido visitarlos por puro capricho, pero Celia no hacía nada por capricho. Leigh sabía que se había puesto las dos dosis de la vacuna. Tuvo la desagradable sensación de que la abuela de Maddy había ido a hacer de canguro mientras Walter se iba de fin de semana con Marci.

—Mamá, ¿me estás escuchando?

—Claro que sí. ¿Qué te dijo después?

A pesar del tono estridente de su hija, Leigh sintió bajar su presión sanguínea. El tenue canto de los grillos entraba por las ventanillas. La luna pendía fina y baja en el cielo. Dejó que su mente volviera a aquella primera noche que había pasado con su hija. Walter había puesto almohadas alrededor de la cama. Se habían acurrucado alrededor de Maddy formando un corazón protector, tan enamorados que ninguno de los dos podía hablar. Walter había llorado. Ella había llorado. Su lista de arena y comida para gatitos pasó a ser de pañales y leche de fórmula y ropita de bebé y planes para que Walter aceptara enseguida el trabajo en Atlanta.

Los papeles que Callie había dejado en el fondo del trasportín hacían imposible que se quedaran en Chicago. Como le ocurría en todos los aspectos de su vida, Callie había invertido más energía cerebral haciendo las cosas mal de la que habría tenido que invertir haciéndolas bien.

Sin decírselo a nadie, Callie se había mudado a Chicago ocho meses antes del nacimiento de Maddy. Durante el embarazo, había usado el nombre de Leigh en la clínica ginecológica de South Side. Walter figuraba como padre de Maddy en la partida de nacimiento. Todas las consultas prenatales y los controles de la tensión arterial de Callie, así como las visitas al hospital y a la matrona, los había cubierto el programa Mamás y Bebés del Departamento de Salud y Servicios Familiares de Illinois.

Leigh y Walter tenían dos opciones: podían trasladarse a Atlanta con toda la documentación médica y fingir que Maddy era hija suya, o podían decir la verdad y mandar a su hermana a la cárcel por fraude a la Seguridad Social.

Eso, suponiendo que los inspectores se creyeran la historia. Porque también cabía la posibilidad de que la Administración acusara a Walter y a Leigh de implicación en el fraude. Maddy podía acabar en una casa de acogida, y ninguno de los dos estaba dispuesto a correr ese riesgo.

*Por favor, aceptad como regalo a esta preciosa niña*, había escrito Callie. *Sé que, pase lo que pase, con vosotros siempre será feliz y estará a salvo. Solo os pido que la llaméis Maddy. P. D.: Félicette fue la primera gata astronauta. Podéis buscarlo.*

Una vez instalados en Atlanta, tras calmarse sus temores, en cuanto estuvieron seguros de que Callie no volvería a irrumpir en su vida para intentar llevarse a Maddy, habían tratado de presentarle a su hija. Ella siempre se negaba amablemente. Nunca había intentado hacer valer sus derechos sobre la niña, ni había insinuado de ninguna manera que Leigh no fuera su madre o Walter su padre. La existencia de la niña había pasado a ser como todo lo demás en la vida de Callie: una historia lejana y difusa que ella se permitía olvidar.

En cuanto a Maddy, sabía que Leigh tenía una hermana y que esa hermana padecía la enfermedad de la adicción, pero aún no le habían contado la verdad. Al principio habían esperado a que prescribiera el fraude; luego, Maddy no tenía edad suficiente para entenderlo; después, estaba pasando por un momento difícil en el colegio, y más tarde, cuando tenía doce años, les había parecido que ya lo estaba pasando bastante mal por su separación como para que además se sentaran a explicarle que no era su hija biológica.

Sin proponérselo, Leigh se encontró recordando las palabras de Andrew esa mañana en su jardín. Había dicho que a Callie le encantaba lo que le hacía Buddy, que gemía su nombre.

Nada de eso importaba. Quizá Callie hubiera disfrutado de las caricias, porque las caricias eran placenteras, pero los niños eran incapaces de tomar decisiones adultas. No comprendían el amor romántico. Carecían de la madurez necesaria para entender cómo reaccionaba su cuerpo al contacto sexual. No estaban preparados ni física ni emocionalmente para el coito.

Leigh no lo entendía a los dieciocho años, pero ahora, como madre, lo entendía perfectamente. Al cumplir Maddy doce años, había podido asistir en primera fila al mágico espectáculo de la vida de una niña preadolescente. Sabía lo tiernas que eran las niñas a esa edad, lo ansiosas que estaban por recibir atenciones. Sabía que a una niña de doce años podías convencerla de que diera volteretas contigo, arriba y abajo, por el camino de entrada a casa. Que tan pronto rompía a reír, ebria de felicidad, como estallaba en lágrimas inexplicables. Que podías decirle que eras la única persona en la que podía confiar, que nadie iba a quererla como tú, que era especial, que pasara lo que pasase tenía que guardar en secreto lo que ocurría porque nadie más iba a entenderlo.

No era una coincidencia que Leigh hubiera hundido su matrimonio al cumplir Maddy doce años. Callie tenía esa misma edad cuando empezó a trabajar de niñera en casa de los Waleski.

Comprender lo profundamente vulnerable que era su hermana a esa edad, lo que Buddy Waleski le había arrebatado, era un cáncer que había estado a punto de matarla. Había días en que apenas podía mirar a su hija sin tener que correr al baño para echarse a llorar. Con Maddy hacía tantos esfuerzos por dominarse que cuando estaba con Walter perdía por completo el control. Él había soportado su comportamiento errático hasta que Leigh dio con lo único que podía hacer que se marchase. No fue una aventura extraconyugal. Ella nunca le había engañado. En muchos sentidos, lo que había hecho era mucho peor. Empezó a beber en exceso cuando Maddy se iba a la cama. Pensaba que nadie lo sabía hasta que una mañana se despertó todavía borracha en el suelo del baño. Walter estaba sentado en el borde de la bañera. Levantó las manos en señal de rendición y le dijo que no podía más.

—¿Qué iba a hacer? —preguntó Maddy—. En serio, mamá. Dímelo.

Leigh se había perdido, pero ya había pasado por aquel camino otras veces.

—Creo que lo que hiciste fue lo correcto, tesoro. Ella puede entenderlo o no.

—Sí, supongo. —Parecía poco convencida, pero enseguida cambió de tema—. ¿Has hablado con papá sobre la fiesta de este fin de semana?

Leigh había optado por lo más fácil y le había enviado un mensaje a Walter.

—No puedes quedarte a dormir y tienes que prometerme que estaréis con la mascarilla puesta todo el tiempo.

—Te lo prometo —contestó Maddy, pero, a menos que se pusieran a espiar por las ventanas del sótano, no habría forma de saberlo—. Keely me ha dicho que por fin la llamó.

Su hija acostumbraba a comerse los nombres propios, pero solía dar suficientes pistas.

—¿La señora Heyer?

—Sí, le dijo algo así como que algún día Keely lo entendería, y que había conocido a alguien y que seguía queriendo a su padre porque siempre sería su padre, pero que tenía que pasar página.

Leigh sacudió la cabeza tratando de descifrar lo que quería decir.

—¿La señora Heyer está saliendo con alguien? ¿Está engañando a su marido?

—Sí, mamá, eso es lo que he dicho. —Maddy volvió a caer en su zona de confort, la exasperación—. Y sigue mandándole mensajes, en plan corazoncitos y mierdas, y… O sea, ¿por qué no la llama otra vez para que hablen de qué va a pasar ahora y cómo van a solucionar las cosas en vez de mandarle mensajitos?

Por el bien de Maddy, Leigh contestó:

—A veces enviar un mensaje es más fácil, ¿sabes?

—Sí, vale, bueno, tengo que colgar. Te quiero.

Maddy cortó bruscamente la llamada. Leigh supuso que alguien más interesante que ella se había puesto a disposición. Aun así, se quedó mirando el teléfono hasta que la pantalla se puso en negro. En parte se moría de ganas de meterse en los hilos de mensajes que se estarían mandando las mamás acerca de la escapada de Ruby Heyer, pero ese no era el motivo por el que había ido en coche hasta las afueras a las ocho de la noche. Había ido hasta allí para ver a Walter y hacer saltar su propia vida por los aires.

Estaba claro que Andrew consideraba que el asunto de Tammy Karlsen no era más que un daño colateral en su guerra de destrucción mutua. Lo que realmente quería era que Leigh viviera con miedo. Que supiera que, en cualquier momento, *su vida de mamá de pacotilla, con sus reuniones del AMPA del colegio y las funciones escolares y el tonto de su marido*, podía desaparecer del mismo modo que había desaparecido la vida de Andrew cuando ella mató a su padre.

La única manera de quitarle poder a Andrew era quitarle el control.

Antes de que pudiera acobardarse, le envió un mensaje a Walter: *¿Estás ocupado?*

Él respondió enseguida: *Máquina del Amor*.

Leigh miró la autocaravana de Celia. Habían empezado a llamarla la Máquina del Amor después de que Walter entrara en ella y sorprendiera accidentalmente a su madre con el encargado del parque de caravanas de Hilton Head.

La puerta principal de la casa de Walter se abrió. Él la saludó con la mano mientras se acercaba a la Máquina del Amor. Leigh echó un vistazo a la calle sin salida. No debería haberla sorprendido que algún vecino la hubiera delatado. Alrededor de la casa de Walter vivían seis bomberos. Él se había batido el cobre por ellos en varias ocasiones, negociando acuerdos de pensiones y facturas médicas; en un caso concreto, había conseguido que enviaran al bombero a rehabilitación en vez de a la cárcel. Todos le trataban como un hermano.

Dejó el teléfono en el asiento al salir del coche. Walter estaba plegando la mesa cuando entró en la Máquina del Amor. Celia no había gastado mucho dinero en decoración, pero todo era cómodo y funcional. Una larga banqueta servía de sofá entre dos tabiques. La cocinita estaba hacia la parte de atrás, junto a un armario y un baño, formando un pasillito hasta el dormitorio del fondo. Walter había encendido la hilera de luces que bordeaba el tramo de suelo enmoquetado. Su suave resplandor realzaba el ángulo agudo de su mandíbula. Leigh vio la sombra de la barba, que empezaba a crecerle. Había empezado a afeitarse cada dos días desde la pandemia. Leigh no se había dado cuenta de lo mucho que le gustaba su barba hasta esos breves meses, durante el primer confinamiento, cuando se había encontrado de nuevo en su cama.

—Mierda. —Se llevó la mano a la cara desnuda—. Se me ha olvidado la mascarilla.

—No importa. —Walter dio un paso atrás para dejar cierta distancia entre ellos—. Callie se ha presentado hoy en el entrenamiento de Maddy.

Leigh sintió la habitual mezcla de emociones: culpa por no haber llamado a su hermana desde la noche anterior y esperanza por que finalmente Callie mostrara algún interés en formar parte de su familia.

—Parece estar bien. —Walter se apoyó en el tabique—. Bueno, está delgadísima, pero se rio y estuvo bromeando. La misma Callie de siempre. Te juro por Dios que parecía que se había bronceado.

—¿Vio a…?

—No, se lo ofrecí, pero no quiso conocer a Maddy. Y sí, estaba colocada, pero no se cayó ni dio el espectáculo.

Leigh asintió, porque eso no era lo peor.

—¿Qué tal está Marci?

—Se va a casar. Ha vuelto con su exnovio.

Por primera vez desde hacía días, Leigh sintió que el yunque que sentía en el pecho se levantaba un poco.

—Cuando he visto la caravana, he pensado que…

—Voy a estar diez días aquí en cuarentena. Le he pedido a mi madre que venga para que vigile a Maddy.

Leigh sintió que el peso regresaba.

—¿Has estado expuesto?

—No, iba a llamarte mañana, pero ya que has venido… —Sacudió la cabeza como si los detalles no importaran—. Quería poder hacer esto.

Sin previo aviso, se acercó a ella y la estrechó entre sus brazos.

Leigh no opuso resistencia. Dejó que su cuerpo se esponjara contra el suyo. Un sollozo escapó de su boca. Ansiaba quedarse con él, fingir que todo iba bien, pero lo único que podía hacer era tratar de grabar ese instante en su memoria para poder recordarlo el resto de su vida. ¿Por qué siempre se aferraba a las cosas malas y dejaba que las buenas se le escaparan?

—Cariño. —Walter le hizo levantar la cara para que le mirara—. Dime qué te pasa.

Leigh le tocó la boca con los dedos. Sintió en el alma que estaba a punto de causar un daño irreparable a lo poco que quedaba de su matrimonio. Podía acostarse con él. Podía dormirse en sus brazos. Pero luego, al día siguiente o al otro, tendría que decirle la verdad, y la traición calaría mucho más hondo.

—Necesito… —Se le quebró la voz. Respiró profundamente. Llevó a Walter a la banqueta y se sentó a su lado—. Tengo que decirte una cosa.

—Parece algo serio —dijo él en tono nada serio—. ¿De qué se trata?

Leigh miró sus dedos entrelazados. Los dos tenían la alianza rayada, pero aun así nunca se la habían quitado.

No podía seguir posponiendo aquel momento. Se obligó a separarse de él.

—Necesito contarte algo fuera del ámbito de nuestro matrimonio.

Él se rio.

—De acuerdo.

—Quiero decir que no forma parte de nuestro privilegio matrimonial. Solo somos tú y yo hablando.

Él finalmente captó su tono.

—¿Qué pasa?

Leigh no podía estar tan cerca de él. Se deslizó por el asiento hasta apoyar la espalda en el tabique. Pensó en todas las veces que había estirado la pierna sobre el sofá porque no podía soportar no estar unida a él de alguna manera. Lo que estaba a punto de decirle podía cortar ese vínculo irremediablemente.

No podía retrasarlo más. Empezó por el principio.

—¿Recuerdas que te dije que empecé a cuidar niños en el barrio cuando tenía once años?

Walter negó con la cabeza, no porque no se acordara, sino porque le parecía una locura que alguien pensara que era buena idea que una niña de once años se quedara a cargo de otros niños.

—Sí —dijo—. Claro que me acuerdo.

Leigh luchó por contener las lágrimas. Si se derrumbaba ahora, no sería capaz de contárselo todo. Respiró hondo antes de continuar.

—Cuando tenía trece años, empecé a cuidar regularmente a un niño de cinco años cuya madre estaba estudiando enfermería. Iba a su casa todos los días entre semana después de clase, hasta medianoche.

Hablaba muy deprisa, sus palabras amenazaban con atropellarse unas a otras. Se obligó a ir más despacio.

—La madre se llamaba Linda Waleski. Estaba casada. Su marido se llamaba… Bueno, la verdad es que no sé cómo se llamaba de verdad. Todo el mundo le llamaba Buddy.

Walter apoyó el brazo en el respaldo de la banqueta. La escuchaba atentamente.

—La primera noche, Buddy me llevó a casa y… —Leigh se detuvo de nuevo. Nunca se había contado esa parte a sí misma, y mucho menos la había contado en voz alta—. Paró el coche a un lado de la calle, me separó las piernas y me metió el dedo dentro.

Vio cómo la ira de Walter luchaba con su dolor.

—Se masturbó. Y luego me llevó a casa. Y me dio bastante dinero.

Sintió que el calor le subía a la cara. El dinero empeoraba las cosas, como si fuera el pago de un servicio. Miró por encima del hombro de Walter. Sus ojos emborronaron las luces del camino de entrada del vecino.

—A Phil le dije que solo me había puesto la mano en la rodilla.

No le conté lo demás. Que cuando entré en el cuarto de baño tenía sangre. Y que durante días, cada vez que orinaba, me escocía porque me había hecho daño con la uña.

Al recordarlo, volvió a sentir ese escozor entre las piernas. Tuvo que parar de nuevo para tragar saliva.

—Phil se rio. Me dijo que la próxima vez que lo intentara, le apartara de un manotazo. Y eso fue lo que hice. Le aparté la mano de un golpe y no volvió a intentar nada más.

La respiración de Walter era lenta y constante, pero, por el rabillo del ojo, Leigh vio que apretaba el puño.

—Lo olvidé. —Sacudió la cabeza, porque sabía por qué lo había olvidado, pero no encontraba la forma de explicárselo a Walter—. Lo olvidé porque necesitaba el trabajo y porque sabía que si daba problemas, si decía algo, nadie me volvería a contratar. O me culparían de haber hecho algo o… no sé. Solo sabía que tenía que callármelo. Que nadie me creería. O que, aunque me creyeran, daría igual.

Miró a su marido. Walter la había dejado hablar sin interrumpirla en ningún momento. Se esforzaba denodadamente por entender lo que le estaba diciendo.

—Sé que parece una locura olvidar algo así. Pero cuando eres una niña, sobre todo si empiezas a desarrollarte pronto y tienes pecho y caderas, y todas esas hormonas con las que no sabes qué hacer, los hombres te dicen guarradas todo el tiempo, Walter. Todo el tiempo.

Él asintió, pero seguía con el puño apretado.

—Te silban o te tocan los pechos, o te rozan la espalda con la polla y hacen como que ha sido sin querer. O te dicen lo buena que estás. O que eres muy madura para tu edad. Y es asqueroso porque son muy mayores. Y hacen que te sientas asquerosa. Y si les llamas la atención, se ríen o te dicen que eres una estrecha o una zorra o que no sabes encajar una broma. —Leigh tuvo que obligarse a frenar de nuevo—. La única manera de superarlo, la única manera de respirar, es apartarlo de ti, ponerlo en otro sitio para que no importe.

—Pero importa. —La voz de Walter sonaba ronca de dolor. Estaba pensando en su preciosa niña—. Claro que importa.

Leigh vio correr las lágrimas por su cara, sabedora de que lo que iba a decir a continuación le pondría completamente en su contra.

—Cuando tenía dieciséis años, ahorré suficiente dinero para comprarme un coche. Dejé de hacer de canguro. Y le pasé a Callie el trabajo en casa de los Waleski a Callie.

Walter no tuvo tiempo de ocultar su sorpresa.

—Buddy la violó durante dos años y medio. Y escondió cámaras por toda la casa para grabarse haciéndolo. Les enseñaba las películas a sus amigos. Hacían fiestas los fines de semana. Bebían cerveza y veían cómo Buddy violaba a mi hermana. —Leigh se miró las manos. Dio vueltas a su alianza de boda—. Yo en ese momento no sabía lo que estaba pasando, pero una noche Callie me llamó desde casa de los Waleski. Me dijo que se había peleado con Buddy. Había encontrado una de las cámaras. A él le preocupaba que se lo contara a Linda y que le detuvieran. Así que la atacó. Le dio una paliza. Estuvo a punto de estrangularla. Pero de alguna manera ella logró agarrar un cuchillo de cocina y se defendió. Me dijo que le había matado.

Walter no dijo nada, pero Leigh no podía seguir escondiéndose de él. Le miró directamente a los ojos.

—Buddy seguía vivo cuando llegué. Callie le había cortado la vena femoral con el cuchillo. No le quedaba mucho tiempo de vida, pero podríamos haber llamado a una ambulancia. Podría haberse salvado. Pero no intenté salvarle. Callie me contó lo que le había hecho. Fue entonces cuando recordé lo que me había pasado en el coche. Fue como si se encendiera un interruptor de la luz. No lo recordaba y al momento siguiente, sí. —Leigh intentó respirar hondo otra vez, pero sus pulmones no se llenaban—. Y supe que era culpa mía. Le había entregado a mi hermana a un pederasta. Todo lo que le pasó, todo lo que me llevó hasta allí, era culpa mía. Así que le dije a Callie que se fuera a la otra habitación. Agarró un rollo de film transparente de un cajón de la cocina. Le envolví la cabeza a Buddy con él y le asfixié.

Vio que Walter abría los labios, pero no dijo nada.

—Le asesiné —añadió, por si no había quedado suficientemente claro—. Y luego hice que Callie me ayudara a descuartizar el cadáver. Usamos un machete de la caseta de las herramientas. Enterramos los trozos en los cimientos de un centro comercial que estaban construyendo en Stewart Avenue. Vertieron el hormigón al día siguiente. Luego lo limpiamos todo. Dejamos que la mujer y el hijo de Buddy creyeran que se había marchado. Y le robé unos ochenta y seis mil dólares. Así me pagué la carrera de Derecho.

Walter movió la boca, pero siguió sin decir nada.

—Lo siento —dijo Leigh, porque tenía algo más que confesar. Ya que le había dicho la verdad, tenía que decírsela hasta el final—. Callie no…

Walter levantó la mano, pidiéndole que pararan un momento. Se puso de pie. Se dirigió a la parte trasera de la caravana. Se dio la vuelta. Apoyó la mano en la encimera de la cocina. Con la otra se apoyó en la pared. Volvió a sacudir la cabeza, mudo de asombro. Su expresión dejó paralizada a Leigh. Estaba mirando a un extraño.

Se esforzó por continuar.

—Callie no tiene ni idea de que Buddy lo intentó primero conmigo —dijo Leigh—. Nunca he tenido el valor de decírselo. Y supongo que, ya que estoy, debo decirte que no me arrepiento de haberle matado. Callie era una niña y él se lo quitó todo, pero fue culpa mía. Fue todo culpa mía.

Walter empezó a mover lentamente la cabeza como si deseara con todas sus fuerzas que se desdijera.

—Walter, necesito que entiendas que lo que acabo de contarte es cierto. No haber advertido a Callie es lo único que lamento. Buddy merecía morir. Merecía sufrir mucho más que los dos minutos que tardó en asfixiarse.

Walter giró la cabeza y se limpió la boca con la manga de la camisa.

—Cargo con esa culpa cada segundo del día, cada vez que respiro, en cada molécula de mi ser —continuó Leigh—. Cada vez que Callie ha tenido una sobredosis, cada vez que he tenido que llevarla a urgencias, cada vez que no sé si está viva o muerta o si tiene problemas o si está en la cárcel, siempre pienso lo mismo: ¿por qué no hice sufrir más a ese hijo de puta?

Walter se agarró a la encimera. Respiraba entrecortadamente. Parecía tener ganas de destrozar los armarios, de echar abajo el techo.

—Lo siento —dijo ella—. Debería habértelo contado antes, pero me decía a mí misma que no quería cargarte con ese peso o que no quería que te angustiaras, pero la verdad es que me daba demasiada vergüenza. Lo que le hice a Callie es imperdonable.

Él no la miró. Inclinó la cabeza. Le temblaban los hombros. Leigh esperó a que gritara, a que arremetiera contra ella, pero solo se echó a llorar.

—Lo siento —susurró, rota de dolor por el sonido de su pena. Si hubiera podido abrazarle aunque fuera solo un momento, si hubiera podido aliviar su dolor de alguna manera, lo habría hecho—. Sé que me odias. Lo siento mucho.

—Leigh. —La miró con lágrimas en los ojos—. ¿No comprendes que tú también eras una niña?

Ella le miró con incredulidad. No estaba asqueado ni furioso. Estaba anonadado.

—Solo tenías trece años —dijo—. Abusó de ti y nadie hizo nada. Dices que deberías haber protegido a Callie. ¿Quién te protegió a ti?

—Debería haber…

—¡Eras una niña! —Dio un puñetazo tan fuerte a la encimera que los vasos del armario temblaron—. ¿No te das cuenta, Leigh? Eras una niña. Para empezar, no deberías haberte visto en esa situación. No deberías haber tenido que preocuparte por el dinero o por conseguir un puto trabajo. Deberías haber estado en casa, en la cama, pensando en qué chico del colegio te gustaba.

—Pero… —Él no lo entendía. Estaba pensando en Maddy y sus amigas. En Lake Point era distinto. Allí todo el mundo crecía más deprisa—. Le maté, Walter. Es asesinato en primer grado. Tú lo sabes.

—¡Solo tenías dos años más de los que tiene Maddy ahora! Ese tipo había abusado de ti. Acababas de descubrir que tu hermana…

—Para —dijo, porque no tenía sentido discutir los hechos—. Te estoy contando esto por un motivo.

—¿Es que tiene que haber un motivo? —Walter seguía sin

poder desprenderse de su rabia—. Por Dios, Leigh. ¿Cómo has podido vivir con esa culpa tanto tiempo? Tú también eras una víctima.

—¡Yo no era una puta víctima!

Había gritado tan alto que temió que Maddy la hubiera oído desde la casa. Se levantó. Se acercó al ventanuco de la puerta. Miró hacia el dormitorio de su hija. La lámpara de la mesita de noche seguía
encendida. Se imaginó a su preciosa niña acurrucada, con la nariz
metida en el libro, igual que Callie de pequeña.

—Cielo —dijo Walter—, mírame. Por favor.

Se dio la vuelta, abrazándose la cintura. No soportaba la ternura de su voz. No merecía que la perdonara tan fácilmente. Callie era
responsabilidad suya. Él nunca lo entendería.

Le dijo:

—Ese cliente, el violador con el que tuve que reunirme el domingo por la noche. Andrew Tenant. Es el niño al que cuidaba. Es
el hijo de Buddy y Linda.

Walter se quedó sin palabras otra vez.

—Tiene todos los vídeos de su padre. La cinta del asesinato la
encontró en 2019, pero los vídeos de las violaciones los tiene desde
que se fue a la universidad. —Se negó a pensar en lo que había dicho
Andrew sobre ver las cintas—. Había al menos dos cámaras que lo
grababan todo. Horas de grabación de Buddy violando a Callie.
Todo que ocurrió la noche del asesinato también está grabado. Callie peleándose con Buddy, la herida en la pierna con el cuchillo, y
luego mi llegada y su muerte.

Walter esperó, con una mueca amarga en la boca.

—La mujer a la que violó Andrew, todas las demás mujeres a las
que ha violado, tenían un corte en la pierna, justo aquí. —Leigh se llevó la mano al muslo—. La vena femoral. La que Callie le cortó a Buddy.

Walter esperó a que continuara.

—Andrew no solo violó a esas mujeres. Las drogó. Las secuestró.
Las torturó. Las destrozó de la misma manera que su padre destrozó
a Callie. Es un psicópata —añadió con énfasis—. No va a parar.

—¿Qué…? —Walter se preguntaba lo mismo que ella—. ¿Qué
es lo que quiere?

—Hacerme sufrir —contestó Leigh—. Me está chantajeando. La selección del jurado comienza mañana. Andrew me ha dicho que quiere que destroce a la víctima en el estrado. Ha robado su historia clínica. Dispongo de la información necesaria para hacerlo. Y luego me obligará a hacer otra cosa. Y otra. No puedo impedírselo.

—Espera. —La compasión de Walter al fin se estaba agotando—. Acabas de decir que ese tipo es un psicópata violento. Tienes que…

—¿Qué? ¿Sabotear el juicio? Me ha dicho que tiene un plan de emergencia. Puede que sea una copia de seguridad en la nube, o quizá tenga las cintas en la cámara acorazada de un banco, no lo sé. Dice que, si le ocurre algo, publicará todos los vídeos.

—¿Y qué, joder? Que los publique.

Esta vez fue Leigh quien se quedó anonadada.

—Te he dicho lo que hay en esas cintas. Acabaré en la cárcel. La vida de Callie se acabará.

—¿La vida de Callie? —repitió Walter—. ¿Te preocupa la puta vida de Callie?

—No puedo…

—¡Leigh! —Volvió a dar un puñetazo—. Nuestra hija adolescente está a seis metros de aquí, en casa. Ese hombre es un violador sádico. ¿No se te ha ocurrido que puede hacerle daño a Maddy?

Leigh se quedó muda de asombro, porque Maddy no tenía nada que ver con aquello.

—¡Contesta!

—No. —Empezó a negar con la cabeza, porque eso no podía ocurrir. Aquello era entre Andrew, Callie y ella—. Él no…

—¿No violaría a nuestra hija de dieciséis años?

Leigh sintió que su boca se movía, pero no pudo responder.

—¡Maldita sea! —gritó Walter—. ¡Tú y tus putos compartimentos!

Estaban volviendo a caer en una discusión antigua, cuando aquello era completamente distinto.

—Walter, yo no…

—¿Qué? No has pensado que el psicópata violador que ha estado amenazando tu libertad se entrometería en tu puta vida privada porque… ¿porque tú no se lo vas a permitir? ¿Porque se te da estupendamente mantenerlo todo separado? —Walter sacó de un puñetazo la puerta del armario de sus goznes—. ¡Joder! ¡Dios! ¿Quién te da consejos sobre maternidad ahora? ¿Phil?

Aquello la hirió en lo más hondo.

—Yo no lo he…

—¿No lo has pensado? —replicó él—. ¿No se te ha pasado por esa puta cabeza retorcida que tienes que, después de lo que le pasó a Callie, después de que mataras intencionadamente a un hombre, quizá no era buena idea relacionar a otra adolescente con un puto violador?

Leigh se quedó sin respiración.

Sintió que sus pies empezaban a despegarse del suelo. Sus manos revolotearon en el aire como si de pronto tuviera helio en vez de sangre. Reconoció la sensación de los días anteriores, la ingravidez que se apoderaba de ella cuando su alma no podía soportar lo que estaba sucediendo y se alejaba, dejando que fuera su cuerpo quien afrontara las consecuencias. Ahora se daba cuenta de que la primera vez que había tenido esa sensación fue dentro del Corvette amarillo de Buddy. La casa de los Deguil se veía por la ventana. Hall & Oates sonaban suavemente en la radio. Ella flotaba pegada al techo, con los ojos cerrados, pero aun así había seguido viendo la monstruosa mano de Buddy separándole las piernas.

«Dios mío tienes la piel tan suave que noto su pelusilla de melocotón eres casi como un bebé».

Ahora vio cómo su mano temblorosa agarraba el pequeño pomo plateado de la puerta. Luego bajó los peldaños de metal. Recorrió el camino de entrada a la casa. Subió a su coche. El motor retumbó; metió la marcha, giró el volante y condujo por la calle vacía, lejos de su marido y su hija, sola en la oscuridad.

# Jueves

# 13

Al rayar el alba, o eso le pareció, Callie se bajó del autobús en Jesus Junction, un cruce de tres avenidas en Buckhead donde tres iglesias se disputaban la clientela. La catedral católica era la más impresionante, pero Callie sentía debilidad por el campanario bautista, que parecía sacado de *El show de Andy Griffith*, si Mayberry hubiera estado lleno de conservadores ultrarricos convencidos de que todos los demás iban a ir al infierno. Las galletas también eran mejores, pero Callie tenía que reconocer que los episcopalianos hacían un café exquisito.

La catedral de San Felipe estaba en lo alto de una colina que a Callie no le costaba subir antes del COVID. Ahora siguió la acera que bordeaba la iglesia, tomando un camino con menos pendiente para llegar a la explanada. Y aun así, no pudo soportar la mascarilla. Tuvo que colgársela de la oreja para recuperar el aliento mientras se dirigía a la entrada.

El aparcamiento estaba salpicado de BMW y Mercedes. Los fumadores, vestidos de traje, se congregaban ya alrededor de la puerta cerrada. Había más mujeres que hombres, lo cual no era raro, como bien sabía Callie. A los hombres los detenían más por conducir bebidos, pero las mujeres tenían más probabilidades de que el juez les impusiera la asistencia obligatoria a las reuniones de AA, sobre todo en Buckhead, donde carísimos abogados como Leigh las ayudaban a eludir responsabilidades.

Callie estaba a seis metros de la entrada cuando sintió que la miraban, aunque no de la manera habitual, con el recelo con que la gente miraba a los yonquis. Seguramente porque no iba vestida como una yonqui. Había prescindido de los colores pastel de dibujos animados que elegía normalmente en la sección de ropa infantil del local de beneficencia. Haciendo una profunda incursión en el armario de su cuarto, había encontrado un top de licra negro de manga larga con cuello redondo y unos vaqueros ajustados que la habían hecho sentirse como una pantera escurridiza cuando se los había puesto y le había hecho un pase de modelos a Binx. Para rematar su atuendo, se había puesto unas Doctor Martens viejas que había encontrado tiradas debajo de la cama de Phil. Y luego se había arriesgado a pillar una conjuntivitis usando el maquillaje de su madre y había visto un tutorial de YouTube en el que una niña de diez años explicaba cómo pintarse los ojos.

Mientras hacía de Pigmalión consigo misma solo le había preocupado que no la tomaran por una yonqui, pero, ahora que estaba al descubierto, se sentía extremadamente femenina. Los hombres la evaluaban. Las mujeres la juzgaban. Observaban sus caderas, sus pechos, su cara. En las calles, su delgadez era un indicio de que algo iba mal. Entre aquella gente, en cambio, era un atributo, algo valioso y codiciado.

Agradeció poder subirse la mascarilla. Un hombre de traje oscuro la saludó con una inclinación de cabeza al abrirle la puerta. Callie reprimió un estremecimiento. Había querido que su disfraz le permitiera entrar en la sociedad normal, pero no se había dado cuenta de cómo era esa sociedad.

La puerta se cerró tras ella. Callie se apoyó en la pared. Se bajó la mascarilla. Desde el fondo del pasillo oyó el bullicio, los resoplidos y las risas de los niños de preescolar que se preparaban para empezar el día. Esperó unos instantes para recomponerse. Volvió a subirse la mascarilla. Fue en dirección contraria a los niños y se encontró cara a cara con una pancarta enorme que decía DIOS ES AMISTAD.

Dudaba que Dios aprobara el tipo de amistad que tenía en mente esa mañana. Pasó bajo la pancarta y se encaminó a las salas de reuniones, avanzando entre fotografías de *reverendos*, *reverendísimos* y *reverendos canónigos* de años atrás. Un cartel de papel pegado a la pared señalaba hacia una puerta abierta.

REUNIÓN DE AA DE LAS 8:30

Le encantaban las reuniones de Alcohólicos Anónimos porque era el único momento en el que podía dar rienda suelta a su faceta competitiva.

¿Que te había toqueteado un tío tuyo? «Llámame cuando le asesines».

¿Que te habían violado en grupo los amigos de tu hermano? «¿Los descuartizaste a todos?».

¿Temblores incontrolables por el *delirium tremens*? «Avísame cuando eches medio litro de sangre por el culo».

Entró en la sala. La puesta en escena era la misma que en todas las reuniones de AA que se estaban celebrando en ese instante en cualquier rincón del mundo. Sillas plegables dispuestas en un gran círculo, con amplios huecos pandémicos entre unas y otras. La Oración de la Serenidad en un marco de fotos, encima de una mesa, junto a folletos titulados ¿*Cómo funciona?*, *Las Promesas* o *Las Doce Tradiciones*. La cola para el café era de diez personas. Callie se puso detrás de un tipo con traje negro y mascarilla quirúrgica verde que tenía pinta de preferir estar en una reunión haciendo una tormenta de ideas o clavando una chincheta en su tablero de objetivos, o en cualquier otro sitio menos allí.

—Uy —dijo el tipo del traje, dando un paso atrás para que pasara delante de él. Callie supuso que era lo que hacían los caballeros educados con las mujeres que no parecían heroinómanas.

—No pasa nada, gracias. —Callie se dio la vuelta y se puso a mirar con gran interés un cartel de Jesús sosteniendo una oveja descarriada.

Hacía fresco en el sótano, pero aun así seguía corriéndole sudor por el cuello. Su breve conversación con el tipo del traje le había resultado tan inquietante como las miradas en el aparcamiento. Debido a lo bajita que era y a que solía llevar camisetas de los Osos Amorosos y chaquetas con arcoíris, a menudo la confundían con una adolescente; pocas veces, en cambio, la tomaban por una mujer de treinta y siete años, lo que era técnicamente, suponía. Echando un rápido vistazo a la sala comprendió que no eran paranoias suyas. La gente la miraba con curiosidad. Tal vez fuera porque era nueva, pero ya había sido nueva en aquella misma iglesia y los demás se habían apartado de ella como si de repente fuera a abalanzarse sobre ellos y a pedirles dinero. Claro que entonces parecía una drogadicta. Tal vez ahora le dieran el dinero.

La cola del café avanzó. Callie metió la mano en el bolso. Encontró los frascos de pastillas que había guardado en el bolsillo, un surtido que había conseguido a cambio de una ampolla de ketamina. Tan discretamente como pudo, sacó dos Xanax y se giró para poder meter los dedos debajo de la mascarilla.

En lugar de tragarse las pastillas, se las dejó bajo la lengua. Así harían efecto antes. Mientras la boca se le llenaba de saliva, procuró disolverse igual que el Xanax.

Esta era su nueva identidad. Había ido a Atlanta para una entrevista de trabajo. Se alojaba en el Saint Regis. Llevaba once años sobria. Estaba en un momento muy estresante de su vida y necesitaba el consuelo de otros compañeros de viaje.

—Joder —masculló alguien.

Callie oyó la voz de la mujer, pero no se volvió. Había un espejo sobre la encimera del café. Localizó fácilmente a Sidney Winslow, sentada en una de las sillas plegables dispuestas en corro alrededor de la sala. Estaba inclinada sobre su teléfono, con las cejas fruncidas. Llevaba un maquillaje ligero. El pelo le rozaba suavemente los hombros. Callie reconoció su atuendo diurno más comedido: falda de tubo negra y blusa blanca con mangas de casquillo. Con esa ropa, casi cualquier mujer parecería la encargada de un asador de gama media, pero Sidney se las arreglaba para que pareciera elegante. Incluso cuando murmuró otro «joder» y se levantó de la silla.

Todos los hombres la miraron mientras atravesaba la sala. No pareció incomodarla en absoluto que observaran su cuerpo con avidez. Tenía trazas de bailarina, la postura exacta, los movimientos fluidos y de algún modo cargados de sexualidad.

El tipo del traje masculló algo por lo bajo en tono de admiración. Al ver que Callie le había pillado levantó las cejas por encima de la mascarilla como diciendo «¿Quién puede reprochármelo?». Callie respondió levantando las cejas a su vez, como si contestara «Yo, desde luego, no», porque si había algo en lo que todos los presentes parecían estar de acuerdo —aparte de que el alcohol era una delicia— era en que Sidney Winslow estaba muy buena.

Lástima que estuviera con un violador de mierda que había amenazado la tranquila y perfecta existencia de Maddy, porque Callie iba a joderle la vida de tal modo que a Andrew no le quedarían más que jirones rotos de la mujer que había sido Sidney Winslow hasta entonces.

—No puedo... —La voz ronca de Sidney le llegó desde el pasillo.

Callie dio un pasito atrás para poder asomarse al pasillo. Sidney estaba apoyada en la pared con el teléfono pegado a la oreja. Debía de estar discutiendo con Andrew. Callie había consultado la agenda del juzgado esa mañana. Faltaban dos horas para que empezara la vista de selección del jurado. Confiaba en que se le notaran los golpes y las magulladuras de su pelea en el túnel del polideportivo, la tarde anterior. Quería que todos los miembros del jurado tuvieran presente que el acusado no parecía trigo limpio.

Leigh debería darle las gracias, como mínimo, por facilitarle el trabajo.

Y también tendría que irse a la mierda por haberla hecho subir al desván de Buddy.

El tipo del traje había llegado por fin a la cafetera. Callie esperó a que terminara y luego se sirvió dos tazas porque sabía que la reunión sería larga. No había galletas. Supuso que se debía a la pandemia, aunque teniendo en cuenta lo que la mayoría de aquella gente estaba dispuesta a hacer por la bebida, el riesgo de que murieran por culpa de una galleta era muy bajo.

O quizá no. Según las estadísticas, el noventa y cinco por ciento abandonaba el programa en menos de un año.

Callie se dio cuenta de que Sidney se había dejado el bolso debajo de la silla. Encontró un sitio enfrente y luego uno detrás, lo que le facilitaría vigilar a su presa. Dejó su bolso en el suelo, junto a la taza extra de café. Cruzó las piernas. Se miró la pantorrilla, que aún tenía una forma bonita debajo de los vaqueros ceñidos. Dejó que sus ojos se deslizaran hacia arriba. Tenía rajada hasta la raíz la uña del dedo índice de la mano derecha, de cuando le había arañado la cara a Andrew. Había pensado en tapársela con una tirita, pero quería tener un recordatorio visual de lo mucho que detestaba a Andrew Tenant. Solo tenía que pensar en la boca de aquel cabrón retorcido pronunciando el nombre de Maddy y la rabia amenazaba con estallar de nuevo como lava brotando de un volcán.

Diecisiete años atrás, al darse cuenta de que estaba embarazada, había sabido que tenía opciones, igual que sabía que la heroína siempre iba a ganar. Ya tenía reservada cita en la clínica. Había trazado la ruta en autobús y planeado su convalecencia en uno de los mejores moteles de la zona sur.

Entonces llegó una tarjeta de Navidad desde Chicago.

Saltaba a la vista que Walter había falsificado la firma de Leigh, pero lo que a Callie le había parecido extraordinario era que se preocupara por su novia hasta el punto de intentar evitar que perdiera por completo el contacto con su hermana pequeña.

Y para entonces Walter sabía ya de sobra que la hermana yonqui de Leigh era un verdadero incordio. Callie había pasado por desintoxicaciones en las que Walter la había obligado a beber Gatorade y ella le había vomitado en el regazo y luego en la espalda, y estaba casi segura de que en un momento dado le había pegado un puñetazo en la cara.

El único dato consistente que había conseguido penetrar en su agonía era la certeza de que su hermana se merecía a ese hombre bondadoso y amable, y que en algún momento ese hombre bondadoso y amable iba a pedirle a Leigh que se casara con él.

Callie no tenía ninguna duda de que su hermana diría que sí. Estaba profunda y ciegamente enamorada de Walter; sus manos revoloteaban alrededor de él como una mariposa porque siempre quería tocarle; echaba la cabeza hacia atrás al reírse a carcajadas de sus chistes; y su voz casi se volvía cantarina cuando decía su nombre. Callie nunca había visto así a su hermana, pero, basándose en su comportamiento anterior, podía predecir con exactitud cómo acabaría aquello. Walter querría tener familia. Y era lógico, porque ya entonces Callie estaba segura de que sería un padre fantástico. Igual que estaba segura de que Leigh sería una madre fantástica, porque en realidad no era Phil quien las había sacado adelante.

Pero Callie sabía también que Leigh nunca se permitiría ser tan feliz. Incluso sin su largo historial de autosabotaje, su hermana no se fiaría de sí misma lo suficiente como para tener un hijo. Si se quedaba embarazada o si seguía adelante con un embarazo, el miedo y la aprensión se apoderarían de ella. Le preocuparía la enfermedad mental de Phil. La angustiaría la posibilidad de que las adicciones de Callie hubieran contaminado su ADN. No se creería capaz de hacer por un bebé todas esas cosas que nadie había hecho por ella. Pasaría tanto tiempo hablando de los posibles peligros que Walter acabaría por no escucharla o se buscaría a otra que le diera la familia que merecía tener.

Por eso Callie había luchado a brazo partido por no drogarse durante ocho meses interminables. Por eso se había mudado a una ciudad horrible, en la que hacía o demasiado frío o demasiado calor, sucia y ruidosa. Por eso había vivido en un albergue y se había dejado pinchar y examinar por los médicos.

Le había hecho muchas putadas a Leigh en la vida, incluida la de implicarla en un asesinato. Lo mínimo —lo mínimo— que podía hacer era mudarse a Chicago y darle un bebé a su hermana.

—Un minuto. —Una mujer mayor, vestida con chándal rosa, dio unas palmadas para llamar la atención de los presentes. Tenía maneras de sargento de instrucción, aunque se suponía que en AA nadie debía tenerlas. La mujer del chándal miró hacia la puerta y repitió en voz más baja dirigiéndose a Sidney—: Un minuto.

Callie se apretó con el pulgar la uña rajada. El dolor le recordó por qué estaba allí. Miró a los extraños enmascarados sentados en corro a su alrededor. Uno tosió. Otro se aclaró la garganta. La mujer del chándal empezó a cerrar la puerta. En el pasillo, Sidney abrió los ojos de par en par. Susurró algo al teléfono y entró a toda prisa antes de que la puerta se cerrara.

—Buenos días. —La mujer del chándal despachó a toda prisa el preámbulo y luego dijo—: Para aquellos que lo deseen, vamos a empezar con la Oración de la Serenidad.

Callie mantuvo el cuerpo girado hacia ella, pero observó cómo se acomodaba Sidney en la silla. Era evidente que seguía alterada por la llamada. Miró el móvil antes de guardarlo en el bolso. Cruzó las piernas. Se echó el pelo hacia atrás. Cruzó los brazos. Volvió a retirarse el pelo. Cada gesto evidenciaba que estaba cabreada y que nada le habría gustado más que salir corriendo al pasillo y terminar la conversación, pero cuando un juez te imponía treinta reuniones en treinta días y la fascista del chándal que firmaba el impreso del juzgado no era propensa al perdón, tenías que aguantarte y quedarte la hora entera.

La mujer del chándal dio la palabra a los presentes. Los hombres se animaron enseguida a hablar, porque los hombres siempre daban por sentado que a la gente le interesaba lo que tenían que decir. Callie los escuchó distraídamente mientras hablaban de cenas de negocios que habían salido mal, de embarazosas multas por conducir bajo los efectos del alcohol y de enfrentamientos con sus jefes. La reunión de AA de Westside era mucho más divertida. A los camareros y las *strippers* no les preocupaban sus jefes. Callie nunca había oído un testimonio que superara el de un jovenzuelo que se había despertado en un charco de su propio vómito y se lo había comido porque estaba repleto de alcohol.

Levantó la mano aprovechando una pausa.

—Soy Maxine y soy alcohólica.

El grupo respondió:

—Hola, Maxine.

—En realidad, me llaman Max.

Se oyeron algunas risas, y luego:

—Hola, Max.

Callie tomó aire antes de continuar.

—Estuve sobria once años. Y luego cumplí doce.

Más risas, aunque la única que contaba era la risa ronca y baja de Sidney Winslow.

—Fui bailarina profesional ocho años —prosiguió.

Había pasado horas preparando la historia que iba a contar en la reunión, sin preocuparse de dejar un rastro digital. Había usado el teléfono para bucear en las redes sociales de Sidney y saber dónde atacar con más fuerza. Sidney empezó a ir a clases de *ballet* en secundaria. Se había criado en una familia muy religiosa y se había rebelado al acabar el instituto. Se había alejado de su familia. Se había quedado sin amigos y había hecho otros nuevos en la universidad. Equipo de atletismo. Yoga. Pinkberry y Beyoncé.

—La vida del bailarín profesional es muy corta y, cuando se me agotó el tiempo, caí en la desesperación. Nadie entendía mi tristeza. Dejé de ir a la iglesia. Perdí el contacto con mis amigos y mi familia. Encontré consuelo en el fondo de una botella. —Callie sacudió la cabeza apesadumbrada—. Y entonces conocí a Phillip. Era rico y guapo y quería cuidar de mí. Y yo, sinceramente, estaba cansada de estar sola. Necesitaba que el fuerte fuera otro, para variar.

Si Sidney hubiera sido un *beagle*, habría levantado las orejas caídas al darse cuenta de todos los paralelismos que había entre la vida de Max y la suya.

—Pasamos tres años maravillosos juntos: viajamos, vimos mundo, íbamos a buenos restaurantes, hablábamos de arte y política y de todo tipo de cosas. —Callie fue a por todas—. Y entonces, un día, entré en el garaje y Phillip estaba tirado boca abajo en el suelo.

Sidney se llevó la mano al corazón.

—Me acerqué corriendo a él, pero estaba frío. Llevaba varias horas muerto.

Sidney empezó a sacudir la cabeza.

—La policía dijo que había sufrido una sobredosis. Yo sabía que había empezado a tomar relajantes musculares porque le dolía la espalda, pero no… —Callie miró cuidadosamente alrededor para aumentar el suspense—. Oxycontin.

Muchos de los presentes asintieron. Todos conocían historias parecidas.

Sidney murmuró:

—Puto Oxy.

—Su muerte fue una profanación del amor que compartíamos.

—Callie bajó los hombros como si sintiera el peso de una pena imaginaria—. Recuerdo estar sentada en el despacho del abogado, que me hablaba del dinero y las propiedades, y para mí todo eso no significaba nada. ¿Sabéis?, el año pasado leí una noticia acerca de que Purdue Pharmaceuticals había propuesto una fórmula. Iban a pagar 14 810 dólares por cada sobredosis atribuible al Oxycontin.

Escuchó los gruñidos de indignación que cabía esperar.

—Eso es lo que valía la vida de Phillip. —Callie se secó una lágrima—. 14 810 dólares.

La sala quedó en silencio, a la espera de que continuara. Callie se contentó con dejar que sacaran conclusiones. Eran alcohólicos. Sabían cómo acababa aquello.

No tuvo que mirar a Sidney para saber que había captado su interés. La joven no había apartado los ojos de ella en todo ese tiempo. Solo cuando la mujer del chándal les puso a cantar *Sigue viniendo, el esfuerzo vale la pena* consiguió desviar la mirada. Tenía el teléfono en la mano y el ceño fruncido cuando se dirigió a la puerta.

A Callie le dio un vuelco el corazón, porque había dado por sentado tontamente que se quedaría al café de después. Recogió su bolso y la siguió. Por suerte, Sidney torció a la izquierda en lugar de a la derecha, hacia la salida. Luego giró a la derecha, en dirección al aseo de señoras. Llevaba el teléfono pegado a la oreja. Murmuraba roncamente. El drama romántico continuaba.

Un olor a perfume de señora mayor salía de las aulas de la escuela dominical mientras Callie la seguía. Al notarlo, Callie añoró sus primeros días de COVID, cuando no podía oler ni saborear nada. Se dio la vuelta y miró hacia atrás. Todos los demás se dirigían al aparcamiento, probablemente camino del trabajo. Callie giró a la derecha y abrió la puerta.

Una encimera larga con tres lavabos. Un espejo grande. Tres retretes, solo uno de ellos ocupado.

—Porque lo digo yo, idiota —siseó Sidney desde el último retrete—. ¿Crees que me importa una mierda tu madre?

Callie cerró suavemente la puerta.

—Muy bien. Lo que tú digas. —Sidney soltó un gemido de

frustración. Dijo «joder» un par de veces más y luego pareció decidir que, ya que estaba sentada en un váter, podía aprovechar para hacer pis.

Callie abrió el grifo para hacerle saber que estaba allí. Metió las manos bajo el agua fría. Empezó a escocerle la carne debajo de la uña rajada. Se la apretó por un lado, haciendo salir una fina línea de sangre. De nuevo se le llenó la boca de saliva. Oyó la voz de Andrew, tan parecida a la de Buddy, resonando en el oscuro túnel del estadio.

«Madeline Félicette Collier, dieciséis años».

Se oyó el ruido de una cisterna. Sidney salió del retrete. No llevaba puesta la mascarilla. En persona era incluso más atractiva que en sus redes sociales. Le dijo a Callie:

—Perdona, era el gilipollas de mi novio. De mi marido. O lo que sea. Le atracaron ayer por la tarde. Nos casamos dentro de unas horas y no quiere llamar a la policía ni contarme lo que pasó.

Callie asintió, satisfecha de que a Andrew se le hubiera ocurrido una mentira creíble.

—No sé qué problema tiene. —Sidney giró el grifo—. Se está portando como un auténtico capullo.

—El amor es brutal —comentó Callie—. Por lo menos, eso fue lo que le grabé en la cara a mi última novia.

Sidney se llevó la mano a la boca al soltar una carcajada. Pareció darse cuenta de que tenía la cara descubierta.

—Joder, lo siento, voy a ponerme la mascarilla.

—No pasa nada. —Callie también se quitó la suya—. De todas formas, odio estas mierdas.

—Lo mismo digo. —Sidney pulsó la palanca del dispensador de jabón—. Estoy hasta las narices de estas reuniones. ¿Qué sentido tienen?

—Yo siempre me siento mejor oyendo a gente que está peor que yo. —Callie también tomó un poco de jabón. Reguló el agua para que estuviera más caliente—. ¿Sabes de un buen sitio para desayunar por aquí? Me alojo en el Saint Regis y estoy harta del servicio de habitaciones.

—Ah, claro, eres de Chicago. —Sidney cerró el grifo y sacudió las manos—. ¿Así que eras bailarina?

—Hace mucho tiempo. —Callie sacó una toalla de papel del dispensador—. Todavía hago mis ejercicios, pero echo de menos actuar.

—No me extraña —dijo Sidney—. Hice danza durante todo el instituto. Me encantaba, en serio, quería dedicarme a eso el resto de mi vida.

—Se te nota. Me he dado cuenta cuando has cruzado la sala. Esa pose nunca se pierde.

Sidney pareció halagada.

Callie fingió buscar algo en su bolso.

—¿Por qué lo dejaste?

—No era muy buena.

Callie la miró y levantó una ceja con incredulidad.

—Te aseguro que hay muchas chicas que no son muy buenas y aun así logran subirse a un escenario.

Sidney se encogió de hombros, pero parecía enormemente satisfecha.

—Ahora ya soy demasiado mayor.

—Te diría que nunca se es demasiado mayor, pero las dos sabemos que eso es una gilipollez. —Callie mantuvo la mano en el bolso, como si estuviera esperando a que Sidney se marchara—. Oye, ha sido un placer conocerte. Espero que todo se arregle con tu marido.

La desilusión de Sidney se hizo evidente. Y entonces sus ojos hicieron exactamente lo que Callie quería que hicieran. Se fijaron en el bolso.

—¿Llevas algo?

«Bingo».

Callie fingió una mueca de arrepentimiento al sacar uno de los frascos de pastillas. Los estimulantes no le apetecían nunca por lo general, pero había supuesto que a una mujer de la generación de Sidney le chiflaría el Adderall.

—Compañeros de estudio. —Sidney sonrió al ver la etiqueta—. ¿Te importa compartir? Tengo una resaca de la hostia.

—Claro, encantada. —Callie echó cuatro pastillas de color melocotón sobre la encimera del lavabo. Luego empezó a machacarlas con el borde del frasco.

—Mierda —dijo Sidney—, no esnifo desde el instituto.

Callie hizo una mueca.

—Bueno, cielo, si es demasiado…

—Joder, ¿por qué no? —Sidney sacó un billete de veinte dólares y lo alisó pasándolo varias veces por el filo de la encimera. Sonrió a Callie—. Todavía me acuerdo.

Callie se acercó a la puerta del aseo. Alargó la mano al girar el cierre. La sangre le chorreaba por la uña rota. Echó el pestillo dejando su huella ensangrentada en la chapa. Luego volvió a la encimera y siguió triturando las pastillas hasta convertirlas en un polvo fino de color melocotón.

El Adderall se vendía en dos versiones: IR, de liberación inmediata y XR, de liberación retardada. El XR venía en cápsulas de microperlas recubiertas por una película que retrasaba su liberación. Como en el caso del Oxycontin, la película se podía retirar aplastándola, pero era difícil hacerlo y el XR te abrasaba la nariz y te daba básicamente el mismo subidón que el IR, que por cierto era más barato, y Callie nunca dejaba pasar una ganga.

Lo importante era que, al esnifar el polvo, la dosis completa se introducía de forma inmediata y directa en el organismo. El cóctel de anfetamina y dextroanfetamina penetraba por los vasos sanguíneos de la nariz y luego seguía la fiesta derecho hasta el cerebro. No había tiempo para que el estómago o el hígado filtraran la euforia. El subidón podía ser muy intenso, pero también abrumador. El cerebro podía descontrolarse haciendo que la presión arterial se disparara y, en algunos casos, que se produjeran convulsiones o psicosis.

A Andrew le resultaría terriblemente difícil acechar a una chica de dieciséis años mientras su joven y guapísima esposa estaba en el hospital, atada a una camilla.

Callie empuñó hábilmente el tapón del frasco y separó con el borde cuatro rayas gruesas. Vio como Sidney se inclinaba. Quizá no hubiera esnifado desde el instituto, pero desde luego sabía hacerlo con estilo. Cruzó los tobillos. Sacó el culo, muy bien definido. Se metió en la nariz la punta del billete enrollado. Esperó a que Callie la mirara por el espejo y le guiñó un ojo antes de esnifar una raya.

—¡J-j-joder! —tartamudeó, haciendo un poco de teatro. El polvo tardaba unos diez minutos en hacer verdadero efecto—. ¡Alabado sea Jesucristo!

Callie supuso que el fervor religioso era un remanente de sus tiempos de chica de parroquia.

—¿Bien? —le preguntó.

—Joder, sí. Vamos. Te toca.

Sidney le ofreció el billete de veinte. Callie no lo aceptó. Acercó la mano a su cara y le limpió con el pulgar los restos de polvillo que tenía alrededor de las fosas nasales. Luego bajó el pulgar hasta su perfecta boca de capullo de rosa. Sidney no necesitó más estímulos. Separó los labios, sacó la lengua y le lamió despacio el pulgar.

Callie sonrió al apartar la mano. Le quitó suavemente el billete enrollado de entre los dedos. Se inclinó. Por el rabillo del ojo, vio que Sidney rebotaba de puntillas, moviendo las manos como un boxeador. Callie se llevó la mano izquierda a la cara y fingió que se cerraba el orificio nasal. Se metió el billete en la boca, bloqueó la garganta con la lengua y aspiró una raya.

Tosió. Parte del polvo le había llegado a la garganta, pero casi todo se le había pegado a la lengua. Volvió a toser y escupió el pegote en el puño.

—¡Sí!—Sidney agarró el billete y se lanzó a por más.

Luego volvió a tocarle a Callie. Hizo la misma pantomima: la mano a la cara, la succión y el escupitajo. Esta vez le llegó más polvo a la garganta, pero eran gajes del oficio.

—¡Sushi! —Sidney parpadeaba demasiado rápido—. Sushi-sushi-sushi. Vamos a comer juntas, ¿vale? ¿Es muy pronto para comer?

Callie miró ostensiblemente su reloj. Lo había encontrado en el fondo de un cajón de Phil. La pila estaba agotada, pero debían de ser alrededor de las diez.

—Podríamos hacer un *brunch*.

—¡Mimosas! —gritó Sidney—. Conozco un sitio. Invito yo. Vamos en mi coche. ¿Te parece bien? Necesito un trago, joder. ¿Vale?

—Parece un buen plan —le dijo Callie—. Voy un momento al baño. Nos vemos fuera.

—¡Sí! Vale. Te espero fuera. En mi coche. ¿Vale? De acuerdo.
—Las manos le resbalaron varias veces en el pestillo antes de que consiguiera abrirlo. Su risa baja y ronca se fue apagando cuando la puerta se cerró tras ella.

Callie abrió el grifo. Se quitó el engrudo blanquecino de la mano. Con una toalla de papel mojada, limpió los restos de Adderall de la encimera. Mientras tanto, repasó mentalmente los otros frascos de fármacos que llevaba en el bolso.

Su mirada tropezó con su reflejo en el espejo. Se miró deseando sentirse mal por lo que iba a hacer. No sintió nada. Vio, en cambio, a la hermosa niña de Leigh y Walter corriendo por el campo de fútbol, ajena al monstruo que se escondía en el túnel.

Andrew iba a pagar muy caro el haber amenazado a Maddy. Iba a pagar con la vida de Sidney.

## 14

Leigh estaba en la cola de seguridad, delante del juzgado del condado de DeKalb, un mausoleo de mármol blanco cuya prominente entrada principal era de ladrillo oscuro. En el suelo, unas pegatinas descoloridas indicaban la distancia de seguridad adecuada. Varios letreros advertían de la obligatoriedad de la mascarilla. Grandes carteles pegados a las puertas avisaban a los visitantes de que tenían prohibida la entrada, conforme a la orden de emergencia estatal del presidente del Tribunal Supremo de Georgia.

El juzgado había reabierto recientemente sus puertas. Durante la pandemia, todos los casos de Leigh se habían juzgado a través de Zoom; luego, la vacunación de los funcionarios del tribunal había hecho posible que el Gobierno permitiera de nuevo los juicios presenciales. Daba igual que los jurados, los abogados y los acusados siguieran jugando a la ruleta rusa del coronavirus.

Leigh empujó con el pie una caja de archivos hasta la siguiente pegatina. Saludó con la cabeza a un ayudante del *sheriff* que salió a echar un vistazo a la fila y a advertir a los rezagados. El Tribunal Superior tenía diez salas. Todos los jueces eran mujeres de color, menos dos. Uno de ellos procedía de la carrera fiscal, pero se le conocía por ser increíblemente justo. Y el otro era un tal Richard Turner, un orgulloso representante de la judicatura más rancia, que tenía fama de pecar de indulgente con los acusados que se parecían a él.

A Andrew —que toda su vida había caído de pie— le había tocado en suerte el juez Turner.

A Leigh no le agradó tener que encajarlo como una buena noticia. Se había resignado a esforzarse al máximo por defender a Andrew

Tenant, aunque para ello tuviera que quebrantar todos los códigos morales y jurídicos. No permitiría que esos vídeos salieran a la luz. No dejaría que la frágil vida de Callie se hiciera añicos. No pensaría en las consecuencias que todo aquello podía tener para Maddy, ni en la discusión con Walter de la noche anterior, ni en la herida profunda y fatal que su marido le había infligido en el alma.

*¿Quién te da consejos sobre maternidad ahora? ¿Phil?*

Movió la caja hasta la siguiente pegatina cuando la fila avanzó. Se miró las manos. Ya no le temblaban. Se le había asentado el estómago. No tenía lágrimas en los ojos.

La única queja constante que tenía Walter sobre ella era que su personalidad cambiaba dependiendo de a quién tuviera delante. Lo ponía todo en compartimentos separados, sin dejar que el contenido de uno rebosara y se vertiera en otro. Walter lo veía como una debilidad, pero para ella era una estrategia de supervivencia. La única manera que tenía de superar los días siguientes era compartimentar por completo sus emociones.

La transición había comenzado esa noche. Había vaciado una botella entera de vodka en el fregadero de la cocina de su casa. A continuación, había tirado al váter el resto del Valium. Después, se había preparado para el juicio de Andrew repasando las diligencias del caso, volviendo a ver la entrevista de Tammy Karlsen, ahondando en las notas de sus sesiones de terapia e ideando una estrategia de trabajo para ganar el caso porque, si no lo ganaba, Andrew activaría su plan de emergencia y todo sería en vano.

Para cuando salió el sol, su sensación de ingravidez se había evaporado por completo. La furia de Walter, su rabia, su herida profunda y fatal, la habían forjado de alguna manera convirtiéndola en frío y duro acero.

Recogió la caja al entrar en el edificio. Se paró frente al iPad que, montado en un soporte vertical, tomaba la temperatura. El recuadro verde le indicó que podía pasar. En el puesto de control sacó del bolso sus dos teléfonos y el ordenador portátil y los puso en unas bandejas. Colocó la caja detrás, sobre la cinta. Pasó por el detector de metales. Al otro lado había un bote gigante de desinfectante para manos. Se echó un poco en la mano y enseguida se arrepintió. Una destilería local estaba capeando la pandemia usando sus alambiques para producir desinfectantes. El residuo de ron blanco de los tanques hacía que todo el juzgado oliera como Panama City Beach durante las vacaciones de primavera.

—Letrada —dijo alguien—, ha salido tu número.

Un ayudante del *sheriff* había sacado sus bandejas de la cinta. Para colmo de males, la habían seleccionado para un control aleatorio. Al menos conocía al ayudante del *sheriff*. Maurice Grayson era hermano de un bombero, de modo que tenía relación estrecha con Walter.

Leigh adoptó de inmediato el papel de esposa de Walter y sonrió detrás de la mascarilla.

—Esto es un caso flagrante de discriminación racial.

Maurice se rio mientras empezaba a vaciar su bolso.

—Más bien de acoso sexual, abogada. Hoy estás guapísima.

Ella aceptó el cumplido, porque esa mañana había puesto especial cuidado en todo. Camisa azul claro, falda y chaqueta de color gris oscuro, un fino collar de oro blanco, el pelo suelto sobre los hombros, tacones negros de siete centímetros y medio… El atuendo exacto que, según los asesores, debía llevar para comparecer ante el jurado.

Maurice revolvió el contenido de su neceser transparente haciendo caso omiso de los tampones.

—Dile a tu marido que su *flex* es de risa.

Leigh adivinó que se refería a algo del *fantasy football*, igual que adivinaba que a Walter se la traería floja el juego que, hasta la noche anterior, había ocupado cada momento de su tiempo libre.

—Se lo diré de tu parte.

Maurice la dejó pasar por fin y ella recogió sus cosas de la cinta. Aunque llevaba puesta la mascarilla, siguió sonriendo al entrar en el vestíbulo. Poniéndose en modo abogada, saludó a sus colegas con una inclinación de cabeza y se mordió la lengua al ver a los idiotas que dejaban que la mascarilla se les deslizara por debajo de la nariz porque a los hombres de verdad el COVID solo les entraba por la boca.

No quiso esperar al ascensor. Subió los dos tramos de escaleras con la caja en brazos. Al llegar a la puerta se tomó un momento, tratando de reforjarse en acero. Al mencionar Maurice a Walter, había pensado en Maddy, y pensar en Maddy podía abrirle un enorme agujero en el corazón.

Había enviado un mensaje a su hija esa mañana para darle los buenos días, como siempre, y avisarla de que iba a estar todo el día en el juzgado. Maddy le había respondido con un pulgar hacia arriba y un corazón. Tendría que hablar con su hija en algún momento, pero temía venirse abajo si oía su voz. Lo que la convertía en una cobarde del calibre de Ruby Heyer.

Oyó voces subiendo por la escalera. Empujó la puerta con la cadera para abrirla. Jacob Gaddy la saludó desde el final del pasillo. Su ayudante había conseguido reservar una de las pocas salas de reuniones que había para abogados y defendidos.

—Qué bien lo de la sala. —Leigh le dejó llevar la caja—. Necesito esto catalogado y listo para el lunes.

—Entendido —dijo Jacob—. El cliente no ha llegado todavía, pero Dante Carmichael te estaba buscando.

—¿Ha dicho qué quería?

—Pues… —Jacob se encogió de hombros, como si fuera obvio—. Le llaman Dante el Arreglista, ¿no?

—Que siga buscándome. —Leigh entró en la sala vacía. Cuatro sillas, una mesa, ninguna ventana, luces parpadeantes en el techo—. ¿Dónde está…?

—¿Liz? Abajo, intentando que le den los cuestionarios del jurado.

—Que nadie me interrumpa si estoy con el cliente. —Su teléfono personal empezó a sonar. Leigh hurgó en su bolso.

—Voy a ver si veo a Andrew.

Ella no respondió, porque Jacob ya había cerrado la puerta. Se quitó la mascarilla. Miró el teléfono. Empezó a revolvérsele el estómago, pero consiguió dominarse. Contestó al cuarto pitido.

—¿Qué pasa, Walter? Estoy a punto de entrar en la sala.

Él se quedó callado un momento, probablemente porque nunca había coincidido con Leigh, la zorra frígida.

—¿Qué vas a hacer?

Ella prefirió hacerse la tonta.

—Voy a intentar seleccionar un jurado que declare no culpable a mi cliente.

—¿Y luego?

—Luego veré qué más quiere que haga.

Otra vacilación.

—¿Ese es tu plan, dejar que siga manipulándote?

Leigh se habría echado a reír si no le hubiera dado terror que mostrar una emoción pudiera hacer aflorar las otras.

—¿Qué puedo hacer si no, Walter? Te he dicho que tiene un plan de emergencia. Si se te ocurre alguna idea brillante, por favor, dime qué quieres que haga.

No hubo respuesta, solo el sonido de la respiración de Walter a través de la línea. Leigh pensó en él en la autocaravana la noche anterior, en su furia repentina, en la herida profunda y mortal. Cerró los ojos y trató de aquietar los latidos de su corazón. Se imaginó a sí misma de pie, sola, en una barquita de madera, alejándose de la orilla, desde donde Walter y Maddy le decían adiós con la mano mientras se deslizaba hacia las aguas tumultuosas de una cascada.

Así era como debía terminar su vida. No estaba destinada a mudarse a Chicago, ni a conocer a Walter, ni a aceptar el regalo que había sido Maddy, sino a quedar atrapada en Lake Point, tirada en la cuneta como todos los demás.

—Te quiero aquí mañana por la tarde a las seis —dijo Walter—. Vamos a hablar con Maddy y a explicarle que se va a ir de viaje con mi madre. Puede dar clases virtuales por el camino. No quiero que esté por aquí mientras ese tipo siga libre. No puedo permitir, no permitiré que le pase nada.

Leigh no se sorprendió tanto como Walter. Le había oído usar ese mismo tono una vez, hacía cuatro años. Ella estaba tumbada en el suelo del baño, amodorrada todavía por la borrachera de la noche anterior. Walter le había explicado que tenía treinta días para dejar la bebida o le quitaría a Maddy. La única diferencia entre aquel ultimátum y este era que el primero había sido por amor. El de ahora surgía del odio.

—Claro. —Tomó aire antes de pronunciar las tres frases que había ensayado en el coche esa mañana—. He presentado la documentación esta mañana. Te enviaré el enlace. Tienes que firmar electrónicamente tu parte y estaremos divorciados treinta y un días después de que lo tramiten.

Walter volvió a dudar, pero no lo suficiente.

—¿Y la custodia?

Leigh sintió que su determinación empezaba a desmoronarse. Si le hablaba de Maddy, se hundiría otra vez.

—Imagínatelo, Walter. No nos ponemos de acuerdo en las condiciones. Vamos a mediación o me llevas a juicio. Intento conseguir un régimen de visitas y entonces, ¿qué? ¿Presentas una petición alegando que soy un peligro para mi hija?

Él no dijo nada, lo que equivalía a un sí.

—Maté premeditadamente a un hombre —continuó ella, y a continuación le recordó lo que él mismo había dicho la noche anterior—. No querrás que ponga en contacto a otra adolescente con un puto violador.

Si Walter tenía algo que responder, Leigh no quiso escucharlo. Puso fin a la llamada. Dejó el teléfono boca abajo sobre la mesa. El escudo de la Academia Hollis brillaba en la parte de atrás. Leigh trazó el contorno con los dedos. Le extrañó ver su dedo anular desnudo. Había dejado su anillo de casada en la jabonera, al lado del fregadero de la cocina. No se lo había quitado nunca desde que se marcharon de Chicago.

*Por favor, aceptad como regalo a esta preciosa niña*, había escrito Callie. *Sé que, pase lo que pase, con vosotros siempre será feliz y estará a salvo.*

Se frotó los ojos con el dorso de la mano para limpiarse las lágrimas. ¿Cómo iba a decirle a su hermana que lo había echado todo a perder? Habían pasado más de veinticuatro horas desde que había acompañado a Callie a casa de Phil. No se habían dirigido la palabra después de salir de casa de los Waleski. Callie temblaba incontrolablemente. Le castañeaban los dientes igual que la noche que murió Buddy.

Leigh había olvidado cómo era caminar junto a su hermana por la calle. Le costaba describir la sensación de no ser ya una adulta solitaria, responsable únicamente del funcionamiento de su propio cuerpo. La ansiedad que sentía cuando estaba con Callie —el miedo por su seguridad, por su bienestar emocional, por su salud física, por que no tropezara y se cayera y se rompiera algo— le recordaba lo que sentía cuando Maddy era pequeña.

Sentirse responsable de su hija le había proporcionado una alegría incomprensible. Con Callie, en cambio, sentía un agobio infinito.

—¿Leigh? —Liz tocó a la puerta al entrar. Era evidente por la expresión de su cara que algo iba mal. Leigh no tuvo que pedir explicaciones.

Andrew Tenant estaba de pie detrás de ella. Llevaba la mascarilla colgando de la oreja. Tenía un arañazo profundo y enrojecido grabado a lo largo de la mandíbula. Unos puntos de aproximación blancos sujetaban un desgarro en el lóbulo de la oreja. Tenía lo que parecía ser un chupetón gigante en el cuello. Entonces se acercó y Leigh pudo ver marcas de dientes.

La reacción inmediata de Leigh no fue de preocupación ni de rabia. Fue una carcajada de sorpresa.

Andrew apretó los dientes. Se giró para cerrar la puerta, pero Liz ya había salido y la estaba cerrando.

Esperó a que estuvieran solos. Se quitó la mascarilla. Apartó una silla. Se sentó. Le dijo a Leigh:

—¿Qué te dije de reírte de mí?

Ella esperó a sentir el miedo visceral con que reaccionaba su cuerpo cada vez que estaba en su presencia. Pero no se le erizó la piel. No se le puso de punta el vello de la nuca. De algún modo, su instinto de luchar o huir se había desactivado. Si era resultado de la herida mortal que le había infligido Walter, mejor que mejor.

—¿Qué te ha pasado? —le preguntó.

Sus ojos iban y venían por la cara de Leigh como si fuera un libro que podía leer.

Se recostó en la silla. Apoyó una mano en la mesa.

—Ayer por la mañana salí a correr después de que te fueras de mi casa. Hacer ejercicio físico forma parte de las condiciones de mi fianza. Me atracaron. Intenté defenderme. No sirvió de nada al final. Me robaron la cartera.

Leigh no le comentó que ya se había duchado cuando ella llegó a su casa.

—¿Siempre llevas la cartera cuando sales a correr?

Su mano se abrió sobre la mesa. No hizo ningún ruido, pero consiguió recordarle a Leigh su fuerza física. El instinto de luchar o huir se agitó despacio en la base de su columna vertebral.

—¿Hay algo más que deba saber? —preguntó.

—¿Cómo está Callie?

—Bien. He hablado con ella esta mañana.

—¿Ah, sí? —Su tono de voz se había vuelto íntimo. Algo había cambiado.

Leigh no intentó comprender cómo había podido ceder parte de su poder. Lo notaba en el cuerpo, esa reacción visceral que le decía que se había producido un cambio.

—¿Hay algo más?

Cada dedo de Andrew golpeó una sola vez sobre la mesa.

—Debería informarte de que mi tobillera se apagó a las tres y doce de la tarde de ayer. Llamé enseguida a mi agente de libertad condicional. Tardó más de tres horas en llegar para resetearla. Interrumpió el cóctel de mi boda.

Leigh no se había fijado en el anillo que llevaba en el dedo, pero vio que él sí había notado que no llevaba el suyo puesto. Se cruzó de brazos y preguntó:

—Te das cuenta de lo que parece, ¿verdad? ¿Compareces en la vista de selección del jurado para tu juicio por violación con las heridas típicas que una mujer le hace a un violador al defenderse, a lo que hay que añadir el hecho comprobado de que tu tobillera electrónica estuvo apagada más de tres horas?

—¿Y eso es malo?

Leigh recordó su conversación de la mañana anterior. Todo aquello formaba parte del plan de Andrew. A cada paso le ponía las cosas más difíciles.

—Andrew, la alarma de tu tobillera electrónica ha saltado cuatro veces; está documentado. En cada una de esas ocasiones, tu agente de libertad condicional tardó entre tres y cuatro horas en acudir al aviso. ¿Se te ha ocurrido pensar que el fiscal puede argumentar que estabas probando el sistema para ver cuánto tardaban en responder?

—Eso suena muy incriminatorio —dijo Andrew—. Menos mal que mi abogada está muy motivada y demostrará que soy inocente.

—Hay una enorme diferencia entre inocente y no culpable.

La boca de Andrew se tensó en una sonrisa.

—¿Cuestión de matices?

Leigh sintió que el hormigueo del miedo le subía por la columna. Andrew había logrado reafirmar su dominio. Ignoraba que ella le había revelado la verdad a Walter, pero este nunca había formado parte de su arsenal. Solo necesitaba los vídeos, nada más. Podía acabar con la vida de Leigh y Callie por simple capricho o recurriendo a su plan de emergencia.

Abrió su bolso y sacó su neceser.

—Ven aquí.

Andrew permaneció sentado. Quería recordarle quién estaba al mando.

Leigh abrió la cremallera del neceser. Sacó el *primer*, el corrector, la base y los polvos. El cabrón había vuelto a tener suerte. Tenía todas las marcas en el lado izquierdo de la cara. El jurado estaría sentado a su derecha.

—¿Quieres o no? —le preguntó.

Él se levantó con movimientos lentos y deliberados para que supiera que seguía al mando.

Leigh sintió que el pánico empezaba a agitarse en su pecho cuando se sentó frente a ella. Andrew tenía la extraña capacidad de apagar y encender su propia malevolencia. Al hallarse tan cerca de él, sintió que el asco le revolvía el estómago. Volvieron a temblarle las manos.

Andrew sonrió, porque era eso lo que quería.

Leigh se echó un poco de *primer* en el dorso de la mano. Buscó una esponjilla en el neceser. Andrew se inclinó hacia ella. Olía a colonia almizclada y su aliento tenía el mismo aroma a menta que la víspera. Leigh sintió los dedos agarrotados al aplicar la esponjilla a las marcas de mordiscos que tenía en el cuello. Los hematomas impresos alrededor de las marcas de dientes eran de color azul intenso, pero probablemente se ennegrecerían durante el fin de semana, justo a tiempo para el juicio.

—Vas a tener que contratar a un profesional para que te maquille el lunes por la mañana —le dijo.

Él dio un respingo cuando pasó al arañazo de la mandíbula. La piel estaba irritada y enrojecida. La esponjilla se manchó de gotitas de sangre fresca. Leigh no se anduvo con contemplaciones. Impregnó un pincel con corrector y hundió las cerdas en la herida.

Él dejó escapar el aire entre los dientes, pero no se apartó.

—¿Te gusta hacerme daño, Harleigh?

Ella aflojó la presión, repelida porque tuviera razón.

—Gira la cabeza.

Andrew mantuvo los ojos fijos en ella al volver la barbilla hacia la derecha.

—¿Aprendiste a hacer esto de pequeña?

Leigh escogió una brocha más grande para la base de maquillaje. Su tono de piel era más oscuro que el de él. Tendría que ponerle más polvos.

—Recuerdo que Callie y tú solíais aparecer con el ojo morado o el labio partido. —Andrew siseó de nuevo entre dientes cuando ella usó la uña para raspar un hilillo de sangre seca de su barbilla—. Mi madre decía: «Esas pobres chicas, con esa loca de su madre. No sé qué hacer».

Leigh sintió que le dolía la boca de apretar los dientes. Tenía que acabar con aquello de una vez. Sacó el maquillaje en polvo y otra brocha. Aplicó el maquillaje sobre la herida y difuminó los bordes usando el dedo.

—Ojalá hubiera llamado a la policía o a los servicios sociales —prosiguió Andrew—. Piensa en cuántas vidas podría haber salvado.

—Jacob es mi ayudante —dijo Leigh, porque solo hablando de trabajo conseguiría no ponerse a gritar—. Es compañero mío en el bufete. Te hablé de él el otro día en el despacho. Va a encargarse de la parte procesal, pero dejaré que entrevistes a algunos de los posibles jurados si da la impresión de que van a reaccionar mejor ante un hombre. Nada de juegos cuando él esté presente. Es joven, pero no tonto. Si se da cuenta de algo...

—Harleigh. —Andrew pronunció su nombre con un largo y suave suspiro—. ¿Sabes?, eres muy hermosa, de verdad.

Le tocó la pierna con la mano.

Leigh se apartó de él bruscamente. Su silla arañó el suelo. Estaba de pie, de espaldas a la pared, antes de que le diera tiempo a asimilar lo que acababa de ocurrir.

—Har-leigh. —Andrew se levantó de la mesa. Su amplia sonrisa había vuelto a aparecer: era evidente que estaba disfrutando de ese momento. Avanzó arrastrando los pies por el suelo—. ¿Qué perfume llevas? Me gusta mucho.

Leigh empezó a temblar.

Él se inclinó e inhaló su aroma. Leigh sintió que su pelo le rozaba la cara. Notó en la oreja el calor de su aliento. No había dónde ir. Sus omóplatos se clavaban en la pared. Solo tenía la brocha de maquillaje que aún apretaba en la mano.

Andrew la miró a los ojos observándola detenidamente. Sacó un poco la lengua entre los labios. Ella sintió la presión de su rodilla contra las piernas apretadas.

«No pasa nada niña no te asustes de tu buen amigo Buddy».

Una carcajada estruendosa se oyó al otro lado de la puerta. Resonó en todo el pasillo. Leigh se esforzó por recordar que no estaba atrapada dentro del Corvette amarillo. Estaba en una salita de reuniones del Tribunal Superior del Condado de DeKalb. Su compañero estaba fuera. Su asistente no andaba muy lejos. Había ayudantes del *sheriff*. Fiscales. Abogados. Inspectores. Policías. Trabajadores sociales.

Esta vez la creerían.

Le preguntó a Andrew:

—¿Sabe Linda que eres un violador igual que tu padre?

Un cambio sutil se operó en su rostro.

—¿Sabe tu marido que eres una asesina?

Leigh le miró con todo su odio.

—Apártate de mí de una puta vez o me pondré a gritar.

—Harleigh. —Otra vez aquella sonrisa—. ¿No sabes ya que me encanta que las mujeres griten?

Tuvo que deslizarse por la pared para alejarse de él. Sintió que le temblaban las piernas mientras se acercaba a la puerta. La abrió. Salió al pasillo casi desierto. Dos hombres estaban parados cerca de los ascensores. Otros dos estaban entrando en el aseo de caballeros. Liz estaba sentada en un banco pegado a la pared. Tenía su iPad sobre el regazo y el móvil en la mano. Leigh se acercó a ella apretando los puños porque no sabía qué hacer con toda la adrenalina que inundaba su cuerpo.

Liz dijo:

—Jacob está en la sala del tribunal leyendo los cuestionarios. Faltan diez minutos.

—Bien. —Leigh miró pasillo abajo tratando de disipar su ansiedad—. ¿Algo más?

—No. —Liz no volvió a mirar sus dispositivos. Se puso de pie—. Bueno, sí.

Leigh no podía soportar otra mala noticia.

—¿Qué pasa?

—Es que acabo de darme cuenta de que nunca te había visto alterada. Podrías tener el pelo en llamas y me pedirías que por favor te traiga un vaso de agua cuando pueda. —Miró hacia la sala de reuniones—. ¿Me necesitas ahí dentro? ¿A mí o a Jacob? Porque a mí también me pone los pelos de punta ese tipo.

Leigh no podía preocuparse porque sus emociones fueran tan evidentes. Aún notaba la presión de la rodilla de Andrew tratando de separarle las piernas. No quería volver a entrar en aquella sala, pero lo único peor que estar a solas con Andrew era proporcionarle público.

Se salvó de tener que tomar una decisión al ver a Dante Carmichael salir del ascensor. El fiscal no estaba solo. Miranda Mettes, su ayudante, iba a su derecha. A su izquierda estaba Barbara Klieg, la inspectora de policía a cargo del caso de Tammy Karlsen. En retaguardia iban dos policías uniformados del condado de DeKalb.

—Mierda —masculló Leigh.

Había considerado la historia del atraco de Andrew y el fallo de su tobillera electrónica como dos piezas separadas. Ahora las veía como un todo. Otra mujer había sido agredida violentamente. Andrew estaba vinculado con el caso. Habían ido a detenerle.

—¿Harleigh? —Andrew sostenía su teléfono móvil personal—. ¿Quién es Walter? Te ha llamado varias veces.

Ella le quitó el teléfono de la mano.

—Mantén la puta boca cerrada —le advirtió.

Él levantó las cejas. Pensaba que todo aquello era una broma.

—¿Estás preocupada por tu familia, Harleigh?

—Collier —la llamó Dante—, necesito hablar con tu cliente.

Leigh agarró el móvil con tanta fuerza que sintió que los bordes se le clavaban en los huesos de los dedos. Todos la miraban esperando. Lo único que se le ocurrió fue mostrarles a la abogada implacable que esperaban ver.

—Vete a la mierda, Dante. No vas a hablar con él.

—Solo quiero aclarar algunas cuestiones —dijo el fiscal como si su petición fuera de lo más razonable—. ¿Qué hay de malo en hacerle unas preguntas?

—No —contestó Leigh—. No está…

—Harleigh —la interrumpió Andrew—. Estaré encantado de responder a cualquier pregunta. No tengo nada que ocultar.

Barbara Klieg había estado fotografiando en silencio sus heridas con el móvil.

—Parece que sí ha tratado de ocultar algunos cortes y hematomas bastante feos, campeón.

—Tiene razón, campeona. —La sonrisa de Andrew era escalofriante. No tenía ningún miedo—. Como le he explicado a mi abogada, me atracaron ayer por la mañana, cuando salí a correr. Debía de ser una yonqui que necesitaba dinero rápido. ¿No es eso lo que has dicho, Harleigh?

Ella se mordió el labio para no perder los nervios. El estrés iba a partirla en dos.

—Andrew, te aconsejo que…

—¿Ha presentado una denuncia? —preguntó Klieg.

—No, inspectora —dijo Andrew—. Dadas mis últimas interacciones con la policía, no me pareció que valiera la pena solicitar su ayuda.

—¿Y qué me dice de anoche? —añadió Klieg—. Su tobillera estuvo apagada más de tres horas.

—Cosa que le notifiqué de inmediato a mi agente de libertad condicional. —Fijó la mirada en Leigh, pero no por desesperación. Quería ver cómo se retorcía—. Mi abogada puede confirmarles que también estaba informada. ¿No es así?

Ella no dijo nada. Miró su teléfono. Tenía en la parte de atrás el escudo del colegio de Maddy. Sabía que Andrew lo había visto.

*¿Estás preocupada por tu familia, Harleigh?*

Walter tenía razón. Había sido una tonta por pensar que podía mantener a aquel monstruo dentro de un compartimento cerrado.

Klieg le preguntó a Andrew:

—¿Puede decirnos dónde estuvo ayer entre las cinco y las siete y media de la tarde?

—Andrew —le advirtió Leigh rogándole en silencio que se detuviera—, te aconsejo que no contestes.

Andrew ignoró el consejo y le dijo a Klieg:

—Celebré mi boda en casa ayer por la tarde. Les abrí la puerta a los encargados del *catering* sobre las cinco y media. Mi madre llegó a las seis en punto para asegurarse de que todo iba bien. Estoy seguro de que sabe usted que mi agente de libertad condicional, Teresa Singer, se presentó sobre las seis y media para resetear mi tobillera. Ya habían empezado a llegar los invitados para el cóctel y los aperitivos. Luego, Sidney y yo contrajimos matrimonio alrededor de las ocho. ¿Contesta eso a su pregunta?

Klieg cruzó una mirada con Dante. Su respuesta no había sido del agrado de ninguno de los dos. Había demasiados testigos potenciales.

—Puedo enseñarles las fotos que hice con mi móvil —se ofreció Andrew—. Estoy seguro de que los metadatos respaldarán mi coartada. Todo lleva marca de hora y ubicación.

Leigh recordó que Reggie le había dicho que los metadatos podían falsificarse si uno sabía cómo hacerlo. Pasó de confiar en que Andrew se callara a rezar por que supiera qué rayos estaba haciendo.

—Enséñenos las fotos —dijo Klieg.

—Andrew —dijo Leigh, pero solo porque era lo que se esperaba de ella. Él ya estaba metiéndose la mano en el bolsillo interior de la chaqueta.

—Aquí están. —Ladeó la pantalla para que todos pudieran ver como iba pasando las fotos.

Andrew posando con una fila de camareros detrás. De pie junto a Linda, que sostenía una copa de champán. Él ayudando a colgar una pancarta que decía *¡Enhorabuena, señor y señora Tenant!*

Las fotos eran convincentes, pero lo más revelador era lo que no mostraban. No había fotos en las que solo se vieran pasteles y adornos. Ni invitados en la puerta principal. Ni se veía a Sidney con su vestido de novia. En todas las fotos aparecía Andrew y desde todos los ángulos se distinguían los arañazos y hematomas de su cara y su cuello.

—¿Qué tal si me llevo su teléfono y dejamos que nuestros expertos lo examinen? —preguntó Klieg.

Leigh se dio por vencida. Andrew iba a hacer lo que quisiera. No valía la pena hacer el esfuerzo de abrir la boca para intentar advertirle.

—La contraseña son seis unos. —Andrew soltó una risa burlona que parecía dirigida contra sí mismo, como reconociendo que aquello era una simpleza—. ¿Algo más, inspectora?

Klieg estaba visiblemente decepcionada, pero aun así se sacó del bolsillo de la chaqueta una bolsa de pruebas y la mantuvo abierta para que Andrew depositara dentro el teléfono.

—Necesito que hablemos un momento en privado —le dijo Dante a Leigh.

La sensación de angustia volvió a aparecer. El fiscal iba a ofrecerle a Andrew otro trato y Andrew iba a decirle a ella que dijera que no, porque siempre iba tres pasos por delante de ella.

Siguió a Dante a la sala de reuniones. Se cruzó de brazos y se apoyó en la pared mientras él cerraba la puerta. Tenía una carpeta en las manos. Leigh estaba harta de que los hombres le mostraran carpetas llenas de cosas horrendas.

Dante no dijo nada. Seguramente esperaba que ella empezara la conversación mandándole a la mierda otra vez, pero Leigh no tenía ánimos para hacerlo. Miró su teléfono personal. Tenía dos llamadas perdidas de Walter. Probablemente había firmado los papeles del divorcio y había cambiado de opinión sobre dejarla despedirse de Maddy. Tal vez estuviera ya saliendo de la ciudad.

Le dijo a Dante:

—Tenemos que comparecer ante el juez dentro de cinco minutos. ¿Qué ofreces?

—Delito de asesinato. —Él soltó la carpeta sobre la mesa.

Leigh vio los bordes de las fotografías a color satinadas que sobresalían de la carpeta. Si estaba tratando de impresionarla, llegaba demasiado tarde. Cole Bradley había predicho aquello mismo hacía apenas cuarenta y ocho horas.

«El mirón se convierte en violador. Y el violador en asesino».

—¿Cuándo? —Sabía que determinar la hora de la muerte podía ser más un arte que una ciencia—. ¿Cómo sabes que la asesinaron entre las cinco y las siete y media de ayer?

—Llamó a su familia a las cinco. Encontraron el cuerpo en Lakehaven Park sobre las siete y media.

Leigh sabía que había un lago en el club de campo, cerca de la casa de Andrew. Dedujo que el cadáver había aparecido en las mismas circunstancias que las otras víctimas: en otro parque a unos quince minutos a pie de donde él vivía. Apretó los labios tratando de entender cómo se las había arreglado Andrew. Su coartada era sólida, en apariencia. Los metadatos de las fotos le situaban en su domicilio. Sidney respaldaría cualquier cosa que dijera. Linda era el eslabón débil. Leigh no sabía si la madre de Andrew estaría dispuesta a afirmar bajo juramento que la foto de la copa de champán se había hecho a la hora que indicaban los metadatos. Y luego estaban las heridas y hematomas que Andrew tenía en la cara y el cuello.

De pronto se le ocurrió algo.

Le dijo a Dante:

—Ese tipo de coloración oscura tarda entre dos y tres horas en aparecer. Has visto las fotos de su teléfono. Las marcas del cuello se le estaban poniendo moradas cuando llegaron los encargados del *catering* a las cinco y media. Y el arañazo de la mandíbula ya no sangraba.

—¿Y qué me dices de estas fotos? —Dante abrió la carpeta y fue colocando bruscamente las fotografías de la escena del crimen sobre la mesa. El efecto dramático era innecesario. Leigh estaba demasiado curtida para horrorizarse; había visto todo aquello otras veces.

Una cara de mujer tan vapuleada que no se distinguían las facciones.

Marcas de dientes alrededor de una herida abierta, donde antes había un pezón.

Un corte en el muslo izquierdo, justo por encima de la arteria femoral.

El mango metálico de un cuchillo asomando entre las piernas.

—Para. —Leigh había reconocido la obra de Andrew. Formuló la misma pregunta que últimamente no paraba de hacer a todos los hombres que formaban parte su vida—. ¿Qué quieres de mí?

—Eso es probablemente lo que le dijo la víctima a tu cliente cuando la estaba violando y matando. —Dante sostuvo la última foto entre las manos—. Sabes que ha sido él, Collier. No le mientas a un mentiroso. Aquí solo estamos tú y yo. Andrew Tenant es culpable, está clarísimo.

Leigh no estaba tan segura; al menos esta vez. La coloración de las marcas de mordiscos la inquietaba. Había llevado tantos casos de violencia de género cuando trabajaba por su cuenta que seguramente se la podía considerar una experta en el tema.

—Has dicho que la víctima habló por teléfono con su familia a las cinco. Si lo que insinúas es que Andrew la atacó justo después de la llamada, y que luego llegó a casa a las cinco y media para dejar entrar a los del *catering*, o que como muy tarde estaba en casa a las seis y media, cuando su agente de libertad condicional fue a resetearle la tobillera electrónica, explícame la coloración oscura de las marcas del cuello.

—Creo que te refieres a las marcas de mordiscos, pero ¿qué más da? —Dante se encogió de hombros—. Tú consigues que tu perito testifique una cosa y yo que el mío testifique lo contrario.

—Enséñame eso. —Leigh le indicó con la cabeza que pusiera la última foto sobre la mesa. Dante la había retenido por algún motivo.

Él le colocó la fotografía delante prescindiendo de gestos teatrales.

Otro primer plano. La parte de atrás de la cabeza de la víctima. Le faltaban trozos del pelo negro y liso. El cuero cabelludo mostraba profundas hendiduras donde el asesino había hundido en las raíces del pelo un objeto contundente y afilado.

Leigh solo había visto ese tipo de heridas una vez en su vida, cuando, a los diez años, agarró un trozo de cristal roto y atacó a una de las niñas que atormentaban a Callie en el patio del colegio.

«La sujeté y le corté el pelo hasta hacerle sangre en el cuero cabelludo».

Sintió que el sudor le caía por el cuello. Las paredes comenzaron a cerrarse en torno a ella. Aquello era obra de Andrew. Había escuchado su historia sobre cómo había castigado a aquella niña y la había reproducido como una especie de homenaje retorcido y atroz.

De repente, el pánico le atenazó el corazón. Recorrió las fotos con la mirada, pero los brazos y las piernas de la mujer no eran delgados como palillos. No tenía marcas de pinchazos ni viejas cicatrices de agujas que se le habían roto en las venas. Tampoco tenía rastros de esos pliegues de gordura de bebé que preocupaban innecesariamente a su preciosa hija cuando se miraba al espejo.

—La víctima —dijo—, ¿cómo se llama?

—No es solo una víctima, Collier. Era madre, esposa y maestra de escuela dominical. Tenía una hija de dieciséis años, como tú.

—Guárdate los violines para tu alegato final —contestó Leigh—. Dime su nombre.

—Ruby Heyer.

## 15

—¡De puta madre! —gritó Sidney al aire que azotaba su BMW descapotable.

En la radio sonaba una canción en la que se decía más veces «negrata» que en una convención de nacionalistas blancos. Sidney cantaba lanzando el puño hacia el cielo con cada compás. Estaba borracha como una cuba por haber bebido tres jarras de mimosa, colocada hasta las cejas por la pastilla de *molly* que Callie le había deslizado a escondidas en la última copa, y seguramente iba a perder el control del coche si no volvía a fijar los ojos en la carretera.

El BMW derrapó en un *stop*. Sidney apretó el claxon con la palma de la mano y pisó a fondo el acelerador.

—¡Apartaos, cabrones!

—¡Viva! —gritó Callie levantando ella también el puño en el aire. Aunque le pesara reconocerlo, se lo estaba pasando en grande. Sidney era divertidísima. Era joven y estúpida, y aún no había echado su vida a perder por completo, aunque evidentemente estaba en ello.

—¡Gilipollas! —le gritó Sidney a un conductor al saltarse otro *stop*—. ¡Que te den por culo, hijoputa!

Callie se rio al ver que el hombre, ya mayor, las mandaba a hacer puñetas con las dos manos. Su mente iba a toda velocidad. Su corazón era un colibrí. Los colores estallaban ante sus ojos: árboles de color verde neón, un sol amarillo resplandeciente, un cielo azul intenso, camiones de un blanco brillante, coches de color rojo sirena y líneas amarillas que surgían como centellas del asfalto negro azabache.

Había olvidado lo fantástico que era salir de fiesta. Antes de partirse el cuello, había probado la coca, el éxtasis, la bencedrina, el cristal y el Adderall, porque pensaba que la respuesta a todos sus males era que el mundo girara lo más rápido posible.

Eso había cambiado con la oxicodona. La primera vez que el fármaco se difundió por su organismo, comprendió que lo que de verdad necesitaba era deleitarse en la lentitud. Sus pies, como los de un mono, se convirtieron en puños. Podía quedarse colgada en un sitio mientras el mundo discurría a su alrededor. El sentimiento zen de esos primeros días bajo los efectos de los opioides había sido alucinante. Luego pasaron semanas, y meses, y años, hasta que su vida de quietud quedó reducida únicamente a la búsqueda de más heroína.

Sacó uno de los frascos de pastillas del bolso y buscó otro Adderall. Se lo puso en la lengua y se lo enseñó a Sidney. Ella se inclinó y le quitó la pastilla de la lengua con la boca. Sus labios se fundieron con los de Callie. Tenía la boca caliente. Fue una sensación eléctrica. Callie trató de prolongarla, pero Sidney se apartó y volvió a fijar su atención en el coche. Callie se estremeció. Hacía años que no sentía el cuerpo tan despierto.

—¡Joder! —gritó Sidney acelerando mientras hacía eses por una calle residencial. El BMW derrapó en una curva cerrada. Se detuvo bruscamente—. ¡Mierda!

Callie se vio empujada hacia delante cuando metió la marcha atrás. Los neumáticos ardieron al roce con el asfalto. Sidney retrocedió unos metros, volvió a meter la marcha y enfiló el largo camino de entrada a una gigantesca casa blanca.

La casa de Andrew.

En el restaurante, Callie había propuesto que siguieran la fiesta en su presunta habitación de hotel, pero había dejado caer que tendrían que intentar no hacer ruido, y entonces Sidney había dicho justo lo que esperaba Callie: «Y una mierda. Vámonos a mi casa».

No tendría que haberle sorprendido que Andrew viviera en una mansión que parecía la de un asesino en serie. Todo era blanco, menos los arbustos en forma de terrón de azúcar. Aquel lugar materializaba esa sensación de estar muerto por dentro que irradiaba Andrew en el túnel del estadio.

Y era allí, con toda probabilidad, donde tendría guardada la cinta de vídeo del asesinato de Buddy.

Callie se apretó la uña rota y el dolor la devolvió al presente. No estaba allí para divertirse. Sidney era joven e inocente, pero también lo era Maddy. Solo una de ellas tenía a un psicópata violador por compañero. Y Callie iba a asegurarse de que así siguiera siendo.

Sidney llevó el coche hacia la parte de atrás de la casa. El BMW se detuvo chirriando frente a una puerta de garaje de vidrio de aspecto industrial. Sidney pulsó un botón que había debajo del retrovisor.

—No te preocupes —le dijo a Callie—, él va a estar liado todo el día.

Con «él» se refería a Andrew. También le llamaba «el tonto de mi novio» o «el idiota de mi marido», pero nunca, ni una sola vez, le había llamado por su nombre.

El coche entró a trompicones en el garaje y estuvo a punto de chocar con la pared trasera.

—¡A la mierda!—gritó Sidney bajándose de un salto—. ¡Que empiece la fiesta!

Callie extendió el brazo y pulsó el botón que apagaba el motor. Sidney había dejado las llaves en el portavasos, junto con su teléfono y su cartera. Callie recorrió el garaje con la mirada buscando un escondite para una cinta de vídeo, pero era una caja blanca y limpísima. Hasta el suelo estaba impecable.

—¿Nos damos un baño? —Sidney se metió la mano debajo de la camisa para quitarse el sujetador—. Tengo un bañador de sobra que seguro que te sirve.

Callie se ofuscó un momento al pensar en las cicatrices y las marcas de pinchazos que ocultaba bajo la camiseta de manga larga y los vaqueros.

—Hace demasiado calor para mí, pero me encanta mirar.

—Seguro que sí. —Sidney se sacó el sujetador por la manga. Empezó a desabrocharse la camisa con torpeza, abriendo una V que dejó a la vista su canalillo—. Joder, tienes razón. Vamos a emborracharnos dentro, con el aire acondicionado.

Callie la vio desaparecer dentro de la casa. La rodilla le crujió al salir del coche. Intentó percibir el dolor, pero tenía los nervios embotados por las sustancias químicas que circulaban por su organismo. Había tenido mucho cuidado en el restaurante para no descontrolarse demasiado. El problema era que en realidad estaba deseando descontrolar. Hacía tanto tiempo que sus receptores cerebrales no probaban los estimulantes que parecía que a cada segundo se despertaba uno nuevo y pedía más.

Buscó otro Xanax en el bolso para tranquilizarse un poco.

La casa de Andrew parecía invitarla a entrar. Sidney había dejado el sujetador y los zapatos en el suelo. Callie se miró sus Doctor Martens, pero solo podría quitarse las botas si se sentaba en el suelo y tiraba de ellas. Avanzó por un largo pasillo blanco. La temperatura bajó como si estuviera entrando en un museo. Ninguna alfombra. Paredes y techos blancos. Apliques blancos. Cuadros en blanco y negro que mostraban a mujeres extremadamente sensuales en artísticas poses de *bondage*.

Callie estaba tan acostumbrada a oír el borboteo de los filtros del acuario que no reparó en él hasta que estuvo en la parte principal de la casa. Los ventanales ofrecían una vista panorámica del jardín trasero, pero Callie la ignoró. Una pared entera estaba dedicada a un magnífico acuario de arrecife. Corales blandos y duros. Anémonas. Erizos de mar. Estrellas de mar. Peces león. Isabelitas negras. Lábridos payaso. Peces unicornio.

Sidney estaba a su lado. Sus hombros se tocaban.

—¿Verdad que es precioso?

Lo que más deseaba Callie en ese momento era sentarse en el sofá, tomarse un puñado de oxis y ver deslizarse por el agua a aquellas criaturas de colores hasta quedarse dormida o conocer a Kurt Cobain.

—¿Tu marido es dentista?

Sidney soltó una de sus risas roncas.

—Vendedor de coches.

—No jodas.

Callie se obligó a recorrer con la mirada la gigantesca sala de estar, que tenía una estética a medio camino entre la Unión Soviética y una Apple Store. Sofás de cuero blanco. Sillas de cuero blanco. Mesas de acero y cristal. Lámparas de pie que inclinaban la cabeza de metal blanco como grullas leprosas. El televisor era un enorme rectángulo negro en la pared. Ninguno de sus componentes estaba a la vista.

—Quizá debería ponerme a vender coches —bromeó.

—Joder, Max, yo a ti te compraría cualquier cosa que vendieras.

Callie aún no se había acostumbrado a que la llamara por su nombre falso. Tardó un momento en reaccionar.

—¿Para qué pagar si te lo regalan?

Sidney volvió a reírse y le indicó que la siguiera a la cocina.

Callie avanzó despacio, tratando de captar el zumbido de aparatos electrónicos conectados al televisor. No había estanterías, ni cajas de almacenaje, ni escondites obvios para un aparato de vídeo, y mucho menos para una cinta. Incluso las puertas estaban disimuladas: solo un fino contorno negro indicaba su existencia. No tenía ni idea de cómo se abrirían sin pomo.

—La que controla el dinero es su madre. —Sidney estaba en la cocina, lavándose las manos en el fregadero de la encimera. Las dos se habían dejado la mascarilla en el restaurante—. Es un pedazo de bruja. Lo controla todo. La casa ni siquiera está a nombre de él. Joder, si ella le dio una asignación para amueblarla… Hasta le dijo a qué tiendas tenía que ir.

Callie sintió dentera al ver la cocina ultramoderna. Encimeras de mármol blanco, armarios blancos satinados. Incluso la cocina de gas era blanca.

—Supongo que ya ha pasado la menopausia.

Sidney no entendió la broma del periodo, como era lógico. Tenía un pequeño mando a distancia en la mano. Pulsó un botón y la música llenó la cocina. Callie esperaba oír más palabrotas a ritmo machacón, no a Ed Sheeran cantando sobre una borrachera de amor.

Sidney pulsó otro botón. Las luces se atenuaron y la habitación pareció suavizarse. Sidney le guiñó un ojo y preguntó:

—¿*Whisky*, cerveza, tequila, ron, vodka, absenta?

—Tequila. —Callie se sentó en uno de los tortuosos taburetes de respaldo bajo. El ambiente romántico la había desconcertado, así que fingió no notarlo—. No serías la primera que no se lleva bien con su suegra.

—La odio, joder. —Sidney abrió uno de los armarios superiores. Las botellas de alcohol estaban colocadas a intervalos regulares, con las etiquetas hacia fuera, al estilo de los asesinos en serie. Agarró una bonita botella de color ámbar—. Cuando faltaba una semana para la boda, me ofreció cien mil dólares para que me echara atrás.

—Es mucho dinero.

Sidney movió los brazos señalando la casa.

—Venga ya, por favor.

Callie se rio. Tenía que reconocer que Sidney había jugado bien sus cartas. ¿Por qué iba a aceptar un solo pago cuando podía exprimir a los Tenant mientras estuviera casada con Andrew? Y con la posibilidad inminente de que Andrew fuera a la cárcel, además. No era mala jugada.

—Es asqueroso cómo le hace él la pelota a su madre —le confesó Sidney—. Cuando está conmigo no para de decir que es una zorra y que ojalá se hubiera muerto ya. Pero, en cuanto llega ella, se convierte en un memo y un niñito de mamá.

Callie sintió una punzada de tristeza. Cuando cuidaba a Andrew, tenía la convicción absoluta de que Linda quería a su hijo incondicionalmente. Mantenerle a salvo y tratar de encontrar la manera de que vivieran mejor era el eje alrededor del que giraba toda su existencia.

—Es listo —dijo—. Lo digo porque no conviene cabrearla, si te da todo esto.

—De todas formas, es de él. —Sidney abrió con los dientes el sello de plástico de la botella. Tequila Don Julio Añejo—. Cuando se muera esa zorra, hará unos cuantos cambios. Ella lo hace todo como si no existiera Internet. Fue idea de él pasarse a lo virtual cuando empezó la pandemia.

Callie daba por sentado que mucha gente había tenido la brillante idea de pasarse a lo virtual cuando empezó la pandemia.

—Vaya.

—Sí —dijo Sidney—. ¿Lo quieres en margarita o solo?

Callie sonrió.

—¿Las dos cosas?

Sidney se rio mientras se inclinaba para buscar la batidora. Volvió a sacar el culo. La chica era una sesión de porno *soft* andante.

—Te juro que estoy contentísima de haberme encontrado contigo. Hoy tendría que haber ido a trabajar, pero qué más da, joder.

—¿Dónde trabajas?

—Contesto al teléfono en el concesionario, pero eso es solo para que mis padres dejen de incordiarme para que vuelva a la universidad y me pase la vida estudiando. Así es como conocí a Andy. —Si se dio cuenta de que era la primera vez que decía su nombre, no lo demostró—. Trabajamos en el mismo concesionario.

—¿Andy? Tiene nombre de niño de mamá.

—¿Verdad? —Sidney empujó el frontal de un armario. La puerta se abrió. Sacó vasos de chupito y copas de margarita con la pericia de una camarera. Callie la observaba moverse. Era realmente extraordinaria. No se explicaba qué veía en Andrew. Tenía que haber algo más, aparte del dinero.

Sidney dejó los vasos sobre la encimera.

—Sé que has venido a una entrevista, pero ¿a qué te dedicas?

Callie se encogió de hombros.

—A nada, en realidad. Mi marido me dejó bastante dinero, pero sé lo que pasa cuando tengo demasiado tiempo libre.

—Hablando de eso. —Sidney llenó dos vasitos hasta el borde.

Callie levantó el suyo en un brindis y bebió un sorbo mientras Sidney apuraba el suyo de un trago, echando la cabeza hacia atrás, lo que solo podía hacerse cuando no tenías el cuello paralizado en la base del cráneo. Vio que Sidney se servía otro chupito. Iba por el tercero cuando Callie bajó su vaso para que volviera a llenárselo.

—Ay, joder. —Sidney pareció acordarse de algo. Abrió otro armario y sacó un recipiente redondo de madera. Lo puso sobre la encimera y le quitó la tapa. Luego se lamió el dedo y lo metió dentro para sacar unos minúsculos cristales de sal negra. Movió las cejas mientras se chupaba la punta del dedo.

Sus ojos se encontraron y Callie tuvo que hacer un esfuerzo por apartar la mirada.

—No recuerdo la última vez que vi un salero.

—Sí, ya. —Sidney siguió a lo suyo. Apretó el frontal de otro armario y esta vez apareció un largo tirador. Abrió la puerta de la nevera—. Fue un regalo de bodas de una amiga de Linda, otra zorra que está forrada. Lo busqué en Internet. Madera keniata tallada a mano, o algo así. El cacharro ese cuesta trescientos dólares.

Callie sopesó el recipiente en la palma de su mano. La sal era de color negro obsidiana y olía ligeramente a carbón.

—¿Qué es esto?

—No sé, una movida muy cara de Hawái. Al peso cuesta más que la cocaína. —Se giró con seis limas en las manos—. Joder, mataría por un poco de farlopa.

Callie no iba a decepcionarla. Hurgó en su bolso y sacó dos gramos.

—No me jodas. —Sidney le arrebató una de las bolsitas. La sostuvo a la luz. Buscaba los copos brillantes que indicaban pureza, lo que la situaba a la altura de los consumidores profesionales de cocaína—. Joder, tiene una pinta de muerte.

Callie se preguntó si lo era. Sidney ya había tomado suficientes drogas como para tumbar a un ñu. No se conseguía ese nivel de tolerancia solo con el uso recreativo.

Como para demostrárselo, Sidney abrió un cajón y sacó un espejito con una hoja de afeitar encima y una pajita de diez centímetros bañada en oro que parecía pensada o bien para que bebés multimillonarios tomaran zumo, o bien para que ricachones malcriados esnifaran cocaína.

Callie tanteó el terreno.

—¿Te la has inyectado alguna vez?

Por primera vez, Sidney se mostró precavida.

—Bueno, es que eso es ya otro nivel.

—Olvídalo. —Callie abrió la bolsita de plástico y echó el polvo blanco sobre el espejo—. ¿Os conocíais desde hace mucho, antes de casaros?

—Eh… Creo que desde hace dos años. —Sidney miraba la coca con ansia. Tal vez su vida ya hubiera empezado a rodar cuesta abajo, después de todo—. Tiene un amigo que es un auténtico capullo, un tal Reggie. Entraba en el concesionario como si fuera el dueño. Siempre estaba intentando ligar conmigo, pero vamos, por favor…

Callie sabía lo que quería decir. Sidney no iba a malgastar su belleza y su juventud con un tipo que no podía permitírselo.

—Y luego Andrew se me acercó un día y nos pusimos a hablar, y yo me quedé como «Qué sorpresa, este tío no es un completo imbécil». Lo cual, teniendo en cuenta que era amigo de Reggie, era un puto milagro.

Callie fingió que se concentraba en cortar el polvo blanco con la hoja de afeitar. Escuchó a Sidney hablar de Reggie, de cómo la miraba con lascivia, de que era básicamente el perro faldero de Andrew, pero mantuvo la vista fija en la cuchilla, con la misma avidez que Sidney.

Si a un científico se le hubiera encomendado la tarea de crear una droga que hiciera que la gente malgastara todo su dinero, habría inventado la cocaína. El subidón duraba entre quince y veinte minutos, y podías pasarte el resto de tu mísera existencia persiguiendo en vano ese primer colocón, ese primer gran golpe de puro gozo que ya nunca sería igual. Lo gracioso era que dos personas podían consumir un tráiler entero de coca entre las dos y, al acabar, estar de acuerdo en que solo les hacía falta otro tráiler para ponerse a tono.

Por eso Callie había mezclado la coca con fentanilo.

Separó cuatro rayas y le preguntó a Sidney:

—¿Y cómo te invitó a salir?

—Me pilló leyendo uno de mis libros de psicología de la facultad y empezamos a hablar, y, a diferencia del noventa y nueve por ciento de los putos listillos que intentan explicarme lo que he estudiado, no sé, seis años, él sabía de verdad de lo que estaba hablando.

—No había dejado de mirar la mano de Callie, pero ahora se apartó. Abrió más armarios. Sacó una pequeña tabla de cortar de mármol y un bol de cerámica para las limas—. Luego se puso a tontear conmigo, no me dejaba contestar al teléfono y yo le dije: «Tío, vas a hacer que me despidan». Y me contestó: «Tía, voy a despedirte yo si no sales conmigo».

Callie pensó que esa era la definición oficial de acoso en el trabajo, pero dijo:

—Me gustan los hombres que saben lo que quieren.

Sidney abrió otro cajón.

—¿Y en una mujer también te gusta eso?

Callie abrió la boca para responder, pero entonces vio lo que Sidney sacaba del cajón.

La hoja de afeitar resbaló entre sus dedos y chirrió al rozar el espejito.

Mango de madera agrietado. Hoja de sierra combada en tres puntos. Un cuchillo para carne que Linda parecía haber comprado en el supermercado. Ella lo había usado para trocearle el perrito caliente a Andrew. Y, luego, para rajarle la pierna a Buddy.

—¿Max? —preguntó Sidney.

Callie trató de hablar. El sonido de los latidos de su corazón era arrollador: ahogaba la música suave, sofocaba la voz grave de Sidney.

—Eso es… es un regalo de boda bastante barato.

Sidney miró el cuchillo.

—Sí, Andy se cabrea cuando lo uso, como si no pudiera comprarse cincuenta más. Se lo robó a su niñera o algo así. No sé la historia. Es un rollo muy raro.

Callie observó como la hoja cortaba una lima. Notó que le temblaban los pulmones.

—¿Le ponen las niñeras o qué?

—Chica —dijo Sidney—, le pone todo.

Callie sintió un pinchazo de dolor en el pulgar. La cuchilla de afeitar había seccionado una fina capa de piel. La sangre se deslizaba por su muñeca. Había ido allí con un plan, pero la visión del cuchillo la había devuelto a la cocina de los Waleski.

«Nena, tienes q-que llamar a una ambulancia, nena. Llama a una…».

Recogió la pajita. Se inclinó hacia abajo. Esnifó rápidamente las cuatro rayas.

Se echó hacia atrás con los ojos llorosos. El corazón le latía a trompicones, le zumbaban los oídos, los huesos le temblaban.

—Joder. —Sidney no iba a quedarse atrás. Echó el contenido de la otra bolsita sobre el espejo y separó las rayas rápidamente, tan ansiosa por unirse a la diversión que las esnifó a toda prisa, sin empinar el culo ni guiñar el ojo—. ¡Dios! ¡Joder! ¡Qué pasada!

Callie se frotó las encías con los restos de coca. Notó el sabor del fentanilo, como un mensaje oculto dirigido a su cuerpo.

—¡Sí! —Sidney se puso a bailar por la cocina. Desapareció en el salón gritando—: ¡Joder, sí!

Callie sintió que los ojos se le daban la vuela dentro de sus órbitas. Sidney había dejado el cuchillo en la encimera. Se vio a sí misma en la cocina de los Waleski, remojando el mango en lejía y hurgando en los intersticios con un palillo. Se llevó los dedos a la garganta. Sintió que el corazón se le subía a la boca. La cocaína le estaba haciendo efecto y el fentanilo iba detrás. ¿Cómo coño se le había ocurrido? Los vídeos estaban allí. Sidney estaba allí. Andrew estaba en el juzgado, pero después saldría a la calle y ¿qué haría entonces? ¿Qué tenía planeado para Maddy?

Buscó el Xanax en el bolso y se tomó tres antes de que Sidney volviera a la cocina.

—Maxie, ven a ver a los peces. —La tomó de la mano y tiró de ella hacia el cuarto de estar.

La música se hizo más fuerte. Las luces se atenuaron. Sidney dejó el mando a distancia sobre la mesa baja y tiró de Callie hacia el sofá.

Callie se hundió en los mullidos cojines. El sofá era tan profundo que sus pies no tocaban el suelo. Recogió las piernas y apoyó el brazo en un montón de cojines. El hecho de que hubiera reconocido a Michael Bublé a través de los altavoces le pareció un misterio fascinante hasta que vio a un pez león escabullirse detrás de una roca, con sus púas a franjas rojas y negras. Las espinas venenosas de sus aletas hacían de aquel pez uno de los depredadores más peligrosos del océano, aunque solo utilizaba aquella arma para defenderse. Los otros peces estaban a salvo, siempre y cuando fueran demasiado grandes para caber en su boca en forma de túnel.

—¿Max? —preguntó Sidney con voz baja y sensual. Se puso a juguetear con el pelo de Callie, arañando suavemente su cuero cabelludo.

Callie sintió un vago estremecimiento de placer, pero no pudo apartar la mirada de un pez unicornio de nariz corta que pasó a toda velocidad junto a una estrella de mar que parecía asustada. Luego, un pez unicornio de espina naranja se unió a la fiesta. A continuación, la hierba marina empezó a agitar sus delgados dedos, saludándola. Era imposible saber cuánto tiempo estuvo allí sentada contemplando el colorido desfile, pero cuando los colores empezaron a apagarse se dio cuenta de que el Xanax por fin le estaba haciendo efecto.

—¿Max? —repitió Sidney—. ¿Quieres ponerme un chute?

Callie apartó los ojos del acuario. Sidney estaba apoyado contra ella, acariciándole aún el pelo con los dedos. Tenía las pupilas completamente dilatadas y los labios hinchados y húmedos. Estaba a punto de caramelo.

Callie tenía jeringuillas en el bolso. Una goma. Un mechero. Algodón. Aquello era lo que había planeado: convencer a Sidney de que probara un poco más, y luego más aún, hasta clavarle una aguja en el brazo, dándole a probar el dragón que la conduciría a un profundo y oscuro pozo de desesperación.

Si no la mataba primero.

—Hey, hola. —Sidney se mordió el labio. Estaba tan cerca que Callie podía saborear el tequila de su aliento—. ¿Sabes lo buenísima que estás?

Callie sintió que su cuerpo reaccionaba antes que su boca. Pasó los dedos por el espeso y sedoso cabello de Sidney. Tenía la piel increíblemente suave. El color de sus ojos le recordó a la costosa sal del recipiente tallado a mano.

Sidney la besó en la boca. Callie se había apartado las dos primeras veces que sus labios se habían tocado, pero ahora se dejó llevar. La boca de Sidney era perfecta. Su lengua era de terciopelo. Un hormigueo le recorrió la espina dorsal. Por primera vez desde hacía veinte años, no sentía dolor físico. Se recostó en el sofá. Sidney se echó encima, pegó la boca a su cuello y luego sus pechos. Después, le desabrochó los vaqueros y deslizó los dedos dentro de ella.

Callie gimió. Se le llenaron los ojos de lágrimas. Hacía tanto tiempo que no tenía a nadie dentro a quien deseara de verdad… Se frotó contra la mano de Sidney. Chupó su boca, su lengua. El placer empezó a intensificarse. Callie se sintió aturdida cuando el aire inundó sus pulmones abiertos. Cerró los ojos. Abrió la boca para pronunciar el nombre de Sidney…

«Respira está a punto de venirme vamos».

Abrió los ojos. El corazón le martilleaba contra el pecho. No había ningún gorila, solo el sonido diáfano de la voz de Buddy Waleski.

«Buddy, por favor, me duele mucho, por favor, para…».

Su propia voz cuando tenía catorce años. Dolorida. Aterrada.

«Buddy, por favor, para, estoy sangrando, no puedo…».

Se quitó a Sidney de encima. El sonido provenía de los altavoces.

«Cállate de una puta vez Callie he dicho que te estés quieta joder».

La voz de Buddy estaba en todas partes: salía retumbante de los altavoces, resonaba en la habitación blanca y estéril. Callie agarró el mando a distancia de la mesa baja. Pulsó frenéticamente los botones, tratando de parar el sonido.

«Maldita zorra te he dicho que dejes de forcejear o te…».

Silencio.

Callie no quería darse la vuelta, pero lo hizo.

No quería mirar la televisión, pero lo hizo.

La moqueta manchada. La luz de las farolas reflejándose en los bordes fruncidos de las cortinas naranjas y marrones. Los sillones de color marrón con el respaldo manchado de sudor y marcas de cigarrillos en los brazos. El sofá naranja con sus dos huecos deprimentes en los extremos.

El sonido estaba apagado, pero seguía oyendo la voz de Buddy en su cabeza.

«Venga, nena. Vamos al sofá a acabar».

Lo que ocurría en la televisión no reflejaba los recuerdos que tenía en la cabeza. El vídeo los retorcía, los convertía en algo sórdido y brutal.

Buddy machacaba en silencio su cuerpo de catorce años. Su enorme peso ejercía tanta presión que el bastidor del sofá se hundía en el centro. Callie vio cómo su yo más joven luchaba por liberarse, arañando, tratando de apartarle. Él le sujetaba las dos manos con una garra carnosa. Con la otra mano, se sacaba el cinturón de las trabillas del pantalón. Callie se horrorizó al ver que le ataba las muñecas con él, le daba la vuelta y empezaba a violarla por detrás.

—No… —musitó, porque no era así como había sucedido. No, después de que se acostumbrara. Desde que aprendió a hacer que se corriera usando la boca.

—¿Te sigue gustando el sexo duro?

Callie oyó un estrépito. Se le había caído el mando. Estaba en el suelo, hecho pedazos. Se giró lentamente. La cara de Sidney había perdido por completo su belleza. Parecía tan dura y despiadada como la de Andrew.

A Callie le tembló la voz cuando preguntó:

—¿Dónde está la cinta?

—Cintas —contestó Sidney con voz dura—. En plural. Hay más de una.

—¿Cuántas?

—Decenas. —Sidney se metió los dedos en la boca e hizo un fuerte sonido de succión al chuparse los dedos para probar el sabor de Callie—. Podemos ver más, si quieres.

Callie le dio un puñetazo en la cara.

Sidney retrocedió, aturdida por el impacto. La sangre manaba de su nariz rota. Parpadeó como estúpida matona de colegio a la que acabaran de dar su primer revolcón.

—¿Dónde están? —preguntó Callie con aspereza, pero ya estaba recorriendo la habitación, tocando las paredes, tratando de encontrar otro armario oculto—. Dime dónde están.

Sidney se dejó caer en el sofá. La sangre goteó sobre el cuero blanco y se acumuló en el suelo.

Callie siguió tocando las paredes, dejando las huellas de sangre de sus manos heridas. Por fin se abrió una puerta. Vio un lavabo y un retrete. Empujó otra puerta. El calor salió a borbotones de un estante con aparatos electrónicos. Los recorrió con el dedo, pero no encontró ningún vídeo.

—¿De verdad creías que iba a ser tan fácil? —preguntó Sidney.

Callie la miró. Estaba de pie, con las manos a los lados y la sangre corriéndole por la cara y el cuello. Su camisa blanca se estaba volviendo carmesí. Parecía haberse recuperado del repentino puñetazo en la cara. Sacó la lengua y probó el hilillo de sangre que le salía del labio.

—La próxima vez no será tan sencillo —le advirtió a Callie.

Callie no iba a tener una conversación con aquella zorra. Aquello no era el final de un episodio de *Batman*. Se dirigió a la cocina. Sin pensarlo, agarró el cuchillo de Linda.

Siguió recorriendo la casa; pasó por un aseo y luego por un gimnasio. Ningún armario. Ninguna estantería. Ninguna cinta de vídeo. La siguiente habitación era el despacho de Andrew. Los cajones del escritorio eran estrechos y estaban llenos de bolígrafos y clips. El armario estaba repleto de papeles, fichas y carpetas. Usando el brazo como una pala, lo tiró todo al suelo.

—No las vas a encontrar —dijo Sidney.

Callie pasó a su lado, empujándola, y avanzó por otro largo pasillo con más fotos de *bondage*. Oía a Sidney siguiéndola. Tiró los marcos de las paredes y se rompieron al estrellarse contra el suelo. Sidney gritó cuando pisó los cristales rotos. Callie fue abriendo puertas a puntapiés. Habitación de invitados. Nada. Otra habitación de invitados. Nada. El dormitorio principal.

Se detuvo en la puerta abierta.

En vez de blanco, allí todo era negro. Las paredes, el techo, la alfombra, las sábanas de seda de la cama. Pulsó el interruptor de la pared. La luz inundó la habitación. Cruzó la alfombra arañándola con las botas. Abrió de golpe los cajones de la mesilla de noche. Esposas, consoladores y *plugs* anales cayeron al suelo negro. No había cintas de vídeo. El televisor de la pared era casi tan alto como ella. Miró detrás, tiró de los cables. Nada. Examinó las paredes en busca de paneles secretos. Nada. Encontró el vestidor. Armarios negros. Cajones negros. Negros como la podredumbre de aquella maldita casa.

La caja fuerte estaba a la vista; era más o menos del tamaño de una nevera de dormitorio, con cerradura de combinación. Callie se dio la vuelta, porque sabía que Sidney estaba detrás de ella. No parecía importarle la sangre que tenía en la cara, ni las pisadas ensangrentadas que conducían como migas de pan a la puerta del vestidor.

Callie le dijo:

—Ábrela.

—Calliope. —Sacudió la cabeza con pesar, igual que había hecho Andrew en el túnel—. Aunque quisiera abrirla, ¿crees que Andy me daría la combinación?

Callie sintió que rechinaba los dientes. Repasó mentalmente lo que llevaba en el bolso. Podía inyectarle suficiente heroína a aquella odiosa hija de puta como para pararle el corazón.

—¿Cuándo te diste cuenta de que era yo?

—Uy, nena, desde el momento en que entraste en la reunión. —Sidney estaba sonriendo, pero su boca ya no tenía nada de sensual ni de divertido, porque había estado jugando con Callie como si fuera un pelele desde el principio—. La verdad, Max, es que estás muy guapa cuando te arreglas.

—¿Dónde están las cintas?

—Andy tenía razón. —Sidney la miraba abiertamente otra vez, evaluando su cuerpo—. Eres la perfecta muñequita para follar, ¿verdad?

Las fosas nasales de Callie se dilataron.

—¿Por qué no te quedas por aquí, nena? —La sonrisa burlona de Sidney era horriblemente familiar—. Andy llegará dentro de un par de horas. No se me ocurre mejor regalo de bodas que dejarle ver cómo te follo.

Callie se miró la mano. Todavía sostenía el cuchillo de Linda.

—¿Qué te parece si te arranco la piel de la cara y la dejo colgada de la puerta principal?

Sidney pareció sorprendida, como si nunca se le hubiera ocurrido que fuera mala idea tocarle las narices a una heroinómana que llevaba veinte años sobreviviendo en la calle.

Callie no le dio tiempo a pensar en lo que aquello podía suponer.

Se abalanzó sobre ella con el cuchillo por delante. Sidney gritó. Cayó de espaldas. Se golpeó la cabeza contra el suelo. Callie notó el olor del tequila cuando saltó sobre ella. Levantó el cuchillo por encima de su cabeza. Sidney intentó defenderse agarrándole la muñeca con las dos manos. Le temblaban los brazos mientras trataba de evitar que el cuchillo se clavara en su cara.

Callie dejó que se concentrara en el cuchillo, porque el cuchillo solo importaba si se jugaba limpio. Ella no había jugado limpio desde que descuartizó a Buddy Waleski. Le clavó la rodilla entre las piernas con tanta fuerza que sintió que su rótula se quebraba contra la pelvis de Sidney.

—¡Joder! —gritó Sidney. Rodó hacia un lado, con la mano entre las piernas. Arrojó una bocanada de vómito. Le temblaba el cuerpo. Se le habían saltado las lágrimas.

Callie la agarró del pelo y le echó la cabeza hacia atrás. Le enseñó el cuchillo.

—¡Por favor! —suplicó Sidney—. ¡Por favor, no lo hagas!

Callie apretó con la punta del cuchillo la piel suave de su mejilla.

—¿Cuál es la combinación?

—¡No lo sé! —gimió Sidney—. ¡Por favor! ¡No quiere decírmelo!

Callie apretó más aún y observó cómo la piel se combaba contra la hoja y cedía finalmente, abriéndose en una línea de sangre roja y brillante.

—Por favor… —sollozó Sidney, impotente—. Por favor… Callie… Lo siento. Por favor.

—¿Dónde está la cinta de antes? —Callie le dio un momento para responder y, al ver que no decía nada, siguió presionando con la hoja del cuchillo.

—¡En el estante! —gritó Sidney.

Callie se detuvo.

—Ya he mirado allí.

—No… —Jadeaba, con los ojos llenos de lágrimas de terror—. El reproductor está detrás… Hay un espacio detrás del estante. Está en la… Hay una balda.

Callie no le quitó el cuchillo de la cara. Sería tan fácil extender el brazo, hacerle una raja en la pierna y ver cómo la vida se le escapaba lentamente… Pero eso no sería suficiente. Andrew no lo vería. No sufriría como Callie quería que sufriera. Quería que estuviera aterrorizado, que se desangrara, que fuera incapaz de detener el dolor, igual que ella cada vez que su padre la violaba.

Le dijo a Sidney:

—Dile a Andy que si quiere recuperar su cuchillo, tendrá que venir a buscarlo.

## 16

Leigh había dejado sus emociones en suspenso dentro de la estrecha sala de reuniones con Dante Carmichael. Sabía que la única manera de superar el resto del día era dividirse entre su papel de abogada y el resto de las cosas que constituían su vida. Un compartimento no podía rebosar e inundar el otro o no quedaría ninguna pieza que clasificar.

Dante había dejado las fotografías del cuerpo mutilado de Ruby Heyer extendidas sobre la mesa, pero ella no había vuelto a mirarlas. Las había recogido y las había devuelto a la carpeta. Había guardado la carpeta en su bolso y luego había salido al pasillo y le había dicho a su cliente que se preparara para la vista de selección del jurado.

Ahora miró el reloj de pared de la sala del tribunal mientras esperaba a que la limpiadora desinfectara el estrado para el siguiente candidato a jurado. Quedaba media hora para que acabara la sesión. Hacía bochorno en la sala. Los protocolos de la pandemia dictaban que solo entraran en la sala el juez, el alguacil, un ayudante del *sheriff*, la taquígrafa, la acusación, la defensa y el imputado. Normalmente había docenas de espectadores o, al menos, un relator judicial en la galería. Sin ellos el procedimiento parecía falso, como si todos fueran actores interpretando un papel.

Y así seguiría siendo, de momento. Hasta ahora solo habían comparecido nueve jurados. Necesitaban tres más y dos suplentes. Las preguntas iniciales del juez habían reducido el grupo de cuarenta y ocho a veintisiete. Les quedaban seis por entrevistar, y luego se programaría una nueva tanda para la mañana siguiente.

Andrew se removió en la silla. Leigh rehuyó su mirada, lo que era difícil teniéndole sentado justo al lado. Liz estaba en un extremo de la mesa, tomando notas con la cabeza agachada. Jacob estaba a la izquierda de Andrew, revisando el resto de los cuestionarios en busca de algún detalle que le hiciera brillar y demostrara lo útil que era.

Un profesor que Leigh había tenido en la facultad de Derecho solía decir que un caso se perdía o se ganaba durante la selección del jurado. Leigh siempre había disfrutado tratando de sacar el máximo partido al sistema, escogiendo las personalidades más adecuadas para la deliberación: los líderes, los seguidores, los inquisidores, los fanáticos intransigentes. El procedimiento de ese día era especialmente significativo porque con toda probabilidad sería la última vez que Leigh ocupara la silla del letrado de la defensa.

Walter la había llamado dos veces más antes de que apagara sus dos teléfonos. Se suponía que todos los dispositivos debían permanecer silenciados durante la sesión, pero no era ese el motivo por el que no respondía. Las noticias se difundían a la velocidad de la luz dentro de la comunidad de la Academia Hollis. Sabía que Walter la llamaba por el brutal asesinato de Ruby Heyer. Sabía que habría mandado a Maddy de viaje con su madre. Y que acabaría yendo a comisaría y contándoselo todo a la policía porque era la única manera de garantizar la seguridad de su hija.

Al menos eso era lo que Leigh se decía a sí misma una de cada dos horas.

El resto del tiempo se decía que Walter nunca la delataría. Aunque la odiara en ese momento, no era imprudente ni vengativo. Leigh creía que hablaría con ella antes de acudir a la policía. Y luego pensaba en lo horrorizado que estaría por el asesinato de Ruby y en el miedo que tendría por Maddy, y otra vez se sentía en plena cuesta arriba de aquella montaña rusa.

La limpiadora había terminado de desinfectar el estrado tras el paso de la última candidata, una profesora de lengua jubilada que había dejado claro que no podía ser imparcial. Normalmente, los jurados se sentaban en grupos dentro de la sala, pero los protocolos anticovid los habían dispersado por un largo pasillo, hasta dentro de la sala de deliberaciones. Se les permitía llevar libros y utilizar la wifi del juzgado, pero aun así la espera podía resultar extremadamente tediosa.

El alguacil abrió la puerta y dijo:

—Veintitrés, le toca.

Cundió cierta agitación entre los presentes cuando un hombre mayor ocupó su lugar para prestar juramento. Jacob deslizó el cuestionario del jurado delante de Leigh. Andrew se echó hacia atrás en el asiento, pero no se molestó en mirar la hoja. Su interés se había disipado al darse cuenta de que no había ningún ángulo psicológico del que sacar provecho. Solo preguntas y respuestas e instinto visceral. La ley nunca era lo que la gente pensaba o quería que fuera.

El número veintitrés se llamaba Hank Bladel. Tenía sesenta y tres años y llevaba cuarenta casado. Leigh estudió su rostro desaliñado mientras se sentaba. Bladel tenía la barba algo canosa y los brazos fibrosos de un hombre que se mantenía en forma. Cabeza afeitada. Hombros rectos. Voz firme.

Jacob había dibujado dos líneas horizontales en la esquina del cuestionario, lo que significaba que estaba indeciso sobre si Bladel sería o no un jurado favorable a Andrew. Leigh sabía hacia qué lado se inclinaba ella, pero intentó no juzgarle de antemano.

—Buenas tardes, señor Bladel. —Dante había procurado ser breve durante su turno de preguntas. Era tarde. Todos estaban cansados. Incluso el juez parecía estar durmiéndose; con la cabeza inclinada sobre los papeles de su mesa, parpadeaba lentamente mientras fingía escuchar.

Hasta el momento, Turner se había comportado como cabía esperar de él; había hecho todo lo posible por darle a Andrew el sagrado apretón de manos del hombre blanco. Leigh había aprendido por las malas que tenía que andarse con mucho cuidado con lo que decía delante del juez. Turner exigía el grado de formalidad que se esperaba de un juez de un tribunal superior de justicia. Y ella había perdido más de un juicio porque él no soportaba a las mujeres deslenguadas.

Se puso a escuchar el interrogatorio de Dante, que seguía el mismo patrón de siempre. Bladel nunca había sido víctima de una agresión sexual. Nunca había sido víctima de un delito. Tampoco lo había sido ningún miembro de su familia, que él supiera. Su mujer era enfermera. Sus dos hijas, también. Una estaba casada con un paramédico y la otra con un jefe de almacén. Antes del COVID, había trabajado a tiempo completo como conductor de una empresa de limusinas del aeropuerto, pero ahora trabajaba solo media jornada y era voluntario en el Boys and Girls Club of America. Todo lo cual encajaba a la perfección con los intereses de la defensa, salvo por un detalle: había servido veinte años en el ejército.

Por eso Leigh se inclinaba por excluir a Bladel del jurado. La defensa quería personas que cuestionaran el sistema. La fiscalía, en cambio, prefería gente que pensara que la ley era siempre justa, que los policías nunca mentían y que la justicia era ciega.

Teniendo en cuenta lo sucedido durante los cuatro años anteriores, era cada vez más difícil encontrar a alguien que pensara que el sistema funcionaba igual para todos, pero los militares podían ser un grupo conservador y fiable del que tirar. Dante ya había agotado siete de sus nueve recusaciones preventivas, que podían utilizarse para descartar a un candidato por cualquier motivo, exceptuando la raza. Gracias a la indulgencia del juez Turner, a Leigh le quedaban cuatro recusaciones, más otra cuando llegara el momento de elegir a los dos suplentes.

Echó un vistazo a su cuadro de jurados seleccionados. Cinco mujeres. Tres hombres. Una profesora jubilada. Una bibliotecaria. Una contable. Un camarero. Un cartero. Dos amas de casa. Un celador. Le gustaba la selección; claro que eso poco importaba, porque nada de aquello llegaría a juicio. La montaña rusa se hallaba de nuevo en su espiral descendente: Walter había hablado con la policía y, antes de que llegara la mañana del lunes, tanto ella como Andrew pasarían a disposición judicial acusados de diversos cargos.

Andrew tenía en su poder una cinta de vídeo en la que se veía a Leigh matando a su padre.

Leigh sabía, porque así se lo había dicho su cliente, que Andrew tenía también en su poder un gran alijo de pornografía infantil en el que aparecía su hermana, que entonces tenía catorce años.

—Señor juez —dijo Dante—, la fiscalía acepta a este candidato y solicita que sea admitido en el jurado.

Turner levantó la cabeza bruscamente. Hojeó sus papeles mientras bostezaba con la boca abierta bajo la mascarilla.

—Señora Collier, puede proceder.

Dante volvió a dejarse caer en su silla con un fuerte suspiro, porque suponía que Leigh utilizaría una de sus recusaciones para descartar a Bladel.

Ella se levantó.

—Señor Bladel, gracias por estar aquí. Soy Leigh Collier. Represento al acusado.

Él asintió.

—Tanto gusto.

—También debería agradecerle su servicio en el ejército. Veinte años. Es admirable.

—Gracias. —Asintió de nuevo.

Leigh se fijó en su lenguaje corporal. Las piernas abiertas. Los brazos a los lados. La postura erguida. Parecía volcado hacia fuera, en vez de hacia dentro. El anterior ocupante de la silla parecía Quasimodo, comparado con él.

—Antes era conductor de limusinas. ¿Cómo era ese trabajo?

—Bueno —dijo Bladel—, era muy interesante. No me había dado cuenta de la cantidad de gente de otros países que viene aquí. ¿Sabía usted que Atlanta tiene el aeropuerto con mayor tránsito de pasajeros del mundo?

—No, no lo sabía —respondió Leigh, aunque sí lo sabía. El objeto de sus preguntas no era tanto recabar datos como averiguar qué clase de persona era Hank Bladel. ¿Podía ser imparcial? ¿Podía prestar atención a los hechos? ¿Entendería las pruebas? ¿Era capaz de persuadir a otros? ¿Comprendería el verdadero significado de la duda razonable?

—En su cuestionario menciona que estuvo ocho años destinado en el extranjero. ¿Habla algún idioma extranjero?

—Nunca he tenido buen oído para los idiomas, pero le aseguro que la mayoría de los viajeros que recojo en el aeropuerto dominan mejor el inglés que mis nietos. —El juez y él se rieron, compartiendo el desconcierto de dos ancianos ante las nuevas generaciones—. A algunos les gusta hablar, pero con otros te das cuenta de que solo tienes que estar callado, dejar que hagan sus llamadas, no superar el límite de velocidad y llevarlos a tiempo a su destino.

Leigh asintió mientras catalogaba su respuesta. Abierto a nuevas experiencias, dispuesto a escuchar. Sería un excelente presidente del jurado. Solo que no sabía hacia qué lado se inclinaría.

—Le ha dicho a mi colega que trabaja como voluntario en una asociación que presta apoyo a menores. ¿Cómo es eso?

—Voy a serle sincero. Se ha convertido en una de las partes más gratificantes de mi vida.

Leigh asintió mientras Bladel hablaba de la importancia de ayudar a los jóvenes a ir por el buen camino. Le gustaba que tuviera un sólido sentido del bien y del mal, pero aún no sabía si eso jugaría a favor o en contra de Andrew.

Preguntó:

—¿Es usted miembro de alguna otra organización?

Bladel sonrió con orgullo.

—Pertenezco a los Hermanos del Santuario de Yaarab, de la Antigua Orden Árabe de los Nobles del Santuario Místico de América del Norte.

Leigh se giró para verle la cara a Dante. Parecía que alguien acabara de dispararle a su perro. Los yaarabistas eran una rama más liberal de los masones. Organizaban desfiles vistosos, llevaban sombreros raros y recaudaban millones de dólares para hospitales infantiles a fin de paliar la deplorable desigualdad del sistema sanitario estadounidense.

Leigh nunca había sentado en un jurado a un yaarabista que no se esforzara por comprender las implicaciones prácticas de la expresión «más allá de toda duda razonable».

—¿Puede hablarme un poco de la organización?

—Somos una fraternidad basada en los principios masónicos de fraternidad, verdad y apoyo mutuo.

Leigh le dejó hablar, disfrutando de la escenificación de aquel diálogo en la sala del tribunal. Se paseó delante del estrado pensando en el lugar que ocuparía Bladel en el jurado, en cómo presentaría su alegato, en cuándo debía apoyarse en las pruebas forenses y cuándo llamar a declarar a sus peritos.

Entonces se volvió y vio la expresión aburrida de Andrew.

Miraba abstraído a la taquígrafa, como si el interrogatorio no le interesara en absoluto. Solo había usado una vez el bloc de notas que le había dado Leigh, y había sido al sentarse a la mesa. Quería saber dónde estaba Tammy. Esperaba ver a su víctima en la sala porque no entendía cómo funcionaba el procedimiento penal. El estado de Georgia había acusado a Andrew Tenant de delitos graves. Tammy Karlsen era testigo de la acusación. La normativa procesal prohibía que asistiera a cualquier parte del juicio hasta el momento de prestar testimonio. Si hubiera aparecido aunque fuera un instante en la galería, probablemente el juicio se habría declarado nulo.

—Gracias, señor —dijo Leigh aprovechando que Bladel había hecho una pausa para respirar—. Señor juez, aceptamos a este candidato y solicitamos que se incorpore al jurado.

—Muy bien. —Turner dejó escapar otro sonoro bostezo detrás de la mascarilla—. Disculpen. Damos por finalizada la sesión de hoy. Continuaremos mañana, a las diez de la mañana. Señora Collier, señora Carmichael, ¿hay algo urgente que quieran que atienda?

Para sorpresa de Leigh, Dante se levantó y dijo:

—Señoría, tras hacer repaso, me gustaría modificar mi lista de testigos. He añadido dos que…

—Señor juez —le interrumpió Leigh—, es un poco tarde para presentar dos nuevos testigos.

El juez le dirigió una mirada fulminante. Los hombres que interrumpían eran vehementes. Las mujeres que interrumpían, unas histéricas.

—Señora Collier, recuerdo haber firmado su solicitud de sustitución de abogado en el último momento.

Turner le estaba haciendo una advertencia.

—Gracias, señoría, por aprobar la sustitución. Estoy preparada para proceder, pero quisiera solicitar que se posponga el juicio para…

—Esas dos proposiciones son contradictorias —replicó Turner—. O está preparada o no lo está.

Leigh comprendió que la batalla ya estaba perdida. Dante también lo sabía. Le entregó el impreso al ir a darle una copia al juez. Leigh vio que había añadido a Lynne Wilkerson y Fabienne Godard, dos mujeres de las que nunca había oído hablar. Cuando puso la hoja delante de Andrew, este apenas le echó un vistazo.

—Se aprueba la solicitud presentada —dijo Turner—. ¿Hemos terminado?

Dante dijo:

—Señoría, también me gustaría solicitar medidas cautelares para revocar la fianza del acusado.

—Pero ¿qué co…? —Leigh se detuvo—. Señoría, esto es absurdo. Mi cliente lleva más de un año en libertad bajo fianza y ha tenido numerosas oportunidades de escapar. Está aquí para participar decididamente en su defensa.

Dante dijo:

—Tengo una declaración jurada de la agente de libertad condicional del señor Tenant que documenta cinco ocasiones en las que el imputado ha interferido en el funcionamiento de su tobillera electrónica.

—Esa es una forma muy tendenciosa de describir lo que claramente es un problema técnico que la oficina de libertad condicional aún tiene que resolver —repuso Leigh.

Turner señaló con un gesto la declaración jurada.

—Déjeme verla.

Una vez más, Leigh recibió una copia. Echó un vistazo a los detalles, que ocupaban menos de una página y enumeraban las fechas y horas a las que había saltado la alarma. Los motivos eran poco precisos: *posible manipulación del cable óptico; posible uso de un inhibidor de GPS; posible violación del perímetro estipulado.*

Empezó a abrir la boca para señalar que lo posible no equivalía a una prueba, pero se detuvo. ¿Por qué estaba tratando de impedir que Andrew fuera a la cárcel?

Su plan de seguridad. Las cintas de vídeo. Callie. Maddy.

Sintió que enfilaba despacio otro tramo ascendente de la montaña rusa. ¿Por qué estaba tan segura de que Walter la había delatado? ¿En qué se basaba ese presentimiento?

*¿Quizá no sea buena idea relacionar a otra adolescente con un puto violador?*

—Señora Collier —dijo Turner—, estoy esperando.

Ella adoptó de nuevo su papel de abogada defensora.

—Cuatro de esas falsas alarmas datan de los últimos dos meses, señor juez. ¿Qué tiene de particular la última, aparte del hecho de que estamos a cuatro días de que empiece el juicio, en medio de una pandemia? ¿Acaso el señor Carmichael confía en que mi cliente se contagie estando en prisión preventiva?

Turner la miró con dureza. Nadie tenía permitido hablar del hecho de que los presos eran carne de cañón para el coronavirus.

—Tenga cuidado, señora Collier.

—Sí, señor juez. Simplemente quiero reiterar que en este caso no hay riesgo de fuga.

—Señor Carmichael —dijo Turner—, ¿su respuesta?

—Que el acusado se fugue no es la cuestión, señoría. Basamos nuestra petición en el hecho de que el señor Tenant es sospechoso de haber cometido otros delitos relacionados con el caso —dijo Dante—. Manipuló su tobillera electrónica para impedir que le detectaran.

Turner parecía exasperado por la falta de datos concretos.

—¿Cuáles son esos delitos?

Dante trató de eludir la pregunta marcándose un farol.

—Prefiero no entrar en detalles, señoría, pero baste con decir que podría tratarse de un delito castigado con la pena capital.

Leigh se desanimó al oírle hablar de la pena de muerte. Era evidente que Dante hablaba por hablar. Sus argumentos para imputar a Andrew por el asesinato de Ruby Heyer debían de ser poco sólidos. Estaba tratando de ganar tiempo para desmontar su coartada o asustarle para que confesara.

—Señor juez —dijo Leigh—, como usted sabe, esa es una acusación muy seria. Le pediría al fiscal que lo demuestre o se calle.

Turner la miró entornando los ojos. Leigh se estaba pasando de la raya.

—Señora Collier, ¿le gustaría reformular esa frase?

—No, gracias, señoría. Creo que está claro lo que quiero decir. El señor Carmichael no tiene pruebas de que la tobillera de mi cliente haya sido manipulada. Tiene posibles motivos, pero nada concreto. En cuanto a ese supuesto delito, ¿se supone que debemos entender de su…?

Turner levantó la mano para detenerla. Se echó hacia atrás en su sillón. Apoyó los dedos en la parte inferior de la mascarilla. Miró hacia la galería desierta.

Andrew parecía de pronto interesado, ahora que su libertad estaba en juego. Levantó la barbilla para que Leigh se acercara y le explicara lo que estaba pasando. Ella levantó un dedo indicándole que esperara.

En la televisión, los jueces que fallaban desde el banquillo solían hacerlo rápidamente, pero eso se debía a que había un guion que les dictaba lo que tenían que decir. En la vida real se tomaban su tiempo para reflexionar sobre los puntos más delicados, sopesar las alternativas y tratar de calcular si su fallo sería revocado o no en caso de apelación. Era algo muy parecido a mirar al vacío. Turner tenía fama de tardar más de lo normal.

Leigh tomó asiento. Vio que Jacob estaba escribiendo en un bloc de notas. Le estaba explicando a Andrew el silencio del juez. Andrew había reaccionado con indiferencia al ver los dos nuevos nombres de la lista de testigos del fiscal. Lynne Wilkerson y Fabienne Godard. ¿Eran dos de las tres víctimas anteriores, de las que Reggie había oído hablar? ¿O eran nuevas víctimas que se habían presentado al ver que Andrew iba a ser juzgado?

Walter tenía razón en muchas cosas, pero, sobre todo, tenía razón en cuanto al papel que estaba desempeñando ella en los crímenes de Andrew Tenant. Su silencio le había permitido seguir haciendo daño a otras mujeres. La sangre de Ruby Heyer manchaba sus manos. Y lo que era peor aún, se había mostrado dispuesta a desacreditar a Tammy Karlsen para impedir que Andrew publicara los vídeos. Se había resistido a sopesar las consecuencias que podía tener el hecho de que Andrew estuviera en libertad. Más mujeres agredidas. Más violencia. Más vidas destrozadas.

Su preciosa niña obligada a huir de casa.

—Muy bien —dijo Turner.

Leigh y Dante se levantaron.

El juez miró a Andrew.

—¿Señor Tenant?

Leigh le indicó a Andrew que se pusiera de pie.

Turner dijo:

—Estos informes sobre el mal funcionamiento de su tobillera electrónica son muy preocupantes. Aunque no se puede precisar la causa de esas alarmas, quiero que entienda que mi decisión de no dictar prisión preventiva contra usted depende de que no haya más incidencias. ¿Entendido?

Andrew miró a Leigh.

Ella sacudió la cabeza, porque evidentemente el juez había dictaminado a su favor.

—No va a revocar la fianza. No vuelvas a manipular la tobillera.

Notó que Andrew estaba sonriendo.

—Sí, señoría. Gracias.

Turner dio un golpe con el mazo. El alguacil anunció que se cerraba la sesión. La taquígrafa comenzó a recoger sus cosas.

Jacob le dijo a Leigh:

—Voy a elaborar los perfiles y te los envío por correo electrónico esta noche. Supongo que nos va a tocar trabajar todo el fin de semana.

—Sí. —Leigh volvió a encender su teléfono del trabajo—. Quiero que mañana termines tú el turno de preguntas a los candidatos a jurados. Voy a decirle a Cole Bradley que quiero que seas coletrado de la defensa.

Jacob pareció sorprendido, pero estaba demasiado contento para preguntarle por qué.

—Gracias.

Leigh tragó saliva con esfuerzo. Sentaba bien hacer algo bueno, para variar.

—Te lo has ganado.

Miró su teléfono cuando Jacob se fue. Empezó a redactar el correo electrónico para Bradley. Seguía teniendo el pulso firme. Dante y Miranda encendieron sus teléfonos mientras salían de la sala. La montaña rusa cayó de nuevo en picado cuando se imaginó a Walter hablando con la policía. Necesitaba ver a Callie esa misma noche. Su hermana tenía derecho a saber hasta qué punto iban a torcerse las cosas.

—Harleigh.

Se había permitido el lujo de olvidarse momentáneamente de Andrew. Levantó la vista.

Él se había quitado la mascarilla. Estaba en el estrado de los testigos.

—¿Es aquí donde se sentará Tammy?

Leigh le envió el correo a Bradley y guardó el teléfono en el bolso.

—¿Quiénes son Lynne Wilkerson y Fabienne Godard?

Andrew puso cara de fastidio.

—Exnovias celosas. Una es alcohólica y la otra está como una cabra.

—Vas a necesitar mejores argumentos que esos —contestó Leigh—. Esas mujeres no han decidido espontáneamente presentarse hoy. Dante las ha mantenido en secreto. Van a subir al estrado y a hacer justo lo que te advertí que podía hacer Sidney.

—¿Qué?

—Testificar frente a un jurado que eres un sádico al que le gusta el sexo duro.

—Eso no puedo negarlo. Pero sé por experiencia que un incentivo en metálico las convencerá de que es mejor mantenerse al margen de esto.

—Eso se llama soborno y manipulación de testigos —le advirtió Leigh.

Él se encogió de hombros porque le traía sin cuidado.

—Reggie se reunirá contigo en tu coche. Dale la lista de los miembros del jurado elegidos hasta ahora. Va a empezar a investigarlos, a ver si hay algún punto débil que podamos aprovechar.

—¿Cómo sabe Reggie dónde está mi coche?

Su estupidez le hizo chasquear los dientes y sacudir la cabeza.

—Harleigh, ¿no sabes que puedo localizaros a ti o a tu hermana cuando se me antoje?

Leigh no iba a darle la satisfacción de verla alterada. Andrew la siguió con los ojos mientras salía de la sala. Ella miró su teléfono personal. Pulsó el botón de encendido. Miró la pantalla, esperando que la señal se activara.

Estaba en la escalera cuando recibió las notificaciones. Seis llamadas de Walter. Dos de Maddy. Ambos habían dejado mensajes de voz. Apretó el teléfono contra su pecho mientras bajaba. Los escucharía en el coche. Se permitiría llorar. Buscaría a su hermana. Y luego pensaría qué podía hacer a continuación.

El vestíbulo estaba lleno de rezagados. Un cordón impedía el paso a los detectores de metales. El tribunal había cerrado sus puertas. Dos ayudantes del *sheriff* montaban guardia junto a la salida. Leigh saludó con la cabeza al amigo de Walter. Él le guiñó un ojo.

El sol bañó su cara cuando cruzó la plaza. Sintió que su teléfono vibraba de nuevo. Esta vez no eran Walter ni Maddy, sino Nick Wexler, preguntándole otra vez si quería echar un polvo. Leigh barajó mentalmente algunas negativas amables y luego se dio cuenta de que a Nick le daría igual. Apenas habían sido amantes. No eran amigos. Y cuando sus delitos salieran a la luz, probablemente serían enemigos.

Volvió a dejar el teléfono. Cruzó la calle por el semáforo. Había dejado su Audi en el aparcamiento del otro lado de la plaza. Antes del COVID estaba siempre lleno de clientes de los restaurantes, los bares y las tiendas de ropa que antes flanqueaban las calles del centro de Decatur. Esa mañana, Leigh había encontrado un sitio estupendo en el primer piso.

Las luces del techo parpadeaban desquiciadas mientras atravesaba el aparcamiento. Las sombras danzaban alrededor de los tres coches aparcados cerca de la entrada principal. El resto de las plazas estaban vacías, salvo por su Audi, que estaba aparcado al pie de la rampa. Automáticamente, dejó que la llave de su casa sobresaliera entre sus dedos. Entre las sombras oscuras y el techo bajo, aquel era el típico lugar donde una mujer podía desaparecer.

Se estremeció. Sabía lo que les ocurría a las mujeres que desaparecían.

Miró la hora en el teléfono. Probablemente Reggie venía de camino para que le diera la lista del jurado. Leigh había trabajado en muchos casos de divorcio; sabía cómo localizaría su Audi el investigador privado. Pasó la mano por debajo del parachoques trasero. Examinó los huecos de las ruedas. El rastreador GPS estaba en una caja imantada pegada sobre la rueda trasera derecha.

Tiró la caja al suelo. Abrió el maletero. Tecleó con gesto mecánico la combinación de la caja fuerte atornillada al fondo del maletero. Quizá fuera una señora de barrio residencial, pero no era tonta. Su Glock estaba en la caja fuerte. A veces metía el bolso dentro cuando no quería llevarlo consigo. Ahora necesitaba un sitio donde guardar las fotos del cadáver de Ruby Heyer. Apoyó la mano en la carpeta. Pensó en el cuchillo que el asesino había dejado dentro de la mujer. En los oscuros hematomas de Andrew.

—¿Leigh?

Se dio la vuelta, asombrada al encontrar a Walter allí. Luego miró detrás de él, preguntándose si había llevado a la policía.

Walter también se giró.

—¿Qué pasa? —preguntó.

Ella se tragó la saliva que le había inundado la boca.

—¿Está Maddy a salvo?

—Está con mi madre. Se fueron después de que habláramos esta mañana. —Se cruzó de brazos. Su ira no había remitido, pero parecía haberse reconcentrado—. Ruby Heyer ha muerto. ¿Lo sabías?

—Ha sido Andrew —dijo Leigh.

No pareció sorprendido, porque no había nada de sorprendente en ello. Naturalmente, Andrew había ido un poco más allá. Naturalmente, había matado a alguien relacionado con Leigh. Walter le había dicho la noche anterior que iba a suceder.

—A Keely han tenido que sedarla —dijo—. Maddy está muy afectada.

Ella esperó a que le confesara lo que había hecho, pero entonces se dio cuenta de que obligarle a que se lo dijera era cruel.

—Está bien. Sé que has ido a la policía.

Walter frunció las cejas. Abrió la boca, la cerró y volvió a abrirla.

—¿Crees que he denunciado a mi esposa a la policía?

Leigh no supo qué decir, así que no dijo nada.

—Joder, Leigh. ¿De verdad crees que yo te haría eso? Eres la madre de mi hija.

La mala conciencia disipó de golpe su férrea determinación.

—Lo siento. Estabas tan enfadado conmigo que… Todavía estás muy enfadado.

—Lo que te dije… —Walter le tendió la mano, pero luego la dejó caer—. No estuvo bien, Leigh, pero tú estabas actuando sin pensar. O pensando demasiado, dando por sentado que todo se va a solucionar porque eres tan lista que no vas a permitir que las cosas se tuerzan.

Ella respiró hondo, temblorosa.

—Eres muy lista, Leigh. Ya lo creo que sí. Pero no puedes controlar todo. Tienes que delegar en otros.

Walter se había detenido para dejarla responder, pero ella no supo qué decir.

—Lo que estás haciendo —prosiguió él—, echándolo todo abajo porque crees que eres la única que sabe cómo reconstruirlo, no funciona. Nunca ha funcionado.

Leigh no podía contradecirle. A lo largo de los años habían tenido esa misma discusión miles de veces con distintas variaciones, pero esta era la primera vez que ella aceptaba que Walter tenía toda la razón.

Pronunció en voz alta el mantra que hasta entonces solo se había dicho a sí misma.

—Es culpa mía. Es todo culpa mía.

—En parte sí, pero ¿y qué? —Walter actuaba como si fuera así de sencillo—. Tenemos que unir fuerzas para resolver esto.

Leigh cerró los ojos. Pensó en aquella noche sofocante en Chicago, cuando Callie les llevó su regalo. Antes de aquella llamada a la puerta que había cambiado tantas cosas, ella había cedido por fin y se había sentado sobre el regazo de Walter. Se había acurrucado entre sus brazos como un gato y se había sentido más segura que en toda su vida.

Le dijo ahora lo que no había podido decirle entonces.

—No puedo vivir sin ti. Te quiero. Eres el único hombre por el que puedo sentir algo así.

Él dudó, y eso le rompió de nuevo el corazón.

—Yo también te quiero, pero no es tan sencillo. No sé si vamos a superar esto.

Leigh tragó saliva. Por fin había llegado al fondo del pozo aparentemente inagotable que era la capacidad de perdón de Walter.

—Vamos a hablar del problema que tenemos que afrontar ahora —continuó él—. ¿Cómo vamos a salvarte? ¿Cómo vamos a salvar a Callie?

Leigh se secó las lágrimas. Sería tan fácil dejar que Walter la ayudar a llevar aquel peso, pero tuvo que decir:

—No, cariño. No puedo dejar que te involucres en esto. Maddy necesita que uno de los dos esté a su lado.

—No voy a negociar —contestó él, como si tuviera elección—. Me dijiste que Andrew tiene un plan de emergencia. Eso significa que alguien más tiene copias de los vídeos, ¿verdad?

Leigh le siguió la corriente.

—Sí.

—Entonces, ¿quién puede ser? — Walter percibió su resistencia—. Vamos, cariño. ¿En quién confiaría Andrew? No puede tener muchos amigos. Se trata de un dispositivo físico: una memoria USB o un disco duro externo. Andrew hace una llamada, su cómplice recupera el dispositivo, publica el contenido en Internet, lo lleva a la policía… ¿Dónde puede estar guardado? ¿En un banco? ¿En una caja fuerte? ¿En la taquilla de una estación de tren?

Leigh empezó a negar con la cabeza, pero entonces dio con la respuesta más obvia, la que había tenido delante desde el primer día.

«Tanto el servidor principal como el de copia están en ese armario, bajo llave».

Le dijo a Walter:

—El detective privado de Andrew, Reggie. Tiene un servidor. Se jactó de lo segura que era su encriptación y de que no hace copias de seguridad en la nube. Apuesto a que lo tiene guardado allí.

—¿Está metido en esto?

Ella se encogió de hombros y sacudió la cabeza al mismo tiempo.

—Nunca está presente cuando Andrew pone las cartas sobre la mesa. Solo le importa el dinero. Andrew es su banco. Si detuvieran a Andrew, pondría en marcha su plan de emergencia sin hacer preguntas.

—De acuerdo, entonces tenemos que acceder al servidor.

—¿Quieres decir que cometamos un allanamiento de morada? —Leigh tenía que poner límite a aquello en algún momento—. No, Walter. No voy a dejar que hagas eso, y además no resolvería nada. Andrew sigue teniendo los originales.

—Entonces, ayúdame a encontrar otra solución. —Estaba claro que su lógica le había irritado—. Maddy necesita a su madre. Se ha pasado todo el día llorando y preguntándome dónde estabas.

La idea de que Maddy la necesitara y ella no estuviera allí era desgarradora.

Le dijo a Walter:

—Siento ser una madre de mierda. Y una esposa de mierda. Y una hermana. Tienes razón. Intento mantenerlo todo separado y lo único que consigo es hacer sufrir a los demás.

Walter fijó la mirada en el suelo. No le llevó la contraria.

—Vamos a robar el servidor, ¿de acuerdo? Y luego habrá que encontrar los originales. ¿Dónde los guardaría Andrew? No estarán en el mismo lugar que el servidor. ¿Dónde vive?

Leigh apretó los labios. Walter no lo había pensado bien. Probablemente, la oficina de Reggie cerraba por las noches. No tenía seguridad visible. Sería fácil forzar la cerradura de pestillo del armario. Solo haría falta un destornillador para sacar los tornillos.

La casa de Andrew, en cambio, tenía cámaras y un sistema de seguridad, y era más que probable que Andrew, que ya había asesinado a una persona y había dejado claro que estaba dispuesto a hacer daño a muchas más, estuviera allí.

—¿Leigh? —Walter estaba dispuesto a seguir adelante—. Háblame de la casa de Andrew. ¿Dónde vive?

—Esto no es *Ocean's Eleven*, Walter. No tenemos un ninja y un experto en cajas fuertes.

—Pues entonces…

—¿Entonces, qué? ¿Volaremos su coche? ¿Quemaremos su casa? —Leigh podía mostrarse tan irracional como él—. O tal vez podríamos torturarle hasta que confiese. Le desnudamos, le encadenamos a una silla, le arrancamos las uñas y los dientes… ¿Es eso lo que estabas pensando?

Walter se frotó la mejilla. Estaba haciendo lo mismo que había hecho ella el primer año que había vivido en Chicago.

«El doctor Patterson. El entrenador Holt. El señor Humphrey. El señor Ganza. El señor Emmett».

Se le habían ocurrido miles de fantasías sangrientas en las que acababa con la repulsiva existencia de aquellos hombres: los quemaba vivos, les cortaba la polla, los humillaba y torturaba, los destruía. Pero luego se había dado cuenta de que su furia homicida se había extinguido en la lúgubre cocina de los Waleski en Canyon Road.

—Cuando maté a Buddy —le dijo a Walter—, estaba en… Creo que estaba en estado de fuga. Fui yo. Yo lo hice. Pero no era yo. Era la chica de la que él había abusado en el coche. Era la chica a cuya hermana había violado, la chica a la que seguían vapuleando, tocando y manoseando, la chica de la que se reían y a la que llamaban mentirosa, golfa y puta. ¿Sabes a qué me refiero?

Él asintió con la cabeza, aunque era imposible que lo entendiera de verdad. Walter nunca había tenido que ponerse la llave entre los dedos al ir hacia su coche. Nunca había bromeado para sus adentros, sombríamente, con la idea de que le violaran en un aparcamiento, porque la vulnerabilidad física no formaba parte del rango de emociones de su marido.

Leigh le apoyó la mano sobre el pecho. El corazón de Walter latía con fuerza.

—Cariño, te quiero, pero no eres un asesino.

—Podemos encontrar otra manera.

—No hay… —Se detuvo, porque Reggie Paltz tenía un sentido de la oportunidad impecable. Acababa de saltar la valla, en lugar de dar un rodeo hasta la entrada del aparcamiento—. Está aquí. El detective. Dame un minuto para hablar con él, ¿vale?

Walter miró hacia atrás.

Luego miró otra vez.

—¿Es ese? —preguntó—. ¿Ese es Reggie, el detective?

—Sí. Tengo que…

Sin previo aviso, Walter echó a correr.

Reggie estaba a menos de diez metros de distancia. No tuvo tiempo de reaccionar. Abrió la boca para protestar, pero Walter se la cerró de un puñetazo.

—¡Walter! —Leigh corrió a detenerle—. ¡Walter!

Se había sentado a horcajadas sobre Reggie y le golpeaba furiosamente. La sangre salpicaba el hormigón. Leigh vio un diente, hilillos de baba sanguinolenta. Los huesos se agrietaban como la leña seca. Reggie tenía la nariz aplastada.

—¡Walter! —Trató de sujetarle la mano. Iba a matar al detective si no lo detenía—. ¡Walter, por favor!

De un último puñetazo, le partió la boca a Reggie. Su mandíbula se torció hacia un lado. Su cuerpo quedó inerte. Walter le había dejado inconsciente. Aun así, levantó el puño, dispuesto a lanzar otro puñetazo.

—¡No! —Leigh le sujetó la mano tan fuerte como pudo. Sus músculos eran como cables. Nunca le había visto así—. Walter…

La miró, todavía furioso. La ira desfiguraba sus rasgos. Su pecho se agitaba con cada respiración. Tenía manchas de sangre como latigazos en la camisa y la cara.

—Walter —musitó ella mientras le limpiaba la sangre de los ojos.

Estaba empapado en sudor. Leigh sintió como se tensaban sus músculos mientras trataba de refrenar al animal que llevaba dentro. Miró a su alrededor. No había nadie en el aparcamiento, pero no sabía por cuánto tiempo.

—Tenemos que salir de aquí. Levántate.

—Era él. —Walter bajó la cabeza. Le apretó con fuerza la mano. Leigh vio como subían y bajaban sus hombros mientras intentaba recuperar el control—. Estaba allí.

Ella volvió a mirar a su alrededor. Estaban a escasos metros de un juzgado lleno de policías.

—Cuéntamelo en el coche. Tenemos que salir de aquí.

—La obra —dijo Walter—. Reggie estaba allí. Estaba sentado entre el público, en la obra de Maddy.

Leigh se dejó caer al suelo. Otra vez se sentía entumecida, demasiado abrumada para hacer otra cosa que escuchar.

—Durante el intermedio. —Walter seguía respirando con dificultad—. Se acercó a hablar conmigo. No recuerdo qué nombre me dio. Dijo que era nuevo. Que su hija iba a la escuela. Me contó que su hermano era policía, estuvimos hablando del sindicato y…

Leigh se tapó la boca con la mano. Se acordaba del intermedio. Se había levantado de su asiento y había buscado con la mirada a Walter por el auditorio. Estaba hablando con un hombre de pelo corto y oscuro que había permanecido de espaldas a ella todo el tiempo.

—Leigh. —Walter la estaba mirando—. Me preguntó por Maddy. Y por ti. Pensé que era otro padre.

—Te engañó. —Leigh odiaba el tono de la culpa que crispaba su voz—. No es culpa tuya.

—¿Qué más sabe? ¿Qué están planeando?

Leigh volvió a recorrer el aparcamiento con la mirada. No había nadie. Las únicas cámaras eran las que enfocaban a los coches que entraban y salían. Reggie había saltado la valla en lugar de dar la vuelta hasta la entrada principal.

—Métele en el maletero —le dijo a Walter—. Vamos a averiguarlo.

## 17

Leigh se apartó mientras Walter abría el maletero. Reggie seguía inconsciente. No había sido necesario cortar el cordón del sistema de alarma ni atarle las manos con el rollo de cinta aislante que Leigh guardaba en el kit de emergencia del coche. Su marido, su dulce y atento marido, había estado a punto de matarle.

Walter se giró y echó un vistazo alrededor. El aparcamiento de la oficina de Reggie estaba desierto, pero la carretera quedaba apenas a veinte metros de allí, tapada únicamente por una hilera poco tupida de cipreses de Leyland. Walter había aparcado el Audi junto a los escalones de cemento desconchado. El sol se había puesto, pero faros de xenón alumbraban por completo el aparcamiento.

Leigh empuñaba la Glock, porque temía lo que podía hacer Walter si tenía ocasión de usarla. Nunca le había visto tan fuera de sí. Era evidente que se hallaba al borde de un oscuro precipicio. Ella no quería pensar en el papel que había desempeñado en su caída, pero era consciente de que la había provocado en parte, gracias a su absurda creencia de que podía tenerlo todo bajo control.

Walter hizo amago de agarrar a Reggie, pero volvió a mirar a Leigh.

—¿Hay alarma?

—No lo sé —contestó ella—. No recuerdo haber visto ninguna, pero es probable que la haya.

Walter metió la mano en el bolsillo delantero de Reggie y sacó una anilla cargada de llaves. Le pasó el llavero a Leigh. Ella no tuvo más remedio que dejarle junto al coche para ir a abrir la puerta de cristal del edificio. Recorrió el vestíbulo con la mirada buscando un panel de alarma.

Nada.

Walter gruñó al empezar a sacar a Reggie del maletero.

Leigh tuvo que probar varias llaves hasta dar con la que hacía girar la cerradura. La puerta se abrió. Le hizo una seña con la cabeza a Walter. Miró hacia la carretera. Luego examinó el aparcamiento. El corazón le latía tan fuerte en los oídos que no oyó los gruñidos y resoplidos de Walter cuando se cargó a Reggie al hombro. Subió los escalones tambaleándose bajo su peso y le dejó caer en el suelo del vestíbulo.

Leigh no bajó la mirada. No quería ver la cara magullada de Reggie. Cerró con llave la puerta de cristal.

—Su despacho está arriba —dijo.

Walter volvió a levantar a Reggie. Subió primero las escaleras. Leigh metió la Glock al fondo de su bolso, sin dejar de empuñarla. Apoyaba el dedo sobre el guardamonte, como le había enseñado Walter. Nunca se ponía el dedo en el gatillo si uno no estaba dispuesto a disparar. El arma no tenía seguro. Cuando se presionaba el gatillo, disparaba. Y Leigh no quería tener que afrontar otra acusación de asesinato por haberse asustado y haber cometido un terrible error.

Pero no solo tenía que preocuparse por sí misma. En un delito de asesinato con premeditación, lo importante no era quién apretara el gatillo. Desde el momento en que Walter había metido a Reggie en el maletero del coche, ambos se habían convertido en cómplices de sus delitos respectivos.

Walter se detuvo en el rellano para reacomodar a Reggie sobre su hombro. Volvía a respirar trabajosamente, como un animal más que como un hombre. Había hablado muy poco durante el trayecto. No habían trazado ningún plan porque no había nada que planear. Encontrarían el servidor. Destruirían la copia de seguridad de los vídeos. Lo que sucediera después era algo de lo que ninguno de los dos estaba dispuesto a hablar en voz alta.

Leigh rodeó el rellano. Pensó en Andrew de pie en aquel mismo lugar tres días antes. Parecía furioso al hablar de la pérdida de su padre. Ella había ignorado la sirena de advertencia que había empezado a sonar en sus entrañas. Se había obsesionado con averiguar qué quería de verdad Andrew, a pesar de que él se lo había dicho directamente a la cara.

«La desaparición de mi padre nos destrozó la vida. Ojalá la persona que le hizo desaparecer conozca esa sensación».

Eso era lo que quería Andrew Tenant: lo que estaba pasando con Walter en ese momento, su preciosa niña obligada a esconderse y Callie desaparecida del mapa. Quería que todo lo que le importaba a Leigh, todo lo que amaba, se sumiera en el caos de la misma manera que su vida se había ido al traste al morir Buddy. Y ella le había seguido el juego.

Walter había llegado al final del pasillo. Se agachó. Los pies de Reggie tocaron el suelo, su espalda se apoyó contra la pared. Walter le sostuvo apoyándole un puño en el pecho. Reggie gimió y movió la cabeza.

—Eh. —Walter le abofeteó—. Despierta, cabrón.

El detective volvió a mover la cabeza. La luz del aparcamiento que entraba por la ventana iluminaba las lesiones que le había causado Walter. Tenía el ojo izquierdo hinchado. Su mandíbula parecía extrañamente torcida y floja. El puente de la nariz, desollado por los golpes, no era más que un hueso blanco y rosado.

Leigh buscó la llave del despacho. Le temblaban las manos al ir probando llave tras llave en la cerradura.

—Vamos. —Walter abofeteó de nuevo a Reggie—. Despierta de una puta vez. —El detective tosió, salpicándole la cara de sangre, pero Walter no se inmutó—. ¿Cuál es el código de la alarma?

Reggie chasqueó la mandíbula al intentar moverla. Resopló por lo bajo.

—Mírame, cabrón. —Walter le presionó los párpados con los pulgares, abriéndolos a la fuerza—. Dime el código de la alarma o te mato a golpes.

El miedo hizo que a Leigh se le erizara la piel. Apartó la vista de la cerradura. Sabía que Walter no le estaba amenazando en vano. Reggie también lo sabía. Comenzó a jadear mientras intentaba articular sonidos con la mandíbula desencajada y rota.

—T-tres… —tartamudeó—. Nueve…, seis…, tres.

Leigh sintió que la última llave se deslizaba en la cerradura, pero no abrió la puerta. Le dijo a Walter:

—Puede que sea un truco. Quizá haga saltar una alarma silenciosa.

—Si es así, le pegaremos un tiro en la cabeza y nos llevaremos el servidor. Nos iremos antes de que llegue la policía.

La determinación en su voz dejó helada a Leigh.

—¿Estás seguro de que ese es el código? —preguntó, dándole una oportunidad a Reggie—. ¿Tres, nueve, seis, tres?

Reggie tosió con esfuerzo. Tenía grabados surcos de dolor en la cara.

Walter le dijo a Leigh:

—Enséñale la pistola.

De mala gana, ella sacó la Glock del bolso. Vio el blanco de los ojos del detective cuando él miró el arma. Se dijo que Walter iba de farol. Tenía que ser un farol. No iban a asesinar a nadie.

Walter le arrancó la pistola de la mano. Apoyó la boca del cañón contra la frente de Reggie, sin apartar el dedo del guardamonte. Volvió a preguntar:

—¿Cuál es el código?

Reggie se convulsionó al toser. No podía cerrar la boca. Las babas se mezclaban con sangre al resbalar de su labio a la camisa.

—Cinco —dijo Walter, empezando a contar hacia atrás—. Cuatro. Tres.

Leigh vio que su dedo se acercaba al gatillo. No iba de farol. Abrió la boca para decirle que parara, pero Reggie habló primero.

—Al revés —farfulló por el esfuerzo—. Tres, seis, nueve, tres.

Walter no le apartó la pistola de la cabeza. Le dijo a Leigh:

—Inténtalo.

Ella giró la llave en la cerradura. Abrió la puerta. Un suave pitido llenó el oscuro despacho exterior. Siguió el ruido por el corto pasillo. El teclado estaba dentro del despacho principal. Un botón rojo parpadeaba. El pitido se aceleró, contando los segundos que faltaban para que saltara la alarma.

Leigh introdujo el código. No ocurrió nada. Se inclinó, tratando de averiguar qué hacer. El pitido se aceleró. La alarma iba a saltar. Sonaría el teléfono. Alguien preguntaría por la contraseña de seguridad y era imposible que Reggie la diera. Quizá ni siquiera siguiera vivo para entonces, porque Walter ya les había dicho a ambos lo que iba a pasar.

—Joder —murmuró mientras escudriñaba los números. La palabra OFF estaba escrita en letra pequeña bajo el botón del 1. Volvió a pulsar el código y añadió un 1.

El panel emitió un último y largo pitido.

El botón rojo se puso verde.

Leigh se llevó la mano al corazón, pero seguía temiendo que sonara el teléfono. Aguzó el oído, en medio del silencio. Solo oyó la puerta de la otra habitación al cerrarse; luego, el giro de la cerradura y a continuación unos pasos pesados. Walter estaba arrastrando a Reggie por el pasillo.

Se encendió la luz. Leigh dejó su bolso sobre el sofá. Se acercó a la ventana para cerrar las persianas. Las mismas dos preguntas giraban en torno a su cerebro, una detrás de la otra: «¿Qué iban a hacer? ¿Cómo iba a terminar esto?».

Walter sentó a Reggie en una silla. Leigh se quedó atónita al ver que se sacaba el rollo de cinta aislante del bolsillo de atrás de los pantalones. Lo había sacado del maletero del coche, lo que significaba que tenía aquello previsto. Peor aún, tenía un plan, y era ella quien le había dado la idea.

«Desnudarle, encadenarle a una silla, arrancarle las uñas y los dientes».

—Walter —dijo suplicándole implícitamente que recapacitara.

—¿El servidor está ahí? —Walter señaló la puerta metálica de la pared del fondo. La cerradura tenía un candado negro que parecía sacado de un catálogo militar.

—Sí, pero…

—Ábrelo. —Walter rodeó el pecho de Reggie con cinta aislante para sujetarle a la silla. Comprobó que seguía teniendo las muñecas bien atadas y luego se arrodilló y le amarró los tobillos a las patas de la silla.

Leigh no tenía palabras. Era como ver a su marido caer en la locura. No había forma de detenerle. Solo podía seguirle la corriente hasta que recuperara el sentido común. Tiró del candado. El cerrojo se mantuvo firme. Los tornillos de la puerta metálica y el marco eran de cabeza Phillips. Tenía un destornillador en su kit de emergencia del coche. Se había burlado de Walter cuando lo había metido en el maletero, y ahora quería retroceder en el tiempo y dejarlo en el garaje de su edificio porque solo era cuestión de tiempo que él le pidiera que bajara a buscarlo.

Sabía que si dejaba a los dos hombres solos en la habitación, solamente uno de ellos estaría vivo cuando volviera.

Walter puso más cinta aislante alrededor de las muñecas de Reggie y dijo:

—Vas a hablar conmigo, hijo de puta.

Leigh revisó el llavero. Ninguna llave parecía la correcta. Tenía que ser corta, con dientes gruesos. De todos modos, empezó a probarlas.

Walter arrastró la otra silla por la habitación. Se sentó frente a Reggie, tan cerca que sus rodillas se tocaban. Se puso la pistola en el regazo, con el dedo apoyado en un lateral del arma.

—¿Qué hacías en el colegio de mi hija? —preguntó.

Reggie no dijo nada. Estaba mirando a Leigh, junto al armario.

—No mires a mi mujer. Mírame a mí. —Walter esperó a que obedeciera para repetir la pregunta—. ¿Qué hacías en el colegio de mi hija?

El detective tampoco respondió esta vez.

Con una mano, Walter lanzó la pistola al aire y la pilló por la boca del cañón. Le asestó un golpe de revés a Reggie con la empuñadura de plástico duro, con tanta fuerza que la silla estuvo a punto de volcarse.

Leigh se tapó la boca con la mano para no gritar. La sangre le había salpicado los zapatos. Vio trozos de diente en la alfombra.

Los hombros de Reggie se convulsionaron. Vomitó sobre la pechera de su camisa. Giraba la cabeza alrededor del cuello. Tenía la cara hinchada. Su ojo izquierdo había desaparecido por completo.

Tenía la boca tan flácida que no conseguía mantener la lengua dentro.

«Secuestro. Asalto agravado. Tortura».

Walter le preguntó a Leigh:

—¿Puedes abrir el candado?

Ella negó con la cabeza.

—Walter…

—Eh, tú. —Walter golpeó en la cabeza a Reggie con la mano abierta—. ¿Dónde está, cabrón? ¿Dónde está la llave?

Los ojos de Reggie volvieron a ponerse en blanco. Leigh olió el hedor de su vómito.

—Tiene una conmoción cerebral —le dijo a Walter—. Si sigues golpeándole, se desmayará. O algo peor.

Walter la miró, y ella se estremeció al ver en sus ojos la misma frialdad letal que había visto tantas veces en los de Andrew.

—Walter, por favor —le suplicó—. Piensa lo que estamos haciendo. Lo que ya hemos hecho.

Él no volvió a mirarla. Solo veía el peligro que corría Maddy. Levantó la Glock y apuntó a la cara de Reggie.

—¿Dónde está la llave, cabrón?

—Walter. —A Leigh le tembló la voz—. Podemos quitar los tornillos, ¿vale? Solo hay que desatornillarlos. Por favor, cariño. Baja el arma, ¿de acuerdo?

Lentamente, Walter dejó que el arma volviera a su regazo.

—Date prisa.

Leigh se acercó al escritorio con piernas temblorosas. Empezó a abrir cajones y a tirar su contenido al suelo, buscando la pequeña llave. Rogaba en silencio que Walter no se acordara del destornillador que tenía en el coche. Necesitaba sacar a su marido de allí, hacerle entrar en razón. Aquello tenía que parar. Debían llevar a Reggie al hospital. Y entonces Reggie se iría derecho a la policía y Walter sería detenido y Andrew publicaría las cintas y…

Leigh sintió que sus pensamientos se detenían de golpe.

Su cerebro había estado haciendo conexiones de fondo, advirtiéndola de que allí había algo raro. Echó un vistazo a los objetos del escritorio de Reggie. Ordenador portátil. Vade de cuero negro. Pisapapeles de cristal de colores. Tarjetero personalizado.

Faltaba el abrecartas de Tiffany 1837 Makers.

Leigh sabía que el utensilio de plata de ley de diecisiete centímetros y medio de largo costaba trescientos setenta y cinco dólares. Había comprado uno igual para Walter unas Navidades atrás. Tenía el aspecto masculino y distintivo de un cuchillo.

—Walter —dijo—, necesito hablar contigo en el pasillo.

Él no se movió.

—Trae el destornillador de tu coche.

Leigh se acercó al sofá. Hurgó en su bolso. Las fotos del cadáver de Ruby Heyer aún estaban en la carpeta.

—Walter, necesito que salgas al pasillo conmigo. Ahora.

Su tono cortante logró de algún modo atravesar la neblina. Walter se levantó y le dijo a Reggie:

—Vamos a estar justo detrás de esa puerta. No intentes nada o te pego un tiro en la espalda. ¿Entendido?

El detective levantó la cabeza. Tenía los ojos cerrados, pero consiguió asentir una vez con la cabeza.

Leigh no se movió hasta que vio moverse a Walter. Le condujo al pasillo, pero él se detuvo antes de que llegaran al despacho exterior, cerca de la puerta para no perder de vista a Reggie.

—¿Qué pasa? —preguntó él entre dientes.

—¿Recuerdas el abrecartas que te compré? ¿Todavía lo tienes?

Él giró lentamente la cabeza hacia ella.

—¿Qué?

—El abrecartas, el de Tiffany que te compré. ¿Te acuerdas de él?

La expresión de Walter cambió lentamente, volviéndose de desconcierto. Casi parecía su marido otra vez.

Leigh hojeó el archivo de Ruby Heyer, tapando las fotos para que Walter no volviera a alterarse. Encontró el primer plano del cuchillo asomando entre las piernas de Ruby, pero no se lo enseñó. Walter había pasado la mayor parte de su carrera jurídica al teléfono o detrás de un escritorio. Nunca había llevado un caso penal, y mucho menos un asesinato violento.

—Voy a mostrarte una foto —le dijo—. Es muy explícita, pero tienes que verla.

Walter lanzó una mirada a Reggie.

—Dios mío, Leigh, ve al grano.

Ella sabía que no estaba preparado, de modo que le explicó los detalles.

—Andrew tiene una coartada para el asesinato de Ruby. ¿Me estás escuchando?

Walter asintió, aunque en realidad no la escuchaba.

—Andrew se casó anoche. —Leigh procuró que la información fuera simple y repetitiva, como si estuviera hablando ante un jurado—. Cuando la policía fue a interrogar a Andrew por el asesinato de Ruby esta mañana, tenía una coartada. Les enseñó unas fotos en su teléfono. En las fotos se le veía con la gente del *catering* y con su madre en el cóctel, y con unos amigos esperando a que Sidney llegara al altar.

Walter movió la mandíbula. Se le estaba agotando la paciencia.

—Esta mañana, antes de la vista, vi a Andrew. Tenía marcas de mordiscos en el cuello y un arañazo aquí. —Se llevó la mano a la cara y esperó a que Walter la mirara—. Eran heridas defensivas. Andrew tenía heridas defensivas esta mañana.

—Ruby se defendió —dijo Walter—. ¿Y qué?

—¿Te acuerdas de las fotos de la coartada, las de la noche anterior? Se ven las marcas de mordiscos en el cuello de Andrew, pero los moratones ya estaban empezando a aparecer. Las horas no cuadran. Eso me extrañaba, porque sé cuánto tarda un hematoma en oscurecerse así. Andrew debía tener las marcas de mordiscos desde alrededor de las tres o las cuatro de la tarde de ayer. Ruby habló por teléfono con su familia a las cinco. Andrew tiene fotos en las que aparece con la gente del *catering* a las cinco y media. La policía cree que Ruby fue asesinada sobre las seis o las siete. Encontraron el cadáver a las siete y media. Andrew estuvo en casa todo el tiempo, rodeado de testigos.

La impaciencia de Walter saltaba a la vista.

Leigh le apoyó la palma de la mano en el pecho, como hacía siempre que necesitaba que le prestara toda su atención.

Él la miró por fin. Leigh notó que repasaba mentalmente los detalles, tratando de descubrir qué era lo más relevante.

—Continúa —dijo finalmente.

—No creo que Andrew haya matado a Ruby. Creo que lo hizo otra persona por él. El asesino usó el mismo *modus operandi* que Andrew con sus otras víctimas. Y Andrew procuró tener una coartada a toda prueba para el momento del asesinato.

Walter la escuchaba atentamente.

—Cuando estuve en el despacho de Reggie hace tres días, tenía un abrecartas encima del escritorio. El mismo modelo de abrecartas que te compré por Navidad. —Hizo una pausa para asegurarse de que estaba preparado—. El abrecartas ya no está en el escritorio de Reggie. No está en sus cajones.

Walter miró la carpeta.

—Enséñamelo.

Leigh sacó la foto de la escena del crimen. Grabado a buril en el mango romo del abrecartas de plata de ley con forma de cuchillo se veía el nombre del fabricante, T&CO MAKERS.

La dureza desapareció del semblante de Walter. No estaba viendo el abrecartas. No estaba conectando los puntos de la historia que acababa de contarle Leigh. Estaba viendo a la mujer con la que se había reído en barbacoas caseras. A la madre de la amiga de su hija, con la que había bromeado en las reuniones del AMPA y en las funciones escolares. A la persona cuya muerte brutal e íntima había quedado plasmada en la fotografía que Leigh sostenía delante de su cara.

Se llevó la mano a la cabeza. Tenía los ojos llenos de lágrimas.

Leigh no pudo soportar su angustia. Ella también empezó a llorar. Quitó la fotografía de su vista. De todas las horribles faltas que había cometido contra su matrimonio, aquella le parecía la más brutal.

—Estás diciendo…, quieres decir que él… —El dolor que reflejaba el rostro de Walter era insoportable—. Keely tiene derecho a…

—Tiene derecho a saber —concluyó Leigh.

—Yo no… —Walter se dio la vuelta. Miró a Reggie—. ¿Qué vamos a hacer?

Leigh extendió el brazo. Le quitó la pistola de las manos.

—Tú te vas a ir. No puedo permitir que Maddy te pierda a ti también. Esto es responsabilidad mía. Todo esto ha sucedido por mi causa. Quiero que tomes mi coche y…

—No. —Walter se miró las manos. Dobló los dedos. Le sangraban los nudillos. Seguía sudando a chorros. Su ADN estaba por toda la oficina, en el Audi, en el aparcamiento—. Tenemos que pensar, Leigh.

—No hay nada que pensar —contestó ella, porque lo único que importaba era alejar a Walter todo lo posible de aquello—. Por favor, cariño, sube al coche y…

—Podemos usar esto. Nos da ventaja sobre él.

—No, no podemos… —Leigh se detuvo a mitad de la frase. No había nada que añadir al «no podemos», porque sabía que él tenía razón. Habían secuestrado y torturado a Reggie, pero Reggie había asesinado a Ruby Heyer.

Destrucción mutua asegurada.

—Déjame hablar con él —dijo—. ¿De acuerdo?

Walter dudó, pero asintió con un gesto.

Leigh se metió la carpeta bajo el brazo. Volvió a entrar en el despacho.

Reggie la oyó acercarse. Miró hacia arriba con un solo ojo lechoso. Giró la cabeza y miró a Walter, que estaba en la puerta. Luego volvió a mirar a Leigh.

—Esto no es poli bueno, poli malo. —Leigh le mostró la pistola—. Somos dos personas que ya te han secuestrado y golpeado. ¿Crees que la muerte está muy lejos?

Reggie seguía mirándola fijamente, a la espera.

—¿Dónde estuviste anoche?

Él no dijo nada.

—¿Te invitó Andrew a su boda? Porque no apareces en ninguna de las fotos que le enseñó a la policía. Dejó constancia de todo con su móvil. Tiene una coartada perfecta.

Reggie parpadeó de nuevo, pero Leigh advirtió su incertidumbre. No sabía a dónde conducía aquello. Leigh casi podía verle haciendo cálculos mentalmente: cuánto sabían, qué iban a hacer, qué probabilidades tenía de salir con vida de allí, cuánto tardaría Andrew en hacerles pagar por haberle hecho daño.

Decidió imitar a Dante Carmichael. Abrió la carpeta y fue dejando caer las fotos de la escena del crimen sobre el escritorio con gesto teatral. En lugar de reservarse el primer plano del cuero cabelludo de Ruby, se reservó el que mostraba el abrecartas Tiffany.

Volvió a preguntarle a Reggie:

—¿Dónde estuviste anoche?

Él miró las fotos desplegadas sobre la mesa y luego volvió a mirarla a ella. Tenía la mandíbula tan floja que no podía cerrar la boca, pero gruñó:

—¿Quién?

—¿Quién? —repitió ella, porque no se esperaba la pregunta—. ¿No sabes cómo se llamaba la mujer a la que Andrew te mandó asesinar?

Él parpadeó. Parecía realmente perplejo.

—¿Qué?

Leigh le mostró la foto del abrecartas. De nuevo, su respuesta fue inesperada.

Se inclinó y ladeó la cabeza para mirar la foto con el ojo bueno. Observó la fotografía. Luego lanzó una ojeada a su escritorio, como si buscara el abrecartas. Por fin volvió a mirar a Leigh. Empezó a sacudir la cabeza.

—No —dijo—. No, no, no.

—Estuviste en el colegio de Maddy el domingo por la noche —le dijo Leigh—. Me viste hablando con Ruby Heyer. ¿Le hablaste a Andrew de ella? ¿Por eso te hizo matarla?

—Yo… —Reggie tosió. Los músculos de su mandíbula se contrajeron espasmódicamente. Por primera vez, parecía asustado—. No. Yo no fui. Le dijo a Andy que había dejado a su marido. Se tiraba a su fisioterapeuta. Se mudó al hotel. Pero yo no… No. Yo no haría eso. No le hice nada.

Leigh preguntó:

—¿Me estás diciendo que seguiste a Ruby Heyer hasta el hotel y que luego le dijiste a Andrew dónde estaba, pero que no hiciste nada más?

—Sí.—Siguió mirando las fotos—. Yo, no. Nunca.

Leigh estudió lo que quedaba de su cara. Había pensado desde el principio que era fácil adivinar lo que estaba pensando. Ahora no estaba tan segura. Reggie Paltz estaba mostrando un miedo que Andrew Tenant no había mostrado nunca.

—Leigh. —Walter también lo había advertido—. ¿Estás segura?

No estaba segura de nada. Andrew iba siempre tres pasos por delante. ¿También le había tendido una trampa a Reggie?

—Aunque lo que dices sea cierto —le dijo—, te expones a que te acusen de conspiración para cometer un asesinato. Le dijiste a un presunto violador cómo localizar a una mujer vulnerable que acababa de dejar a su familia y vivía sola.

Reggie hizo una mueca de dolor al intentar tragarse su pánico.

—¿Y esa historia que me contaste sobre cómo me localizó Andrew? —preguntó ella—. Dijiste que le enseñaste el artículo del *Atlanta INtown* y que reconoció mi cara. ¿Es cierto?

Él asintió rápidamente.

—Sí, lo prometo. Vi el artículo. Se lo enseñé. Te reconoció.

—¿Y te hizo investigarnos a mí y a mi familia?

—Sí. Me pagó. Nada más. —Volvió a mirar las fotos de la escena del crimen—. Eso no. Yo no haría eso. No podría.

Leigh tenía la sensación visceral de que estaba siendo sincero. Cambió una mirada con Walter. Ambos se preguntaban lo mismo: ¿y ahora qué?

—La… —Reggie soltó una tos húmeda. Su mirada se dirigió hacia el armario del servidor—. Arriba, en el marco.

Walter se acercó a la puerta. Extendió el brazo hacia la parte de arriba de la moldura. Le mostró a Leigh la llave del candado. Sus ojos reflejaron la angustia que sentía Leigh.

No necesitaba que una alarma interna le dijera que aquello no estaba bien. Se permitió pensar en los últimos cinco minutos y luego repasó los últimos días. Reggie se había mostrado dispuesto a infringir algunas leyes por Andrew. Leigh podía incluso llegar a creer que sería capaz de cometer un asesinato a cambio de una buena suma. Lo que le costaba aceptar era que fuera capaz de cometer un asesinato como aquel. El maltrato que había sufrido Ruby Heyer era claramente obra de alguien que disfrutaba con lo que hacía. Ninguna suma de dinero podía comprar ese grado de ensañamiento.

Le preguntó a Reggie:

—¿Te pidió Andrew que le guardaras unos archivos digitales?

Reggie asintió penosamente.

—¿Te dijo que los publicaras si le pasaba algo?

De nuevo consiguió asentir.

Leigh vio que Walter giraba la llave del candado. Abrió la puerta.

Ella esperaba ver un gran estante lleno de aparatos con luces parpadeantes, como sacado de una película de Jason Bourne. Pero solo vio dos cajas metálicas de color marrón puestas encima de una cajonera. Eran de la altura y el ancho aproximados de una garrafa de cuatro litros de leche. Tenían luces verdes y rojas en la parte delantera. Unos cables azules salían de la parte de atrás y conectaban con un módem.

—¿Miraste los archivos? —le preguntó a Reggie.

—No. —Tensó el cuello al intentar hablar—. Me pagó. Nada más.

—Son vídeos de violaciones a una niña.

Reggie abrió los ojos de par en par. Empezó a temblar. Ahora su miedo era inequívoco.

Leigh no sabía si estaba asqueado o aterrorizado por las implicaciones penales que aquello podía tener para él. Casi todos los pederastas a los que detenía el FBI afirmaban que no tenían ni idea de que hubiera porno infantil en sus dispositivos. Luego pasaban la siguiente fase de su vida en la cárcel preguntándose si deberían haber probado a dar otra excusa.

Le preguntó a Reggie:

—¿Qué vas a hacer?

—Ahí. —Reggie señaló con la cabeza la cajonera del armario—. El cajón de arriba. Detrás.

Walter no se movió. Era evidente que estaba exhausto. El subidón de adrenalina que le había llevado hasta allí se había disipado y había sido sustituido por el horror que le producía la violencia de sus propios actos.

Leigh no podía ocuparse de eso ahora. Abrió el primer cajón de la cajonera. Vio filas de etiquetas con nombres de clientes. Al ver las cinco carpetas del fondo, se le encogió el corazón.

CALLIOPE «CALLIE» DEWINTER

HARLEIGH «LEIGH» COLLIER

WALTER COLLIER

MADELINE «MADDY» COLLIER

SANDRA «PHIL» SANTIAGO

Le dijo a Walter:

—Quiero que esperes en el coche.

Él negó con la cabeza. Era demasiado bueno para dejarla ahora.

Leigh sacó las carpetas. Volvió al escritorio para que Walter no pudiera mirar por encima de su hombro. Empezó por el expediente de Maddy, porque era el que más importaba.

Como abogada que era, había leído centenares de informes de detectives privados. Estaban todos cortados por el mismo patrón: registros detallados de horarios y actividades, fotografías, recibos. El de Maddy era igual, solo que las notas de Reggie estaban escritas a mano y no impresas a partir de una hoja de cálculo.

El registro de las idas y venidas de su hija comenzaba dos días antes de la representación dominical de *Vivir de ilusión* y llegaba hasta el día anterior por la tarde.

> *8:12 a. m. - comparte coche para ir al colegio con Keely Heyer, Nicia Adams y Bryce Diaz*
>
> *8:22 a. m. - para en McDonald's, compra algo, come en el coche de camino*
>
> *8:49 a. m. - llega a la Academia Hollis*
>
> *3:05 p. m. - ensayo de teatro en el auditorio*
>
> *3:28 p. m. - entrenamiento de fútbol en el polideportivo (el padre asiste)*
>
> *5:15 p. m. - en casa con el padre*

Leigh pensó en cómo había manipulado Andrew su tobillera electrónica, pero no quiso considerar la posibilidad de que hubiera acabado sentado en el auditorio de la Academia Hollis viendo a Maddy actuar con niños más pequeños, o merodeando por el polideportivo donde su hija entrenaba al fútbol tres veces por semana. Tenía demasiado a mano la Glock cargada.

Hojeó el grueso montón de fotografías en color que acompañaba al registro. Más de lo mismo. Maddy en el coche. Maddy en el escenario. Maddy calentando en la banda.

No le enseñó las fotos a Walter. No quería convertirle de nuevo en el animal salvaje que había estado a punto de matar a Reggie Paltz.

Abrió a continuación la carpeta de Callie. El registro de actividades empezaba un día después que el de Maddy. Callie vendiendo drogas en Stewart Avenue; trabajando en la clínica del doctor Jerry; viviendo en el motel; reuniéndose con ella; con Leigh en su coche, y caminando hacia casa de Phil. Las fotos dejaban constancia de cada una de esas actividades, pero había otras, además: su hermana esperando en la parada del autobús; dejando entrar a su gato por una ventana de la casa de Phil; o pasando por delante de un centro comercial tan conocido para Leigh que empezaron a escocerle los ojos al verlo.

Callie aparecía parada debajo de un pasadizo cubierto. En el lugar exacto donde habían enterrado los trozos del cuerpo descuartizado de Buddy Waleski.

—¿Dónde estuviste anoche? —le preguntó a Reggie.

—Vigilando... —Él carraspeó. Era innegable por su expresión que estaba asustado. Sabía que aquello no podía acabar bien. Que, aunque lograra salir con vida de allí, Andrew o la policía le estarían esperando—. Vigilando a tu hermana.

Leigh examinó el registro de actividades de Callie del día anterior. Su hermana había estado en la biblioteca, luego había ido al entrenamiento de fútbol de Maddy y después había vuelto a casa en autobús. Según sus notas, Reggie había estado vigilando la casa de Phil desde las cinco de la tarde hasta la medianoche.

Los detectives cobraban por horas. Por lo general, estaba mal visto que perdieran el tiempo vigilando una casa, a no ser que cupiera la posibilidad de que el sujeto volviera a salir. Leigh no tuvo que revisar los registros para saber que Callie no había salido desde que volvió a casa para pasar la noche. Su hermana era discapacitada. Era vulnerable debido a sus adicciones. No salía por la noche a menos que fuera absolutamente necesario.

—¿Sabía Andrew que a las cinco estabas vigilando a Callie? —preguntó.

—Me llamó. Me dijo que me quedara allí. —Reggie sabía cuál sería su siguiente pregunta—. Teléfono de prepago. Me hizo dejar… el otro aquí.

—Y tus registros están escritos a mano, no hay copia de seguridad en el ordenador —dijo Leigh.

Reggie asintió ligeramente con la cabeza.

—No hay copias.

Ella miró a Walter, pero su marido se estaba mirando la piel herida del dorso de la mano.

—¿Dónde estabas la noche que violaron a Tammy Karlsen? —preguntó Leigh.

Una expresión atónita cruzó el semblante de Reggie, sustituida al instante por otra de terror.

—Andrew me contrató… Seguí a Sidney.

—¿Y las tarjetas de memoria de la cámara? ¿También las tiene Andrew?

Él asintió rápidamente.

—Y te pagó en efectivo, ¿verdad? Así que no hay facturas.

No contestó, pero no hacía falta que lo hiciera.

Leigh sabía que Reggie aún no había comprendido lo peor de todo. Expuso el resto del plan de Andrew.

—¿Y las otras noches, las tres mujeres violadas cerca de lugares que Andrew suele frecuentar…? ¿Dónde estabas?

—Trabajando. Siguiendo a sus exnovias.

Leigh recordó los nombres de las dos nuevas testigos de la lista de Dante.

—¿Lynne Wilkerson y Fabienne Godard?

Reggie dejó escapar un suspiro angustiado.

—Dios mío —dijo Leigh, porque todo empezaba a encajar—. ¿Qué hay del GPS de tu coche?

El ojo de Reggie se había cerrado. Le salía sangre por la comisura.

—Lo desactivé.

Leigh observó en silencio cómo sacaba conclusiones. Reggie no tenía coartada para ninguna de las violaciones. Ni para el asesinato de Ruby Heyer. No había grabado sus notas en el ordenador. No tenía facturas que detallaran sus actividades. No había ningún teléfono, cámara o tarjeta de memoria que pudiera demostrar dónde se hallaba en el momento de las agresiones. Y se podía argumentar que había desactivado el navegador del coche para evitar que le incriminaran.

Por eso Andrew no tenía miedo. Le había tendido una trampa a Reggie para que cargara con las culpas.

—Hijo de puta —masculló Reggie, porque él también se había dado cuenta.

—Walter —dijo Leigh—, agarra los servidores. Yo me llevo el portátil.

Metió el ordenador en su bolso y esperó a que Walter sacara todos los cables y enchufes de las cajas metálicas. En lugar de salir, se acercó a la cajonera. Encontró los expedientes de Lynne Wilkerson y Fabienne Godard. Los puso con los demás sobre el escritorio para que Reggie pudiera verlos.

—Me quedo con todo esto. Es tu única coartada, así que, si me jodes, te hundo la vida. ¿Entendido?

Él asintió, pero Leigh notó que no le preocupaban los archivos. Le preocupaba Andrew.

Encontró las tijeras donde las había tirado al sacarlas del cajón del escritorio. Le dijo a Reggie:

—Yo que tú me iría al hospital y luego me buscaría un buen abogado.

Reggie la observó cortar la cinta aislante que rodeaba sus muñecas.

Esa era toda la ayuda que iba a prestarle Leigh. Le puso las tijeras en la mano. Recogió los objetos robados y le dijo a Walter:

—Vámonos.

Esperó a que él saliera primero de la habitación. Aún no se fiaba de que no volviera a atacar a Reggie. Su marido guardó silencio mientras bajaba las escaleras llevando los servidores. Cruzaron el vestíbulo. Salieron por la puerta. Leigh lo tiró todo dentro del maletero. Walter hizo lo mismo con los dos servidores.

Él había conducido a la ida, pero ahora fue Leigh quien se sentó al volante. Dio marcha atrás para salir del aparcamiento. Las luces del coche barrieron la fachada del edificio. Vio la sombra de Reggie Paltz de pie en la ventana de su despacho.

—Va a ir a la policía —dijo Walter.

—No, se aseará y luego tomará el primer vuelo a Vanuatu, a Indonesia o a las Maldivas —contestó ella, citando algunos países que no tenían tratado de extradición con Estados Unidos—. Tenemos que encontrar los vídeos de Callie en el servidor y destruirlos. Lo demás hay que conservarlo, por si acaso.

—¿Para qué? —preguntó Walter—. Andrew todavía tiene los originales. Seguimos estando atrapados. Nos tiene igual de pillados que antes.

—No —dijo Leigh—, no es cierto.

—Le pagó a ese chupapollas para que siguiera a Maddy. Sabe dónde estaba, adónde va. Hizo fotografías. He visto la cara que ponías al verlas. Estabas aterrorizada.

Leigh no iba a negárselo, porque tenía razón.

—Y lo que le hizo a Ruby… Dios mío, la destrozó. No se limitó a matarla. La torturó y… —Walter dejó escapar un gemido estrangulado. Apoyó la cabeza en las manos—. ¿Qué vamos a hacer? Maddy nunca estará a salvo. Nunca nos libraremos de él.

Leigh paró a un lado de la carretera. No estaba muy lejos del lugar donde se había detenido tras su primera visita al despacho de Reggie Paltz. En aquel momento, el pánico se había apoderado de ella. Ahora, su férrea determinación logró imponerse.

Agarró con fuerza las manos de Walter. Esperó a que la mirara, pero Walter no levantó la vista.

—Lo entiendo —dijo—. Entiendo por qué lo hiciste.

Leigh sacudió la cabeza.

—¿Por qué hice qué?

—Callie siempre ha sido como tu hija. Siempre ha sido responsabilidad tuya. —Walter la miró por fin. Había llorado más en los últimos veinte minutos de lo que ella le había visto llorar en casi veinte años—. Cuando me dijiste que le habías matado, no sé… No pude asimilarlo, era demasiado. No podía entenderlo. Existen el bien y el mal, y lo que hiciste fue…

Leigh tragó saliva con esfuerzo.

—No podía imaginarme haciendo daño a alguien de ese modo —continuó él—. Pero cuando reconocí a Reggie en el aparcamiento y me di cuenta de la amenaza que suponía para Maddy… me cegué. Estaba ciego de furia. Iba a matarle, Leigh. Tú sabías que iba a matarle.

Ella apretó los labios.

—No entiendo todo lo que me contaste sobre lo que pasó —dijo Walter—, pero eso sí lo entiendo.

Leigh contempló a su dulce y amable marido. A la luz del salpicadero, las manchas de sudor y sangre que surcaban su rostro tenían un tono purpúreo. Ella le había hecho aquello. Había puesto a su hija en peligro. Había convertido a su marido en un loco furioso. Tenía que arreglarlo. Inmediatamente.

Le dijo a Walter:

—Necesito encontrar a Callie. Tiene derecho a saber lo que ha pasado. Lo que va a pasar.

—¿Qué va a pasar? —preguntó él.

—Voy a hacer lo que debería haber hecho hace tres días. Voy a entregarme.

# 18

Callie estaba delante del armario de los medicamentos de la clínica del doctor Jerry. Había dejado el BMW descapotable de Sidney fuera, atravesado entre dos plazas de aparcamiento. Le había costado más conducir que la última vez que robó un coche. Había tenido que parar y volver a arrancar muchas veces desde el garaje de Andrew, donde le había hecho un raspón al BMW en el lado derecho al intentar salir. En el camino de entrada a la casa, la parte trasera del coche le había dado un golpecito al buzón-torre vigía. Y después había calculado mal el giro varias veces y había rozado las llantas contra el bordillo de la acera.

Que el coche hubiera sobrevivido a su estancia en el picadero de Stewart Avenue atestiguaba la estupefacción que producía la heroína. Se había llevado la cartera y el teléfono de Sidney dentro para cambiarlos por otras cosas, pero nadie había robado los carísimos neumáticos del coche. No habían roto los cristales ni arrancado la radio. O estaban demasiado drogados para idear un plan de acción o demasiado ansiosos para esperar a que un taller clandestino mandara a alguien.

Ella, en cambio, estaba penosamente lúcida. Su estricto régimen de metadona no se había visto recompensado de la misma manera que otras veces. Esperaba sentir el delicioso arrebato de euforia con la primera dosis, pero su organismo había asimilado la heroína tan rápidamente que, persiguiendo ese éxtasis, había caído en un bucle eterno de desesperación. Los segundos de mareo repentino al penetrar el líquido, los cinco breves minutos de felicidad, la pesadez que duraba menos de una hora antes de que su cerebro le dijera que necesitaba más, más, más.

A eso se le llamaba tolerancia o sensibilización; o sea, que el organismo necesitaba una dosis cada vez mayor de la droga para conseguir la misma respuesta. Como era de esperar, los receptores mu desempeñaban un papel importante en la tolerancia. El consumo reiterado de opioides amortiguaba el efecto analgésico, y daba igual cuántos nuevos mus creara tu cuerpo, que esos mus siempre heredaban la memoria de sus predecesores.

La tolerancia era, por cierto, la razón de que los adictos empezaran a mezclar drogas, añadiendo fentanilo u Oxy o benzodiacepina o, en la mayoría de los casos, inyectándose tal cantidad de mierda que acababan riéndose con Kurt Cobain de que su hija era ahora mayor que él el día en que se puso la escopeta bajo la barbilla. Tal vez cantara suavemente el pasaje de Neil Young que citaba en su nota de suicidio: *Mejor es quemarse que desvanecerse.*

Callie miraba fijamente el armario de los medicamentos, tratando de enfurecerse. Andrew en el túnel del estadio. Sidney retorciéndose en el suelo del vestidor. El vídeo repugnante de ella y Buddy puesto en la tele. Maddy corriendo por el campo de fútbol verde y brillante, sin ninguna preocupación en el mundo, porque la querían y la cuidaban, y siempre se sentiría así.

Deslizó la primera llave en la cerradura. Luego, la segunda. El armario se abrió. Recorrió los frascos con los dedos, con el roce leve de una experta. Metadona, ketamina, fentanilo, buprenorfina. Cualquier otro día se habría metido en los bolsillos todos los viales que hubiera podido. Ahora los ignoró y buscó la lidocaína. Hizo ademán de cerrar el armario, pero su mente se apresuró a detenerla. Había varias ampollas de pentobarbital alineadas en el estante de abajo. El líquido era azul, del color del limpiacristales. Los recipientes eran más grandes que los demás, casi el triple de grandes. Eligió uno y cerró el armario.

En lugar de entrar en una de las consultas, se dirigió al recibidor. Las ventanas tenían rejas de seguridad, pero aun así dejaban ver el aparcamiento. Aunque las farolas estaban apagadas, alcanzaba a ver claramente el lustroso descapotable de Sidney. En el aparcamiento no había nada más, salvo una rata que avanzaba hacia el contenedor

de basura. La barbería estaba cerrada. El doctor Jerry estaría probablemente en casa leyéndole sonetos a Miauma Cass, la gatita a la que
alimentaba con biberón. Callie quería convencerse de que haber ido
allí era buena idea, pero, después de haberse pasado toda la vida tomando decisiones precipitadas, su habitual desprecio por las consecuencias había desaparecido de repente.

«Dile a Andy que, si quiere recuperar su cuchillo, tendrá que venir a buscarlo».

Callie no era del todo una ignorante en cuestiones de tecnología. Sabía que los coches emitían señales que recibían los satélites GPS y que
esos satélites le decían a la gente dónde estaba exactamente. Sabía que
el ostentoso BMW de Sidney actuaría como un gigantesco letrero de
neón, indicándole a Andrew su ubicación. Y sabía también que hacía ya varias horas que Andrew había salido del juzgado, después
de la selección de jurados.

Así que, ¿por qué no había ido a buscarla?

Agarró un kit quirúrgico al ir hacia la sala de descanso. Le dolía
tanto la pierna que iba cojeando cuando llegó a la mesa. Puso con
cuidado un vial pequeño y uno grande encima de la mesa. Abrió el
kit. Se llevó la mano al muslo mientras se sentaba. El absceso de la
pierna parecía un huevo de petirrojo bajo los vaqueros. Lo apretó,
porque el dolor físico era mejor que el dolor que sentía por dentro.

Cerró los ojos. Ordenó a su cerebro que dejara de luchar contra
lo inevitable y dejó que el vídeo se reprodujera en su cabeza.

Su yo de catorce años atrapado en el sofá.

«Buddy, por favor, me duele mucho, por favor, para…».

El enorme corpachón de Buddy chocando contra ella.

«Cállate de una puta vez Callie he dicho que te estés quieta
joder».

Ella no lo recordaba así. ¿Por qué no lo recordaba así? ¿Qué le
pasaba a su cerebro? ¿Qué le pasaba a su alma?

Con solo chasquear los dedos, Callie podía recordar con todo
lujo de detalles diez mil cosas horribles que le había hecho Phil de

pequeña: golpearla hasta dejarla inconsciente, abandonarla en la cuneta de una carretera o darle un susto de muerte en mitad de la noche porque, decía, los hombres del sombrero de papel de aluminio la estaban esperando fuera con sus sondas.

¿Cómo era posible que nunca, jamás, en esos últimos veintitrés años se hubiera permitido recordar cuántas veces la había amenazado Buddy, cuántas veces la había arrojado al otro lado de la habitación, le había dado patadas, la había penetrado por la fuerza, la había atado e incluso la había estrangulado? ¿Por qué había bloqueado el recuerdo de las diez mil veces que le había dicho que todo era culpa de ella porque lloraba demasiado o porque suplicaba demasiado o porque no podía hacer todo lo que él quería que hiciera?

Callie se oyó chasquear los labios. Su cerebro había trazado una línea recta entre Phil, Buddy y el armario cerrado de los medicamentos.

Metadona. Ketamina. Buprenorfina. Fentanilo.

Había recogido su mochila en casa de Phil después de quitarse el top negro y ponerse la camiseta rota de los Osos Amorosos y la chaqueta amarilla de raso con el arcoíris. Se había cerrado la chaqueta hasta el cuello porque así se sentía más protegida, casi como si fuera una manta de seguridad. Su estuche estaba dentro de la mochila. Su goma. Su mechero. Su cuchara. Una jeringuilla usada. Una bolsita grande llena hasta arriba de polvo blanquecino.

Sin pensarlo, se agachó. Sin pensarlo, abrió el estuche y su memoria muscular sacó el mechero, la goma y la bolsita con sus misterios insondables.

No conocía al traficante que le había vendido la heroína. No tenía ni idea de con qué la había cortado, si con bicarbonato sódico, leche en polvo, metanfetamina, fentanilo o estricnina. Tampoco sabía lo pura que era la droga antes de que la cortara. Lo único que le importaba en ese momento era que tenía cuarenta dólares y algunas pastillas con receta que le habían sobrado de su debacle con Sidney y que él tenía suficiente heroína como para matar a un elefante.

Se tragó la sangre que tenía en la boca. Le sangraba el labio porque no podía dejar de mordérselo. Haciendo un esfuerzo, consiguió apartar la mirada de la droga. Se recostó en la silla para poder bajarse los vaqueros. A la luz del techo, su muslo tenía el color de la cola de carpintero, con un pegote rojo brillante lleno de pus en la parte de arriba. Pasó suavemente los dedos por el absceso. Sintió su calor palpitante en la yema de los dedos. Había motas de sangre seca donde se había pinchado atravesando la infección.

Todo por menos de cinco minutos de euforia, de un éxtasis que nunca, jamás, volvería a tener la misma intensidad, por más que lo persiguiera.

Putos yonquis.

Extrajo unos cuantos centímetros cúbicos de lidocaína sin molestarse en medir la dosis. Observó cómo la aguja se hundía en el absceso. Otro hilillo de sangre recompensó su esfuerzo. No sintió una punzada de dolor porque ahora le dolía todo el cuerpo. El cuello, los brazos, la espalda, la rótula que había estrellado contra la entrepierna de Sidney. La sensación de pesadez de la heroína, que solía relajarla hasta hacerla caer en un sueño insensible, se había convertido en un lastre que acabaría por asfixiarla.

Cerró los ojos mientras sentía como la lidocaína se extendía por el absceso. Prestó atención por si oía al gorila. Se esforzó por sentir su aliento caliente en el cuello. La sensación de soledad era absoluta. Había vivido con esa amenaza acechando en el horizonte desde aquella noche en la cocina y ahora no había nada. Aquel ser había desaparecido dentro del túnel del estadio, segundos antes de que ella atacara a Andrew. El misterio de esa paradoja no dejaba de aguijonear su cerebro. Si llevaba el razonamiento hasta el final, la solución era muy sencilla: durante todos esos años, Buddy Waleski no había sido el gorila.

Aquel demonio feroz y sanguinario había sido ella, Callie, todo el tiempo.

—Hola, amiga —dijo el doctor Jerry.

Se giró para mirarle, sintiendo que el alma se le abrasaba de vergüenza.

El doctor Jerry estaba de pie en la puerta. Echó una ojeada a la mesa. El estuche de la droga con la bolsita de heroína. El kit quirúrgico. La jeringa de lidocaína. La gruesa ampolla de pentobarbital azul.

—Vaya por Dios. —Fijó la vista en el enorme bulto rojo de su pierna—. ¿Puedo ayudarte con eso?

A Callie se le agolparon las disculpas en la boca, pero sus labios no las dejaron salir. No tenía forma de excusarse. Su culpabilidad estaba expuesta a la vista como una prueba en un juicio.

—Veamos qué tenemos aquí, jovencita.

El doctor Jerry se sentó. Su bata estaba arrugada. Sus gafas, torcidas. No se había peinado. Callie notó el olor agrio del sueño en su aliento mientras presionaba suavemente con los dedos alrededor del absceso.

—Si fueras un calicó, diría que te has metido en un rifirrafe muy desagradable. Lo que, por supuesto, no es raro en un calicó. Pueden ser bastante pendencieros. No como los carlinos, que son más bien habladores. Sobre todo si han tomado unas copas de más.

Las lágrimas nublaron la vista de Callie. La vergüenza se había difundido por cada fibra de su ser. No podía quedarse allí sentada, sin más, como hacía siempre que él le contaba una de sus historias.

—Veo que ya has empezado con la lidocaína. —Le palpó la pierna y preguntó—: ¿Crees que ya la tienes suficientemente dormida?

Callie sintió que decía que sí con la cabeza, aunque todavía notaba el intenso escozor de la infección. Tenía que decir algo, pero ¿qué podía decir? ¿Cómo podía disculparse por haberle robado? ¿Por poner en peligro su clínica? ¿Por mentirle a la cara?

Él no parecía preocupado mientras sacaba un par de guantes del kit quirúrgico. Antes de empezar, le sonrió y dijo en tono tranquilizador, como haría con un galgo asustado:

—No pasa nada, jovencita. Esto va a ser un poco incómodo para los dos, pero voy a darme toda la prisa que pueda y pronto estarás mucho mejor.

Callie miró fijamente la nevera, detrás de él, mientras sajaba el absceso. Sintió que extraía la pus apretando con los dedos, que la limpiaba con la gasa y volvía a apretar hasta que la cavidad estuvo vacía. El suero fresco le chorreó por la pierna cuando él irrigó la herida. No podía mirar hacia abajo, pero sabía que estaba siendo minucioso porque siempre tenía especial cuidado con los animales infelices que aparecían en su puerta.

—Ya está, listo. —El doctor Jerry se quitó los guantes. Encontró el botiquín en el cajón y eligió una tirita de tamaño medio. Cubrió la incisión y dijo—: Deberíamos hablar de los antibióticos, si te parece. Yo prefiero tomarlos escondidos dentro de un trozo de queso.

Callie seguía sin poder hablar. Se incorporó en la silla para subirse los vaqueros. La cinturilla le quedaba muy grande. Tendría que buscar un cinturón.

*Cinturón.*

Se miró las manos. Vio a Buddy sacándose el cinturón de los pantalones y atándole con fuerza las muñecas. Veintitrés años de olvido habían culminado en un súbito espectáculo de horrores que no podía quitarse de los ojos.

—¿Callie?

Cuando levantó la vista, el doctor Jerry parecía estar esperando pacientemente que le prestara atención.

—Normalmente no saco el tema del peso —dijo—, pero, en tu caso, creo que convendría que habláramos de la administración de golosinas. Está claro que necesitas más alimento.

Ella abrió la boca y las palabras salieron a borbotones.

—Lo siento, doctor Jerry. No debería estar aquí. No debería haber vuelto. Soy una mala persona. No merezco su ayuda. Ni su confianza. Le he estado robando y estoy…

—Mi amiga, eso es lo que eres —dijo él—. Eres mi amiga, como lo has sido desde que tenías diecisiete años.

Callie sacudió la cabeza. No era su amiga. Era una sanguijuela.

—¿Recuerdas la primera vez que llamaste a mi puerta? —preguntó él—. Había puesto un cartel porque necesitaba a alguien que me ayudara, pero en el fondo esperaba que esa ayuda viniera de alguien tan especial como tú.

Callie no pudo soportar su amabilidad. Empezó a llorar tan fuerte que le costó respirar.

—Callie. —Él le agarró la mano—. Por favor, no llores. No hay nada aquí que me sorprenda o me escandalice.

Debería haberse sentido aliviada, pero se sintió aún peor porque él no le hubiera dicho nunca nada. Se había limitado a seguirle la corriente y a dejarle creer que se estaba saliendo con la suya.

—Has sido muy inteligente con las historias y borrando tus huellas, por si te sirve de consuelo.

No era ningún consuelo. Era una acusación.

—Lo malo es que, aunque puede que esté perdiendo la chaveta, hasta yo me acordaría de un akita con displasia de cadera. —Le guiñó un ojo, como si el robo de sustancias controladas fuera una tontería—. Ya sabes que los akitas pueden ser unos bribronzuelos con muy mala uva.

—Lo siento, doctor Jerry. —Las lágrimas rodaban por su cara. Le goteaba la nariz—. Llevo un gorila a la espalda.

—Ah, entonces sabrás que últimamente los cambios demográficos en el mundo de los gorilas han provocado conductas inusuales.

Callie sintió que una sonrisa se dibujaba en sus labios temblorosos. Él no quería sermonearla. Quería contarle una historia de animales.

—Cuénteme —dijo con voz entrecortada, tomando aire.

—Los gorilas suelen ser bastante pacíficos, siempre que se les deje espacio. Pero ese espacio se ha reducido por culpa del hombre y, claro está, a veces la protección de las especies tiene sus inconvenientes. Principalmente, que esas especies empiezan a reproducirse en mayor número. Dime, ¿has visto alguna vez un gorila? —preguntó.

Ella negó con la cabeza.

—Que yo recuerde, no.

—Pues mejor así, porque antes ese suertudo estaba a cargo de toda la tropa, y tenía todas las chicas para él, y era muy muy feliz. —El doctor Jerry hizo una pausa dramática—. Ahora, en cambio, en lugar de irse a formar su propia tropa, los machos jóvenes se quedan y, ante la falta de perspectivas amorosas, se dedican a atacar a los machos más débiles y solitarios. ¿Te lo puedes creer?

Callie se limpió la nariz con el dorso de la mano.

—Eso es terrible.

—En efecto, lo es. Los jóvenes que no tienen ningún propósito en la vida pueden ser bastante problemáticos. Mi hijo pequeño, por ejemplo. Le maltrataban muchísimo en la escuela. ¿Te he dicho alguna vez que sufría un problema de adicción?

Callie negó con la cabeza, porque nunca le había oído hablar de un hijo pequeño. Solo conocía al de Oregón.

—Zachary tenía catorce años cuando empezó a tomar drogas. Fue por falta de amigos, ya ves. Se sentía muy solo y encontró aceptación en un grupo de chavales que no eran el tipo de chavales con los que nos hubiera gustado que se relacionara —explicó el doctor Jerry—. Eran los *fumetas* del colegio, si es que todavía se usa esa palabra. Y para pertenecer al club era requisito imprescindible experimentar con drogas.

Callie se había metido en un grupo similar en el instituto. Ahora todos estaban casados, tenían hijos y buenos coches, mientras ella le robaba estupefacientes al único hombre que le había demostrado auténtico amor paternal.

—A Zachary le faltaba una semana para cumplir dieciocho años cuando murió. —El doctor Jerry recorrió la sala de descanso abriendo y cerrando armarios hasta encontrar la gran caja de galletas en forma de animalitos—. No te estaba ocultando a Zachary, tesoro. Espero que entiendas que hay algunos temas de los que es muy difícil hablar.

Callie asintió, porque lo entendía mejor de lo que él creía.

—Mi querida esposa y yo intentamos desesperadamente ayudar a nuestro niño. Por eso su hermano se mudó al otro lado del país. Durante casi cuatro años, nos volcamos por completo en Zachary. —El doctor Jerry masticó un puñado de galletas—. Pero no había nada que pudiéramos hacer, ¿verdad? El pobre muchacho estaba atrapado sin remedio en la agonía de su adicción.

El cerebro de yonqui de Callie hizo cuentas. Un hijo pequeño del doctor Jerry habría alcanzado la mayoría de edad en los años ochenta; o sea, *crack*. Si la cocaína era adictiva, el *crack* era aniquilador. Callie había visto a Sammy el drogata arañarse el brazo hasta arrancarse la piel porque estaba convencido de que tenía parásitos debajo.

—Durante la corta vida de Zachary había ya muchos estudios científicos sobre cómo funciona la adicción, pero es distinto cuando se trata de tu hijo. Das por sentado que saben lo que hacen, o que son de alguna manera diferentes, cuando la verdad es que, por muy especiales que sean, son como todos los demás. Me avergüenzo cuando pienso en mi comportamiento —le confesó el doctor Jerry—. Si tuviera la posibilidad de volver a vivir esos últimos meses, pasaría esas horas preciosas diciéndole a Zachary cuánto le quería, no gritándole a pleno pulmón que debía de tener alguna tara moral, una falla de carácter, un odio hacia su familia que le impulsaba a no dejarlo.

Sacudió la caja de galletas. Callie no quería galletas, pero aun así alargó el brazo y le vio echarle en la mano tigres, camellos y rinocerontes. El doctor Jerry tomó otro puñado para sí y volvió a sentarse.

—A June le diagnosticaron cáncer de mama al día siguiente de que enterráramos a Zachary.

Callie rara vez le oía decir el nombre de su mujer. No había conocido a June. Ya había fallecido cuando ella vio el cartel en el escaparate de la clínica. Esta vez no tuvo que hacer cálculos de yonqui. Ella tenía diecisiete años cuando llamó a la puerta del doctor Jerry, la misma edad que tenía Zachary cuando murió de sobredosis.

—Curiosamente, la pandemia me recuerda a esa época de mi vida. Primero se fue Zachary y, antes de que tuviéramos tiempo de llorar esa pérdida, June ya estaba en el hospital. Falleció casi enseguida. Una suerte, por un lado, pero también un *shock*. Lo comparo con el momento que estamos viviendo en el sentido de que ahora mismo toda la gente del mundo está experimentando una especie de suspensión del luto. Más de medio millón de personas muertas solo en Estados Unidos. Es una cifra demasiado abrumadora para asimilarla, así que seguimos con nuestra vida y hacemos lo que podemos, pero, al final, esa pérdida sobrecogedora nos estará esperando. Porque siempre te alcanza, ¿verdad?

Callie tomó más galletas de animales cuando le ofreció la caja.

—No tienes buen aspecto, amiga mía —dijo él.

Ella no podía negarlo, así que no lo intentó.

—Hace un rato tuve un sueño muy extraño —continuó el doctor Jerry—. Era sobre un adicto a la heroína. ¿Has conocido a alguno?

A Callie se le encogió el corazón. Ella no tenía que formar parte de una de sus anécdotas divertidas.

—Viven en los lugares más oscuros y solitarios, lo que es muy triste, porque todo el mundo sabe que son unas criaturas encantadoras y maravillosas. —El doctor Jerry se acercó la mano a la boca como si fuera a contarle un secreto—. Sobre todo, las señoras.

Callie contuvo un sollozo. No se merecía esto.

—¿Te he dicho que sienten debilidad por los gatos? No para comérselos, sino como compañeros. —Él levantó las manos—. Y, ay, son un cielo. Es casi imposible no quererlos. Hay que tener el corazón de piedra para resistirse a ese impulso.

Callie negó con la cabeza. No podía dejar que él la redimiera.

—Además, ¡su munificencia es legendaria! —El doctor Jerry pareció encantado con aquella palabra—. Se sabe que dejan cientos de dólares en la caja para beneficio de otras criaturas más vulnerables.

A Callie le goteaba tanto la nariz que no le daba tiempo a limpiársela.

El doctor Jerry sacó su pañuelo del bolsillo trasero y se lo ofreció.

Callie se sonó. Pensó en el sueño del pez que se disolvía y en su historia de las ratas que almacenaban veneno en el áspero pelaje y pensó por primera vez que tal vez el doctor Jerry sí que era aficionado a las metáforas, después de todo.

—Lo que pasa con los adictos es que, cuando le abres el corazón a uno de esos granujas, ya nunca nunca dejas de quererlos. Pase lo que pase.

Ella sacudió la cabeza, pensando de nuevo que no merecía su cariño.

—¿Caquexia pulmonar? —preguntó él.

Callie se sonó la nariz para tener algo que hacer con las manos. Había sido tan transparente todo ese tiempo...

—No sabía que también sabía usted cosas de médicos de personas.

Él se recostó en la silla con los brazos cruzados.

—Gastas más calorías en respirar de las que ingieres a través de la comida. Por eso estás perdiendo tanto peso. La caquexia es una enfermedad debilitante. Pero eso ya lo sabes, ¿no?

Callie volvió a asentir, porque otro médico ya se lo había explicado. Tenía que comer más, pero no demasiadas proteínas porque tenía los riñones destrozados, y tampoco demasiados alimentos procesados porque el hígado apenas le funcionaba. Luego estaban el crepitar que se oía en sus pulmones y la opacidad blanca, como de vidrio esmerilado, que mostraban sus radiografías, y las vértebras de su cuello, que se estaban desintegrando, y la artritis precoz de la rodilla, y más cosas todavía, pero para entonces ella había dejado de escuchar al médico.

El doctor Jerry preguntó:

—No falta mucho, ¿verdad? No, si sigues por este camino.

Callie se mordió el labio hasta que volvió a notar el sabor de la sangre. Pensó en cómo había perseguido el éxtasis en el picadero, en la certeza repentina de que había llegado a un estancamiento en el que la heroína por sí sola ya no podía aliviar el dolor.

—Mi hijo mayor —añadió él—, el único que me queda, quiere que viva con él.

—¿En Oregón?

—Lleva pidiéndomelo desde que empecé con los ictus. Le he dicho que me preocupa que, si me mudo a Pórtland, los antifascistas me obliguen a dejar de comer gluten, pero… —Dejó escapar un largo suspiro—. ¿Puedo decirte una cosa en confianza?

—Claro que sí.

—Llevo aquí desde que te fuiste ayer por la tarde. Miauma Cass ha disfrutado de los mimos, pero… —Se encogió de hombros—. No me acuerdo del camino a casa.

Callie se mordió el labio. Hacía tres días que se había ido.

—Puedo anotárselo.

—Lo he buscado en mi teléfono. ¿Sabías que se puede hacer eso?

—No —contestó ella—. Es increíble.

—Sí que lo es. Da indicaciones y todo, pero me parece muy

preocupante que sea tan fácil encontrar a la gente. Echo de menos el anonimato. La gente tiene derecho a desaparecer si quiere. Es una decisión personal, ¿no? Todo el mundo debería tener autonomía. Les debemos a nuestros semejantes el respetar sus decisiones, aunque no estemos de acuerdo con ellas.

Callie sabía que ya no estaban hablando de Internet.

—¿Dónde está su camioneta?

—Está aparcada en la parte de atrás —contestó él—. ¿Te lo puedes creer?

—Qué cosas —dijo ella, aunque el doctor Jerry siempre aparcaba su camión en la parte de atrás—. Puedo acompañarle para asegurarme de que llega bien a casa.

—Eres es muy amable, pero no es necesario. —Volvió a agarrarle la mano—. Gracias a ti he podido trabajar estos últimos meses. Y entiendo el sacrificio que has hecho. Lo que te cuesta hacer esto.

Estaba mirando el estuche de Callie, que seguía sobre la mesa. Ella le dijo:

—Lo siento.

—Conmigo no tienes que disculparte nunca nunca. —Se llevó su mano a los labios y le dio un rápido beso antes de soltarla—. Bien, ¿qué es lo que te propones hacer con esto? No me gustaría que te saliera mal.

Callie miró el pentobarbital. La etiqueta lo identificaba como Euthasol, y se utilizaba exactamente para lo que indicaba su nombre. El doctor Jerry creía entender el motivo por el que lo había sacado del armario, pero se equivocaba.

—Me he topado con un gran danés muy peligroso —le dijo Callie.

Él se rascó la barbilla, sopesando lo que podía implicar aquello.

—Eso es muy raro. Yo diría que la culpa tiene que ser del dueño. Esos perros suelen ser compañeros muy simpáticos y cariñosos. Por eso se les llama gigantes bondadosos.

—Este no tiene nada de bondadoso —repuso Callie—. Hace daño a mujeres. Las viola, las tortura. Y ha amenazado con hacer daño a personas a las que quiero mucho. Como mi hermana. Y la hija de mi hermana, Maddy. Solo tiene dieciséis años. Tiene toda la vida por delante.

El doctor Jerry entendió por fin. Recogió el frasco.

—¿Cuánto pesa ese animal?

—Unos ochenta kilos.

Él observó el frasco.

—Freddy, el espléndido gran danés que tenía el récord mundial al perro más grande, llegó a pesar ochenta y ocho kilos.

—Eso sí que es un perro grande.

El doctor Jerry se quedó callado. Callie se dio cuenta de que estaba haciendo el cálculo de cabeza.

Finalmente dijo:

—Yo diría que, para ir sobre seguro, necesitaría al menos veinte mililitros.

Callie dejó escapar un soplido.

—Es una inyección muy grande.

—Es un perro muy grande.

Callie consideró su siguiente pregunta. Normalmente, antes de sacrificar a un animal, le ponían una vía intravenosa y le sedaban.

—¿Cómo lo administraría?

—La yugular estaría bien. —El doctor Jerry lo pensó un poco más—. Intracardiaca sería lo más rápido. Directo al corazón. Lo has hecho otras veces, ¿no?

Lo había hecho en la clínica, pero, antes de que fuera tan fácil conseguir Narcan, también lo había hecho en las calles.

—¿Qué más? —preguntó.

—El corazón está situado en oblicuo dentro del cuerpo, de modo que la aurícula izquierda es la posterior y por tanto la de más fácil acceso, ¿correcto?

Callie se tomó un momento para visualizar la anatomía del corazón.

—Correcto.

—El sedante debería hacer efecto en cuestión de segundos, pero será necesaria la dosis completa para que el animal pase a mejor vida. Y, por supuesto, los músculos se tensan. Se oye una respiración agónica. —Sonrió, aunque había tristeza en sus ojos—. Espero que no te moleste que te lo diga, me parece muy peligroso que alguien tan menudo como tú se encargue de esa tarea.

—Doctor Jerry —dijo Callie—, ¿no sabe ya que el peligro me da la vida?

Él sonrió, pero la tristeza seguía ahí.

—Lo siento —añadió ella—. Lo que pasó con su hijo… Le aseguro que él siempre le quiso. Él quería parar. En parte, al menos. Quería una vida normal, para que estuvieran orgullosos de él.

—No sabes cuánto te agradezco que digas eso. En cuanto a ti, amiga mía, ha sido maravilloso tenerte cerca. Desde que nos conocemos, solo me has traído alegría. Recuérdalo, ¿de acuerdo?

—Se lo prometo —dijo ella—. Y lo mismo le digo.

—Ah. —Él se tocó la frente—. De eso sí que no me olvidaré nunca.

Después de aquello, no le quedó más remedio que marcharse.

Callie encontró a Miauma Cass acurrucada en el sofá del despacho del doctor Jerry. La gata estaba tan adormilada que ni siquiera protestó cuando tuvo la osadía de meterla en un trasportín. Incluso le permitió inclinarse y darle un beso en su redonda barriguita. La alimentación con biberón había dado resultado. Cass ya estaba más fuerte. Iba a salir adelante.

El doctor Jerry se mostró un poco sorprendido al encontrar su camioneta aparcada detrás del edificio, pero a Callie le pareció admirable su capacidad para adaptarse a situaciones nuevas. Le ayudó a sujetar el trasportín de la gata con el cinturón de seguridad y luego a abrochárselo. Ninguno de los dos dijo nada cuando él encendió el motor. Callie le acercó la mano a la cara. Luego se inclinó y le besó la mejilla rasposa antes de dejarle marchar. La camioneta avanzó despacio por el callejón. El intermitente del lado izquierdo empezó a parpadear.

—Joder —murmuró Callie, y empezó a agitar el brazo para llamar su atención. Vio que él le hacía un gesto con la mano. El intermitente izquierdo se apagó. Se encendió el derecho.

Después de que doblara la esquina, Callie volvió a entrar en el edificio. Comprobó dos veces la puerta para asegurarse de que estaba bien cerrada. Los putos yonquis entraban a robar en la clínica en cuanto se descuidaban.

Las jeringas de veinte mililitros se guardaban en la perrera. Rara vez las usaban. Al sostener una, Callie se dijo únicamente que era mucho más grande de lo que pensaba. Se la llevó a la sala de descanso. Destapó la aguja. Extrajo la dosis de pentobarbital del frasco, sacando casi del todo el émbolo. Cuando volvió a ponerle la capucha a la aguja, la jeringa era del tamaño aproximado de una novela de bolsillo, de punta a punta.

Se la guardó en el bolsillo de la chaqueta. Encajaba perfectamente en las esquinas.

Metió la mano en el otro bolsillo. Rozó con los dedos el cuchillo.

Mango de madera agrietado. Hoja combada. Callie lo había usado para trocear el perrito caliente de Andrew porque, si no, él intentaba metérselo entero en la boca y empezaba a atragantarse.

¿Dónde estaba Andrew ahora?

El coche de Sidney estaba aparcado fuera, como un cartel de bienvenida en un área de descanso. Callie le había robado su cuchillo favorito. Se había asegurado de que su mujer no pudiera hacer pis en línea recta durante mes y medio. Había encontrado su aparato de vídeo y su cinta detrás de la estantería del armario de los aparatos electrónicos. Había rayado sus sofás de cuero blanco y trazado con saña largos arañazos en sus paredes inmaculadas.

¿A qué estaba esperando?

Callie empezaba a sentir los párpados pesados. Era casi medianoche. Estaba agotada por lo que había pasado ese día, y el siguiente no iba a ser más fácil. De alguna manera, el haberle dicho la verdad al doctor Jerry había hecho que su cuerpo aceptara, por duro que fuese, que al fin iba a pagar las consecuencias de su mala vida. Le dolía todo. Todo le molestaba.

Miró su estuche. Podía ponerse un chute ahora y tratar de alcanzar de nuevo el éxtasis, pero tenía el presentimiento de que Andrew aparecería en cuanto empezase a dar cabezadas. La enorme jeringa que llevaba en el bolsillo no debía encontrarla el juez de primera instancia. Su propósito era acabar con Andrew para que Maddy estuviera a salvo y Leigh pudiera seguir con su vida.

Era una idea, ni siquiera un plan, pero aun así era tan insensata como peligrosa. El doctor Jerry tenía razón. Ella era muy menuda y Andrew muy grande, y no había forma de que volviera a pillarle desprevenido, porque esta vez él estaría esperando que se volviera loca.

Podría haber pasado los siguientes minutos u horas tratando de idear un plan mejor, una manera más astuta, pero nunca se había caracterizado por mirar muy hacia delante, y los clavos y las varillas del cuello le impedían mirar atrás. Lo único que tenía a su favor era la determinación de poner fin a aquello. Quizá no saliera bien, pero al menos sería el final.

# Viernes

## 19

Eran poco más de las doce de la noche cuando Leigh se encontró mirando por entre las rejas de las ventanas delanteras de la clínica del doctor Jerry, hacia la sala de espera a oscuras. Había dado por sentado que el anciano estaba muerto, pero las fotos de Reggie le habían demostrado lo contrario. La página de Facebook de la clínica mostraba fotos recientes de animales a los que habían atendido. Leigh había reconocido la mano de Callie en los nombres. Cleogata. Miaussolini. Miauma Cass. Binx, que al parecer era el verdadero nombre de Hija de Puta, o Hipu para abreviar.

Era típico de Callie acordarse del gato de *El retorno de las brujas*, una película que habían visto tantas veces que hasta Phil empezó a citar algunos de sus diálogos. Leigh se habría reído si no hubiera estado tan ansiosa por localizar a su hermana. Normalmente era un alivio no hablar con Callie en dos días. Ahora, en cambio, solo se le ocurrían situaciones horrendas: un altercado con Andrew, una sobredosis, una llamada del servicio de urgencias, un policía en la puerta.

—¿Seguro que está aquí? —preguntó Walter.

—Nos hemos cruzado con el doctor Jerry por la carretera. Tiene que estar aquí.

Leigh tocó en el cristal con los dedos. Le preocupaba el BMW descapotable de color gris que ocupaba dos plazas frente al edificio. No solo porque estaban en el barrio, sino porque estaban en el condado de Fulton. La matrícula del coche era de DeKalb, que era donde vivía Andrew.

—Cariño, es tarde. —Walter le puso la mano en la espalda—.

Tenemos que reunirnos con el abogado dentro de siete horas. Es posible que no encontremos a Callie antes.

A Leigh le dieron ganas de zarandearle por no entenderlo.

—Tenemos que encontrarla ahora, Walter. En cuanto Andrew no pueda ponerse en contacto con Reggie, sabrá que algo anda mal.

—Pero él no sabrá qué ha pasado.

—Es un depredador. Se mueve por instinto. Piénsalo. Reggie no da señales de vida y entonces Andrew se entera de que la selección del jurado se ha pospuesto y yo no aparezco por ninguna parte. Estoy segura de que colgará todos los vídeos en Internet o le enseñará el vídeo original del asesinato a la policía, o… Haga lo que haga, no puedo dejar que Callie esté aquí cuando eso pase. Tenemos que sacarla de la ciudad cuanto antes.

—No va a querer irse —dijo Walter—. Tú lo sabes. Esta es su casa.

Leigh no iba a darle opción. Callie tenía que desaparecer. No había nada que discutir al respecto. Golpeó con más fuerza el cristal.

—Leigh… —dijo Walter.

Ella no le hizo caso y se alejó un poco, llevándose las manos a los ojos para escudriñar la oscura sala de espera. Tenía el corazón en un puño. Su instinto de luchar o huir giraba como una noria. Solo podía afrontar el futuro de cinco minutos en cinco minutos, porque, si se permitía pensar más allá, todo se agrandaría como una bola de nieve y tendría que asumir que su vida tal y como la conocía estaba a punto de acabarse.

Necesitaba frenéticamente proteger a su hermana de la avalancha que se avecinaba.

—Leigh —insistió Walter, y, si no hubiera estado tan preocupada por su marido, ella le habría gritado que dejara de repetir su nombre de una puta vez.

Estaban los dos agotados y conmocionados por lo que le habían hecho a Reggie. Pasar buena parte de la noche conduciendo sin rumbo no había servido para disminuir su ansiedad. Se habían pasado por casa de Phil; habían llamado a varias puertas del motel barato de Callie; habían despertado a los encargados de otros moteles cercanos;

habían pasado por delante de picaderos; habían llamado a comisaría y habían hablado con enfermeras de urgencias de cinco hospitales. Era como en los viejos tiempos, igual de horrible y agotador, y aún no habían encontrado a su hermana.

Leigh no iba a rendirse. Tenía que advertir a Callie sobre las cintas; se lo debía.

Le debía el decirle por fin la verdad.

—¡Ahí! —Walter señaló entre las rejas cuando se encendieron las luces del interior de la sala de espera.

Callie llevaba unos vaqueros y una chaqueta amarilla de raso que Leigh reconoció de cuando iba al instituto. A pesar del calor que hacía, se la había cerrado hasta el cuello.

—¡Cal! —la llamó a través del cristal.

Callie no se apresuró al oírla; cruzó despacio la sala de espera. Walter tenía razón sobre el bronceado. Su hermana tenía la piel casi dorada, pero su aspecto enfermizo, su angustiosa delgadez, sus ojos hundidos, seguían ahí.

La luz desabrida puso de manifiesto su deterioro físico cuando finalmente llegó a la puerta. Se movía con dificultad. Tenía un semblante inexpresivo. Respiraba por la boca. Pasara lo que pasase, Callie siempre parecía alegrarse de ver a Leigh, aunque fuera en la cárcel del condado, con una mesa metálica entre las dos. Ahora, parecía recelosa. Recorrió con la mirada el aparcamiento mientras metía la llave en la cerradura.

La puerta de cristal se abrió. Otra llave abrió la reja de seguridad. De cerca, Leigh pudo ver el maquillaje descolorido que llevaba Callie en la cara. La raya de ojos corrida. La sombra emborronada. Los labios teñidos de rosa oscuro. Hacía décadas que no se pintaba, como no fueran unos bigotes de gato dibujados con líneas rectas en las mejillas.

Callie se dirigió primero a Walter.

—Cuánto tiempo, amigo.

—Me alegro de verte, amiga —contestó él.

Leigh no podía soportar en ese momento su numerito de Chip y Chop.

Le preguntó a Callie:

—¿Estás bien?

Callie le dio una respuesta típica de ella.

—¿Alguien está bien de verdad alguna vez?

Leigh señaló con la cabeza el BMW.

—¿De quién es ese coche?

—Lleva aparcado ahí toda la noche —contestó Callie, lo que no era en realidad una respuesta.

Leigh abrió la boca para pedirle más explicaciones, pero entonces se dio cuenta de que no tenía sentido. El coche no importaba. Había venido a hablar con su hermana. Llevaba toda aquella noche interminable ensayando su discurso. Lo único que necesitaba de Callie era tiempo, uno de los pocos recursos que siempre tenía en abundancia.

—Os dejo para que habléis —dijo Walter como si le leyera el pensamiento—. Me alegro de verte, Callie.

Ella le hizo un saludo militar.

—Hasta pronto, espero.

Leigh no aguardó a que la invitara a pasar. Entró en el edificio y cerró la puerta. La entrada no había cambiado en décadas. Incluso el olor era el mismo: a perro mojado con un toque de lejía, porque Callie era capaz de fregar el suelo de rodillas con tal de que no tuviera que hacerlo el doctor Jerry.

—Harleigh, ¿qué está pasando? ¿Por qué estás aquí?

Leigh no respondió. Se volvió para ver dónde estaba Walter. Su sombra permanecía inmóvil en el asiento del copiloto del Audi. Se estaba mirando las manos. Leigh le había visto flexionar los dedos durante casi una hora, hasta que no pudo más y le hizo parar. Y luego él se había pellizcado las heridas abiertas de los nudillos hasta que la sangre le había bajado por los dedos y había manchado el asiento. Era como si quisiera tener un recuerdo indeleble de la violencia que había ejercido sobre Reggie Paltz. Leigh seguía intentando que hablara de ello, pero Walter no quería hablar. Por primera vez desde que estaban casados, no sabía qué estaba pensando su marido. Otra vida que había destrozado.

Leigh se volvió y le dijo a Callie:

—Vamos a la parte de atrás.

Su hermana no preguntó por qué no podían sentarse en las sillas de la sala de espera. Condujo a Leigh por el pasillo, hasta el despacho del doctor Jerry. Al igual que las otras habitaciones, el despacho no había cambiado. La graciosa lámpara con forma de chihuahua rechoncho. Las acuarelas descoloridas en la pared que representaban animales con ropa de la época de la Regencia. Incluso el viejo sofá de tartán verde y blanco era el mismo. La única diferencia era Callie. Estaba demacrada. Como si la vida que había llevado le hubiera pasado factura de golpe.

Leigh sabía que iba a empeorar la situación.

—Vale. —Callie se apoyó en el escritorio—. Cuéntame.

Por una vez, Leigh no censuró los pensamientos que se le pasaban por la cabeza.

—Esta noche Walter y yo secuestramos al detective de Andrew, Reggie Paltz.

—Vaya —fue lo único que dijo Callie.

—Tenía las copias de seguridad —continuó Leigh—. Pero aun así voy a entregarme, y quería decírtelo a ti primero porque tú también estás en esas cintas.

Callie se metió las manos en los bolsillos de la chaqueta.

—Tengo varias preguntas.

—No importa. Ya he tomado una decisión. Esto es lo que tengo que hacer para mantener a Maddy a salvo. Para que nadie más corra peligro, porque no sé qué más va a hacer Andrew. —Leigh tuvo que hacer una pausa para tragarse el pánico que le subía por la garganta—. Debería haberlo hecho en cuanto Andrew y Linda se presentaron en la oficina de Bradley. Debería habérselo confesado a todos, y así Ruby seguiría viva y Maddy no tendría que haberse ido y…

—Harleigh, para el carro —dijo Callie—. La última vez que hablamos me estaba dando un ataque de ansiedad en un desván, ¿y ahora me dices que había copias de seguridad y que te vas a entregar y que una tal Ruby ha muerto y que le pasa algo a Maddy?

Leigh se dio cuenta de que era peor que su hija, tratando de resumir una historia atropelladamente.

—Perdona. Maddy está bien. Está a salvo. Walter acaba de hablar con ella por teléfono.

—¿Por qué ha hablado Walter con ella? ¿Por qué no tú?

—Porque…

Leigh se esforzó por ordenar sus pensamientos. La decisión de entregarse le había procurado cierto grado de serenidad, pero ahora que estaba frente a su hermana, ahora que por fin había llegado el momento de contárselo todo a Callie, seguía encontrando razones para no hacerlo.

Le explicó:

—Ruby Heyer es, era, una madre amiga mía. La mataron el miércoles por la noche. No sé si la mató Andrew en persona o si le encargó a otra persona que lo hiciera, pero no me cabe duda de que está involucrado.

Callie no reaccionó ante la noticia. Preguntó:

—¿Y las copias de seguridad?

—Reggie tenía dos servidores en su oficina. Andrew le pidió que guardara copias de las cintas de vídeo de Buddy, como mecanismo de seguridad. Si le pasaba algo, Reggie debía publicarlas. Walter y yo hemos robado los servidores. La clave de encriptación para abrirlos estaba en su portátil. Hemos encontrado catorce archivos de vídeo, además del vídeo del asesinato.

Callie se puso completamente pálida. Aquello era su pesadilla hecha realidad.

—¿Los has visto? ¿Walter…?

—No —mintió Leigh.

Había hecho salir a Walter de la habitación porque necesitaba saber a qué se enfrentaban. Lo poco que había visto de los vídeos de Callie había bastado para ponerla físicamente enferma.

—Nos bastó con ver el título de los archivos: tu nombre y luego un número, del uno al catorce. El vídeo del asesinato llevaba tu nombre y el mío. Era fácil adivinar qué era cada uno. No tuvimos que verlos para saberlo.

Callie se mordió el labio. Era tan insondable como Walter.

—¿Qué más?

—Andrew contrató a Reggie para que te vigilara —explicó Leigh—. Te siguió en el autobús, hasta la biblioteca, a casa de Phil y aquí. Vi sus anotaciones, sus fotos. Sabía todo lo que estabas haciendo y se lo dijo a Andrew.

Callie no pareció sorprendida, pero una gota de sudor le corrió por un lado de la cara. Allí dentro hacía demasiado calor para llevar la chaqueta puesta. Se la había abrochado hasta el cuello.

Leigh preguntó:

—¿Has estado llorando?

Callie no respondió.

—¿Estás segura de que Maddy está a salvo?

—La madre de Walter se la ha llevado de viaje en su autocaravana. Está muy desconcertada, pero… —Leigh tragó saliva. Le estaban fallando las fuerzas. Era evidente que Callie no se encontraba bien. Aquel no era buen momento. Debía esperar, pero esperar solo había empeorado las cosas. El paso del tiempo había convertido su secreto en una mentira y su mentira en una traición.

Dijo:

—Cal, nada de eso importa. Andrew sigue teniendo las cintas originales. Además, no se trata solo de las cintas. Mientras él esté libre, tú, yo, Walter, Maddy, ninguno de nosotros estará a salvo. Andrew sabe dónde estamos. Y va a seguir haciendo daño, matando a más mujeres, seguramente. La única manera de detenerle es que me entregue. Cuando esté detenida, entregaré las pruebas y arrastraré a Andrew conmigo.

Callie esperó un momento antes de hablar.

—¿Ese es tu plan? ¿Sacrificarte?

—No es un sacrificio, Callie. Yo maté a Buddy. Quebranté la ley.

—Las dos matamos a Buddy. Las dos quebrantamos la ley.

—No, Cal. Tú te defendiste. Yo le maté.

Había visto el vídeo del asesinato de principio a fin. Había visto a Callie golpeando a Buddy aterrorizada. Se había visto a sí misma matándole deliberadamente.

—Hay algo más. Algo que nunca te he contado. Quiero que lo sepas por mí, porque saldrá a la luz durante el juicio.

Callie se pasó la lengua por los dientes. Siempre sabía cuándo Leigh iba a decirle algo que no quería oír. Normalmente encontraba la manera de despistar a su hermana, y ahora también lo consiguió.

—Seguí a Sidney a una reunión de Alcohólicos Anónimos y luego la drogué. Fuimos a casa de Andrew y me folló, y luego hubo una pelea, pero le di un rodillazo bien fuerte entre las piernas, y creo que las cintas originales están en la caja fuerte del armario de Andrew.

Leigh sintió que el estómago se le hundía como si tuviera una piedra dentro.

—¿Qué?

—También robé esto. —Callie se sacó un cuchillo del bolsillo de la chaqueta.

Leigh parpadeó, incapaz de creer lo que estaba viendo, a pesar de que podía describir el cuchillo de memoria: «mango de madera agrietado; hoja combada; dientes de sierra afilados».

Callie volvió a guardarse el cuchillo en el bolsillo.

—Le dije a Sidney que le dijera a Andrew que me buscara si quería recuperar el cuchillo.

Leigh se dejó caer en el sofá antes de que le fallaran las piernas.

—Estaba en el cajón de la cocina —explicó Callie—. Sidney lo usó para cortar limas para las margaritas.

Leigh sintió que iba asimilando la historia poco a poco, de soslayo.

—¿Te folló o follasteis?

—¿Las dos cosas, en realidad? —Callie se encogió de hombros—. Lo que quiero decir es que Sidney sabe lo de las cintas. No me lo dijo directamente, pero por lo que me dijo deduje que los originales están en la caja fuerte del armario de Andrew. Y sabe que el cuchillo es importante. Que yo lo usaba cuando Andrew era pequeño.

Leigh sacudió la cabeza tratando de entender lo que acababa de oír. Drogas, sexo, una pelea, una patada, una caja fuerte. Al final, nada de eso era peor que lo que ella había dejado que le pasara a Reggie Paltz.

—Dios mío, cada día nos parecemos más a Phil.

Callie se sentó en el sofá. Estaba claro que tenía más bombas que soltar.

—El BMW de fuera es de Sidney.

«Robo de coche a mano armada».

—Pensaba que eras Andrew cuando has llamado a la puerta —prosiguió Callie—. No ha venido a buscarme. No sé por qué.

Leigh miró al techo. Su cerebro no podía asimilar todo aquello de una vez.

—Tú has atacado a su novia y yo he hecho huir a su detective privado. Tiene que estar furioso.

—¿Walter está bien? —preguntó Callie.

—No, creo que no. —Leigh giró la cabeza para poder mirarla—. Voy a tener que contárselo todo a Maddy.

—No puedes contarle lo mío —dijo Callie—. No quiero, Leigh. Yo solo fui la tierra. La cultivé para ti y para Walter. Nunca ha sido mía.

—Maddy lo superará —dijo Leigh, pero en el fondo sabía que ninguno de ellos saldría indemne de aquello—. Deberías haberla visto cuando empezó el confinamiento. Todos mis amigos se quejaban de sus hijos, pero ella se portó tan bien, Cal… Tenía todo el derecho a que le diera un berrinche o a hacer alguna tontería, o a hacernos la vida imposible. Le pregunté y me dijo que se sentía mal por los niños que estaban en peor situación que ella.

Callie, como de costumbre, buscó otra cosa en la que concentrarse. Miraba fijamente los cuadros de Regencia de la pared, como si fueran lo más importante que había en la habitación.

—Su padre era un buen tipo. Creo que te habría gustado.

Leigh no dijo nada. Callie nunca había mencionado al padre biológico de Maddy y ni Walter ni ella se habían atrevido a preguntarle por él.

—Alivió mi soledad en parte. Nunca me gritó ni me levantó la mano. Nunca trató de empujarme a hacer cosas para que pudiéramos pillar. —No hizo falta que le dijera a Leigh lo que solían verse obligadas a hacer las mujeres—. Se parecía mucho a Walter, si Walter fuera un heroinómano con un solo pezón.

Leigh se echó a reír. Luego se le saltaron las lágrimas.

—Se llamaba Larry. Nunca supe su apellido, o puede que sí y lo olvidé. —Callie dejó escapar un largo y lento suspiro—. Le dio una sobredosis en el Dunkin' Donuts de Ponce de León. Seguramente podrás encontrar el atestado policial, si quieres saber cómo se apellidaba. Nos pinchamos juntos en el baño. Yo estaba colocada, pero oí llegar a la policía, así que le dejé allí porque no quería que me detuvieran.

—Seguro que te quería mucho —dijo Leigh, porque sabía que era imposible no encariñarse su hermana—. No habría querido que te detuvieran.

Callie asintió, pero dijo:

—Creo que le habría gustado que me quedara el tiempo suficiente para hacerle la reanimación cardiopulmonar y que no se muriera.

Leigh mantuvo la cabeza girada para poder observar las facciones angulosas de su hermana. Callie siempre había sido guapa. No tenía en absoluto esa expresión vigilante y maliciosa que afeaba a Leigh. Lo único que había querido siempre su hermana era bondad. Que hubiera encontrado tan poca no era culpa suya.

—Vale —dijo Callie por fin—. Cuéntamelo.

Leigh no iba a tratar de contárselo poco a poco, porque no había manera de suavizar la horrible verdad.

—Buddy lo intentó conmigo primero.

Callie se puso rígida, pero no dijo nada.

—La primera noche que fui a cuidar de Andrew, me llevó a casa en su coche. Hizo que le dejara llevarme a casa. Y entonces se paró delante de la casa de los Deguil y abusó de mí.

Callie seguía sin reaccionar, pero Leigh vio que empezaba a frotarse el brazo como hacía siempre que estaba angustiada.

—Fue solo una vez —añadió Leigh—. Cuando lo intentó de nuevo, le dije que no y eso fue todo. Nunca volvió a intentarlo.

Callie cerró los ojos. Las lágrimas se le escaparon por las comisuras. Leigh solo deseaba abrazarla, calmarla, arreglar las cosas, pero ella era la causante del dolor de su hermana. No tenía derecho a herirla para luego ofrecerle consuelo.

Se obligó a continuar.

—Después lo olvidé. No sé cómo ni por qué, pero se me fue de la cabeza. Y no te avisé. Te dije que fueras a trabajar para él. Te puse en su camino.

Callie se pasó la lengua por el labio inferior. Estaba llorando, grandes lágrimas de tristeza le corrían por la cara.

Leigh sintió que el corazón se le rompía en pedazos.

—Podría decirte que lo siento, pero ¿de qué serviría?

Callie no dijo nada.

—¿Cómo es posible que lo olvidara, que te dejara trabajar para ellos, que no me diera cuenta de lo que pasaba cuando empezaste a cambiar? Porque noté que habías cambiado, Callie. Lo vi y no pensé que se debía a eso. —Leigh tuvo que hacer una pausa para respirar—. Solo recordé los detalles concretos anoche, al contárselo a Walter. Me vino todo de golpe a la memoria. Los puros y el *whisky* barato y la canción que sonaba en la radio. Estaba todo ahí desde el principio, pero supongo que lo enterré muy hondo.

Callie soltó un suspiro entrecortado. Empezó a mover la cabeza rígidamente, describiendo un pequeño arco constreñido por sus vértebras paralizadas.

—Cal, por favor —dijo Leigh—. Dime qué estás pensando. Si estás enfadada o me odias o no quieres que…

—¿Qué canción estaba sonando?

A Leigh le sorprendió la pregunta. Esperaba recriminaciones, no preguntas triviales.

Callie cambió de postura en el sofá para poder mirarla.

—¿Qué canción sonaba en la radio?

—Hall y Oates —dijo Leigh—. *Kiss on my list.*

—Ah, ya —dijo Callie, como si Leigh hubiera hecho una observación interesante.

—Lo siento. —Leigh sabía que no tenía sentido disculparse, pero no podía evitarlo—. Siento mucho haber dejado que te pasara esto.

—¿Eso hiciste? —preguntó Callie.

Leigh tragó saliva. No tenía respuesta.

—Yo también lo olvidé. —Callie esperó un momento, como si

quisiera dar espacio a las palabras para que respiraran—. No todo, pero sí la mayor parte. Las peores cosas, por lo menos. También las olvidé.

Leigh seguía sin saber qué decir. Todos estos años había pensado que la adicción de su hermana a la heroína se debía a que lo recordaba todo.

—Era un pederasta. —Callie habló en voz baja, sopesando todavía sus palabras—. Nosotras éramos niñas. Éramos adaptables. Eso es lo que él quería: una niña a la que poder explotar. Da igual de cuál de las dos abusó primero. Lo que le importaba era con cuál podía volver a hacerlo.

Leigh volvió a tragar saliva con tanta fuerza que le dolió la garganta. La lógica le decía que Callie tenía razón. El corazón, en cambio, seguía diciéndole que no había protegido a su hermanita.

—Me pregunto a quién más se lo hizo —añadió Callie—. Porque tú sabes que no fuimos las únicas.

Leigh se quedó atónita. Nunca había considerado la posibilidad de que hubiera más víctimas, pero, naturalmente, las había.

—No… no lo sé.

—¿Puede que a Minnie como se llame? —dijo Callie—. La chica que cuidó de Andrew cuando tú estabas en el reformatorio. ¿Te acuerdas de eso?

Leigh no se acordaba, pero recordaba claramente lo exasperada que estaba Linda por la cantidad de niñeras que habían dejado de cuidar a su hijo sin motivo aparente.

—Te convencía de que eras especial. —Callie se limpió la nariz con la manga—. Eso es lo que hacía Buddy. Hacía que pareciera que eras la única. Que él era un tipo normal hasta que apareciste tú, y que se había enamorado de ti porque eras especial.

Leigh apretó los labios. Buddy no la había hecho sentirse especial. La había hecho sentirse sucia y avergonzada.

—Debería haberte advertido.

—No. —La voz de Callie sonó más firme que nunca—. Escúchame, Harleigh. Lo que pasó no tiene vuelta de hoja. Las dos fuimos víctimas de ese hombre. Las dos olvidamos lo horrible que fue aquello porque era la única forma de sobrevivir.

—No fue… —Leigh se detuvo, porque no tenía ningún argumento en contra. Ambas eran niñas en aquel entonces. Ambas eran víctimas. Lo único que podía hacer era volver al punto de partida—. Lo siento.

—No puedes pedir perdón por algo que no podías controlar. ¿No lo entiendes?

Leigh negó con la cabeza, pero una parte de su ser ansiaba desesperadamente creer que lo que decía Callie era cierto.

—Quiero que me escuches —prosiguió Callie—. Si esa es la culpa con la que has estado cargando desde que eres adulta, déjala de una puta vez, porque no es tuya. Es de él.

Leigh estaba tan acostumbrada a llorar que no notó sus propias lágrimas.

—Lo siento mucho.

—¿Por qué? —preguntó Callie—. No es culpa tuya. Nunca ha sido culpa tuya.

Oír aquel giro de su mantra hizo que algo se rompiera dentro de Leigh. Apoyó la cabeza en las manos. Empezó a sollozar tan fuerte que no podía sostenerse derecha.

Callie la abrazó, soportando parte de la carga. Besó la coronilla de Leigh. Callie nunca la había abrazado. Normalmente, era al revés. Por lo general, era Leigh quien la consolaba a ella, porque Walter tenía razón. Phil nunca había sido su madre, desde el principio. Solo eran ellas dos, Leigh y Callie, entonces igual que ahora.

—Tranquila —dijo Callie besándole de nuevo la coronilla como hacía con su gato—. Vamos a superar esto, ¿de acuerdo?

Leigh se incorporó. Le goteaba la nariz. Los ojos le escocían por las lágrimas.

Callie se levantó del sofá. Encontró un paquete de pañuelos en el escritorio del doctor Jerry. Agarró unos cuantos para ella y le pasó el resto a Leigh.

—¿Qué es lo siguiente?

Leigh se sonó la nariz.

—¿Qué quieres decir?

—El plan —dijo Callie—. Tú siempre tienes un plan.

—Es el plan de Walter. Él se está encargando de todo.

Callie volvió a sentarse.

—Walter siempre ha sido más duro de lo que parece.

Leigh no estaba segura de que eso fuera bueno. Sacó un pañuelo de papel limpio y se enjugó los ojos.

—Voy a hablar por videollamada con Maddy dentro de unas horas. Quería hablar con ella en persona, pero no podemos arriesgarnos a que Andrew nos siga hasta donde está.

—¿Por los satélites, quieres decir?

—Sí. —A Leigh le sorprendió que supiera que existían los dispositivos de rastreo—. Walter hizo parar a su madre en una gasolinera. Miraron debajo de la caravana para asegurarse de que no había ningún rastreador. Yo encontré uno en mi coche, pero me deshice de él.

—Pensaba que Andrew iba a usar el GPS del BMW de Sidney para encontrarme —dijo Callie.

—¿Querías que te encontrara?

—Ya te lo he dicho: le dije a Sidney que le dijera que el cuchillo lo tenía yo, si lo quería recuperar.

Leigh no quiso decirle que aquello era una misión suicida. El impulso de arrasar con todo era un gen dominante en su familia.

—Hemos quedado en reunirnos con mi abogado a las siete. Es un amigo de Walter. Ya he hablado un poco con él por teléfono. Es agresivo, que es lo que necesito.

—¿Puede sacarte de esto?

—Es imposible sacarme de esto —dijo Leigh—. Nos reuniremos con el fiscal del distrito mañana a mediodía. Le propondremos un trato. «Reina por un día», se lo llama a veces. Les diré la verdad, pero no podrán usar en mi contra nada de lo que les cuente. Con suerte, podré aportar pruebas suficientes contra Andrew para que le manden a la cárcel.

—¿No tienes que guardar la confidencialidad o algo así?

—No importa. No voy a volver a ejercer la abogacía. —Leigh sintió que el peso de sus palabras amenazaba con hundirla. Haciendo un esfuerzo, dijo—: Técnicamente, puedo romper el privilegio de confidencialidad si creo que mi cliente está cometiendo delitos o si representa un peligro para otras personas. Y Andrew cumple ambas cosas, no hay duda.

—¿Qué te ocurrirá a ti?

—Iré a la cárcel —contestó Leigh, porque incluso el agresivo abogado de Walter había reconocido que no había forma de evitar que cumpliera condena—. Si tengo suerte, me caerán entre cinco y siete años, o sea, cuatro con buena conducta.

—Eso es horrible.

—Es por el vídeo, Cal. Andrew va a publicarlo. No puedo impedirlo. —Leigh se limpió la nariz—. Cuando se haga público, cuando la gente vea lo que hice, se convertirá en una cuestión política. El fiscal del distrito no podrá darme tregua.

—Pero ¿y lo que pasó? —preguntó Callie—. Lo que me hizo Buddy. Lo que te hizo a ti. ¿Eso no importa?

—¿Quién sabe? —Leigh había asistido a suficientes juicios como para saber que a los fiscales y a los jueces les importaba más la opinión pública que la justicia—. Voy a prepararme para lo peor y, si no sucede, entonces es que tengo más suerte que la mayoría de la gente.

—¿Te dejarán salir en libertad condicional?

—No puedo responder a eso, Callie. —Leigh necesitaba que entendiera la gravedad de la situación—. No es solo el vídeo del asesinato lo que va a salir a la luz. Es lo demás. Los catorce vídeos que Buddy grabó de vosotros dos juntos.

La respuesta de Callie no fue la que esperaba.

—¿Crees que Sidney está metida en esto?

Leigh sintió que una bombilla gigante se encendía dentro de su cabeza: tenía todo el sentido que Sidney estuviera implicada; era obvio.

Andrew tenía una coartada sólida para el asesinato de Ruby Heyer. Si las anotaciones de Reggie eran dignas de crédito, el detective había estado vigilando la casa de Phil la noche del ataque. De modo que solo quedaba una persona que pudiera haber cometido el crimen. Andrew había dejado una pista evidente. En su móvil no había fotos de Sidney durante la boda. Él había insinuado que no había llegado hasta justo antes de la ceremonia. Ella había tenido tiempo de sobra de asesinar a Ruby Heyer, ponerse el vestido de novia y estar lista para casarse a las ocho.

—Ruby había dejado a su marido por otro hombre —le dijo Leigh a Callie—. Estaba viviendo en un hotel. Reggie admitió que le dijo a Andrew dónde encontrarla. Las fotos de la boda de Andrew le dan una coartada sólida, así que solo queda Sidney.

—¿Estás segura?

—Estoy segura. La forma en que mataron a Ruby... Andrew tuvo que contarle a Sidney los detalles. Si no, ella no habría sabido qué hacer. Cómo hacerlo. Y está claro que Sidney disfrutó haciéndolo.

—Disfrutó mucho jodiéndome a mí. En los dos sentidos, si te soy sincera —dijo Callie—. Lo que significa que no estamos tratando con un solo psicópata, sino con dos.

Leigh asintió, aunque nada de eso cambiaba lo que tenía que pasar a continuación.

—Tengo diez mil dólares en el coche. Walter y yo queremos que te vayas de la ciudad. No puedes quedarte aquí. Lo digo en serio. Vamos a llevarte a casa de Phil para que recojas a Binx. Luego te llevaremos a la parada del autobús. No puedo hacer esto si sé que no estás a salvo.

—¿Podría Maddy cuidarme de él?

—Por supuesto. Seguro que le encantará. —Leigh intentó no dar demasiada importancia a su pregunta. Estaba deseando que su hermana conociera a su hija—. Walter se lo llevará a casa esta noche, ¿de acuerdo? Estará allí cuando vuelva Maddy.

Callie se mordió el labio.

—Deberías saber que tiene todo su dinero en *bitcoins*.

—Putos impuestos.

Callie sonrió.

Leigh le devolvió la sonrisa.

—Siempre puedo mandarte otra vez a rehabilitación —dijo.

—He dicho que no, no, no.

Leigh se rio de su imitación de Amy Winehouse. Tendría que

acordarse de decirle a Walter que Callie había hecho una referencia a la cultura popular posterior a 2003.

—Supongo que deberíamos irnos —dijo Callie.

Leigh se levantó. Alcanzó a Callie de la mano para ayudarla a levantarse del sofá. Su hermana no la soltó mientras salían del despacho. Sus hombros chocaron en el estrecho pasillo. Callie siguió sin soltarla cuando llegaron a la sala de espera. De niñas solían ir así al colegio. Incluso cuando ya eran mayores y parecía raro, Callie siempre se agarraba con fuerza a la mano de Leigh.

—El BMW sigue aquí. —Callie pareció decepcionada al ver el coche aparcado fuera.

—Andrew es un controlador nato —dijo Leigh—. Está tardando porque sabe que así nos hace sufrir.

—Entonces habrá que quitarle el control. Podemos ir a su casa ahora mismo y traer las cintas.

—No —contestó Leigh. Ya había pasado por algo parecido con Walter—. No somos criminales. No sabemos cómo entrar en una casa y amenazar a la gente y abrir cajas fuertes.

—Habla por ti. —Callie abrió la puerta de un empujón.

Leigh sintió que el corazón le daba un vuelco.

Walter no estaba dentro del Audi.

Miró a la izquierda, luego a la derecha.

Callie hizo lo mismo. Llamó:

—¿Walter?

Ambas escucharon en el silencio. Callie lo intentó de nuevo:

—¿Walter?

Esta vez, Leigh no esperó a oír una respuesta. Echó a correr. Sus tacones se clavaron en el cemento roto al pasar junto a la barbería. Dobló la esquina. Mesa de pícnic. Latas de cerveza vacías. Montones de basura. En la parte de atrás, más de lo mismo. Echó a correr otra vez dando la vuelta completa al edificio. No se detuvo hasta que vio a Callie asomada a la puerta abierta del Audi.

Callie se incorporó. Llevaba un papel roto en la mano.

—No... —susurró Leigh.

Sus pies y sus brazos se pusieron en marcha de nuevo. Corrió hacia el coche. Le quitó la nota de la mano a Callie. No conseguía enfocar la vista. Líneas de color azul claro. Sangre oscura empapando la esquina rota. Una frase escrita a mano en el centro.

La letra de Andrew no había cambiado desde que hacía garabatos en los libros de texto de Leigh. En aquel entonces dibujaba dinosaurios y motos con bocadillos llenos de palabras sin sentido. Ahora había escrito una amenaza muy semejante a la que Callie le había hecho llegar a través de Sidney.

*Si quieres recuperar a tu marido, ven a buscarle.*

# 20

Callie dio un paso atrás cuando el vómito de Leigh cayó salpicando a sus pies. Su hermana se había doblado por la cintura, atenazada por el terror. Un gemido casi animal salió de su boca.

Callie miró en torno al aparcamiento. El BMW seguía allí. La carretera estaba a oscuras, no se veía ningún coche. Andrew había llegado y se había ido.

—¡Dios! —Leigh cayó de rodillas llevándose las manos a la cabeza—. ¿Qué he hecho?

La nota de Andrew había caído al suelo. En lugar de intentar tranquilizar a Leigh, Callie se inclinó y la recogió. Su letra desmañada le resultaba tan familiar como la suya propia.

—¡Callie! —gimió Leigh, y apoyó la frente contra el asfalto. Otro horrible lamento salió de su boca—. ¿Qué voy a hacer?

Callie se sentía tan ajena al dolor de Leigh como la última vez que su hermana se había dejado arrastrar por la desesperación, en el dormitorio de Linda y Buddy Waleski. Leigh había ido a salvarla y había acabado arruinando su vida.

Otra vez.

La noche que mataron y descuartizaron a Buddy Waleski no fue la primera ni la última vez que Callie había hecho caer de rodillas a su hermana. Había sido así desde su más tierna infancia. Una vez, Callie llegó a casa quejándose de que una niña se había burlado de ella en el patio del colegio y Leigh acabó en el reformatorio porque estuvo a punto de arrancarle la cabellera a la niña con un trozo de cristal roto.

Su segunda estancia en el reformatorio también fue culpa de

Callie. El cerdo del jefe de Leigh dijo algo acerca de que a Callie se le marcaban los pezones en la camiseta. Esa misma noche detuvieron a Leigh por rajarle los neumáticos.

Había más ejemplos, de mayor o menor importancia: desde que Leigh arriesgara su carrera pagando a una yonqui para que asumiera la culpa de los delitos de Callie, hasta que perdiera a su marido a manos de un psicópata al que Callie había desafiado abiertamente.

Volvió a echar una ojeada al BMW de Sidney. Andrew no se había llevado el coche porque había estado esperando pacientemente la oportunidad más ventajosa para hacerles daño. Había sido pura coincidencia que hubiera encontrado a Walter en vez de a Maddy.

—¡No! —sollozó Leigh—. No puedo perderle. No puedo.

Callie hizo una bola con la nota dentro del puño. Le crujió la rodilla al agacharse junto a su hermana. Apoyó la mano en la espalda de Leigh. La dejó desahogarse porque no había otra opción. Después de llevar toda la vida mirando lo que tenía justo enfrente, de repente se alegraba de tener la capacidad de mirar solo hacia delante.

—¿Qué vamos a hacer? —gimió Leigh—. Dios mío, Callie. ¿Qué vamos a hacer?

—Lo que deberíamos haber hecho antes. —Tiró de los hombros de Leigh para hacerla sentarse. Así era como funcionaba: solo una de ellas podía derrumbarse cada vez—. Harleigh, ponte las pilas. Ya tendrás tiempo de ponerte como loca más tarde, cuando Walter esté bien.

Leigh se limpió la boca con el dorso del brazo. Estaba temblando.

—No puedo perderle, Callie. No puedo.

—No vas a perder a nadie. Vamos a ir a casa de Andrew ahora mismo y vamos a terminar con esto de una vez por todas.

—¿Qué? —Leigh empezó a sacudir la cabeza—. No podemos…

—Escúchame. —Callie le apretó los hombros—. Vamos a ir a casa de Andrew. Vamos a hacer lo que tengamos que hacer para recuperar a Walter. Encontraremos la forma de abrir esa caja fuerte. Conseguiremos las cintas y nos iremos.

—Yo… —Leigh pareció recuperar en parte su determinación de costumbre. Cuando caía un rayo, ella siempre se ponía delante de Callie—. No puedo meterte en esto. No voy a hacerlo.

—No tienes elección. —Callie sabía cómo hacer que el pánico volviera a apoderarse de ella—. Andrew tiene a Walter. ¿Cuánto va a tardar en ir también a por Maddy?

Leigh pareció horrorizada.

—Él… no…

—Vamos. —Callie la hizo levantarse. Sorteó la mancha de vómito—. Por el camino podemos pensar qué vamos a hacer .

—No. —Leigh luchaba visiblemente por recuperar la compostura. Agarró la mano de Callie y la hizo darse la vuelta—. No puedes ir conmigo.

—Eso no está sujeto a discusión.

—Tienes razón —dijo Leigh—. Tengo que hacer esto sola, Cal. Tú lo sabes.

Callie se mordió el labio. El hecho de que su hermana no fuera capaz de prever lo que podía ocurrir atestiguaba hasta qué punto estaba angustiada.

—No puedes hacerlo sola. Tendrá un arma o…

—Yo también tengo un arma. —Leigh buscó dentro del coche. Encontró su bolso. Sacó la Glock que había blandido contra Trap y Diego en el motel—. Le dispararé si es necesario.

Callie no tenía ninguna duda de que lo decía en serio.

—¿Y se supone que tengo que esperar aquí mientras tú arriesgas la vida?

—Lleva el dinero. —Leigh volvió a hurgar en el bolso y sacó un sobre lleno de dinero—. Tienes que irte de la ciudad ahora mismo. Para solucionar esto necesito saber que estás a salvo.

—¿Cómo vas a solucionarlo?

Leigh tenía una mirada enloquecida. Iba a arreglarlo echando más leña al fuego.

—Necesito que estés a salvo.

—Yo también necesito que tú estés a salvo —arguyó Callie—. No voy a dejarte sola.

—Tienes razón. No me vas a dejar. Te voy a dejar yo a ti. —Leigh le puso el dinero en la mano—. Esto es entre Andrew y yo. Tú no tienes nada que ver.

—No eres una criminal —dijo Callie recordándole sus propias palabras—. No sabes colarte en una casa y amenazar a la gente y abrir cajas fuertes.

—Ya me las arreglaré. —Leigh parecía decidida. Cuando se ponía así, no se podía discutir con ella—. Prométeme que vas a estar bien, para que pueda hacer lo que tendría que haber hecho hace cuatro días.

—¿Entregarte? —Callie soltó una risa forzada—. Leigh, ¿de verdad crees que ir a la policía ahora mismo va a impedir que Andrew haga lo que va a hacer?

—Solo hay una manera de detenerle. Voy a matar a ese hijo de puta retorcido igual que maté a su padre.

Callie la vio acercarse a la puerta del conductor. En todos los años que habían compartido, nunca había visto a su hermana tan decidida a hacer algo.

—¿Harleigh?

Leigh se volvió. Tenía los labios apretados. Evidentemente, esperaba una discusión.

—Lo que me has contado sobre Buddy —dijo Callie—. No hay nada que perdonar. Pero, si necesitas oírlo, te perdono.

Su hermana tragó saliva. Se olvidó un instante de su furia ciega y luego volvió a deslizarse en ella.

—Tengo que irme.

—Te quiero —dijo Callie—. No ha habido un momento en toda mi vida en que no te quisiera.

Leigh rompió a llorar sin poder controlarse. Intentó hablar, pero, al final, solo pudo asentir con la cabeza. Callie oyó las palabras de todos modos.

«Yo también te quiero».

La puerta del coche se cerró. El motor gruñó al ponerse en marcha. Leigh dio un volantazo para salir de la plaza de aparcamiento. Callie vio cómo se encendían las luces traseras cuando redujo la velocidad para girar. Mantuvo los ojos fijos en el lujoso coche de su hermana hasta que lo vio desaparecer en el cruce desierto del final de la calle.

Podría haberse quedado allí toda la noche, como un perro que espera el regreso de su mejor amigo, pero no tenía tiempo. Mientras volvía a entrar en la clínica, echó un vistazo al grueso fajo de billetes de cien que había en el sobre. Puso el dinero en la caja de seguridad del doctor Jerry. Pensó en lo que iba a hacer a continuación. La enorme jeringa cargada seguía en el bolsillo derecho de su chaqueta. Recogió su estuche y se lo guardó en el izquierdo.

Encontró las llaves de Sidney en su mochila. Daría una última vuelta con el BMW.

Como ocurría siempre, el pánico había hecho vulnerable a Leigh. Callie se había aprovechado de ello para despistarla. Andrew no había llevado a Walter a su elegante mansión propia de un asesino en serie. Solo había un lugar donde aquello podía acabar: el mismo lugar donde había empezado.

La casa color mostaza de Canyon Road.


Iba sudando debajo de la chaqueta de raso amarillo, pero se la dejó abrochada hasta el cuello mientras caminaba por la calle. Phil ya se había ido con el BMW de Sidney. Era la segunda vez en su vida que Callie le daba a su madre un coche robado para que se deshiciera de él.

La primera vez fue el Corvette de Buddy. Callie apenas llegaba con los pies a los pedales. Tenía que sentarse tan cerca del volante que se lo clavaba en las costillas. Hall y Oates sonaban suavemente en los altavoces del coche cuando se detuvo frente a la casa de Phil. El CD de *Voices* era el favorito de Buddy. Le encantaban *You make my dreams*, *Everytime you go away* y, sobre todo, *Kiss on my list*, que cantaba con un extraño falsete.

Buddy le puso la canción la primera noche que la llevó a casa, después de cuidar a Andrew. Ella quiso irse andando, pero él insistió. No le apetecía beberse el ron con Coca-Cola que le puso delante, pero él insistió. Y entonces él paró delante de la casa de los Deguil, a medio camino entre su casa y la de Phil. Y luego le puso la mano en la rodilla, y a continuación en el muslo y un momento después le metió los dedos dentro.

«Dios eres como un bebé tienes la piel tan suave que noto su pelusilla de melocotón».

Mientras estaban en la consulta del doctor Jerry, su primera reacción a la confesión de Leigh habían sido unos celos cegadores. Luego se había sentido triste. Y, después, increíblemente estúpida. Buddy no solo había hecho lo mismo con Leigh. Había hecho *exactamente lo mismo* con Leigh.

Respiró hondo. Agarró con fuerza el cuchillo que llevaba en el bolsillo mientras pasaba por delante de la casa de los Deguil. La jeringa de veinte mililitros le oprimía el dorso de la mano. Había rajado la parte de arriba del bolsillo para asegurarse de que encajaba bien en el forro.

Miró hacia arriba. La luna pendía baja en el cielo. No sabía qué hora era, pero calculaba que Leigh ya estaría a medio camino de la casa de Andrew. Solo podía confiar en que el pánico de su hermana aún no hubiera remitido. Leigh era impulsiva, pero poseía la misma astucia animal que ella. Su instinto le diría que algo iba mal. Pasado un tiempo, su cerebro descubriría qué era.

Callie se había dado por vencida con demasiada facilidad. Era ella quien le había metido en la cabeza la idea de ir a casa de Andrew. Leigh se había marchado a toda velocidad, sin pensar, y, en cuanto se parara a hacerlo, se daría cuenta de que tenía que dar media vuelta.

Esperar a que eso ocurriera sería gastar tiempo inútilmente. Leigh haría lo que tuviera que hacer. Ahora, Callie tenía que centrarse en Andrew.

En las novelas policíacas, siempre había un momento en que el detective dictaminaba que el asesino deseaba que le atraparan. Andrew Tenant no quería que le detuvieran. Se arriesgaba cada vez más porque era adicto al subidón de adrenalina que le producía correr grave peligro. Leigh, Walter y ella le habían hecho un favor al ir tras Sidney y secuestrar a Reggie Paltz. Leigh creía que Andrew estaba dejándose llevar por el pánico porque había perdido el control. Callie, en cambio, sabía que lo que perseguía era ese subidón, igual que le sucedía a ella con la heroína. No había drogas más adictivas que las que el cuerpo fabrica por sí mismo.

La adicción a la adrenalina tenía una explicación científica, lo mismo que la adicción a los opioides. Los comportamientos de alto riesgo generaban una intensa oleada de adrenalina que inundaba el organismo; esa era su recompensa física. Los receptores adrenérgicos, al igual que sus primos del campo, los mus, adoraban la sobreestimulación agresiva, que se difundía por las mismas vías que el instinto de luchar o huir. La mayoría de la gente aborrecía esa sensación de estar expuesto y en peligro, pero los adictos a la adrenalina vivían para sentirla. No era casualidad que a la adrenalina se la llamara también epinefrina, una hormona muy apreciada tanto por los culturistas como por los consumidores de drogas recreativas. Un subidón de adrenalina podía hacerte sentir como un dios. Se te aceleraba el corazón, los músculos se te fortalecían, la concentración se te agudizaba, no sentías dolor y podías follar más que un conejo.

Como cualquier adicto, Andrew necesitaba cada vez más droga para colocarse. Por eso había violado a una mujer que podía reconocer su voz. Por eso la madre amiga de Leigh había sido brutalmente asesinada. Y por eso también Andrew había secuestrado a Walter. Cuanto mayor era el riesgo, mayor era la recompensa.

Callie entreabrió los labios para respirar profundamente. Veía el revestimiento amarillo mostaza de la casa a veinte metros de distancia. El cartel de SE VENDE seguía en el patio cubierto de maleza. Al acercarse, vio que los grafiteros del barrio habían aceptado el reto. Un pene chorreante cubría el número de teléfono, con pelos como bigotes de gato sobresaliendo de las pelotas.

Un Mercedes negro estaba aparcado junto al buzón. Tenía matrícula de concesionario. Grupo Automovilístico Tenant. Otro riesgo calculado por parte de Andrew. La casa seguía tapiada, así que los vecinos darían por sentado que un traficante estaba abasteciendo uno de sus picaderos. O bien una patrulla de policía pasaría por allí y se preguntaría qué estaba pasando.

Callie miró dentro del coche buscando a Walter. Los asientos estaban vacíos. El coche estaba impecable, salvo por una botella de agua en uno de los portavasos. Apoyó la mano en el capó. El motor estaba frío. Se le ocurrió echar un vistazo dentro del maletero, pero las puertas estaban cerradas.

Estudió la casa antes de prepararse para avanzar por el camino de entrada. No parecía haber nada raro y sin embargo tenía la sensación de que todo iba a torcerse. Cuanto más se acercaba a la casa, más amenazaba el pánico con apoderarse de ella. Las piernas le temblaban cuando rodeó la mancha de aceite, en el lugar donde Buddy solía aparcar el Corvette. La cochera estaba a oscuras, las sombras se amontaban unas encima de otras. Las Doctor Martens de Callie crujieron al pisar el cemento. Miró hacia abajo. Alguien había colocado una alarma antirrobo casera, esparciendo cristales rotos a lo largo de la entrada de la cochera.

—Puedes pararte ahí —dijo Sidney.

Callie no podía verla, pero dedujo que estaba parada cerca de la puerta de la cocina. Pasó por encima de los cristales. Luego dio un paso más.

*Clic, clac.*

Reconoció el sonido característico de la corredera de una pistola de nueve milímetros.

Le dijo a la mujer:

—Me asustaría más si pudiera ver el arma.

Sidney salió de entre las sombras. Sostenía la pistola como una aficionada, con el dedo sobre el gatillo y el arma ladeada, como si estuviera en una película de mafiosos.

—¿Qué tal ahora, Max?

Callie casi había olvidado su alias; no había olvidado, en cambio, que probablemente Sidney había matado a la amiga de Leigh.

—Me sorprende que puedas andar.

Sidney dio otro paso adelante para demostrarle que podía. A la luz de la calle, Callie vio que había prescindido de su atuendo de oficina. Pantalones de cuero. Chaleco de cuero ajustado, sin camisa. Rímel negro. Delineador de ojos negro. Labios rojo sangre. Sidney vio que se fijaba en el cambio.

—¿Te gusta lo que ves?

—Mucho —contestó Callie—. Si ayer hubieras estado tan guapa, seguramente te habría follado yo también.

Sidney sonrió.

—Me sentí fatal por no dejarte terminar.

Callie dio otro paso adelante. Estaba lo bastante cerca como para oler su perfume almizclado.

—Siempre podemos volver a hacerlo.

Sidney seguía sonriendo. Callie reconoció en ella a otra yonqui. Sidney era tan adicta a la adrenalina como el cabrón de su marido.

—Oye —le dijo Callie—, ¿qué tal uno rapidito en el maletero del coche?

La sonrisa se intensificó.

—Andrew se te ha adelantado.

—No me importa ser segunda. —Callie sintió que el cañón de la pistola se le clavaba en el pecho. Miró hacia abajo—. Qué juguete tan bonito.

—¿Verdad que sí? Me la compró Andy.

—¿Te enseñó dónde está el seguro?

Sidney dio la vuelta a la pistola buscando el botón. Callie hizo lo que debería haber hecho antes.

Retiró el arma de un manotazo.

Sacó el cuchillo y apuñaló a Sidney en el estómago cinco veces.

—Ah. —Sidney abrió la boca sorprendida. El aliento le olía a cerezas.

La sangre caliente empapó la mano de Callie cuando hundió la hoja más adentro, girándola. Notó cómo le subía por el brazo la vibración de los dientes de sierra al raspar el hueso. Su boca estaba tan cerca de la de Sidney que sus labios se rozaron. Le dijo:

—Debiste dejarme terminar.

El cuchillo salió con un sonido de succión.

Sidney se tambaleó hacia delante. El arma cayó al suelo. La sangre salpicó el cemento liso. Sus tobillos se trabaron. Cayó a cámara lenta, con el cuerpo erguido, sujetándose las tripas. Se oyó un horrible crujido cuando su cara chocó con los fragmentos de vidrio roto. La sangre roja brillante se extendió alrededor de su torso como las alas de un ángel de nieve.

Callie miró hacia la calle vacía. No había nadie mirando. El cuerpo de Sidney había caído en su mayor parte dentro de la oscuridad de la cochera. Si algún curioso se acercaba, tendría que avanzar por el camino de entrada para verla.

Volvió a guardarse el cuchillo en el bolsillo de la chaqueta. Recogió la pistola mientras se adentraba en la cochera. Quitó el seguro con el pulgar. Localizó la puerta de la cocina de memoria. Sus ojos no se acostumbraron a la oscuridad hasta que levantó la pierna y pasó por el hueco que había abierto Leigh dos noches atrás.

El olor a metanfetamina seguía impregnando el aire, pero había también un olor tenue, como a humo, que no lograba identificar. De repente, se alegró de que Leigh la hubiera arrastrado antes a aquel tugurio asqueroso. Los recuerdos no la abofetearon como la primera vez. No vio la silueta fantasmal de la mesa y las sillas, la batidora y la tostadora. Vio un mísero picadero donde algunas almas iban a morir.

—¿Sid? —llamó Andrew.

Callie siguió el sonido de su voz hasta el cuarto de estar.

Estaba de pie detrás de la barra. Tenía delante una botella grande de tequila y dos vasos de chupito. La pistola que tenía en la mano era idéntica a la que llevaba Callie. Ella pudo advertir ese detalle porque, aunque por lo demás la casa estaba vacía y a oscuras, había velas por todas partes. Pequeñas y grandes. En la barra del bar, en el suelo, en el alféizar de las ventanas mugrientas. Su luz se agitaba en las paredes como lenguas demoníacas. Los hilillos de humo se arremolinaban en el techo.

—Calliope. —Andrew dejó la pistola sobre la barra. La luz de las velas hacía brillar con estridencia el arañazo que tenía a un lado de la cara. Las marcas de los dientes de Callie que tenía en el cuello se habían vuelto negras—. Qué bien que hayas venido.

Ella miró alrededor de la habitación. Los mismos colchones sucios. La misma moqueta asquerosa. La misma sensación de desesperanza.

—¿Dónde está Walter?

—¿Dónde está Harleigh?

—Probablemente quemando esa mansión tan hortera en la que vives.

Él apoyó las manos en la barra. La pistola estaba tan cerca como la botella de tequila.

—Walter está en el pasillo.

Callie caminó de lado, sin dejar de apuntarle con la pistola. Walter estaba tumbado de espaldas. No tenía heridas visibles, pero sí el labio roto. Tenía los ojos cerrados y la boca abierta. No estaba atado, pero tampoco se movía. Callie acercó los dedos al lateral de su cuello. Sintió su pulso constante.

Le preguntó a Andrew:

—¿Qué le has hecho?

—Sobrevivirá. —Andrew recogió la botella de tequila. Desenroscó el tapón. Tenía los nudillos peludos, pero sus uñas estaban limpias. El pesado reloj de oro de Buddy le colgaba, un poco suelto, alrededor de la estrecha muñeca.

«Sírveme una copa, muñequita».

Callie parpadeó, porque las palabras eran las de Buddy, pero era su propia voz la que había oído.

—¿Me acompañas? —Andrew sirvió dos chupitos.

Callie mantuvo la pistola apuntando hacia el frente mientras se acercaba a la barra. En lugar de las lujosas botellas que guardaba en casa, Andrew había traído José Cuervo, una porquería de tequila que podía comprarse en cualquier sitio. La misma marca que Callie había empezado a beber cuando Buddy la inició en los placeres del alcohol.

Notó un sabor a sangre al morderse el labio. Buddy no la había iniciado en ningún placer. La había obligado a beber para que su cuerpo se relajara y dejara de llorar.

Volvió a mirar hacia el pasillo. Walter seguía sin moverse. Andrew dijo:

—Le he dado una pastillita. No nos molestará.

Callie no había olvidado que Andrew era partidario del Rohypnol. Le dijo:

—A tu padre también le gustaba que sus víctimas estuvieran desmayadas e indefensas.

Andrew tensó la mandíbula. Deslizó uno de los vasos por la barra.

—Dejemos el revisionismo histórico.

Callie se quedó mirando el líquido blanquecino. El Rohypnol era incoloro e insípido. Agarró la botella de tequila por el cuello y bebió directamente de ella.

Andrew esperó a que terminara para beberse su chupito. Dio la vuelta al vaso y lo golpeó contra la barra.

—Deduzco por la cantidad de sangre que Sidney no se encuentra bien.

—Es posible incluso que esté muerta. —Callie observó su semblante, pero no advirtió ninguna emoción en él. Supuso que Sidney habría reaccionado igual—. ¿Hiciste que matara a la amiga de Leigh?

—Nunca le he dicho lo que tenía que hacer —replicó Andrew—. Ella lo consideró un regalo de bodas. Para quitarme un poco de presión. Y para divertirse un poco también ella.

Callie no lo dudó.

—¿Ya estaba tarada antes de que la conocieras o la hiciste tú así?

Andrew se quedó callado un momento antes de responder.

—Fue especial desde el principio.

Callie sintió que su determinación empezaba a flaquear. Fue por aquella pausa. Él lo controlaba todo, hasta la cadencia de su conversación. La pistola no le preocupaba. Tampoco le preocupaba que ella fuera capaz de ponerse violenta. Leigh decía que Andrew siempre iba tres pasos por delante. Él la había atraído hasta aquí. Tenía algo terrible planeado.

Esa era la diferencia entre Leigh y ella. Su hermana estaría tratando de calcular todas las variables. Ella lo único que podía hacer era mirar fijamente la botella de tequila, anhelando otro sorbo.

—Discúlpame un momento. —Andrew se sacó el teléfono del bolsillo. La luz azul se reflejó en su cara. Le mostró la pantalla a Callie. Al parecer, sus cámaras de seguridad le habían alertado de que había movimiento en su casa. El elegante coche de Leigh estaba aparcado a la entrada. Callie vio a su hermana dirigirse a la puerta principal, con la Glock junto al costado. Luego, Andrew puso la pantalla en negro.

Le dijo a Callie:

—Harleigh parece angustiada.

Callie dejó la pistola de Sidney sobre la barra. Tenía que apresurar las cosas. Leigh había tardado poco. Conduciría aún más rápido cuando diera la vuelta.

—¿No es eso lo que querías?

—A Sid todavía le olían los dedos a ti cuando llegué a casa. —Él la observaba atentamente, esperando una reacción—. Sabes tan dulce como me imaginaba.

—Déjame ser la primera en felicitarte por el herpes que acabas de contraer. —Callie le dio la vuelta al vaso de chupito. Se sirvió un trago—. ¿Qué quieres sacar de esto, Andrew?

—Ya sabes lo que quiero. —Él no la dejó en suspenso—. Háblame de mi padre.

A Callie le dieron ganas de reír.

—Has elegido un mal día para preguntarme por ese cerdo.

Andrew no dijo nada. La observaba con la frialdad que le había descrito Leigh. Callie se dio cuenta de que se estaba pasando de la raya, arriesgándose demasiado. Andrew podía echar mano de la pistola; podía tener un cuchillo bajo la barra, o podía usar las manos porque, al verle de cerca, se dio cuenta de lo grande que era, de cómo se le marcaban los músculos debajo de la camisa. Si volvían a llegar a las manos, ella no tendría ninguna posibilidad.

Dijo:

—Antes de ayer te habría dicho que Buddy tenía sus cosas malas, pero que era un buen tipo.

—¿Qué pasó ayer?

Estaba fingiendo que Sidney no se lo había contado todo.

—Vi una de las cintas.

A Andrew le picó la curiosidad.

—¿Qué te pareció?

—Me pareció… —Callie no se había permitido procesar lo que pensaba, más allá del asco que le producían sus propios espejismos—. Durante mucho tiempo me dije que me amaba, pero luego vi lo que me hizo. Eso no era amor, ¿verdad?

Andrew se encogió de hombros.

—Se ponía un poco duro, pero otras veces lo disfrutabas. Vi la cara que ponías. Eso no se puede fingir. No cuando eres tan joven.

—Te equivocas —dijo Callie, porque había estado fingiendo toda su vida.

—¿Sí? Mira lo que te pasó sin él. Tu vida se vino abajo en el momento en que murió. Sin él, no tenía sentido.

Si algo sabía Callie era que su vida tenía sentido. Le había dado un bebé a Leigh. Le había dado a su hermana algo que Leigh nunca se habría dado a sí misma, por desconfianza.

—¿Y a ti qué más te da, Andrew? Buddy no te soportaba. Lo último que te dijo fue que te bebieras tu NyQuil y te fueras a la puta cama.

Notó por su expresión que él acusaba el golpe.

—Nunca sabremos lo que sentía por mí, ¿verdad? Harleigh y tú nos robasteis la oportunidad de conocernos mejor.

—Te hicimos un favor —dijo Callie, aunque no estaba tan segura—. ¿Sabe tu madre lo que pasó?

—A esa zorra solo le importa el trabajo. Tú estabas allí. No tenía tiempo para mí entonces ni lo tiene ahora.

—Lo que hacía, lo hacía por ti. Era la mejor madre del barrio.

—Eso es como decir que era la mejor hiena de la manada. —Apretó los dientes y el hueso de su mandíbula sobresalió en ángulo agudo—. No voy a hablar de mi madre contigo. No estamos aquí para eso.

Callie se dio la vuelta. Las velas la habían distraído. El humo y los espejos. La figura inmóvil de Walter en el pasillo. No se había dado cuenta de que algunos de los colchones estaban en otra posición. Los tres más grandes estaban apilados, uno encima del otro, en el lugar exacto donde antes estaba el sofá.

Sintió su aliento en la nuca antes de darse cuenta de que estaba detrás de ella. Él le puso las manos en las caderas. Su peso se le clavó en los huesos.

Andrew abrió las manos sobre su vientre. Acercó la boca a su oído.

—Mira qué pequeñita eres.

Callie tragó una bocanada de bilis. Las palabras eran las de Buddy. La voz, la de Andrew.

—Vamos a ver qué hay aquí debajo. —Empezó a desabrocharle los corchetes de la chaqueta de raso—. ¿Te gusta esto?

Callie sintió frío en la tripa. Andrew deslizó los dedos por debajo de la camiseta. Ella se mordió el labio cuando le tocó los pechos y metió la otra mano entre sus piernas. Se le doblaron las rodillas. Era como sentarse en el extremo plano de una pala.

—Qué muñequita tan dulce. —Empezó a quitarle la chaqueta.

—No. —Callie trató de apartarse, pero él la agarró con fuerza por la entrepierna.

—Vacíate los bolsillos. —Su voz se había vuelto siniestra—. Ya.

El miedo caló en cada rincón de su cuerpo. Empezó a temblar. Sus pies apenas tocaban el suelo. Se sentía como el péndulo de un reloj, sostenida solo por la mano de Andrew entre sus piernas.

Él la apretó.

—Obedece.

Callie metió la mano en el bolsillo derecho. El cuchillo estaba pegajoso por la sangre de Sidney. La jeringa cargada le rozó el dorso de la mano. Sacó el cuchillo despacio, rezando por que Andrew no indagara más.

Él le arrancó el cuchillo y lo arrojó sobre la barra del bar.

—¿Qué más?

Callie no pudo evitar temblar cuando metió la mano en su bolsillo izquierdo. Su estuche era para ella algo tan íntimo que era como dejar al descubierto el corazón.

—¿Qué es esto? —preguntó Andrew.

—Mi… mi… —Callie no pudo responder. Había empezado a llorar. El miedo la ahogaba. Todo volvía a aflorar. Sus rosados y tenues recuerdos de Buddy chocaban con la ira gélida y dura de su hijo. Las manos de ambos eran las mismas. Sus voces eran las mismas. Y ambos habían disfrutado haciéndole daño.

—Ábrelo —ordenó él.

Callie intentó levantar la tapa con la uña del pulgar, pero temblaba tanto que no lo consiguió.

—No puedo…

Andrew le arrebató el estuche. Retiró la mano de entre sus piernas.

Callie se sintió vacía por dentro. Se acercó a la pila de colchones, tambaleándose. Se sentó y se cerró la chaqueta.

Andrew estaba de pie frente a ella. Había abierto el estuche.

—¿Para qué es esto?

Ella miró la goma que tenía en la mano. Era en realidad una tira de cuero marrón que había pertenecido al padre de Maddy. Tenía un lazo en un extremo. El otro extremo tenía marcas de mordiscos, porque Larry y luego ella lo habían agarrado con los dientes para apretar el torniquete lo suficiente para que sobresaliera una vena.

—Vamos —dijo Andrew—. ¿Para qué es?

—Tú… —Callie tuvo que aclararse la garganta—. Ya no lo uso. Es para… No me quedan venas en los brazos que pueda usar. Me pincho en la pierna.

Andrew se quedó callado un momento.

—¿En qué parte de la pierna?

—En la vena f-femoral.

Él abrió la boca, pero parecía incapaz de hablar. Las velas hacían centellear sus fríos ojos. Por fin dijo:

—Enséñame cómo lo haces.

—Yo no…

La agarró del cuello. Callie sintió que se le cortaba la respiración. Le arañó los dedos. Él la empujó contra el colchón. Su peso era insoportable. Le hizo perder el poco aire que le quedaba. Callie sintió que empezaba a mover los párpados rápidamente.

Andrew estaba encima de ella, escudriñando su rostro, alimentándose de su terror. La tenía completamente inmovilizada con una mano. Ella no podía hacer nada más que esperar a que la matara.

Pero no lo hizo.

Le soltó el cuello. Le abrió el botón de los vaqueros. Le bajó la cremallera de un tirón. Callie se quedó tumbada de espaldas, consciente de que no podía detenerlo mientras le bajaba los pantalones. Andrew acercó una vela para poder verle la pierna.

Preguntó:

—¿Qué es esto?

Ella no tuvo que preguntarle a qué se refería. Él clavó el dedo en la tirita con que el doctor Jerry le había cubierto el absceso. La incisión se abrió y un agudo pinchazo le recorrió la pierna.

—Contéstame. —Andrew apretó más fuerte.

—Es un absceso. De chutarme.

—¿Pasa a menudo?

Callie tuvo que tragar antes de poder hablar.

—Sí.

—Qué interesante.

Ella se estremeció cuando sus dedos le hicieron cosquillas en la pierna. Cerró los ojos. No quedaba ni una pizca de ímpetu en su cuerpo. Ansiaba que Leigh echara la puerta abajo, que le pegara un tiro a Andrew en la cara, que rescatara a Walter, que la salvara de lo que iba a ocurrir a continuación.

Intentó sacudirse su impotencia. No podía dejar que nada de eso sucediera. Tenía que hacerlo ella misma. Leigh acabaría llegando en algún momento. Y ella no quería ser la razón por la que su hermana volviera a mancharse las manos de sangre.

Le dijo a Andrew:

—Ayúdame a incorporarme.

Él la agarró del brazo. Las vértebras de su cuello emitieron un chasquido cuando la levantó de un tirón. Callie buscó su estuche. Él lo había dejado abierto al borde del colchón.

Ella le dijo:

—Necesito agua.

Andrew dudó.

—¿Importa si lleva algo?

—No —mintió ella.

Andrew volvió a la barra.

Callie recogió su cuchara. El mango estaba doblado en forma de anilla para poder sostenerla mejor. Se llevó la botella de agua de Andrew. Supuso que había hecho que Walter bebiera de ella. No tenía ni idea del efecto que tendría el Rohypnol, pero tampoco le importaba.

—Espera. —Andrew acercó unas velas para poder ver lo que hacía.

Callie sintió que tragaba saliva. Aquello no se hacía para exhibirse. Se hacía en privado, o con otros yonquis, porque el ritual era tuyo y de nadie más.

—¿Para qué es esto? —Andrew señaló la bola de algodón del estuche.

Callie no le contestó. Habían dejado de temblarle las manos ahora que iba a darle a su cuerpo lo que quería. Abrió la bolsita. Echó un poco del polvo blanquecino en el cuenco de la cuchara.

Andrew preguntó:

—¿Con eso es suficiente?

—Sí —dijo Callie, aunque en realidad era demasiado—. Ábreme la botella.

Esperó a que Andrew obedeciera. Tomó un sorbo de agua, lo retuvo en la boca y luego lo echó en la cuchara como un cardenal alimentando a su polluelo. En lugar de usar su Zippo, recogió una vela del suelo. Olía intensamente a vinagre blanco mientras la droga hervía despacio, hasta licuarse. El traficante la había estafado. Cuanto más fuerte era el olor, con más mierda estaba cortada la heroína.

Sus ojos se encontraron con los de Andrew por entre el humo que despedía la cuchara. Él había sacado la lengua. Aquello era lo que había querido desde el principio. Buddy había usado tequila y él estaba usando heroína, pero ambos querían lo mismo, en resumidas cuentas: ponerla en un estado de estupor para que no pudiera defenderse.

Con la mano libre, arrancó un trozo de algodón. Recogió la jeringuilla. Quitó la capucha con los dientes. Apoyó la aguja en el algodón y tiró del émbolo.

—Es un filtro —dijo Andrew como si acabara de resolver un gran misterio.

—Vale. —A Callie se le había llenado la boca de saliva desde el momento en que el olor le había llegado al fondo de la garganta—. Ya está listo.

—¿Cómo se hace? —Al ver vacilar a Andrew, Callie tuvo por primera vez un atisbo del niño que había sido. Estaba ansioso, emocionado por aprender algo nuevo e ilícito—. ¿Puedo... puedo hacerlo yo?

Ella asintió, porque tenía la boca demasiado llena para hablar. Giró el cuerpo para apoyar los pies en el colchón. Sus pálidos muslos brillaron a la luz de las velas. Vio lo mismo que veían los demás. El fémur y los huesos de las rodillas se le marcaban tanto que parecían los de un esqueleto.

Andrew no hizo ningún comentario. Se recostó junto a sus piernas, apoyándose en el codo. Callie pensó en todas las veces que se había quedado dormido con la cabeza apoyada en su regazo. Le encantaba que le abrazara mientras le leía cuentos.

Ahora la miraba esperando instrucciones sobre cómo inyectarle heroína.

Callie estaba sentada en un ángulo demasiado pronunciado para verse la parte superior del muslo. Se quitó la tirita. Palpando, encontró el centro del absceso vaciado.

—Aquí.

—¿En el...? —Andrew seguía dudando. Desde donde estaba recostado veía mejor que ella la herida—. Parece infectado.

Callie le dijo la verdad y lo que él quería oír.

—Me gusta el dolor.

Andrew volvió a sacar la lengua.

—Vale, ¿qué hago?

Ella se recostó apoyándose en las manos. La chaqueta de raso se abrió.

—Da unos golpecitos a un lado de la jeringuilla y luego aprieta un poco el émbolo para sacar el aire.

A Andrew le temblaban las manos. Estaba tan excitado como cuando ella le mostró los dos peces bicolores que había comprado en la tienda de animales. Se aseguró de que ella le estaba mirando y luego golpeó con el dedo el lateral de la jeringuilla de plástico.

*Tap, tap, tap.*

«Trev, ¿estás dando golpes en el acuario? Te he dicho que no lo hagas».

—Bien —dijo Callie—. Ahora saca la burbuja de aire.

Él probó a accionar el émbolo, sosteniendo la jeringuilla a la luz de las velas para ver salir el aire del tubo de plástico. Un chorrito de líquido se deslizó por la aguja. En cualquier otro momento, Callie lo habría lamido.

Le dijo:

—Tiene que pinchar en la vena, ¿vale? Es la línea azul. ¿La ves?

Él se acercó tanto que Callie sintió su aliento en la pierna. Apretó con los dedos el absceso. Levantó la vista rápidamente para asegurarse de que todo iba bien.

—Qué gusto —le dijo ella—. Aprieta más fuerte.

—Joder —susurró Andrew, hurgando con la uña. Prácticamente se estremeció. No había nada en todo aquello que no le excitase—. ¿Así?

Callie hizo una mueca de dolor, pero dijo:

—Sí.

Él volvió a mirarla a los ojos antes de seguir la vena con la punta del dedo. Callie se quedó mirando su coronilla. Tenía el mismo remolino que Buddy. Callie recordaba haberle pasado los dedos por el cuero cabelludo. Recordaba la expresión avergonzada de Buddy al taparse la calva.

«No soy más que un viejo muñequita ¿por qué me haces caso?».

—¿Aquí? —preguntó Andrew.

—Sí. Mete la aguja despacio. No presiones el émbolo hasta que te diga que está en el sitio correcto. La aguja tiene que deslizarse dentro de la vena, no atravesarla.

—¿Qué pasa si la atraviesa?

—Que la droga no entra en el torrente sanguíneo. Entra en el músculo y no hace nada.

—Vale —dijo él, porque no tenía forma de saber si era cierto.

Callie le observó volver a la tarea. Andrew cambió un poco de postura para estar más cómodo. No le temblaba la mano cuando acercó la aguja al centro del absceso.

—¿Lista?

No esperó a que ella dijera que sí.

El suave pinchazo de la aguja hizo que un sonido escapara de su boca. Callie cerró los ojos. Su respiración era tan rápida como la de él. Intentó apartarse del borde del abismo.

—¿Así? —preguntó Andrew.

—Despacio —contestó ella suavemente, deslizándole una mano por la espalda—. Mueve la aguja alrededor, por dentro.

—Joder —gimió él.

Callie podía sentir su erección contra la pierna. Él se meció, deslizando la aguja dentro y fuera de su vena.

—Sigue así —susurró ella al tiempo que le pasaba los dedos por la columna vertebral. Sintió el movimiento de sus costillas al respirar—. Eso es, cariño.

Andrew apoyó la cabeza en su cadera. Ella sintió su lengua en la piel. Su aliento era caliente y húmedo.

Metió la mano en el bolsillo de la chaqueta. Quitó la capucha a la jeringa de veinte mililitros.

—Bien —le dijo a Andrew cuando sus dedos localizaron el espacio entre la novena y la décima costilla—. Empieza a empujar el émbolo, pero hazlo despacio, ¿vale?

—Vale.

El mareo inicial de la heroína la acechaba como un virus.

Se sacó la jeringa del bolsillo. El líquido azul parecía opaco a la luz de las velas.

Callie no vaciló. No podía dejar que Andrew saliera de allí. Clavó la jeringa en ángulo, atravesando el músculo y los tendones, hasta meter la aguja directamente en el ventrículo izquierdo del corazón.

Ya estaba presionando el émbolo cuando él se dio cuenta de que algo iba mal.

Para entonces era demasiado tarde para que pudiera hacer algo al respecto.

No pudo forcejear. No hubo gritos ni llamadas de auxilio. La naturaleza sedante del pentobarbital le arrebató sus últimas palabras. Callie oyó la respiración agónica de la que le había hablado el doctor Jerry, el reflejo del bulbo raquídeo que sonaba como un jadeo. La mano derecha fue la última parte del cuerpo sobre la que Andrew perdió el control e introdujo la heroína tan bruscamente que Callie sintió que le ardía la vena femoral.

Apretó los dientes. El sudor manaba de su cuerpo. Agarró con fuerza la jeringa de veinte mililitros y le tembló el pulgar mientras seguía presionando el espeso líquido azul, bombeándolo a través de la aguja. La adrenalina era lo único que impedía que se desplomara. Todavía quedaba media dosis. Observó el lento descenso del émbolo. Tenía que inyectarle la dosis completa antes de que la adrenalina se consumiera. Leigh tardaría poco en llegar. No podía pasar lo que pasó la última vez. No iba a hacer que su hermana terminara lo que ella había empezado.

El émbolo se hundió por fin hasta el fondo. Callie vio cómo las últimas gotas del fármaco inundaban el corazón negro de Andrew.

Bajó la mano. Se dejó caer sobre el colchón.

La heroína se apoderó de ella en oleadas; no la euforia, sino la lenta liberación de su cuerpo, rindiéndose por fin a lo inevitable.

El intenso olor a vinagre. La dosis mayor de lo habitual. El Rohypnol en el agua. El fentanilo que había sacado del armario del doctor Jerry y mezclado con el polvo blanquecino.

Andrew Tenant no era el único que no iba a salir vivo de allí.

Primero se deshicieron los apretados nudos de sus músculos. Luego, las articulaciones dejaron de molestarle, el cuello ya no le dolía, su cuerpo se desprendió del dolor al que se había aferrado durante más años de los que podía recordar. Su respiración ya no era laboriosa. Sus pulmones ya no necesitaban aire. Los latidos de su corazón eran como un lento reloj que contara los segundos que le quedaban de vida.

Miró el techo con los ojos fijos como los de un búho. No pensó en los cientos de veces que había mirado aquel mismo techo desde el sofá. Pensó en su inteligentísima hermana, en el maravilloso marido de Leigh y en su preciosa niña corriendo por el campo de fútbol. Pensó en el doctor Jerry y en Binx e incluso en Phil, hasta que por fin, inevitablemente, pensó en Kurt Cobain.

Él ya no la estaba esperando. Estaba allí, hablando con Mama Cass y Jimi Hendrix, riendo con Jim Morrison y Amy Winehouse y Janis Joplin y River Phoenix.

Todos se fijaron en ella al mismo tiempo. Se apresuraron a acercarse y le tendieron la mano para ayudarla a levantarse.

Se sintió ligera como si de pronto su cuerpo estuviera hecho de plumas. Miró al suelo y vio que se convertía en suaves nubes. Echó la cabeza hacia atrás y miró el cielo azul brillante. Miró a izquierda y a derecha y después detrás de ella. Había caballos bondadosos, perros regordetes y gatos astutos, y entonces Janis le pasó una botella y Jimi un porro, y Kurt se ofreció a leerle alguno de sus poemas y, por primera vez en su vida, Callie supo que allí estaba su sitio.

# EPÍLOGO

Leigh estaba sentada en una silla plegable junto a Walter. El cementerio estaba en silencio, salvo porque en el árbol que se alzaba sobre la tumba trinaban algunos pájaros. Observaron cómo bajaban a la fosa el ataúd de color amarillo pastel de Callie. Las poleas no crujieron ni chirriaron. Su hermana pesaba cuarenta y tres kilos cuando llegó al depósito de cadáveres. El informe de la autopsia describía un cuerpo devastado por la enfermedad y el abuso prolongado de las drogas. Callie tenía afectados el hígado y los riñones. Sus pulmones solo funcionaban a medias. Le habían administrado un cóctel letal de narcóticos y venenos.

*Heroína, fentanilo, Rohypnol, estricnina, metadona, bicarbonato sódico, detergente para ropa.*

Ninguno de los hallazgos fue una sorpresa. Tampoco lo fue la noticia de que en la cuchara, la vela y la bolsa de droga solo estaban presentes las huellas de Callie. Las de Andrew se mezclaban con las suyas en la jeringuilla que Callie tenía clavada en la pierna. En la dosis letal de pentobarbital que había introducido directamente en el corazón de Andrew, solo estaban las de Callie.

Durante años, Leigh se había dicho a sí misma que, cuando Callie muriera por fin, sentiría una especie de alivio culpable. Lo que sentía, sin embargo, era una tristeza abrumadora. Su eterna pesadilla —una llamada telefónica a altas horas de la noche, golpes en la puerta, un policía pidiéndole que fuera a identificar el cadáver de su hermana— no se había hecho realidad.

Solo estaba Callie tumbada en un mugriento montón de colchones, en la casa que su alma no había abandonado desde los catorce años.

Al menos Leigh había estado con su hermana al final. Estaba dentro de la mansión vacía de Andrew cuando se dio cuenta de que Callie se la había jugado. El trayecto a toda velocidad desde Brookhaven era un confuso borrón. Lo primero que recordaba Leigh era haber tropezado con el cadáver de Sidney en la cochera. No había visto a Walter tumbado en el pasillo porque toda su atención se había centrado en los dos cuerpos que había encima de una pila de colchones, donde antes solía estar el feo sofá naranja.

Andrew estaba tumbado de través sobre Callie. Una gran jeringa vacía le sobresalía de la espalda. Leigh le había apartado de su hermana. Había agarrado la mano de Callie. Tenía la piel helada. El calor ya estaba abandonando su cuerpo frágil. Leigh había hecho caso omiso de la aguja que sobresalía de su muslo y había escuchado el sonido lento y decreciente de su respiración.

Al principio, pasaron veinte segundos entre la subida y la bajada de su pecho. Luego, treinta. Luego, cuarenta y cinco. Después, solo se oyó un suspiro largo y tenue cuando Callie finalmente se dejó ir.

—Buenos días, amigos. —El doctor Jerry se acercó al pie de la tumba de Callie. Su mascarilla tenía gatitos saltando en la parte delantera, aunque Leigh no estaba segura de si se la había puesto por Callie o si simplemente la había encontrado por ahí.

Abrió un libro delgado.

—Me gustaría leer unos versos de Elizabeth Barrett Browning.

Walter cruzó una mirada con Leigh. El doctor Jerry había dado en el clavo, aunque probablemente no tenía ni idea de que la poeta había sido adicta a la morfina casi toda su vida.

—He elegido el poema más popular de la buena señora, así que no dudéis en recitarlo.

Phil resopló desde el otro lado de la tumba de Callie.

El doctor Jerry carraspeó educadamente antes de empezar:

—«¿Que cómo te amo? Déjame que cuente las formas. / Te amo desde el abismo más hondo / hasta las mayores alturas / que mi alma puede alcanzar…».

Walter rodeó con el brazo los hombros de Leigh. La besó en la cabeza a través de la mascarilla. Ella agradeció su calor. El tiempo se había vuelto frío. Esa mañana no había encontrado su abrigo. La había distraído una larga conversación telefónica con el encargado del cementerio, que insistía suavemente en que una lápida con conejos y gatitos era más adecuada para una niña.

Callie era su hija, le habían dado ganas de gritarle, pero en vez de hacerlo le había pasado el teléfono a Walter para no perder los nervios y arrancarle la cabeza al hombre.

El doctor Jerry continuó:

—«Te amo como a la queda necesidad de cada día, / a la luz del sol y de las velas. / Te amo libremente, como los hombres aspiran al bien».

Leigh miró a Phil desde el otro lado de la tumba abierta. Su madre no llevaba mascarilla, a pesar de que el primer gran foco de COVID en Georgia había tenido su origen en un funeral. Phil estaba sentada en actitud desafiante, con las piernas abiertas y los puños apretados. Se había vestido para el entierro de su hija pequeña igual que se vestía cualquier otro día para ir a cobrar alquileres. Collar de perro alrededor del cuello. Camiseta negra de Sid Vicious, porque la heroína molaba un montón. Y maquillaje de ojos inspirado directamente en un mapache rabioso.

Leigh apartó la mirada antes de sentir la furia que se apoderaba de ella siempre que estaba cerca de su madre. Miró fijamente a la cámara que retransmitía en *streaming* el funeral. Sorprendentemente, la madre de Phil no había muerto y vivía en una residencia de ancianos en Florida. Y lo que era más sorprendente aún, Cole Bradley había querido estar presente a distancia. Oficialmente seguía siendo su jefe, aunque Leigh imaginaba que solo era cuestión de tiempo que la llamaran de nuevo a su despacho. La imagen que proyectaban no era la más adecuada, por decirlo en lenguaje corporativo. Su hermana había asesinado a su cliente y a la flamante esposa de este, y luego había muerto de sobredosis, todo ello sin explicación aparente.

Leigh había dejado claro que no iba a dar ninguna explicación y nadie más se había ofrecido a rellenar esa gigantesca laguna: ni Reggie Paltz, que, como era de esperar, se había ido de la ciudad; ni un amigo, un vecino, un abogado, un banquero, un gestor de fondos o un informante a sueldo.

Aun así, tenía que haber alguien por ahí que supiera la verdad. La caja fuerte de Andrew estaba abierta de par en par la noche que Leigh entró en su casa.

Estaba vacía.

Se había dicho a sí misma que no le importaba. Las cintas seguían existiendo. Con el tiempo, alguien acudiría a la policía o se pondría en contacto con ella o… algo. Pasara lo que pasase, asumiría las consecuencias. Lo único que podía controlar era cómo vivir su vida mientras tanto.

El doctor Jerry concluyó:

—«Te amo con el amor que creí perder / cuando perdí a mis lares. / Te amo con el aliento, las sonrisas, / el llanto de mi vida entera; / y, si Dios así lo quiere, / mejor aún te amaré tras la muerte».

Walter dejó escapar un largo suspiro. Leigh sintió lo mismo. Tal vez el doctor Jerry entendía mucho más de lo que pensaban.

—Gracias. —El doctor Jerry cerró el libro. Le lanzó un beso a Callie. Se acercó a dar el pésame a Phil.

Leigh temía lo que su madre podía decirle al amable anciano.

—¿Estás bien? —susurró Walter.

Sus ojos rebosaban preocupación. El año anterior, en esa misma época, a ella le habría molestado su actitud; ahora, en cambio, se sentía desbordada de gratitud. De alguna manera, le resultaba más fácil permitirse amar a Walter por completo, ahora que él entendía lo que era estar roto por dentro.

—Estoy bien —le dijo con la esperanza de que al decirlo en voz alta se hiciera realidad.

El doctor Jerry volvió a rodear la tumba.

—Aquí estás, jovencita.

Walter y Leigh se levantaron para hablar con él.

—Gracias por venir —le dijo ella.

El doctor Jerry tenía la mascarilla mojada por las lágrimas.

—Nuestra Calliope era una chica maravillosa.

—Gracias —repitió Leigh, notando que la mascarilla se le pegaba a la cara. Cada vez que pensaba que se había quedado sin lágrimas, volvían a brotar—. Ella le quería muchísimo, doctor Jerry.

—Bueno. —Él le dio unas palmaditas en la mano—. ¿Puedo contarte un secreto que descubrí cuando falleció mi querida esposa?

Leigh asintió.

—Tu relación con una persona no termina cuando esa persona muere. Solo se fortalece. —Le guiñó un ojo—. Sobre todo porque no está ahí para llevarte la contraria.

A Leigh se le hizo un nudo en la garganta.

Walter la salvó de tener que responder.

—Doctor Jerry, ese Chevrolet suyo es un clásico. ¿Le importaría enseñármelo?

—Será un placer, joven. —Dejó que Walter le tomara del brazo—. Dígame, ¿alguna vez le ha dado un puñetazo en la cara un pulpo?

—Hay que joderse. —Phil se recostó en su silla—. El viejo está senil. Dice que se va a ir a vivir a Oregón con los antifascistas o no sé qué mierdas.

—Cállate, madre. —Leigh se quitó la mascarilla. Buscó un pañuelo en su bolso.

—¡Era mi hija, ¿sabes?! —le gritó Phil a Leigh desde el otro lado de la tumba de Callie—. ¿Quién cuidaba de ella? ¿A casa de quién volvía siempre?

—Walter recogerá el gato mañana.

—¿A Cabrona de Mierda?

Leigh se sobresaltó, pero luego se echó a reír.

—Sí, Cabrona de Mierda va a vivir en mi casa. Es lo que quería Callie.

—Pues vaya putada. —Phil pareció más disgustada por perder al gato que cuando Leigh le había contado lo de Callie—. Es un gato estupendo. Espero que sepas lo que te llevas.

Leigh se sonó la nariz.

—¿Sabes?, te voy a decir una cosa. —Phil se puso los brazos en jarras—. El problema contigo y con tu hermana es que Callie no paraba de mirar atrás y tú tenías una puta obsesión con mirar hacia delante.

Leigh odiaba que tuviera razón.

—Creo que nuestro principal problema era que teníamos una madre de mierda.

Phil abrió la boca, pero volvió a cerrarla. Había abierto los ojos de par en par. Miraba más allá del hombro de Leigh como si hubiera aparecido un fantasma.

Leigh se giró. Era peor que un fantasma.

Linda Tenant estaba apoyada contra un Jaguar negro. Un cigarrillo le colgaba de los labios. Llevaba las mismas perlas y el cuello subido, pero esta vez el polo era de manga larga porque había refrescado. La última vez que Leigh había visto a la madre de Andrew, estaban sentadas alrededor de la mesa de reuniones del despacho privado de Cole Bradley, hablando de cómo defender a su hijo.

—Deberíamos… —Leigh se detuvo, porque Phil había echado a andar a toda prisa en dirección contraria—. Gracias, mamá.

Leigh respiró hondo. Emprendió el largo camino hacia la madre de Andrew. Linda seguía apoyada en el Jaguar. Tenía los brazos cruzados. Estaba claro que había ido al entierro de Callie a tenderle una emboscada. Leigh reconoció que, de haber estado en su lugar, ella habría tenido también ese descaro. Su hijo y su nuera habían sido asesinados. No importaba que la familia de Ruby Heyer, junto con Tammy Karlsen y las otras tres víctimas de Andrew, no fueran a obtener justicia. Linda Tenant quería una explicación.

Leigh no pensaba dársela, pero le debía al menos la cortesía de dejar que le gritara.

Linda tiró su cigarrillo a la hierba cuando Leigh se acercó.

—¿Qué edad tenía?

Leigh no se esperaba la pregunta, pero supuso que por algún lado había que empezar.

—Treinta y siete.

Linda asintió.

—Así que tenía once años cuando empezó a trabajar para mí.

—Doce —dijo Leigh—. Un año menos que yo cuando empecé.

Linda se sacó un paquete de tabaco de los pantalones chinos. Lo sacudió para sacar otro cigarrillo. No le temblaba la mano cuando encendió el mechero. Echó una bocanada de humo al aire con un siseo. Parecía tan furiosa que Leigh no sabía si iba a ponerse a gritar o a atropellarla con su coche.

No hizo ninguna de las dos cosas. Le dijo a Leigh:

—Qué limpia y aseada eres.

Leigh miró su vestido negro, que estaba muy lejos de los vaqueros y la camiseta de Aerosmith que llevaba aquella primera noche.

—¿Gracias? —preguntó, más que dijo.

—No me refiero a tu ropa. —Linda hizo un movimiento brusco al quitarse el cigarrillo de los labios—. Vosotras siempre fuisteis muy ordenadas, pero nunca limpiabais así.

Leigh negó con la cabeza. Había oído sus palabras, pero no tenían sentido.

—El suelo de la cocina estaba reluciente cuando llegué a casa del hospital. —Linda dio otra calada furiosa—. Y olía tanto a lejía que me lloraban los ojos.

Leigh sintió que abría la boca de asombro. Le estaba hablando de la casa de Canyon Road. Después de deshacerse del cadáver, Callie había fregado el suelo de rodillas y ella había restregado la pila. Habían pasado la aspiradora, quitado el polvo y limpiado las encimeras, los pomos y los rodapiés, y ninguna de las dos había pensado ni una sola vez que, al volver a casa del trabajo, Linda Waleski se preguntaría por qué habían limpiado a fondo la casa, normalmente tan húmeda y sucia.

—Vaya —dijo Leigh, escuchando un eco de Callie cuando no sabía qué decir.

—Pensé que le habíais matado por el dinero —continuó Linda—. Y luego pensé que había sucedido algo malo. Tu hermana, al día siguiente, tenía un aspecto horrible. Estaba claro que había habido una pelea o algo así. Yo quería llamar a la policía. Me dieron ganas de golpear a esa mierda de madre que tenéis. Pero no podía hacerlo.

—¿Por qué? —fue lo único que acertó a preguntar Leigh.

—Porque daba igual por qué lo habíais hecho. Lo que importaba era que os habíais deshecho de él, y que habíais cobrado por ello, y eso me parecía justo. —Linda aspiró con fuerza el humo del cigarrillo—.

Nunca hice preguntas porque yo ya tenía lo que quería. Él no iba a dejarme marchar nunca. Lo intenté una vez y me dio una paliza. Me golpeó hasta dejarme inconsciente y me dejó tirada en el suelo.

Leigh se preguntó qué habría sentido Callie al saber aquello. Tristeza, seguramente. Quería mucho a Linda.

—¿No podías recurrir a tu familia?

—Yo me lo había buscado, ¿no? —Linda se quitó una hebra de tabaco de la lengua—. Incluso después de que os deshicierais de él, tuve que postrarme delante del capullo de mi hermano. Por él, me habría dejado en la calle. Tuve que rogarle que me acogiera. Me hizo esperar un mes y ni siquiera entonces me permitió entrar en su casa. Tuvimos que vivir en un mísero apartamento encima del garaje, como putos sirvientes.

Leigh se mordió la lengua. Había lugares mucho peores donde vivir.

—Aun así, yo me hacía mis cábalas —prosiguió Linda—. No todo el tiempo, pero a veces me preguntaba por qué lo habíais hecho. Porque ¿cuánto le pagaron por ese trabajo de los marcos? ¿Cincuenta mil dólares?

—Cincuenta había en su maletín —contestó Leigh—. Encontramos treinta y seis mil más escondidos por la casa.

—Me alegro por vosotras. Pero la cosa seguía sin tener sentido. Vosotras no erais así. Otros chavales del barrio…, claro. Eran capaces de cortarte el cuello por diez dólares, y habrían hecho Dios sabe qué por ochenta y seis mil dólares. Pero vosotras no. Como te decía, esa parte nunca ha dejado de inquietarme. —Linda quitó el llavero que llevaba colgado del cinturón. Pulsó un botón con el pulgar—. Y entonces encontré esto en mi garaje y por fin lo entendí.

El maletero se abrió.

Leigh se acercó a la parte trasera del Jaguar. Dentro había una bolsa de basura de plástico negro. Estaba abierta por arriba. Vio un montón de cintas VHS. No tuvo que contarlas para saber que había quince en total. Catorce con Callie como protagonista. Una con Callie y ella.

—Andrew se pasó por mi casa la noche que murió —dijo

Linda—. Le oí en el garaje. No le pregunté qué hacía allí. Actuaba de forma extraña, claro, pero él siempre había sido raro. Luego, hace unos días, me acordé. Encontré esa bolsa de basura metida en el fondo de un armario de herramientas. No se lo dije a la policía, pero te lo estoy diciendo a ti.

Leigh sintió que se le volvía a hacer un nudo en la garganta. Miró a Linda.

La mujer no se había movido salvo para seguir fumando.

—Yo solo tenía trece años cuando conocí a su padre. Me tenía bien pillada. Pasaron tres años durante los cuales me escapé de casa, me enviaron a vivir con mis abuelos e incluso a un internado, hasta que asumieron que no iba a renunciar a él y por fin nos dejaron casarnos. ¿Lo sabías?

Leigh quería agarrar la bolsa, pero Linda era quien controlaba la situación. Podía haber copias. U otro servidor.

—Nunca pensé... —La voz de Linda se apagó cuando dio otra calada—. ¿Lo intentó contigo?

Leigh se apartó del maletero.

—Sí.

—¿Tuvo éxito?

—Solo una vez.

Linda sacó otro cigarrillo del paquete. Encendió el nuevo con el anterior.

—Me encantaba esa chica. Era un sol. Y siempre confié en ella para que cuidara de Andrew. Ni por un momento pensé que podía ocurrir algo malo. Y el hecho de que así fuera, de que estuviera tan herida que, incluso después de muerto, él encontrara la manera de seguir haciéndole daño...

Leigh vio cómo las lágrimas resbalaban por el rostro de la mujer. No había dicho ni una sola vez el nombre de Callie.

—En fin. —Linda tosió, echando el humo por la boca y la nariz—. Siento lo que te hizo. Y siento muchísimo lo que le hizo a ella.

Leigh dijo lo mismo que le había dicho Walter.

—¿No se te ocurrió que un pederasta que abusó de ti cuando tenías trece años abusaría de otras niñas de esa edad?

—Estaba enamorada. —Soltó una risa amarga—. Supongo que debería disculparme también por lo de tu marido. ¿Está bien?

Leigh no respondió. Walter había recibido un golpe que le había dejado inconsciente, le habían secuestrado a punta de pistola y obligado a beber Rohypnol. Iba a tardar mucho tiempo en recuperarse por completo.

Linda había consumido el cigarrillo hasta el filtro. Hizo lo mismo que antes: sacó otro y lo encendió con el anterior. Dijo:

—Violó a esa mujer, ¿verdad? Y mató a la otra.

Leigh dedujo que se refería a los respectivos crímenes de Andrew y Sidney. Intentó obligarla a decir el nombre de Tammy Karlsen y Ruby Heyer.

—¿A qué mujeres te refieres?

Linda sacudió la cabeza mientras echaba más humo.

—No importa. Estaba tan podrido por dentro como su padre. Y esa chica con la que se casó… era tan mala como él.

Leigh miró las cintas. Linda las había llevado por algún motivo.

—¿Quieres saber por qué mató Callie a Andrew y a Sidney?

—No. —Tiró la colilla a la hierba. Se acercó a la parte trasera del coche. Sacó la bolsa de basura. La dejó caer al suelo—. No sé si hay más copias. Si algo sale a la luz, diré que es falso. Un *deep fake* o como se llame. Te cubriré las espaldas igual que hice entonces, eso es lo que trato de decir. Y por si sirve de algo, le he dicho a Cole Bradley que lo que ha pasado no es culpa tuya.

—¿Tengo que darte las gracias?

—No —respondió Linda—. Te las estoy dando yo a ti, Harleigh Collier. En lo que a mí respecta, me hiciste el favor de sacrificar a un animal. Tu hermana sacrificó al otro.

Subió al coche y arrancó acelerando con fuerza.

Leigh observó como el elegante Jaguar negro salía del cementerio. Pensó en la ira de Linda, en su manera compulsiva de fumar, en su total falta de compasión, en la idea risible de que, durante todos esos años, Linda Waleski hubiera estado convencida de que su marido había sido asesinado por dos sicarias adolescentes increíblemente limpias.

Callie habría tenido muchas preguntas que hacer.

Leigh no podía intentar responderlas en ese momento. Miró hacia arriba. El pronóstico era de lluvia, pero unas nubes blancas empezaban a surcar el cielo. Quería pensar que su hermana estaba allí arriba leyéndole a Chaucer a un gatito que utilizaba criptomonedas para ocultarle su dinero a Hacienda, pero la realidad le impidió llegar tan lejos.

Esperaba, sin embargo, que el doctor Jerry tuviera razón. Quería seguir teniendo una relación con su hermana. Quería a la Callie que no se drogaba, que trabajaba en una clínica veterinaria y que acogía animalitos, que iba a su casa a comer todos los fines de semana y hacía reír a Maddy con sus anécdotas sobre tortugas pedorras.

Por ahora, tenía el último rato que habían pasado juntas en la consulta del doctor Jerry. La forma en que Callie la había abrazado. Cómo la había perdonado por una mentira que se había convertido en un secreto que a su vez se había enquistado hasta transformarse en traición.

«Si esa es la culpa con la que has estado cargando desde que eres adulta, déjala de una puta vez».

Leigh no había sentido que el peso se disipara al decir Callie esas palabras, pero cada día que pasaba sentía una ligereza mayor en el pecho, como si poco a poco, con el tiempo —quizá—, esa carga pudiera desaparecer finalmente.

Había otras cosas más tangibles que Callie le había dejado para poder recordarla. El doctor Jerry había encontrado su mochila en la sala de descanso. Dentro había un batiburrillo de cosas propio del Boo Radley de *Matar a un ruiseñor*: un carné de socio de un centro de bronceado a nombre de Juliabelle Gatsby, un carné de la biblioteca del condado de DeKalb a nombre de Himari Takahashi, una guía de bolsillo sobre caracoles, un teléfono desechable, doce dólares, un par de calcetines de repuesto, el carné de conducir de Leigh que Callie le había robado de la cartera en Chicago y una esquinita de la manta en la que Maddy iba envuelta dentro del trasportín.

Los dos últimos objetos eran especialmente significativos. Durante los dieciséis años anteriores, Callie había estado detenida, en la cárcel y en varios centros de rehabilitación y había vivido en moteles baratos y en la calle, y aun así se las había arreglado para conservar una foto de Leigh y la manta de bebé de Maddy.

Su hija aún tenía la manta en casa, pero todavía no conocía la historia del trozo que le faltaba. Walter y Leigh se habían preguntado una y otra vez si había llegado el momento de contarle la verdad. Cada vez que decidían que debían ser sinceros, que no tenían elección —que el secreto ya se había convertido en mentira y no tardaría en convertirse en traición—, Callie les había convencido de que no lo hicieran.

Había dejado una nota para Leigh dentro de la mochila, muy parecida a la que dejó con Maddy dieciséis años atrás. Evidentemente, la había escrito después de su conversación en la consulta del doctor Jerry, porque, evidentemente, sabía que no iba a volver a ver a su hermana nunca más.

*Por favor, acepta tu preciosa vida como regalo*, había escrito Callie. *Estoy muy orgullosa de ti, mi queridísima hermana. Sé que, pase lo que pase, Walter y tú siempre procuraréis que Maddy sea feliz y esté a salvo. Solo te pido que no le cuentes nunca nuestro secreto, porque su vida será mucho más feliz sin mí. TE QUIERO. ¡OS QUIERO!*

—Hola. —Walter estaba apagando con el pie las colillas humeantes de Linda—. ¿Quién era la del Jaguar?

—La madre de Andrew. —Leigh le vio mirar dentro de la bolsa de basura y dar la vuelta a las cintas VHS para leer las etiquetas. *Callie #8. Callie #12. Harleigh y Callie.*

—¿Qué quería?

—La absolución.

Walter volvió a meter las cintas en la bolsa.

—¿Se la has dado?

—No —contestó Leigh—. Hay que ganársela.

# NOTA DE LA AUTORA

Querido lector:

Al principio de mi carrera, opté por escribir mis novelas sin señalar un punto concreto en el tiempo. Quería que las historias se sostuvieran por sí solas, sin que las noticias cotidianas o la cultura popular se entrometieran en la narración. Cambié de perspectiva cuando empecé a trabajar en la serie de Will Trent y en otras novelas posteriores y se volvió más importante para mí anclar los libros en el presente como forma de ponerle delante un espejo a nuestra sociedad. Quería plantear preguntas con mi narrativa, como, por ejemplo, cómo llegamos al #Metoo (*Cop Town*), cómo nos hemos acostumbrado a la violencia contra las mujeres (*Flores cortadas*) o incluso cómo hemos acabado permitiendo que una turba furiosa echara abajo las puertas del Capitolio (*La última viuda*).

Escribir sobre temas sociales y al mismo tiempo mantener el ritmo de un *thriller* requiere siempre un delicado equilibrio. En el fondo soy una autora de *thrillers* y nunca quiero ralentizar el ritmo de una historia o interrumpirlo para subirme a una tribuna. Me esfuerzo mucho por presentar ambos lados incluso cuando no estoy de acuerdo con la opinión contraria. Teniendo estas cosas en mente, empecé a esbozar la historia que con el tiempo se convirtió en *Falso testigo*. Sabía que quería incorporar la pandemia de SARS-CoV-2, pero también que no quería que la historia tratara sobre la pandemia, sino sobre cómo se las está arreglando la gente para superarla. Y, por supuesto, mi perspectiva no es solo la de una estadounidense que vive en Georgia y más concretamente en Atlanta; como todo el mundo, veo la vida a través de la lente de lo que soy como individuo.

Como empecé a trabajar en marzo de 2020, tuve que hacer un poco de futurismo para tratar de predecir cómo sería la vida un año después. Evidentemente, muchas cosas cambiaron mientras escribía. Al principio se nos dijo que renunciáramos a las mascarillas para que los hospitales no se quedaran sin suministros; luego, que teníamos que llevarlas todos (y, a ser posible, doble mascarilla). Al principio se nos dijo que usáramos guantes; después, que los guantes procuraban una falsa sensación de seguridad. Primero se nos dijo que laváramos los comestibles; luego, que no pasaba nada. Y después empezaron a surgir las variantes, etcétera, etcétera, hasta que por fin, afortunadamente, se lanzaron las vacunas, lo cual fue una noticia maravillosa pero también hizo necesario incorporar el proceso de vacunación, algo confuso, a una novela que estaba ya casi terminada, aunque debo decir que eso fueron obstáculos insignificantes comparados con la pérdida de vidas y la tragedia mundial que ha causado este horrible virus.

En el momento de escribir estas líneas, hemos sobrepasado el horrendo hito de los quinientos mil muertos en Estados Unidos. Además, están las decenas de millones de supervivientes, algunos de los cuales están sufriendo COVID persistente o cuyas vidas quedarán marcadas para siempre por la enfermedad. Debido a la soledad inherente a la muerte por COVID, nuestros profesionales sanitarios han sufrido un trauma indecible al ser testigos directos de los estragos de este terrible virus. Nuestros médicos forenses, jueces de instrucción, tanatorios y funerarias han soportado un volumen abrumador de fallecimientos. Los educadores, los trabajadores de primera línea, los servicios de emergencias… La lista es interminable, porque la pandemia ha afectado a todas las personas del planeta en mayor o menor medida. El impacto de este aluvión cotidiano de muertes se dejará sentir durante generaciones. Todavía se desconoce cómo calará con el tiempo en nuestra vida la suspensión del dolor. Sabemos, por el estudio de los efectos del maltrato infantil, que los traumas pueden provocar depresión, trastorno de estrés postraumático, problemas cardiovasculares como derrames cerebrales e infartos, cáncer, un mayor riesgo de abuso de drogas y alcohol y, en algunos casos extremos, ideaciones suicidas. Ignoramos todavía cómo será el mundo dentro de quince o veinte años, cuando la generación Z esté criando a sus propios hijos.

Aunque adoro a mis lectores, siempre he escrito mis libros para mí, utilizando la ficción para analizar y asimilar el mundo que me rodea. Cuando me propuse incorporar la pandemia de forma realista en *Falso testigo*, busqué pistas en la historia reciente. En muchos sentidos, la evolución de nuestra comprensión del COVID-19 se asemeja al inicio de lo que en tiempos se llamó la crisis del sida, durante la cual mi generación alcanzó dolorosamente la mayoría de edad. Al igual que ha sucedido con el SARS-CoV-2, surgieron muchas incógnitas cuando el VIH asomó por primera vez su fea cara. Los científicos no supieron enseguida cómo se transmitía, cómo funcionaba, de dónde venía, así que las indicaciones de las autoridades sanitarias cambiaban casi mensualmente y la homofobia y el racismo campaban a sus anchas. Y, como es lógico, la reacción de la gente ante el VIH y el sida oscilaba entre el miedo, la ira, la negación, la resignación y el pasotismo total. Aunque el sida era mucho mucho más mortífero que el COVID (y por suerte no se contagiaba por vía aérea), muchas de esas actitudes han vuelto a ponerse de manifiesto en cómo hemos reaccionado a la pandemia de COVID-19. Y debo añadir que, en el transcurso de esas dos tragedias transformadoras, hemos visto un grado de generosidad y entrega que ha servido para contrarrestar lo que parece un odio incomprensible. Nada como una crisis para hacer aflorar nuestra humanidad, o nuestra carencia de ella.

A pesar de lo terribles que han sido estos últimos dieciocho meses, esta crisis ha servido para cimentar el tipo de narrativa con conciencia social que ha llegado a definir mi trabajo. El COVID ha sacado a la luz el abismo cada vez mayor entre los que tienen y los que no tienen, ha puesto de manifiesto la crisis de la vivienda y la inseguridad alimentaria, ha hecho que nos fijemos en la falta de financiación de las escuelas, los hospitales y la atención a los ancianos, ha expuesto la quiebra de la confianza en nuestras instituciones gubernamentales, ha agravado el horrible trato que reciben los reclusos en nuestras cárceles y correccionales, ha intensificado exponencialmente el discurso de odio xenófobo, misógino y racista, ha aumentado las desigualdades raciales y, como es habitual, ha sobrecargado enormemente la vida de las mujeres: todos los temas que he tratado de abordar en las páginas del libro que el lector tiene ahora en sus manos. Todos los temas que me esfuerzo por desentrañar y con los que deseo empatizar en mayor medida, con la esperanza de alcanzar una comprensión más profunda.

Una de mis novelas cortas favoritas es *Pálido caballo, pálido jinete* de Katherine Anne Porter, que se desarrolla durante la epidemia de gripe de 1918. La protagonista se ve afectada por la enfermedad, al igual que Porter en la vida real, y gracias a ella podemos vislumbrar de primera mano los terribles efectos del virus, tanto a través del miedo de la protagonista a perder su trabajo y ser desahuciada por su casera, que refleja la inseguridad social de la época, como de los cuatro o cinco días que tiene que esperar antes de que haya sitio para ella en el hospital, o de los sueños febriles y las alucinaciones provocadas por la presencia acechante del jinete pálido, la muerte. La última frase de la novela es a la vez intemporal y premonitoria, y creo que resume lo que probablemente sentiremos todos cuando haya pasado lo peor de esta cruel pandemia y consigamos encontrar el camino hacia una nueva normalidad: *Ahora habría tiempo para todo.*

Karin Slaughter
26 de febrero de 2021
Atlanta, Georgia

# AGRADECIMIENTOS

En primer lugar, como siempre, gracias a Victoria Sanders y Kate Elton, que me conocen desde hace más tiempo del que me conozco yo misma. Gracias a las *desempatadoras*, Emily Krump y Kathryn Cheshire, así como a todo el equipo de GPP. En VSA, le estoy muy agradecida a Bernadette Baker-Baughman, que tiene una paciencia aparentemente infinita (o bien un muñeco mío que apuñala cada mañana).

Kaveh Khajavi, Chip Pendleton y Mandy Blackmon respondieron a mis peculiares consultas sobre el esqueleto y las articulaciones. David Harper lleva veinte años ayudándome a matar gente y, como de costumbre, sus aportaciones fueron extremadamente útiles, incluso cuando estaba sorteando las arrasadoras tormentas de nieve y hielo de Texas con su teléfono móvil y un juego de alicates. Elise Diffie me ayudó con las maquinaciones de la clínica veterinaria, aunque todas las estratagemas delictivas son de mi cosecha. Además, puede que sea la única persona que lea este libro que se dé cuenta de lo desternillante que es el nombre Deux Claude para un perro de montaña de los Pirineos.

Alafair Burke, Patricia Friedman y Max Hirsh me ayudaron con los tecnicismos legales; cualquier error es mío (por desgracia, la ley nunca es como una quiere que sea). Para los que se lo estén preguntando: el 14 de marzo de 2020, el presidente del Tribunal Supremo de Georgia emitió una orden estatal que prohibía todos los juicios con jurado «debido al gran número de personas que reúnen en los juzgados». En octubre se levantó la prohibición, pero unos días antes de Navidad el aumento de los contagios obligó a reinstaurarla.

El 9 de marzo de 2021, la prohibición se levantó de nuevo debido a que el «peligroso aumento de los casos de COVID-19 ha remitido recientemente». En esas estamos ahora, y espero fervientemente que siga siendo así.

Por último, gracias a D. A. por soportar mis largas ausencias (tanto físicas como mentales) mientras escribía esta historia. Después de haber disfrutado durante muchos años del estilo de vida de la cuarentena, pensé que sería más fácil; por desgracia, no lo fue. Gracias también a mi padre por estar siempre ahí pase lo que pase. Preveo un rápido regreso a las remesas de sopa y pan de maíz ahora que lo peor ha pasado. Y a mi hermana, muchas gracias por ser mi hermana.

Finalmente, me he tomado muchas libertades al hablar sobre las drogas y su uso, porque lo mío no es escribir guías prácticas. Si eres una de las muchas personas que sufren adicción, ten presente, por favor, que siempre hay alguien que te quiere.